미시마 유키오

HANAZAKRI NO MORI, YUKOKU-JISEN TANPENSHU
MANATSU NO SHI-JIEN TANPENSHU
by Yukio Mishima
Copyright © 1968/1970 The Heirs of Yukio Mishima
All rights reserved.
Originally published in Japan by SHINCHOSHA Publishing Co., Ltd.,
Korean translation rights arranged with The Heirs of Yukio Mishima, Japan
through THE SAKAI AGENCY and SHINWON AGENCY Co., Ltd.

이 책의 한국어판 저작권은 ㈜신원 에이전시를 통한 저작권자와의 독점 계약으로
㈜현대문학에 있습니다. 저작권법에 의해 한국 내에서 보호를 받는 저작물이므로
무단 전재와 복제를 금합니다.

41 세계문학 단편선

미시마 유키오

양윤옥 옮김

현대문학

차례

꽃이 한창인 숲 · 7
중세에 한 살인상습자가 남긴 철학적 일기의 발췌 · 50
담배 · 63
하루코 · 82
서커스 · 133
원숭회 · 144
날개—고티에풍의 이야기 · 165
리큐의 소나무 · 181
크로스워드 퍼즐 · 201
한여름의 죽음 · 228
불꽃놀이 · 288
달걀 · 306
시 쓰는 소년 · 324
바다와 저녁노을 · 341
신문지 · 355
모란 · 365
다리밟기 · 372
귀현 · 396

온나가타 · 430

백만 엔 전병 · 463

우국 · 484

달 · 515

포도빵 · 538

빗속의 분수 · 560

작가 해설1 · 572

작가 해설2 · 579

옮긴이의 말 · 586

미시마 유키오 연보 · 598

일러두기

1. 이 책은 신초문고에서 발행한 미시마 유키오 단편선 『꽃이 한창인 숲·우국花ざかりの森·憂国』 (1968)과 『한여름의 죽음真夏の死』(1970)을 번역한 것이다. 수록 순서는 작품의 발표연도순이 며, 각 단편의 원제는 번역 제목과 함께 밝혀두었다.
2. 단어에 찍힌 방점은 원문을 따랐다.
3. 강조 처리된 단어는 원문에서 일부러 앞뒤 음절을 뒤집어 쓴 것이다.
4. 각주는 옮긴이가 넣은 것이다.

꽃이 한창인 숲*
花ざかりの森

그녀는 숲의 꽃이 한창일 때 죽어갔다
그녀는 다른 곳에 한층 더 푸른 숲이 있다는 것을 알았다
―샤를 크로스 산인**

---

* 『미시마 유키오 10대 서간집三島由紀夫十代書簡集』에서 이 제목에 대해 "내성적인 초자연적 '동경'의 상징으로서" 택한 것이라고 작가가 직접 밝힌 바 있다.
** 산인散人은 관직이나 세속을 버리고 자연을 즐기며 한가로이 지내는 사람. 흔히 문인의 아호雅號에 붙여 겸양의 뜻을 나타낸다.

서장

 이 지역에 온 뒤부터 줄곧 내 감정에는 은둔이라고 이름 붙일 만한, 그런 이상하게 노인네 같은 마음이 아른거리기 시작했다. 원래 이 지역은 나 자신과도, 또한 나의 혈연으로도 아무 연고가 없는 땅에 지나지 않는데도 언젠가는 나 자신, 그리고 내 후대의 혈연과 뭔가 깊은 연관이 전혀 없지는 않을 것이다, 하는 느낌을 품은 채 집 뒤편의 이끼 낀 좁은 돌계단을 지나 전망 외에는 이렇다 할 쓰임새도 없는 다섯 평 남짓한 크기의 온통 풀이 우거진 높직한 돈대에 올라서면, 나는 항상 멍하니 고요한 마음과 함께 지나간 나날들을 향한 타오르는 듯한 향수를 느꼈다. 바로 아래쪽 마을을 품에 안은 산맥을 향해 바짝 파고든 내해內海가 그곳에서는 한눈에 내려다보였다. 아침저녁이면 마을 한쪽 끝에 자리한 선착장에서 어느 대도시와 연결되는 기선이 출발하지만, 그 기적소리가 이곳에서도 귀에 거슬릴 만큼 분명하게 들렸다. 한밤중이면 불을 환하게 밝힌 골무만 한 배가 열심히 먼 바다를 향해 나아갔다. 그렇건만 그 선향線香만큼이나 작은 등불이 조금씩 조금씩 멀어져가는 모습은, 보고 있노라면 너무도 느릿느릿해서 안타까워하지 않을 수 없었다.

 몇 번이고 나는 추억 따위 따분한 것이라고 생각하곤 했다. 불과 일이 년 전까지만 해도 그러했다. 나는 어떤 편견에 따라 이런 식으로 생각했었다. 추억은 이미 지나간 삶의 빈 허물에 지나지 않는 게 아닐까, 설령 그것이 미래에 과실果實 역할을 하는 경우가 있다고 해도 이미 현재를 잃어버린 쇠락한 인간을 위한 것뿐이지 않은가, 하는 식으로. 열병 같은 젊음은 그런 생각에서 무턱대고 긍정을 찾아내려는 경향을 보이게 마련이다. 하지만 잠깐 사이에 나는 그것과는 또 다른 생각 쪽으로 간단히 옮겨갔다. 추억은 '현재'의 가장 청순한 증거인 것이다. 사랑이라느니 헌신이라느니, 현실에 자리매김하기에는 지나치게 청순한 그런 감정들은, 추억 없이는 그것을 내 것으로 만들거나 거기서 올바른 의미를 찾아낼 수 없다. 마치 낙엽을 헤쳐 찾아낸 샘물이 비로소 파란 하늘을 비춰내는 것과 같은 일이다. 샘물 위에 떨어져 흩어져 있어봤자 낙엽들은 결코 하늘을 비춰낼 수 없기 때문이다.

우리에게는 실로 수많은 선조가 있다. 그들은 마치 아름다운 동경처럼 우리 안에 머무는 일이 있는가 하면 안타깝게 엄격한 거리 저 너머에 있는 경우도 적지 않다.

선조는 이따금 이상한 방법으로 우리와 해후한다. 사람들은 의심할지도 모른다. 하지만 이건 진실이다.

나뭇가지 사이로 햇살이 아름다운 날이면 우리는 지팡이를 들고 공원 울타리에 다가갈 것이다. 문 안으로 들어서면 마침 아주 한산한 시간이었거나 어쨌거나 해서 인적 없는 널찍한 장소가 비할 데 없이 반갑게 생각될 것이다. 평소에는 지팡이 따위 드는 일도 없으면서 무심코 들고 온 그것은 먼 옛날에 기껏해야 일이 초쯤이나 만져보게 해주던 가보家寶 투구의 감촉 같은 걸 문득 떠올리게 할 것이다. 바로 그런 때의 일이다.

저만치 연못가 벤치에서 (그건 연못의 반사나 나뭇가지 사이의 햇살 때문에 아마 눈부시게 빛날 텐데) 누군가 꼿꼿한 자세로 꿈쩍 않고 앉아서 쉬고 있다. 문득 그 사람이 이쪽을 향한다. 그러고는 왠지 아주 쾌활한 기색으로 자리에서 일어나 거의 뛰다시피 나뭇가지 사이의 햇살을 뚫고 이쪽으로 다가온다. 우리는 거의 어린애 같은 열의를 품고 마치 예상했던 그림처럼 그 사람을 빤히 응시하는데도, 어느 일정한 거리까지 다가오면 물고기가 물의 푸른빛에 녹아들듯이 갑작스럽게 그 친근한 사람은 나뭇가지 사이의 햇살에 녹아들고 만다. 하지만 아마도 나의 이런 고백에 사람들은 가문家紋이 찍힌 하오리 하카마 차림*의 서글서글한 노인을 상상할지도 모른다. 아니, 어쩌면 그 상상이 맞을지도 모른다. 그러나 그런 경우는 오히려 아주 드물다고 해도 무방하다. 왜냐하면 '그 사람'은 번번이 양복 차림의 청년이거나 젊은 여자이기 때문이다. 그렇다고 너무 생각이 앞서가서는 안 된다. 그들은 모두 약속이라도 한 것처럼 수수하고 눈에 띄지 않는 단정한 모습을 하고, 아주 멀리서부터 우리에게 미소를 전해온다. 마치 우리의 마음속에 그런 미소만을 끌어당기는 자석이라도 있는 것처럼. 그 미소는 그러나 애달픈, 동경과도 같은 간절함을 내보이고 있다. ……

　선조가 실제로 우리 속에 살아 있었던 것은 대체 얼마나 오랜 옛날이었을까. 오늘날, 선조들은 우리의 심장이 너무도 다양한 것들에 둘러싸여 있어서 그 안에서 머물 곳을 찾지 못한다. 그들은 서글픈

* 하카마袴는 통이 넓은 바지, 하오리羽織는 가문의 문장이 찍힌 두루마기형 겉옷으로, 남성용 전통 정장이다.

듯 불안하게 시계처럼 그 주위를 맴돈다. 이토록 엄격함과 아름다움이 뿔뿔이 흩어져버린 시대를 그들은 꿈에서조차 생각하지 못했다. 지금 그들은 하늘과 땅이 처음 갈라진 날과도 같은 이 별리別離를 진심으로 슬퍼하고 있다. 엄격함은 이제 초라하고도 너저분한 암석의 성질을 가진 것에 지나지 않는다. 그리고 또한 아름다움은 수려한 분마奔馬. 오래전에 안개가 내리퍼붓는 아침 하늘을 향해 용맹하게 소리 높여 울던 그대로, 그것은 지그시 멈춰지고 억제되었다. 그런 때에만 말은 무구無垢하고 비할 데 없이 순했다. 하지만 이제 엄격함은 손에 든 그물을 놓쳐버렸다. 말은 수없이 걸려 넘어지고, 그리고 몇 번이고 다시 일어서면서 마구잡이로 내달려갔다. 이제는 무구하지 않다. 진흙탕이 그 살갗을 지저분하게 물들여버렸다. 참으로 드문 일이기는 하지만, 지금도 여전히 인간은 더럽혀지지 않은 백마의 환영을 보는 일이 전혀 없는 것은 아니다. 선조는 그런 사람을 찾고 있다. 서서히 선조는 그 사람 안에 살게 되리라. 바로 거기에 적합하고도 고귀한 공동생활의 실마리가 있는 것이다.

  그 이후로 선조는 그 사람 안의 진실과 벽 하나를 맞대고 살게 된다. 눈이 펑펑 도는 지금 이 세상에서 단지 변증의 수단일 뿐이었던 진실이 그 본래의 의상을 몸에 두를 것이다. 지금까지 게으르고 한 사코 안으로만 기어들던 그것이 아름다운 과감함을 되찾을 것이다. 선조는 지그시 그 새로운 진실에 의해 잉태되는 것을 기다리리라. 참으로 선조는 비할 데 없이 선한 양식糧食으로써 키워지기를 희구希求하고 있다. 그 모습은 마구 몰아붙이는 모습이 아니다. 그들은 항상 수동적인 자세를 무너뜨리는 법이 없다. 극한의―이를테면 저녁노을이 밤의 침입을 예감하듯 두려움과 긴장이 절정에 달한 가운데 한층 뚜렷하게 빛나는 한 찰나—자연 그대로의 모습으로 자신을 멈춰 세우고, 일 초라도 길게 '완전'을 유지하며 조금의 흠결도 받아들이지 않으려는—소극적이기 짝이 없는 물과 같은 긴장의 아름다운 한순간이자 영원의 시간이다.

1

　내가 태어난 집에서는 밤늦게 곧잘 기차의 기적소리가 울렸다. 천장의 뒤얽힌 나뭇결에 겁을 먹고 잠들지 못하는 어린아이의 귀에 그것은 소음이라기에는 너무도 가녀린, 뭔가 다정한 미지의 화려함처럼 들렸다. 그건 상상도 못 할 만큼 머나먼 곳에서 수런거리는 도회지의 밤 같은 것이었다. 가을 안개가 한 무리의 흰 짐승처럼 뒷문을 뚫고 나가는 소리가 들렸다. 그것은 소리 없는 불꽃처럼 사방으로 튀어 퍼져나갔다. 그 옅은 안개 너머에서 질경이꽃은 리넨 이불 무늬처럼 쓸쓸히 허옇게 빛바래고 있었다……
　어린아이는 홀로 잠든 꿈의 틈새 속으로 열심히 들어가려고 했다. 그곳에서는 현실의 소리가 꿈의 모습을 하고 있는 것이다. 그러면 기적소리는—꽃 핀 들판을 온종일 피리 소리를 내며 달아나는 가을 태풍처럼 생각되었다. 눈이 내리기 시작한 북녘의 작은 역을—수많은 푸른 사과 상자며 좀 더 먼 바다에서 가져온 연어 등을 싣고 그 작은 역을 나와 (좌석 사이에 난로가 있고, 머플러를 두른 아가씨와

귀마개 달린 해달 모자*를 쓴 노인네 등을 태운 채)―일찍 피는 산다화의 마을이며 굴뚝 연기도 줄어든 쇠락한 공장 거리 등을 슬픔도 아랑곳하지 않고 제 뜻대로 내달리는 냉담한 기차의 모습을 곧장 마음속에 떠올렸다. 거기에 겹쳐져 검은 판자** 담장 너머…… 안개 속에서 선로 일부가 희부옇게 빛나고 그 위를 커다란 기관차가 수없이 천식 발작을 일으키며 발차하는 장면이 보이는 것이다. 그 안개에서는 선향 같은 냄새가 났다. ……

아버지는 시내에 데려갈 때마다 아이가 원하는 대로 한참을 선로 옆 울타리에서 바라보게 해주었다. 선로 너머에는 붉은 저녁 해의 잔영 같은 수많은 네온 불빛이 검은 배경 속에 변덕스러운 별처럼 떠돌고 있었다.

코끼리가 지나갈 때마다 환호하는 남국의 사람들처럼 전차가 무뚝뚝하게 엇갈려 지나갈 때마다 아이는 아버지의 품속에서 팔짝팔짝 뛰고 웃으며 마구 손뼉을 쳤다. ……

그 무렵 아이는 곧잘 전차 꿈을 꾸었다. 널찍한 현관의 석재 바닥과 큼직한 철문과 벽돌담으로 집의 규모는 몹시 크지만, 그 문 앞에는 거무튀튀한 좁은 길이 나 있었다. 꿈속에서는 그 길로 전차가 지나가는 것이다. 어딘지도 알지 못하는 전생의 도읍지 같은 환한 큰 길……(양동이로 쏟아 부은 것처럼 빛이 넘친다)……에서 손님도 운전사도 없는 그 전차는 어둠의 골목길로 쏜살같이 달려 나온다. 아

---

* 해달 모피로 만든 모자. 메이지 시대에 남성용 모자로 널리 유행했다.
** 소목燒木. 불에 그슬리는 탄화 가공으로 비바람에 부식하지 않게 내구성을 높인 널빤지. 독특한 검은색이 나며, 전통가옥과 학교 등의 담장에 쓰였다.

이는 분명하게 병자의 이 가는 소리 같은 레일의 삐걱거림을 들었다. 어둠은 텐트처럼 부풀고, 창문마다 덧없는 등불을 환하게 매단 전차 주위에는 빙글빙글 돌리면 색색의 불티가 튀는 저 양철 장난감의 불꽃처럼 빨강 초록의 별이 흔들린다. 장난감 기차를 꼭 닮은 그 낡아빠진 시내 전차는 (전차가 지나갈 리 없는 좁은 길의) 문 앞을 멋진 음향을 울리며 달려가버린다. ……아이는 귀를 기울였다. 이제 더 이상 들리지 않는다. 밤기차의 더욱더 머나먼 기적소리가 울린다. 하지만 방금 힘찬 기세로 달려간 시내 전차는 집 왼편의 비탈길을 젊은 유성流星처럼 내달리고 그 반동으로 지금쯤 밤이면 불을 켜고 노란 유지油紙의 창호 문을 닫아두는 화재감시 망루 모퉁이를 쏜살같이 돌아서 가버렸으리라. 아이는 어느새 잠에서 깨어난다. 기둥시계의 초침이 메마른 잔물결 같은 소리를 냈다. 잠시 방안을 장식한 물건들이 낯설고 고귀한 것처럼 보인다. 시계가 울렸다. 그 소리에의 주의력이 다시 아이를 꿈속으로 데려가버린다. ……

  그 키 큰 철문 앞에 섰을 때, 그 안에서 영위되는 삶을 상상해보려고 하면 누구라도 강한 반발을 감지하지 않을 수 없었을 것이다. 당초무늬 철문은 정확히 구분된 앞 정원과 귀와* 등의 현관만 얼핏 보여줄 뿐이다. 그 현관 한 동이 문 앞에 선 사람을 향해 고압적인, 거의 숙명적인 싸움을 걸었다. 기와담장은 저택 내부의 모든 것을 사람들의 시선에서 차단하고 꽃의 향기에서부터 목청 높은 웃음소리

---

* 귀와鬼瓦는 액을 물리치기 위해 용마루 끝에 얹는 도깨비 형상의 장식 기와.

까지 그 눅눅함 속에 빨아들였다.

　아버지는 평소에는 본채에 없었다. 널찍한 세 개 동의 온실 옆에 암자 비슷한 것을 짓고 그곳에서 지냈다. 본채와 그 암자 사이에는 해원海原처럼 꽃밭이며 채소밭이며 포도나무와 배나무의 과수원 등이 펼쳐졌다. 여름이면 포도원 위로 벌이 구름처럼 떼지어 몰려왔다. 가까이 다가가도 어떤 벌은 가만히 포도의 널찍한 잎에서 쉬고 있었다. 나는 정원 저편에 눈부신 여름 구름이 피어오르고 그 때문에 벌의 날개나 털이 날카로운 황금 바늘처럼 빛나는 것을, 그리고 역시 금빛의 거대한 그 눈 속에 귀여운 여름 구름이 피어오르는 것을 보았다. ……

　본채에서는 할머니와 어머니가 살았다. 나는 어린 마음에도 아버지와 어머니의 별거를 의아하게 생각했지만, 밤에 할머니가 끙끙 앓으며 누워 잠들고 나도 완전히 잠든 숨소리를 낼 때(사실은 흘끔흘끔 눈을 뜨고 어머니의 동정을 살피고 있었다), 어머니가 정원 게다를 신고 과수원을 환히 비추는 달빛 속에 이쪽까지 한참 동안 긴 그림자를 끌며 아버지의 암자로 걸음을 서두르는 것을 보았다. 그럴 때—이것은 둔감한 신경일까—나는 오히려 기쁜 듯 즐거운 듯한 기분으로 아무 눈치도 못 챈 어머니의 뒷모습을 쳐다봐주었을 뿐만 아니라 일부러 얌전히 누워 있자는 기특한 마음 외에는 아무것도 품지 않았다. 할머니는 신경통 때문에 끊임없이 경련을 일으켰다. 뭔가에 들쒸운 것처럼 그 피하기 힘든 경련 발작이 시작되는 것이다. 나지막한 신음이 들려오기 시작하면 별실의 작은 조명, 담뱃재떨이며 약이며 향로며, 그런 것들 위로 보이지 않는 파동처럼 그 경련이 넘실

넘실 번져갔다. 그러면 짧은 순간 방 전체가 마비된 듯한 긴장감에 갇혀버리고 그것이 산안개처럼 잽싸게 물러서면 다음에는 방 안에 온통, 향로며 작은 함이며 약병 등에 일제히 그 침통하고도 단조로운 신음이 가득 채워졌다. 방 자체가 끙끙거리는 듯한 그 신음은 아마 남들은 짐작도 못 할 게 틀림없다. 하지만 경련이 온종일, 경우에 따라 몇 날 며칠 이어지면 좀 더 뚜렷한 징조가 나타나기 시작했다. '병'이 마치 내 세상이라는 듯이 온 집안에 창궐하는 것이다.

"애야, 약 좀 따라주겠니?" 잠이 덜 깬 목소리로 할머니가 그렇게 말했다. 그것은 늙은 목에서만 나오는 온화한, 예를 들면 붓글씨의 갈필渴筆 흔적 같은, 향수鄕愁마저 느끼게 하는 발음이다. 하지만 무리한 자세를 취하려고 한 탓에 다시 신음이 따라붙는다. 할머니는 항상 굽이 달린 와인잔으로 물약을 마셨다. 나는 단정히 무릎을 꿇고 이 중요한 임무에 조금쯤 긴장하면서 물약 병을 열었다. 지금도 나는 코르크마개가 그 역할에서 놓여난─속박에서 해방된 순간의 묘하게 얼빠진 듯한 메마른 소리, 되짚어보면 뭔지 모르게 어떤 징조가 느껴지는 이상한 소리를 냈던 것을 기억하고 있다. 마개를 빼내고 진한 포도주색 약물이 든 병을 기울여 조심조심 잔 쪽으로 가져간다. 잔이 지극히 적은 분량밖에 받아내지 못한다는 것을 잘 아는 경험에 따라 그 느린 동작은 아무렇지도 않게 거의 무의식적으로 되어야 할 텐데도, 매번 묘하게 어색하게 느껴졌던 것을 지금도 기억한다─아직 액체가 흘러나오지 않은, 마치 완전히 동일한 색깔의 장애물이 있는 것처럼. 나는 해에 비춰보며 조용히 병을 흔든다. 아무것도 들어 있지 않다. 다시 한번 기울인다. 역시 흘러나오지 않는다. 문득 나는 깨닫는다. 일정한 위태로운 각도까지 가면 내 손목뼈가 기계처럼 고정되고 마는 것이다. 마치 그 이상 열리지 않는 문의 경첩이 꽉 맞물리듯이. 나는 그것을 일종의 미신이라고 생각했다. 어처구니없다고 느꼈다. 하지만 그것과는 반대로 문득 억누를 수 없이 심장이 두근거리기 시작한다. 이번에는 손 떨림이 위태위태해서 섣불리 병을 기울일 수 없게 되고 만다. 그때 나는 생생하게 병 속에서 한 마리의 '병'을 보는 것이다. 그는 몹시 조그맣게, 나란한 무릎에 턱을 얹고 자고 있었다. 제 몸을 적시는 약의 바다는 전혀 눈치채지 못한 것처럼.

  본채 맨 끝의 오래된 방들로 나는 투구며 갑옷이며 검은 털북숭이 정강이* 같은 장검 등을 보러 갔다. 그 돌아오는 길. 하녀는 부엌으로 가는 복도에서 나와 헤어져, 여기서부터는 이제 더 이상 무섭지 않을 거라면서 건너편으로 가버렸다. 실은 그다음부터가 내게는 가장 무서웠다. 하지만 나는 그런 말을 하기가 부끄러워 매번 애소哀訴인지 뭔지 알 수 없는 마음을 담은 눈빛을 던지는 것이었다. 그렇건만 하녀는 돌아봐주지 않았다. 서너 칸 앞의 할머니 방까지 가는 동안에 통로 복도 하나, 굽어드는 모퉁이 세 군데. ─두려움에 벌벌 떨면서 한낮의 반짝이는 바람이 지나가는 어두운 복도를, 마치 그 바람처럼 나는 뛰어갔다. 그러면 모퉁이 모퉁이에서 (반드시 한 마리씩은) '병'을 만났다. 그것도 허둥지둥 서두르고 있었다. 나보다 훨씬 키가 컸다. 얼굴 없는 것이 있는가 하면 얼굴 있는 것도 있었다. 얼굴

---

* 장검의 칼집에 씌운 모피 덮개를 묘사한 것. 칼집의 파손이나 습기를 막거나, 말에 탔을 때 칼끝이 말을 찌르지 않도록 장식을 겸하여 칼집 모양에 맞게 털이 촘촘한 모피로 덮개를 씌웠다.

있는 것 중의 하나, ―그것은 천진하게 웃고 있었다. 그는 아직 '죽음'과 친하지 않은 '병'인 게 틀림없었다. 그는 분명 좀더 '죽음'과 친한 '병'이 있는 곳으로 뭔가 소식을 물어주러 가는 게 틀림없었다. 어느 날 내 오른쪽 새끼손가락이 아주 살짝 그 미끈한, 보이지 않는 것에 닿아버렸다. 나는 그날 틈만 나면 그 새끼손가락을 씻었다. 너무 씻다 보니 손가락 끝이 아리게 퉁퉁 불어 한 번도 주의해서 본 적이 없는 지문이 이상하게 청결하고 또렷하게 보였다. 그 지문은 잠들지 못하는 방의 천장 나무무늬며 '병'이 항상 쓰고 있는 상형문자 같은 것을 떠올리게 했다.

 어머니는 고지식한 성품의 여자였다. 그녀는 자신의 언동에서 반성을 찾아낸 적이 없었다. 흡사 꿀벌이 자신이 날아온 길을 되돌아보지 않듯이. 하지만 꿀벌은 결코 제 둥지로 돌아가는 길을 잃고 헤매지 않는다. 어머니는 이따금 옆에서 보기에 어리석다고 생각될 만큼 그 길을 잃고 헤맸다. 그래서 그녀에게는 참된 의미에서의 추억이 없었다. 그녀의 생각이 옛날로 거슬러 올라가려면 너무나도 많은 변명이 필요했다. ―그녀는 모성에서는 부족한 바가 없었을 것이다. 하지만 그녀는 '요즘 여자'였다. 그녀 역시, 저 아름다움과 엄격함과의 슬픈 별리, 선조들의 가슴 뭉클한 만가挽歌를 듣지 않았다.
 어머니에게서 나는 고귀한 것의 끄트머리에 있는, 시들지 않은 인조 잎사귀를 선명하게 매단―쇠퇴하는 가운데서도 아직 여러모로 의욕이 넘치는, 그런 얼마간 아메리카화된 전형典型을 읽어냈다. 그것은 어차피 쇠퇴의 하나임에는 틀림없었을 것이다. 하지만 좀 더 집요한, 기운이 넘치는 번영의 가면과 너무도 꼭 닮은 것이었다. 그녀는 자신 속에서 솟아 나오는 참된 긍지의 발로發露를 알지 못했다. 이제 어머니는 귀족의 눈동자를 내버렸던 것이다. 그러고는 빌려온 부르주아의 안경으로 그걸 살짝 가다듬었다. 하지만 그 안경은 어디까지나 빌려온 것이었다. 어머니는 그 발로에서 '허영심'이라는 세 글자밖에는 읽지 못했다. 허영심—얼마 전까지 이 나라에 이런 너절한 단어는 없었다. 나는 그것을 아메리카 말이라고 생각한다……. 그렇게 어머니는 그 이후 모든 것에서 '허영'이라는 환상을 보았다. 이 환상은 매우 고귀한 것을 가장 비열한, 가증스럽게 잔인한 방식으로 말살했다. 어머니는 허영에 엄격한 시선을 던진 것이 아니라 마지막까지 허영의 적출摘出에 엄격한 시선을 던졌던 것이다. 허영 자체는 달콤한 시선밖에 갖고 있지 않다. 게다가 그 도도함이 모든 고귀함의 엄격한 시선에 우아하게 맞섰다.

 "옳은 일—당연한 일을 하는 것을 누가 어떻게 보건, 뭐라고 얘기하건 상관없어요." ……어머니는 그런 말을 입버릇처럼 하곤 했지만, 참된 긍지라면 어떻게 그런 말을 할 수 있을까. 그 같은 폭로주의나 독단이 언제부터 '정당한' 자리를 차지하게 된 것인가. 말할 것도 없이 그것은 저 별리의 날—만가의 날부터였다. 참된 긍지는 사납지 않다. 그것은 어린 대나무처럼 소심하다. 그런 자신감이나 확신 없음을 다시금 사람들은 비난할지도 모른다. 하지만 매우 고귀한 것은 매우 강한 것에서, 다시 말해 이 세상에 있는 가장 작고도 우아하게 아름다운 것에서 태어난다. 확신이나 자신감 따위의 불순한 것이 거기에 포함될 이유는 결코 없다.

어머니는 아버지를 이겼다.

아버지는—그는 온갖 종류의 식물 품종개량이며 희귀한 생물의 사육에 평생을 바쳤고, 온갖 한량들의 모임을 만들었다—어머니에게 불만도 분노도 느끼지 않았다. 그는 패했기 때문이다.

어느 가을날, 나는 그런 아버지의 모습을 본 적이 있다. 아버지는 정원사 몇 명을 거느리고 누르스름해진, 연한 초록빛 밭 안에서 지그시 하늘을 우러르며 서 있었다. 아버지의 모습은 가냘프고 빈약하기까지 했지만, 향기로운 술 같은 가을 햇살 아래, 세월 지난 아스카 시대*의 불상처럼 보였다. 그때 자주색 휘장 막처럼 아름다운 가을 하늘 가득히 나는 우리 집안의 태평한 문장紋章을 얼핏 보았던 것이다.

2

나는 나의 동경이 어디에 있는지를 알고 있다. 동경은 정확히 강 같은 것이다. 강은 어느 한 부분만 강인 것이 아니다. 왜냐하면 강은 흐르니까. 어제 강에 있었던 것이 오늘 강에는 없다, 하지만 강은 영원히 존재한다. 인간은 그 이름을 부를 수 있다. 그것에 대해 이야기할 수는 없다. 나의 동경도 그 같은 것이다, 그리고 선조들의 동경도.

* 아스카 시대는 592~710년. 쇼토쿠 태자聖德太子를 중심으로 한 불교문화의 전성기였다.

드물게도 나는 무가武家와 공가公家 양쪽의 선조를 모두 다 갖고 있다.* 그중 어느 쪽의 고향에 갈 때도 우리가 탄 열차를 따라 아름다운 강이 보였다 숨었다 했다. 우리의 여행을 더할 수 없이 우아하고 아름답게 언제까지고 지켜주듯이. 아아, 그 강. 나는 그것을 알고 있다. 선조들로부터 나에게로 이어진 이 하나의 묵계. 그 동경은 어떤 곳에서는 잠재하고 어떤 곳에서는 숨어 있다, 하지만 죽은 것은 아니다, 오래된 바자울의 장미가 오늘 여전히 살아 있듯이. 할머니와 어머니에게 강은 지하를 흘렀다. 아버지에게 그것은 여울이 되었다. 나에게—아아, 그것은 도도한 큰 강이 되지 않고서 무엇이 될까, 비단을 짜내려가듯이, 신의 축가처럼.

조모의 사후, 낡은 당궤唐櫃에서는 '히로아키 부인'의 일기 몇 점과 오래된 가장본家藏本 성서 등이 발견되었다. 성서는 나전옻칠 문갑 속에 비단보자기로 감싸여 있었다. 일기는 모두 다섯 첩帖. 작은 소나무 무늬와 은박을 입힌 면지.** 속표지에는 어느 신부님의 붓에 의해 성구聖句 두세 줄이 적혀 있었다. 신부님은 스페인에서 태어나 남방의 한 식민지에서 자란 사람이었다. 그 이국의 언어는 나로서는 판독할 수 없었다. 하지만 그 발음이 저 고풍스러운, 유리구슬이 맞부딪히는 듯 투명하고 맑은 울림을 가진 것만 같았다.

히로아키 부인은 한참 윗대의 선조다. 그녀는 열렬한 주主의 제자

---

* 무가는 군사를 관할하는 관직을 가진 가문의 총칭, 공가는 조정에 봉직하는 귀족과 관리 가문의 총칭이다.
** 면지面紙는 장정본에서 서적의 본문과 표지를 결합하기 위해 안쪽에 붙이는 종이.

였다. 그리고 그녀의 남편도. 남편의 성城은 남녘의 어느 굽어든 강 근처에 있었다. 지금 내가 살고 있는 이 쓸쓸한 거처처럼.

부인의 일기는 날짜가 확실치 않다. 5월이 갑작스럽게 8월로 건너뛰기도 한다. 또한 8월 10일에 이어서 적혀 있는 16일이 11월의 16일이 되기도 한다. 말할 것도 없이 날짜가 기록되지 않은 곳도 있다. 그녀의 남편이 병약해서 그 간호로 평안한 날이 없는 상황이었기에. 또한 어느 성에나 떠도는 연두색, 자남색, 회색의 다양한 빛깔을 가진 공기가 그녀의 종순한 시간을 닳아 없어지게 해버렸기에.

어느 여름날, 그녀의 일기에는 이런 식으로 기록되었다.

그날 낮에 일각一刻 가까이 짬이 난 무렵, 그녀의 남편은 안온하게 자고 있었다. 조용한 병실에서는 모든 것이 끄덕끄덕 졸고 있다, 한산습득* 병풍이며 옻칠에 금박은박의 조명등이며 선명한 다다미 테두리 선, 그리고 성주城主의 잠자리 옆에서 몽롱하게 그를 지켜보는 그의 '병'까지도. ……부인은 그렇듯 아주 잠깐, 답답하고 슬픔 깊은 간호에서 해방되었다. 그녀는 몸종에게 곁에서 지켜보라 이르고, 어둡고 서늘한 복도를 빠져나와 위쪽에서 내려오는 빛이 복도 일부분을 은은히 밝히고 그 위를 우러러보면 천상과도 같은 환한 빛이 보이는 계단을 차가운 소리를 삐걱삐걱 울리며 올라갔다.

망루 난간에 몸을 기대자 비로소 계절의 모습과 온도가 눈에 들어

---

* 한산寒山과 습득拾得은 중국 당나라 전설의 선승. 자유분방한 기행을 즐기는 무위도인으로, 두 인물이 파안대소하는 모습을 그린 〈한산습득도〉는 선종화禪宗畵의 하나로 즐겨 그려졌다.

왔다. 평소에 쓰지 않아 먼지가 낀 기둥이며 벽을, 해는 치열하게, 그런 것에까지 신선한 맛을 부여해줄 만큼 쾌활하게 비추고 있었다. 성의 아득히 아래쪽으로 희미하게 성문이 보이고, 거기서 완만한 경사를 그리며 마을이—홍수 때 온갖 파편이 한 덩어리가 되어 좁은 길로 쏟아져 나와 어딘가로 미친 듯이 달려가는 것처럼—검고 낮은 첩첩의 지붕을 줄줄이 겹쳐가며 똑같은 경사를 타고 연달아 바다까지 내려가 있었다. 지붕 있는 곳은 강한 햇빛을 받아 칠기처럼 반짝이고, 동네 변두리로는 거무스름한 소나무 숲이 길게 이어졌다. 그 너머로 흐릿하게 온화한 바다가 내다보였다. 바다 근처는 구름이 잔뜩 껴서 수평선은 보이지 않았다. 단지 그 근처가 습기 찬 모래땅 같은 층을 이루며 비구름이 지그시 겹쳐져 있었다. 헛들은 것인지도 모르지만 부인에게는 거기에서 먼 천둥소리까지 들려오는 것 같았다. 자신의 침울하고 근심 어린 심사가 그 비구름에 고스란히 비친 듯한 마음과 비구름이 퍼져가는 것과 함께 그 근심도 퍼질까 하는 걱정 등이 부인의 시선을 그 풍경에서 돌리게 했는지도 모른다. 그녀는 난간에서 물러나 반대쪽 난간으로 다가갔다. 성은 널찍한 산의 품속 같은 위치에 자리 잡았다. 그래서 그 난간의 정면은 유화柔和한 산으로 향했다. 정면의 산은 약간 멀지만 오른편에 언덕 같은 완만한 산이 친근한 이에게 달라붙듯 바싹 다가와 있었다.

눈 아래로는 겹겹의 흰 담장이며 마나코 벽*이 또렷하게 두드러지는 모습으로 둘러싸고 있었다. 수목은 불길처럼 커져가고 새잎이 난

---

* 흙벽돌로 쌓은 외벽이나 담장에 작은 조각의 기와를 붙이고 그 이은 틈을 석회로 메워 볼록한 흰 선을 그려내는 전통 건축양식. 해삼(마나코)과 비슷한 모양이라고 해서 붙은 이름이다.

벚나무 가득 매미 소리가 자욱하게 울렸다. 산 전면의 녹음이 칙칙한 색감과 잎의 반짝임으로 미묘한 조화를 이루었다. 산 정상 부근에서는 바람이 소란스러운지 수목의 빛이 뒤숭숭하게 무너져갔다. 선반 칸 같은 모양으로 우묵하게 파인 산 중턱의 일부는 수목이 적은 탓에 풀이며 나무 줄기까지 눈부시게 빛났다. 빛나는 풀 사이로 언뜻언뜻 깨끗한 흰색이 보이는 것은 아마도 백합인 모양이다. 미훈微醺의 바람이 쓸고 갔다. 반짝이는 것은 반짝이는 그대로 마치 천상의 한순간처럼 움직이지 않았다. 공기는 맑디맑아서 이런 때야말로 알지 못하는 저 멀리 흐릿한 산들이며 옅은 푸른빛 바다 저 먼 곳까지 손이 닿을 것 같았다. 온갖 것이 손에 잡힐 듯 신비로운 호사를 누리는 마음, 그것이 조용함 속에 아른아른 타올랐다. 부인의 여윈 하얀 얼굴이 그 순간 여느 때 없이 후련한 기쁨의 빛을 띤 것은 의심할 여지가 없다. 깃털 요처럼 몽실몽실한 오른손은 가슴에 드리운 훈은*의 십자가를 가만히 만졌는지도 모른다. 그 몸짓이 어쩌면 그녀 자신에게 그런 초자연적 환희를 부여해주었으리라.

    그녀는 되짚어 떠올리고 있었다. 아직 남편이 건강하던 작년 봄날의 일, 시녀들과 저 산 우묵한 중턱까지 봄나물을 캐러 갔던 것을. 막 새싹이 돋아 가녀린 잎맥이 도드라지는 잎사귀가 비할 데 없이 순하고 부드러웠던 것을. 나물을 캐고 또 캐며 저 우묵한 중턱 아래까지 갔더니 그곳에는 폭포라기에는 너무 작고 가는 물줄기가 흘렀다. 그 위로 아름다운 꽃들이 보이고 퐁퐁 솟아나는 샘이 있는 것도 분명했

---

* 훈은燻銀은 은의 표면을 유황으로 그슬려 깊은 멋을 낸 장식. 비유적으로, 겉으로 화려하지는 않으나 실제 실력이나 멋을 가졌다는 의미로 쓰인다.

는데 길이 위태로워 어쩔 수 없이 되돌아 왔던 그날의 일. —그런 추억 때문에 그녀는 한층 더 골똘히 그 우묵한 중턱을 응시했다. 그곳은 마치 감실*과도 같은 모양새였다.

그러한 응시는 어느샌가 무의식중에 안타까운 소망을 품게 되는 것이다. 정결한, 찰나에 지워져 사라져버릴 듯한 소망이 반드시 약한 것은 아니다, 설령 본인조차 깨닫지 못한 소망이었다고 해도. 그런 유의 소망은 신의 의지를 어느 순간엔가 뒤흔들지 않는다고 할 수 없다. 소망은 아름다운 날갯짓과 함께 그 목적을 향해 날아간다, 그로 인해 일어날 어떤 기적을 준비하기 위해.

그런 한순간이었다. 부인은 우묵한 중턱의 백합 풀덤불 사이에서 마찬가지로 반짝반짝 빛나는 뭔가 새하얀 것을 보았다. 나무 줄기인 것 같기도 했지만 나긋하게 나부끼고 있었다. 지그시 시선을 집중하고 있으려니 (그 소망의 작용으로) 그것은 훨씬 더 가깝게 보이는 것 같았다. 여름 해는 조금도 변함없이 골고루 세상을 비추었다. 매미가 요란하게 울어대고 열기가 후텁지근할 듯한 푸른 계곡 틈에서부터 능선 끝의 무성한 나무숲까지 모든 것이 반짝반짝 따스하게 빛났다. 그녀는 더 똑똑히 보려고 눈을 깜빡거리며 그 빛나는 것을 보았다. 흐릿하기는 했지만 아무래도 그것은 키만큼이나 기다란 반들반들 아름다운 머리칼을 가진 여인으로 여겨졌다. 옷자락이 긴 하얀 옷을 입은 것 같았다. 그 눈부신 흰빛과 약간 거리를 두고 똑같은 하얀 빛이 점으로 보이는 것은 아마도 그 여인이 한 송이 백합꽃을 손에 들

* 감실龕室은 성당이나 사찰, 사당 등에서 신주, 성체 등을 모셔두는 양문형 장.

고 있는 것이 아닐까. 이 근처는커녕 도읍지에 나가더라도 그런 이상한, 그토록 고상한 차림새의 여인은 찾아보려 해도 찾아볼 수 없다는 것을, 부인은 아직 그 자태에 정신을 빼앗겨 옷차림이 특이하다는 점까지는 미처 생각하지 못했다. ……

참으로 이상하구나, 하고 그녀는 생각했다. 낯선 사람인 듯도 하고 친숙한 사람인 듯도 하고, 분명 한 번은 봤던 모습인 것만 같았다. 물론 얼굴은 확실치 않다. 온통 빛에 휘감겨 있었기 때문에.

문득 빛의 정도 차이로 그 여인의 가슴에서 좀 더 날카롭게 반짝이는 것이 언뜻 보였다. 어떤 직감이 부인을 내리쳤다. 그 순간 부인은 그 여인이 어렴풋이 미소를 지으며 두 번 다시 없을 눈빛으로 이쪽을 지그시 바라봤다고 생각했다.

현기증 같은 것을 부인은 느꼈다. 그리고 다음 순간, 이미 그 우묵한 곳에서는 아무것도 보이지 않았다. 욱신거리는 듯한 안타까움이 조용히 그녀의 마음속에 번져갔다. 아아, 저건 십자가야. 거룩하신 성모님의 가슴에서 빛난 것은 십자가야. 부인은 자신의 가슴 위 십자가에 손을 얹었다. 주위에 흩어지는 엄청난 햇빛을 보았다. 그리고 그런 장소에서 이곳을 지그시 바라본 이의 눈에 비친 자신의 모습을 상상해보았다. 거기에 그 여인의 모습만이 겹쳐졌다. 마음이 날뛰어서 그녀는 몸을 부르르 떨었다. 그녀는 무릎을 꿇고 싶었다. 그렇건만 뭔가가 아직 그렇게 하지 못하게 버티고 있었다. 모든 것이 꿈인 것만 같았다. 지금 그녀의 가슴에는 신의 은총도, 선한 '컨시엔셔스'*

---

* conscientious. '양심적인', '성실한'이라는 뜻으로, 집필 당시 서양 문물로서의 영어 사용 유행을 반영하여 발음 그대로 표기했다.

의 기쁨도 없었다. 감동이 두툼한 옷처럼 그녀를 휘감았다. 감동 자체에는 환희도 한탄도 없다. 그것은 생명력과 같은 부류다. 그녀는 생각했다, 인간은 한순간에 이토록 모든 것을 깨닫는구나. 이건 경외할 일이야, 또한 감사하게도 아름다운 일이야. 모든 것을 깨달았어도 그 의미는 그 순간에는 모조리 이해할 수 없다. 이윽고 마음속에 빚어진 것이 아주 천천히 '본 것'의 표면으로 그 의미를 배어 나오게 할 것이다. 하지만 부인은 염려했다. 혹시나 그 의미는 참된 의미와는 한참 동떨어진 관련도 없는 의미인 게 아닐까. 점차로 그녀는 오로지 보는 것에만 집중했던 그 한순간을 후회하기 시작했다. 아아, 처음부터 내가 눈을 감고 무릎 꿇고 기도를 했더라면 좋았으련만. 그랬다면 참된 의미가 티 없는 모습으로 구석구석까지 비쳤을 텐데. 기쁨이 다시 그런 후회로 뒤바뀌었다. 그렇게 뒤바뀔 때마다 그녀의 몸은 온갖 생각으로 부풀어 올랐다, 바람을 가득 품은 돛처럼 기쁨 때문에, 후회 때문에, 또한 그 밖의 온갖 생각 때문에. 마침내 부인은 무릎을 꿇었다. 기도는 이윽고 비둘기처럼 사방으로 날아갔다. 기도는 생명력의 발로여야만 한다. 그녀는 더 이상 사람의 몸이 아니었다. 그녀의 생명력은 이제 그녀 자신이었다. 긴 기도 끝에 몸이 가벼워지자 막 잠에서 깨어난 어린아이처럼 부인은 머뭇머뭇 주위를 둘러보았다. 그러자 저 비구름이 급한 속도로 벌써 망루 위까지 뒤덮으려 하고 있었다. 순식간에 연한 먹빛으로 물들어가는 풍경을 그녀는 망연히 바라보았다. 귓가에서 작은 노랫소리가 들리는 것 같아 부인이 뒤돌아보자 그곳에는 벌 한 마리가 나른한 듯 날고 있었다. 건너편 차양에 큼직한 벌집이 달렸고, 부옇게 흐린 바다를 배경으로

수많은 벌이 그 벌집 주위에 떼지어 몰려 있는 것을 그녀는 비로소
알았다. ……

그날의 일기에서 부인의 붓끝은 춤을 추었다. 위태롭게 흐트러진
몇 행도 있었다. 그 밖의 하루하루는 가지런한, 오히려 냉정할 정도
의 문장이 이어졌는데 그날만은 그녀의 문장이 아닌 것 같기까지 했
다. 그날만…… 그 페이지에는 '작디작은 꽃'이 흐드러지게 피어 있
는 것 같았다.

그녀는 이 기적을 단지 그 신부님에게만 전한 모양이었다. 신부님
이 그것을 전도의 도구로 사용하는 일은 없었다. 그런 점에서 참으
로 보기 드문, 덕이 높은 분이라고 생각되는 것이다.

부인이 본 것은 과연 무엇이었을까. 그것은 오랫동안 나의 숙제가
되었다. 생각하면 그것은 몹시 절박한 경우에 한해 동경이 취하게
되는 아름다운 수단인지도 모른다. 동경은 그 이전부터 줄곧 부인의
마음속에서 커나가고 있었다. 그녀의 선조가 그녀의 마음속에 희귀
한 동경의 씨앗을 뿌렸던 것이다. 그것은 새싹이 되어 쑥쑥 자라났
다. 왜냐하면 부인은 세상에 없이 선한, 세상에 없이 고귀한 마음을
갖고 있었으니까. '거룩하신 성모님'의 현현顯現에 한발 앞서 새싹의
꽃봉오리는 생명이 흘러넘쳐 이제 곧 피어나려 하고 있던 것이다.

꽃이 피는 것은 생명의 탄생이다. 연꽃이 피어날 때 안개 짙은 연
못에서 물고기는 잠들고, 넓고 둥근 잎 위에서는 파랗고 투명한 어
떤 날벌레가 쉬고 있었으리라. 연꽃이 피어나는 소리는 아무도 듣지

못했는지도 모른다. 하지만 그 소리는 하늘하늘 변천하는 꽃을 떠받치며 종소리처럼 몇 개의 산천 너머 마을에 울렸으리라. 사람들은 그것을 닭장의 닭이 홰치는 소리로 들었는지도 모른다. 또한 실제로 한 인간의 생명이 처음으로 푸른 하늘을 얼핏 바라본 순간의, 긴 회임 끝의 첫 울음소리였는지도 모른다. 인간은 평생 그것을 첫 울음소리였다고 믿고, 커나가는 아이에게서 단 하나의 확증을 차츰 알아보게 되리라. 그 아이의 부친이든 혹은 조부든…… 그 소리를 들었던 인간의 임종 때에 비로소 생명의 참된 의미를 알지도 모른다. 그때 인간은 다시금 몇 개의 산하 너머 연꽃의 소리를 듣는 것이다.

  부인은 높은 곳으로 올라갔다, 피어나려는 꽃의 힘에 의해. 개화는 그렇게 준비되었다.
  말하자면 개화한 동경은 그 지극히 성스러운 환영을 향해 던져진 것이다. 만일 던져지지 않았다면 그 여인은 영원히 나타나는 일이 없고, 따라서 영원히 사라지는 일도 없었으리라. 선명하지 않은, 무엇인지 알 수 없는 색채인 채로 영구히 부인의 마음속에 저장되고 끝났으리라. 그렇기에 더더욱 그 여인의 미소에는 뭔가 위태로운, 어찌할 수 없는 것이 있었다. 위기는 이따금 인간의 입술에 저 수수께끼 같은 미소를 띠게 하는 법이다. 환영의 여인은 돌진하는 속도로 다가왔다. 피할 수 없는 깊은 곳에서 달아나기 위해. 하지만 눈 깜빡할 사이에 그녀는 사라졌다. ─아니! 그 위기는 도리어 히로아키 부인의 것이었는지도 모른다. 부인은 옛 고승高僧이 나락의 모습을 바로 코앞에서 목도한 것처럼 하늘과 땅의 경계를 생생히 보았는지도 모른다. 생명력이 드물게도 침범한 이 위험 때문에 그로부터 반년여 만에 그녀는 신의 안식으로 돌아갔기 때문이다.

　　　　　3(상)

　헤이안조가 쇠락의 조짐을 보이자 학림*에는 잡초만 무성해지는 일이 허다했다. 더구나 장원**의 심상치 않은 소문이 일반 백성들의 귀에까지 전해져왔다. 이 이야기는 그런 시대에 만들어졌다. 그것은 나의 까마득히 먼 선조의 한 사람, 어느 직위 높은 당상관에게 바쳐진 것이다. 그 책 한 권이 지금도 우리 집 서고 깊숙이 소장되어 있다. 이 책자의 끈을 풀어볼 때마다 나는 작자의 세상에도 드문 열정과 우리 혈통의 한 가지 특징 사이에서 지극히 가까운 어떤 유사점을 느끼곤 했다. 그리고 그뿐 아니라 이 책자가 우리 일족과 거처를 함께하며 오랜 세월을 지나온 것—그것만으로도 우리 혈통과는 이제 떼려야 뗄 수 없는 인연이 있는 게 아닐까. 애초에 이 이야기의 작자는 아주 지체 높은 여인은 아니었다. 우리 가계와 마지막까지 아무런 연고도 없었다. 하지만 앞서 말한 선조 한 분과 은밀한 관계를 맺어 남자 쪽에서도 어느 해 여름, 몇 밤인가를 잠행하는 모양새

---

* 학림鶴林은 사찰 및 불교계를 가리키는 말로 쓰인다. 석가모니가 입적하자 사라쌍수紗羅雙樹의 숲이 하얗게 말라 마치 흰 학이 모여 있는 것 같았다는 데서 유래한 표현이다.
** 장원莊園은 귀족 및 사찰의 사유지. 나라 시대(710~794년)에 농지 증대를 위해 새로 개간한 토지의 사유화를 인정하면서 시작된 제도다. 헤이안 시대(794~1192년) 말기에는 왕실, 지방 호족, 사찰 신사 등이 장원을 차지하면서 농민에 대한 수탈이 극심해져갔다.

로 여인에게 드나들었다. 이 이야기는 그즈음의 회상으로 글을 펼쳐가고 있다. 여인 쪽은 불타오르고 남자 쪽은 점점 식어갔다. 애착의 끈은 그러나 위태위태한 선에서 끊기지 않고 이어졌다. 여인은 예전에 궁에서 귀인을 모시는—그리 눈에 띨 정도의 직책도 아니었지만—일을 했던 경험이 있어서 거동이며 말투에 어딘지 모르게 고상한 흔적이 있었다. 밤마다 드나드는 일이 거듭되면서 어떻게든 융통해서 멋스러운 가재도구를 마련해 규방을 아름답게 가꿔내는 조신함에 더하여 마침맞은 관녀官女의 검소함도 남자 쪽의 초조한 마음을 다독이는 데 도움이 되었을 것이다.

한편으로 그녀에게는 어려서부터 알고 지내던 한 남자가 있었다. 그 얼마 전에 삭발하고 도읍지에서 그리 멀지 않은 산사에서 수행 중이었다. 번뇌의 불길이 억누를 수 없이 마구 날뛰어서 말할 수 없이 번거로운 절차도 마다하지 않고 빈번하게 서신을 보내왔다. 그 당상관의 무심함이 마침 뼈에 스미는 가을로 접어들자 여인은 차츰 어린 시절 친구인 승려 모습의 그에게로 마음이 기울어갔다.

특히 그쪽으로 마음이 옮겨간 동기에는 당상관에 대해 토라진 마음이나 앙갚음이 적잖이 있었던 것이리라. 그러나 지금껏 냉랭하게 대해왔던 사람을 느닷없이 받아들인다는 건 자존심이 허락하지 않았다. 또한 양손에 쥔 것을 다 놓치는 결과를 걱정하는 실제 속내도 있었다. 그런 온갖 심려가 여인에게 고풍스러운 망설임과 슬픔을 안겨준 것이었다.

이야기는 그 같은 경과의 서술에서 시작해 아래에 적은 한 문단으로 끝난다. 이 이야기는 하인에 의해 어느 비구니원에서 배달되어온 것이지만, 행적의 고백을 굳이 이야기 형태로 지어내 이미 자신을 잊었을지도 모르는 당상관에게 올리고 그것으로써 참회며 사죄를 의탁하고자 한 여인의 심정은 관녀 시절에 보고 배운 문학열일 터라서 마냥 웃어넘길 수만은 없는 구석이 있지 않을까.

 달 밝은 밤, 이런 아슬아슬한 짓에는 걸맞지 않게 모든 게 훤히 눈에 띄었다. ……여자는 산사山寺에서 그리 멀지 않은 동산의 소나무 둥치 쪽에서 애타게 기다리고 있었다. 주위에는 샘물이 끊임없이 졸졸거리는 소리가 울렸다. 맑은 물은 힘차게 넘쳐흘렀다. 가루 같은 물거품이 물의 불꽃처럼 흩어져 주변의 싸리꽃 위로 튀었다. 반딧불이가 그 숲 덤불 잎사귀 끝에서 빛을 내며 날아가는 것을 여자는 가여워하는 마음으로 바라보았다. 그 반딧불은 '제 몸을 태운' 것이라고는 생각되지 않았다. 외부에서 강요하는 대로 피워낸 불을 가만히 수줍게 제 안에서 지켜나간다…… 그러한 순종의 선한 일생, 그런 것을 어렴풋이 느꼈다. 언젠가 자신이 그 생애를 따라가리라는 것은 전혀 알지 못한 채. ……
 이윽고 저만치 소나무 거목 뒤에 몸을 웅크린 사람 그림자가 분명하게 스르륵 움직였다. 남자는 소리를 죽이고 사방을 살피며 벌벌 떨듯이 다가왔다. 오히려 번잡스럽다고 나무라는 눈빛으로 여자는 잔뜩 흥분한 사내의 얼굴을 보았다. ……하지만 두고두고 골칫거리가 될 수도승의 출분이라는 파계를 저지른 탓에 남자의 허둥거림은 어쩔 수 없었다.
 두 사람이 강가 자갈밭을 따라 내려갈수록 도읍지에서 점점 멀어져갔다. 강변에 무성한 산떡쑥이며 달개비 같은 여름 풀덤불에 이슬이 흥건히 내려앉았다. 살그머니 풀잎을 벗어난 반딧불은 점점 멀어지더니 어느새 별에 섞여들었다. ……남자는 말했다. 이제부터 먼 친척뻘인 사정을 잘 아는 백부를 찾아가 그곳에서 일단 옷차림을 바꾼 뒤에 기이*의 고향으로 달아날 것이라고. 여자는 고개를 끄덕였다. 그녀에게는 이 남자가 자기 하고픈 대로 하겠다는 말로 들렸다. 하지만 지금은 그 사람 하나만 의지하는 처지인 탓에 가만히 입술을 깨무는 수밖에 없었다.

강의 상류로 거슬러 올라갈수록 물소리가 한층 높아졌다. 여자는 점점 종순해졌다. 조금 전과는 반대로 남자는 기세가 더해지고 여자는 시들어갔다.

"아, 어쩌면 저리도 무서운 소리가 날까."

"아니, 아니, 바다는 저런 것에 비할 바가 아니야……." 남자는 그렇게 대답할 뿐이었다.

백부의 집을 나와 곧장 기이를 향해 출발했을 무렵, 남자와 여자의 위치는 도읍지에 있을 때와는 완전히 달라졌다. 여자는 고분고분해져서 진심으로 모든 것을 남자에게 맡기고 의지했다. 저 퉁명스러웠던 수많은 답신은 이미 다 잊어버린 것처럼.

"바다? 바다란 어떤 것이지요? 나는 태어나서 여태까지 그런 무서운 건 본 적이 없어요."

---

* 기이紀伊는 현재의 와카야마현과 미에현 일부를 포함한 지역의 옛 이름.

"바다는 그냥 바다일 뿐이야. 당연하지." 그렇게 말하고 남자는 웃었다.

―기이 바닷가, 남자의 고향에 도착했을 무렵에는 곳곳의 풍정에 가을빛이 완연히 깊어졌다. 밤중에야 도착한 그날부터 이삼 일을 여자는 파도 소리에 가슴이 울렁거려 자리에 누운 채 한 번도 장지문을 열려고 하지 않았다.

나흘째 되는 날 아침, 여자는 마음을 정했다. 놀라서 흐트러진 모습을 내보이지 않으려고 남편이 집에 없을 때 혼자서 바닷가로 향했다. 집을 나서자마자 바다가 가느다란 공단 끈처럼 눈부시게 내다보였다. 하지만 파도의 거친 울림은 발밑까지 우르릉 울렸다. 얼굴을 가리고 한달음에 바닷가 모래사장으로 뛰었다. 바닷바람이 귓전에서 홰를 치고 파도 소리는 우우 높아졌다. 발바닥에 메마른 따스한 모래를 느꼈을 때, 온몸이 가냘프게 떨렸다. 여자는 얼굴을 가리고 있던 두 손을 뗐다.

태평한 바다풍경은 마치 당연한 자리에 당연한 것들이 놓인 것처럼 펼쳐졌다. 하늘은 쾌청하고 두루마리그림의 구름처럼 주홍빛으로 반짝이는 구름이 떠 있었다. 아직 연둣빛으로 물든 긴 해안이 오른편을 우아한 팔처럼 힘껏 끌어안고 있었다. 여자는 처음으로 고래잡이 바다의 모습을 가슴속에 베껴왔다. 깊은 상처는 곧장 아픔을 동반하는 일이 드문 것처럼, 여자는 그 순간, 예상했던 무서움과는 전혀 다르다는 것을 알았다. 덥석 가슴으로 받아 안은 그 참에 해신海神은 이미 여자 안에 깃들어버렸다. 죽임을 당하기에 한발 앞서 죽임을 당한다고 의식하면서 굴러떨어지는 듯한 저 신비한 황홀감, 그러한 황홀감 속에 여자는 머물렀다. 거기에는 명확한 예감이 있었지만, 예감이 현재에 끼치는 의미는 없었다. 그것은 아름답게 고립된 현재였다. 완전히 절연된, 그야말로 맑디맑은 한순간이었다. 거기에서는 저 유례없는 수동의 자세가 취해졌다. 지금까지 능동이었고 앞으로도 능동이려 하는 것의 함몰적인 수동이 아니고 과연 무엇일까. 함몰에 동반되는 청순한 방심放心, 그것은 온갖 것을 받아들이고 온갖 것에 물들지 않는다. 이른바 '어머니'의 가슴과도 같은 형태일까. 까닭 모를 풍성한 마음, 넓은 품에 안기는 황홀, 그러한 상태에서 그러나 여자는 금세 풀려나버렸다.

어찌할 도리 없는 막막함과 외경이 덮쳐들었다. 바다는 제 안에서 흘러넘쳐 뒤흔들리기 시작했다. 배가 불룩한 거대한 옹기를 제 몸속에 앉혀둔 것처럼.

집까지 뛰어오자마자 여자는 부들부들 떨면서 바닷바람에 눅눅해진 이불을 뒤집어썼다. ……

그날부터 여자의 마음에 변화가 일어났다. 이전의 빈한한 승려에서 이제 거친 사내대장부로 돌변한 남자에게 처음 느꼈던 그 미더움이나 기운이나 신뢰가 다시 시들시들 쪼그라든 것이다. 미더운 데라고는 없는 승려를 향한 쌀쌀함이나 우월감이라면 그나마 괜찮지만 이제는 참으로 묘한 상태였다. 사내는 어리둥절했다. 바다가 무섭다고 내처 누워 있는 참에 한마디 말을 건네면 갑작스레 대차게 대들기도 했다. 그토록 큰 무서움이라면 차근차근 남편에게 털어놓으면 좋을 것을, '털어놓기'는커녕 기대려는 듯한 모습도 전혀 보이지 않왔다. 그런가 싶으면 느닷없이 바닷가 모래사장에 나가 멍하니 고기잡이배가 오가는 것을 바라보며 우두커니 서 있었다. 그러다가 끝에는 항상 얼굴이 새파래져서 들썽들썽 불안한 얼굴로 돌아왔다.

점차로 남편도 아내도 말이며 행동에 형언할 수 없는 험악함이 담기기 시작했다. 장지문을 닫아걸고 바다를 보지 않으려고 옹크리고 있는데 느닷없이 남자가 그 문을 거칠게 벌컥 열어젖히고 가기도 했다. 여자의 옷소매가 마를 새 없는 날들이 그렇게 점점 많아져갔다. 그러면서도 남자 쪽에서 굽히고 뭔가 말을 건네면 눈을 치켜뜨고 한껏 비난을 퍼부었다.

다시 봄이 왔을 무렵, 여자는 몰래 도망쳐 나와 도읍지에 도착했다. 바다에 대한 두려움을 견디지 못했기 때문인가. 남자가 지겨워졌기 때문인가. 적어도 남자가 무서워졌기 때문은 아니었다. 도읍지로 돌아오자 머리를 깎고 비구니원의 사람이 되었다. 그곳에서 경전을 훑어보는 틈틈이 써 내려간 이야기가 이것이다. 그 마지막 장에 여자는 이렇게 감상을 적었다.

"가는 길에 심상치 않을 만큼 그 남자에게서 느꼈던 두려움과 신뢰는 이제 돌이켜보면 미리 남자 그 자체에서 해신을 본 것인지도 모른다. 남자의 기척, 남자의 몸짓 하나하나에서 바다의 모습을 보았는지도 모른다."

그리고 지난날의 마음으로 적어 내려간 여자의 이야기는 여기서 끝난다. 하지만 나는 거기에 선조들의 계보에서 저절로 읽어낸 어떤 묵계에 따라 소소한 해석을 덧붙이고자 한다. 왜냐하면 나는 '미리 남자에게서 본' 바다의 모습, 처음으로 바다를 목격한 데 따른 그러한 감정이 바다에로 전귀轉歸한 것, 혹은 바다의 상징적 역할을 잃은 남자의 허탈함, 그런 것들 사이에서 하나의 암호를 감지할 수밖에 없었기 때문이다.

　―그건 말하자면……

　'곰곰이 생각해보면 바다에 대한 두려움은 동경의 변형인 게 아닐까. 오랜 세월 무의식의 땅 깊숙이 파묻히고 나무가 되어 감춰지고 억눌려온 동경이라는 것은 어느샌가 두려움의 형태를 취하게 된다. 마치 활발한 아이가 오래 갇혀 지내면 나중에는 완전히 내성적인 아이로 바뀌어버리듯이. 하지만 그런 두려움은 보통의 일반적인 조잡하고 난폭한 "두려움"과는 어울리지 않는 것으로 생각된다. 인간의 현신現身을 거칠게 뒤흔들기는 하지만 결코 상처 입히는 일이 없다. 오히려 엄격하게 질타하는 동안 인간의 마음속 뭔가를 키우고 성장시키는 종류의 두려움이 아닐까. 두려움에 의해 인간의 마음에 수동적 형태를 부여하고, 재빨리 아름답게 일어설 여지를 주고, 어떤 측량할 수 없는 불가견의―"신神"―"좀 더 고귀한 것"이 의도한 자리까지 인간을 이끌어가려는 신비한 "힘"의 작용이 아닐까. 원래 그것은 동경이 끼치는 작용과 완전히 똑같은 것이리라. ……

　이 이야기를 읽은 이가 그러한 기미를 더듬어본다면 한층 더 재미가 깊어지리라고 생각한다. 참된 두려움과 동경의 임시적 모습의 차이가 거기에 명징하게 드러날 테니.

　바다에 대한 두려움에 온종일 부들부들 떨고 납작 엎드려, 더구나

한 조각의 회답조차 남편에게 내주지 않았던 여자는 그때 대체 무엇에 의지하여 몸소 견뎌냈던 것일까. 참으로 여자는 두려움의 대상인 바다에 한결같은 신뢰를 바치고 그 옷소매에 일심으로 매달렸던 것이다. 두 가지 두려움의 차이는 거기에서 읽히는 것이다.'

그리고 또한 바다가 우리 가계와 가진 인연의 또 하나의 예증例證으로서……

3(하)

여기에 한 장의 사진이 있다. 빳빳하고 두툼한 종이판에 타원형으로 붙여진 사진. 그 주위를 빙 둘러 금박 당초무늬와 사진관의 꽃 문자 옥호屋號 등이 적혀 있다. ……할머니의 숙모뻘 되는 분의 우아한 유품이다.

사진은 압화壓花처럼 바짝 말라 있다. 하루하루 일상의 완만한 추이推移와 강렬한 몇 번의 여름날이 그 깊은 안쪽에서 보인다. ……

한 젊은 부인. 연분홍빛의 하늘하늘한 무도복. 그리고 꽃바구니처럼 풍성하게 펼쳐진, 고래뼈 심지*를 넣은 치맛자락. (그 밑으로는 은빛 무도화 코끝이 살짝 내보인다.) ……하지만……

부인의 보드라운 발바닥이 (얇은 구두를 통해) 조심스럽게 딛고

---

* 치마나 도포 자락 끝에 덧대는 천에 고래뼈 등으로 심지를 넣으면 끝이 넉넉히 펼쳐져 움직임이 편해진다.

있는 것은 다다미 바닥의 한복판에 깔린 작은 페르시아 카펫이다. 부인 주위에는 파도가 휘몰아치는 고린*풍의 육쌍병풍**이. 죽림칠현도의 장지문이. 혹은 기나긴 박명薄明 속에 지칠 대로 지친 사람 특유의 차갑게 번뜩이는 눈빛 같은 광택을 띠기 시작한 해묵은 조명이. ……

물론 그러한 명확하지 않은 물건의 풍정은 사진만 보고서는 도저히 알 도리가 없다. 조모가 이 사진을 손에 들 때마다 아아, 여기에는 무엇이 있었어, 여기쯤은 이러저러했어, 하고 생생하게 되짚는 말을 듣고 나까지 그 장면이 눈에 선히 떠오르는 듯했던 것이다.

그곳은 여태껏 한 번도 사용하지 않은 선조의 불단을 모신 방이었다고 조모는 나에게 말했다. ……

순진무구한 어린 날, 부인은 잠깐 바다를 본 적이 있었다. 마음속에 넘실거리던 바다는 그녀의 천진한 정감에 의해 서서히 발효되었다. 몇 년 뒤, 그녀에게 바다에의 동경이 끓어올랐다. 그것은 그녀 스스로도 막을 수 없는 '생명체' 같은 것이었다. 그녀의 집은 귀족 가문이었다. 예닐곱 살쯤 되어서도 그녀는 바다에 나가볼 기회가 없었다. 바다를 언뜻 본 것은 어릴 적이라고 해도 아직 걸음마조차 제대로 떼지 못하던 때였기 때문에 알지 못하는 짙은 청색의 보석처럼 그 추억은 희미하게 반짝일 뿐이었다.

* 오가타 고린尾形光琳(1658~1716). 에도 시대 중기를 대표하는 화가로, 명쾌하고 장식성이 두드러지는 작품을 남겼다. 현대에 이르기까지 일본 회화, 공예, 의장意匠에 지대한 영향을 끼쳤다.
** 육쌍병풍六双屛風은 여섯 폭짜리 병풍 두 개를 한 쌍으로 나란히 놓은 것을 말한다.

꽃이 한창인 숲 39

"바다는 어디까지 가면 있어? 바다는 멀어? 바다에 가려면 무엇을 타고 가?"

근왕파勤王派였던 오라비는 그 무렵 실의에 빠져 젊음이 함몰되기 쉬운 절망 속에서 우울한 기분을 끌어안고 몹시 초췌해져 있었다.

"바다는 아무리 가봐야 있지도 않아. 설령 바다까지 가도 그건 없을지도 모르지…… 이런 얘기를 해봐야 너는 알아듣지도 못하겠지. ……" 그런 의미의 대답을 하고 오라비는 왜 그런지 쓸쓸한 듯 웃기만 할 뿐이어서 그녀로서는 그 진의를 알 수 없었다. ……

소녀가 되어 일가가 도쿄로 이사할 때 그 여정에 바다 옆을 지나갔다. 소녀는 언제까지고 아쉬운 듯 저녁 해가 용암처럼 바다 가득 흐르고 바닷새가 서글픈 소리를 내며 날아오르는 것을 지그시 바라보았다.

그 무렵부터 소녀는 바다를 보는 것에 점차로 만족스러움을 느끼지 못했다. 어쩌면 저 죽은 오라비의 이상한 말을, 귓가를 스쳐 간 산들바람의 향기가 저만치 풀숲 속으로 날아가 섞여버린 뒤에야 비로소 피어오르듯이, 이제는 어렴풋이 알 것도 같았다. 동경이 뱀처럼 허물을 벗은 것이리라. 그러는 동안에만 어떤 질병과도 같은 동경의 무게가 덜어지고 물처럼 맑은 평안 속에 머물 수 있었다. 하지만 바다를 보는 것에서 기쁨이 사라지는 일은 결코 없었다.

뱀의 허물벗기가 끝나자 바다에의 소망은 그것을 뛰어넘는 또 다른 것으로 바뀌었다. 한없이 착했던 벗어놓은 허물, 그다음에는 좀 더 노골적인 약동하는 동경이 기다리고 있었다. 바다 저 멀리 맑게 갠 가운데 위태로운 섬 그림자가 떠오르고, 그 섬에는 깜짝 놀랄 만큼 색색의 옷을 걸친 사람이 살고, 유황인지 뭔지가 섞인 비처럼 따끔거리는 햇살이 방울방울 떨어지고 있으리라, 공작이며 앵무새가 노닐고 있으리라…… 은밀한 종교, 남모르는 의식이 치러지는 왕국…… 그 같은 환상을 그녀는 가슴속에 품었다. 열대에 가기 위해서는 일단 바다로 가지 않으면 안 된다. 바다에 대한 동경도 그런 까닭에 사라지지 않고 남아 있었다. ……

부친이 한때 외교 관련 일을 했기 때문에 서양 사람들이 그녀의 집에 드나드는 일은 드물지 않았지만, 하얀 마 소재의 단정한 옷을 입고 피스 헬멧*을 쓰고 찾아오는 그런 이국인이며 그들이 선물로 들고 오는 큼직한 '코코넛' 열매며 남국에 대한 영문 설명이 달린 사진첩 같은 것을 그녀는 까닭 모를 그리운 눈빛 ……때로는 고향 풍물을 보는 듯한 ……때로는 지그시 자신의 내면을 응시하는 듯한 ……그런 눈빛으로 매번 바라보곤 했다. 하지만 그 그리움이 그 사람을 향한 것이 아님은 말할 나위도 없다. 차림새나 선물이 실어 온 어떤 '느낌' ……그 '사람'이나 물품 위에 군림하고, 원광圓光의 형태로 온통 둘러싸며 주위의 모든 것을 서서히 그것과 흡사하게 만들어 가는 약품과도 같은 작용을 한 것이었는데 ……그런 것에 대한 그리움에 지나지 않았다. ―여름 저녁 해가 강물의 윤슬처럼 풍성하게 흘러내릴 때면 그녀는 열대에 대한 공상에 자신을 잊었다. (저녁 해가 쏟아져 내린다. 어느 창문에서 레이스커튼을 통해 수없이 많은, 흔들흔들 수런거리는 수목의 잎사귀에 여과되어, 눈물을 흘릴 때면

---

* 열대 지방에서 더위를 피하기 위해 쓰는 모자.

보이는 그 무수히 겹쳐진 얇은 렌즈—물거품처럼 뒤엉킨 무수한 작은 원이 되어 북유럽 취향의 쿠션이며 팔걸이의자의 마 소재 덮개며 서늘하게 보이는 벽난로의 석재 등에 마구잡이로 변덕스러운 저녁 해가 쏟아져 내린다. 불꽃의 일렁임처럼 방 안이 한순간 환해졌다가 다시 약해져버린다. ……)

그리하여 서서히 그녀는 자신의 동경을 강화해가는 것으로 스스로를 강하게 만들어갔다. 싫어했던 여름이 그 무렵에는 유난히 기다려졌다. 왜냐하면 바다와 열대에 대한 동경은 주로 여름날 아침 혹은 노을이 지기 전의 과실처럼 향기로운 저녁 시간에 나타났기 때문이다. 그녀는 동경에 몰입했다. 참으로 그것은 몰아沒我의 군건함이었는지도 모른다. 그리고 몰아는 어떤 경우에도 항상 다른 것을 제쳐버리고, 즉 말을 바꾸면 다양한 '타자' 속에 존재하는 '나'를 지워 없애고 앞으로 밀고 나가지 않으면 안 되는 것이다. 나를 없애고 나갈 때, 그곳에는 또한 저 위태롭고도 사나운 생명이 도리어 거세게 솟아나는 것이다.

'피서'라는 관습은 거의 없던 시절이었기 때문에 몇 년째 바다를 못 본 여름이 이어져서 부인은 뭔가 성에 차지 않는 마음이었다. 자신이 남편에게서 흡족함을 느끼지 못하는 것은 이를테면 '여름' 같은 동경의 대상이 남편 안에는 존재하지 않기 때문이라는 건 전혀 깨닫지 못한 채. ……

그 화사한 사진을 찍은 것은 그런 여름의 어느 날이었다. 그것은 뇌우가 쏟아진 저녁나절이었다. 느닷없는 돌멩이를 맞고 쩍 갈라지는 옹기의 빗금처럼 번개가 잽싸게 내달렸다. 돌멩이가 때리는 소리는 거꾸로 그 뒤에야 다가와서 부인의 집 넓은 응접실을 울렸다. 남편은 하나에서 열까지 서양식으로 꾸며진 응접실 한가운데쯤 자리를 잡고 부인을 기다렸다. 이윽고 로코코풍 조각이 새겨진 문을 열고 앞서 서술한 옷을 차려입은 부인이 들어왔다.

"이제 곧 사진사가 올 텐데, 당신은 이 방에서 찍을 생각이지?"

"글쎄?" 부인의 눈에 뭔가 장난기 어린 그늘이 나타났다. 부인은 그 죽은 사람처럼 창백하고 비쩍 마른 남편을 바라보기에는 너무도 어울리지 않는 환한 표정을 하고 있었다. 오른손으로 연분홍빛 비단 부채를 빙글 돌리면서 아무 생각도 하지 않는 것처럼 보였다. 그러면 어느 방에서……라고 남편이 물어보려고 했을 때, 하녀가 문을 두드렸다. 그녀와 함께 뚱뚱한 사진사가 들어왔다. 천둥은 좀 잠잠해지기 시작한 것 같았다. 뚱뚱한 사진사는 부인의 옷치장을 약간 과장되게, 하지만 숨길 수 없이 홀린 듯한 말로 칭찬했다. 남편은 이건 오늘에야 겨우 완성해서 가져온 옷이라고, 내일의 야회夜會로 때를 타기 전에 사진을 찍고 싶었노라고 말했다. 그 얘기 틈새에 언뜻 불꽃처럼 불안한 번개가 내달렸다.

남편은 다시 한번 물어보기로 했다. 그가 입을 열려고 하는데, 그것을 젊디젊은 부인의 목소리가 가로막았다. 부인의 목소리는 부드럽고 얇은 오렌지색 잔물결을 일으키며 흘러나왔다. ……

"이 방에서 찍지 않을 거예요. 여보, 저 방, 저 불단 방으로 가요!"

그 말은 남편의 놀란 마음에 패배자에게 내리는 선고처럼 들렸다. 부인의 그 말에는 어딘지 우격다짐으로 밀어붙이는 듯한 구석이 있었다. 남편은 자리에서 일어섰다, 마치 몽유병자처럼. 사진사는 어리둥절하고 있었다. —그 방. 하녀가 다급하게 일어나 움직이기 시작했다. 불단 한편에 사진기가 자리를 잡았다. 환한 등이 밝혀졌다. ……

남편은 가늘게 몸을 떨었다. 예전에 그 방은 그의 '장소'였던 곳이다. 그는 그곳에서 나오면서 점차로 쇠약해졌다. 그는 그곳으로 돌아가지 않으면 안 된다. 아아, 하지만 그는 그곳에 돌아갈 수 없었다. 그 옛날 그와 방 사이의 '거부'는 길항하고 있었다. 그 방을 나온 이래로 방의 '거부'는 그의 거부를 이겼다. 하지만 그곳이 텅 비었다는 게 유일한 위안이었다. 비었다는 것은 그의 버팀목이기도 했다. —지금 그곳은 가득 채워졌다. 게다가 거기에 걸맞지 않은 뛰어나게 아름다운 절대적 생명에 의해. 그 자체가 숨 쉬는 꽃이기라도 한 것처럼 방 전체는 그를 향해 화려한 거부를 내던지고 있었다. 방은 눈부시게 빛나고 있었다. —하지만 그것은 곧 방의 힘찬 멸망의 징표였다. 남편 자신의 멸망의 징표였다.

남편은 그 아름다운 거부의 이면에서 화려한 생명에 짓눌린 방의 고뇌를 보았다. 그는 두 손으로 얼굴을 가렸다. 방은 마치 기적처럼 빛났다. 그 한가운데 화관花冠 같은 젊은 부인의 모습을 띄워 올리며.

그 사진을 찍은 날로부터 엿새째 되는 날, 백작은 숨을 거두었다. 부인은 수많은 조문객 앞에서 시신의 베갯머리 옆에 눈물도 보이지 않고 가만히 앉아 있었다. 사람들이 떠나자 부인은 갑자기 그 자리에 엎드려 소리 내어 울었다. —기나긴 상喪의 계절, 그곳에서는 백합조차 검은 백합만 피어날 듯한 계절이 느릿느릿 지나갔다.

상을 마치고 얼마 안 되어 어느 호상豪商의 구혼을 받아들여 화촉의 연회를 열었다. 새 남편은 출신이 비천했다. 남쪽 지방의 바다에서 사업을 해서 내지에는 거처도 없었기 때문에, 처음의 놀람 뒤에 세상 사람들은 이번에는 흥미롭게 일의 경과를 지켜보기 시작했다. 부인에게는 상대의 마음속에 자기만의 동경의 씨앗이 있다는 게 무엇보다 미더운 점이고 사랑할 보람이 있는 까닭이기도 했다. 동경의 잉걸불을 북돋우는 것—그것은 그 무렵 부인의 마음속에서 지금까지보다 훨씬 더 큰 의미를 이끌어냈다. 남편의 죽음에 의해 체념이 어느 지점까지 그녀를 끌어올렸을 때, 잉걸불을 북돋우는 일은 이제 욕구가 아니라 숙세宿世의 업이자 마땅한 사명인 양 생각되었다. 그런 까닭에 새 남편은 자진해서 도쿄에 거처를 마련해 살기로 마음을 먹었는데도 오히려 부인이 나서서 남쪽 나라로 다시 돌아가자고 채근했다.

—배가 안벽을 벗어나자 팽팽히 당겨졌던 것이 실신하듯이 전송餞送 테이프는 가뭇없이 툭 끊겼다. 배웅하는 사람들의 무수한 색깔이 마치 다양한 그림물감을 차례차례 섞어나가듯이 멀어져가고 그에 따라 점점 하나의 쓸쓸한 색깔로 흐릿해져버렸다. 그곳에서 주고받은 애환, 그런 건 어디를 찾아봐도 사라져버려 두 번 다시 볼 수 없는 것처럼 여겨졌다. '선실로 들어가지' 하고 새 남편이 말했다. 부인은 눈물을 글썽이며 천천히 걸어갔다. 그러다가 왜 그런지 갑작스레 자신의 뒷모습을 상상했다. 서글픔 때문에 아내가 잠시 휘청거리는 모습을 남편은 놓치지 않았다.

—내 집에서의 생활 이외에는 즐거움을 찾을 수 없는 섬에서의 나

날. 도쿄에서 배가 도착하면 그때마다 온갖 주문품이 이 저택에 배달되었다. 남편이 주문한 물건은 따로 미국에서도 늘 배달이 왔다. 그 두 가지 유행의 매우 절묘한 융합이 부인 안에서 이루어졌기 때문에 우연히 이 집을 방문했던 한 미국인은 저 '도자기의 나라 여왕'의 환영을 봤나 하는 착각에 빠졌다. ……그런 세월 동안 부인의 미칠 듯한 동경은 끝내 채워지는 일 없이 오히려 동경과는 크게 동떨어진 곳에서 끝났지만, 그러나 완전한 파탄과 실의 속에 그 생활이 막을 내렸다고는 할 수 없었다. 왜냐하면 부인 스스로 도회지로 돌아가는 것을 완강히 거부했기 때문이다.

하지만 이곳에 내려온 뒤로 그녀의 저 생명의 샘은 말라붙고 동경의 나이팅게일은 노래하는 일이 줄어들었다. 조용한 '일본 여인'의 쇠퇴가 게으른 '섬 여인'의 像 위에 새겨져갔다. 한 치도 어긋나는 일 없이. ……

그녀의 오래된 지인 중 한 사람이 기나긴 남쪽 지방 편력 끝에 어느 날 그 저택으로 그녀를 찾아간 적이 있었다. 도회지의 집에 돌아온 뒤에 상재한 기행문의 한 구절에……

'백작부인(나는 아직껏 이 옛 호칭으로밖에는 그 부인을 표현할 방법을 알지 못한다)은 나에게 이런 말을 들려주었다.
"이렇게 안에 있는데도 바다가 보여서 참으로 기분이 좋답니다. 하루의 즐거움이라고 하면 저기 저 코코넛 숲 너머로 저녁 해가 지는 것을 바라보는 때겠지요." 게다가 그런 얘기를 할 때 백작부인의 얼굴에는 쓸쓸한 듯한 그늘도 초라한 기미도 없었다. 오히려 예전과 전혀 다를 바 없는 화려함까지 보이는 것 같았다.

 부인은 어슴푸레한 순백의 방 안에서 온종일 등나무의자에 몸을 눕히고 뜨개질을 하고 책을 읽고 기묘한 남국의 새에게 모이를 주고 때로는 나에게도 서양주의 술잔을 권하면서 보냈다. 식사에는 부군도 자리를 함께해주었다. 기나긴 남녘 여행 중에 내가 그런 근사한 요리를 만난 것은 그때 단 한 번뿐이었다. ……'

 부인은 얼마 뒤에 이 남편과도 헤어지고 고향에 돌아와 시골의 너른 땅에 전통가옥을 짓고 세상 떠날 때까지 그곳에서 살았다. 혼자 몸의 비구니 같은 생활은 40년 가까이 이어졌다. 과거의 기구한 세월과는 딴판으로 부인의 순결함은 세상 미망인들의 귀감이라는 칭송을 들었다. 세상 사람들은 그 가혹한 열대와의 이혼을—부인이 스스로 결정해 머물렀다는 건 전혀 알지 못했기 때문에—오히려 동정의 눈빛으로 바라보았고, 사기를 당한 여인으로 여기며 약간은 불명예스러운 호의를 보내주었다. 하지만 부인은 그 산장을 찾아오는 이에게 추억인지 하소연인지 알 수 없는 말투로 젊은 시절의 바다에 대한 치열한 동경을 이야기하는 일도 없지 않았다. ……

 호젓한 잡목림의 오솔길을 걷다가 올라가기 위험할 듯한 비탈길로 접어들면 벌써 검은 가부키몬*이 보인다. 낡은 선박의 널빤지를

---

* 가부키몬冠木門은 양쪽의 굵은 기둥 위에 일자 가로대를 건너지른 지붕 없는 문으로, 단순하지만 위엄이 있다.

꽃이 한창인 숲 47

잇댄 담장 위로 새잎 돋은 벚나무와 모밀잣밤나무가 짙푸른 가지를 드리웠다. 노부인은 항상 안쪽 깊숙한 거실에서 손님을 만났다. 그 방에서는 까무러칠 듯 울어대는 매미 소리가 희미하게 들리고, 바위의 배치가 아름다운 정원에는 온통 수목의 그림자가 사라사 천처럼 너울거렸다.

"그 바다 이야기를 좀 해주시겠습니까? 그 얘기를 꼭 듣고 싶어 찾아왔습니다."

"아이, 천만에요. —대체 어디로 가버렸는지 모르겠어요, 그런 호기심 많아서 즐거운 느낌은. ……내 어딘가에 그런 게 남은 것처럼 보이나요?"

그렇게 대답하면서 어렴풋이 미소 지을 뿐이었다. 하지만 그러고 나서 왠지 느닷없이 정원을 안내해드리지요, 보여드릴 만한 곳도 못 되지만, 이라고 권했다.

손님은 앞장서서 안내해주는 노부인의 발걸음이 단단하고 정정한 것에 아마 놀라지 않을 수 없었을 것이다. 대숲을 지나고 서늘한 정자를 빠져나가 뒤뜰에 자리한 높직한 언덕바지에 올라서자 그녀는 말없이 뒷짐을 지고 건너편을 바라보았다.

언덕에는 느릅나무며 떡갈나무가 빽빽이 들어차고 일대에 단풍이 마치 고귀한 액체라도 마신 듯 물들었다. 발치에 두툼하게 쌓인 낙엽 위에 다시 낙엽이 팔랑팔랑 떨어져 포개졌다.

그곳에서는 오래된 마을 풍경이 한눈에 내려다보였다. 마을 저 멀리 드문드문 소나무 숲의 윤곽이 보이고 바다가 아름답게 쟁반에 가득 담긴 것처럼 조용히 빛났다. 조팝나무 꽃 같은 게 두세 개 흩어져

느릿느릿 흘러가는 듯이 보이는 것은 흰 돛단배였다.

　노부인은 의연했다. 백발이 살랑 휘날렸다. 온화한 은빛 윤곽을 그리며 지그시 입을 꾹 다물고 선 채 ……아, 눈물을 글썽이는 것인가. 기도하는 것인가. 그것조차 알 수 없다. ……

　손님은 문득 고개를 돌려 바람에 술렁이는 떡갈나무 꼭대기가 스윽 물러난 순간 눈부시게 드러난 새하얀 하늘을 올려다보았다. 왠지 모를 초조한 불안에 가슴이 먹먹해졌다. '죽음'과 나란히 곁에 선 것처럼 그는 느꼈는지도 모른다. 생生이 극한까지 돌아간 팽이처럼 맑은 정밀, 즉 죽음과도 같은 정밀과 나란히 곁에. ……

(1941년)

중세에 한 살인상습자*가 남긴
철학적 일기의 발췌
中世に於ける一殺人常習者の遺せる哲學的日記の拔萃

□월 □일

무로마치 막부 25대 쇼군將軍 아시카가 요시토리를 살해.** 백합 무늬 모란무늬 우치카케*** 차림의 여자 여럿을 줄줄이 앉혀놓고 쇼군은 오만하게 드러누워 붉은 옻칠 담뱃대로 아편을 피우고 있었다. 그는 졸음에 겨운 듯 남만南蠻에서 건너온 오색 수정의 대령****을 울

---

* 이 작품에서의 '살인상습자'는 미의 현현자顯現者, 미를 영원히 가둬두는 자, 즉 예술가를 뜻한다.
** 무로막치 막부의 쇼군은 15대에서 끝난다. 아시카가 가문의 2~15대 쇼군은 모두 요시義가 들어가는 이름을 썼지만, '아시카가 요시토리'는 가상의 인물이다.
*** 우치카케袿襠는 여성용 덧옷. 기모노의 일종으로 화려한 문양의 자수가 특징이며 옷자락이 뒤로 길게 늘어지는 예복이다. 현재는 결혼식에서 신부복으로 입는다.
**** 대령大鈴은 놋쇠 등으로 만드는 종 모양의 방울로, 군령이나 경고 신호에 쓴다.

렸다. 그는 살인자를 예감하지 못했다. 쇼군은 살인자를 도리어 쇼군이 아닌가 하고 의심했다. 살해된 그의 피가 진사*처럼 말라붙어 화려한 운겐베리**에 점점이 얼룩졌다.

살인자는 아는 것이다. 살해되는 것에 의해서가 아니고서는 살인자는 완성되지 않는다는 것을. 그리고 이 쇼군은 결코 살인자의 후예가 아니었다.

□월□일

살인이 나의 성장이다. 죽이는 것이 곧 나를 발견하는 것이다. 잊힌 생에 다가가는 수단. 나는 꿈꾼다, 거대한 혼돈 속에서 살인은 얼마나 아름다운가. 살인자는 조물주의 이면이다. 그 위대한 공통, 그 환희와 우울은 공통이다.

정실正室 레이코를 살해. 스윽 몸을 물릴 때의 아름다움이 나를 매혹한다. 생각건대 죽음보다 더 큰 수치는 없으리니.

그녀는 오히려 죽임을 당하는 것을 반기는 듯하였다. 그 눈에는 차츰차츰, 오롯한 안식의 눈물이 빛났다. 나의 흉기 끝에서 하나의 묵직한 것—하나의 묵직한 금과 은과 비단이 한꺼번에 무너져 내리는 것이 느껴졌다. 그리고 그 상실되어가는 영혼을, 신기하게도 살인자의 칼날은 애써 받쳐주는 것 같았다. 더할 수 없이 무정한 아름다움

* 진사辰砂는 수은의 원료인 황화수은. 광택이 있는 진한 붉은색으로, 예부터 단丹이라 불렸으며 붉은색 안료로 쓰였다.
** 운겐베리繧繝緣는 화려한 문양의 천을 두른 다다미 테두리. 신분에 따라 제한이 있어서 가장 격이 높은 천왕, 왕족, 쇼군, 고승 등이 사용할 수 있었다.

이 그 받쳐주는 방식에는 존재한다. ……방금 도자기처럼 희고 자그마한 턱이 어둠 밑바닥에서 메꽃처럼 떠올랐다.

□월□일 [의지에 대하여]

살인자에게 낙일落日은 몹시도 아프다. 살인자의 영혼에야말로 붉게 타오르는 낙일은 잘 어울리는 것이다. 낙일이 품은 우울은 극도로 수렴된 열정에서 나온 장독*이다. 그것은 아름다움 그 자체까지 죽일 수 있는 것이다.

걸인乞人 126인을 살해. 이 비천한 쓰레기들은 널름널름 맛있다는 듯 죽음을 먹어버린다. 살인자의 의지는 더할 수 없이 건강하다.

오추汚醜가 한데 모인 장소에서 썩어 문드러진 살은, 그리고 새로운 아름다움에의 의지—라기보다 그것이 그대로 철저한 미의 증거로 보였다. 더 이상 건강이라는 수사修辭가 무슨 의미가 있으랴.

역한 바람이 살인의 거리를 스쳤다. 사람들은 그것을 알아차리지 못했다. 죽음에의 의지가 저 멀리 돛단배가 떠 있는 이 아름다운 거리에는 결여되어 있다.

□월□일

노가쿠**의 여장 미소년 배우를 살해. 그 입술은 반들반들 요염하게 흔들려마지않는 벚나무 붉은 꽃잎처럼 경련했다. 노能 의상이 그

---

* 장독瘴毒은 풍토병. 덥고 습기 찬 땅에서 생기는 독한 기운.
** 노가쿠能楽는 일본의 전통 가면 음악극.

화염태고*며 도라지꽃무늬로 차갑고 잔혹하게 또한 묵직하게, 황매화 심지**처럼 창백한 죽어가는 호리 낭창한 몸뚱이를 껴안았다. 나의 칼날이 그 봄에서 뽑혔다. 비단벌레 날개 빛깔의 무지개를 그리며 화려하게 솟구칠 그의 피를 위해. ……받아들이는 데 충실했던 소년은 이제 살인자의 한 찰나의 묵계를 믿었다. 상실되어가는 것을 상실해가면서 살인자 또한 받아들이지 않으면 안 되었다. 살인자는 그 위태로운 자리에 몸을 던진다. 그리하여 그가 곧 투신자投身者―부단히 흘러가는 것. 바로 그가 그것을 향한 의지로 불타오르는 것이다. 언제라도 그는 죽이면서 살고 또한 부단히 죽어간다.

□월□일 [살인자의 산책]

봄의 아름다운 하루를 살인자는 느긋하게 산책했다. 그의 경례敬禮는 한가롭고 우아했다. 봄의 숲은 그를 맞이하여 윤회 그 자체처럼 수런거렸다. 작은 새가 노래한다, 나도 노래하리라, 작은 새여, 노래하라, 나도 노래하리라. 한없는 유혹에 그곳에서는 노래할 수 있었다.

하지만 지금은 쾌유의 계절. 기다리는 것에서의 쾌유, 배반하는 것에서의 쾌유, 모든 약속에서 쾌유하는 그만큼 그를, 그 살인자의 가슴을 아프게 하는 계절은 없었다. 그에게는 어떤 질환보다 쾌유가 무익하게 다가왔다. 그곳에 그는 몸을 던질 수 없었다. 그 장소에서

* 화염태고火焰太鼓는 둘레에 불꽃무늬 장식이 있는 큰 북.
** 봄에 노란 꽃이 피는 황매화 나무의 줄기를 잘라 다른 줄기 끝으로 밀어내면 하얀 뼈대 같은 심지가 튀어나온다. 신축성이 있어서 아이들의 장난감 총알이나 낚시찌로 쓰인다.

그는 투신자가 될 수 없었다.

살인자는 경멸했다, 쾌유를 향한 열정을. 그는 꽃이 다시 꽃으로서 존재하게 하려는 살인자가 아니다. 다만 꽃이 영원히 꽃으로서 존재하게 하고자 그는 살인자가 되었던 것이다.

그러한 생각은 그의 활달한 발걸음을 아침이슬에 젖은 나비의 비행처럼 살랑 흔들리게 했다. 봄의 구름이 떠 있었다. 숲이 풍성한 바람 속에 허연 잎 뒷면을 뒤집어 내보였다.

그런 까닭에 그에게는 아픈 것이었다. 숲이며 샘이며 나비와 새, 만월滿月의 우려스러운 화조도花鳥圖. 오솔길과 태양. 그런 것들로 채색된 모든 시상時象이. ……

그에게 아픔을 촉구하는 것, 그것은 후회가 아닐 것이다. 생을 추구해가는 그의 눈에서 눈물을 찍어내게 하는 것은 후회가 아니다. 그것은 아마도 그 자신의 건강인지도 모른다. 계절의 유역流域을 헤매기 위해 그는 새로운 의상을 마련하지 않는다. 흉기는 만능은 아니다, 그 건강조차 도륙하지 못하는 그 자신의 흉기는.

예전에 모멸의 표정이 그에게는 얼마나 고귀해 보였던가. 또한 고통에의 존숭尊崇이 그에게는 얼마나 겁 많고 나태해 보였던가. 그의 영혼은 정처 없이 흐느껴 울며 세계에 더할 수 없이 우아한 것을 위해, 혹은 스스로 그러한 것이 되기 위해, 그는 다시금 자신의 흉기를 손에 든다.

□월 □일

그를—살인자를, 기쁘게 맞아들이며 부르는 수많은 이들의 노래.

아아, 명부冥府의 바람이 분다

어슴푸레한 하늘 끝
해는 서풍에
난만爛漫히 저물어간다
(죄의 빛은 내 몸에 가득 차
속이 투명하게 보일 만큼 환히 빛나네)

모든 인간에게도 타자他者
신들에게도 타자
그렇게 꽃처럼 온전하다—
굉굉히 저물어간다

맞이하라, 낡은 자여
그 힘으로써 짧은 순간 통곡하고
그 탄식으로써 영원히 죽여라!

*

□월□일

유녀遊女 시노를 살해. 그녀를 죽이자면 우선 그 엄청난 의상을 죽이지 않으면 안 된다. 그녀 자신에까지, 그 의상의 핵核—그 의상의 깊숙이 접혀 들어간 안쪽에까지 도달하는 것은 나로서는 할 수 없었다. 그 안에서 그녀는 도달하기 전에 이미 죽어 있었다. 일각 일각 그녀는 영원히 죽는다. 백천의, 억조의 죽음을 그녀는 죽는다. ……

이미 그녀에게 죽는다는 것은 춤의 일종에 지나지 않았다. 춤이 예전에 그녀 안에 깃든 이래로 세상은 다시금 춤이었다. 눈과 달과 꽃,* 타오르는 것, 피어나는 것, 서성거리는 것, 흐르다가 장애물에 일렁이는 것, 그 모든 것이 춤이었다. 유녀 시노가 잠들었을 때, 춤은 그 이마 언저리에서 향기롭게 숨 쉬었다.

붉은 고깃덩이 같은 죽음의 냄새 속에서 그녀는 거칠 것이 없었다. 그녀가 거침이 없을수록 나의 칼날은 점점 더 깊숙이 그녀의 죽음을 향해 가르고 들어갔다. 그때 칼날은 새로운 의미를 가졌다. 내부에 들어간 게 아니라 내부로 나간 것이다.

시노의 거침없음이 나를 상처 입혔다. 아니, 거침없음이 나에게로 함몰해 들어왔다―.

함몰에서부터 나의 투신이 시작되는 것이다, 모든 아침이 장미 꽃 받침의 가장자리에서부터 시작되듯이.

살인자는 그리하여 다양한 것을 알게 된다. (실로 죽인다는 것은 안다는 것과 매우 닮았다.)

함몰에의 기원祈願이 있다는 것, 투신자야말로 세계에서 둘도 없는 우아한 자가 아니면 안 된다는 것. 그런 것들을 장미가 새벽을 알아보듯이 지극히 총명하게 우리는 알게 될 것이다.

---

* 설월화雪月花는 사계절의 변화에 따른 아름다운 자연 풍물을 말한다.

□월 □일

오늘 살인자는 항구에 나갔다. 명나라로 향하는 해적선이 출항 준비를 하고 있었다. 바람에 일제히 몸을 굽힌 바닷가 소나무에 아침 해가 비쳤다.

그는 친구인 해적 두목과 마주쳤다. 해적 두목은 그를 데려가 정박한 배의 한 방으로 안내했다. 산호를 주렁주렁 매단 채 과실처럼 닻이 감청색 물속에 내려져 있었다. 낯선 오전午前이 그곳을 점령하고 있었다.

"자네는 미지未知로 가는군!" 선망의 마음을 담아서 살인자는 물었다.

"미지? 자네들은 그렇게 말하는가? 우리가 쓰는 말로는 그건 이런 의미야. ―상실된 왕국으로. ……"

해적은 날아오르는 것이다. 해적은 날개를 갖고 있다. 저들에게는 한계가 없다. 저들에게는 과정이 없는 것이다. 저들에게 불가능이 없다는 것은 가능 또한 없다는 것이다.

그들은 발견했다고 한다.

우리는 단지 보았다고 한다.

바다를 뛰어넘어 해적은 언제라도 그곳에 돌아가는 것이다. 우리는 꽃피기 시작한 섬을 만날 때, 그 섬이 황금의 불꽃을 감추고 있다는 것을 탐지해낸다. 우리는 이유 따위, 없다. 우리가 바다를 넘어 도적질을 하면 재보財寶는 언제나 이미 우리의 것이다. 천성적으로 보편普遍이 우리에게 속해 있다. 새롭게 획득한 아름다운 백인 여자 노예도 우리는 보자마자 언제나 우리 것이라고 느낀다. 창조도 발견도

'항상 존재했던' 것에 지나지 않는다. 항상 존재했다. —그리하여 무편재無遍在하게 그것은 있는 것이리라.

미지란 상실되었다는 것이다. 우리는 이유 따위는 없으므로.

살인자여. 꽃처럼 완전한 것에 질식하지 마라. 바다야말로, 그리고 바다만이, 해적들을 이유 따위 없게 만든다. 그대 앞에 있는 시시한 문턱, 그 뱃전을 뛰어넘어라. 강한 것은 좋은 것이다. 약자는 돌아갈 수 없다. 강한 것은 상실할 수 있다. 약자는 상실될 뿐이다. 저 맞은 편의 세계가 그들의 눈에는 간과된다.

바다이어라, 살인자여. 산정의 소나무에 바닷바람이 몰아치면 해적들의 가슴속에서 부채처럼 펄럭이는 것이 있다. 우리 또한 하치만의 신*에게 누사**를 흔들며 기원한다. 우리의 기원은 기존旣存을 향한, 기정旣定을 향한 기원이다. 무엇을 위한 기원이냐는 것인가? 이유 따위는 없는 기원이란 항상 그런 것이다.

바다이어라, 살인자여. 바다는 한없이 유한하다. 영롱한 푸른 물결에 우주가 그림자를 떨굴 때, 그 그림자는 이미 존재하던 것이다.

붉은 흙의 언덕 뒤편에서 진기하다는 듯이 나타난 교계사***들은 우리를 보면 두려워하며 무릎을 꿇었다. 짙푸른 해협의 조류 밑바닥을 푸르스름한 상어 떼가 진주 모패母貝를 뒤흔들며 지나갔다. 하치만 신의 깃발 아래에는 수없이 죽음이 머물렀지만 남쪽 섬들에서 불

---

* 하치만 신八幡神은 무사 계급의 수호신.
** 누사幣는 신사에서 기원을 올리며 죄나 부정을 털어낼 때 쓰는 도구로, 가늘고 길게 자른 종이나 마, 목면 등을 달아서 사용한다.
*** 교계사教戒師는 수형자에게 덕성 교육을 하는 사람.

어오는 풍윤한 계절풍이 순식간에 그것을 떨쳐냈다.

"무엇을 생각하는가, 살인자여. 자네는 해적이 되어야 해. 아니, 자네는 해적이었던 거야. 지금이야말로 자네는 그곳으로 돌아가야지. 아니면 돌아갈 수 없다고 자네는 말하려는 건가."

살인자는 침묵했다. 한없이 눈물이 흘러 떨어졌다.

타자와의 거리. 그것에서 그는 달아날 수 없다. 무엇보다 먼저, 거리가 그곳에 있다. 거기에서부터 그는 시작하므로.

거리란 참으로 미묘한 것이다. 매화 향기는 무슨 영문인지 어둠 속에 퍼진다.* 향기야말로 거리인 것이다. 조용한 한낮 무르익어가는 과일은 거리다. 왜냐하면 무르익는다는 것은 거리이므로.

젊다는 것은 얼마나 엄격한 은총인가. 더구나 무르익을 수 있는 기능을 믿을 만큼 우주적인 생명의 고통이 다시 또 있을까.

바람 때문에 건너편 덤불숲이 빛난다. 바람이 이쪽으로 다가올 때 덤불숲은 흐릿해진다. 바람은 그처럼 우리 마음 위를 차례차례 뛰어넘으리라. 세계가 빛나기 시작하는 것은 그런 찰나다.

꽃이 핀다는 것은 무엇인가. 가을의 메말라가는 햇살 속에서 날이 갈수록 변화해가는 한 송이 국화꽃은 어찌하여 완전한 윤곽을 그리고 있는가. 어찌하여 그것은 흐트러뜨리기 어려운가. 어찌하여 그것은 붕괴의 가능성이 넘치는가. 그리고 어찌하여 그것은 영원일 수 있는가.

---

* 고전 시가집 『고킨와카슈古今和歌集』 중의 시가에서 나온 표현. '(어둠이란 모든 것을 다 감춰버리는데도) 봄밤의 어둠은 무슨 영문인지 매화꽃 색깔은 보이지 않으나 향기는 감춰두지 않는구나' 하고 봄밤을 의인화하여 매화 향기의 그윽함을 노래하였다.

해적을 향해, 한계 없는 곳에 구원은 없는 것, 이라고 말해본들 무슨 소용일까. 그것으로 살인자의 눈물은 씻어지지 않는다. 그런 걸로는 씻겨나가지 않는다.

한 송이 장미꽃이 피어나는 것은 윤회의 크나큰 위안이다. 그것에 의해서만 살인자는 견뎌낼 수 있다. 그는 미지를 향해 날지 않는다. 그의 가슴쯤에서 항상 뭔가가 그 도약을 방해한다. 그 도약을 막으며 버틴다. 순하게, 또한 무정하게. 마치 꽃이 한창 피어날 때도 맑은 초록을 버리지 않는 저 꽃받침처럼. 그것은 버티고 있다. 꽃들이 나비처럼 날아오르지 못하도록.

해적이여, 그대는 히바리산 이야기*를 아는가. 꽃을 팔기 위해 거짓으로 미치광이인 척하며 봄이 무르익은 히바리산을 헤매고 다닌 주조히메의 유모 이야기는 비할 데 없이 아름답다. 꽃을 팔자, 해적이여. 그러기 위해 께느른한 미치광이인 척하자.

□월 □일

폐병 환자를 살해. 꽃게 다리 같은 그 늑골을, 썩은 해감 같은 그 뇌수를, 호두 껍데기 속 같은 그 완고한 귀를 나는 진작부터 증오했다. 하지만 이제 그것들은 나를 미소 짓게 한다. 얼마나 유머러스한가. 얼마나 멋들어진 표현인가. 폐병 환자의 '뜻대로 하소서'라는 것

---

* 전통 음악극 노가쿠 중의 한 편. 우대신 도요나리는 모함을 믿고 딸 주조히메를 죽이라고 명하였으나 유모는 그녀를 히바리산에 숨겨두고 꽃을 따다 팔아서 근근이 살아간다. 어느 날 우연히 사냥 나온 우대신을 마주치자 유모는 자신의 처지를 노래를 통해 은유적으로 내비치며 꽃을 권한다. 깊이 후회하던 도요나리는 그녀를 설득해 산속 새둥지 같은 곳에서 비참하게 지내던 딸을 재회하고 참회와 기쁨의 눈물을 흘린다.

은. 그들의 암흑시대식 처세술은.

그곳에서는 원시인이 가장 문명인일 게 틀림없다. 낮이 밤과 빼닮았다.

('밤의 귀족'의 후예는 죽음을 대하는 엘레강스를 잘 알고 있다. 그들은 살해되는 것조차 큰 경의의 상징으로 여긴다.)

그러한 삶의 방식—마쓰시마의 모래사장을 조용히 빠져나가는 썰물 같은 삶의 방식은 예전에 좀 더 화려하게 장식되었던 것이다. 나전 칠기의 자개가 이제는 벗겨져 떨어졌다. 그때 밤의 안쪽에 낮과는 다른 어떤 낯선 시각時刻이 번뜩이는 것을 어느 누구도 본 사람이 없었던가.

무위無爲의 아름다움을 배워 익히려면 패자霸者의 활달함이 필요한 법이다. 죽은 무로마치의 쇼군들은 마키에* 같은 밤과 싸우면서 마키에 같은 무위 속에 잠들었다. 흘러가는 것은 쉴 새 없이 긴장한다. 그것이 바로 무위이다. 낡아가는 흐름을 아는 것은 오로지 무위뿐이다. 천연의 일상에 감춰져 있는 농담濃淡을 알아차릴 수 있는 것은. ……

거기에서는 투신의 의지조차 철새처럼 활달하며 의지는 동경으로 보일 뿐이라고 말한 사람이 없었던가.

봄의 작은 새가 벚꽃 핀 높은 난간에 와서 울 때, 구름의 왕래가 평소보다 거칠어질 때. ……여름이 찾아와 구름은 조용히 타오르고, 이윽고 가을, 풍성함을 버텨주는 계절에. ……

---

* 마키에蒔絵는 칠공예 기법의 하나. 검은 바탕의 옻칠이 마르기 전에 금, 은 등의 금속가루를 뿌려 그림이나 문양, 문자 등을 찍어낸다.

갑옷을 입어 상처 입지 않는 것은 갑옷뿐이라고 어느 누구도 중얼거린 자가 없었던가. 살인자는 노래하리라. 너희들은 겁이 많고 나약하다. 너희들은 겁이 많고 나약하다. 너희들은 겁이 많고 나약하다. 너희들을 용자라고 한다.

□월 □일

살인자는 이해받지 못할 때 죽는 것이라고 전해져온다. 이해받지 못한 밀림 깊은 곳에서도 작은 새는 노래하고 꽃들은 피어나지 않던가. 사명, 이미 그것이 하나의 약점이다. 의식, 그것이 벌써 하나의 약점인 것이다. 더할 수 없이 우아한 것이 되기 위해 살인자는 스스로 더할 수 없이 경멸하는 그러한 약점에 기묘한 기원을 올리지 않으면 안 되는 아침을 맞이하리라.

(1944년)

담배
煙草

 그 황망했던 소년시절을 나는 즐겁고 아름다운 것으로 되짚어 떠올릴 수가 없다. '여기저기 찬란히 햇빛이 뚫고 들어왔으나'라고 보들레르는 노래했다. '나의 청춘은 대부분 캄캄한 어둠의 폭풍이었네.'* 소년시절의 추억은 불가사의할 만큼 비극화되어 있다. 어째서 성장하는 것이, 그리고 성장 그 자체의 추억이 비극이어야 하는가. 나는 아직도 그것을 알지 못한다. 어느 누구도 알지 못할 것이다. 노년의 고요한 지혜가 저 가을 끝물에 곧잘 보이는 건조한 환함과 함

* 보들레르Charles Pierre Baudelaire(1821~1867). 프랑스의 시인으로 후대의 상징주의, 탐미주의에 지대한 영향을 끼쳤다. 인용한 부분은 시집 『악의 꽃Les Fleurs du mal』에 수록된 시 「원수Le Ennemi」의 한 구절.

께 우리 위에 쏟아지는 일이 있는 날에는 어느 순간 퍼뜩 나도 알게 될지 모른다. 하지만 안다고 해도 그때는 아무런 의미도 없으리라.

 하루하루가 해결되는 것 없는 채로 흘러간다. 그런 사소한 일까지도 소년시절에는 견디기 힘들다. 분명 소년은 유년기의 영악함을 상실했고 그런 건 좋지 않게 생각한다. 그는 처음부터 다시 시작하리라고 마음먹는다. 하지만 이 새로운 시작에 세상은 얼마나 냉담한가. 어느 누구도 그의 출범을 배려해주는 이는 없다. 매번 그를 다루는 방식을 잘못 짚는다. 그는 어떤 때는 어른으로, 때로는 어린애로 받아들여진다. 그건 그에게 확실한 뭔가가 부족한 탓일까. 아니, 생각건대 소년시절에는 다른 어느 시기에서도 찾기 힘든 확실한 뭔가가 존재하고, 그는 그것에 이름을 부여하고 싶어 끙끙거린다. 그것이 성장이다. 그는 마침내 이름을 부여한다. 성공이 그를 안심시키고 자긍심을 높여준다. 하지만 이름이 주어졌을 때, 한순간에 그 확실한 뭔가는 이름이 주어지지 않았을 때와는 다른 것으로 변해버린다. 게다가 그는 그렇다는 것조차 깨닫지 못한다. 즉 그는 성인이 된 것이다. ─유년은 단단히 봉인된 상자를 소중히 간직하고 있다. 소년은 그것을 어떻게든 열어보려고 한다. 뚜껑은 열렸다. 안에는 아무것도 없다. 거기서 그는 깨닫는다. '보물 상자란 이런 식으로 항상 텅 빈 것이구나.' 그는 그로부터 자신이 세운 정리定理를 더 소중하게 여기기 시작한다. 즉 그는 '어른이 된' 것이다. 하지만 상자는 과연 텅 비었던 것일까. 뚜껑을 열자마자 뭔가 보이지 않는 중요한 것이 달아나버린 건 아닐까.

 그리하여 어른이 된다는 것이 나에게는 하나의 완성, 혹은 졸업이라고는 생각되지 않았다. 소년기는 영겁으로 이어져야 할 것이며 또한 실제로 이어지고 있는 게 아닐까. 그런데도 우리가 어떻게 그것을 경멸할 수 있을까. ―소년이 되면서 나는 우선 우정이라는 것을 믿기가 어려웠다. 주위의 친구라는 친구는 하나같이 바보 같아서 견딜 수가 없었다. 학교, 이 어리석은 조직, 우리는 낮 동안의 대부분을 강제로 그곳에서 지내야 하고 따분한 수십 명의 동급생 중에서 억지로 친구를 선택하도록 강요당한다. 이 비좁은 담장 내부, 비슷비슷한 지혜를 가진 수십 명의 친구, 해마다 똑같은 노트로 강의를 하고 교과서의 어느 부분에서 해마다 똑같은 조크를 날리는 선생님들. (나는 B반 친구들과 작당해서 한 화학 선생님이 그 농담을 수업이 시작된 지 몇 분 만에 말하는지 시간을 재봤다. 우리 반에서는 25분 만에 말했다. B반에서도 11시 35분에, 즉 25분 만에 말했다.) 그런 범위 안에서 대체 무엇을 배우라는 것인가. 게다가 이 담장 안에서 '착한 것'만 배워서 오라고 어른들은 명령한다. 당연히 우리는 연금술사의 처세술을 흉내 내는 것을 배운다. 가장 교묘한 연금술사는 우등생이라고 불리게 된다. 그는 납에서 수상쩍은 금속을 만들어내 주문자에게 금이라고 믿게 하고, 마지막에는 자신도 금을 만들어냈다고 믿어버린다. 우등생은 가장 숙달된 연금술사다.

  나는 친구라는 친구에게 모두 진절머리가 났다. 그들이 하는 짓을 반대로만 반대로만 해나갔다. 중등과에 올라가자마자 누구나 시작하는 스포츠라는 것을 나는 증오하지 않을 수 없었다. ―상급생은 그런 나를 운동부에 넣겠다고 폭력을 쓰려고 했다. 나는 그들의 쓸데없이 굵직한 팔뚝을 훔쳐보며 열심히 거짓말을 했다. "나는……

그게…… 항문이 좀 안 좋아서…… 그리고…… 그러니까…… 심장이 약해서 가끔 쓰러지기도 합니다."

"흥" 하고 학모를 삐뚜름하게 쓰고 상의의 호크를 반쯤 풀어둔 상급생은 답했다. "그런 창백한 얼굴로는 오래 살지 못할 텐데 괜찮겠냐? 지금 죽으면 진짜 재미있는 건 알지도 못한 채 죽어. 재미, 말이야."

내 주위에 진지한 얼굴을 하고 나란히 서 있던 동급생들이 일제히 천박하게 의미심장한 웃음을 지었다. 나는 입을 다문 채 다시금 상급생의 소매를 둘둘 말아 올린 굵직한 팔뚝을 보았다. 그리고 여자 얘기라는 것을 어렴풋이나마 몹시 더러운 연상聯想으로 떠올렸다.

귀족학교의 그 이상하게 음탕한 분위기—남들에게 전하기 어려운 그 괴이쩍은 분위기에 일일이 반항하면서, 게다가 그 깊은 곳에 감도는 것을 나는 매우 사랑하고 있었다. 내 친구들은 보통 사람들 사이에 서면 이상한 허세와 은근한 그늘로 눈에 띌 만한 생김새를 가진 자들이 많았고, 책 따위는 거의 읽지 않아서 그 무지함이란 외려 기품 있게 보일 정도였다. 그들은 비극에는 마음이 끌리지 않는 기색이었다. 아직 나이가 어린데도 고뇌라든가 격정이라든가, 그런 진폭이 큰 감정 따위는 슬쩍 피해가는 데 능수능란했다. 어쩔 수 없이 고뇌 속에 처하는 일이 있어도 그들의 무위는 얼른 그것을 지워버렸고, 아무 관계도 없는 척 사는 것쯤은 간단한 일이었다. 그들은 바로 그런 자들의 자손인 것이다. 위협이나 폭력으로써가 아니라 강한 마비력을 가진 무위로써 수많은 사람을 복종시켜온 자들의 자손.

나는 학교를 둘러싼 기복이 심하고 널찍한 숲속을 산책하는 것을 즐겼다. 학교 건물은 대부분 언덕 위에 있었고 그 언덕의 경사면은 모두 숲이었다. 미끄러지기 쉬운 위태로운 좁은 길들이 구불구불 이어졌다. 침울한 늪지가 숲속 곳곳에 자리 잡고 있었다. 그것은 마치 숲의 아래쪽 물이 푸른 하늘을 동경해 그곳에 모였다가 다시 어두운 지하로 돌아가기 위해 잠시 쉬어가는 장소 같아서, 묵직한 회색 물은 전혀 움직임이 없는 것처럼 보이지만 아무도 모르게 윤회하는 게 얼핏 엿보였다. 늪지 물의 그 은밀한 업業은 때때로 나를 매혹했다. 늪가의 썩은 나무 그루터기에 앉아 낙엽이 꿈꾸듯이 가만히 떠가는 수면을 응시했다. 숲속 깊은 곳에서 나무를 베어내는 소리가 쿠웅쿠웅 들려왔다. 가을의 변덕스러운 하늘이 그런 때 문득 호수처럼 맑게 씻긴 동안童顔을 내보이고 장엄하게 빛나는 구름 가장자리에서 몇 줄기 빛이 떨어지면, 쿠웅쿠웅 하는 도끼질 소리는 마치 그 빛의 소리처럼 들렸다. 불투명한 늪지의 물은 광선이 꽂혀드는 부분만 탁한 금빛의 투명함을 얻었다. 그 속을 아름다운 낙엽 한 장이 반짝거리며 움직임이 느린 연못의 생물처럼 천천히 몸을 뒤채며 잠겨드는 것을 볼 때, 나는 그것을 지켜보는 순간순간을 까닭 없이 행복하게 느꼈다. 그것은 항상 내가 합일하고 싶어 했으나 수많은 것들의 방해를 받아야 했던 저 거대한 정밀靜謐, 나의 전생에서부터 흘러온 듯한 그리운 정밀과 마침내 하나가 되었다고 느끼는 순간이었다.

 그러고는 늪을 따라 숲의 깊은 안쪽의 고분과도 같은 둥근 언덕으로 난 샛길로 들어갔다. 문득 나무 사이로 얼룩조릿대가 맞부딪는 소리가 났다. 숲속 작은 풀밭에 누워 있던 학생이 몸을 일으키고 이쪽을 보고 있었다. 내가 알지 못하는 상급생 두 사람이었다. 그들은 아마도 금지된 담배를 선생님 몰래 피우기 위해 그곳에 와 있는 것일 터였다. 한 명은 흘끔 나를 쳐다보더니 손바닥에 감춰둔 담배를 다시 입으로 가져갔지만, 한 명은 "쳇" 하고 혀를 차며 등 뒤로 돌린 손을 돌아보았다.

"왜, 그새 꺼버렸어? 한심하긴."

상급생 하나는 딱히 나를 개의치 않는다는 듯이 호걸웃음을 웃으며 놀려댔지만, 그 웃음 때문에 익숙하지 않은 담배연기에 캑캑거리지 않으면 안 되었다. 웃음을 산 상급생은 귓가가 불그레해진 채 막 피워 문 담배를 일부러 비벼 껐지만, 문득 눈을 들어 나를 보며 "너!"라고 입을 열었다. "잠깐 이리 와봐."

"예?" 하고 되물으면서 나는 그 대답이 너무 어린애 같다는 느낌이 들어 얼굴을 붉혔다. 그리고 얼룩조릿대를 타 넘어 그들 곁에 가서 섰다.

"거기 앉아."

"네."

그사이에 그는 새 담배를 입에 물고 불을 붙였다. 그리고 자리에 앉은 내게 담뱃갑을 내밀며 권했다. 나는 깜짝 놀라 가만히 담뱃갑을 밀쳐냈다.

"괜찮으니까 피워봐. 과자보다 맛있어."

"그래도……."

그는 직접 다시 담배 한 개비에 불을 붙이더니 억지로 내 손에 쥐어주며 말했다.

"빨아들이지 않으면 불이 꺼져버려."

나는 그것을 빨아보았다. 조금 전 늪의 냄새 비슷한 것과 향기로운 불 냄새가 함께 섞여 한순간 큼직하게 타오르는 열대 나무의 환영을 보았다. ……나는 심하게 기침을 했다. 두 상급생은 서로 마주보며 재미있다는 듯이 웃었다. 문득 눈두덩에 번지기 시작한 눈물이 나에게 그들의 재미있어하는 웃음과 전혀 다를 것 없는 행복을 느끼게 했다. 어째서인가. 나는 겸연쩍게 웃으며 벌렁 누웠다. 춘추복의 등을 딱딱한 풀잎이 찔렀다. 처음 피워본 담배를 높직이 들고 눈은 반쯤 감고서 오후의 흐린 하늘에 파란색으로 연기가 흘러가는 것을 질리는 줄도 모르고 바라보았다. 그야말로 우아하게, 연기는 피어올랐다. 한곳에 고였다가 있는 둥 마는 둥 떠돌았다. 그것은 마치 잠에서 깨어나는 순간의 꿈같아서 맺히려다가 맥없이 풀리는 것이었다. ……

그런 마취된 듯한 시간을 깨뜨리며 다정하고 뜨거운 목소리가 귓가에 들렸다.

"넌 이름이 뭐냐?"

담배를 준 이가 그렇게 말했다. 나는 내 귀를 의심했다. 그것은 언제부터랄 것도 없이 내가 기다리고 또 기다렸던 그 목소리 아닌가.

"나가사키입니다."

"1학년이야?"

"예."

"특별활동부는 어디?"

"아직 아무 데도……."

"어디 들어갈 건데?"

담배 69

나는 머뭇거렸다. 이윽고 나의 냉담함이 그의 마음에 알랑거리려는 가짜 대답을 지워버렸다.

"문예부……."

"문예부!" 그는 비통에 가까운 부르짖음을 내 대답에 덮어씌웠다. "그런 부에 들어간다고? 미치겠네. 거기는 폐병 환자나 가는 데야. 관둬, 관둬, 그런 부에 들어가는 건."

나는 하지만 애매한 웃음을 지으며 그의 어처구니없어하는 놀란 표정을 바라보았다. 그것이 일어설 용기를 주었다. 나는 일어서서 시계를 보았다. 미간을 좁히고 눈을 가까이 대며, 마치 근시인 것처럼. ……"제가 잠깐 볼일이 있어서."

그러자 아까부터 누워 있던 또 한 사람이 몸을 일으키며 말했다. "야, 선생님한테 고자질하러 가는 건 아니지?"

"아닙니다." 나는 사무적인 간호사처럼 대답했다. "만년필 가게에 가려고요. ……그럼 이만."

─등 뒤로 "저 녀석, 화가 나서 가버리네" 하고 말하는 소리를 얼핏 들으면서 나는 조금 급하게 둥근 언덕을 내려가기 시작했다. 그건 내게 담배를 준 사람의 명랑하고 시원시원한 목소리였다. 나는 왠지 그 생기 있는 목소리 쪽을 다시 한번 돌아보고 싶다고 생각했다. 그 순간 저 앞의 나무 그늘에서 아주 아름다운 빨간 것이 보여서, 그것에 정신이 팔려 방금 떠올렸던 바람도 잊어버렸다. 하지만 뭔가 다른 생각을 하며 걸어갔던 게 틀림없다. 문득 정신을 차리자 그 아름다운 빨간 것을 그냥 지나쳐버린 터였다. 나는 뒤를 돌아보았다. 그것은 어린 벚나무 한 그루가 아래쪽 가지까지 완벽하게 단풍이 든

것이었다. 나무 사이로 비쳐든 햇살이 그 빨간색을 비춰 인공적인 여린 아름다움을 돋보이게 하고 있었다. 그 주위에서는 가을의 방자한 빛도 숨을 죽이고 있어서 마치 잘 갈아낸 수정을 통해 보는 것 같았다. 뒤돌아보던 나는 다시 걸음을 옮겼다. ……

―집에 돌아온 뒤 후회가 나를 괴롭히기 시작했다. 아니, 그보다는 죄의 두려움이. 아직도 내 손가락이 담배를 들고 있는 것 같다는 생각이 들어 오싹 소름이 끼쳤다. 하지만 의자에 앉아 공부를 시작하려고 하자 또 다른 불안이 나를 몰아세웠다. 손가락 끝의 담배 냄새는 저 아라비안나이트의, 아내에게 손가락을 잘린 남자의 손에서 나는 육즙 냄새처럼 씻어도 씻어도 사라지지 않았다. 이 냄새 때문에 앞으로 나는 괴로워하지 않으면 안 될 것이다. 붕대를 감고 장갑을 끼고 내 나름대로는 잘 감췄다고 생각했는데, 전차 안에서 주위 사람들이 금세 그 냄새를 맡고 마치 죄인이라도 바라보는 듯한 눈초리로 나를 흘끔흘끔 쳐다보는 바람에 그 냄새가 온몸에 침범해 도저히 숨길 수 없을 만큼 짙어졌다는 것을 알게 되었을 때, 나는 얼마나 괴로울까.

그날 저녁식사 때, 아버지 얼굴을 제대로 볼 수 없었다.

"얘, 케이, 국물을 흘렸잖니."

할머니가 식사 때마다 으레 하는 지적도 나는 흠칫 놀라면서 들었다. 소녀시절에 학교에서 일하는 아이의 도벽을 미리 알아차렸다는 할머니는 분명 내가 담배를 피운 것도 알고 있는 게 틀림없다. 그 생각은 도저히 나 혼자 담고 있을 수 없을 만큼 두려운 것이었기 때문에 나는 할머니에게 제발 아버지에게는 이르지 말아달라고 부탁하려고 식사가 끝나고 할머니 방을 찾았다.

"오, 케이, 오랜만에 나를 찾아왔구나."

할머니는 내가 말할 틈도 주지 않고 그새 모리하치*의 화과자도 내오고 차도 내려주었다. 그리고 결국 〈하시벤케이〉의 '저녁 파도 일렁이니 밤 태풍이 오려는가'라는 대목을 배워야 했다.** 나는 더욱더 할머니가 의심스러워졌다.

다음 날, 학교에 가자 모든 게 지금까지와는 다른 시선으로 보이는 느낌이 들었다. 이건 무엇이 몰고 온 변화일까. 아무래도 그 한 개비의 담배 말고는 나로서는 짐작 가는 게 없었다. 상급생들 사이에 끼어 여자 얘기나 하는 스포츠 취향의 동급생들에 대한 나의 평소의 경멸이 단지 지기 싫어서 억지를 부린 짓이었음을 깨달았다. 왜냐하면 그들에 대한 무관심이 점점 맞서려는 마음으로 변하는 것 같았기 때문이다. 만일 그들이 "뭐야, 나가사키는 잘난 척 노래(그들은 시라는 말을 알지 못해 시든 하이쿠든 뭐든 다 노래라고 말한다)나 짓고, 담배는 피워본 적 있어?"라고 한다면 더 이상 지금까지처럼 겸연쩍은 얼굴로 입을 다물지 않고 "그야 담배쯤은 피워봤지"라고 대꾸할 것이다.

* 모리하치森八는 이시카와현 가나자와시의 화과자 회사. 1625년 설립된 회사로 일본의 3대 명과 중 하나로 손꼽힌다.
** 〈하시벤케이橋弁慶〉는 전통 음악극 노가쿠 중 하나. 밤마다 고조바시 다리五条橋에서 신출귀몰한 무술로 사람을 베는 열두세 살 소년 우시와카의 소문을 듣고 승병僧兵 벤케이가 무찌르러 갔으나 놀림을 당한 끝에 패하여 주종관계를 맺는다는 이야기. 우시와카는 헤이안 시대 말기의 무장 미나모토 요시쓰네의 어릴 때 이름으로, 혁혁한 공을 세운 용맹한 장수였으나 비극적 최후를 맞이했다. 이후 수많은 전설과 이야기에서 한 많은 주인공으로 등장한다. 인용한 대목은 우시와카가 다리에서 행인을 기다리며 부른 노래. '저녁 파도 일렁이니 밤 태풍이 오려는가, 해 질 녘 추풍이 들이치는구나'로 이어진다.

―하지만 그렇다고 해도 어젯밤의 무서운 죄의식까지 그런 기세와 모순되는 일 없이 점점 더 이면에서 강해지는 것은 대체 어떻게 된 일인가. 나는 어딘지 모르게 쾌활해져 있었다. 과학실에서의 자리다툼(이건 맨 앞자리를 차지하려는 다툼이 아니라 맨 뒷자리를 놓고 다투는 것인데)에서도 평소 같으면 나중에야 천천히 들어가 빈자리를 찾아 앉았던 내가 오늘은 조회가 끝나자마자 가장 먼저 뛰어나가는 T를 보고서 그 뒤를 쫓아 누구보다 빠르게 뛰었다. 항상 두 번째로 좋은 자리(꾸벅꾸벅 졸아도 들키지 않는 자리)에 앉았던 K는 이미 그곳에 앉아 있는 나를 보고 "엇, 나가사키, 너무하잖아! ……그 자리는 제일 지목당하는 자리야! 오늘, 공부 많이 해왔구나? 흥, 모범생은 다르네"라면서 억울해했다. 그리고 다른 친구들이 "어디 더 떠들어봐, 가스마스크*!"라고 상급생이 붙여준 별명을 불러가며 놀려먹자 K는 화가 나서 맨 앞줄의 선생님과 정면으로 마주하는 자리에 앉아버렸다. 그 시간 내내 K는 선생님에게 단단히 쪼였기 때문에 다들 킥킥거리며 좋아했다.

　점심시간에는 여태껏 한 번도 해본 적 없는 농구를 해보기도 했다. 하지만 너무 못해서 금세 보결 선수로 밀려나버렸다. 나는 친구들의 우정에 빌붙으려는 나 자신을 느꼈다. 농구 하는 아이들과 떨어져 다시 학교 건물 뒤편의 화단 옆을 걸었다. 수많은 꽃이 끝을 고하고 있었다. 남은 건 엄청난 수의 국화뿐이다. 그 국화도 잎은 대부분 누렇게 변하고 꽃만 조화처럼 생생하게 남았다. 불필요하게 정교하

* 방독면.

고 치밀한 그 한 송이 한 송이를 들여다보고 있으려니 섬세한 세로 줄무늬를 가진 노랗고 가느다란 꽃잎 전체가 한없이 크게 보여서 눈앞에 거대한 국화가 가로막고 선 것 같았다. 주위에서는 한낮에 나온 벌레가 시들한 소리로 울고 있었다. 너무 오래 고개를 숙이고 있어서 몸을 일으키자 머리가 핑 돌았다. 그리고 이렇듯 몰두해서 국화를 들여다본 스스로가 창피하게 여겨졌다. 내가 좋아하는 숲속 산책 동안에도 한 가지에 그렇게까지 마음을 빼앗기는 일은 드물었던 데다 특히 그 국화에 빠져들었을 때의 마음속에는 다른 넓은 풍경을 바라볼 때와는 다르게 틀림없이 뭔가 좀 창피한 게 있었다. 나는 조금 서둘러 학교 건물 쪽으로 돌아가면서 드문드문 자란 잡목림 틈새로 다시금 저 조용한 가을 해에 빛나는 늪을 저만치 아래로 내려다보았다. 쿠웅쿠웅 하는 도끼질 소리를—구름의 반짝이는 가장자리에서 떨어져 꽂히던 빛의 화살을 떠올렸다. 그와 함께 그 상급생의 명랑하고 시원시원한 목소리를 떠올렸다. 그 순간 매우 격렬한, 하지만 꼼짝도 못 할 만큼 거대한 고요함을 품은 감동이 내 가슴을 움켜잡았다. 그것이 명랑한 목소리 탓인지는 알 수 없었다. 늪가에서 구름 사이로 새어 나온 빛을 올려다본 뒤에 전생前生에서 흘러온 듯한 그리운 정밀과 하나가 되었다고 느꼈던 그 기분과 구별이 되지 않을 만큼 그것은 서로 닮아 있었다.

 하지만 나는 날이 갈수록, 익숙하지 않은 뻔뻔함과 후회와 두려움 따위에서는 벗어났다. 다만 잊히지 않는 것은 담배 냄새뿐이었다. 익숙해질 거라고 생각했던 그 냄새는 이전보다 오히려 선명하게 나를 괴롭혀서, 아버지가 궐련을 피울 때 곁에 있으면 모종의 유쾌함과 함께 표리부동하게도 심한 구토감까지 들었다. 아주 빠른 속도로 나는 정밀한 부동의 것에 대한 애착에서 지금껏 경멸해온 소란스러운 것, 번쩍거리는 것 쪽으로 기울어가는 듯했다.

할머니, 아버지, 어머니와 함께 어느 날 저녁 시내의 북적이는 레스토랑에 다녀오는 길에 바깥출입이 힘든 할머니를 위해 차를 한참 멀리 돌려 만추의 환한 거리를 차 안에서 구경하기로 했다. 할머니와 아버지, 어머니는 뒷좌석에 앉고 나는 조수석에 앉아 바깥을 내다봤는데, 그날 밤만큼 눈에 익은 밤거리가 아름답게 여겨진 적은 없었다. 화려하고 야하게 흔들리는 온갖 붉은색 네온사인, 너무 환해서 아무런 멋도 없는 창문들, 그런 하나하나는 아름다운 게 아닌데도 때로 모여 이상한 균형을 얻어내자 그것은 꺼지지 않고 캄캄한 밤하늘에 걸린 채 영원히 미묘하게 흔들리는 거대한 환상의 불꽃놀이 같았다. 나는 학교에서 배운 '환상의 변화가'라는 구절이 생각났다. 그것은 환상에 지나지 않는다. 그곳에 사는 사람들도 알지 못하는 사이에 이 변화가는 끊임없이 다른 것으로 변해가는 게 아닐까. 지금의 변화가는 내일의 변화가가 아니다. 내일의 변화가는 모레의 변화가가 아닌 것이다. ……그때 나는 기선 모양의 아름다운 건물을 발견했다. 그것은 다른 건물처럼 눈부시게 화려한 조명 대신 어슴푸레한 듯한 어두운 푸른색 한 빛깔의 조명 속에 떠 있는 새하얀 건물이었다. 내가 그것을 보고 있을 때, 마치 조용한 그림자가 올라와 물 위에 뜨듯이 그 건물이 한들한들 흔들렸다. 나는 깜짝 놀라 눈을 자동차 유리에 바짝 들이댔다.

"케이는 유난히 긴자가 마음에 드는가 봐요." 말없이 앉아 있던 어머니가 문득 높은 소리로 웃으며 말했다.
"긴자를 너무 좋아하면 곤란한데?" 할머니도 웃으면서 그런 말을 하는 것 같았다.

아버지는 궐련을 입에 문 채 "허허" 하고 웃은 모양이다. 나는 대꾸하지 않고 잠깐 굳었다가 불끈해서 내내 창문 밖 전등불의 연쇄만 지켜보았다. 그러는데 자동차가 오른쪽으로 크게 꺾어들었다. 그곳은 뜻밖일 만큼 어두운 상점가였다. 나는 이별이 안타까워 구걸하는 듯한 시선을 어두운 지붕 저 너머로 던졌다. 높은 건물에 씌워진 관冠 같은 조명은 아직도 눈에 들어왔다. 그것이 사라져가는 달처럼 지붕 저 너머로 가라앉아 없어지자 아침노을 같은 빛깔로 번진 하늘이 한없이 펼쳐졌다.

겨울이 다가오고 있었다. 어느 날, 학교가 끝난 뒤 국어 자유연구 숙제를 위해 조사해볼 것이 있어서 학급위원에게 열쇠를 빌려 먼지 쌓인 문예부실로 갔다. 그곳 책장에는 정확하고 자세한 문학대사전이 있었다. 그 무거운 책을 무릎에 얹고 읽다 보니 다시 가져가 꽂기도 귀찮아서 필요 없는 부분까지 차례차례 읽어나갔다. 문득 깨달았을 때는 쉬이 저무는 햇살이 물빛처럼 옅어져 있었다. 나는 서둘러 책을 제자리에 꽂고 부실을 나섰다. 그러자 시끄러운 웃음소리와 발소리가 뒤섞여 복도를 힘차게 꺾어져 오는 사람들이 있었다. 역광이라 분명하게 보이지는 않았지만 그건 럭비부 상급생들이었다. 나는 인사를 했다. 그러자 그중 한 사람이 몸을 부딪듯이 억센 손으로 내 어깨를 치며 말했다.

"어, 나가사키잖아?"

그건 틀림없는 저 생기 있고 시원시원한 목소리였다! 나는 감동으로 눈물이 날 것 같아서 그를 올려다보았다.

"네, 그렇습니다."

그러자 "오, 너의 오치고*냐?" "괜찮네, 괜찮아." "이무라, 대체 몇 명째냐?"라고 다들 우우 떠들어댔다.

그 사람, 이무라는 친구들의 부추김에 일부러 내 어깨를 껴안듯이 잡고 럭비부실 쪽으로 끌어당겼다. "나가사키, 우리 부실로 가자, 응?"

상급생들은 점점 더 와와 떠들며 나와 이무라를 떠밀다시피 부실로 갔다. 럭비부실은 발 디딜 데도 없을 만큼 어질러져 있었다. 게다가 가장 먼저 강렬한, 농염하다고 할 복합적인 냄새가 코를 찔렀다. 유도부 냄새와도 다르게, 좀 더 멜랑콜리한 냄새, 쓸쓸하다고도 할 만한 냄새, 매우 격렬하고 게다가 어딘지 허무한 냄새, ―담배를 피운 뒤 언제까지고 나를 괴롭혔던, 담배 본연의 냄새가 아니라 오히려 가상의 그 냄새를 꼭 닮은 것이었다. 나는 반쯤 부서진 책상 앞의 반쯤 부서진 의자에 앉혀졌다. 이무라는 내 옆에 앉았다. 그 사람의 의자는 내 것보다 훨씬 튼튼해 보였지만 그가 잠깐 몸을 움직일 때마다 듣기 좋은 삐걱삐걱 소리를 냈다. 그걸 듣고 있으려니 그 무게감이 직접 내게 전해져오는 것 같았다. 이무라는 이미 추운 날씨인데도 무릎을 그대로 드러낸 유니폼 차림에 얼굴이며 가슴팍에는

* 오치고稚兒는 연동戀童, 남색 상대를 말한다.

담배 77

아직 걷히지 않은 땀이 빛났다. 상급생들은 한참이나 나와 이무라를 화제로 삼았다. 그 사람은 담배를 피우면서 친구들의 야유를 재미있다는 듯이 듣고 있었다. 그런 그의 태도에 이미 나 따위는 없는 게 아닌가 하는 생각까지 들었다. 담배를 피우는 사람은 그 외 한 사람이 더 있을 뿐이었다. 나는 이따금 이무라의 굵은 팔뚝에 시선을 던지며 애써 상급생들 앞에서 어린애인 척했다. 내가 생각지도 않게 높은 소리로 웃은 것에 나 스스로 오싹 소름이 끼쳤다.

다들 한바탕 놀리다가 이내 시들해졌을 때, 이무라는 그 건조한 목소리로 오늘 연습에 대한 주의사항을 전달했다. 모두 다시 소년다운 진지한 표정으로 돌아왔다. 나는 눈을 꾹 감고 이무라의 목소리를 들었다. 눈을 뜨고 그 굵은 손가락 끝에서 짧아져가는 담배를 보았다. 갑자기 숨이 답답해졌다.

"이무라 선배님." 내가 부르는 소리에 다들 일제히 돌아보았다. 나는 필사적이었다. "담배 한 개비만 주십시오."

상급생들이 와하하 웃음을 터뜨렸다. 그들 중에도 아직 담배를 안 피우는 사람이 더 많았던 것이다. "대단하네, 대단해." "제법인데, 이 녀석? 이무라의 '오치고'가 될 자격이 있어."

이무라의 짙은 색으로 유선流線을 그린 눈썹이 그 순간 살짝 일그러지는 것 같았다. 하지만 쾌활하게 담뱃갑에서 한 개비를 꺼내더니 "정말 피울 줄 알아?"라면서 내게 건넸다. 분명하게 말로 표현하기는 힘들지만, 그때 내가 이무라에게서 원했던 대답은 전혀 다른 것이었고, 그 단 하나의 올바른 대답에 나는 모든 것을 걸었을 터였다. 내 이상한 결심도, 그 결심을 채근한 이상한 가슴의 먹먹함도 그런 거대감 아래서만 생겨날 수 있었을 터였다. 하지만 더 큰 의미는 오로지 그 대답으로 나의 앞으로의 삶의 방식까지 일찌감치 결정해버리고 싶다는 불가해한 초조감 속에 있었던 것이 아닐까. 거기까지 되돌아볼 기력이 이미 나에게는 없었다. 말이 통하지 않아 최대한의 슬픔을 호소하기 위해 사육주의 눈을 지그시 응시하는 것밖에 알지 못하는 양처럼 나는 멍하니 이무라를 바라보았다. ―모든 게 다 싫어져버렸다.

하지만 이제 와서 담배를 피우지 않을 수는 없었다. 결국 나는 수없이 캑캑거렸다. 눈물에 눈을 깜박거리며, 덮쳐드는 구토감을 거스르며 계속 피웠다. 뒷머리가 써늘한 것에 조여지는 것 같고 눈물을 통해 보이는 실내가 이상하게 반짝이고, 웃고 있는 상급생들의 얼굴은 고야의 기괴한 판화 속 인물처럼 보였다. 그들의 웃음에 조금 전의 명랑함은 없었다. 웃음의 잔물결이 가라앉자 고여 있던 참혹한 감정이 그 밑바닥에서 분명하게 눈에 두드러지며 그들을 위협하는 모양이었다. 겨울밤, 물이라는 물의 표면에 모두 쨍하니 살얼음이 얼기 시작할 때처럼 내 주위의 사람들이 정신을 차리고 벌써 또 다른 시선으로 나를 보려고 하는 기척이 느껴졌다. 뒤쪽에서 "야, 관둬라, 관둬"라고 낮은 소리로 말하는 사람이 있었다. 처음으로 나는 눈물 속에서 옆에 있는 이무라를 바라보았다.

이무라는 일부러 내게 시선을 던지지 않았다. 그는 불안한 모습으로 책상에 팔꿈치를 짚고 슬쩍 의자에 걸터앉아 있었다. 옅은 억지웃음을 지은 채 책상 한 부분을 지그시 보고 있었다. 나는 그 모습을 눈에 담자마자 서글픈 기쁨이 마음속에 솟아나는 것을 느꼈다. 그는 상처 입었다. 내 기쁨은 그것 때문일까. 아니면 이런 식으로 비극적으로 또한 역설적으로 이루어져버린, 그리고 이루어진 찰나에 헛된 것이 되는 불가사의한 공감의 기쁨 때문이었을까.

갑자기 이무라가 돌아보았다. 그는 얼어붙은 듯 웃고 있었다. 그 동작을 애써 별 뜻 없는 무심한 행동인 것처럼 보이려는 속내가 드러나고, 손을 재빨리 뻗어 내 손에서 피우던 담배를 빼앗아갔다. "그만해, 무리할 거 없어."―힘센 손끝으로 너덜너덜 칼자국이 난 책상 가장자리에 그것을 비벼 끄면서 그는 말했다. "컴컴해지는데 너, 집에 안 가도 괜찮겠어?"

―자리에서 일어서는 나를 보며 저마다 "혼자 갈 수 있겠냐? 이무라한테 배웅해달라고 하지?"라느니 뭐니 했지만, 그건 명백히 이무라에게 형식적으로 던져본 말들이었다. 나는 엉뚱한 쪽을 향해 인사를 하고 럭비부실을 나왔다. 흐릿한 전등이 켜진 복도를 걸으며 집에 가는 길이 처음으로 기나긴 여로인 것처럼 느껴졌다.

그날 밤, 잠들지 못하는 침상에서 나는 그 나이에 생각할 수 있는 만큼 한껏 고민했다. 자긍심 높은 나는 어디로 갔는가. 지금까지 나 자신 이외의 누군가이고 싶지 않다고 일관되게 바라지 않았던가. 이제 나는 나 자신 이외의 누군가이기를 간절히 바라게 된 것인가. 막연히 추악하다고 느꼈던 것이 순식간에 아름다움으로 변신해버린 것 같았다. 어리다는 것을 그토록 저주스럽게 느꼈던 적은 없었다.

―그날 밤 늦게 분명 멀리서 화재가 났던 것으로 기억한다. 잠들지 못하는 사이에 소방차의 증기펌프 소리가 무척 가깝게 들려서 나는

자리에서 벌떡 일어나 미늘창을 열었다. 하지만 화재는 우리 동네의 아득히 저 너머에 있었다. 증기펌프 종소리는 계속 다급하게 울렸지만 불가루가 우아하게 춤추는 저 먼 곳의 화재 풍경은 기묘하게 고요했다. 불길이 점점 서로 다가붙듯이 격렬해졌다. 나는 그것을 보자 갑작스럽게 졸음이 몰려와 미늘창을 탁 닫고 얼른 자리로 돌아와 잠에 떨어졌다. ……

하지만 그 기억은 너무도 불확실해서 어쩌면 그날 밤 내 꿈속에 나타난 화재 풍경이었는지도 모른다.

(1946년)

하루코
春子

메리타: 이거, 이 장미꽃이지요.
사포: 그 꽃은 필시 너의 입술에서 불타고 있을 거야.
―그릴파르처, 『사포』*

* 오스트리아의 극작가 프란츠 그릴파르처Franz Grillparzer(1971~1872)가 1818년 단숨에 썼다는 희곡 『사포Sappho』에서 주인공 사포는 남편이 아닌 하녀 메리타를 사랑하며 괴로워하다 바다 절벽에서 뛰어내려 자살하는 것으로 그려진다. 그녀가 살았던 곳이 그리스 레스보스섬이었던 데서 '레스보스 사람'이라는 뜻의 '레즈비언'이라는 말이 나왔다고 한다.

1

 '사사키 하루코'라는 이름을 사람들은 기억하고 있지 않을까. 아마 어디선가 들은 이름이라고 생각할 것이다. 정확하게는 떠오르지 않지만 뭔가 화려함과 안타까움이 뒤섞인, 막을 내린 극장 앞의 웅성거림 같은 인상을 받을 게 틀림없다. 그렇다, 한 시대 전의 여자 이름이란 모두 그런 인상을 주는 것이다.
 나는 그 사건 때 아홉 살이나 열 살쯤이었다. 집에서는 내 눈에 띄지 않게 신문을 숨겼다. 그래서 한참 전에 행방을 감춰버린 젊은 이모의 이름이라는 정도로 희미하게 기억날 뿐이었지만, 사오 년이 지난 뒤 우연한 기회에 사건의 경위를 알게 되면서 내 소년시절에 있어서 '하루코'라는 이름은 이른바 상징적인, 예를 들면 전에 과학실의 양서洋書 도감에서 봤으나 항상 생각났다가도 깜빡하게 되는, 그러면서도 시끄러운 모기처럼 기억 위를 날아다니는 걸 멈추게 할 수 없는 하나의 화려한 꽃 이름 같은 것이 되었다. 점차로 그 이름은 내 안에서 응결해갔다. 그리고 조금彫金* 장미처럼 금속 안에 또렷이 새겨지고 이제는 채색만을 기다리는 것이 되었다.
 게다가 그 이름은 나의 온갖 부끄러운 기억과 종종 하나로 엮이는 경향이 있었다. 미칠 듯한 호기심이나 색욕에 대한 까닭 없는 존경의 마음과도. 그리하여 그 이름은 내게는 어떤 금기나 주문呪文 같은

---

* 금속에 그림이나 무늬, 글씨를 끌로 새기는 것을 말한다. 백금, 금, 은, 동, 구리, 철, 알루미늄 등의 금속을 주재료로 하며 보석, 액세서리나 불교 장식, 가구의 손잡이 등에 주로 쓰이는 제작 기술이다.

것이 되었다.

'하루코 사건'이란 그 당시 흔해빠진 사랑의 도피 사건에 지나지 않았다. 은단이며 화장품 광고가 한 면을 차지하던 시절의 신문에 '백작 영양슈孃, 고용 운전기사와 사랑의 도피행'이라는 큰 제목과 함께 그녀의 졸업사진이 확대되어 실렸을 터였다. 그 신문을 나는 본 적이 없지만, 그건 당연히 사건 2년 전의 얌전한 소녀 사진이다. 하지만 사진 속 소녀는 어쩐지 눈썹에 힘을 주고 부루퉁한 얼굴을 하고 있었을 것 같다. 그건 교정 잔디밭에 반사된 햇빛을 눈부셔하는 표정이었을 뿐인지도 모른다. 다만 그 졸업사진이 뜻밖에도 사랑의 도피 기사에 쓰인 것에서 나는 묘한 우연의 일치를 느꼈다. 그 졸업식날 밤, 축하주를 얻어 마신 늙은 운전기사가 뇌출혈로 갑작스럽게 사망했던 것이다. 별다른 재산도 없으면서 해마다 정월이면 재차 작성했던 그의 유언장에 따라 그가 가장 신뢰하는 젊은 수습 운전기사가 주인집에 추천되었고, 운전 중에 뇌출혈로 쓰러지는 것보다는 약간 거칠더라도 젊은 사람이 더 낫겠다는 말에 그는 사사키 가의 정식 운전기사로 승격했다.

하루코는 나의 이모, 즉 어머니의 여동생인데 이른바 이복 여동생이고 현재의 외조모—하루코의 모친—는 외조부의 후처다. 외조모는 화류계 출신이지만 세월과 함께 그런 모든 것이 씻겨나가고 아름다운 나이테가 도드라지듯 소탈한 인품을 갖게 된 사람이었다.

하루코는 어린 시절에 모모타로*처럼 토실토실해서 '모모 짱'이라

---

* 모모타로桃太郎는 복숭아에서 태어난 아이의 활약상을 그린 동화 속 주인공이다.

고 불렸다. 소녀가 되자 그 살집이 탄탄해지면서 마른 편인데도 내실 있는 윤곽의, 보기 좋은 양감을 가진 몸매가 되었다. 그녀는 누구에게나 사랑받았다. 남자 친구들과도 사이가 좋았다. 거기에 더해 여자 친구들과도 사이가 좋았다. 뭐, 누구하고든 친하게 지냈다. 그녀 앞에 서면 누구라도 그녀를 사랑하지 않고는 견딜 수 없는 마음이 들 정도였다. 그녀도 자신을 사랑하지 않는 사람이 있다는 건 상상도 못 했던 것 같다.

하지만 여학교 때부터 하루코는 서민 남자를 이상하리만큼 싫어했다. 정원사라든가 상인이라든가 거리에서 보게 되는 건달이라든가 노동자라든가. 그런 사람들뿐만 아니라 친구들이 젊은 가정교사를 자랑해도 미간을 찌푸렸다. 친구들과 거리를 걷다가 점원인 듯한 젊은이가 자전거를 타고 가다가 자칫 넘어질 뻔해가면서 뒤돌아보기라도 하면 하루코의 얼굴에는 고통에 가까운 업신여김의 표정이 떠올랐다. 당연히 그녀는 같은 계급의 뺀질뺀질한 귀공자 타입 얼굴을 좋아할 거라고 다들 생각했다. 하지만 이상하게도 그 귀공자 얼굴과도 일단 교제를 할 뿐, 입맞춤조차 허락하지 않는다는 소문이었다.

그런 하루코가 갑작스럽게 운전기사와 사랑의 도피를 해버린 것이다. 동창 친구들은 흥분해서 울고 웃고 해가면서 이삼 일을 마치 자신이 사랑의 도피행각에 나선 것처럼 안절부절못했다. 이제는 그녀의 남편이 된 젊은 운전기사를 두고, 검게 빛나는 모자챙에 비치는 파란 하늘 아래 하얀 이를 내보이며 웃는 게 너무 멋있다고 한 친구가 말했을 때, 하루코가 입가를 슬쩍 올리며 찡그린 얼굴로 대답도 하지 않았던 것도 생각해냈다.

―그런 이야기는 별 관계도 없는 것이지만, 어쨌든 그녀는 운전기사와 동거에 들어갔다. 가족은 아직 여덟 살인 운전기사의 막내 여동생뿐이라고 했다. 이쪽 일가와의 교류는 끊겨버렸지만 외조부는 은밀히 생활비를 계속 보내준다는 얘기였다.

　애초에 내가 꿈꾸었던 것은 그런 오페레타 같은 사건 그 자체가 아니었다. 그 후의 그녀였고, 그녀의 기나긴 수수께끼 같은 삶이었다. 내 단조로운 하루하루가 고통으로 느껴질 때, 나는 항상 하루코 이모의 상궤를 벗어난, 하지만 여자 곡예사와도 같은 쓸쓸하고 위험한 생애를 꿈꾸었다.

　'신문 기삿거리가 된 여자'는 어떤 경과를 거치게 되는가. 그녀는 이윽고 잊혔다. 그러자 마치 자기가 과거의 자기에게서 잊힌 듯한 느낌이 든다. 왜냐하면 그 당시의 그녀는 사람들의 기억과 함께 퇴색해가는데 지금의 그녀는 여전히 신문 기사의 기억에 집요하게 쫓기고 있어서, 그녀가 사람들 앞에 나서면 그들은 지금의 하루코가 아니라 과거의 하루코를 다시 생각해내곤 했다. 게다가 지금의 그녀가 그토록 과거의 그녀를 응시하는데도 과거의 그녀는 더 이상 지금의 그녀를 보려고 하지 않는 것이다.

　한때 그녀에 대해 숙덕거렸던 수많은 입, 그녀를 향해 기울였던 무수한 귀, 그녀의 사진을 탐욕스럽게 들여다보던 숱한 눈이 하루코의 삶에 어떤 암시를 던지지 않았을 리 없다. 그녀는 이제 그들이 원하는 대로 살거나 그들이 실망하는 식으로 살아갈 수밖에 없다. 그녀 자신의 삶은 없어져버렸다.

　―하지만 그녀에게 또 하나의 다른 삶이 가능하지 않을까. 예상했

던 것도 예상에서 벗어난 것도 아닌 삶. 뭔가 특별주문한 것 같은 격렬한 삶. 말하자면 나는 그런 것을 그녀에게서 꿈꾸고 동경했던 것이다.

모든 것이 헛수고였다. 내 공상 속에 존재하는 하루코는 이미 이모 이름의 그 하루코가 아니라는 것을 서서히 깨달았다. 하루코가 돌아온 것이다. 남편이 전사했기 때문에 그의 여동생을 데리고 외조부 댁으로.

예전부터 성격이 몹시 괴팍해서 전화라면 질색하고 아직도 고집스럽게 전화를 놓지 못하게 할 정도인 외조부는 반신불수로 지낸 몇 년 사이에 매일 아침 일어나면 한 가지씩 떼를 쓰는 습관이 생겼다. 10년 전에 그만둔 사환 아이를 불러오라고 하고, 1902년에 베를린에서 산 마도로스파이프를 창고에서 사흘 걸려 찾아내게 하고, 15년 전에 절교한 친구와 화해하면서 블라맹크*의 그림을 아까운 줄도 모르고 선뜻 줘버리고, 갑작스럽게 붕장어가 먹고 싶다고 하는 바람에 배급소 외에는 아무것도 없는 도쿄 전역을 찾아다니게 하고, 그야말로 뭔가에 들씌운 사람 같았다. 어느 날 아침, 외조부에게서 하루코를 다시 받아들이라는 엄명이 떨어졌다. 우리 집만 빼고 친척 대부분이 반대했지만 외조부는 예전부터 친척들이 반대하고 나서면 더 기운이 나서 몰아붙이는 사람이라 도저히 말려볼 수 없었다. 어디서 전해 들었는지 규슈의 외종조부에게서 '하루코 건, 절대 반대'라는

---

* 모리스 드 블라맹크Maurice de Vlaminck(1876~1958). 프랑스의 대표적 야수파 화가로, 생생한 원색과 굵은 필치의 실험적인 작품이 많다.

전보가 도착하자 외조부는 신이 난 듯 전보 쪽지를 베갯머리에 끼워뒀다가 누가 오기만 하면 내보였다. 완전히 병실병실 웃는 얼굴이어서 이런 때만 호호영감처럼 보이는 게 재미있다고 외조모도 웃었다.

1944년 여름 초입, 돌아온 하루코를 만나려고, 오사카에 정주하던 아버지를 빼고 어머니와 나와 남동생이 사사키 가를 방문했다. 외조부는 전쟁이 시작되고 얼마 뒤에 주거를 교외로 옮긴 터였다. ─그 전날 밤, 나는 거의 잠들지 못했다. 이상하게도 공상으로 머릿속에 익숙하게 그려왔던 하루코의 면모는 떠오르지 않고, 외증조부가 총애하던 몸종의 온몸에 뜸을 떠 반죽음을 시켰다는 잔혹한 외증조모에 대한 소문이며 지진으로 불타버린 옛날 사사키 가에 있었다는 징계석懲戒石 같은 괴담들만 생각났다. 불의를 저지른 젊은 사무라이가 처형을 당해 그 핏물이 정원석에 튄 이래로 밤이면 밤마다 흐느껴 운다는 기괴한 큰 바윗덩이. ……

하루코는 대문 앞에 서 있었다. 가죽장갑 낀 오른손에 독일산 명견 셰퍼드의 직계 혈통이라는 샤르크의 목줄을 잡고. ─폭 넓은 회색 여성용 바지에 화려한 체크 재킷을 입었고, 나무인지 뭔지를 하얗게 칠한 구슬을 연결한, 일부러 거친 느낌을 낸 목걸이를 하고 있었다. 셰퍼드의 검은 털이 스카치 트위드 재킷의 화려한 줄무늬와 멋진 대조를 보였다. 그리고 그녀는 서른 살치고는 충분히 젊었다. 그리고 그냥 그것뿐이었다.

"어머, 어서 와."─하루코가 어머니에게 말했다. 두 사람 모두 무감동이었다.

"아이들을 소개해줘야겠다 싶어서 왔어."

"정말 많이 컸구나. 히로는 벌써 가쿠슈인* 고등과 졸업했니?"

나는 실망감을 감추기 위해 수줍은 척해 보였다.

"아뇨, 내후년입니다."

"얘가 나를 남 보듯이 쳐다보네. 그런 눈빛을 하면 나중에 따끔하게 혼내줄 거야. ······그럼 언니, 안에서 기다려. 난 잠깐 이 잡종견을 산책시키고 올 테니까."

샤르크가 갑자기 걸음을 뗐다. 그 줄에 끌려가며 가죽장갑이 비벼지는 소리를 냈다. 나는 왜 그런지 문득 내 심장이 비벼진 듯한 마음이 들었다. 하루코는 앗 하는 소리도, 어머 하는 소리도 없이 그대로 개에게 끌려가다가 길모퉁이에서 고개를 돌려 웃어 보였다. 친근한 웃음, 이라는 게 아니었다. 메마른 아름다움이고 윤기 없는 무기력한 웃음이었다.

"왜 십 년 만에 만난 저와 아키에게 저렇게 무관심하지요?"

"아무리 여동생이라도 저 아이는 요물이야."―내 물음에는 답하지 않고 어머니는 그런 조심성 없는 말을 혼잣말처럼 중얼거리며 대문 안으로 들어갔다.

모든 것이 실망이었다.

집안의 일대 사건을 전쟁 통의 혼란에 대충 끼워 맞추려 드는 외조모나 어머니의, 일부러 아무 일도 없는 척하는 표정은 그나마 괜찮았다. 하지만 내가 생각하는 하루코는 그래서는 안 되었다. 그녀는

---

* 가쿠슈인學習院은 황족과 귀족의 자제들을 교육하기 위해 1877년에 도쿄에 설립된 국립학교. 초·중·고등과와 대학과가 있다. 현재는 일반 사립학교 재단으로 전환했다.

반드시 '사건'이어야만 했다. (나 역시 모르는 사이에 그 신문 독자들의 견해를 배웠던 것일까.) 그녀는 흉사가 됐든 흉변이 됐든 나를 두렵게 하고 또한 나를 매료시킬 만한 완전히 새로운 삶을 살았어야 했다. 하루코가 죽은 남편 이야기는 입 밖에 꺼낸 적도 없다는 소문도 나를 실망시킨 일 중 하나였다. 주위에서 무감동한 척하는 것에 함께 휩쓸려 무감동 시합이라면 나도 지지 않겠다는 듯한 하루코의 처신은 내가 꿈꾸던 상처 입기 쉬운 삶의 방식과는 너무도 동떨어진 것이었다.

어머니는 하루코를 집에 초대하려 하지 않았고, 그 뒤로 여름 내내 나는 친구와 여행을 떠나서 그녀와는 별다른 교류도 없이 시간이 흘러갔다.

사실을 말하자면 하루코에 대한 실망과는 반대로 여름 내내 내가 생각했던 것은 하루코를 다시 만난 날에 알게 된 미치코라는 그 여동생에 대한 것이었다. 징용을 면하기 위해 하루코의 부탁에 따라 아버지 회사에 이름만 올려둔 그녀였지만, 딱히 그 운전기사의 여동생이라는 것 때문만은 아닐 텐데도 어머니는 그 소녀를 마치 하녀 대하듯이 했다. 그걸 보면서 내가 어머니에 대해 느낀 강한 미움은 내가 생각해도 의아한 것이었다.

산뜻한 차림새인데도 어딘지 투박한 데가 있는 게 오히려 청초해 보였다. 고요한 눈썹을 하고 있었다. 웃음소리는 조용한 활기를 띠었다. 그녀는 별채에 사는 아이 없는 집사 부부가 맡아주기로 했고 앞으로 양녀로 맞아들일 것이라는 소문이었다.

왜 그런지 나는 잊을 수가 없었다. 아직 어린 티가 남은 얼굴치고는 성숙한 몸이라는 것을 나는 간파했다. 말투에도 태도에도 어딘가 혀 짧은 듯한 답답한 느낌이 있고 대체로 말이 없었지만 그 답답함이 오히려 도발적으로 다가왔다.

알게 되기는 했지만 외조부 댁에 갈 때마다 만난 것도 아니고 말수가 적은 편이라서 단둘이 대화할 기회도 없이 여름이 끝나가고 있었다.

어느 날 밤 그녀가 병이 났다는 생각이 내 잠을 깨웠다. 꿈이었는지 깨어나서 생각한 것인지는 잘 알 수 없다. 나는 말도 안 된다고 생각해 다음 날 외조부 댁에 가보려 하지도 않았다. 그런데 그날 악몽을 확인하러 가지 않은 것이 다양한 형태의 차질로 내게 나타났다. 밥공기를 놓쳐 깨뜨리고, 야마노테선 전차를 타야 하는데 잘못해서 교헤이선을 탔고, 친구네 집에 물건을 깜빡 놓고 오고, 손지갑도 잃어버리고, 연필을 깎아도 깎아도 심이 뚝뚝 부러졌다. 결국 나 자신을 꺾고 미치코를 찾아가보니 그녀는 나의 은밀한 마음고생 따위 모르는 기색으로 열심히 일만 하다가 생판 남 대하듯이 인사를 건넬 뿐이었다. 나는 화난 얼굴을 하고 한껏 행복한 마음으로 집에 돌아왔다. 그리고 문득 거울을 보고 분명하게 누군가를 사랑하는 인간의 바보 같은 면상을 발견했다.

이윽고 가을이 되자마자, 학교 공장의 근로 작업에서 빠져나올 수 없는 나를 두고 겁 많은 어머니는 남동생과 함께 Y현 산속의 친구 집으로 피난을 가기로 했다. 엄청난 피난 이삿짐도 같이 그쪽으로 옮겨가기 일주일 전, 어머니는 남동생과 며칠 묵으면서 사전답사를 하기 위해 길을 떠났다.

2

……여름은 끝났다. 하지만 햇볕은 여름의 온화했던 며칠보다 더 쨍쨍했다. 깨닫지도 못한 사이에, 제비의 핑핑 도는 듯한 비상은 눈에 띄는 일이 부쩍 줄어들었다.

나는 학교에서 돌아오는 길에 쇼선 전차를 기다리는 플랫폼에서 올해의 마지막이 틀림없는 제비 두 마리를 보았다. 선로 반대편 도로 너머의 석재상 처마에 둥지를 틀고 사는 모양이었다. 두 마리는 이따금 활발하게 서로 엇갈리며 서커스처럼 위험하고도 명쾌한 경로를 그려냈다. 시원시원하게 날개를 펼쳤다 접었다 하면서 날아다니는 그들은 하늘도 땅도 아랑곳하지 않는 것 같았다. 제비의 단순하고도 밝은 영혼이 내 가슴에까지 그대로 또렷이 그림자를 드리우는 것 같았다.

나는 열아홉 살이었다. 그녀는 아직 열여덟 살 아닐까. 나이에 대해 생각하면 나는 못된 짓을 하다가 남에게 들킨 것처럼 겸연쩍어서 항상 얼굴을 붉히곤 했다. 이런 한심한 나이를 대롱거리고 다니는 건 마치 빗자루를 엉덩이에 매달고 길거리를 돌아다니는 것 같아서 정말 견딜 수가 없었다. 내가 무엇을 기다리는지는 나 스스로 상당히 명확하게 깨닫고 있었다. 하지만 그것을 내게 가져다줄 안내자 역할을 역시 똑같은 나이의 내가 맡는 것에는 자신이 없었다. 나는 제 꽁무니를 쫓는 고양이처럼 제자리만 빙빙 맴돌았다.

하지만 제비가 뭔가 경쾌한 교훈을 던져주는 것 같았다. 만일 내게 속눈썹이 긴 소녀의 눈길이 주어지기만 한다면 그걸로 다시 한번 제비의 행방을 지켜보고 싶었다. 제비는 나에게는 교훈을 절반만 얼핏 내비친 것에 지나지 않았던 것이다.

집에 웬일로 손님이 와 있었다. 우연히 아무도 없는 동안에 도착해 가족이 돌아오기를 기다리던 이모 하루코였다. —하지만 이모의 모습은 하녀가 알려준 곳에서는 보이지 않았다. 바깥 햇살을 반사해 환해진 마루의 등나무 의자에는 한 올 한 올 그림자를 품은, 뜨개질 중이던 파란색 편물이 던져져 있었다.

당장 내일이라도 실려 나갈 피난 이삿짐으로 방마다 온통 어질러져 있었다. 그 이삿짐의 어두운 퇴적 너머로 별채의 환한 출창이 보였다. 귀에 익지 않은 여자 웃음소리가 그쪽에서 들려왔다. 그리 생각해서 그런지 남자 목소리도 한데 섞여 울렸다.

나는 무의식중에 별채로 통하는 다다미 복도로 나가려고 했지만, 담배를 한 손에 들고 출창에 몸을 기댄 폭 넓은 바지를 입은 여자가 날카롭게 이쪽을 돌아보는 바람에 흠칫 멈춰 서버렸다. 문 밖의 녹음이 반영되었다고는 해도 마치 푸른색을 문질러 바른 것처럼 보일 정도로 빛나는 화장을 한 선려鮮麗한 여자 얼굴이었다. 그게 이모 하루코라는 것을 깨닫기 전에 나의 연상은 순간적으로 학교 공장에서 작업 쉬는 시간에 친구가 말했던 "선원의 아내는 반드시 짙은 화장을 하는 법이래"라는 이상한 얘기로 내달렸다. 그 말을 들었을 때, 나는 어유魚油처럼 비릿하고 음란한 상상을 머릿속에 떠올렸던 것이다. ―나는 당황해서 지금 처음 본 것처럼 하루코의 얼굴을 실눈을 뜨고 찬찬히 바라보았다. 그렇게 나 자신을 진정시켰다.
 "오, 잘 다녀왔니?" 하루코는 평소처럼 건성으로 던지는 듯한 말투였다.
 나는 이 짙은 화장의 여자를 결코 하루코라고 생각하지 말고 단지 '이모'로 보자고 마음먹었다. 그렇게 하면 내 어리숙한 면을 들킬 염려도 없다. 왜냐하면 '이모'라는 인종은 두말할 것도 없이 언제나 내 나이만큼만 봐주는 법이기 때문이다.
 어머니와 남동생은 피난지에 사전 점검을 하러 갔는데 오늘 저녁에는 꼭 돌아올 거라고 내가 장황하게 늘어놓고 있으려니 이모는 출창에 기대앉아 "꽤 큼직한 방공호네?" 하고 딴소리를 했다.
 "아, 사람 들어가는 데는 따로 있죠. 저건 여차할 때 짐 넣어두는 곳이래요. 근데 저런 게 정말 효과가 있을지 모르겠어요."
 바깥의 환한 햇빛 속에서 나를 알아보고 인사를 건넨 사람은 아버지 회사 도쿄지사의 급사 두 명이었다. 별채를 마주한 다실에 딸린 정원풍의 황폐한 작은 마당을 없애고 사각형의 엉성한 참호를 만드는 일이었지만, 게으름 피우는 게 버릇이 된 급사들은 징검돌 하나를 옮기면 한 시간쯤 쉬다가 비가 오기 시작했다는 평계를 대고 돌아가곤 했다.
 전부터 마음에 안 들었던 그자는 러닝셔츠 한 장 차림으로 부지런히 일하는 척하고 있었다. 아직 열아홉 살인 주제에 유난히 세상 물정에 빠삭한 키 큰 쪽의 급사였다. 그가 하녀에게 나에 대해 순진해빠진 숫총각이라고 험담했다는 것을 알고부터 나는 집요하게 그를 미워했다. 내 나이대에 숫총각이라는 말을 듣는 것만큼 끔찍한 모욕은 없기 때문이다. 그래서 그자가 출창 창살 앞에 다가와 나한테는 눈길도 주지 않고 "부인, 오십 센티미터 팠으니까 한 개비만 더 주시죠"라고 자못 친근한 투로 말을 건네는 것을 보고는 숨이 턱 막히는 기분이었다. 하지만 나를 더욱더 놀라게 한 것은 이모의 처사였다. 하루코는 출창에 무릎을 짚고 한 손으로 창살을 잡으면서 말했다.

"좋아, 주기는 줄 텐데 이번에는 피우던 걸로 참아줘. 지난번처럼 입으로 받아야 해."

"에이, 부인, 너무하시네, 불붙인 담배를 주시다니……."

급사는 그렇게 말하면서 뭔가 기이한 욕정으로 근육이 울룩불룩한 상체를 흔들고 불붙은 담배를 기다리며 개처럼 일심불란한 표정을 지었다. 나는 순간, 뭔가 눈꼴신 것을 봤다고 생각했다. 그렇게 이상한 꺼림칙함에 시선을 홱 돌렸지만, "자, 됐지? 좋았어" 하고 주위는 아랑곳하지 않는 하루코의 치자나무 향기가 떠오르는 눅눅한 목소리는 귀를 막는다고 피할 수 있는 게 아니었다.

—내 방으로 도망쳐와 30분쯤 생각에 잠겼다가 다시 내려갔을 때는 하루코도 원래 하던 대로 마루 등나무의자에서 내키지 않는 듯 뜨개질을 하고 있었다. 내가 30분 동안 생각에 잠겼던 것은 말하자면 다시 이모를 보러 아래층에 내려가기 위해 스스로에게 할 변명을 찾는 사색에 지나지 않았다. 내 나이 또래 대부분이 그렇지만, 항상 자기반성에 쫓기는 것 같으면서도 실은 자신을 응시하기가 여자 얼굴을 응시하는 것처럼 생리적으로 두렵기만 한 것이다. 스스로에

게서 '자기반성하는 나'의 뒷모습을 발견하면 그제야 겨우 안심하고 고민하기 시작하는 식이다. 그거야 어쨌든 간에 서서히 나를 압박해 오는 건 어떤 기분 좋은 고통이었다. 이모의 그야말로 무심한 듯한 몸짓이며 말투에서 다시금 나는 뭔가를 찾아내려고 전전긍긍했던 것이다. 그리고 그걸 퍼뜩 찾아낸 듯한 마음이 들었다. 그러자 그것은 이를테면 조금 전에 본 정경이 내게서 이끌어낸 모종의 추한 공감 같은 것이 되었다. 그렇다, 어쩌면 그 사건 당시 하루코의 친구들이 흥분한 원인이 바로 그것이었던 것처럼 나 또한 하루코의 이름에서 어떤 '순수한 야비함' 같은 것, 한낮의 들판을 달리는 짐승의 뜨거운 혓바닥 헐떡임 같은 어떤 미지의 열정을 꿈꾸었는지도 모른다.

그런 생각 때문에 나는 문득 내 나이를 뻔히 들켜버렸을 때처럼 천성적인 심하게 비난하는 눈빛으로 이모를 슬쩍 훔쳐보았다. 그와 동시에 "그런 눈빛을 하면 따끔하게 혼내줄 거야"라고 했던 예전의 이모 말이 묘하게도 생생하게 머릿속에 떠올랐다.

"전쟁이 이번 가을에 끝난다는 소문이 돌고 있어요. 고이소 구니아키* 내각은 평화내각이라고 얘기하는 친구도 있더라고요. 항복이든 뭐든 하루빨리 끝나면 좋을 텐데."

"그래? 너는 전쟁하는 게 싫어?"

나는 이모가 전사한 남편에 대해 이제는 얘기할 거라고 생각했다. 내 눈이 반짝이기 시작하는 게 느껴졌다. 하지만 그런 공상적인 기

---

* 고이소 구니아키小磯國昭(1880~1950). 군인, 정치인. 제9대 조선총독 등을 역임한 후 1944년 내각총리대신으로 취임했으나 악화일로의 전황으로 1945년 사임했다. 전후에 A급 전범으로 종신형 판결을 받고 복역 중 사망했다.

대에 제풀에 기가 죽어 왠지 그 남편 얘기를 꺼낼까 봐 겁이 난 것처럼 두근거리는 마음으로 서둘러 대답했다.
"네, 우린 이미 자포자기했거든요."
사실 나는 자포자기도 뭣도 아니었다. 단지 하루코 앞에서는 어쩐지 나 자신의 타락을 찾아내 자랑하고 싶은 달콤한 충동에 사로잡히는 것이었다.

이렇게 이야기를 나누면서도 나는 한 번도 이모에게 미치코에 대한 것은 묻지 않았다. 그런 걸 묻는다는 게 부끄러웠다. 왜 그런지 이모 역시 한 번도 미치코 얘기는 꺼내지 않았다.
미치코라는 이름조차 입 밖에 꺼내지 못하는 건 사랑의 증거라고 내 안의 또 다른 내가 나를 비웃었다. 하지만 서툰 시를 타박당할까 두려워 남 앞에 내보이지 못하는 소년처럼, 나는 미치코 본인에게보다 오히려 그녀 외의 모든 타인에게 내 사랑을 들키는 것이 두려웠다. 그런 허세가 미치코의 이름을 발설하는 것만으로도 다들 눈치챌지 모른다는 미신을 부채질했다. 일부러 미치코 얘기를 꺼내지 않는 게 도리어 의심을 사는 원인이 된다는 것도 알지 못한 채.

정원에 어스름이 깔리고 있었다. 어머니와 남동생은 아직 돌아오지 않았다. 하녀가 목욕물이 준비되었다고 알리러 왔다. 하녀는 하루코에게 먼저 들어가시라고 권했다.
그러자 갑자기 나는 욕실 쪽이 신경 쓰여 어쩔 줄 모르게 되었다. 수증기가 이슬로 흥건히 맺힌 유리문의 습기 찬 무게까지 자꾸만 생각났다. 대나무 발판은 아직 말라 있을 것이다. 여인의 발바닥은 노송나무의 매끄러운 감촉에서 오늘의 가을을 느끼리라. 욕실의 침침한 등불 아래 여인의 몸은 마치 비애나 사색이 가득한 것처럼 온통 그늘져 있다. 욕조 덮개를 여는 소리와 맨 처음 뜨거운 물을 끼얹는 소리가 쏴르르 울린다. 무릎을 꿇고 어깨부터 물을 뿌리기 때문에 어두운 반짝임이 쉴 새 없이 그녀의 어깨와 젖가슴 사이로 주르륵 흘러 그림자가 가장 진한 곳으로 떨어진다. ……

귓가에 앵앵거리는 모기 소리에 퍼뜩 정신을 차렸다. 내가 앉은 등나무의자의 팔걸이에서 뭔가 파닥파닥 떠는 기척이 났다. 바라보니 하얀 날개에 초록과 빨강 반점이 있는 큼직한 등에가 앉아 있었다. 썩은 꽃처럼 병적인 냄새가 날 듯한 느낌이었다. 그걸 쫓아내려다가 이모가 놓고 간 은색으로 반짝이는 뜨개바늘에 손을 내밀자마자 등에가 화들짝 놀라며 내 얼굴을 치고 날아갔다. 내 손 안에는 날카로운 은빛 뜨개바늘이 남겨졌다.

아름다운 여자가 뜨개질하는 모습, 능숙하게 짜여가는 아름다운 편물을 보면 나는 항상 묘한 느낌을 맛보곤 했다. 어쩐지 간접적으로 살금살금 정성스러운 애무를 받는 것 같은 마음이 드는 것이다.

내 손바닥은 뜨개바늘의 차가움을 기분 좋게 암기했다. 그리고 조금 전 그 다정한 흉기를 손에 든 것은 그걸로 등에의 몸통을 쿡 찌르려는 은밀한 계획이었음을 깨달았다.

"어머니는 아직 안 오셨니?"

복도 모퉁이를 돌아 나오면서 내게 건넨, 욕실에서 방금 나온 이모의 촉촉한 목소리가 들렸다. 나는 당황해서 뜨개바늘을 탁자에 내려놓고 돌아보았다. 하녀가 챙겨준 대로 입었는지 하루코는 어머니의 유카타를 입고 있었다. 그 모습을 보자마자 나는 흠칫했다. 이미 유카타의 계절이 지났는데도 잠옷 삼아 입었다면 오늘 밤은 자고 가려는 것이겠지만, 내가 흠칫한 것은 물론 그런 것 때문이 아니었다. 단순히 어머니의 유카타라는 사실이 나의 공포심을 파르르 뒤흔든 것이다. 말하자면 도덕적 구토감이라고나 할, 어린애가 꿈속에서나 느낄 듯한 엄청나게 고지식한 고통이었다.

그런 것 따위 알지 못하는 하루코는 한창 꽃철의 나무가 오후의 햇볕에 달아올라 풍기는 듯한 목욕 뒤의 향기로 주위를 가득 채우며 내 앞의 의자에 앉더니 모깃불을 부싯깃 삼아 천천히 담배에 불을 붙였다. 눈동자에 어른거리는 작은 불빛이 긴 속눈썹의 아름다움을 드러냈다. 나는 눈을 깜빡이는 것조차 잊고 그 모습을 응시했다. ― 주위를 감싼 깊은 어둠이 조금씩 방금까지의 그 달콤한 행복감을 되살려냈다. 그리고 돌연 웃음을 터뜨리고 싶은 급격한 안도감이 쏟아져 내려왔다.

그 안도감도 이상하게 몇십 초 전에 그토록 격한 고통을 몰고 왔던 똑같은 유카타 덕분이었다. 이번에는 유카타가 내 마음의 혹란惑亂을 구해줘서, 이제 괜찮다, 어떤 짓을 하건 나 자신의 감정이 길을 잘못 들 걱정은 없다고 생각하게 해주었다. 조금 전의 고통이 유카타를 통해 마음의 가장 평상적인, 흔들림 없는 부분을 눈뜨게 해줬다면, 이건 지금 기차의 흔들림에 몸을 맡기고 있을 어머니의 무언의 가호가 아니었을까.

등화관제의 암막 커튼이 내려진 식당에서 단둘이 저녁식사를 하는 동안에도, 저녁을 먹은 뒤에도, 다시 나는 거리낌 없이 천진한 마음으로 하루코를 대할 수 있었다. 밤 10시가 지났는데도 어머니와 남동생은 돌아오지 않았다. 이윽고 이모는 아래층 객실로 자러 갔다.

2층 내 방에 올라와 침대 위에 씌운 하얀 모기장을 열고 들어가자 곧바로 드러눕지 않고 평소에 하던 대로 침대에 앉아 모기장 너머 어두운 방 안을 잠시 따분하게 바라보았다. 마침 지붕 바로 위쪽에서 초계기 폭음이 울렸다. 이 근처 일대가 그야말로 달빛 환한 하늘 같은 느낌이었다. 입이 찢어질 듯한 하품이 몰려왔다.

하루가 확실하게 완결되지 않고 뭔가 더 있을 듯한 느낌으로 끝을 향해 다가갈 때, 이따금 우리가 자진해서 그 속에 몸을 던지는 저 동물적인 미끈미끈한 무기력 덕분에 그날 밤 나의 잠은 깊어서, 살짝 돌리는 문손잡이 소리쯤에 깨버릴 정도는 아니었을 터였다. 그런데도 나는 눈을 떴다. 마치 기다렸던 것처럼. ―달은 이미 져서 방 안은 무척 어두웠다.

"누구야?"―나는 말을 건넸다.

대답은 없었다.

베갯머리의 관제용 전구 스탠드를 켜도 문 앞에 있는 허연 것은 희미하게 보일 뿐이었다.

"누구야? 어머니? 무슨 일이야?"

그것이 가까이 다가 때문에 어머니의 유카타가 분명하게 보였다.

"어머니죠? ……무슨 일이에요?"

뜻밖에도 가까운 거리에서 웃음을 꾹 참는 큭큭 소리가 들리는가 싶더니 모기장을 홱 젖히고 이미 침대와 거의 스칠 만큼 누군가 안쪽으로 들어섰다. 나는 가까스로 스탠드 불빛을 비춰보았다. 그러자 선원의 아내, 빛을 뿜듯이 진한 화장을 한 그 얼굴이 나타났다.

"이런 겁쟁이. 어머니 어머니라니, 히로, 지금 대체 몇 살이야?"

누군지 알았다, 라고 생각했다. 알았다고 생각하면서 한순간 남의 일처럼 멍해졌다. 그러자 돌연 몸을 꿰뚫는 듯한 달콤한 전율이 내달렸다.

하루코는 벌써 반쯤 침대에 올라타고 있었다. 침대의 시큼한 냄새에 섞여 뭔가 하얀 분가루를 덕지덕지 바른 가축이 내는 듯한 냄새가 풍겼다. 옅은 불빛 속에 떠오른 입술에서는 지그시 살펴보듯이 희미하게 반짝이는 이가 내다보였다. 이 하나하나에 달뜬 듯한 노골적인 표정이 감돌았다.

나는 다시금 등줄기를 타고 오르는 전율과 가슴 두근거림 때문에 스탠드를 들고 있기도 힘들었다. 게다가 스탠드를 받쳐 든 손의 새끼손가락이 움찔움찔 애벌레처럼 떨려서 다른 손가락에 부딪히는 소리가 나는 게 아닌가 싶을 정도였다.

하지만 그런 흥분도 이모가 입은 어머니의 유카타를 보자마자 마찬가지로 강한 혐오감으로 바뀌었다. 게다가 견딜 수 없을 만큼 강한 혐오감이었다. ─그러자 다시 위태로운 흥분이 되돌아왔다. ─그리고 다시 혐오감이 가슴을 옥죄었다.

숨이 막히고 정신까지 아득해졌다. 쉰 목소리로 가까스로 이런 말을 했던 건 기억나지만 그렇게 말하기까지 얼마나 시간이 흘렀는지는 생각나지 않는다.

"안 돼. 어머니 유카타로는 안 돼, 그 유카타로는……."
"벗으면 되잖아. 그래, 벗으면 되지?"
타이르는 투로 묘하게 진지한 목소리가 대답했다. 여자의 바람직한 지혜가 풍부한, 잊기 어려운 목소리였다. 조금도 음란함이라고는 없는 목소리다.
말을 마치자마자 (허리띠는 어느 틈에 풀렸던 것일까) 몸을 흔들다시피 하면서 하루코가 그 둥그스름한 어깨에서 어머니의 유카타를 스르륵 떨구는 것이 눈에 들어왔다.

3

다음 날 아침, 학교 가는 길에 본 거리의 인상이 생각난다. 그것은 뭔가 공허한, 억지스러운 청명함의 인상이자 고독함의 인상이었다. 가로수는 아침 해에 빛났다. 나무들이며 건물 그림자의 가을다운 청결함은 강제 소개疏開로 반쯤 부서진 보기 흉한 가옥의 그림자에서까지 보였다. 아침 댓바람부터 방공 연습을 실시한 역 근처에서 웃고 떠들면서 맑은 물을 출렁출렁 흘려가며 양동이를 전달하는 여자들. 라디오 가게의 낭랑한 아침 방송. ─관능의 그늘은 어디에도 없었다. 초등학교 교과서처럼 쉽고 단순하고 평온한 풍경이었다. 그러고 보니 어릴 때는 자주 이런 한없이 환하고 산뜻한 머리로 눈을 뜨곤 했다. 학교 가는 길의 인상은 매일 아침 잘 정돈된 환한 방 같은 초등학생의 머릿속에 티끌 하나 없이 비쳤다. 공원의 나무들이 바람에 순하게 가지며 잎을 흔들었다. 그리고 나는 공기총 가게의 깨끗이 닦인 진열창 앞에서 매번 멈춰 서지 않을 수 없었다. ……

―되풀이해서 말하는 것 같지만, 그건 고독함의 인상이었다. 또한 감사를 받는 자의 의기양양한 겸손의 미소 없이, 마음 편히 감사할 수 있는 평온함이었다. 감사는 어디까지나 나 자신에 대한 감사일 뿐, 이모에 대한 것이 아니었다.

하지만 어머니와 남동생이 피난을 떠나고 며칠 뒤에 다시 하루코가 찾아와 머물고 간 날 밤은 처음의 밤보다 좀 더 염야艶冶했다.

그런데 '미치코'라고 멀리서 부르는 듯한 소리에 나는 잠에서 깨어났다. 그 목소리의 암시가 나 자신을 미치코라고 느끼게 한 것이었다. 게다가 그것이 남편 이름―이제는 이 세상에 없는 사랑하는 이를 부르는 소리가 아니라 미치코의 이름이었다는 게 내게 일으킨 어떤 꺼림칙한 감정을 어떻게 설명해야 좋을까. 아마도 그 성마른 부름에 미치코인 나는 눈물을 글썽이는 마음으로 대답하려 했을 것이다. 그것은 뭔가 쓸쓸한 밤 들판을 달려온 듯한 부름이었다. 오래된 혼지모노*의 오토기조시**에 우연히 저승에서 연인이 부르는 소리를 듣는 이야기가 있었던 듯싶다. 뭔가 그런 식의 동물적인 생의 애련哀憐을

---

* 혼지모노本地物는 부처가 중생을 인도하기 위해 임시적인 모습으로 나타나 인간계에서 숱한 고난을 거쳐 부처로 전생한다는 일화를 바탕으로 사찰의 인연 등을 다룬 이야기. 무로마치 시대에 성행하였고, 에도 시대에 조루리(가면음악극에서 낭창하는 옛 이야기)나 독본으로 전해 내려온 이야기 형식이다.
** 오토기조시御伽草子는 무로마치 시대에서 에도 시대로 전해진 23편의 동화, 혹은 그와 유사한 이야기 수백 종을 말한다.

불러일으키는 여운이 담겨 있었다. 나는 '흐흑' 하고 물새 같은 오열이 가슴속에서 솟구치는 것을 느꼈다. 그리고 또한 미치코의 조용하고 화려한 웃음이 환영처럼 내 입가에 감도는 게 느껴졌다.

나는 아직 잠에서 깨어나지 못한 것이라고 생각했다. 그런데도 여전히 내가 분명 미치코가 아니라는 게 믿어지지 않았다. 하지만 미치코인 내가 왜 이렇게까지 그 슬픈 부름에 대답하려고 하는지는 알 수 없었다. ─나는 등불을 비춰보았다.

"미치코, 아아, 미치코."

흐느껴 우는 듯한 목소리는 이모의 것이었다. 등불은 봐서는 안 될 것을 비춰냈다. 그것은 쾌락에 있어서 필요불가결한 '죄'라는 느낌, 쾌락을 위해 결코 봐서는 안 될 것으로서 꼭꼭 감춰둔 게 드러나버린 듯한 하루코의 얼굴이었다. 이를 어긋나게 악물고 여성 모습의 불상佛像처럼 반눈을 뜬 채, 이마에는 우두둑 소리가 날 것처럼 정맥이 도드라졌다. 눈가에는 눈물이 실처럼 이어져 귀밑머리를 적셨다.

"왜 그래요?"─더 이상 보고 있을 수 없어 흔들어 깨우자 추한 것이 스윽 씻겨나간 것처럼 단잠에서 막 깨어난 얼굴로 하루코는 억지 미소를 지었다.

"아, 가위에 눌렸나 봐. 무서운 꿈을 꿨어."

그것은 이미 누구나 꿈 얘기를 할 때면 그렇듯이 쓸쓸한 말투에 지나지 않았다.

─나는 미치코의 이름을 부른 그녀의 잠꼬대에 대해 아무 말도 하지 않았다. 하지만 질투를 하자면 미치코가 되었던 나 자신을 질투할 수밖에 없을 듯한, 그렇다고 질투하지 말자고 마음먹으면 내가

미치코를 사랑해서 하루코를 더 이상 사랑하지 않는 것으로 여겨질 듯한 기묘하고 착잡한 기분을 맛보았다.

간밤에 들은 잠꼬대가 잠시 잊고 있던 미치코를 다시 생각나게 했다. 일요일이라서 나는 하루코와 느긋하게 아침을 먹었다. 마침 하루코 쪽에 아침 해가 와 닿고 있었다. 나는 그 얼굴에서 남의 눈에 띄지 않을 만큼 희미한 이마 주름, 눈가 주름, 입가 주름, 목덜미 주름 등을 끈질기게 찾아내려 하는 나 자신을 발견했다. 뭔가 아주 어른스러운 잔혹한 눈빛을 하고 있다는 것에 쾌감이 들었다. 주름은 아무리 살펴봐도 눈에 들어오지 않았다. 흉포한 분노가 솟구쳤다. 하나라도 주름이 눈에 띄면 나도 하루코를 용서할 텐데, 하고 생각했다. 무엇을 용서한다는 것인지도 알지 못한 채.
"왜 그렇게 내 얼굴을 쳐다봐?" 하루코가 파리라도 쫓는 듯한 손짓을 하며 말했다.
"흐흥, 아무것도 아니에요." —그런 자조적인 옅은 웃음을 짓는 나 자신이 아직 열아홉 살이라고 생각했다. 그러자 타락한 기쁨이 스멀스멀 밀려왔다.

세 번째 정사는 더 이상 되지 않았다. '이게 아니야, 이 몸이 아니야'라고, 아가씨의 침상에 들어가려 했으나 착각해서 어머니 침상에 들어간 『데카메론』의 청년처럼 나는 당황스러웠다. 항상 나중에 왔던 동물적 슬픔이 먼저 찾아왔다. 분명 나는 자선가처럼 창백해진 서글픈 얼굴을 하고 있었을 게 틀림없다.

뭔가를 예감했던 것이리라, 하루코는 천박한 농담으로 나를 놀렸다. 나는 불끈해서 지난번의 잠꼬대 얘기를 나도 모르게 해버릴 뻔했다. 매번 약속해주던 다음 기회도 확실히 알려주지 않은 채 돌려보냈다. 혼자 대문을 나서는 이모의 뒷모습을 곰곰이 바라보았다. 앞마당은 김이 서린 듯한 가을 날씨로 촉촉해져 있었다. 하루코를 사랑하지 않는 것은 아니다. 다시금 나는 그 '하루코'를 사랑하기 시작한 게 아닐까. 이렇게 내 방에서 쫓아내다시피 그 여자 곡예사 같은 쓸쓸하고 위험한 생애로 그녀를 풀어놓으려는 것인가. ─그게 아니면 쾌락이 사람에게 가르쳐주는 선원 같은 눈빛을 얻고 쾌락이라는 항구에 정박한 것을 알자마자, 거기에서 벗어나고 싶은 유혹에 가슴이 두근거리기 시작한 것인가.

─자연스럽게 하루코는 부탁하는 쪽에, 나는 명령하는 쪽에 서게 되었다. 부탁받는 것보다 명령하는 것이 내게는 얼마나 더 견디기 어려운지 하루코는 알지도 못하는 게 답답했다. 열 살이나 연상인 여자에게 명령하는 입장이라는 것이 내게는 결코 자랑도 기쁨도 아니고, 오히려 명령한 것 때문에 나 자신이 모욕당하는 기분이 드는 것을 하루코는 아무래도 알지 못하는 모양이었다.

"그럼 어떻게 하면 돼?" ─처음 만났을 때의 그녀처럼 힘없이 얕잡아보는 웃음을 지으며 말했다. 이제는 그게 그녀의 가장 아름다운 표정으로 보였다.

미치코를 만나게 해주면, 이라고 나는 말했다.

"만나게 해줄게. 별것도 아니네." ─하루코가 응하는 방식은 너무도 무심해서 마치 예상했던 일이라는 듯한 침착함이 있었다. "모레 그 아이 친구의 결혼식 축하 선물을 사는데 같이 가기로 약속했어. 그때 함께 가면 되겠다."

 말하자면 그건 남자의 첫 밤을 앗아간 여자에게만 허용되는 종류의 상냥함이었다. 바꿔 말하자면 어떤 적의나 미움의 대용품까지도 떠맡아주는 상냥함이었다.

 그날은 아침부터 초여름에나 내릴 환한 비가 내렸다. 여성용 우산의 가벼운 비단 천의 설렘이 연상되는 듯한 아침이었다.
 아름다운 여자와 단둘이 걸어가는 남자는 믿음직해 보이지만 여자 둘 사이에 끼어 걸어가는 남자는 우스꽝스럽다. 오히려 두 사람이 나의 누이들로 보이기를 바라며 나는 일부러 교복과 교모 차림으로 나갔다. 각반을 차지 않고 돌아다니는 게 그즈음 나의 은밀한 자부심이었다.
 S역에서 기다리고 있으려니 잠시 후에 교외 전차 승차장 쪽에서 환한 살구색 우산이 다가왔다. 둘이 한 우산을 쓰고 있다지만(그들은 길가 한쪽에 서 있는 나를 아직 알아보지 못한 것 같았다) 그리 대단한 비도 아닌데 거의 뺨이 맞닿을 만큼 바짝 붙어 있었다. 머리채가 둘 중 누구의 것인지 알 수 없을 정도였다.
 질투는커녕 그 정경은 오히려 내가 미치코와의 첫 밀회를 기다리는 처지라는 것도 잊어버릴 만큼 나를 매혹했다. 그것은 뭔가 단적으로 쾌락의 인상에 가까웠다.
 그렇게 바짝 붙었어도 역시 우산 하나로는 무리였는지 가까이 다가올수록 마노색 우산 자루를 잡은 하루코의 손이 하얗고 촉촉하게 빗물에 젖어 차가운 요염함을 풍기는 게 보였다. 우산 속에서 밝은 살구색 천의 빛을 받은 아름다운 두 여자의 얼굴이 삐져나올 듯 밀치락달치락하는 모습은 마치 풍성한 과일 바구니 같은 느낌이었다.

나를 알아보자 두 사람은 미소를 지었다. 두 개의 미소가 너무도 꼭 닮은 것에 놀랐다. 하지만 인사를 할 때 내성적인 소녀라면 뺨을 붉혀야 할 참에 대체로 빈혈질인 미치코의 뺨에는 핏기가 없다는 게 두 개의 미소를 구분하는 표식이 될까. 오늘 하루코는 선원의 아내처럼 진한 화장을 한 것도 아닌데 몰라볼 만큼 젊고 아름다웠지만, 미치코는 미치코대로 겨울 장미처럼 눈에 띄지 않는 화장을 했고 그것이 빈혈질의 부서지기 쉬운 아름다움을 충분히 풍성하게 보여주었다. 하지만 역시 하루코 옆에 서자 그 아름다움은 하루코의 미에 아첨하는 듯한 종류의 미였다.

사랑의 증거인 저 다그치는 듯한 허전함을 안고 나는 미치코와 나란히 시내 전차의 좌석에 앉았다. 손가락 사이로 모래가 흘러 나가는 듯한 아쉬움이었다. 그러자 소녀가 느릿느릿 답답한 말투로 이야기를 시작했다. 역시 그 답답한 느낌은 반가운 것이었다.

"저기, 이번에 결혼하는 친구분은 지가사키* 지역으로 피난하신 명문가의 따님인데요. 그분, 미쳤나 싶을 만큼 명랑해요. 약혼자가 아침 일찍 찾아오면 파자마 차림 그대로 같이 바닷가로 뛰쳐나가 스모를 한다네요. 그런 점이 아주 약혼자의 마음에 들었다나 봐요. 이제 일주일 뒤에 식을 올릴 거예요."

* 지가사키茅ヶ崎 가나가와현 쇼난 지역 중부의 관광지.

결혼식이나 약혼자 등에 대한 그녀의 지극히 자연스러운 소녀다운 관심이 반가웠다. 하지만 아무리 생각해도 나에 대한 앙갚음으로 보이는 조금 전의 한 우산 쓰기가 마음에 걸려서 돌아갈 때는 내 우산이 더 크니까 이쪽으로 오지 않겠느냐고 물었더니, 어디로 가실 거냐고 그녀가 되물었다.

"나 사는 데는 아직 놀러 온 적 없죠? 이따가 가는 길에 꼭 들렀다 가요."

"언니와 함께라면 갈게요."—그건 결코 예의상 하는 말이 아니라 그야말로 당연하다는 듯한 말투였다.

—긴자에서 내리자 이렇게 비가 내리는 날에 신기해하며 쇼핑을 다니는 사람은 우리 말고는 시골에서 올라온 뺨이 벌겋게 튼 군인들 정도였다. 군인들은 한 우산을 쓴 자매를 초년병을 괴롭힐 때처럼 호색한 눈초리로 흘끔흘끔 쳐다보며 지나갔다.

건물 소개가 그리 순조롭게 진척되지 않은 1944년 가을의 긴자 거리는 자리를 점유할 생각으로 진열장에 보란 듯이 늘어놓은 호화로운 화병으로 어느새 거리 전체가 점령당해서 기묘하게 비정한 분위기가 감돌았다. 공습을 앞둔 그 텅 빈 마지막 호화로움은 유명한 시계점, 보석상, 고물상이며 도자기회사에서 낸 가게나 백화점 매장 등에 펼쳐져서, 가게라는 가게마다 잘 닦인 유리 진열장 안에 어차피 팔릴 기약도 없는 거대한 화병들이 찬연히 빛났다. 폭탄이라도 떨어지면 잠시도 버티지 못할 이런 부서지기 쉽고 옮기기 힘든 그야말로 헛되이 화려한 상품들을, 게다가 부서지기 쉬운 유리 케이스나 진열장 안쪽에 정리해둔 모습은 아무래도 인간의 행위라고는 하기 어려운 으스스한 풍정을 빚어냈다. 묵직한 허망, 넉살 좋게 화려한 허무, 그중에서도 특히 거대하고 호화로운 화병 주위에 그런 분위기가 길게 꼬리를 끌고 있었다.

비가 그치고 맞은편 빌딩의 세련된, 폭풍爆風에 대비한 종이테이프를 잔뜩 붙여둔 창문이 빛나기 시작했다. 나는 두 여자가 그런 화병 너머에 서 있거나 옆을 지나가거나 올려다보거나 그쪽으로 허리를 숙여 들여다보는 모습을 싫증 나는 줄도 모르고 바라보았다. 그 모습 또한 뭔가 간단명료한 쾌락의 인상에 가까웠다. 한 명이어서는 안 된다. 두 여자가 나란히 걷는 모습이어야 한다. 소녀가 입은 하늘색 재킷이며 이모가 입은 탁한 적갈색 재킷이 유리를 통해 희고 투명한 도자기 겉면에 비쳤다. 젊고 아름다운 여자 둘이 다가가자 어쩐지 감돌기 시작한 저 노골적이고도 부끄러움 없는 달콤함에, 방약무인이라기보다 신조차 두려워하지 않는 과도한 다정다감함에, 백자 화병이 홀려버린 것 같았다.

"마침맞은 것을 못 찾겠어. 좀 더 발길 닿는 대로 여기저기 돌아다녀보자."

하루코의 말에 나는 퍼뜩 정신을 차렸다. 오늘은 뭔가를 하러 나왔던 것이다. 긴자에서 내린 뒤로 나는 아직 제대로 미치코에게 말을 건네지 못했다. 미치코를 만나고 그녀에게 다가가고 그녀와 이야기하기를 그토록 기다려오지 않았던가. ―꿈속의 꿈에서 잠이 깨었다가 다시 실제 꿈에서 깨어난 것처럼, 두 자매가 뒷골목에서 말할 수 없이 소녀 취향인 연분홍빛 화병 두 개를 사는 것을 봤을 때, 나는 다시 한번 깨어났다.

"왜 똑같은 걸 두 개나 사요?"

"그래야 한 쌍이 되잖아." 하루코가 대답했다.

집에 가려면 어차피 그 언덕길에서 내가 짐을 들어야 한다. 그렇다면 아예 호화스럽고 힘에 부칠 만큼 묵직한 화병을 사주었으면 했다. 미치코가 내게 맡기는 짐이 조금이라도 더 호화롭고 조금이라도 더 무거운 게 좋았던 것이다.

가게를 나서자 다시 비가 후드득 떨어지기 시작했다. 구름의 맑은 틈새가 부채가 접히듯 닫혀갔다.

두 사람은 우리 집에 놀러 가는 것에 동의했다. 화병을 구경하고 다니는 사이에 내 심경이 바뀌어서 (혹은 그것도 하루코의 술책이었는지 모르지만) 이미 하루코 없이는 미치코를 만날 수 없다는 식이 되었다. ―하지만 역에서 내리자 하루코의 여성용 우산을 썼다가는 둘 다 흠뻑 젖을 만큼 비가 쏟아져서, 나는 감쪽같이 내 남자용 우산 안으로 미치코를 맞아들일 수 있었다. 그러나 비가 올 때마다 질퍽거리는 집 앞 급경사 길에서 달려 내려오던 자전거를 피하다 미치코가 접질려 넘어졌을 때, 왼손에 화병 보퉁이를 오른손에 우산을 들고 있던 나는 순간적으로 그녀를 잡아주지 못했다. 아니, 심지어 그녀가 조용히 주저앉은 듯한 모습이라 자전거가 지나간 뒤 한순간 무슨 일인지도 알지 못했다. 하지만 그대로 다시 일어난 그녀가 무릎을 문지르며 물새처럼 고개를 떨구는 것을 보고 깜짝 놀란 나는 뒤따라오던 이모를 불렀다.

―그러고는 어떻게 그녀를 욕실까지 데려갔는지 확실한 기억이 없다. 다만 생각나는 것은 즐겁고 분주한 감정이며 뭔가 다급한 기

뿜이었다.
 왼손에 들고 있던 짐을 순간적으로 이모의 손에 맡겼던 것 같다. 그러고는 별 이유도 없이 선수 치지 못하게 하려는 다급함으로, 미치코가 다리를 절룩거리는데도 그 팔을 잡고 집 쪽으로 걸음을 서둘렀다. 그녀의 진흙투성이 하반신에 시선이 가닿자 분명 힘이 솟구치는 어떤 감정이 내게 생겼던 모양이다. 집에 도착하자마자 뒤따라와 붙잡는 하루코를, 이런 말로 응접실에 가둬버린 것이다.
 "여기서 기다려요. 약도 붕대도 어디 있는지 내가 잘 아니까."
 미치코는 욕실 발판 위에서 쭈뼛거리고 있었다. 싸움질로 진흙투성이가 되어 돌아온 아이를 닮은 모습이었다. 내가 약이며 붕대를 찾아올 때까지 아무것도 하지 않고 그러고 있었던 것이다.
 "다친 데가 어디예요? 얼른 씻어내지 않으면 세균이 들어가요."
 그러자 미치코는 입을 꾹 다문 채 어딘가 졸음에 겨운 듯한 몸짓으로 얼굴도 붉히는 일 없이 스커트를 스윽 걷어 올렸다. 남자들이나 신을 무릎까지 올라오는 긴 털실 양말이 진흙범벅이 되었고 진흙 밑으로 무릎에는 쓸린 상처가 났지만, 그 때문에 뽀얀 허벅지가 마치 꿈속처럼 희뿌옇게 보였다. 수도꼭지 밑에 무릎을 대자 깨끗한 물이 떨어져 금세 장밋빛의 탱탱한 무르팍이 드러났다. 그곳은 별 상처가 없고 바로 옆의 부드러운 살갗에 상당히 크게 쓸린 상처가 물에 씻겨 드러났다. 물줄기가 닿는 동안에는 연하고 앳된 복숭앗빛이었는데 물의 방향이 옆으로 비껴가자 눈이 번쩍 뜨일 만큼 아름다운 피가 전면에 물큰 배어 나왔다.
 "아름답다. 피가 나네……."

신선한 감동으로 나는 가슴이 떨렸다. 약도 붕대도 그 자리에 내던지고 싶었다. 하루코를 상대하는 몇 주 동안 탁하게 고여 있던 꺼림칙한 기분이 뭔가 신선한 것에 찰싹 얻어맞고 다시 회복된 느낌이었다. 그 피의 색깔로 내가 잃어버렸던 것을 다시금 되찾았다고 생각했다.

4

외조부 댁에서는 큰 소리도 마음껏 낼 수 없었기 때문에 그로부터 한동안 우리 집에서 모이거나 바깥에서 만나곤 했다. 간단히 말하자면, 나를 원한 대가로 미치코와 만나게 해준 하루코가 이상하게도 그날 이후로는 나를 원하지 않았다. 항상 미치코와 둘이 찾아와 어린애처럼 놀다가 둘이 나란히 돌아갈 뿐이었다. 하녀에게만 내맡겨둔 식사 때문에 여윈 것 같다면서 좀 더 살이 쪄야 한다고 자매가 번갈아 가며 나에게 달콤한 과자며 맛있는 요리를 가져다주기도 했다. 왠지 열아홉이라는 내 나이가 유쾌하게 느껴질 만큼, 어린애가 잠자리에 들어야 할 시각이 다가오는 것을 예감하고 미친 듯이 뛰어노는 것처럼, 나는 마음껏 웃고 떠들었다. 유희의 규칙은 엄격히 지켜졌다. 자매가 결코 말하지 않는 과거의 삶에 대해서는 굳이 물어보지 않는다는 것도 규칙 중 하나였다. 하지만 실은 하루코에게 그 사랑의 도피 사건은 그녀의 생애에서 짐작했던 것보다 아주 작은 의미밖에 없는 모양이었다. 그 밖에 의미 있을 만한 과거는 길들이기 쉬운 고양이 같은 것이 되어서 항상 여주인의 손 밑에서 끄덕끄덕 졸다가 기껏해야 이따금 슬며시 눈을 뜨고 여주인의 손바닥을 부드럽게 핥을 뿐이었다.

이 부분쯤부터 내 기억은 갑작스럽게 착란의 기미를 보이기 시작한다. 내가 거기에 빠져 있다는 것을 알자마자 도망쳐 나오지 않고서는 견딜 수 없는 그 '쾌락', 자신을 제삼자의 입장에서 보면 그다지 매혹하는 것도 없는 그 '쾌락', 그것이 가장 납득할 만한 논리로 나를 침범하기 시작했다. 나에게는 불쾌할 만큼 납득이 가는 논리인데도 잘 풀어서 설명하려고 하면 뭐가 뭔지 알 수 없었다.

그건 이런 식으로 시작된 일이었다. 셋이 마작을 하다가 목욕물이 데워졌다는 말을 듣고 언젠가처럼 나는 하루코에게 먼저 하라고 권했다.

"응, 그래······." 하루코는 뭔가 망설이고 있었다.

정원은 저녁노을을 받아 시든 채소밭이 울금색 화원처럼 아름답게 빛났다. 미치코는 마작 패를 손안에서 데굴데굴 굴리며 얼굴만은 그 아무것도 없는 정원으로 향하고 있었다. 일단 자리에서 일어섰지만 방에서 나가지 않고 치가이 선반*에 놓인 사슴 한 쌍의 장식물을 새삼스럽게 진기한 듯 바라보았다.

나에게 그때 실로 기이한 감정이 생겨났다. 하루코를 목욕탕에 보내고 분명 나는 미치코와 단둘이 있고 싶었는데도 그게 몹시 위험하고 불안정한 것으로 여겨졌다. 게다가 아무래도 그 불안은 누군가

---

* 치가이 선반違棚은 두 장의 판자를 위아래로 어긋나게 붙인 선반으로, 주로 방의 상좌를 한 단 높여 족자나 화병 등의 장식을 두는 도코노마床の間에서 볼 수 있다.

몰래 훔쳐봐주기를 바라는 이상한 욕망에서 나오는 것 같았다.
　나는 손을 내밀어 미치코의 어깨를 쿡 찔렀다. 숨이 막힐 듯한 탄력이 내 손끝에 반응했다. 순간 나는 그녀가 과연 순결한 것일까 하고 의심했다.
　"뭘 멍하니 있어? 다녀와, 이모하고 같이."—애써 담담한 척하느라 지금까지 내가 원했던 것과는 정반대의 말을 했다.
　"그럴까요?"—그녀는 건너편을 향한 채 답답하게 늘쩍지근한 말투로 대답했지만, 그 순간 무심코 하루코 쪽을 돌아본 나는 그 눈이 방자하게 번뜩이고 얼굴에는 비뚤어진 환희의 표정이 솟구치는 것을 보고 그제야 아차 싶었다.
　—그때만큼 하루코와 같이 방을 나가는 미치코를 간절히 붙잡고 싶었던 적은 없었다. 게다가 그녀를 붙잡는 것을 나 스스로 금지하는 고통의 달콤함에 그때만큼 마음껏 취해버린 적도 없었다.
　나는 탁자에 몸을 기대고, 마작을 위해 깔아둔 양탄자에 저녁 해가 낮게 비쳐 들자 자잘한 털 한 올 한 올이 금빛으로 빛나고 그 한 올 한 올에 사랑스러운 그림자가 덧붙는 것을 멍하니 바라보았다. 하루코가 처음 집에 왔을 때는 순결함이 허용해주는 음란한 호기심으로 욕실의 하루코를 실컷 공상했지만, 지금 나에게는 이미 그 청결함은 상실되고 없었다. 자매를 욕실에 몰아넣은 듯한 기분 속에서 어쩌면 다시 돌아오지 않을 순결에 대한 거센 동경을 읽어내기도 했다. 하지만 나의 상상력은 되돌아오지 않았다. 욕실에서 무슨 일이 일어나고 있는지 전혀 상상이 안 되는 것이다. 욕실은 그저 깜깜한, 아무것도 없는 곳인 듯한 기분이 들었다. 뜨거운 물을 흩뿌리며 조용히 일어서는 하얀 어깨도 머릿속에 떠오르지 않았다. ……

 짜증이 날 만큼 긴 목욕이었지만 그사이에 욕실 앞을 지나갈 때 흐느껴 우는 듯한 숨죽여 웃는 듯한 묘한 소음이 들려온 게 마음에 걸리던 참에 복도에서 갑작스럽게 어지러운 발소리가 났다. 나는 급히 자리에서 일어나 장지문을 열었다. 후텁지근한 목욕탕 냄새가 코를 찔렀다. 하루코는 까닭 모를 미소로 내게 눈짓을 건넸지만, 옆에 선 미치코의 팔을 하루코의 팔이 단단히 잡고 있는 것을 보자 가슴이 덜컥했다. 그보다는 애처롭게 미소 짓는 미치코의 삼베처럼 핏기 없는 얼굴을 보고 전율했다.

 "가벼운 뇌빈혈이야. 잠깐 그 방석 좀 여러 개 깔아줄래? 누워 있는 게 좋으니까."

 ─내가 포도주를 들고 돌아가자 하루코는 내게 물어본 뒤에 별채로 담요를 가지러 갔다.

 별채로 건너간 하루코가 벽장을 열고 담요를 찾아 돌아오기까지 그리 오래 걸리지는 않을 터였다. 하지만 당장이라도 하루코가 돌아올 것이라는 우려가 그 한순간 한순간에 지금까지 잊고 있었던 미치코에 대한 애착을 강하게 불러일으켰다. 하루코가 어디선가 이 장면을 은밀히 훔쳐봤으면 했던 것이다. 하루코가 아직 돌아오지 않은 틈에, 라는 급한 마음은 하루코가 빨리 왔으면, 이라는 기묘한 바람을 포함한 것이었다. 나는 미치코의 뺨에 내 뺨을 바짝 기울였다. 도자기처럼 차가운 뺨의 기척이 있었다. 죽음이 매혹하는 듯한 방식으로 그것이 나를 매혹했다. 거기에 몸을 맡기자마자 나는 내가 아니게 되어버릴 것 같은.

하루코가 담요를 안고 총총히 들어왔다.

"술은 벌써 먹였니?"

"됐어요, 이제 괜찮아요."

흥이 깨져버릴 만큼 또렷한 목소리로 대답한 것은 미치코였다. 나는 놀라서 그 얼굴을 멍하니 쳐다보았다. 거짓말처럼 뺨에 불그레한 기가 서렸고, 크게 뜬 눈이 웃음을 머금은 시선을 내게 흘리며 이모를 올려다보았다.

"그만 일어날래요. 나 좀 일으켜주세요."

미치코는 어깨를 담요로 감싸고 하루코의 부축을 받으며 식탁에 앉았다. 역시나 아무것도 먹지 않았지만 포도주를 조금씩 핥듯이 마셨다. 얼굴은 평소보다 환해서 고른 치열齒列의 아름다운 흰빛이 비로소 두드러졌다. 간간이 하루코의 어깨에 얼굴을 기대고 지그시 눈을 감았다. 그러면 하루코도 취한 듯한 표정이 되었다. 미치코는 문득 눈을 뜨고, 저 단밤 좀 주세요, 라느니 하는 말을 했다.

작은 사고가 허용해준 기묘한 다정함, 지진이 지나간 뒤 가족에게 감도는 화목함, 그런 것이 모두를 맹목으로 만들어버린다. 단순한 우정이 애정으로 보이고 때로는 애정이 우정으로 보이기도 한다. 모두가 다시 한번 한 사람 한 사람의 과장된 가면을 쓸 때까지 악마는 가면의 어깨며 입가를 조금씩 아무도 알지 못하게 다시 그려둔다. ─ 내 눈앞에서 아슬아슬하게 젓가락으로 집어든 단밤을 미치코의 입에 넣어주는 하루코의 손을 보면서도 내가 질투 따위 전혀 느끼지 않고 하루코의 황홀한 듯한 표정이 아름답다고 생각한 건 역시 악마가 다시 그려둔 가면의 소행이라고나 해야 할 것이다. 그 생각도 미치코가 그녀를 황홀하게 했기 때문에 아름다운 것이지 누군가 다른 남자를 보며 황홀해하는 하루코였다면 내 눈에 아름답게 비쳤을 리 없지만, 그 '다른 남자'가 나였다면, 이라고 생각하면 또다시 뭐가 뭔지 알 수 없게 되었다.

"아까 욕실 앞을 지나가는데 우는 소리가 들렸어. 누가 울었던 거야?"—나는 느닷없이 그런 말을 꺼냈다. 얼굴을 맞대고 있던 자매는 눈을 크게 뜨고 내 쪽을 보았다. 그것이 그 비 오는 날 둘이서 한 우산을 쓴 모습을 떠올리게 했다.

"아무도 안 울었는데?"

"언니, 시치미 떼도 소용없어요. 히로 씨, 언니는 욕조에 들어가면 분명 죽은 오빠가 생각나서 우는 거예요. 벗은 몸으로 울고 있는 거, 꼭 아기 같다니까요."

미치코가 죽은 오빠 얘기를 슬쩍 내비친 것은 그때가 처음이었다. 하지만 그게 거짓이든 사실이든 일단 규칙을 지키도록 길들여진 나는 새삼 들춰내기가 두려워 언젠가 미치코가 말했던 지가사키의 친구 얘기에서 연상한 농담으로 얼버무렸다.

"뭐야, 그랬어? 난 또 둘이 스모라도 하다가 다쳐서 울었나 했더니만."

그러자 자매는 반짝 불이 켜진 듯 얼굴이 빨개져서 서로를 마주 보았다. 그리고 죄를 범한 여자들에게만 어울리는 실로 염야한, 아른거리는 듯한 미소를 지었다.

—그날 밤에도 10시 넘어 하루코와 미치코가 돌아간 뒤, 평소보다

더 달콤하게 물크러지는 정서가 나를 어지럽혔다. 그날 밤, 나는 그녀들이 스모를 하는 꿈을 꾸었다. 자매는 다정하게 네 다리를 짚으며 개처럼 불끈 일어서는 것이었다. 둘 다 여자 곡예사의 의상을 입고 있었다.

그렇게 어딘가에 속임수가 숨어 있는 듯한, 그래도 제법 즐거운 가을의 하루하루가 흘러갔다. 나는 출정하는 친구를 배웅하러 도쿄 역에 나갔다. 통통하니 건강해 보이고 잘 웃는 약혼녀가 배웅을 나와 있었다. 약혼자를 실은 열차가 출발할 때도 키들키들 웃기만 했다. 나도 잘 웃는 약혼녀가 있으면 좋겠다고 생각했다. 둘이서 아침이 되었다고 나란히 웃고 마루빌딩에서 사람이 뛰어내렸다고 또 나란히 웃고 싶었다.

마침 그다음 날, 우연이 내 희망을 들어줄 듯한 몸짓을 보였다. 항상 하루코와 함께 오던 미치코가 하필 그날 저녁에는 혼자 온 것이다. 정원을 건너 안으로 들어오더니 응접실 테라스에서 책을 읽고 있는 나를 보고 물었다.

"어머, 언니는요?"

"난 모르는데?"

"와 있죠? 히로 씨 얼굴 보면 알아요."

"그러면 집 안을 수색이라도 해보든지."

"어떻게 된 거지, 한 번도 약속을 어긴 적이 없는데?"

그 말투가 조금 이상했다. 한 번도 약속을 어기지 않았다는 건 매번 약속을 하고 왔다는 얘기지만, 외조부 댁에서 늘 함께 지내는 두 사람이 꼭 그럴 필요가 있을까. 내가 의아해하자 실은 역에서 만나기로 약속한 건 오늘뿐이고, 그건 하루코가 다른 곳에 들렀다 올 일이 있었기 때문이다. 하지만 미치코도 부득이한 볼일이 있어 30분쯤 늦게 도착하는 바람에 하루코가 먼저 와 있을 줄 알았다는 것이었다. 어쨌든 일단 오늘 일은 사실인 것 같았다. 하지만 점점 더 캐묻고 들어가자 미치코는 지금껏 막다른 상황에서 수없이 써먹던 요정 같은 눈 깜빡임을 하더니, 그럼 사실대로 말하겠노라고 했다.

화병을 사러 갔던 그 며칠 뒤에 미치코는 진즉부터 내심 어색하고 지내기 어렵던 사사키 가를 나와서 하루코가 얻어준 아파트로 이사했던 것이다. 하루코는 그대로 사사키 가에서 살았지만, 적적해하는 미치코를 위해 일주일에 나흘은 반드시 그 아파트에 와서 자고 간다고 했다. 다만 사사키 가의 사람들이 주위 시선을 염려해 자꾸만 캐묻는 게 번거로워서 하루코는 사사키의 일족인 나는 물론이고 친어머니인 나의 외조모에게도 아파트에 대해서는 밝히지 않았다. 하지만 이제는 괜찮다면서 나에게만은 기회를 봐서 하루코가 직접 얘기해줄 거라고, 마치 하루코에게 전권을 조종당한 듯한 말투로 털어놓았다.

그 집 주소는 미치코가 여간해서는 알려주지 않을 거라고 짐작하고, 당장이라도 나타날 이모 때문에 모처럼 단둘이 있을 기회가 사라지는 것에 좀 더 신경을 쓰기로 마음먹었다.

"2층으로 갈까?" 하고 권했더니 몇 번 책을 빌리러 올라간 적이 있는 내 방으로 미치코는 말없이 따라왔다. 하루코가 금세 올지 모른다는 걱정 때문에 마음이 들썽거리는 동안에는 미치코의 몸에 불안정하게 넘실거리는 듯한 아슬아슬한 요염함이 보였지만, 대화다운 대화도 없이 한 시간쯤 흘려보내자 이번에는 미치코가 들썽거리기 시작하는 대신 나는 미치코가 입은 눈에 익은 정장이 점점 더 멋없어 보일 뿐이었다. 하루코에게 들킬 것이라는 걱정이 사라지자 그 즉시 미치코를 향한 내 욕망도 시들어버리는 것이었다.

활짝 열린 창문 밖으로 저녁노을이 무르익은 가운데 이 언덕 위 동네의 떠들썩한 소리가 쓸쓸하고 어둡고 유쾌한 무수한 소리의 미립자가 되어 떠다녔다. 그 미립자 속에는 근처 연대聯隊의 약간 크고 매끈하게 빛나는 나팔 소리 입자도 섞여 있었다. ―나는 견딜 수 없어서 책장 앞으로 다가가 손에 집히는 대로 책을 꺼내 페이지를 넘겼다. 미치코는 내 책상 앞에서 뭔가 장난처럼 글을 끼적이는 것 같았다. 이렇게 서로의 얼굴이 보이지 않는 것이 어느새 평소처럼 우리를 쾌활하게 만들어주었다.

"어머, 비둘기가 빙빙 돌면서 날고 있어요."

"저녁때마다 옥상에서 깃발을 휘두르는 사람이 있기 때문이야."

―미치코는 대답이 없었다. 가벼운 한숨과 종이 뜯는 소리가 들렸다. 그러더니 혼잣말처럼 중얼거렸다. "왜 빨리 안 올까, 언니는 ……."

그 즉시 나를 상처 입혔어야 할 질투심이 전혀 생기지 않는 것에 거꾸로 상처를 입어서 나는 입을 꾹 다물어버렸다. 그곳에 있는 것은 이상하게 감상적인 공감뿐이었다. 언젠가 잠에서 깨어나면서 불렀던 '미치코'라는 소리에 응해주려 했던 눈물 나는 공감과 비슷해서, 지금까지 나와 함께 하루코를 기다리다 지친 것은 미치코가 아니라 나였다는 생각도 들었다. 미치코의 기분이 너무도 생생하게 눈에 보였다. 이런 남자의 방에 갇혀 어슴푸레한 저녁노을이 번진 하늘을 올려다보며 하루코를 마음속으로 불러보는 미치코의 심정이 전혀 남의 일이 아닌 것 같았다. 게다가 이건 결코 연인의 직감이라는 식의 뻔한 성격의 공감이 아니라는 것만은 분명했다.

―나는 애써 이 어이없는 감정을 억누르려 했지만 그런다고 억눌러지는 것이 아니었다. 졸도할 때와도 같은 재빠른 저녁 빛이 바짝 다가와 있었다. 오늘 밤 나 혼자 잠드는 침상의 견딜 수 없는 적적함과 어둠을 생각하자 나는 가만히 있을 수 없었다. ―뒤에서 다가간 발소리에 미치코는 의자에 몸을 묻은 채 기둥시계라도 보듯이 무표정한 얼굴로 나를 올려다보았다. 눈의 흰자위가 연한 푸른빛으로 보였다. 나는 어깨에 손을 얹었다. 그래도 어깨가 떨리는 게 느껴졌다. 입을 맞추자 입술은 어딘가 귀여운 힘으로 응했다.

방 안은 어느새 밤이었다. 겁에 질린 듯 집에 돌아갈 채비를 하는 미치코를 나는 붙잡지도 않았고 역까지 배웅하지도 않았다.

―그나저나 참으로 기쁨 없는 입맞춤이었다. 그게 단지 오늘 밤 나 혼자 잠드는 적적함 때문에 미치코에게 던져진 것이었기 때문일까. '이게 아니야, 이 입술 맛이 아니야'라고 내 입술은 불만스러운 듯 중얼거렸다. 그러자 문득 하루코와의 그 참혹한 세 번째 밤이 생각났다. '이게 아니야, 이 몸이 아니야'라고 했던. 그 같은 짜증스러운 연상은 어디에서 온 것일까. 방금 미치코와의 첫 입맞춤에 그녀의 입술에서 하루코의 맛이 났다는 것인가. 이건 제정신인 인간으로서는 아무래도 좀 견디기 힘든 생각이었다.

다음 날 미치코와 함께 온 하루코는 미치코가 잠깐 자리를 뜬 사이에 저 무기력한, 하지만 우아한 미소를 띤 채 그것과는 어울리지 않는 까칠한 말투로 직설적으로 물었다.

"얘기 들었어, 히로. 어제 미치코에게 키스했다면서?"

나는 얼굴이 빨개져서 잠시 어물거렸지만, 그 최초의 낭패가 지나가자 거기에 이어진 감정은 완전히 예상을 배반하고 (물론 나는 구토감이 들 만큼 불쾌와 분노가 그 뒤에 이어질 거라고 생각했지만) 갑자기 생생하게 튀어나온 어제 입맞춤의 추억이었다. 그건 하루코가 훔쳐본 입맞춤으로서 새삼 반추되었다. 그러자 즉각 뇌쇄적인 첫 입맞춤의, 며칠씩 이어지는 명정酩酊의 기억이 되고 그다음 욕망을 향한 채워지지 않는 괴로움이 되었다. ─그렇게 나는 미치코가 이사한 곳을 비밀로 한 것에 대해 하루코를 추궁했다. 이제 곧 알려줄게, 미치코가 좋다고 할 때까지 기다려, 하고 하루코는 말했다.

그때부터 "미치코 아파트 주소 알려줘. 놀러 갈 거니까"라는 말은 얼굴을 붉히게 하는 요구와 동의어가 된 셈이었다. 그것이 의외로 빠르게 성공한 것은 말할 것도 없이 가을 끝물의 가장 아름다운 날에 울려 퍼진 최초의 공습경보 사이렌 때문이었다.

"내일 꼭 알려줄게요, 내 아파트." 미치코는 그렇게 말했다. 즉 승낙한 것이다. 그건 아마도 무슨 생각을 하는지 알 수 없는 하루코의 불가해한 허락 아래 이루어졌을 터였다.

나에게는 학교 공장에 나간다는 것이 하나하나 의미가 있는 일이었다. 그날도 오후까지 집에서 오래 기다리기가 힘들어 일찌감치 공장에 나가 바보처럼 열심히 일했다. 가능하다면 그 전날 밤부터 철야로 일하고 싶었다. 오후 1시쯤 학교를 빠져나와 집에 돌아오자 하녀가 "조금 전에 오셨는데, 어라, 어디 계시지?" 하고 말했다.

거실에 수수한 비단 작업바지가 개켜져 있었다. 오늘 사모님이 입으신 옷은 작업바지를 벗은 걸 보자마자 눈이 번쩍 뜨인 고대古代 자주색이라느니 뭐라느니, 하녀가 멋들어진 말을 알고 있었다.

"정원 쪽에 나가셨나? 알았어요, 내가 찾아볼 테니까." 나는 덱슈즈를 신고 정원으로 내려섰다.

채소밭의 푸른빛은 이미 대부분 사라지고 없었다. 시든 잡초가 온통 뒤덮은 가운데 잔디는 따스한 황금빛 노란색으로 말라붙었다. 모든 것에 가을 끝물의 현 끊긴 가야금 같은 정적이 깃들었다. 낙엽이 거뭇거뭇한 맨드라미꽃에 걸려 있었다. 별관 앞 방공호 옆을 지나 주방과 욕실로 향하는 뒷마당 앞에서 왼쪽으로 내려가면 그 뒷마당에 줄지어 선 나무들로 나뉜 백 평 남짓한 아담한 공간이 있었다. 아버지가 도쿄에 머물던 시절에는 이 일대를 개 사육장으로 써서 매일 아침 개를 돌보는 아이가 비 오는 날이건 해가 쨍쨍한 날이건 대야 한가득 닭 머리를 가져와 개들에게 먹이곤 했다. 아버지가 오사카로 떠나고 개집이 철거되면서 화단으로 바뀌자 개똥으로 땅이 비옥해졌는지 착생이 잘 안 되던 꽃들도 무럭무럭 자랐다. 이제는 채소밭이 되어, 뒤쪽 셋집에 사는 일한 지 오래된 하인 부부가 맡아 관리했다. 화원의 흔적은 한구석에 있는 황폐해진 대형 온실뿐으로, 그나마 유리는 거의 깨진 데가 없어서 겨울이면 햇볕을 쬐는 데 사용되었다. 나는 곧잘 그곳의 망가진, 그리운 옛날이 떠오르게 하는 의자에 앉아 모험담 책을 집중해서 읽곤 했다. 왠지 하루코와 미치코가 그곳에 있을 것 같았다. 깜짝 놀라게 해주자는 생각에 나는 발소리를 죽였다. 통통한 귀뚜라미가 무릎에 튀어 올랐다. 문은 닫혀 있었지만 들키지 않게 틈새로 안을 들여다볼 수 있었다. 하루코는 밀짚이 삐져나온 의자에 앉아 유리 지붕 쪽을 향한 채 뭔가 잡지를 읽고 있는 것 같았다. 소국小菊 무늬가 점점이 박힌 자주색 기모노에 은은한 직물 허리띠를 매고 있어서 평소의 하루코답지 않은 모습이었다. 미치코는 평소의 정장 차림으로 의자 뒤에 서서 언니의 어깨에 두 손을 얹고 바짝 붙어서 함께 잡지를 읽는 모양이었지만, 빠짐없이 비치는 햇빛 때문은 아닐 텐데도 어딘가 축 늘어져 익사한 사람이 업혀 있는 자세처럼 보였다. 문득 미치코가 팔은 여전히 언니의 목에 감은 채 몸을 젖혀 조금 떨어져서 하루코의 하얗고 통통한 목덜미를 빤히 응시했다. 그 응시하는 시간이 상당히 길었다. 그러다가 뺨에서 귀까지 흐르듯이 불그레해지는가 싶더니 얼굴을 덜컥 언니의 목덜미에 숙였다. 그리고 강아지가 밀짚 잠자리로 기어들듯이 머리를 잘게 흔들며 이마를 하루코의 머리칼에 비비고 하얀 목덜미에 뺨이며 턱을 문질렀다. 지금까지 가늘게 뜨고 있던 속눈썹이 아름다운 눈가에 행복한 미소가 새겨지는가 싶더니 그 눈을 질끈 감고 입술을 목덜미 살갗에 깊숙이 댔다. 하루코는 마치 그렇게 당하는 것을 모르는 사람처럼 가만히 앉아 있었다. 그리고 빼다 박은 듯 닮은 모습으로 긴 속눈썹을 내리깔고 고개를 떨구었다. 30초쯤 두 사람은 그대로 움직이지 않았다. 다만 미치코의 가녀린 손가락이 살짝 끝을 세우고 미묘하게 떨면서 하루코의 어깨를 쓰다듬을 뿐이었다. ─그렇게 30초쯤 지났을 때, 하루코는 잠자리에서 일어날 때처럼 눈을 감은 채 머리를 뒤로 젖히고 두 손으로 더듬더듬 미치코의 목을 찾더니 거칠게 그 얼굴을 자신의 얼굴로 끌어당겼다. 미치코는 몸을 틀어 왼손을 하루코의 무릎 사이로 강하게 밀어 넣었다. 그러고는 그 왼손이 거친 동작으로 언니의 옷자락을 헤쳤다. ……

—거기까지 지켜보다가 나는 미칠 것만 같아서 어디를 어떻게 뛰었는지 스스로도 알지 못한 채 집 안으로 달려왔다. 2층 서재로 뛰어 들어 몇 달째 잠근 적이 없는 문을 걸어 잠그고 침대에 엎드린 채 한참 숨을 헉헉거렸다. 그리고 누군가 문을 두드린 다음 날 아침까지 밥도 안 먹고 방 안에 틀어박혀 있었다.

자매는 그사이 돌아간 모양인데 그 뒤로 오래도록 소식이 없었다.

5

하지만 그걸로 내 기분이 해결된 것은 아니었다. 미치코의 몸을 나는 아직 알지 못했던 것이다. '이게 아니야, 이 몸이 아니야' 하고 다시 한번 부르짖게 하는 몸을 미치코 또한 갖고 있는 게 아닐까 하는 불안과 위구는 아직도 내 손에 남겨져 있었다. 그 불안과 위구에의 호기심, 오히려 파멸에의 격렬한 호기심은 여전히 내 것이었다. 그렇다고 해도 그 온실 안의 하루코와 미치코는 얼마나 아름답고 다정했던가. 그것은 수없이 나의 밤을 위태롭게 했다.

결론은 정해져 있었던 것이다. 삼 주 동안 소식이 없는 것을 거의 죽을 만큼의 인내로 견디던 끝에 나는 사사키 가를 찾아갔다. 아침부터 공습경보가 두 번이나 울렸던, 잔뜩 찌푸린 쌀쌀한 날이었다. 하지만 교외 전차에 흔들려가며 외조부 댁에 도착했을 무렵에는 살얼음이 녹듯이 햇살이 환해져 늦가을 포근한 날씨의 마지막 흔적처럼 따스해졌다. —하루코는 방금 개를 산책시키고 돌아온 참이라고 했다. 그녀는 마루 끝에 앉아 뜨개질을 하고 있었다. 샤르크는 산책 뒤의 흥분이 아직 덜 가셨는지 물어 온 나뭇조각을 씹어대고 그걸 멀리 내뱉었다가 다시 으르렁거리고 덤벼들며 운동선수 같은 유연한 몸짓으로 이리저리 뛰었다.

"어머, 웬일로 귀한 손님이 오셨네?"—하루코는 딱히 얼굴을 붉히지도 않았다. 뜨개질하던 부분이 어디인지 두 손가락으로 잽싸게 콧수를 헤아려놓고, 엉덩이로 방석을 밀며 다가와 마루 아래로 다리를 덜렁거리면서 내게도 얼룩무늬 염색 방석을 권했다. 샤르크가 장난치며 하루코의 양말 신은 발가락을 살짝살짝 깨물었다. 몇 달 사이에 부쩍 가까워진 이 셰퍼드의 마음과 하루코의 마음이 이 집안사람들 틈에서 한 여자와 한 마리 개가 지나온 시간의 고독함을 생생하게 보여주었다. 개는 고독한 사람만 진심으로 따르는 법이다. —나는 다시 감상적인 우유부단한 기분에 빠졌다. 하루코에게 뭔가 부탁하고 말 것 같았다. 그뿐 아니라 아차 하면 하루코에게 오늘 밤 우리 집에 와달라고 말해버릴 것 같기까지 했다.

하루코는 뭔가 눈치를 챈 모양이었다. 그녀의 미간에 뭔가를 지그시 견딜 때처럼 심각한 것이 보였다. 하지만 곧바로 무기력한 메마른 미소로 옮겨가더니 아무 일도 아닌 것처럼 말했다. "오늘 저녁에 미치코의 아파트에 가주면 좋겠구나. 내가 8시에 가기로 약속했거든. 나 대신 네가 가봐."

　나는 이제야 비로소 그녀의 눈 속에서 과거의 신비한 광채를 본 것 같았다. 그녀의 과거가 마치 내 과거인 양 내게 지시를 내리고 있었다. 그녀는 그렇게 이번에야말로 다름 아닌 '신문 기삿거리 여자'가 되려고 하는 게 아닐까. 그녀 자신이 해치웠던 사건의 의미를 다시 한번 더듬어 올라가 그녀의 삶의 의미까지 바꿔버리는 것이다. —그녀가 내 수첩을 가져가 미치코가 사는 아파트 지도를 그려주는 동안, 나는 멍하니 그런 상념을 쫓고 있었다. 그리고 정말로 오늘 밤 미치코의 아파트에 가고 싶은지 마음속에 물어보았다. 마음은 심술궂은 눈초리로 나를 응시하면서 아무 대답도 하지 않았다.

　어두운 전차 안에 음울한 얼굴들이 띄엄띄엄 앉아 있었다. 꾸불꾸불 두어 번 전차를 갈아타고 다리 가에서 내리자 초겨울답게 날 선 강물이 흐르는 소리가 났다. 아직 야간공습이라는 건 없어서 하늘의 찬연한 별들은 별생각 없이 아름답게 보였다. 하지만 강가의 집들을 따라 이어진 좁은 골목으로 들어서자 옆쪽 신사 숲의 컴컴한 그늘 때문에, 장소를 가리지 않고 파놓은 방공호 주위의 흙더미 사이로 걸음을 떼기가 아슬아슬했다. 이윽고 연푸른 응회석을 바둑판무늬로 쌓아 올린 아파트 담장이 보였다.

　강을 마주한 2층 건물의 한 칸이었다. 이음새가 불량한 합판 문짝을 노크할까 하다가 왈칵 덮치듯이 힘껏 문을 열어버린 초조함이 무시무시하게 삐걱거리는 소리를 냈다. 안쪽도 두툼한 차광막으로 컴컴해서 서로의 얼굴은 거의 보이지 않았다.

"히로 씨예요?"—어둠 속에서 의외로 침착한 목소리가 울렸다.

"예."

"언니가 가라고 했어요?"

"예."

"그래요? 그렇다면 좋아요."

지금까지 나는 미치코에게 "예"라는 식으로 대답한 적이 없었지만, 이 응수가 너무도 신비한 것으로 여겨졌기 때문에 다른 대답은 할 수 없었다. 나는 그녀가 하는 대로 내맡겼다. 미치코는 조용히 내 뒤로 돌아와서 외투를 벗겨주었다. 그 익숙한 손놀림에 나는 문득 똑같은 순서로 수많은 낯선 남자들이 이 방에서 그녀의 외투 시중을 받았던 게 아닐까 하고 생각했다.

차광막을 가르고 들어가자 어지간히도 완벽하게 빛을 차단했었는지 세 평 남짓한 실내가 기이할 만큼 환했다. 그녀는 무지개처럼 불분명한 무늬의 약간 길이가 짧은 메이센* 기모노와 거기에 맞춘 하오리를 입고 시골스러운 노란색 시고키 오비**를 두르고 있었다.

신기한 방이었다. 모든 것이 똑같이 한 쌍으로 놓여 있었다. 서랍장까지도. 그리고 색채의 균형을 깨뜨린 듯한 어떤 추저분함이 모든 조명이며 장식품이며 방석 위에 존재했다. 의식하지 않은 악취미라면 천진하다는 장점도 있겠지만, 이곳에는 강요된 악취미, 충분히 심미안이 있는 사람이 일부러 자신의 취향에 어긋나는 것으로만 모아

---

* 메이센銘仙은 꼬지 않은 실로 거칠게 짠 비단.
** 시고키 오비扱き帶는 한 폭 옷감을 적당한 길이로 잘라 그대로 쓰는 여성용 기모노의 허리띠.

놓은 듯한 편집적인 악취미로 가득 차 있었다. 미가 아닌 다른 뭔가를 지향하고 있다. 미가 아닌 뭔가 새로운 유혹의 기준에 맞춰 선정된 물건들 같다. 그리고 분가루 향인지 마구간의 그것인지 알 수 없는, 뻘건 살덩이 같은 악덕의 냄새로 가득 차 있다. 미치코는 무감동하게 차도 끓이고 곶감도 차려내면서 쉼 없이 부지런하게 움직였지만 몸놀림이 조용해서 어떤 의식을 치르는 것 같았다. 내놓은 찻잔이며 접시가 모두 싸구려 물건이거나 요란한 꽃무늬로, 다섯 개 한 세트가 아니라 한 쌍씩 사들인 것으로밖에는 생각되지 않았다. 우리 두 사람은 아직 거의 대화다운 대화도 나누지 않았다. 미치코는 여전히 소리도 없이 일하고 있고, 씻은 그릇의 물기를 닦는 소리가 들리는가 싶더니 그다음에는 붙박이장을 열고 천천히 이불을 하나하나 꺼내 내 옆에 깔기 시작했다. 솜 두른 잠옷은 오싹할 만큼 원색을 사용한 가짜 유젠* 염색이었다.

"뭐야, 요는 하나뿐이야?"

"항상 하나죠. 언니와 같이 자거든요." 그렇게 말하는 그녀는 작은 새처럼 후안무치했다.

잠옷을 들고 그녀가 차광막 너머로 숨더니 금세 그중 한 벌을 내게 던져주었다. "갈아입어요."—그건 흐늘흐늘한 흰색 가제 천에 등나무무늬를 찍어 염색한 여성용 유카타였다. 집어 들자 손끝에서 달아날 듯 매끄러운 감촉과 사람의 살갗 같은 미지근함이 고여 있었다. 미치코 앞에서 옷을 갈아입게 될까 봐 나는 얼른 옷을 벗어부치

---

* 유젠友禪은 비단 천이나 의류에 화려한 채색으로 인물, 꽃, 새, 산수 등의 무늬를 선명하게 염색한 것.

고 그 흐늘흐늘한 것을 몸에 걸쳤다. 차광막 뒤에서 다시 나온 미치코도 똑같은 등나무무늬 유카타였다. 그 옷을 입자 갑작스레 쾌활해진 그녀는 위스키를 가져와 차탁에 차려놓고 양 팔꿈치를 괴었다.

"나, 뭐든 다 알아요. 히로 씨와 언니 일도 다 알고 있죠. 저기." 미치코는 상인방에 걸린 오빠 사진을 가리키며 말을 이어갔다. "오빠가 했던 것도 하나에서 열까지 다 알아요. 하지만 나는 언니가 하라는 건 결코 거스른 적이 없어요. 언니가 하라고 하면 뭐든 해왔거든요. 앞으로도 언니가 하라는 건 뭐든 할 거예요. 히로 씨 일도 그래요, 좋아하라고 언니가 지시한 거예요."

나는 대답할 방도가 없었다. "창밖에서 이상한 소리가 들리는데?"
"강물 소리예요. 강물에는 온갖 것이 흘러가니까."

나는 똑같은 무늬의 여자 유카타를 입고 미치코와 마주하는 사이에 신도 두려워하지 않는 여자의 수치심 없는 상냥함이 몸속에 차츰 고여드는 느낌이 들었다. —미치코가 거울의 새끼사슴 무늬 덮개를 올렸다. 그 앞에 앉아 오밀조밀한 온갖 항아리며 작은 병의 뚜껑을 열면서 말했다.

"나는 밤에 자기 전에 화장하는 거 좋아해요. 전깃불 아래서 더 예쁘게 보이거든요. 항상 자기 전에 언니하고 화장놀이를 해요. 히로 씨, 어때요, 우리도 화장놀이 할까요."

"알았어, 갈게."

나는 자리에서 일어섰다. 옷자락이 늘어져 넘어질 뻔했다.

거울 앞에 꽃병 한 쌍이 있었다. 언젠가 긴자에서 사들인 연분홍빛 한 쌍의 화병이었지만, 선명한 붉은색으로 하루코의 이름을 곳곳에 어지럽게 끄적인 것은 그냥 미치코가 립스틱으로 쓴 게 틀림없었다. 하지만 미치코는 그것에 대해서는 아무 말 없이 문득 생각났다는 듯 이쪽을 돌아보았다.

"립스틱 발라줄게요."

"나한테?"

"어머, 당신 말고 여기 또 누가 있다고?"

―그렇다. 나밖에는 아무도 없었다. 하지만 과연 아무도 없는 걸까.

나는 시동처럼 무릎을 꿇고 눈 감은 얼굴을 내민 채 기다렸다. 미치코가 앉음새를 바꾸는 기척이 났다. 그리고 어디선가 코에 익숙한 향기를 풍기며 뜨거운 팔이 조용히 내 목을 휘감았다. 두 무릎을 세운 미치코의 불안정한 몸의 미세한 흔들림이 느껴졌다. 그 오른손이 립스틱을 내 쪽에 대고 있는 것을 알았다. 그녀의 숨결이 내 숨결과 하나가 될 만큼, 달아오른 얼굴이 보이지 않는 큼직한 장미처럼 내 앞에 있었다.

그러자 문득 아픈 듯한 느낌이 들었다. 아프다고 생각한 건 착각이리라. 나른한 무게가 입술을 타고 지나간 것이다. 그것이 단단하게, 그리고 미적지근하게 그어졌다. 입술 주름이 한쪽으로 쏠리면서 내 입술은 마비되어 험한 표정으로, 아마도 신조차 외면할 꿈을 꾸기 시작했다.

그리고 어떤 다른 입술이 내 입술로 갈아타는 것이 느껴졌다.

(1947년)

서커스
サーカス

  단장은 의자에 기대앉아 한 손으로는 잎담배를 피우고 다른 한 손의 채찍 끝으로는 허공에 동그라미며 삼각형이며 사각형을 그려가며 침묵하고 있었다.
  이건 그가 화가 났을 때였다. 그는 무자비한 사람이고 또한 잔인한 사람이라고들 했다. 그의 잔인함 밑에서 다부지게 살아남은 자들을 그가 얼마나 격렬히 사랑하는지, 아는 사람은 그리 많지 않았다. 그가 죽으라고 하면 그의 단원들은 누구라도 그 즉시 죽는 것이다. 서커스 천막의 저 높은 곳에는 빨간 해골이 그려진 그의 깃발이 펄럭였다.

그는 예전에 중국 다싱안링*에 파견된 탐정의 수하였다. 러시아인 여간첩의 집에 젊은 탐정 세 명이 쳐들어갔다. 지뢰가 폭발해 그 세 명의 젊은이와 여간첩은 폭사했다. 하지만 여간첩의 스커트 한 조각과 한 젊은이의 모자가 백여 미터 떨어진 양귀비 꽃밭에서 발견되었다. 죽은 그 젊은이를 당시 열여덟 살이었던 단장은 '선생'이라고 부르며 따랐기에, 유품인 모자를 쓰고 울며불며 일본으로 돌아왔다.

착한 심성을 가진 까닭에 남의 냉혹한 처사에도 성실하려고 한다. 성실은 연마된다. 대부분 거짓이라고 잘못 볼 만큼.

인간의 마음에 투기投機하는 것으로 그는 부유하고 위대해졌다. 마음의 주식투자가였다. 곡마단장으로 딱 안성맞춤인 그만 한 사람은 어디서도 찾을 수 없을 것이다.

―두 달 전, 그는 지역 폭력단 두목에게 첫인사를 하러 갔다가 밤늦게 돌아왔다. 자신의 천막을 열고 들어서자 한 소년과 소녀가 밀회하고 있었다. 단장은 아무 말도 하지 않고 두 사람의 팔을 비틀어 올렸다. 얼굴을 찬찬히 보았다. 만나본 적은 없었던 것이다.

휘파람 소리를 듣고 P가 나타났고 단장은 그 두 사람을 인계했다.
"어디의 어떤 놈인가?"
"단장님, 무대장치 담당입니다."
"대담한 놈이야."
단장은 흐뭇한 듯 하품을 했다.
"아, 잠깐" 하면서 P를 붙잡았다.

* 다싱안링大興安嶺은 중국 헤이룽장성黑龍江省의 동북 지구로 중국의 최북단이자 최동단, 러시아와의 접경 지역이다.

그리고 소년의 손바닥을 잡고 찬찬히 들여다보았다.
"너, 말을 탄 적이 있지?"
"네."
"어떤 일을 했지?"
"마부로 일했습니다, 제국 승마장에서."
"흠······. 이봐, P군, 계집애에게는 식초 세 되를 먹이도록 해. 사내놈은 하루 동안 크레이터에 묶어둬."

사납기로 유명한 말 크레이터를 다룰 줄 아는 자는 지금까지 아무도 없었다. 오늘은 여자 기수 한 명이 목이 부러졌다. 마치 선반에서 떨어진 도자기 인형처럼.

날마다 공연이 끝나면 심복인 P는 으레 단장에게로 술을 마시러 왔다. 그 사내놈과 계집애는 물건이 될 것 같다고 보고했다. 줄타기하던 소녀가 발을 헛디딘다. 마침 말 등에 선 채로 말을 몰아 그 바로 아래까지 달려온 소년이 소녀의 몸을 받아 안고 무대를 한 바퀴 돈다. 공연 성공은 확실했다. 소년이 상당히 기품 있는 용모를 지녔으니 '왕자'라는 별명을 붙여 관객의 박수갈채를 받도록 하자고 P는 제안했다. 단장은 고개를 끄덕이며 크고 아름다운 금화를 P의 손에 떨궈주었다.

보름 만에 두 사람은 무대에 섰다.

한 달 만에 두 사람은 인기스타가 되었다.

단체 관객인 프랑스어학교 초등학생들은 흥분해서 두 사람에게 캐러멜을 던졌다. 그들의 작은 호주머니 속에서 반쯤 녹은 캐러멜이 소녀의 머리채에 과일처럼 주렁주렁 달렸다. 그 때문에 머리카락이 사자처럼 묵직해져서 아마존의 여전사 같은 매서운 아름다움이 더해졌다.

단장은 두 사람을 더할 수 없이 진심으로 사랑했다. 하지만 신입에게 마땅히 주어져야 할 징계를 느슨하게 풀어주는 일은 없었다. 그 징계가 심하면 심할수록 그들의 삶에 서커스인다운 위험과 가망 없는 하루살이 신세와 자포자기의 멋진 그늘이 몸에 배는 것이라고 생각했다.

―관객에게 인사를 마치고 퇴장하면 단장은 항상 천막 뒤편에서 무대를 바라보곤 했다.

담배 연기와 사람들의 입김으로 장내는 금빛 자욱한 이내에 잠겼다. 수천 명의 관중은 장엄해 보였다. 모든 것들 위로, 더럽혀진 어둡고 광대한 공간이 있었다. 그곳은 서커스인의 우주여서 그들은 그 공간 어디에라도 즉각 제 몸으로 반짝이는 별자리를 걸었다. 천막으로 들이치는 바람 때문에 그 공간은 출렁거리며 시커멓게 부풀어 올라 유동遊動하고 있었다. 심해어처럼 은종이와 색색의 양철로 장식한 남녀가 때때로 그 공간 높은 곳에 등장했다. 그때 심해의 아득한 저 멀리 군중 사이에서는 귀가 따가울 만큼 환희의 함성이 솟구쳤다.

그 높은 곳에서 기적은 신비한 절도와 예양禮讓으로써 이루어졌다. 가장한 반라의 남녀는 한순간 신처럼 아름답게 뒤엉켰다. 그리고 그다음에는 어둡고 장대한 공중그네가 그 높은 곳에 고인 시간을 느릿느릿 실어 나르며 흔들렸다. ―언제까지고.

천막의 가장 높은 곳에 터진 틈으로 바다가 보일 터였지만 그것을 본 자는 없었다. 본 자는 없었으나 달이 뜨는 밤이면 바다 표면이 고등어처럼 푸르게 빛난다고들 했다. 그 터진 틈으로 달그림자가 이따금 꽂혀들었다. 일요일 밤 공연 같은 때는 높이 날아오른 여자의 메리야스 가슴팍이 은은한 흰빛으로 투명해지는 것이다.
 악대가 갑작스럽게 높직한 나팔 소리를 울렸다.
 드디어 소년 소녀가 무대에 올랐다.
 소녀는 화려한 수를 놓은 망사 치마를 겹겹이 입고 있었다. 맨다리 끝에는 은빛 구두가 위험한 아름다움을 품고 내내 반짝거렸다. 소년은 왕자 차림새를 하고 별 모양 장식이 점점이 박힌 보라색 비로드 망토를 걸쳤다. 갑옷과 투구를 표현한 은박의 가벼운 차림에 가슴에는 붉은 백합 문장을 달았다.
 두 사람은 손을 맞잡고 달려가며 발레 동작으로 귀엽게 인사했다.
 관객들은 미친 듯한 울부짖음을 내지르며 박수갈채를 보냈다. 관객들의 눈이 인간의 다정한 눈물로 젖어 있는 것을 단장은 보았다.
 P는 노란색과 검은색 세로줄무늬 재킷의 어깨를 바짝 쳐들고 의기양양하게 단장의 등을 툭툭 쳤다.
 단장은 대답하지 않았다. 그 또한 관객들과 똑같이 넋이 나간 표정을 짓고 입을 반쯤 헤벌리고 있었기 때문이다. 그의 눈은 인간이 인간을 바라볼 때의 다정함으로 글썽였다.

 두 사람의 출분 소식을 들었을 때 단장의 마음에는 슬픔의 화살이 깊숙이 박혔다. 그가 마음속으로 은밀히 바라온 광경—즉 언젠가 저 묘기에서 줄이 뚝 끊어져 소녀는 바닥으로 추락하고 미처 받아내지 못한 소년은 말에서 떨어져 크레이터의 발굽에 짓밟히는 모습—, 단장의 지대한 사랑이 그려낸 그 환영은 아직 완성되지 못했다. 단장은 의자에 몸을 파묻고 불행이며 운명이며 사랑에 관해서 생각했다. 그의 입술은 분노로 파르르 떨렸다.

그는 궐련을 내던졌다. 채찍도 내던졌다.

그가 천막을 나서자 근동近東* 분위기를 빚어낸 달이 황량한 공터와 곳곳에 쌓인 쓰레기더미와 어두운 천막 집단 사이로 떠올랐다. 사자의 흥분한 포효가 밤하늘에 타오르는 관솔불처럼 웅숭깊게 울리고, 동쪽으로는 항구의 바다가 달빛을 받아 농밀한 반사광을 별이 총총한 하늘로 되쏘고 있었다. 서커스의 대형 천막은 웅웅거리는 밤이 흘러넘쳐 비스듬히 기울어진 것처럼 보였다.

그때 문을 지나 세 사람이 단장 쪽으로 다가왔다. 한가운데의 키 큰 남자는 P였다. 그는 양팔로 소년과 소녀의 팔을 단단히 붙잡아 도망치지 못하게 하면서 걸어오고 있었다.

"도망친 연놈을 잡아 왔습니다."

"수고했어……. 응, 수고했어."

"이 녀석들이 항구 옆 싸구려 여인숙에서 숙박비를 재촉받고는 애걸복걸 싹싹 빌고 있었답니다. 어디로 도망쳤든 기찻삯 한 푼 없다는 걸 제가 이 두 눈으로 똑똑히 주시하고 있었거든요."

"응, 수고했어. 수고했어."

단장은 표현할 수 없는 증오의 눈빛으로 그 나이 어린 배신자, 비겁자, 양지쪽의 개처럼 게으르고 감히 행복을 동경한 탈주자의 얼굴

* 유럽을 중심으로 동양을 근동, 중동, 극동으로 구분한 지역 개념에서 근동은 유럽과 가장 가까운 발칸 제도, 튀르키예, 시리아, 레바논, 이스라엘, 이집트 등의 동방 국가들을 가리킨다.

을 들여다보았다. 하지만 그는 거기에서 눈치를 살피며 슬금슬금 훔쳐보는 눈빛의 비굴한 표정은 찾지 못했다. 그 대신 그는 발견했다. 틀림없는 유배된 왕자의 면영面影을.

볼연지의 흔적이 남은 뺨, 거칠게 튼 입술, 건초 같은 머리칼, 헌 수건처럼 색 바랜 넥타이가 신비로울 만큼 침착하게 아름다운 이마를 두드러지게 하고 있었다. 그의 눈은 단장이 여태껏 알지 못했던—그도 그럴 것이 서커스 단장은 도망가는 일은 할 수 없다—다양한 도망의 기억으로 빛났다. 도망이라는 것이 단장에게는 그야말로 미지의 고귀한 행위처럼 생각되었다. 그는 질투심으로 음울한 저음이 튀어나왔다.

"이번만은 봐주지. 하지만 다음에 또 도망치려고 했다가는 목숨을 부지하지 못할 거야. P군, 이놈들에게 벌로 채찍질 예닐곱 대를 먹여 주도록 해. 아, 그리고 P군, 따로 할 얘기가 있으니까 나중에 내 천막으로 건너와."

단 이틀간 휴연休演 끝에 인기스타 두 사람은 다시 무대에 나섰다.
서커스는 대만원이었다. 천막을 지탱하는 굵은 쇠기둥 열두 개가 돛대처럼 흔들릴 정도였다.

그들은 명부冥府에서 찾아온 무리처럼 움직임조차 없었다. 소리 하나 내지 않았다. 하지만 연기가 하나씩 끝날 때마다 마치 저주가 풀린 것처럼 환성이 터져 나왔다.

왕자와 소녀는 평소처럼 발레 동작으로 인사를 하고 좌우로 갈라졌다. 소녀는 줄사다리를 올라갔다. 소년은 크레이터에 올라탔다.

크레이터가 불길처럼 흥분한 것을 사람들은 알아보았다. 그 때문에 오늘의 곡예에 여느 때보다 더 큰 활기가 더해질 것이라는 기대를 품었다.

사건이라는 것에는 완벽한 질서가 있는 법이다. 일상보다 훨씬 더 완벽한 질서.

크레이터의 광분에도 사람들은 그러한 질서의 어떤 강도強度를 표현한 것으로 생각할 뿐이었다.

소녀가 줄을 타기 시작했다.

줄 바로 밑에 이르자 소년은 평소처럼 말 등에 우뚝 선 채 갑작스럽게 고삐를 당겨 말을 세웠다. 그때 크레이터는 엉뚱한 방향을 향하고 있었다. 느닷없이 고삐가 당겨지자 갈기를 곤추세웠다. 거친 숨과 함께 푸르르 뛰어올랐다.

그 한순간, 내달리던 말이 뒷발을 박차고 선 자세에서 사람들은 운명 주위에 반드시 존재하는 장식적인 화려한 고요함을 발견했다. 그것은 어떤 무참한 사건을 지켜보는 거울 가장자리에 손재주 좋은 기술자의 솜씨로 장식한 오래된 베네치아의 부조浮彫 같은 고요함이었다.

왕자는 모래 위에 쓰러져 누웠다. 목뼈가 부러진 채.

악대가 돌연 음악을 멈췄다.

관객이 일제히 일어나 무대 쪽으로 밀려들었다.

어느 누구도 보고 있지 않았다. 대천막의 높은 곳, 흔들리는 줄 위의 줄 타는 소녀를.

그녀는 알고 있었다. 이 어둡고 별 하나 없는 너덜너덜한 천공에서 담배 연기와 사람들이 내뱉는 입김의 이내를 투과하여 모든 것의 생기를 극명하게 내다보고 있었다. 내다보고 있었다기보다 알고 있었다고 하는 게 정확하리라. 아래를 내려다보면 그걸로 끝장, 그녀는 발을 헛디딜 수밖에 없었기 때문이다. 그녀의 작은 은빛 구두의 위험한 반짝임이 이제 살짝 그 진폭을 늘리면 되었다. 그녀는 얼마든지 느긋하게 이 위험한 작업을 면할 수 있을 터였다. 그녀는 소년의 몸 위에 포개져 떨어질 터였다.

하지만 소녀는 짧은 망사 치마를 미묘하게 떨면서 여전히 이 고통스러운 생의 균형을 한참이나 견디고 있었다.

그녀는 마침내 줄을 건넜다. 더구나 그것은 처음으로 끝까지 완벽히 건너는 데 성공한 줄타기였다. 고함을 치며 밀치락달치락하던 군중은 그녀의 이 훌륭하게 완성된 최초의 곡예 기술을 봐주지 않았다. 단지 단장 한 사람만 천막 뒤편에서, 그가 단장임을 눈치채지 못한 군중의 분류奔流에 떠밀리며 소녀의 완전무결한 줄타기를 찬찬히 올려다보았다.

소녀는 줄의 다른 쪽 끝 발판에 서서 방금 건너온 줄이 어두운 동요로 흔들림을 멈추지 않는 것을 바라보았다. 그때 아래쪽 군중이 만든 둥근 원의 한복판에서 소년의 가슴팍에 있는 눈에 익은 빨간 백합이 한순간 눈부시게 반짝이며 그녀의 눈을 찔렀다.

소녀는 발판 위에서 작은 은빛 구두를 신은 한쪽 발을 마치 수영장에 들어갈 때 그렇게 하듯이 그 어둡게 소리치는 공간에 내밀었다. 그러고는 그 발에 맞추려는 듯 또 한쪽 발도.

―아무것도 알지 못하는 군중의 머리 위로 한 개의 큰 꽃다발이

떨어져 내렸다.

 서커스 전체가 축제 같은 비극적 흥분에 빠진 하룻밤이 지나자 P는 의기양양한 얼굴로 단장의 천막을 찾아왔다. 단장은 얼굴을 씻던 참이었다. P는 물이 묻은 그의 귀에 입을 바짝 대고 재빠르게 주워섬겼다.
 "경찰 쪽은 잘 속여 넘겼습니다. '왕자'의 구두 밑창에 기름을 바른 것과 크레이터에게 흥분제 주사를 놓은 것도."
 —단장은 유쾌한 기분을 미처 감추지 못한 씁쓸한 얼굴로 P의 손바닥이 다 받아내지 못할 만큼의 금화를 주머니에서 꺼내 주르륵 떨궈주었다.
 텅 빈 주머니를 털며 단장은 말했다.
 "너는 정말 한심한 놈이구나. 그런 대단한 일을 해놓고서도 돈을 챙겨서 그 일을 천박한 것으로 만들어버리다니."
 P는 비굴한 웃음을 지었다. 그 비굴한 웃음에 대해 단장이 또다시 본 적도 없는 씁쓸함 가득한 공감의 표정을 지은 것을 P는 미처 알아차리지 못했다.
 "어찌 됐든 서커스는 끝났어." 단장은 말했다. "나도 서커스에서 도망칠 수 있어. '왕자'가 죽어버린 지금은."
 —그때 천막 밖에서 말발굽 소리가 들려왔다.
 P가 창을 열었다.
 아침 햇빛 속에 얼룩말 한 마리가 짐차를 끌고 지나갔다. 짐차에는 허접한 관 두 개가 겹쳐 실렸고 거기에 왕자와 소녀의 이름이 서툴게 적혀 있었다. 그 뒤로 줄줄이 여자 맹수 조련사며 피에로며 공중그네 곡예사의 행렬이 이어졌다.

단장은 호주머니에 손을 넣어 가늘고 검은 리본으로 묶은 제비꽃 꽃다발을 꺼내더니 전에 열광에 빠진 초등학생들이 소녀의 머리채에 반쯤 녹은 캐러멜을 던졌듯이 팔에 힘을 실어 그것을 두 사람의 관 위에 던졌다.

(1948년)

원숭회
遠乘會

　가쓰라기 부인처럼 마음씨 고운 모친에게 이런 고생을 떠안긴 마사부미는 못된 아들이다. 그가 저지른 사건 이후로 부인은 음식이 목을 넘어가지 않고 밤에도 마음 놓고 잠을 이룰 수 없었다. 아들의 장래가 걱정이었다. 체면이 걸린 문제도 어떻게든 수습하지 않으면 안 된다. 그뿐만 아니라 시종직인 남편의 진퇴 문제가 걸려 있었다. 아들 사건이 겉으로 드러나면 남편은 조정朝廷에 대해 또한 세상 사람들에 대해 책임을 지고 물러나지 않으면 안 된다. 만일 그렇게 되면 가쓰라기 가의 수입은 끊길 터였다.

　마사부미가 친구의 자전거를 훔쳐 팔아치운 것이다.

　그나마 신문에 실리지 않고 넘어간 행운을 가쓰라기 부인은 과장해서 생각했지만, 이런 사고방식에는 그녀의 편견이 담겨 있었다. 세상은 이미 시종직 아들의 사소한 절도사건 따위에는 관심도 없었다.

그녀가 여기저기 손을 써서 불기소처분을 받게 된 아들을 센다이의 견실한 교육자 가정에 맡겨버리자(물론 이런 일처리는 부인의 편견을 논외로 하자면, 아무리 생각해도 바람직하지는 않았지만) 겨우 안심하고 이번에는 달콤한 모성애의 눈물에 한껏 빠져들었다. 사흘을 넘기는 일 없이 꼬박꼬박 아들에게 긴 편지를 썼다. 아들이 좋아하는 과자와 콘비프 통조림을 챙겨 보냈다. 얼마 뒤에 아이를 맡아준 집의 가장에게서 편지가 도착했다. 마사부미에게 향수병을 불러일으킬 뿐인 편지나 소포는 삼가주었으면 한다는 충고였다. 그리하여 부인은 생활의 유일한 위안마저 잃고 말았다.

아들에게 취한 이 현명한 조치를 두고 반성이 그녀를 괴롭히는 것은 그런 때였다. 아예 아들을 다시 불러들일까 하는 생각도 들었다. 하지만 말할 수 없는 향락의 본능이 부인에게는 있어서, 그 고통을 사랑하는 마음이 아들을 사랑하는 마음과 엇비슷할 때는 오히려 아들에게 냉정한 처분을 내린 자신을 벌하기 위해 언제까지고 이 고통스러운 별거가 계속되기를 빌기도 했다.

어느 날, 가쓰라기 부인은 아들 앞으로 온 원숭회 안내장을 받았다. 그것은 남편 명의로 가입한 승마클럽에서 가족 회원에게 부쳐준 안내장이었다. 아들에게 온 서신은 센다이 쪽으로 전송하기로 되어 있지만, 이런 안내장을 전송해봤자 무익할 뿐만 아니라 근신 생활의 답답함이 더욱 가중되는 씨앗이 될 터였다. 이건 찢어버리는 게 낫다. 부인은 안내장을 찢으려다가 문득 생각나는 바가 있어서 그 손을 멈췄다.

　마사부미가 자전거를 훔친 것은 어느 여자에게 선물하기 위해서였다. 그 여자가 지나친 요구를 하는 바람에 마사부미는 가쓰라기 부인이 다달이 대주는, 학생에게 충분할 터인 용돈이 부족하다고 번번이 하소연했다. 처음 한동안은 그때그때 얘기하는 대로 내주던 모친이 어느 순간 딱 잘라 거절하자, 친구들과 포커 도박으로 한탕 벌이를 노린 끝에 마사부미는 자신에게 미처 다 갚을 수 없는 빚을 떠안긴 포커 친구의 자전거를 반쯤 앙갚음 삼아 훔쳐서 팔아치웠다. 그러고는 시치미를 뚝 뗀 얼굴로 그 빚을 갚고, 남은 돈은 또다시 그 여자에게 줄 선물 비용으로 썼던 것이다. 어떻게 해야 행복해지는지 도통 모르는 아이다. 마사부미의 불기소는 절도를 당한 측에서 상습 도박죄가 발각될까 우려해 애매모호한 태도를 취해준 덕분이었다.

　마사부미가 그렇게까지 해가며 환심을 사기에 급급했던 여자는 가쓰라기 부인이 아직 못 본 사람이었다. 이름은 오타와라 후사코라고 했다. 마사부미의 입을 통해 겨우 알아낸 것은 그녀가 같은 클럽 회원이라는 것 정도였고, 이름은 절도를 당한 포커 친구에게서 부인이 가까스로 알아낸 것에 지나지 않았다. 나이도 알지 못한다. 용모도 어떤지 모른다. 마사부미는 사진을 몇 장 갖고 있는 눈치였지만 일절 모친의 눈에 띄게 하지 않았다.

　부인의 인척이나 교제 범위에서는 오타와라라고 성씨를 밝힌 사람은 찾을 수 없었다. 그런 성씨를 듣지 못한 것은 아니다. 하지만 그 여자가 오타와라 부인인지 오타와라 영양인지, 그것조차 짐작이 가지 않았다.

가쓰라기 부인이 아직 본 적도 없는 후사코에게 품고 있는 감정은 (이상한 일로 생각되겠지만) 결코 적의는 아니었다. 대체로 가쓰라기 부인에게는 증오의 본능이라는 게 결여되어 있었다. 그렇다고 한없이 호인인 것은 아니다. 부인이 증오나 적의로 사람을 판단하거나 평가하는 습관을 갖고 있지 않은 까닭에 자연스럽게 그녀의 관용은 다양한 용도로 나뉘어, 보통은 적의를 품고 할 수밖에 없는 행동도 관용 자체가 미소를 지어가며 일부러 나서는 일이 되기도 했다. 그녀가 오타와라 후사코를 만나고 싶어 한 것은 거듭 말하지만 적의 때문이 아니었다. 하지만 이 단순한 호기심의 어딘가에는 머리칼을 쥐어뜯는 열정의 동통疼痛이 잠복하고 있었다.

오타와라 후사코는 분명 원숭회에 나타날 게 틀림없다. 만나서 어떤 사정인지 물어보고 가쓰라기 부인 스스로 납득할 만한 대답을 듣지 않으면 안 되었다.

그녀는 참가 신청 전화를 걸었다. 하녀에게 지시해 오랫동안 입지 않았던 승마복을 손질하고 장화를 꼼꼼히 닦아두라고 했다.

원숭회 날짜는 4월 23일 일요일이었다.

클럽이 소유한 말에 비해 참가자가 훨씬 많았기 때문에 세 팀으로 코스가 나뉘었다. 제1팀은 이른 아침에 마루노우치의 클럽을 출발해 오전 9시경에 이치가와바시 다리에 도착한다. 거기서 일행을 기다리던 제2팀이 그 말을 갈아타고 목적지인 지바의 수렵장으로 향한다. 그리고 제1팀은 마중 온 승합자동차에 나눠 타고 미리 그곳에 가 있는 것이다. 목적지에는 이미 제3팀이 와 있다. 전원이 그곳에서 점심 식사를 하고 오후에 직선거리의 환로還路를 이번에는 제3팀이 말을 타고 건너온다.

가쓰라기 부인은 참가 신청 전화를 한 뒤에 혹시나 후사코가 참가하지 않을 경우가 염려되어 성문 안의 클럽에 찾아갔다. 다행히 후사코의 참가 신청은 제1팀 칸에 기재되어 있었다. 할당된 말은 '라쿠요'였다. 부인은 제2팀의 '라쿠요' 칸에 자신의 이름을 적었다. 말 배정 담당자가 이것을 승인했다. 그 덕분에 오타와라 후사코를 알아보지 못할 염려는 없게 되었다. 아무런 예비지식 없이 아들을 타락에 몰아넣은 여자와 처음 만난다는 것이 묘하게 점점 재미있어져서 가쓰라기 부인은 일부러 후사코에 대해 아무것도 묻지 않은 채 집으로 돌아왔다.

날씨가 걱정스럽던 행사 당일은 낮게 드리운 구름을 꾀죄죄한 빛이 채우고 있다가 마침맞게 하늘이 훤해지는 것을 보니 비는 올 것 같지 않았다. 가쓰라기 부인은 승마복 차림으로 이치가와 역에 내려섰다. 잘 닦인 장화의 뒤꿈치에는 황금빛 도금 박차가 반짝였다. 손에는 사냥개 머리 모양의 장식이 달린 독일제 채찍을 들고 있었다.

부인은 마흔여덟 살이다. 화지和紙처럼 유분이 적은 그 우아한 피부는 분칠이 필요하지 않을 만큼 환하게 뽀얗다. 웃으면 이마의 가로주름과 보조개가 동시에 뚜렷하게 드러났다. 그 가로주름은 결코 노쇠의 표시로 보이지 않고 도리어 세련되고 애교 있는 표정의 소묘에 힘을 더해주었다. 객관적으로는 그렇게 보였지만, 가쓰라기 부인의 마음의 움직임만큼 교태와는 인연이 먼 것도 없었기 때문에 그녀의 표정은 늘 속마음을 공공연히 배반해왔다는 얘기가 된다. 즉 부인에게는 고용 변호사의 부정을 알아차리지 못할 정도의 사람 좋은 면이 있었던 것이다.

조금 더 민첩하게 눈을 굴리는 사람이라면 가쓰라기 부인의 본래의 아름다움은 그러한 가상의 젊음이 아니라 다른 곳에 있어야 한다는 점을 간파했을 것이다. 그것은 이른바 미가 마침내 진실에 한 걸음 양보한 겸허한 체념의 아름다움이며 이것이야말로 참된 우아함이다.

이치가와 시장의 새벽 상점 점원들은 아까부터 낯선 행인들의 모습에 눈이 휘둥그레져 있었다. 신사가 지나간다. 소년이 지나간다. 하나같이 승마복에 장화 차림이다. 그중에서도 가쓰라기 부인의 나비넥타이와 장화의 센스 넘치는 조합이 길가에서 놀던 아이들의 눈에 심히 기이하게 비쳤는지, 신기해하는 얼굴의 아이들이 그녀를 뒤따랐다. 하지만 부인이 이 스스럼없는 아이들을 알아차린 것은 문득 깊은 생각에서 깨어나 길모퉁이 파출소에서 이치가와바시 다리가 어디인지 물었을 때였다.

"무슨 행사가 있습니까?" 젊은 경관이 의아하다는 듯이 되물었다. "아까부터 똑같은 질문을 하는 사람들이 많아서요."

가쓰라기 부인은 간단히 대답해주고 그가 알려준 대로 길을 서둘렀다. 다리 근처에는 벌써 대여섯 명의 회원이 와 있다가 부인의 모습을 알아보고 멀리서부터 인사를 건넸다.

그중 하스다 의학박사 부부와는 친숙한 사이여서 가쓰라기 부인은 하스다 부인과 이야기를 나누었다. 10분이 지났다. 9시에서 벌써 20분이 지난 시각이다.

"늦는군요."

하스다 부인이 말했다.

기마 일행이 오는 길은 맞은편 제방이다. 에도가와강을 끼고 지바현과 도쿄도가 마주하고 있다. 이쪽 강변은 지바현이다. 건너편 강변은 도쿄도다. 이치가와바시 다리는 자동차의 왕래가 빈번했다. 왼편으로 300미터 거리에는 이따금 전차가 지나가는 철교가 걸쳐 있다. 제1팀은 그 철교 아래 강변길을 지나 다시 제방 위로 올라와 이치가와바시 서쪽 끝에서 이쪽으로 건너올 터였다.

풀이 수북하게 자란 강변은 군데군데 조용한 물이 넘실거렸다. 바람이 내달려갔다. 강물에 휘이익 가루를 뿌린 듯 잔물결이 일었다.

"아, 보인다, 보인다."

한 소년이 폴짝폴짝 뛰며 외쳤다. 박차 소리가 울리고 말발굽이 자잘한 자갈 두세 개를 제방 경사면으로 굴렸다.

주위는 게다가 망막한 풍경이다. 강변 풍경이란 항상 그런 것일까. 강을 중심으로 얼핏 쓸모없이 넓어 보이는 이 영역은 구름 낀 하늘 아래 어딘가 인적 드문 광야의 부분도部分圖, 몹시 황폐한 평원의 모사模寫라고 할 만한 비애의 색감이 감돌았다. 이치가와바시 위 트럭이며 승용차의 시끄러운 왕래, 그 경적 소리, 도도하게 솟은 다리의 검은 철골, 그런 것과 강변의 한적함은 서로에게 무관심하게 존재하는 것으로 풍경 자체에 도리어 음울하고 불안한 긴장감을 빚어내는 데 도움이 되는 것 같았다. 맞은편 강변으로는 아득히 저 너머 공장가의 줄줄이 늘어선 굴뚝들이 나지막한 구름 색깔과 자칫 뒤섞일 듯한 연기를 피워 올리는 게 보였다.

소년이 보인다, 보인다, 라고 외친 첫 번째 기수의 모습은 어른들의 눈에는 좀체 보이지 않았다. 말이 오는 길은 정해져 있다. 왼편 철교 밑을 지나서 나타날 게 틀림없다.

가쓰라기 부인은 지그시 그 근처를 응시했다. 그러자 나무 뒤편으로 절벽의 붉은 흙처럼 보이던 것이 불쑥 일어나 움직이고 뛰어올랐다. 선도하는 한 필의 말이었다. 말은 제방 경사면을 지그재그로 올라가는 샛길에 접어들었다. 이윽고 제방 위에 멈춰 서더니 기수가 안장 위에서 몸을 틀어 자신이 온 방향을 찬찬히 살펴보는 모습이 이번에는 상당히 또렷하게 눈에 들어왔다. 물론 얼굴까지는 정확히 보이지 않는다.

잠시 뒤 철교 밑에서 백마 두세 마리가 섞인 일행이 나타났다. 그들은 대열이 흐트러진 채 선도하는 말과 같은 길을 따라 때문에 한 마리 한 마리가 똑같은 나무 뒤편에 숨었다가 보였다가 했다.

그것을 보자 선도하던 말은 속보로 이치가와바시 서쪽 끝을 향해 달렸다. 뒤따르는 말들과의 거리를 점점 더 벌리면서 벌써 다리를 건너기 시작했다. 트럭이 달려온다. 승용차가 달려온다. 거기에 붙어서 철골을 따라 다가오는 밤색 털의 말 한 마리는 아직 기수가 누군지 알지 못할 때부터 자동차 경적 소리며 자전거 벨 소리를 뚫고 높직한 말발굽 소리를 콘크리트 다리 위에 따가닥따가닥 울렸다.

"무로마치다!"

"아니, 무로마치 아니야. 코가 하얗잖아, 메이탄이야."

"메이탄은 아니지. 분명 야마니시키야. 유난히 고개를 내두르는 버릇이 있어. 틀림없이 야마니시키야."

소년들이 말씨름하고 있었다. 구름 틈새로 여린 햇살이 비쳤다. 철골의 기하학적인 교차는 그리 또렷하지 않은 그림자를 다리 위에 드리웠다. 말은 드디어 그 그림자의 교차 속을 지나는 기수의 용모가 정확히 보이는 거리까지 도착했다.

기수는 수염이 없었다. 하지만 사냥모자 아래 드러난 머리칼은 벌써 명주실처럼 허옇게 반짝였다. 조각 같은 용모의 높은 코, 날카로운 눈매, 공고한 턱, 어느 한 가지도 눈에 두드러지는 특징이 있는 건 아니지만 질서정연한 그 배치는 이 초로의 신사가 평생을 조직과 규율과 의지가 완벽하게 융합한 삶을 살아왔음을 말해주고 있었다. 한 치의 유약함도 없는 용모, 해서체처럼 굵직한 그 용모, 그것이 햇볕에 탄 피부와 어우러져 연령의 부식작용을 받지 않는 일종의 강직한 브론즈 가면처럼 보였다. 수수한 영국식 맞춤 상의에 흰 장갑…… 그의 활달한 말타기는 승마를 일상다반사의 하나로 오래도록 해온 사람만 몸에 배는 솜씨였다. 능숙한 제어에 따라 말의 걸음새는 바로 옆을 지나가는 자동차의 경적에도 일절 흐트러지지 않았다.

"역시 메이탄이야!" 소년이 외쳤다.

하지만 가쓰라기 부인은 말보다 기수를 보고 놀랐다. 그는 유리 장군이었다.

생각지도 못한 사람을 만나게 된 과정이 부인에게는 거의 기적처럼 여겨졌다. 너무도 뜻밖의 일이라서 기적인 게 아니다. 요즘 들어 자주 유리 씨 일이 떠오르곤 했던 부인의 마음 상태에 조응하듯이 그를 만나게 된 우연이 기적으로 생각된 것이다. 우리는 은밀한 소망이 이루어지면 도리어 배신을 당한 것처럼 느끼는 경향이 있다.

30여 년 전에 그녀는 당시 대위였던 유리 씨의 구혼을 거절했다. 아무런 이유도 없었고 혐오도 없었고 주위의 강제도 없었지만 그녀는 거절했다. 그 결혼은 양가의 가문이나 재산 상태를 고려해도, 당사자 간의 열 살 남짓한 나이 차를 고려해도 아무 장애도 없는, 이렇다 하게 비난할 만한 점이 없는 혼인이었다. 그런데도 소녀의 아주 작은 교만은 그것을 거부했다. 아무 장애도 없다는 것, 두 사람의 인연을 가로막는 게 전혀 없다는 것, 바로 그런 좋은 조건이 그녀에게는 자신의 자유에 대한 모욕처럼 여겨졌다. 그다지 강요하는 혼담이 아니었는데도, 예민한 그녀는 온몸으로 위험을 감지한 토끼처럼 지나치게 잘 갖춰진 좋은 조건의 무언의 강제력, 아무 방해도 없다는 것 자체가 그녀를 결정해버리는 불합리한 힘을 예감했다. 하지만 소녀의 그러한 교만한 마음은 대부분 예측하기 어려운 담약함과 등을 맞댄, 오히려 담약함의 갑옷이었다. 그다음 혼담이 들어왔을 때, 이전의 거부가 가져다준 뜻밖의 텅 빈 듯한 마음을 후회한 그녀는 이번에는 제대로 상대의 얼굴을 볼 것도 없이 부모님이 하라는 대로 승낙해버렸다. 그리하여 그녀는 가쓰라기 가에 시집을 왔다.
  결혼하자 부인은 더욱더 어린애 같아지고 한층 더 순결해지고, 대범함과 완고함을 배웠다. 까다로운 판단을 내리는 데 뛰어났던 영리하고 교만한 소녀는 자취를 감춰버렸다. 어떤 의미에서는 결혼하고 나서 오히려 그녀는 참된 소녀다움을 갖게 되었다. 외견상의 온갖 소녀다움이 소녀 나이를 지난 뒤에야 비로소 충분히 갖춰지는 그녀 같은 성격, 성격이라는 말이 적합하지 않다면 그녀 같은 소질, 그것은 흡사 꽃과 잎이 결코 만나지 못하는 목련나무처럼 비극적인 소질이었다. 가쓰라기 부인의 내면에는 언제라도 철 지난 부분이 남아 있었다. 그리고 나이 오십이 머지않은 지금, 부인은 그야말로 티 없이 천진한 어린애 같았다.

　최근에 유리 장군을 두고 여기저기서 숙덕거리는 얘기를 그녀는 들었다. 장군은 독실한, 결코 호쾌하다고는 할 수 없는 청렴하고도 정직한, 정치에는 일절 관여하지 않는 군인이었다. 그의 이름은 호의를 담아 숙덕거려지고 있었다. 그가 정복한 수많은 지역이 패전에 의해 아무 보람도 없게 되고, 그의 빛나는 정복 행위는 기억 속에 희미해졌지만, 당시 재상宰相과의 충돌로 퇴역을 명받은 경력이 나중에 전범 재판에 부쳐질 운명에서 그를 구해주었다. 그의 이름은 영국식 정의감과 동일한 것으로 간주되었다. 그리고 장군이 품고 있던 키플링식의 순진한 제국주의*는 이제 아무 쓸모도 없어져서 도리어 가치가 높아진 골동품처럼 귀하게 추앙받고 있었다. 그는 오늘날에는 이미 절멸해버린 낡은 정의, 청렴결백, 충심, 신의, 예절 등의 훌륭한 권화權化였던 것이다. 그런 권화가 이런 시대에 어떻게 생활을 유지해나갈 수 있느냐, 하고 파고드는 일은 쓸모없는 것이리라.

　가쓰라기 부인은 그의 항구불변의 애정을 굳게 믿고 있었다. 그게 오랜 세월 그녀가 유리 씨를 만날 기회를 애써 피해온 유일한 이유였다. 그의 구혼을 거절한 것, 그 한 가지 사건이 세월의 물속에 잠겨 수중화처럼 꽃잎을 펼치고 한껏 피어나기에 이르렀다. 그것은 부인

---

* 러디어드 키플링Rudyard Kipling(1865~1936)은 영국의 시인이자 작가로, 1907년 노벨문학상을 수상했다. 대표적인 제국주의 찬양론자로 '영국 제국주의는 미개한 원주민에 대한 백인의 의무'라고 주장한 바 있다.

의 다양한 몽상의 소재가 되었다. 만일 그때…… 만일 그때……. 그 개연성의 상세한 점검은, 그녀를 가능했을 수도 있는 온갖 다양한 삶 속에서 활약하게 했다. 가장 불행한 개연성조차 공상의 차원에서는 부인을 즐겁게 해주었다.

'그이가 만일 몹시 가난해져서 내가 행상이라도 해야 먹고살 수 있었다면 어땠을까. 그런 암거래 장사꾼이 우리 집에도 왔었잖아. 전직 해군대좌의 부인이라고 하던데, 정말로 딱하지 뭐야. 하지만 나라고 꼭 못 할 일은 아니지. 나였다면 아마 좀 더 애교 있게, 수완 좋게 장사를 했을 거야.'

공상이란 뭔가 전제적專制的 질서를 갖고 있다. 이제 가쓰라기 부인은 유리 장군의 훌륭한 인격, 도덕적 결벽성, 그중에서도 소문으로 들려오는 올곧은 행동을 모두 그녀에 대한 길고도 은밀한 사랑의 증거인 것으로 믿었다. 그녀는 매정함을 가장하는 연인의 자부심과 교육자의 자부심, 둘 다를 가졌던 것이다.

말에서 내리자 유리 씨는 즉각 사람들에 둘러싸였다. 말 위에서는 여유롭게 보였던 그도 지상에 내려서자 약간 땅딸막한 것이 눈에 띄었다. 그는 헌팅캡을 벗고 이마의 땀을 닦았다. 그의 백발은 참으로 아름답게 물결쳤다.

"지각한 분들이 많아. 그 바람에 그쪽에서 출발하는 게 늦어졌지. 정각에 나온 분이 세 명뿐이었으니."

"메이탄은 오늘 상태가 어떻습니까?"

가장 작은 소년이 그렇게 물었다.

"출발할 때는 제법 힘이 넘쳤는데 이제는 상당히 지쳤어. 오른쪽 뒷발이 원래 상태가 안 좋았거든. 조심해서 다루도록 해. 그다음 차례는 자네인가?"

은근한 어조로 던진 질문에 소년은 말을 어물거렸다.

"아뇨, 저는 겐부예요."

겐부는 초보자용 늙은 말이었다.

"메이탄은, 접니다."

하스다 박사가 나섰다. 박사가 올라탈 때 의례상 유리 씨는 고삐를 잡고 말을 대기시켰다. 메이탄은 땀에 젖어 털이 일어난 옆구리를 출렁거리며 호흡을 가다듬고 있었다.

그때 유리 장군과 가쓰라기 부인의 눈이 마주쳤다. 부인은 저도 모르게 미소를 지었다. 전직 장군은 쉽사리 얼굴을 풀고 웃어주지 않았다. 그는 공손하게 고개를 숙여 인사했다. 그 인사에는 어딘지 모르게, 누군지 정확히 생각나지는 않지만 일단 실례가 되지 않게, 라는 분위기가 있었다. 하지만 부인은 이 정중한 인사에 만족했다.

'저 나이에 아직도 젊을 때처럼 수줍어하시네. 사람들 앞이라서 조심하시는 거야.'

가쓰라기 부인은 그렇게 생각했다.

두 사람은 거의 말을 주고받을 틈이 없었다. 일행이 속속 도착했던 것이다. 이치가와바시 앞은 금세 스무 필 가까운 말로 북적거렸다. 제1팀 사람들은 저마다 제방에 말을 세우고 땅에 내려섰다. 아이들이 저만치 떨어진 곳에서 이 신기한 집회를 구경하려고 둥그렇게 둘러서 있었다.

"라쿠요는 어느 분이세요?"

모래먼지 속에 한 손으로 나긋나긋하게 말을 끌면서 그렇게 묻는 아가씨가 있었다. 나이는 열일고여덟 정도로밖에는 보이지 않았다. 고급스러운 진남색 맞춤 승마복의 허리가 가늘어서 양손으로 감쌀 수 있을 정도로 잘록한 게 눈에 띄었다. 머리칼은 가볍게 출렁이고 둥근 얼굴의 눈이 무척 서늘했다. 그 아름다움은 메비나*의 아름다움으로, 피곤함이 드러난 장화의 발치에는 어딘가 서투른, 제 마음대로 커온 소년 같은 풍정이 있었다. 애처로운 쾌활함이라고 표현할 만한 것이 거친 운동 뒤에 달아오른 뺨의 불그레함에서 엿보였다. 첫눈에 그 소녀는 가쓰라기 부인의 마음에 들었다.

"라쿠요는 어느 분이세요?"

소녀가 다시 한번 물었다. 목소리는 수줍게 지워져 거의 들리지 않았다.

멍해져 있던 가쓰라기 부인은 퍼뜩 정신을 차렸다. 그녀는 소녀 쪽으로 다가갔다. 그게 오타와라 후사코였다.

"고마워요."

부인은 고삐를 받아들며 말했다. 소녀는 웃으면서 한숨을 후우 내쉬고 두 팔을 들어 머리칼을 모아 뒤로 넘기는 몸짓을 했다. 눈썹이 무척 진하고, 미간과 입 주위에 민들레 홀씨 같은 솜털이 나 있었다.

"이제 안심이에요! 이 말, 몹시 심술궂거든요. 계속 저를 못살게 굴었답니다."

---

* 3월 3일 여자아이의 명절 히나마쓰리 때 제단에 진열하는 인형들 중 왕후 인형을 말한다.

"성질이 사나웠어요?"

라쿠요는 신경질적으로 충혈된 눈으로 부인을 흘겨보았다.

"성질은 그리 사납지 않아요. 근데 게을러서 자꾸만 열을 벗어나려고 해요. 사람들을 뒤따라가는 것만으로도 녹초가 됐어요."

"출발!"

제3팀의 선도자가 백마 위에서 소리쳤다. 가쓰라기 부인은 총총히 올라탔다. 서로 이름을 밝힐 기회는 없었다. 말이 대오를 짜고 에도가와 강변 제방을 발맞춰 느린 걸음으로 걷기 시작했을 때, 말 위의 가쓰라기 부인은 고개를 돌려 후사코의 모습을 찾아보았다. 비슷비슷한 나이대의 소녀 두세 명 사이에서 후사코가 흰 장갑을 낀 손을 흔들었다. 가쓰라기 부인은 채찍을 거꾸로 높직이 들어 그에 답했다.

스무 필의 말은 두 줄로, 풀에 초록빛이 감돌기 시작한 에도가와 강변 제방을 속보速步로 달렸다. 해는 다시 가려져 강물은 탁한 하늘빛을 비추었다. 낚시꾼들이 점점이 강변에서 뒷모습을 보이고 있다가 때아닌 기마 대열에 몸을 돌려 지켜보았다. 낚싯대가 올라왔다. 낚싯줄이 뒤집혔다. 가쓰라기 부인은 둔한 라쿠요를 쉴 새 없이 채찍으로 격려하며, 그 단조로운 동작의 도움을 받아 방금 만난 초로의 한 남자와 어린애 같은 한 소녀에 대해 번갈아 생각해볼 수 있었다. 그 생각에는 뭔가 갈피를 잡기 어려운 의문이 있었다. 모든 것이 그녀 안에서 망설이고 있었다. 웃다가도 주저했다. 부인은 아직 확실하게 이름을 부여할 수 없는 불안감에 고민했다. 길가 벽돌 건물의 유리공장에서 개가 뛰쳐나와 짖었다. 길 한복판에 누워 있던 검은 소가 바람을 가르며 달려오는 말 떼에 놀라 허둥지둥 강변으로 뛰어내려갔다. 소가 뛰는 모습은 도시에서는 별로 볼 기회가 없다. 그 헐렁한 주머니 같은 짐승의 당황한 모습이 말 위의 일행에게 큰 웃음을 주었다.

이윽고 일행은 다시 평보平步로 돌아와 긴 나무다리를 건너기 시작했다.

가쓰라기 부인은 조금 전의 질주에서 바람이 흐트러뜨린 머리를 가다듬었다. 바람이 얼굴에 정면으로 들이쳐 그녀의 깊은 생각에서 질서를 앗아가고 그저 황폐한 일말의 외로움만 남겼다. 어떤 생각을 더듬어온 끝에 그런 정서가 남게 되었는지, 그 자취는 더 이상 더듬어볼 수 없었다. 실제로 맛볼 수 있는 것은 설명하기 어려운 이 외로움뿐이었다. 굳이 그 원인을 찾고 싶지는 않았다.

다리를 건너자 일행은 교토쿠노마치*의 콘크리트길로 접어들었다. 갑작스레 울림이 높아진 말발굽 소리에 가쓰라기 부인은 퍼뜩 정신을 차렸다.

"또 자동차야! 내 말은 오늘 히스테리라니까."

옆을 지나가는 빨간 우편자동차에 겁이 나서 발걸음이 흐트러진 말을 진정시키며 뒤에서 하스다 부인이 그렇게 소리쳤다.

일행은 왼편으로 꺾어 한 줄로 논길에 접어들었고, 벌판 끝에서 불어오는 먼 해풍의 향기를 맡았다. 바다는 보이지 않았다. 앞쪽의 어

---

* 교토쿠노마치行徳の町는 현재의 치바현 이치가와시 중부에서 남부에 걸친 지역이다.

원숭이 159

스레한 숲 그늘은 수렵장이었다. 전쟁 전에는 외국 사신을 초청해 궁내성의 오리사냥 모임을 열곤 하던 장소였다.

목적지에 도착하자 각각의 말에게 마부가 귀리며 물을 주었다. 하스다 부인은 호주머니에 넣어 온 당근을 꺼내 주면서 애마의 노고를 달랬다.

조용한 정원 연못을 마주한 잔디밭 위에 의자며 탁자가 군데군데 준비되어 이미 도착한 제1팀과 제2팀 사람들이, 젊은이들과 부인들과 신사들이 각각 군데군데 모여서 담소하고 있었다. 유리 씨는 맥주 탁자에 진을 치고 앉아 잔을 기울이고 이따금 고개를 젖혀가며 웃었다. 후사코는 다른 소년 소녀들과 연못을 배경으로 기념사진을 찍기도 하고 찍히기도 했다.

"우린 어느 쪽으로 갈까요?"

하스다 부인이 물었다. 가쓰라기 부인은 잠자코 있었다. 그리고 결국 따분한 부인들 쪽으로 합류했다.

회장이 점심식사가 준비되었노라고 알렸다. 전원이 실내로 들어가 스키야키로 점심을 먹었다. 여전히 가쓰라기 부인 주위에는 언제까지고 제자리를 맴도는 기품 있는 화제만 주고받는 부인들뿐이었다.

식사가 끝나자 여흥 행사가 있었다. 전직 기병대위인 나이 든 간사가 시를 읊었다. 수렵장에서 벌써 3대째 일하고 있는 후키요세* 명인이 물떼새 휘파람을 불었다. 그 영묘한 인공의 지저귐에 일동은 홀린 듯 귀를 기울였다.

---

* 새소리를 꼭 닮은 휘파람 소리, 혹은 짤막한 나무호루라기 소리로 새를 불러들이는 기예를 말한다. 새의 종류에 따라 호루라기 모양도 다르고, 부는 방법이나 강도도 달라진다.

마도요, 중부리도요, 쇠부리도요, 왕눈물떼새, 검은가슴물떼새, 꼬까물떼새 ……물떼새라고 불리는 것에도 그런 여러 종류가 있고 저마다 울음소리가 달랐다. 꼬까물떼새는 소리는 아름답지 않으나 자태가 아름다웠다. 발이 붉고 깃털색이 아름다운 그 모습을 꼬까옷에 비유한 호칭이다.

하지만 지금은 물떼새가 나오는 계절이 아니라서, 많은 사람이 창문 너머 구름 낀 하늘을 자꾸 내다봤지만 날갯짓도 휘파람 소리에 응하는 지저귐도 없었다. 존재하지 않는 새의 울음소리가 계절을 잊은 이 한아閑雅한 정원에 번갈아 울려 퍼질 뿐이었다.

잔디밭 위 아직 사람이 앉지 않은 다양한 의자들을 창문 너머로 바라보며 가쓰라기 부인은 마침내 아까 말 위에서 정리하려던 불안한 생각을 다시 불러냈다.

'오늘 나는 이상한 발견을 했어. 마사부미를 추락시킨 막돼먹은 여자 대신 저런 귀엽고 청순한 소녀를 봤네. 아니, 저렇게 청순해 보이는 소녀라도 요즘 아가씨들은 어떤 못된 짓이든 태연하게 한다고들 하니까 아직 모를 일이지. 하지만 이래 봬도 내 나이 벌써 마흔여덟이야. 잠깐 본 것만으로도 사람이 좋은지 나쁜지 정도는 판단할 줄 알아. 저 아이는 천진한, 그저 좀 제멋대로 구는 귀여운 아가씨야.'

건너편 탁자에서 후사코가 눈인사를 하며 미소를 지었다. 가쓰라기 부인은 미소로 답했다.

'역시 모두 착한 아이들이야. 이 세상에 나쁜 사람은 없다니까. 다만 이렇게 생각해보면 불안해지네. 마사부미를 타락시킨 것은 저 소녀의 청순함이지. 저런 청순함을 사랑했기 때문에 마사부미는 타락

했어. 만일 그렇다면 죄는 오로지 사랑 안에 있는 걸까?

……유리 씨 일은 어떤 걸까. 그분은 훌륭한 분이지. 나를 이토록 오래오래 사랑하면서도 허튼 소문 하나 내지 않으셨어. 유리 씨의 훌륭한 행적 얘기를 들을 때마다 나도 더욱더 고상하고 정숙해지려고 애써왔지. 그리고 저분을 위해 내가 도움이 된다는 게 내게 안도감을 주었어. 하지만…… 나는 남녀 문제에 대해서는 잘 알지 못해. 알지는 못하지만, 저분이 나 때문에 좌절하지 않았던 건 어째서일까. 나에게 그토록 열렬한 사랑을 털어놓았고 내가 그것을 매정하게 거절했는데도 저분이 아무 문제 없이 출세하신 것은 어째서일까. 혹시 저분이 나를 충분히 사랑하시지 않아서…….'

모두가 식탁에서 일어섰다. 두런거림이 정원으로 옮겨갔다.

자기도 모르게 가쓰라기 부인은 북적이는 사람들을 헤치고 유리 장군 쪽으로 다가갔다. 그는 채찍을 옆구리에 끼고 여송연에 불을 붙이고 있었다.

"오랜만입니다." 부인이 말했다.

"네에, 정말 오랜만이지요." 유리 장군이 말했다.

"몇 년 만일까요?"

"글쎄요, 몇 년 만인지."

두 사람은 연못가로 걸음을 옮겼다. 들국화가 흐드러지게 핀 풀밭에서부터 반쯤 삭아버린 나무다리가 나카노시마에 걸려 있었다.

"저 섬으로 건너가볼까요?"

"좋지요. 하지만 위험한 다리군요."

장군이 부인의 손을 이끌고 먼저 건넜다. 그 은근함에 가쓰라기 부인은 황홀해졌다.

"오늘은 아들의 연인 얼굴을 보러 왔답니다."

"아, 예에."

"간접으로 선을 보게 됐어요."

"어머님 역할도 힘드시겠군요."

"그런데 정말 참한 아가씨예요. 첫인상만으로 제 마음에 들어버렸어요. 그 아이라면 며느리로 들여도 좋아요."

"그렇습니까. 거, 참 잘되었군요."

유리 씨는 약간 성가신 듯한 표정으로 그녀를 바라보았다. 그러는 동안 가쓰라기 부인은 그의 눈빛에 뭔가 열심히 탐색하는 기미가 있다는 것을 깨달았다. 그녀는 말을 하면서 독일제 채찍을 손안에서 굴렸다. 이 채찍에는 흰색 로마자로 'KATSURAGI'라고 적혀 있다. 그 글자는 별로 크지 않고 두드러지지도 않는다. 가까이에서 보니 완전히 늙고 시든 유리 씨의 눈이 자꾸만 시선을 집중해 그 로마자 이름을 확인하려 하고 있었다. 가쓰라기 부인은 그것을 눈치챘다. 그녀의 얼굴이 순식간에 흐려졌다.

하지만 마음씨 고운 그녀는 스스로를 억누르고, 모르는 척하는 얼굴로 그녀의 성씨가 장군의 눈에 띄기 쉬운 위치로 채찍을 슬쩍 눕혀 잡았다. 잠시 뒤에 유리 장군은 자연스럽게 그 이름을 대화에 섞어 넣었다.

"그렇지요. 젊은 아드님이나 따님을 둔 부모님에게 요즘은 참으로 걱정스러운 시대지요. 가쓰라기 씨의 젊은 시절은 어땠습니까?"

"아무 일도 없었어요."

가쓰라기 부인은 말했다.

유리 장군은 그녀의 친숙한 듯이 대하는 말투에 다시금 의아해하면서 아직 아무것도 기억해내지 못한 채 대놓고 이렇게 말했다.

"누군가가 좋아해서 난처했던 일도, 누군가를 좋아해서 난처했던 일도 없으셨다고요?"

"네, 아무 일도 없었어요."

"그렇습니까. 나도 그런 일이 있었는지 모르지만, 다 잊어버렸어요."

"저도요."

"다 잊어버렸지요."

유리 장군이 크게 웃어젖혔다. 웃음은 연못 수면에 고요히 울렸다. 그때 장군이 갑자기 일어서더니 채찍을 좌우로 흔들며 안 돼, 안 돼, 하는 몸짓을 했다. 가쓰라기 부인도 일어나 그걸 보고 굳은 미소를 지으며 손을 좌우로 흔들었다.

연못 건너편에서 오타와라 후사코가 수많은 친구에 둘러싸인 채 이쪽을 향해 사진기 셔터를 누르는 참이었다.

(1950년)

날개—고티에*풍의 이야기
翼—ゴーティエ風の物語

두 사람은 조모님의 은거소隱居所에서 자주 만났다. 조모님에게 매주 한 번씩, 요코는 수제과자며 요리를 배달하는 심부름 습관이 있었고, 또한 조모님은 매일 네 시간이나 낮잠을 자는 습관이 있었기 때문이다.

조모님 댁에는 좀 흐리멍덩한 하녀 오테쓰가 있을 뿐이었다. 오테쓰는 매사에 멍해서 할머님은 이따금 장난스럽게 멍이야, 차를 내오너라, 멍이야, 손님 가신단다, 하는 식으로 부르곤 했다.

* 쥘 피에르 테오필 고티에Jules Pierre Théophile Gautier(1822~1912). 프랑스의 낭만파 시인, 소설가. 초기에는 낭만주의적 경향을 띠었으나 후에 '예술을 위한 예술'을 제창하며 고답파의 선구자가 되었다. 서유럽의 설화를 바탕으로 발레 〈지젤Giselle〉의 대본을 쓰기도 했다.

요코는 토요일이면 일단 서둘러 집에 돌아와 어머니가 만들어둔 과자며 음식을 들고 조모님이 깨어나실 시간보다 한 시간 일찍 '빨간 모자'처럼 은거소를 방문했다.

은거소는 다마가와강이 내려다보이는 높직한 언덕의 중턱에 있었다. 집은 다섯 칸밖에 안 되지만 정원이 엄청나게 넓었다. 정원 한쪽의 석가산* 위에 정자가 있고, 거기서부터 한 줄기 작은 길은 정원 샘물의 돌다리 쪽으로, 또 한 갈래의 작은 길은 정원 끝 쪽문으로 통한다. 강을 내려다보는 전망에 방해가 되지 않게 석가산은 정원 한쪽으로 몰아 만들어졌다. 이곳을 둘러싼 나무숲 때문에 본채에서는 한겨울 초목이 시들한 시기가 아닌 한, 정자는 그 지붕만 살짝 보였다.

요코는 맑은 날에는 챙겨 온 것을 오테쓰에게 건네주고 정원으로 나갔다. 정자까지 올라갔다가 다시 내려가 쪽문을 열고 기다렸다. 스기오는 학교에서 돌아오는 길에 적당한 시간을 노려 그곳에 찾아왔다. 그리고 둘이서 다마가와 강가로 산책을 나가거나 스기오가 정자까지 들어와 이야기를 나누기도 했다. 두 사람은 정자를 사랑했다. 눈앞에 펼쳐진 경치도 아름답고 집안사람들에게 들키지 않을까 하는 아슬아슬한 유쾌함도 있고, 마음만 먹으면 입맞춤도 가능했기 때문이다.

스기오는 요코의 백부의 아들이었다. 즉 사촌오빠다. 바꿔 말하면 그는 태어나면서부터 연인과 오빠를 겸하는 게 가능한 위치에 있었다. 두 사람은 다양한 점이 꼭 닮았기 때문에 진짜 오누이로 착각하

---

* 석가산石假山은 정원 등에 흙과 돌을 쌓아 만든 작은 동산.

는 사람이 많았다. 서로 닮았다는 건 감미로운 것이다. 단지 닮았다는 것만으로 그 닮음 사이에는 무언의 양해나 입 밖에 내지 않아도 통하는 마음이나 조용한 신뢰가 존재하는 것 같았다. 그중에서 특히 닮은 것은 맑은 눈이었다. 그 눈은 탁하고 불순한 물을 반드시 걸러내 청정한 음료수로 바꿔놓는 여과기처럼 그곳에 그림자를 드리운 현세의 오탁污濁을 끊임없이 정화하는 눈이었다. 그뿐만이 아니다. 이 여과기는 외부를 향해서도 끊임없이 정화된 물을 공급하는 것 같았다. 두 사람의 눈에서 흐른 물이 세계를 적시는 날에는 이 세상의 오탁은 모조리 깨끗해질 게 틀림없었다.

어느 날 아침, 스기오와 요코는 붐비는 전차 안에서 우연히 등을 맞대고 있는 자신들을 발견했다. 등교하는 길이었다. 평소라면 만날 리가 없었는데 스기오가 전날 다른 친척 집에서 묵고 거기서 곧장 학교로 갔기 때문에 두 사람은 그런 줄도 모르고 같은 전차를 탄 것이다. 가을이었다. 공기에는 국화 향기가 감돌았다.

스기오도 요코도 서로의 등에서 느끼는 따스함이 왠지 인간의 살갗이 내는 온기로는 느껴지지 않았다. 두 사람은 자신의 등에 햇살이 닿은 건가, 하고 생각했다. 머나먼 곳에서 온 한 줄기 청정한 광선의 따스함처럼 생각했던 것이다. 그래서 서로 상대의 얼굴을 돌아볼 생각은 없었다. 하지만 요코는 상대의 등이 검은 서지* 교복의 넓은 등판이라는 것을, 스기오는 상대의 등이 세일러복의 보드랍고 작은 등판이라는 것을 느끼고 있었다. 그러는 사이에 두 사람은 붐비는

---

* 서지serge는 탄탄하게 짠 모직 천으로, 교복이나 군복 등에 사용되었다.

전차의 승객이 밀치락달치락하는 힘과 함께, 각자의 어깨쯤에서 어떤 발랄한 다른 힘이 작동하는 듯한 마음이 들었다. 날개가 아닐까, 하고 두 사람은 생각했다. 꼭꼭 접혀 감춰진 날개가 지그시 숨을 죽이고 있는 기척이었다. 왜냐하면 이따금 강하게 맞닿은 등에서 지나치게 민감한, 심한 부끄러움이 느껴졌기 때문이다. 날개를 감추고 있다고 하면 그런 부끄러움도 이치에 맞다. 요즘 같은 시절에 그런 숭고한 물건을 감추고 있다는 것은 우리를 부끄럽게 하기에 족하다는 게 이유였다.

두 사람은 간지럼을 타는 듯한 미소를 지었다. 날개가 등을 간질이는 것 같았다. 비로소 몸을 돌려 얼굴을 마주 보았다. 요코였구나, 하고 스기오는 눈이 휘둥그레져서 목소리를 높였다. 오랜만이네, 하고 요코는 말했다.

사촌 오누이는 그날 학교에 가기가 너무 귀찮아져서 둘이 영화라도 보러 갈까 어쩔까 상의했다. 하지만 이 해후에 어떤 성실한 묘미를 남기고 싶어 스기오는 결국 학교에 가는 쪽으로 기울었고 요코도 그 결정에 따랐다. 환승역에서 스기오가 내리자, 요코는 그 역에서 부쩍 자리에 여유가 생긴 전차 문 앞으로 다가가 문이 닫히기 직전에, 금세 놓아줘야 할 다급한 악수를 했다.

그날 요코는 영어 시간에 재미있는 한 문장을 마주쳤다. 윌리엄 블레이크*의 간단한 평전이었다. 그 첫머리의 다음과 같은 구절이 우연

---

* 윌리엄 블레이크William Blake(1757~1827). 영국의 시인이자 화가, 삽화가. 종교적 성령의 환영을 본 신비주의자, 이성의 억압 세력에 대항하는 사랑과 상상력의 싸움을 노래한 위대한 낭만주의자로 손꼽힌다.

히 요코의 심금을 울렸다.
 "어린 시절, 블레이크는 홀로 들판에 나가 놀았다. 그때 어느 큰 나무 우듬지에 수많은 천사가 몰려와 날개를 흔드는 것이 보였다. 그는 집에 뛰어 돌아와 그것을 어머니에게 알렸다. 어머니는 믿지 않았다. 오히려 어린 블레이크의 어리석음을 나무라며 그를 때렸다."
 번역본을 읽어주는 선생님의 목소리를 들으면서 요코는 몇 번이나 그 첫머리 부분만 다시 읽어보았다. 소녀의 머릿속에 진지한 추리가 떠올랐다.
 '천사를 본 것에 대해서는 어린아이인 블레이크도 반신반의였던 게 틀림없어.' 그녀는 생각했다. '블레이크가 그걸 정말로 믿게 된 것은 어머니에게 매를 맞았을 때부터였던 게 분명해. 어머니에게 맞은 것이, 벌을 받은 것이, 그것을 믿는 데 필요한 절차였던 거야. 선생님처럼 단순히 블레이크의 어머니를 비난하는 건 잘못이야. 어머니는 그저 자신의 역할에 충실했던 것뿐인데.'
 이 추리에는 예상치 못한 에로틱한 그림자가 있었다. 소녀가 원한 것은 과연 어떤 벌이었을까.
 같은 무렵, 스기오는 교실에서 강의는 건성으로 흘려들으며, 몇 년 만에 만난 부쩍 커버린 사촌누이를 생각했다. 그 생각은 요코의 날개에 집중되었다. 그녀가 날개를 갖고 있는 게 아닐까 하는 당치않은 의문 주위를 계속 맴돌았다. 그 날개를 보고 싶다는 바람이 스기오의 염두를 떠나지 않았다. 결과적으로 그건 요코의 벗은 몸을 보는 것이겠지만, 스기오는 날개를 보기를 원한 것이지 벗은 몸을 보는 걸 원한 것은 아니었다.

'그녀에게는 분명 날개가 있는 게 틀림없다'고 그는 생각했다. '그건 나이가 들면서 생겨났기 때문에 가족들도 알지 못하겠지. 마침맞게 그녀가 혼자 목욕탕에 들어갈 나이대가 된 뒤에야 날개가 눈에 띌 정도로 자랐을 거야. 분명 그랬을 게 틀림없어. 그러지 않고서는 이런 비밀은 아무리 감추려 해도 감출 수 없는 것이라서 여태껏 말 많은 친척 누군가에게서 내가 그런 얘기를 못 들었을 리가 없잖아.'

스기오는 툭하면 요코의 날개에 대한 꿈을 꾸게 되었다. 벗은 몸의 소녀가 어슴푸레함 속에서 건너편을 향하고 창가에 기대 서 있다. 하얀 날개가 그 어깨에서 외투처럼 등을 뒤덮었다. 스기오가 다가가면 소녀는 반대편을 향한 채인데도 날개가 크게 펼쳐져 그를 껴안고 꼼짝 못 하게 옥죈다. 스기오는 고통으로 비명을 지르며 꿈에서 깨어났다. 게다가 그의 등에도 날개가 있다고 요코가 마음속으로 은밀히 믿고 있다는 건 꿈에도 알지 못했다.

내년 여름이면 요코와 함께 해수욕할 기회가 있을 것이다. 날개의 싹 같은 것이라도 있는지 없는지 그녀의 벗은 어깨에서 찾아볼 수 있으리라. 거기에 손을 대는 것도 가능할 것이다. 하지만 아직 가을이다. 당분간 그 은밀한 바람은 이루어질 것 같지 않았다. 스기오에게는 또 하나의 위구심이 있었다. 그것은 만일 요코에게서 날개의 편린이라도 발견하지 못했을 때는 실망한 결과 더 이상 그녀를 사랑하지 않게 되지는 않을까 하는 우려였다.

그리하여 두 사람은 자주 만나게 된 이후에도 자신들의 어린애 같은 공상이며 위구에 대해서는 내내 털어놓지 못했다. 상대에게 틀림없이 날개가 있다는 이 기묘한 확신을 털어놓으면 웃음거리가 되거나 경멸을 살 게 뻔했다. 그보다 그런 몽상의 이유를 어떻게 상대에게 납득시킬 수 있을 것인가. 자신조차 명백한 이유를 이해하지 못하는데. ……사촌 오누이는 어물어물 상대의 눈 속을 들여다보았다. 서로의 참으로 맑디맑은 아름다운 눈동자 속에는 무한한 들판 저 너머로 잠겨드는 한 줄기 미세한 길이 이어지는 것처럼 생각되었다.

　……요코는 쪽문을 열고 길가로 나섰다. 1943년 초여름의 일이다. 이 근처는 도심에 비하면 공습 위험이 훨씬 덜했기 때문에 건물의 소개도 시행되지 않았고 주민들도 피난을 서두르지는 않았다. 방공호는 반쯤 재미 삼아 일단 파두었다. 요코의 조모님 댁 석가산 측면에 파둔 견고한 횡혈橫穴 방공호는 이웃 간에 선망을 받는 동시에 비웃음거리가 되었다. 왜냐하면 그런 안전한 방공호가 도리어 불안을 부채질했기 때문이다. 은거하는 사람이 납골당을 만들었네, 하고 악의적으로 말한 사람은 가장 크게 불안에 휩싸인 자였다.
　요코는 쪽문 앞에 서 있었다. 반소매 세일러복에, 바지를 싫어해 주름이 반듯반듯한 스커트를 입었다. 가슴팍의 하얀 리본은 바람을 봉긋 품으려다가 수줍어하고 있었지만, 그 흰 비단의 광택과 착각할 만큼 그녀의 드러난 팔은 뽀얀 빛이었다. 여름이 와도 그 팔은 잔설처럼 하얬다.
　이윽고 작업복 상의를 팔에 걸치고 각반을 두른 바지와 흰 와이셔츠 차림의 스기오가 언덕길을 뛰어 내려왔다. 두 사람은 반가워하며 땀에 젖은 손으로 악수했다.
　정자는 때마침 만개한 철쭉으로 둘러싸였다. 흰색, 연지색, 알록달록한 철쭉이 있었다. 소음이 끊긴 정자 돌바닥에는 철쭉의 낮고 단단한 그림자가 드리우고, 벌의 날갯소리만 잠에 빠진 오후시간의 새근거리는 숨소리처럼 들렸다. 그곳에 있으면 한창 전쟁 중이라고는 도저히 생각되지 않았다.

두 사람은 선박 널빤지로 만든 장의자에 나란히 앉아 5월 오후의 햇살에 하얗게 빛나는 저 멀리 강변을 바라보았다. 낚싯줄이 공중에서 한순간 뒤집혀 반짝 빛나고는 사라졌다.

"방금 물고기 보였어?"

스기오가 물었다.

"안 보였어."

"나한테도 안 보였어. 등에처럼 보인 건 낚시찌였어, 분명."

그러고는 두 사람은 물고기를 미처 낚지 못한 낚시꾼의 표정을 상상하며 와하하 웃었다. 웃음 끝에는 부서지기 쉬운 유리 같은 침묵이 남았다. 두 사람은 이 침묵이 무엇인지 알고 있었다.

구름은 멀리 내다보이는 풍경 저 너머에서 붓꽃처럼 말렸다가 다시 펼쳐져갔다. 맞은편 강 언덕의 녹음 사이로 불쑥 튀어나온 공중유람차의 노란 의자가 마치 하늘에서 내려와 앉을 사람을 간절히 기다리는 것처럼 기이한 모습으로 공중에 걸려 있었다. 전쟁이 격화됨에 따라 그 유원지의 다양한 기계들은 전력 제한 때문에 운행을 중단했던 것이다. 참으로 환하게 갠 맑은 날씨여서 하늘의 푸른빛은 한이 없었다. 도쿄 하늘이 그토록 파랗고 별 뜬 하늘이 그토록 명징했던 것은 생산 부진에 따라 도시의 매연이 감소세를 보였기 때문이지만, 단지 그것만이 아니라 전쟁 말기 자연의 아름다움에는 사자死者

의 정령들이 보낸 눈에 보이지 않는 도움이 작용한 게 아닌가 싶은 구석이 있었다. 자연은 죽음의 비료에 의해 아름다움이 더해진다. 전쟁 말기의 하늘이 그토록 푸르고 맑았던 것은 묘지의 녹음이 그토록 선명한 것과 같은 이유에 의한 것이 아닐까.

두 사람이 바라보는 풍경에는 분명 죽음의 찬란함이 깃들어 있었다. 강변의 돌멩이 하나하나의 그림자에도 그것이 있었다. 이렇게 젊디젊은 사촌 오누이는 날개를 맞대고 서로의 심장 고동 소리에 귀를 기울였다. 그것은 상대의 가슴에서 울려오는 것치고는 너무도 동일한 리듬을 가졌고 너무도 착착 맞아 들어갔다. 마치 둘 사이에 이 지상에서 하나뿐인 생물이 맥박치고 있는 것 같았다.

그때 두 사람이 했던 생각도 똑같은 것이었지만, 결국 입 밖에 내지 못한 채 끝났기 때문에 둘 다 알 도리가 없었다. 스기오는 이렇게 생각했다. '이 아이는 분명 날개를 갖고 있어. 지금 날아오르려고 해. 그걸 나는 생생하게 알고 있는데.'—요코는 이렇게 생각했다. '이 사람은 분명 날개를 갖고 있어. 방금 이 사람이 문득 뒤를 돌아봤을 때, 그건 혹시 누가 오는지 살펴보는 눈빛이 아니었어. 초등학생이 곧잘 등에 멘 책가방에 시선을 던지듯이 언제나 눈에 익은 등의 날개 자리에 문득 시선이 간 듯한 모습이었지. 나는 그걸 놓치지 않고 알아봤어.'

그런 생각을 자신 속에서 확인하는 것은 반쯤은 기쁘고 반쯤은 슬펐다. 왜냐하면 사랑의 자유자재한 힘에 고무되어 눈에 보이는 한 널찍하게 펼쳐진 풍경의 어느 곳에라도—여기서 저 머나먼 맞은편 강변까지도—둘이서 금세 날아갈 수 있을 것처럼 생각될 때, 날개가

있다는 것은 그 공상에 도리어 현실감을 더해줬지만, 서로 상대에게
만 날개가 있다고 믿었던 두 사람은 자신을 남겨두고 날아가버릴 연
인에게 말로 표현할 수 없는 아쉬움을 느꼈던 것이다. 어느 날엔가
사랑하는 사람이 자신의 곁에서 날아가버리는 것은 거의 확실한 일
로 여겨졌다.

"나는 다음 주부터 도쿄에 없을 거야."

스기오가 말했다.

"왜?"

"근로 동원으로 M시에 가게 됐어."

"공장이야?"

"응, 비행기 만드는 곳."

요코는 그가 수많은 날개를 만드는 장면을 상상했다. 그는 다른 공
원들에게 제품 견본을 보여줄 필요가 있을 것이다. 그렇다면 그는
자신의 어깨에 달린 크고 새하얀, 반짝반짝 빛나는 날개를 보여주면
된다. 그다음에는 성능 실험을 재촉받을 것이다. 그렇다면 그는 아주
잠깐 날아 보여주리라. 공중에 멈춰서 보여주리라. 설계도가 만들어
질 것이다. 양복 치수를 재듯이 그의 날개 치수를 측량할 것이다. 하
지만 이 천연의 날개처럼 완전한 것은 어느 누구도 만들어낼 수 없
다. 그는 질시를 받게 되리라. 다시 한번 날아보라고 재촉받을 것이
다. 날아오른다. 그러면 총구가 그의 날개를 노린다. 날개는 피에 흠
뻑 젖고 그의 몸은 곧장 지상으로 떨어져 화살 맞은 새처럼 한동안
미친 듯이 날개를 퍼덕이며 바닥을 나뒹굴 것이다. 그는 죽으리라.
……죽어버린 작은 새의, 흔들림 없이 올곧은 눈빛 그대로.

요코는 불안에 휩싸여 스기오를 말렸지만, 말릴 수 있는 일이 아니라는 건 알고 있었다. 다음에는 언제 만나게 되느냐고 불안하게 물었다. 그러자 스기오는 한 달에 한 번씩 휴일에는 아주 짧은 동안이나마 만날 수 있을 거라는 대답으로 그녀를 위로해주었다.

실은 당초의 소망을 이루지 못한 스기오의 아쉬움도 이별의 슬픔 못지않게 큰 것이었다. 여름은 아직 오지 않았다. 이런 전황에서는 여름날의 당일치기 해수욕조차 아슬아슬했다. 그렇다고 해서 망설임 가득한 두 사람 사이에서 스기오가 요코의 날개의 존재를 확인해볼 기회가 따로 찾아오지도 않을 것이다.

스기오가 뭔가 말을 꺼내지 못한 채 주저하는 모습을 보고 요코는 오해했다. 다른 여자에 대해 말하려는 건가, 아니면 상상하기도 부끄러운 말을 꺼내려는 건가, 둘 중 하나임이 틀림없었다. 어느 쪽의 예측도 이 순진무구한 소녀에게는 유쾌하지 않았다. 소녀는 토라진 척하며 고집스럽게 침묵했다.

스기오가 꺼낸 이야기는 뜻밖의 것이었다.

구두 끝으로 돌멩이를 툭툭 차며 얘기하는 듯한, 평소의 별스러울 것 없는 말투였다.

"오늘은 조모님을 잠깐 뵙고 갈까? 평소에는 어쩐지 민망해서 인사도 없이 돌아갔지만, 당분간 조모님도 못 볼 거 같으니까."

"그게 좋겠다." 소녀는 기분을 풀고 말했다. "오는 길에 우연히 오빠를 만나 함께 인사하러 왔다고 하면 돼. 분명 반가워하실 거야."

두 사람이 집 쪽을 돌아보니 우연히도 굴뚝이 연기를 올리고 있었다. 오테쓰가 목욕물을 데우는 것이다. 조모님은 낮잠에서 깨어나면

날개—고티에풍의 이야기 175

하루걸러 한 번은 목욕을 하는 습관이 있었다. 스기오가 그런 제안을 한 것이 파란 하늘에 엷게 피어오르는 그 연기와 뭔가 관련이 있는지 어떤지는 알 수 없었다.

조모님은 마침 낮잠에서 깨어나 계셨다. 베갯머리에는 이즈미 교카*의 소설 초판본이 읽던 그대로 엎어져 있었다. 큼직한 부용꽃 한 송이의 목판화로 꾸민 아름다운 장정이었다. 촘촘한 줄무늬의 쪽빛 짧은 겉옷을 걸치고 침상에 앉은 채 두 사람을 만나셨다. 옆의 경전 탁자 위에는 철 투구와 방공 두건이 놓여 있었다. 한밤중에 경계경보라도 울리면 곧바로 방공 두건 위에 철 투구를 쓰고, 다시 이불 속에 파고들어 라디오를 들으시는 것이다.

"스기오는 퍽 오랜만이구나. 한참 못 본 사이에 번듯한 사내가 되었네. 번듯한 사내라고 해봤자 돌아가신 조부님께는 도저히 못 당하지만 말이야. 너는 그럭저럭 괜찮다 하는 정도야. 요코와 똑같이 중간치보다 조금 위라고 할 정도니까 아주 마침맞지. 점괘지에서도 대길大吉은 오히려 안 좋다잖니. 두 사람 모두 길吉의 얼굴이야. 즉 괴짜 얼굴이란 얘기야."

그렇게 첫머리부터 우스갯소리로 모두를 웃게 하셨다.

두 사람은 서로를 마주 보았는데, 그때 스기오와 요코의 눈에서 반짝이는 것을 발견한 조모님은 금세 눈치를 채고 이렇게 말씀하셨다.

"어머나, 너희들, 그새 이 할미 몰래 아주 친해졌구나. 사촌이란 거, 너무 손쉬워서 따분하잖니, 관둬라. 스기오도 이런 어린아이를

---

* 이즈미 교카泉鏡花(1873~1939). 근대문학의 대표적 소설가로, 에도 문예의 영향을 받은 괴기 취향과 특유의 낭만주의로 환상문학의 선구자로서 평가받고 있다.

좋아하다니, 눈이 의심스럽구나. 이 할미 같은 미녀를 찾아야지. 하긴 전국을 다 뒤져도 다시없겠지만."

한참 놀림감이 된 스기오는 냉큼 일어나고 싶은 눈치였지만 요코가 가져온 파운드케이크를 자르며 붙잡아서 미처 돌아가지 못한 참에, 오테쓰가 목욕물이 준비되었다고 알리러 왔다.

먼저 조모님이 욕실에 들어가셨다. 그다음에 스기오가 들어갔고, 그다음에 요코가 들어갔다. 요코는 처음에는 목욕을 할 생각이 없었지만, 스기오가 하겠다고 하는지라 따라 한 것이었다. 소녀는 이런 갑작스러운 경우에도 좋아하는 사람을 모방하는 것을 잊지 않는다. 모방이 소녀의 사랑의 형식이고, 그것이 중년 여성의 사랑법과 가장 현격하게 차이 나는 점이다.

요코와 스기오는 욕실 입구에서 어색하게 마주쳤다. 스기오는 욕실 앞 작은 방 마루 끝에 앉아 서서히 저물어가는 저녁하늘을 올려다보았다. 정찰기 소규모 편대가 귀래歸來의 폭음을 울리고 있었다.

지금 요코는 반소매 세일러복을 벗어던지고 그 하얀 팔보다 더 하얀 부분을 거울에 드러내고 있을 게 틀림없다. 지금이야말로 날개는 수증기에 젖어 하얀 페인트를 칠한 것처럼 반들반들해 보이리라. 수줍게 날개를 움츠리고 그녀는 노송나무 깔판 위에 무릎을 짚고 있을 게 틀림없다. 만일 거기에 스기오가 나타난다면 부끄러움은 그 날개의 끝까지 새벽노을 같은 황적색으로 물들여버릴 게 뻔하다.

스기오는 요코의 날개를 볼 수 있는 건 평생 지금이 마지막 기회인지도 모른다는 생각이 들어 견딜 수 없었다. 그는 초조했다. 자리에서 일어나 욕실 앞까지 갔다. 거기서 젊은이는 다시 한참 망설이고 복도를 오락가락하며 자신의 용기 없음을 한탄했다.
 간유리의 욕실 문은 수증기로 인해 서서히 젖빛으로 환해지기 시작했다. 그건 이른바 아침 호수의 빛깔이었다. 호숫가를 핥는 파도 같은 물소리가 그 안에서 들려왔다. 소녀는 이윽고 욕조에서 나왔다. 반투명 문이 금빛으로 흐릿해진 벗은 몸의 윤곽을 떠올린다는 것도 알지 못한 채 그녀는 쾌활하게 움직이며 몸을 닦았다. 그 자그마한 어깨의 움직임을 스기오는 지켜보았다. 몽롱한 수증기는 윤곽을 정확히는 보여주지 않는다. 하얀 안개 같은 것, 환상의 날개 같은 것이 그 어린 어깨 주위에 걸려 있었다. 스기오는 날개를 보았다고 믿었다.

***

 ……그로부터 일 년 가까이 스기오는 요코의 날개를 볼 기회를 얻지 못했다. 만날 기회조차 그리 많지 않았다. 하지만 서로 사랑하는 두 사람은 끊임없이 편지를 주고받았다. 사촌 오누이는 서로 사랑을 맹세하고 미래를 맹세했다. 솔직히 그들은 맹세만 하고 있었다. 이 불안한 세계와 시간의 확장을 두 사람의 무구한 맹세의 말로 채워버리면, 기와를 하나하나 회반죽으로 고정하듯이 언젠가는 살기 편안하고 견고한 집이 지어질 것 같았던 것이다. 두 사람에게는 그 밖에 다른 능력이랄 게 없었기 때문에 다양한 불안을 향해 언어를 내뱉었다. 멸망해가는 야만인들이 주문을 내뱉듯이 그 보람 없는 맹세의

주술적인 힘을 믿으려 했던 것이다.

다음 해 3월 공습으로 요코는 죽었다. 그녀의 학교에서는 군 관련 사무를 돕기 위해 도심 빌딩으로 학생들을 동원했는데 그 통근길에 폭탄으로 인해 살해당한 것이다.

요코가 친구 세 명과 함께 평소의 주름 반듯한 스커트와 반소매 세일러복 차림으로 도심과 가까운 역을 나섰을 때, 우연히 창졸간에 경보가 울렸다. 친구 셋은 재빨리 가까운 방공호로 뛰어들었다. 요코는 어쩌다 뒤처져서 길을 헤맸다. 방공호를 울리는 폭음 속에서 친구들은 요코의 이름을 불러댔다. 이윽고 모습을 드러낸 그녀가 이미 아무도 남아 있지 않은 환하고 한산한 거리를 가로질러 곧장 방공호로 뛰어들려 했을 때, 겨우 20미터쯤 남겨두고 뒤에서 폭탄의 충격을 받았다.

요코의 목은 상실되었다. 목 없는 소녀는 땅에 무릎을 짚은 채 신기한 힘으로 버티며 쓰러지지 않았다. 다만 하얀 두 팔이 몇 번인가 날개처럼 거세게 위아래로 파닥거렸다. ……

소식을 들은 스기오의 비탄은 극심했다. 그는 전쟁이 자신을 죽여주기를 기다렸다. 하지만 모두가 살아 있듯이 지금도 그는 살아 있었다. 대학은 졸업했다. 이제는 견실한 종합상사의 사원이었다.

스기오는 자신의 어깨에도 날개가 있다고 요코가 믿었다는 건 꿈에도 알지 못했다. 요코의 날개는 그가 분명하게 믿었다. 요코의 죽음이 그것을 입증했다.

어느 날 아침, 집 앞의 비탈진 언덕길을 내려와 늦가을의 모처럼 따듯한 햇살 속에 전차가 오가는 대로를 향해 걸어가던 길목에서 스기오는 자신의 어깨에 누군가 손을 짚는 것을 느꼈다. 뒤를 돌아보았다. 아무도 없었다. 어깨를 만져보았다. 아무것도 만져지지 않았다. 하지만 그때부터 어깨에 기묘하게 묵직한 게 느껴졌다. 그는 의아한 듯 고개를 내젓고 어깨를 문지르며 다시 걸음을 옮겼다.

그의 날개를 비로소 그 자신이 눈치챈 것은 그때가 처음이었다. 하지만 날개인 줄은 알지 못했다. 더구나 날마다 바쁘게 동동거리는 다른 사람들이 알아차릴 리는 없었다. 그래서 이 충실한 직장인이자 말수 적은 청년은 기묘한 어깨 결림에 시달리면서 아무 도움도 되지 않는 큼직한 날개를 짊어지고 직장에 다녔다. 쓸모없는 노동이었다. 그는 스스로 그런 줄도 알지 못한 채 매일 아침 회사에 그 날개를 매달고 가고 또한 매달고 돌아왔다. 솔질 같은 걸 전혀 해주지 않아서 날개는 박제의 깃털처럼 잿빛으로 더럽혀졌다.

매달고 가고 매달고 온다. 스기오는 자신에게 이토록 쓸데없는, 욕심스러운 노력을 강요하는 뭔가의 모습을 쳐다보지 않았다. 그 날개만 없었다면 그의 인생은 적어도 70퍼센트는 가벼워졌을지도 모르는데. 날개는 지상을 걷는 데는 적합하지 않다.

봄이 왔다. 어제 그는 외투를 벗었다.

하지만 외투를 벗어도 어깨에 침전된 결림은 낫지 않았다.

사실 성난 불가시不可視의 날개는 그의 어깨에 매처럼 앉아 그의 옆얼굴을 장엄하게 응시하고 있었다.

―그것이 출세에 무언의 방해가 되는 줄도 알지 못하는 스기오에게 누군가 날개를 벗어낼 방도를 알려줄 사람은 없을까.

(1951년)

리큐의 소나무
離宮の松

니시긴자 7번가의 장어집 '만키네'에는 그날 4시부터 열두 명의 연회 예약이 있었다. 2층 방 두 개를 터야 겨우 수용할 수 있는 인원이다. 이 가게에서 이런 많은 인원의 연회는 열흘에 한 번이나 잡히면 다행일 정도였다. 가게 사람들은 점심 손님이 빠지자마자 곧바로 그 준비에 뛰어들었다.

떼쟁이 무쓰오가 울음을 터뜨렸다. 무쓰오는 여주인이 이 나이가 되어서야 깜빡 잊은 게 생각난 듯 떨궈놓은 생후 일 년 남짓한 외둥이였다. '만키네'는 새로 개업한 가게다. 부부가 따로 주거지도 없이 고용인과 함께 가게에 입주한 결과, 오늘처럼 바쁜 날에는 아기 울음소리를 어떻게 해볼 방법이 없었다. 여주인은 아이 보는 미요를 불러 날이 어두워질 때까지 밖에서 놀다 오라고 말했다. 용돈도 조금 집어주었다.

미요는 열여섯 살이다. 몸집이 작아서 열네 살 정도로밖에는 보이지 않았다. 조시*에서 태어나 도쿄 숙부 내외의 양녀가 되었으나 숙부가 세상을 떠나면서 마침 집안 살림도 힘들어진 시기였기 때문에 '만키네'의 아이 돌보미로 일하러 나온 것이다.

미요는 빨간 뜨개 스웨터에 진남색 바지를 입고 빨간 양말에 샌들을 신었다. 주인아저씨의 낡은 검정 치리멘** 허리띠를 아기띠 삼아 한 살짜리 무쓰오를 등에 업었다.

3월의 화창한 날이었다.

미요는 허락된 시간을 어떻게 써야 할지 생각했다. 보고 싶은 영화가 하나 있었다. 4번가의 상설관에 가보니 그 영화는 어제까지여서 벌써 다른 영화로 바뀌어 있었다.

미요는 긴자 대로를 느릿느릿 걸어서 8번가 끝까지 갔다. 오늘은 바람도 따스해서 처음으로 봄다운 오후였다. 몇 번이나 겨울로 되돌아갔다 다시 돌아오기를 거듭하며 서서히 봄이 깊어져가는 이맘때에는 손발은 시린데 얼굴만 이상하게 후끈 달아오르곤 한다.

"저거 봐, 무쓰오, 핸드백이야."

"저거 봐, 무쓰오, 케이크 맛있겠지?"

미요는 등에 업은 아기를 얼러가며 가게마다 진열창 너머를 하나하나 주문을 외듯 손끝으로 콕콕 찍으면서 지나갔다. 노점에 나온

---

* 조시銚子는 지바현 북동부 지역.
** 치리멘縮緬은 오글오글한 견직물.

젤리빈과 추잉껌과 초콜릿을 샀다. 그 초콜릿을 한 조각만 무쓰오의 입에 넣어주고 나머지는 모두 자신이 눈 깜짝할 사이에 먹었다.

무쓰오는 집을 나오자 금세 울음을 그쳤다. 미요의 등에서 이따금 혼잣말을 웅얼거렸다. 무, 아무, 맘마 같은 소리를 낼 뿐이다. 기분이 좋은 증거로 이따금 다리를 버둥거리거나 발을 미요의 허리에 대고 버텼다. 기분이 나빠지면 손가락으로 미요의 머리칼을 걸어 잡아당기지만, 그러지 않을 때는 가볍게 머리칼을 만지작거릴 뿐이다. 그게 도리어 미요에게는 간질간질 재미있었다.

미요는 날마다 이 아기가 무거워지는 것을 느꼈다. 어깨에 멘 띠가 하루하루 더 세게 조여 오는 것이다. 앞으로 얼마나 더 무거워질지, 생각하면 끔찍했다. 무릎 위에 올려두고 바라볼 때는 귀여운 아기지만, 등에 업고 있는 동안에는 완전히 다른 존재였다. 미요는 등짝의 아이를 잊어버리고 다른 생각을 할 수 있는 대신, 무슨 생각을 하든 그 '무게'가 생각 속에 섞여드는 것만 같았다.

사람 통행이 적은 강변도로로 나갔다. 지나가는 건 자동차나 자전거가 더 많았다. 그 그림자가 미끄러져 지나간 뒤에는 햇볕 쨍쨍한 환한 회색 포장도로의 평면이 널찍하게 남겨졌다. 미요는 지금 내게 곱돌이 있다면 저 위에 잔소리 많은 하녀장의 초상화를 그려 트럭에 깔리게 해버릴 텐데, 라고 생각했다.

다리 가에 쓰레기가 쌓여 있었다. 무청인 듯한 채소 한 다발이 그 쓰레기더미 속에서 발랄한 초록색을 내보였다. 옆을 지나가자 강물 냄새와 쓰레기 냄새가 뒤섞인 어둡고 차분한 냄새가 났다. 미요는 먹물 냄새를 떠올리고 습자 시간을 떠올렸다.

쇼와 도로를 건너갔다. 오른쪽 왼쪽 살펴보고 건너는 게 아니다. 등짝 아기의 엄마가 보면 간담이 서늘해질 일이겠지만, 이 도시에서 닳고 닳은 아이 돌보미 여자애는 자동차란 원래 인간이 운전하는 기계니까 그쪽에서 피해 가야 한다고 믿고 있었다. 들판을 걸어가듯이 유행가를 나지막하게 흥얼거리고 등짝의 아이를 얼러가며 자동차가 오가는 짜 맞춘 듯한 길을 미요는 반쯤 꿈꾸듯이 건넜다.

시오도메 역의 구식 증기기관차가 길 앞쪽 노선에 나타났다. 긴 굴뚝에서 단속적으로 연기를 올리는 엄청 키가 큰 기관차다. 불퉁불퉁 끌려가는 네다섯 량의 화물차가 잠시 아이 돌보미 아가씨의 앞길을 가로막았다.

……화물차가 지나간 뒤, 눈앞에는 하마리큐 공원*의 기복 없는 숲 경치가 펼쳐졌다. 미요는 하품이 나왔다.

"아, 정말 좋은 봄날이야!"

***

표를 사서 하마리큐 공원 안으로 들어갔다. 눈에 보이는 한, 시든 잔디가 가득한 정원이다. 약간 연둣빛을 띤 새싹이 점점이 돋아난 자리를 따라 여기저기 관목 옆에서 젊은 남녀가 쉬고 있었다. 잔디 주위에는 울타리가 둘러쳐져서 인간을 방목하는 목장이라고나 할

---

* 하마리큐浜離宮는 도쿄 주오구의 도쿄만에 접한 공원으로, 에도 시대에 도쿠가와 쇼군 가문의 별궁離宮이었다.

풍경이었다. 그러고 보니 화려한 차림새라고는 눈에 띄지 않는, 직장인인 듯한 이 사람들은 이따금 몸을 움직여도 이게 아주 소처럼 늘쩍지근하다.

어떤 여자도 등짝에 아기를 매달지 않은 것을 미요는 알아차렸다. 딱히 이상한 일은 아니다. 긴자 거리를 죄다 돌아다녀봐도 아이 업은 사람은 웬만해서는 만나기 어렵다. 그런 만큼 미요는 자신의 꼬락서니가 어쩐지 창피해서 견딜 수 없었다. 그뿐만이 아니다. 이런 무거운 짐을 보란 듯이 등에 업고 있어서는 남들 비슷한 행복은 도저히 차지할 수 없을 것 같았다.

검은 기둥 문이 있었다. 문 안으로 두세 그루 매화가 하얀 꽃을 제법 피워냈다. 고대 천왕의 청동상은, 그 눈에만은 전망을 가로막는 나무숲 너머 항구의 광경이 생생하게 보이는지, 바다 방향을 꼼짝 않고 응시하고 있었다.

미요는 언젠가 한참 오래전에, 계절도 언제쯤인지는 생각나지 않지만, 이 동상에 기어 올라가보고 싶던 적이 있었다. 그게 머릿속에 떠오르자 이번에야말로 꼭 올라가고 싶어 견딜 수 없게 되었다. 청동 대좌는 그리 높지 않다. 거기까지 올라가면 그다음은 한쪽 다리를 느긋하게 앞으로 내민 그 무릎에 올라타고 천왕의 목덜미에 매달릴 수 있다.

"무쓰오, 너도 좋지?" 등짝의 아이에게 말을 건넸다. "내가 지금 이 동상에 올라갈 거야. 아무도 안 보니까 상관없어. 얌전히 있어야 돼. 하나도 안 무서워."

아기는 잠이 들어 대답이 없었다.

미요는 주위를 둘러보았다. 이쪽 구역은 마침 호바이테이芳梅亭라는 임대 연회장의 앞마당처럼 쓰이는 데라서, 공원 문 안으로 쭉 펼쳐진 잔디 정원과 연못을 중심으로 바닷가 안쪽 정원의 중간을 차지하고 있었다. 이곳에는 자갈밭에서 쉬는 사람도 없고 지금은 다행히 사람의 왕래도 없었다.

미요는 살짝 혀를 내밀었다.

동상 뒤편에 샌들을 벗어놓고 대좌에 손을 짚고 단숨에 올라갔다. 아기 머리가 하마터면 천왕의 검 끝에 부딪힐 뻔했다. 동상에 묻은 허연 반점에 손을 짚자 완전히 말라 있던 그것이 흩어졌다. 비둘기 똥인 것 같다. 검의 자루를 잡고 마침내 무릎에 발을 디뎠을 때 아차 하면 손이 미끄러질 뻔했다. 미요는 그 무릎 위에 서서 천왕의 목덜미를 빨간 스웨터를 입은 팔로 휘감듯이 부여잡았다. 동상의 감촉은 옷을 통해 차갑게 스며들었다. 하지만 아기 돌보미 여자애는 이런 덧없는 포옹에 만족하며 그 풍성한 청동 수염을 쓰다듬고 청동 미즈라*를 쓰다듬었다. 잠에서 깨어난 무쓰오가 그녀의 등짝에서 신이 난 듯 폴짝폴짝 뛰어서 자칫하면 중심을 잃을 뻔했다.

안쪽 정원을 돌아 들어온 남녀 한 쌍이 그 이상한 광경을 보고 흠칫 멈춰 섰다.

"어머, 위험해!"

그렇게 말하고 여자는 어깨의 숄로 얼굴을 가렸다.

"오, 아주 활발한 아가씨네."

---

* 미즈라角髪는 머리를 가운데서 좌우로 갈라 귓가에 고리처럼 묶는, 고대 왕족의 남자 머리모양.

얼굴이 길쭉한 직장인인 듯한 남자는 미요에게 다 들리도록 과장되게 큰 소리로 말했다.

미요는 그만 내려가고 싶어져서 발을 내리려다가 문득 생각나서 천왕의 눈이 응시하는 방향으로 고개를 길게 뺐다. 나무숲 너머로 과연 수평선이 보이고 항구가 보였다. 하얀 외국 선박이 바다 가까운 곳에 정박 중이었다. 거대하고 아름다운 배였다.

배는 햇빛을 받아 각설탕처럼 하얗게 빛났다. 그 주위에 구름이 두세 조각 평화롭게 떠 있었다. 미요는 고향 조시의 너른 바다에 이따금 이렇게 거대한 외국 기선이 지나가는 것을, 학교 점심시간에 친구들과 절벽 위에서 발을 내민 채 도시락 먹던 손을 멈추고 바라보곤 했다.

미요는 대좌에서 자갈 바닥으로 난폭하게 뛰어내렸다. 그 발바닥은 자갈의 아픔 따위는 느끼지 않는다. 무쓰오는 히익 하는 숨 막힌 듯한 소리를 내더니 갑자기 요란하게 웃음을 터뜨렸다. 뛰어내리는 참에 아기띠가 느슨해져버렸다. 미요는 샌들을 발에 꿰자 아기띠를 다시 조여 매고 바다 쪽을 향해 냅다 뛰었다.

넓은 연못가로 뛰어가 다리를 건넜다. 작은 수문 너머는 도쿄만 항구다. 작은 소나무가 줄지어 들어찬 둑 아래로 석축 제방이 있어서 그곳으로 물결이 찰싹찰싹 밀려왔다가 밀려갔다.

미요는 숨을 헉헉거렸다. 터서 갈라진 그 뺨은 평소의 열 배나 빨갛다. 무표정한 눈이 항구의 광경을 정면으로 바라보았다. 입가에 문득 미소가 떠오르면서 주인아주머니가 몇 번이나 주의를 줘도 기어코 립스틱을 붉게 칠한 거칠고 작은 입술이 흐뭇한 듯 삐뚜름해졌다.

미요는 작은 소나무 옆의 시든 잔디밭에 자리를 잡았다. 주위는 온통 연인들이었다. 어떤 남녀는 오페라처럼 남자의 긴 팔이 여자의 어깨를 깊숙이 껴안은 채 바다를 향해 낮은 목소리로 이중창을 부르고 있다. 어떤 남자는 여자의 무릎을 베고 길게 드러누웠고 여자는 머리핀으로 그 귀를 파주고 있다.

그대로 멍하니 앉아 입 안의 젤리빈을 녹여 먹는 사이에 주위의 남녀들이 미요의 등짝을 자꾸 쳐다보는 기척이 느껴졌다.

"어머, 귀엽다."

남자의 귀를 파주던 여자가 말했다.

"그래?"

남자는 눈이 부신 듯 바다 쪽으로 시선을 돌리며 억지로 대답했다.

"귀여운 아기야."

"흐응." 남자는 말을 어물거리며 코를 울리더니 반대로 돌아누워 다시 눈을 감으면서 말했다. "이번에는 오른쪽 귀."

개중에는 다양한 감정에 떠밀린 듯 촉촉한 눈빛으로 무쓰오를 쳐다보는 남녀도 있었다. 무쓰오는 기분이 좋아서 아이어어 옹알이를 할 뿐이었다. 모두가 쳐다보는 게 무쓰오일 뿐 자신이 아니라는 것에 토라져서 미요는 석축 제방까지 나가 그쪽에 앉았다. 지저분한 바닷물이 넘실거리는 물 위에 대고 다리를 덜렁덜렁 흔들었다.

그때 모터보트 한 척이 노란색으로 칠한 냉장회사 뒤쪽에서 흰 물결을 걷어차며 나타났다. 가까워질수록 보트에 탄 사람의 얼굴이 눈에 들어왔다. 한 사람은 불그레한 얼굴, 또 한 사람은 바짝 마른 젊은 미국 병사였다. 불그레한 얼굴 쪽이 운전대에 앉아 있었다. 이따금

"히야아, 히야아"라고 들리는 환성을 지르며 안벽岸壁 십여 미터 거리에서 동그라미를 그리고 위험한 지그재그를 그리기도 했다. 미요는 신이 나서 하녀장에게 항상 혼이 나는 요란한 웃음소리를 터뜨리며 손뼉을 쳤다.

그 소리가 들렸는지 어떤지, 모터보트가 갑자기 뱃머리를 이쪽으로 돌렸다. 순식간에 다가와 석축 제방계단이 물에 잠긴 곳에 엔진의 빈 울림을 남긴 채 작은 배를 바짝 붙였다.

"헤이, 헤이, 컴온."

이번에는 미군 병사 쪽이 손뼉을 쳤다. 그것이 자신에게 던져진 신호라는 것을 알고 미요는 깜짝 놀라 벌떡 일어섰다. 미군 병사는 손짓하고 있었다. 그 얼굴은 온화하게 웃고 있었다.

"오, 베이비, 컴온."

그가 부르는 건 미요가 아니었다. 역시 등짝의 아기였다. 아기는 침이 흥건한 손바닥으로 미요의 뺨을 철떡철떡 때리고 있었다.

"지금 갈게요!"

미요는 무턱대고 용기에 사로잡혀 그렇게 외쳤다. 거기에는 주위의 연인들을 제쳐두고 자기 혼자만 초대에 응한다는 자랑스러움이 담겨 있었다. 돌계단에 샌들 굽의 따각따각 소리를 울리며 서둘러 뛰어 내려갔다. 금빛 털이 송송 난 큼직한 손이 미요의 손목을 잡아 도와주었다. 운전대 뒷좌석에 올라타면서 미요는 방금 미국인의 손목에서 본 금빛 팔찌를 생각했다.

'외국 사람들은 남자도 팔찌를 차나 봐. 아, 멋있다!'

그 젊은 병사는 몸을 돌려 초콜릿 한 봉지를 꺼내주었다. 너무 비싸서 평소에 살 엄두도 내지 못했던, 초콜릿 속에 과일 설탕절임 같은 게 들어 있는 두툼한 봉지였다. 이건 무쓰오에게 주지 말고 내가 슬쩍 가로채야지, 하고 미요는 생각했다. 그래도 외국인의 보는 눈이 있어서 무쓰오를 돌아보며 말했다.

"무쓰오, 좋지? 이거 봐, 맛있는 거 주셨어."

그러고는 하나를 꺼내 포장지째 아기 입에 대주었다. 아기는 맛없다고 찡그린 얼굴을 좌우로 흔들었다.

젊은 병사는 몇 번이나 고개를 돌려 무쓰오를 향해 윙크를 날리고 나중에는 털북숭이 팔을 내밀어 무쓰오의 턱을 만지기도 했다. 아기가 놀라서 울음을 터뜨리자 화들짝 놀랐는지 외국인은 더 이상 손을 내밀지 않았다.

맞은편은 도카이 기선 선착장이었다. 오시마행 다치바나마루*가 정박하고 있었다. 그 근처를 모터보트가 지나갈 때, 갑판에서 선원 두세 명이 손을 흔들었다. 미요는 엉거주춤 허리를 쳐들고 손수건을 흔들어 답했다.

모터보트는 항구 안을 산책할 모양이었다.

점점 안벽에서 멀어져 정박 중인 수많은 배들 사이를 열병식이라도 하듯 위세 좋게 달려갔다. 바다에 나오고서야 해가 많이 기울었다는 것을 알았다. 먼바다의 기선이 반짝여 보였던 것은 저물어가는 저녁 해를 받았기 때문인 게 틀림없다. 먼바다에는 또 한 척, 군함으로 보이는 배가 검은 성城처럼 떠 있었다. 그것이 고요하고 완만한

---

* 다치바나마루는 도카이 기선에서 운영하는 대형 여객선으로, 도쿄만에서 출항해 이즈반도의 각 지역으로 가는 노선이 있다. 현재도 하마리큐 공원 옆 부두에서 운행 중이다.

화재처럼 연기를 올리고 있는 게 보였다.

  배는 어떤 것이든 미요의 눈에는 신기하기만 했다. 오렌지색 페인트를 칠한 화물선이 있다. 거기서 해상으로 길게 내민 초록색 크레인 끝에 진홍빛 갈고리를 달고 있는 모습이 선명하게 눈에 들어왔다. 노후 화물선이구나 하고 보니 모두 일본 선박명이 적혀 있었다. 미요는 배를 보는 데도 싫증이 나자 시선을 돌려 아까 자신이 앉았던 석축 제방 쪽을 살펴보았다.

  둑길 위의 사람은 점으로 보일 뿐이다. 나지막하게 배열된 소나무도 새로 난 잔디 풀처럼 보일 뿐이다. 수문에서 멀어질수록 둑길은 점점 높아지고 거기쯤에서부터 소나무도 점점 키가 커지더니 마침 꼭대기에 해당하는 곳에 우뚝 솟은 한 그루 소나무가 있었다.

  그 소나무는 바닷바람에 길들어 육지 쪽으로 약간 기울었고 가지며 솔잎도 대부분 육지를 향하고 있어서 오히려 과감하게 바다에 맞서는 것처럼 보였다. 해는 마침 그 소나무 우듬지에 닿아서 나뭇가지 사이에 불을 지른 것처럼 빛났다.

  미요시는 퍼뜩 생각이 났다.

  저 소나무다. 오늘 내 발걸음이 저절로 하마리큐 공원으로 향한 것도 분명 저 소나무가 이끌어주었기 때문이다.

  반년 전쯤의 어느 가을날이었다. 오늘과 마찬가지로 가게에 예약 손님이 많이 들어왔다. 무쓰오를 업고 처음으로 이 공원에 와서 돌아다니다 보니 오후가 되었다. 해가 질 때까지 다른 데로 가기도 귀찮아서 그 소나무 아래에서 선박과 부두에 하나둘 불이 켜지는 것을 바닥에 주저앉아 바라본 적이 있었다.

그때 점퍼 차림의 웬 젊은 남자가 눈앞의 둑길 모서리에 서서 부두를 바라보고 있었다. 이따금 생각난 듯 돌멩이를 주워 바다에 첨벙첨벙 던졌다. 우뚝 버티고 선 그 뒷모습이 서서히 실루엣이 되면서 기름을 잔뜩 바른 머리칼 뒷부분만 빛나 보였다. 지켜보는 사이에 미요는 답답해지고 자꾸만 신경이 쓰였다. 뭐 하는 거냐고 소리쳐볼까, 라고 생각했다. 조용히 뒤로 다가가 바다로 홱 밀쳐버리면 어떻게 될까, 라고도 생각했다.

남자는 이윽고 휘파람을 불며 걸음을 옮겼다. 미요에게 등을 돌린 채 건너편으로 가는 것이었다. 그때 미요는 너무도 아쉬운 마음이 들었다. 하지만 그 젊은이가 다시 뭔가 생각났는지 발길을 돌려 문득 미요의 모습을 알아보고 빠른 걸음으로 다가왔을 때, 얼마나 가슴이 콩닥콩닥 뛰었는지 지금도 생생하게 기억난다.

남자는 스물대여섯 살로 보였다. 피부가 하얗고 무척 잘생긴 남자였다. 겁쟁이처럼 어설프게 짓궂은 웃음을 지으며 이렇게 물었다.

"아가씨, 뭐 하고 있어, 이런 시간에 이런 데서?"

"아무것도 안 했어요."

"아이 돌보미구나? 몇이냐, 나이는?"

"열사흘 신시申時*."

"오호, 제법 멋들어진 대답을 하는데?"

그렇게 말하고 젊은이는 미요 옆에 와서 앉았다.

"고향은 어디?"

---

* '달님, 나이는 몇 살? 열사흘 신시. 아직 어리구나'라는 동요에서 따온 말로, 음력 13일 신시 (오후 4, 5시)에 막 나온 달에 빗대어 '아직 어리다, 젊다'라는 뜻으로 쓰인다.

"조시."

"묘한 인연이네. 나도 조시야."

"그런 케케묵은 수법에 넘어갈 내가 아니거든요?"

미요는 실은 그런 응답에 익숙한 건 아니었다. 오히려 태어나 처음이라고 해도 무방했다. 하지만 얻어들은 대로 남자에게서 만일 그런 말을 듣는다면 이러저러하게 대답하자고 미리 생각해둔 대사가 한두 개가 아니었다.

……그때부터 두 사람은 두서없는 이야기를 나눴다. 젊은이가 엉덩이를 슬금슬금 밀면서 바짝 다가왔다. 미요의 어깨를 붙잡았다. 뒤로 쓰러질 뻔해서 미요는 영차 힘을 주며 벌떡 일어섰다.

"뭐예요, 아기도 있는데!"

미요는 저녁 어스름 속을 냅다 뛰었다. 한참 뛰다가 돌아보았다. 남자가 쫓아오는 기척은 없었다.

그때 미요는 숨을 헉헉거리며 등짝의 아기를 단단히 받치고 뛰었다. 그때만큼 등짝에 매달린 무쓰오가 의지가 된 적은 없었다. 그보다 더 든든한 마음의 버팀목이 된 적도 없었다. 위험한 순간을 모면한 것은 이 작은 아기 덕분이라고 해도 좋았다.

하지만 또 생각건대 그 남자를 순수하게 받아들이지 못한 것도 아기 탓인 게 틀림없었다. 첫 계기가 무엇이었든 지금쯤 미요는 그 남자의 아내가 되어 행복하게 살고 있었을지도 모른다. 미요는 못생긴 편은 아니었다. 하지만 너무 어린애처럼 보여서 그런지 남자가 그렇게 적극적으로 손을 내민 적은 그전에도 그 후에도, 바로 오늘까지도 그때 딱 한 번뿐이었다. 미요는 그 뒤로 몇 번이나 그 젊은이를 꿈에서 보곤 했다.

......미요는 모터보트 위에서 저녁 해에 빛나는 소나무를 지그시 바라보았다. 그 남자를 다시 한번 만나고 싶었다. 아니, 지금 저 소나무 그늘에서 남자가 이쪽을 바라보며 미요를 기다리고 있다, 지금 당장 가지 않으면 남자가 가버린다, 라고 상상했다.

"컴백이야, 군인아저씨, 컴백!"

미요는 얻어들은 영어를 미친 듯이 외쳤다.

젊은 병사는 눈이 휘둥그레져서 돌아보았다. 쉴 새 없이 선착장 쪽을 가리키는 아이 돌보미 여자애의 손끝을 보더니 그가 말했다.

"오케이."

보트가 조금 전의 석축 제방으로 돌아가는 동안에 미요는 거듭해서 생큐라고 말했지만, 소나무가 점차 또렷해질수록 그 밑에 그리운 사람의 모습이 없다는 것을 너무도 슬픈 마음으로 알게 되었다.

보트가 도착했다. 석축 계단으로 올라갔다. 멀어져가는 보트에 손수건을 흔들었다. 미요의 마음은 완전히 그 소나무 쪽으로만 쏠려서 보트에 탄 사람이 한참이나 손을 흔드는 게 성가셨다.

그 소나무 밑에 가보니 그때 자신이 앉았던 자리까지 생각났다. 가을 풀꽃은 이제 없지만 약간 푸릇푸릇한 잡초는 있었다. 석양으로 인해 붉은 벽돌색으로 물든 소나무 기둥에 한쪽 어깨를 기대고 다리를 아무렇게나 뻗으며 말없이 주저앉았다.

***

……무쓰오가 잠든 지 한 시간쯤 지났다. 바다는 해에서 떨어지는 수많은 촛농을 흘려보냈다. 정박한 배는 어스름이 깔리자마자 초록빛 장등檣燈*을 켰다. 먼바다의 거선巨船은 저녁 구름 속에 잠겨 사라졌다. 처음에는 그 광휘 속으로, 이윽고 그 박명 속으로, 마지막에는 그 암흑 속으로 사라진 것이다.

석축 계단에 물이 들어와 혀 차는 듯한 소리를 내기 시작했다. 개를 산책시키러 나온 사람이 수상쩍어하는 눈초리로 아기 돌보미 여자애의 얼굴을 흘끔흘끔 쳐다보며 지나갔다. 그도 그럴 것이 영화 등에 자주 등장하는, 나무에 기대 죽은 여자 모습처럼 보였기 때문이다.

해가 저물자 날이 추워졌다. 미요는 겨울의 동상 흔적이 남은 손을 무릎 위에서 맞비볐다. 아기는 그녀의 등에서 머리를 뒤로 젖히고 입을 헤벌린 채 잠들었다. 미요는 그런 건 신경도 쓰지 않았다. 아기 일 따위, 이 여자애의 염두에 없었다. 생각하는 것은 오로지 이름도 모르는 그 남자에 대한 것뿐이었다.

바다 위 하늘에 아직 주황빛 노을의 선 하나가 남아 있었다. 공원 곳곳의 외등이 불을 밝혔다.

문득 바다에 깔린 솔잎을 밟는 소리가 들렸다. 눈을 들었다. 담배를 입에 문 남자가 서 있었다. 그 점퍼는 본 기억이 있었다.

"앗, 당신, 정말로 와줬네요!"

미요는 남자가 오면 말하자고 생각했던 그 대사를 단숨에 내뱉었다. 벌떡 일어선 다리가 걷잡을 수 없이 떨렸다. 양손으로 얼굴을 가

---

* 야간의 선박 운행 때, 배의 앞쪽 마스트에 내걸어 배의 전면을 나타내는 백색광의 등불.

리고 울었다.

남자는 당황해서, 자신을 붙잡고 매달릴까 봐 떨쳐내려는 몸짓을 했다. 어슴푸레한 불빛에 여자의 얼굴을 비춰보았다. 생각나지 않았다.

"뭔 소리야, 아가씨."

그렇게 말하며 머뭇머뭇 미요의 어깨에 손을 얹었다. 미요는 몸을 흔들어 남자의 손바닥에 자신의 어깨를 밀어 넣다시피 했다.

"보고 싶었어요."

"어?"

"사랑하니까요. 나, 정말로 사랑하니까요."

"어어?"

남자는 미친 여자라고 생각하는 것 같았다. 미요가 흐느끼면서 반년 전의 일을 얘기할 때까지는 그렇게 생각할 수밖에 없었다. 그는 담배꽁초를 힘껏 바다에 휙 던졌다. 그 순간 자신이 돌멩이를 첨벙첨벙 던졌던 자세가 퍼뜩 생각났다.

"아, 그렇구나! 그때 그 아가씨였어. 깜짝 놀랐잖아. 이런 어두컴컴한 데서 느닷없이 붙잡고 늘어져봤자 내가 알 턱이 있나."

"못 알아봤어요? 아, 내가 실수했네요."

남자는 미요 옆에 앉았다. 잠시 입을 꾹 다물고 있었다. 만일 남자가 다시 뭔가 행동에 나선다면 이번에야말로 무쓰오를 내버리자, 결코 도망치지 않을 거야, 하고 미요는 마음먹었다. 하지만 남자는 언제까지고 침묵했다. 미요는 호주머니에서 추잉껌을 꺼내 남자에게 주었다. 자신은 두 개만 입에 넣고 나머지는 모두 남자의 호주머니에 넣어준 것이다.

"아가씨, 몇 살이지?"

남자가 다시 그때와 똑같은 질문을 했다.

"열여섯 살이에요, 만으로."

"그렇구나."

―젊은이는 어떻게 말을 이어가야 할지 난감했었는지 가까스로 무난한 화제를 찾아내자 말투가 밝아지고 편해졌다. 아기 이야기를 꺼낸 것이다.

"아기가 귀엽네. 몇 살이야?"

"한 살이에요, 만으로."

"아들이야, 딸이야?"

"아들이죠. 입고 있는 거 보면 알잖아요."

"저쪽에 가서 얼굴을 좀 볼까?"

두 사람은 외등 아래 큼직한 화강암 석재에 앉았다.

"아가, 아저씨 좋아? 아저씨 좋아?"

남자가 서툴게 아기를 얼렀다. 아기는 뾰로통한 얼굴을 하면서도 기분이 좋은지 미요의 등에서 발을 뻗댔다.

"이런 아기 하나 갖고 싶다."

"정말로 갖고 싶어요?"

"정말로 갖고 싶지."

미요는 내가 낳아줄게요, 라고 말하려다가 관뒀다.

그때 한 여자가 둑길 뒤쪽 길로 올라오는 게 보였다. 여자는 연못가에서 잠깐 멈춰 서서 주위를 둘러보았다. 그리고 남자의 모습을 알아보자 살랑살랑 얌전빼는 걸음새로 돌계단을 올라왔다. 하이힐

신는 데 익숙하지 않은 여자의 걸음걸이였다.

"오래 기다렸지? 미안해."

여자는 그렇게 말했다. 눈은 재빨리 무쓰오에게로 옮겨가고 미요의 모습은 안중에도 없다는 듯이 말했다.

"어머, 귀여운 아기네."

미요는 여자를 찬찬히 뜯어보았다. 외투를 입어서 몸매는 알 수 없었다. 연노랑 외투는 새것 같고 큼직한 금빛 브로치를 그 가슴팍에 달고 있었다. 흔해빠진 얼굴이라서 딱히 이렇다 저렇다 할 것도 없었다. 굳이 말하자면 눈이 작은 게 흠이었다. 하지만 야한 화장을 한 것치고 착해 보이는 건 그 작은 눈 덕분이다. 그보다 미요가 절망한 것은 이 여자도 등에 아기를 업고 있지 않아서였다.

'이 남자가 기다린 사람은 내가 아니었어.'

남자가 여자와 얘기하는 동안, 미요의 마음은 백 번쯤 그 생각을 되풀이했다. 이상하게도 눈물은 나지 않았다. 오늘 밤 이불 속에서나 실컷 울자고 마음먹었다. 그리고 씩씩하게 웃는 얼굴을 지었다. 미요는 영화에서 수없이 그런 장면을 봤다.

남자가 자리를 수습하듯이 말했다.

"그렇지? 정말 귀여운 아기야. 이런 아기를 점지해주시면 좋을 텐데."

"나도 갖고 싶어요, 이런 사내아이."

여자는 과장된 몸짓으로 무쓰오에게 뺨을 맞댔다.

미요가 어색하게 물었다.

"두 분은 아이가 없어요?"

"아직 없어. 갖고 싶긴 한데 좀처럼 생기지를 않네."

"나도 이런 아들이 있었으면 좋겠는데 말이야."

미요는 글썽거리는 눈을 크게 부릅떴다. 가슴이 쿵쿵 뛰는 계획이 생겼던 것이다. 일이 이렇게 되었다면 깔끔하게 물러서자, 두 사람의 행복을 빌며 묵묵히 포기하자, 두 사람의 행복을 위해서라면……. 미요가 할 수 있는 선물은 이것밖에 없다. 그렇다고 노골적으로 얘기하면 거절할 게 틀림없다. 미요는 작은 계략을 생각해내고, 배가 너무 아파 잠깐 화장실에 다녀오겠노라고 말했다. 화장실은 연못가에 있으니까 여기서 백여 미터 떨어진 곳이다.

"그동안에 이 아이 좀 봐주실래요?"

"그래, 다녀와."

여자가 친절하게 말했다. 미요는 아기띠를 풀어 돌바닥에 앉은 여자의 무릎에 살짝 내려놓았다. 아기는 울음을 터뜨리지 않았다.

"괜찮겠니? 약은 안 먹어도 돼?"

"네, 실례할게요."

미요는 몸을 돌려 남자 쪽을 흘끗 쳐다보았다. 남자는 눈을 내리깐 채 담배를 피우고 있었다. 그 콧날이 외등 아래서 빛났다.

미요는 연못가 길을 황망히 뛰어갔다.

***

공중화장실을 그대로 지나쳐 미요는 숨이 쉬어지는 한 내달렸다. 어깨에는 이미 어떤 무거운 짐도 없었다. 가벼워진 몸이 마치 딴사람처럼 느껴졌다. 멈춰 서면 망설임이 생겨난다. 힘껏 뛰지 않으면 안 된다.

마구 달리면서 미요는 등 뒤 밤하늘에 가득 퍼지는 기선의 기적 소리, 정적 속에 연못의 잉어가 튀어 오르는 소리, 숲의 부엉이 울음소리, 그리고 저 멀리 자동차 경적소리를 들었다.

녹초가 되어 잠시 걸었다. 그러자 견딜 수 없이 슬퍼졌다. 무쓰오를 더 이상 볼 수 없다, 가게에도 이제는 돌아갈 수 없다. 하지만 나쁜 짓을 했다는 마음은 조금도 없었다. 이제는 무쓰오가 그 이름도 모르는 젊은이와 자신 사이에 태어난 사생아였다는 생각까지 들었다.

공원 문을 나설 때, 혼자 걸어가는 이 소녀를 수위가 의아한 눈빛으로 바라보았다. 미요는 이윽고 갑작스럽게 환해진 잡답雜沓 속으로 들어섰다. 그 가슴은 벅차고 자꾸만 웃음이 비어져 나오는 기분이었다.

'다른 사람들과 똑같아. 하나도 다르지 않아. 이제 내 등짝에는 아무것도 없어.'

미요는 '만키네' 가게에서 가능한 한 먼 곳으로 가고 싶었다. 가슴을 당당히 내밀고 도都 전차를 탔다.

도 전차 안은 승객도 드물고 허전할 만큼 환했다. 차장이 차표를 찍으러 왔다.

"종점!"이라고 그녀는 말했다. 종점까지 가면 다시 다른 노선으로 갈아타면 된다고 생각했다.

(1951년)

크로스워드 퍼즐

クロスワード・パズル

주중에 손님이 한두 팀밖에 없는 날이면 무료하다고 투덜대는 보이들로 급사실은 성황이었다. 장기를 두는 자가 있다. 그걸 옆에서 들여다보며 이러니저러니 훈수를 두는 자가 있다. 야담이며 에로 소설을 몰두해서 읽는 자가 있다. 그중 한 사람, 식어가는 반차*를 이따금 생각난 듯 홀짝홀짝 마시며 우울한 얼굴로 화로에 손을 쬐는 이가 있었다.

이렇게 말하면 노인일 거라고 상상하겠지만 그렇지는 않다. 서른을 앞둔 젊은이고, 게다가 그 자리의 대여섯 명 중에서 두드러지게

---

* 반차番茶는 녹차의 한 종류로, 여름 이후 수확한 다 자란 찻잎을 써서 가격이 저렴한 편이다.

잘생긴 사내였다. 잘생긴 사내라는 것만으로 미리부터 남의 반감을 사는 부류의 미모가 있는데 이 남자의 얼굴 생김새에도 적잖이 그런 경향이 있었다. 항상 기름을 듬뿍 발라 곱게 빗어 올린 그 머리하며, 별로 동하지 않는 표정하며, 특히 남에게 과시하는 듯한 정돈된 옆얼굴하며, 어딘지 성실함이 부족한 그 눈매 등이 실제보다 더 그를 난봉꾼처럼 보이게 했다.

 지금 장기에 열중하는 두 사람은 조금 전까지 이 남자를 실컷 놀려먹다가 그것도 싫증이 나서 그만 장기나 두자고 했던 것인데, 불편하시겠네, 조금만 더 참으면 되겠네, 하고 놀림거리가 된 데는 이유가 있었다. 같은 호텔의 식당 쪽에서 일하는 그의 아내가 초산初産으로 고향 친정에 내려간 것이다.

 야담을 읽는 데도 질린 한 사람이 급사복 상의가 가슴팍까지 말려 올라가 멜빵이 보일 만큼 큰 기지개와 하품을 동시에 했다. 창문 밖을 내다보았다. 세탁물 건조대가 초봄의 비에 젖고 있었다.

 의자를 뒤로 물리고, 동료인 잘생긴 남자에게 담배를 권했다. 두 사람은 나이 차이가 별로 나지 않았다. 그밖에 다른 친구가 없는 잘생긴 남자에게는 거의 유일한 친구라고 해도 무방하다. 하지만 그런 친구에게도 좀체 속내를 털어놓는 일이 없는 그에게 담배를 권한 벗은 은근슬쩍 물었다.

 "아직 자세히 물어본 적은 없지만, 자네는 왜 지금의 부인을 얻은 거야?"

 그렇게 물은 것은 지금이 마침 딱 좋은 때고, 다시 얻기 힘든 기회라는 생각이 있었기 때문이다.

'왜'라는 한마디에는 실은 숨은 뜻이 있었다. 초산을 앞둔 그의 아내는 식당의 수많은 여급사 중에서도 유독 볼품없는 용모였다.

오히려 못생겼다고 하는 게 맞을 것이다.

미남과 추녀의 조합인 부부가 세간에 그리 드문 사례는 아니지만, 그전까지 여간 수완 좋은 사내가 아니었던 만큼 이 점은 한참이나 동료들의 머리를 갸웃거리게 했다.

잘생긴 급사는 잠시 화로 위에 몸을 숙인 채 대답하지 않았다. 긴 부젓가락으로 재에 꽂혀 있는 담배꽁초 두세 개를 집어 다른 데로 옮겼다. 이윽고 마음을 정한 듯 이렇게 말했다.

"좋아, 그러면 자네한테 얘기해버려야겠어. 지난 일 년 동안 아무에게도 털어놓지 않았던 얘기야."

―그가 한 이야기는 이러했다.

황도길일* 당일 밤부터 아타미** 지역은 유난히 북적거린다. 그중에서도 특히 가을에서 봄에 걸쳐 혼례가 많은 계절에는 더욱 그렇다. 번화가를 항상 제 것인 듯 누비던 남녀가 얼핏 봐도 알 만한 신혼부부 한 연대를 맞닥뜨리면 자연스럽게 길을 비켜주는 건 선망이나 낯간지러움 때문만은 아니다. 값비싼 장난감 가게 앞에서 아이의 눈을 가린 채 지나가는 부모처럼, 잠깐 만나고 말 연인은 여자의 시

---

* 황도길일黃道吉日은 음양도陰陽道에서 무슨 일이든 잘 풀리고 온갖 흉악도 피할 수 있다는 날. 대안길일大安吉日이라고도 한다.
** 아타미熱海는 일본 시즈오카현 동부의 중소 도시. 예부터 수도 도쿄와 가까운 관광지로 유명하다.

선이 그쪽으로 가지 않게 하려고 애를 쓰게 된다.

그러지 않으면 한 시간 뒤에는 벌써 여자 입에서 반드시 결혼 얘기가 튀어나올 게 틀림없다. 여자가 결혼 얘기를 꺼내는 것은 남자가 일 얘기를 꺼내는 것과 마찬가지로 그다지 귀에 달가운 건 아니다. 어쨌든 둘 다 너무 전문적인 화제니까.

삼 년 전, 이 산중턱 호텔이 접수接收*에서 해제되고 내가 급사로 고용된 당초에는 그런 수많은 신혼 팀을 오로지 부러운 마음으로 바라보았다. 일 년이 지나자 그런 마음이 점점 바뀌었다. 나는 또 다른 시선으로 보게 되었다.

남자는 대부분 어깨에 신형 카메라를 걸고 다닌다. 전쟁 끝나고 이삼 년이 지나니 모자도 양복도 외투도 구두도 새것으로 장만한 이들이 대부분이었다. 여자들은 코트 소매에 어깨에 두르지도 않는 숄을 접어 걸치고 다니는 옛날식부터, 최신 유행 모자에 양복과 손가방을 세트로 맞춘 것까지, 색깔도 각양각색이다. 만일 똑같은 손가방이나 모자를 가진 동성同性을 덜컥 마주친다면 이 통한의 사건은 신혼여행의 추억 중에서도 가장 오래가는 얘깃거리가 될 것이다. 이상하게도 다른 건 새로 사지 않는 사람이라도 가방만은 대부분 완전 새것이다. 그건 여태까지 별로 쓸 일이 없었던 여행가방을 이참에 장만해 두고두고 쓰기 위해서일 것이다.

호텔 정원이나 돌계단 중간 등에서 그들은 쉴 새 없이 사진을 찍는다. 그 포즈는 추억 속에서 자신이 어떤 식으로 보일지 미리 시험

* 전시에 개인의 소유권을 강제적으로 징발한 것을 말한다.

해보려는 것 같다.

  어떻게 하나같이 똑같은 미소에 똑같은 수줍음, 똑같은 행복인지 모르겠다. 인간의 야심이란 대중에서 벗어나려고 하는 욕망이지만, 행복이란 다른 자들과 똑같이 되고 싶다는 욕구라는 것을 나는 깨닫게 되었다.

  봄철이면 특히 온 길거리에 범람하는 그런 규격품 무리에 나는 우울해지곤 했다. 딱히 독신자의 우울이라는 건 아니다. 나 또한 여자를 사귀는 것쯤은 쉽게 할 수 있고 결혼하려고 마음먹으면 내일 당장이라도 할 수 있었다.

  호텔에서 내가 담당한 방은 3층 1호 즉 301호실에서 310호실까지다. 3층에는 각 방마다 흰 페인트를 칠한 철책 난간이 있는 발코니가 튀어나와 있다. 발코니에 서면 아타미시가 발아래로 한눈에 내다보인다. 마치 바다를 향해 흘러내리는 가옥의 홍수 같은 풍경이다. 홍수인 만큼 탁할 대로 탁해서, 기와며 목재 조각의 엄청난 탁류가 밀치락달치락 바다로 흘러 떨어지다가 어느 순간 영원히 정지해 아타미시로 형성된 것 같은 모습이다.

  오른편에는 우오미사키곶과 그 곳의 콧등을 빙 둘러 자동차가 지나다니는 간교도 동굴이 보이고, 곶 건너편의 니시키가우라 포구를 감싸고 다시 맞은편 곶이 보인다. 전망은 이 호텔이 가장 좋다. 역 뒤편의 구불구불한 언덕길을 올라와 꼭대기 근처에 있기 때문이다.

  아침에 출발하는 고객이 떠나면 나는 방을 청소하러 간다. 발코니는 매우 환하다. 그 철책이 발치에 선명한 그림자를 그려내고, 아래를 내려다보면 정원 해시계가 오전 9시를 가리킨다. 해시계 주위에는 춘란春蘭 덤불이 반쯤 시들해져서, 아침에 잠에서 깨어난 머리칼처럼 흐트러져 있다.

나는 고객이 떠난 뒤의 방을 날씨 좋은 날 오전에 깨끗이 청소하는 게 좋다. 콧노래를 부른다. 입김을 호호 불어가며 닦던 거울을 주먹으로 가볍게 두드린다. 거울에 대고 이렇게 말한다.

"이봐, 어젯밤에 뭘 봤어? 죄다 털어놔."

나는 옷장을 연다. 선반 안이 드러나고 판자의 나이테가 아름답게 떠오른다. 그 먼지가 풀풀 나는 한 귀퉁이에서 해괴망측한 물건을 발견하는 것도 그런 때다.

베갯머리 향수 냄새가 침대에 남아 있는 일도 있다. 나는 침대에 얼굴을 묻고 한동안 도취되곤 한다.

여자의 머리카락이 거울 앞에 떨어져 있을 때도 있다. 손가락에 그 머리칼을 감고 한동안 멍하니 서 있곤 한다.

자네, 내가 신랑에게 질투를 느끼는 거 아니냐고? 아니, 그런 건 없다. 여자의 그런 잔향 같은 건 내가 독점할 수 있는 부분이다. 나는 항상 내 여자가 방금 집에 돌아간 참이라고 상상한다. 저 둥근 얼굴의 여자도, 갈쭉한 얼굴의 여자도, 오동통한 여자도, 늘씬한 여자도 모두 예전에 나의 소유물이었다는 느낌이 든다. 적어도 내가 담당하는 방에 묵었던 여자에 한해서는 마치 등짝의 검은 점이 어디 있는지, 그런 것까지 다 알 것 같은 느낌이 든다. 그 증거로, 돌아가는 길에 대부분의 여자들은 나에게 그 일은 입 다물어달라고 말하는 듯한 시선을 흘끔 던지고 간다. 그건 그녀들의 무의식적인 시선이 범하는 최초의 부정不貞이다.

......작년 1월 말, 토요일의 일이었다.

토요일인 데다 길일이어서 그날 도쿄는 혼례식으로 무척 붐볐다고 한다. 호텔 예약도 일주일 전부터 만실이었다. 신혼부부는 피로연 중간쯤에 일어나 출발하는 게 보통이지만, 이래저래 하다 보면 호텔 도착은 빨라야 밤 10시, 늦으면 전철 막차 시간이 된다. 이 시각 전에 찾아오는 경우는 피로연을 다과회로 간단하게 끝낸 손님이다.

11시 반 도착 손님을 마중 나간 차가 역 쪽에서 급경사의 언덕길을 올라왔다. 그 빨간 미등이 밤바람에 버석거리는 화단으로 둘러싸인 현관 앞 자갈길을 조용히 타고 들어왔다.

남은 것은 301호실 고객뿐이었다. 나는 프런트로 내려가 현관 앞에서 자동차 문을 열었다. 그날 밤 바깥은 상당히 쌀쌀한 날씨였다.

차에서 내려선 사람은 평범한 사업가 타입이었다. 진갈색 외투에 촘촘한 체크무늬 머플러를 둘렀고 미식美食으로 인해 만사가 귀찮은 듯한 몸매를 가진 쉰대여섯 살의 수염 없는 남자였다. 그 뒤를 따라 검은색 아스트라칸* 모피외투를 입은 여자가 내렸다.

내가 듣기로는 진품 아스트라칸은 세간에서 여성 사치의 표본으로 통하는 밍크보다 더 비싸다고 한다.

여자의 외투는 앞깃이 칼라꽃 모양으로 목을 감싸서 얼굴이 마치 검은 배경 앞에 놓인 것처럼 선명했다. 먼저 내린 남자는 뒤도 돌아보지 않고 앞서갔다. 여자가 내리려고 할 때, 외투가 차 문의 경첩에 걸렸다. 내가 즉시 알아보고 얼른 빼주었다. 여자는 빙긋이 웃으며

---

* 아스트라칸astrakhan은 새끼 양의 털로 만든 모피. 혹은 그것을 본떠 짠 털실이나 모직물, 비로드 등을 말한다.

고마워요, 라고 말했다.

　현관 앞에는 물론 불빛이 새어 나온다. 현관 등도 있다. 하지만 바짝 대기가 힘든 차의 옆구리는 어슴푸레하다. 웃음 짓는 여자의 이가 은은한 흰빛으로 반짝이는 것을 보고 나는 잇속이 참 곱다고 생각했다.

　여자는 곧바로 남자를 따라갔다. 나는 굽실굽실하며 가방 짐을 들고 두 사람을 3층으로 안내했다. 남자는 자동차회사의 전무이사인 모양이었다.

　301호실은 딱히 이 호텔에서 가장 비싼 방은 아니다. 하지만 두 칸으로 이어진 201호실의 음침함에 비하면 이 방이 훨씬 아름답고 쾌적하다. 적어도 내가 담당하는 룸 중에서는 조망만 따져봐도 최고다.

　여자는 외투를 입은 채 창가로 다가가 스팀 난방기의 수증기로 흐려진 창유리를 장갑 낀 손등으로 아주 조금만 닦아냈다. 그 침착하기 그지없는 모습에서 나는 세컨드일 거라고 판단했다.

　전쟁 끝난 뒤로 벼락부자 고객들 중에는 우리를 어쩐지 거북하게 쳐다보는 사람들이 많다. 무시하는 척해도 우리를 의식하지 않을 수 없는 고객이 대부분이다. 하지만 역시나 그날의 전무는 그렇지 않았다. 그는 좋은 집안에서 성장했다는 증거로, 나를 공기처럼 생각할 뿐이었다.

　우리 또한 (적어도 남자 고객은) 공기처럼 취급해주는 게 더 낫다. 감정이 개입되기 시작하면, 그게 상대 쪽에서는 호의에서 나온 것이라도 도리어 우리는 반발심을 느낀다. 친구처럼 대해주는 고객에게는 그 보답으로 경멸을 안겨준다. 고객이 지나치게 공손한 태도를 취하면, 지나치게 위세를 부리는 고객에게 보다 더 바보 취급을 당한 듯한 느낌이 든다. 재판에서도 검사가 피고보다 어물어물한다면 이상하지 않은가. 한마디로, 서로 각자의 인생 역할을 존중하자는 것이다.

301호실 고객은 곧바로 하이볼을 주문했다. 나는, 바는 이미 문을 닫았으니 맥주로 바꿔주실 수 있겠느냐고 말했다. 고객은 점잖게 그걸로 괜찮다고 답했다.

여자는 외투를 벗고 영국제인 듯한 체크무늬 여행복 차림으로 쉬고 있었다. 가늘고 긴 산호 시가렛홀더를 똑같이 산호색으로 칠한 손톱 끝으로 집듯이 들고서 담배를 피웠다. 조명 불빛 때문인지 그 얼굴은 어두웠다. 나는 왜 그런지 마침 내 정면에 있던 그 여자의 시선이 마음에 걸렸다.

남자는 뭐든 먼저 나서서 자신이 결정하고 그다음에야 여자의 의사를 생각해보는 성격인 모양이었다. 그들의 침대 위 모습이 어떨지 미루어 짐작되었다. 남자는 문득 깨달은 것처럼 여자에게 물었다.

"맥주, 괜찮지?"

여자는 작은 연기 동그라미를 만들어 내뱉고 아예 관심 없다는 듯이 말했다.

"싫어."

"그럼 사이다라도 가져오라고 할까?"

"……됐어. 맥주여도 괜찮아."

그때 여자의 담뱃재는 상당히 길게 남아 있었다. 그걸 알아보고 나는 '아, 담뱃재가……'라고 말하려고 했다. 하지만 내가 말하기 전에 여자도 이미 알고 있는 모양이었다. 그대로 시가렛홀더를 탁자 위의 재떨이로 가져가려고 했다.
 그래서 내가 하려던 말은 아, 라는 단 한마디의 감탄사로 끝나버렸다. 남자가 의아한 듯 내 얼굴을 올려다보았다.
 담뱃재는 툭 쳐서 떨어내기에는 너무 길게 남았다. 무너진 재가 스커트에 떨어져버렸다.
 남자는 그걸 알아차리지 못하고 감탄사만 마음에 걸렸는지 내게 물었다.
 "왜, 뭐지?"
 "아, 예······." —나는 망설이지 않고 지그시 여자를 바라보며 말했다. "나중에 솔질을 해드리겠습니다."
 내 시선을 따라 비로소 여자 쪽으로 얼굴을 돌린 남자는 별 의미도 없이 웃고 있는 여자를 보았다. 다시 내게로 향한 남자의 눈에는 언짢은 기색이 감돌았다. 나답지 않게 약간 지나치게 나섰다는 것을 깨달았다. 그래서 최대한 빨리 그 방을 빠져나왔다.
 여자가 내 얘기를 하며 웃는 소리가 등 뒤에서 들려오는 듯한 망상이 들었지만, 이게 또 평소의 나와 어울리지 않게 조금 고통스러웠다. 내가 요즘 좀 굶주렸구나, 라고 생각했다.
 하지만 그다음에 맥주를 들고 갔을 때는 아무 일도 없었다. 이번에는 나도 평소와는 달리 계속 시선을 떨구고 있었으니까.
 그런 날, 이슥한 밤중의 복도는 뭔가 장엄한 법이다. 웬만한 일로는 더 이상 호출 벨도 울리지 않는다. 그 심한深閑한 복도에 서서 굳게 잠긴 '나의' 룸들의 문을 바라보고 있으면 기묘한 해학적 연상이 줄줄이 떠오른다. 그 문들이 하나같이 빵 굽는 화덕처럼 보이는 것이다. 나는 팔짱을 끼고 빵이 구워지기를 기다리는 것만 같다. 이런 말을 중얼거리기도 한다.

"흠, 저 화덕에 넣어둔 빵은 이제 다 구워졌을까."

다음 날 아침은 엷은 구름이 끼었다. 식당으로 안내하는 사이에 다른 보이들도 자신의 고객을 안내하며 속속 들어왔다. 그들 모두가 한눈에 봐도 죄다 신혼부부였다. 덕분에 식당은 아주 조용했다. 하지만 한 용감한 신랑이 신부의 첫 아침식사를 기념하고 싶었는지 상의에 냅킨을 끼운 채 카메라케이스를 벗기고 일어섰을 때는 작고 기품 있는 실소가 여기저기서 일어났다.

나는 맨 끝으로 301호실 고객을 식당에 안내했다. 여자는 어젯밤보다 조금 더 눈이 초롱초롱해서 흰자위 부분에 푸른빛이 서린 것처럼 보였다. 어젯밤에는 알지 못했지만 다리가 정말 아름다웠다. 암사슴처럼 날렵한 복사뼈에서는 강하게 '동물'이 느껴졌다.

내 역할이라는 게 고객을 식당까지 안내하면 그걸로 끝이다. 그다음은 식당 여급사의 몫이다. 여자 급사들은 당대唐代의 것을 모방한 사군자 자수 무늬 벽 앞에서 연한 푸른색 제복에 에이프런으로 몸을 감싸고 인형처럼 무표정하게 서 있다. 자화자찬은 아니지만, 내가 식당에 모습을 드러내면 항상 그녀들 사이에서 무표정한 채로 서로를 견제하는 전파가 작동하는 게 보인다. 개중에는 윙크를 하는 대담한 여자애도 있을 정도다.

나는 그날 아침에만은 식당을 냉큼 떠나지 못하고 있었다. 아침 식당은 301호실을 위한 탁자 하나만 남기고 모조리 신혼부부가 차지한 터였다. 그 사이를 지나 내 담당 탁자까지 걸어가는 동안 301호실 여자는 털끝만큼도 주눅 드는 기색이 없었다. 그렇다고 허세를 부리는 것도 아니었다. 근처 탁자의 풋내기 남편들과는 달리 관록이 상당한 남자를 앞세웠기 때문인지도 모르지만, 그걸 감안해도 여자의 관록과 기품 역시 상당한 편이었다.

거기까지 지켜보고 나는 방을 정리하러 3층으로 올라갔다. 계단을 오르면서 생각했다.

'어쩌면 진짜 부부인지도 모르겠다. 누군가에게서 들은 얘기지만, 매일 밤 타인 같은 얼굴을 하고 집을 나와 미리 약속해둔 카페에 놀러 가서 어, 오랜만이야, 네, 오랜만이네요, 하고 반가운 듯 인사를 나누고, 그러고는 어깨를 나란히 하고 집에 돌아와 우유 목욕을 한 다음이 아니면 잠을 못 자는 부부가 있다던데, 저 남자도 자기 부인을 세컨드처럼 꾸며놓고 즐기는 것일 수도 있어.'

방 정리가 끝나고 급사실로 가야 하는데 나는 다시 어쩐지 마음에 걸려 프런트로 내려갔다. 이런 일은 전에 없던 일이었다.

벌써 식사는 끝나 있었다. 두 사람은 라운지에 나와 매니저와 이야기를 나누고 있었다. 여자가 자리에서 일어섰다. 이야기가 따분해 자연스럽게 자리를 뜨는 기색이었다.

여자는 프런트 직원의 인사에 가볍게 응하더니 매장의 그림엽서 등을 그야말로 아무 관심도 없다는 듯이 구경했다. 마침 내 앞까지 와서는 (여자는 내 앞까지 오기 위해 그림엽서 근처에서 일부러 천천히 멈춰 섰던 게 틀림없다) 이렇게 물었다.

"정원은 어느 쪽으로 나가죠?"

네, 라고 나는 쾌활한 목소리를 냈다. 이 젊은 목소리와 가슴팍 금단추의 어울림에 나는 자신이 있었다.

"현재 라운지에서 나가는 문은 닫혀 있으니 현관 쪽으로 나가는 길을 안내해드리겠습니다."

나는 직업적인 쾌활함으로 앞장서서 걸어갔다. 흰색 페인트를 칠한 사립문을 열고 여린 햇살이 닿기 시작한 작은 정원으로 안내했다. 겨울장미 꽃잎이 돌바닥에 떨어져 있었다. 해그림자는 해시계에 시간을 새기기에는 아직 모자랐다.

한 귀퉁이에 흰 동백이 꽃을 피우고 있었다. 이건 어느 미국 고관의 부인이 귀국하면서 손수 심어주고 간 것이다.

여자는 벽을 뒤덮은 불그죽죽 시들어버린 담쟁이 앞에 멈춰 섰다. 동백꽃에 관심을 가질 만한 여자가 아니다. 근시인지 눈을 가늘게 뜨고 아타미 거리의 줄줄이 이어진 집들을 바라보았다. 바다는 구름이 껴서 수평선이 뚜렷하지 않았다.

나는 사립문을 열어주고 한 걸음 물러섰다. 그러고는 즉시 발길을 돌렸어야 했다. 하지만 단 일이 초라도 더 그곳에서 여자와 단둘이 어느 누구의 눈에도 띄지 않고 머물고 싶었다.

여자가 담배를 꺼내 홀더에 끼우더니 내게도 케이스를 내밀며 권해주었다. 나는 정중하게 사양했다. 그러고는 서비스할 일을 만들어 준 게 반가워서 서둘러 호텔 성냥을 꺼내 그었다.

"센스가 있으시네요."

그건 여자가 처음으로 내게 던진 사적인 말이었다. 나잇값도 못 하고 나는 얼굴을 붉혔다.

"네에……."

"여기 오래 계셨어요?"

"네, 접수가 해제된 뒤부터 계속 근무하고 있습니다."

"그렇구나." 여자는 하얀 울타리에 몸을 기댔다. 나는 실례하겠습니다, 라고 말하며 머리를 숙이고는 얼른 도망쳐 나왔다. 여자가 고마워요, 라고 말했는지 어떤지 그건 기억에 없다.

301호실 손님이 떠난 건 그날 오후의 일이었다. 구름이 짙어지고, 눈 오는 일이 드문 아타미는 곧 비가 내릴 듯한 날씨였다.

이 시각이면 호텔은 조용하다. 숙박객은 놀러 나갔거나 낮잠을 자거나 둘 중 하나다.

나는 301호실을 정리하러 갔다. 그러자 말할 수 없이 좋은 향기가 났다.

보이라는 직업은 이른바 상상력의 화신이다. 매일매일 눈앞에 늘어놓은 트럼프의 뒷면만 보면서 살아가기 때문에 뒤집어보지 않아도 앞면의 숫자를 읽어내게 된다. 나는 흐린 날씨에 어슴푸레해진 호텔 방을 둘러보았다. 그러자 여자가 주말 하루를 이곳에서 어떻게 보냈는지 눈에 선하게 떠오르는 것 같았다.

평소처럼 옷장을 열었다. 프랑스 향수 '야간비행'*의 빈 병이 떨어져 있었다.

병 입구에 코를 대고 나는 멍하니 발코니로 나갔다. 모르는 사이에

---

* 프랑스 향수 브랜드 '겔랑Guerlain'에서 1933년에 출시한 향수 '볼 드 뉘Vol de nuit'. 생텍쥐베리 Antoine Marie Roger De Saint Exupery의 소설 『야간비행Vol de nuit』을 바탕으로, 작가와 친분이 있던 조향사 자크 겔랑Jacques Guerlain이 만들었다고 한다.

비가 내리고 있었다. 가느다란, 하지만 이상하게 차가운 비였다. 발아래 저 멀리 보이는 아타미 역 플랫폼의 노천 부분이 그새 검게 젖어 있었다.

나는 평소에는 결코 하지 않는 바보 같은 짓을 해보고 싶은 기분이었다. 여자가 잤던 잠자리에 눕고 여자의 머리카락이 펼쳐졌던 베개를 껴안아보고 싶어졌던 것이다.

이건 동료에게 들켰다가는 체면이 말이 아니게 된다. 방 열쇠를 걸어 잠그자고 생각했다. 숙박객은 대개 룸 키를 탁자 위에 놓고 떠난다. 301호라고 적힌 열쇠가 거기에 있어야 했다.

하지만 방 안 어디를 뒤져봐도 열쇠는 눈에 띄지 않았다. 프런트에 돌려줬나 싶어서 물어보러 내려갔지만 돌려준 것도 아니었다. 여자는 열쇠를 깜빡하고 가져가버린 게 틀림없었다. 손가방 같은 데 넣어두었다면 돌아가는 길에 반납하는 걸 깜빡하는 일은 흔하다.

아무리 찾아봐도 열쇠가 눈에 띄지 않자 뭔가 가느다란 희망이 생겨났다. 여자와의 인연이 아직 끊기지 않은 증거라는 마음이 들었다.

—나는 간단한 문장의 엽서를 썼다. 이런 것이었다.

'며칠 전 저희 호텔을 이용해주셔서 감사합니다. 그때 숙박하신 방의 열쇠를 가져가지 않으셨는지요? 실례를 무릅쓰고 문의드립니다. 만일 가져가셨을 경우 반송해주시면 고맙겠습니다.'

나는 프런트에 내려가 숙박부를 넘겨보았다.

'도쿄도 시부야구 쇼토초 10번지. 후지사와 겐고 외 1명'이라고 적혀 있었다.

그래서 엽서 수신인은 '후지사와 님'이라고 써서 보냈다.

301호실에 대한 책임은 나에게 있다. 따라서 열쇠 보관 책임도 나에게 있다. 이런 엽서를 보내는 건 내가 당연히 해야 할 조치였다.

자네는 고객이 열쇠를 가져간 경험은 없었나? 이런 경우, 내가 한 일이 보이로서의 본분을 뛰어넘은 일이었을까? 이를테면 후지사와 부인이 따로 있어서 이 엽서를 빌미로 남편을 추궁할 수도 있지 않을까? 그 남편에게 끼친 민폐 때문에 호텔이 애써 잡은 단골고객을 잃게 되지는 않을까? 그 손실은 열쇠 하나 가격으로는 대신할 수 없을 텐데.

하지만 나는 그게 내가 취했어야 할 유일한 조치였다고 믿고 있다. 숙박부에 기재한 주소 자체가 어디까지 사실인지도 모르는데 미리부터 나중 일을 걱정하는 건 어리석다.

……아니, 사실대로 말해볼까. 실은 엽서 수신인으로 그 여자 이름을 쓰고 싶었다. 숙박부에 그 이름이 없다는 것은 나한테는 부아가 치미는 일이었다. 당당히 남자 앞으로 보낸 이상, 내 질투심은 남자가 마누라에게 혼이 나는 장면을 약간의 기대감과 함께 상상했던 것이다.

엽서를 보낸 게 1월 말이었다.

답장은 좀체 오지 않았다. 일주일이 지나고 열흘이 지나는 사이에 나는 더 이상 아무것도 기다리지 않게 되었다. 복사 열쇠가 새로 만들어졌고 매니저의 꾸지람도 딱히 없었다. 점차 그 여자에 대해 품었던 꿈은 그저 잠깐의 재미였다고 생각하는 쪽으로 기울어갔다.

그러던 2월 14일의 일이다. 약품 샘플 같은 작은 소포가 내 앞으로 도착했다. 내가 전에 보낸 엽서에 찍은 호텔 고무도장 옆에 내 이름을 적어뒀다는 건 말할 것도 없다. 그래서 소포에 적힌 보낸 사람의 이름을 보고는 펄쩍 뛸 듯이 기뻤다. 그건 후지사와 겐고가 아니었다. 후지사와 요리코라는 이름이었다.

동료들 앞에서 소포를 받은 나는 어서 빨리 혼자가 되려고 일을 서둘렀다. 내 마음은 줄곧 요리코의 이름을 부르고 있었다. 그러면서 또 다른 의혹의 포로가 되었다.

'요리코가 그 여자 이름이라는 증거가 어디 있어?'

호텔 뒤편은 높직이 솟은 돌담이다. 그 앞으로 가서 시든 풀밭 양 지쪽에 자리를 잡았다. 마침 호텔 건물 동을 잇는 낮은 통로 위로 비치는 햇살이 석실石室처럼 우묵하게 파인 돌담 구역을 따뜻하게 해주는 자리다. 겨울 파리가 내 손등을 떠나지 않았다. 탁 때려 떨치고 구둣발로 비볐는데 파리가 파삭거리는 게 허물을 밟아 뭉갠 것 같았다.

소포는 꼼꼼히 묶여 있었다. 이로 끈을 풀었다.

상자에서 나온 것은 룸 열쇠 한 개였다. 게다가 눈에 익지 않은 열쇠다. 기노미야* 쪽에 이번에 새로 들어선 호텔의 열쇠였다. 나는 크게 실망해서 혀를 끌끌 찼다.

'쳇, 그토록 남의 애를 태우더니 이번에는 열쇠를 잘못 보냈어? 그 여자, 어지간히 덜렁거리는 성격이든지 아니면 열쇠 수집가인 모양이네.'

스스로도 실소가 터질 만큼 심히 부루퉁한 얼굴로 그 열쇠를 뒤집어 살펴보았다. 그러고는 자리에서 일어나 파란 겨울 하늘 높이 던

---

* 기노미야來宮는 아타미의 서부 지역으로 기노미야 역이 있다.

져 올렸다가 받아냈다. 열쇠는 손바닥에 떨어지면서 체인 소리를 냈다. 손바닥이 지독히 아팠다.

호텔 열쇠는 어디 것이나 똑같아 보여서, 열쇠 모양도 그렇고 구리 체인도 그렇고 체인에 달린 딱딱한 종이 번호패도 그렇고, '라쿠라쿠 호텔'이라는 흰 글씨를 빼고는 거의 우리 호텔 것과 다를 게 없었다. 그러다가 문득 그 번호를 보았다. 검은색으로 굵직하게 '217'이라는 숫자가 적혀 있었다. 2층이네, 라고 생각했다.

그 순간, 2와 17 사이에 뭔가 나중에 그은 붉은 선이 눈에 들어왔다. 거친 초크 같은 느낌이다. 하지만 그 유분기 있는 붉은색은 초크 색깔이 아니었다. 눈을 바짝 대고 살펴보았다. 그건 립스틱으로 그은 것이었다.

나는 2와 17을 나눠둔 이 수수께끼 풀이에 골몰했다. 하지만 뭔지 알 수 없었다. 이윽고 저녁식사 시간이 닥쳤고 업무에 쫓기느라 그런 건 돌아볼 겨를도 없었다. 그래도 머릿속에는 계속 그 일이 달라붙어 있었다. 고객에게 두어 번 엉뚱한 대답을 한 것도 그 때문이었다. 밤에 급사실에 와서 앉은 뒤에도 나는 아무에게도 털어놓지 못한 채 혼자 이 수수께끼를 풀어보려고 했다. 동료들의 야한 얘기판에 끼어드는 것도 그날 밤에는 일부러 피했다.

생각을 하다 하다 문득 벽에 붙은 큰 글씨 달력을 올려다보았다. 삼색판으로 인쇄한 눈 내린 풍경 사진 아래 2월의 일곱 개 요일이 큼직하게 찍혀 있었다. 오늘은 2월 14일, 내일은 15일, 모레는 16일 월요일이다. 그다음 날은, 그렇다, 2월 17일이다.

나도 모르게 탄성을 올렸다. 동료들이 돌아보았다. 하지만 내 마음이 그때 얼마나 들썩였는지 동료들은 상상도 못 했을 것이다…….

그 사흘 동안 얼마나 애타게 기다렸는지 모른다. 화요일이면 주말 손님은 모두 돌아가고 나는 손이 빌 터였다. 그런 것까지 생각해준 것이라면 그 배려의 깊이는 보통 수준이 아니다.

나는 301호실을 특별히 사랑하게 되었다. 주말 손님이 월요일 오전에 마침내 돌아갔을 때는 그 방이 내 손에 되돌아온 것처럼 기뻤다. 나는 방금까지 그 여자가 이 방에 있었다는 상상을 했다. 깃털 이불에 얼굴을 묻고 그것을 끌어안았다. 지나치게 세세한 부분까지 떠오르는 상상에 그만 지쳐서 병이 날 것 같은 느낌까지 들었다.

화요일, 저녁시간이 다가오자 나는 다름 아닌 자네에게 뒷일을 부탁하고 호텔을 빠져나갔다. 자네도 기억하겠지만, 큰아버님이 신붓감을 데리고 아타미 여관에 와 있다, 그리 내키지는 않지만 일단 인사라도 하러 가봐야 한다, 하고 둘러댔다. 그때 자네는 흔쾌히 잘 다녀오라고 응해주었다.

다행히 우리 직업은 한껏 단장해도 그리 눈에 띄지 않는다. 내가 들썽들썽 나가는 모습을 보면서도 자네는 별반 놀라지도 않았다. 차림새를 단정하게 꾸미는 건 보이 수업의 기초 단계니까.

하지만 나는 그날 아침부터 수없이 거울을 들여다보지 않고서는 견딜 수 없었다. 머리는 백 번쯤 빗질했고 (웃지 말아주게) 삐져나온 머리칼에는 포마드를 살짝 발랐다. 그걸로 그럭저럭 스스로 만족할 만한 멋진 남자가 완성되었다. 거기에 아타미 양복가게의 기성복 따위를 입고 가서는 모처럼의 멋진 사내 모습이 물거품이 되고 만다. 그러느니 차라리 내 몸에 익은 급사복이 낫다. 머플러를 세련되게 매고 외투 하나를 걸치고 호텔에서 역으로 향하는 급경사 언덕길을 뛰어 내려갔다.

바다 위에 뜬 하현달이 별장 처마 끝으로 보였다. 그날 밤 아타미 시는 기묘하게 고요했다. 사람들이 한꺼번에 몰리고 빠지는 게 극심한 동네이기 때문에 그날 밤은 간조 때에 해당했던 것이다.

역 앞 공중전화로 라쿠라쿠 호텔에 전화를 걸어 후지사와 요리코가 와 있는지 확인할 계획이었다. 공중전화는 사람들로 붐볐다. 우왕좌왕하던 내 눈앞에 택시가 멈춰 섰다. 마음이 급해져서 얼른 라쿠라쿠 호텔 이름을 말하고, 잘 타지도 않는 택시에 올라탔다.

그날 저녁에 아타미가 얼마나 아름다워 보였는지.

안개가 끼었던 게 아니다. 기류의 흐름인지 뭔지 온천 수증기가 낮게 거리를 뒤덮어서 눈에 비치는 모든 것이 다 따듯하고 촉촉해 보였다. 차 옆을 스쳐 가는 아가씨의 무지개색 목도리도 촉촉해 보였다. 선물가게에 줄줄이 진열된 양갱 상자며 동백기름의 연노랑 병까지, 온갖 것이 촉촉해 보였다. 그중에서도 과일가게 앞은 특히 아름다웠다. 밀감, 사과, 바나나, 감, 레몬, 그 광택과 색채의 선명함은 마치 딴 세상 같았다.

택시는 이윽고 강을 건너 우회전했다. 어두운 비탈길을 나른한 소리를 내며 오르기 시작했다.

라쿠라쿠 호텔은 옛 귀족 가문의 별장지였다. 고풍스러운 가부키몬 안으로 깊은 나무숲에 둘러싸인 자갈길이 이어지고 현관 앞에 차를 대는 완만한 정차장이 있다. 나는 곧장 프런트로 가서 댓바람에 이렇게 물었다.

"후지사와 요리코 씨라는 분, 여기 숙박하고 계십니까?"

질문하는 말투에 약간 비굴한 그늘이 없지 않았던 모양이다. 프런트의 중년 남자는 (이른바 옛 귀족 가문의 집사라는 관록이 있어서인지) 곧장 대답하지 않고 한 차례 나를 흘끔 쳐다본 뒤, 잠시 기다려주십시오, 라고 말했다. 전화를 걸었는데, 그 전화가 한참이나 연결되지 않았다. 나는 점점 초조해졌다.

그때 안쪽에서 장부를 작성하던 노인이 안경을 번뜩이며 얼굴을 들고 말했다.

"후지사와 씨는 지금 라운지에 계시는 거 같은데."

그 순간 내가 얼마나 기뻤는지 짐작이 갈 것이다. 호텔 곳곳의 위치라면 훤히 알고 있었기 때문에 라운지가 어딘지 망설일 일은 없었다. 나는 라운지 문을 열었다.

손님 네다섯 명이 당구대 주위에 모여 있었다. 안쪽 난로에는 불이 벌겋게 타고 있었다. 그 옆의 안락의자에 그 여자가, 무릎 앞 작은 탁자에 홍차 잔을 놓고 무릎에는 《라이프》인 듯한 큰 판형의 잡지를 펼쳐 들고 여유롭게 앉아 있었다.

나를 보더니 빙긋이 웃으며 잡지를 앞의 작은 탁자에 내려놓았다. 난로 옆의 또 한쪽 의자를 가리키며, 앉아요, 라고 말했다.

내 무릎은 의자에 앉는 것과 동시에 실제로 벌벌 떨리기 시작했다. 장작의 향기로운 불 냄새와 헷갈리는 일도 없이 즉각 그 '야간비행'의 향기를 맡았기 때문이다.

여자는 여행용 정장 차림이었다. 색깔은 요즘 유행하는 와인색이다. 목에 칠흑의 스카프를 두르고 가슴에는 금빛 브로치를 달았다.

머리는 지난번과는 다르게 부처 머리처럼 곱슬곱슬하게 높직이 올렸다.
 나는 아무 말도 하지 않았다. 여자도 아무 말이 없었다. 말하지 않아도 알고 있었기 때문이다.
 이윽고 나는 주위를 둘러본 뒤에 작은 소리로 물었다.
 "혼자십니까?"
 "응, 혼자야. 왜?"
 여자는 겁내는 일 없이 태연한 모습으로 눈만 둥그렇게 떠 보였다.
 "외투는 좀 벗지? 불 옆에서 덥지 않아?"
 "벗을 수가 없어요."
 나는 버튼을 풀고 슬쩍 하얀 상의를 내보였다. 여자는 처음으로 거리낌 없이 웃었다. 그 웃음에는 조금도 반감을 일으키게 할 만한 요소가 없었다. 마치 자신이 시도한 나쁜 짓이 하나하나 착착 맞아떨어져서 기뻐하는 어린애 같은 웃음이었다.
 그러고 나서 여자가 보이를 불러 하이볼을 주문했다. 주문을 마치고는 내게 물었다.
 "맥주가 더 좋았으려나?"
 나는 웃으면서, 여자가 내밀어준 담배를 사양하지 않고 받아 들었다. 담배에 관한 한 우리는 호사스럽다. 외국인이 팁 대신 늘 외국 담배를 주기 때문이다. 하지만 여자가 권한 것은 끝부분이 타원형인 희귀한 튀르키예 담배였다.
 술이 나오기를 기다리며 우리는 잠시 침묵한 채 담배를 피웠다. 문득 깨닫고 보니 내 담배 끝에서 재가 떨어져 외투 무릎에 흩어져 있었다. 여자는 그것이 떨어질 때까지 일부러 아무 말도 하지 않았던 것이다.

술을 다 마셨다. 여자가 방으로 가지 않겠느냐고 말했다. 의자에서 일어설 때, 나는 다시 가슴이 거칠게 뛰었다.

217호실, 그 앞까지 가서야 나는 돌연 질투심에 휩싸였다. 여자가 이전에 누구와 이 방에서 묵었는지 묻고 싶어 견딜 수가 없었다. 그걸 가로막은 것은 나의 보이 근성이라기보다 그 말을 하면 여자가 언짢아할지 모른다는 미신迷信이었다.

문이 열렸다. 방 안쪽에서 약간 위로 들려 전등 불빛을 환하게 받은 거울이 보였다.

"열쇠 잠가줘. 갖고 있지?"

여자가 말했다.

그날 밤 내가 호텔에 돌아온 건 자정이 가까운 시각이었다. 외투 주머니 속에 301호실 열쇠를 쥐고 있었다. 헤어지는 참에 여자가 말없이 웃으면서 건네준 게 이 열쇠였다. 한순간 나는 팁을 주려는 건가 하고 분노와 수치심으로 불끈 화가 났었다.

301호실은 그날 손님이 없었다.

나는 여자가 돌려준 그 반가운 열쇠를 열쇠 구멍에 끼웠다. 문이 잠겨 있는 건 아니었다. 간단한 의식이라는 마음으로 열쇠를 꽂아 열었던 것이다.

일부러 불은 켜지 않았다. 달빛 같은 게 흘러들었던 건 아니다. 하지만 외등이나 호텔 표식의 네온 조명으로 굳이 불을 켜지 않아도 실내가 어슴푸레하게 보였다.
 침대 위는 휑뎅그렁했다. 아직 화끈거림이 남아 있는 몸을 큰대자로 눕혔다.
 스팀 난방기가 저 혼자 금속성의 웅얼거림을 내고 있었다. 내 마음은 꿈꾸는 기분의 절정에까지 가 있었다. 301호실 열쇠는 더 이상 301로 보이지 않았다. 이제 그건 나에게 3월 1일로 읽힐 뿐이었다. 여자가 말없이 건네준 것은 그렇게 읽으라는 신호였다.
 앞으로 보름, 그날은 오래도록 잘 가꿔온 이 방에서 내가 보란 듯이 그녀를 안을 수 있는 날이다. 여자는 호출 벨을 울리리라. 그때마다 손님과 급사는 우선 서로를 품에 안을 것이다. 다른 방의 손님들이 조용히 잠들고 나면 나는 마치 내 방에 돌아가듯이 노크도 없이 이 301호실에 들어올 것이다.
 다시금 나 혼자만의 상상에 사로잡혀 자리에서 일어섰다.
 욕실에만 불을 켰다. 눈부신 욕실을 둘러보았다. 무심코 샤워기 꼭지를 돌렸다가 펄쩍 물러섰다. 샤워기는 불빛을 받으며 원형의 소나기를 쏟아냈다. 뜨거운 샤워였다.
 하얀 수증기가 그 소나기 속에 피어나서 그 비를 맞는 사람의 모습처럼 보였다.
 나는 그 희미한 비말 속에서 요리코의 실오라기 하나 걸치지 않은 모습을 보았던 것이다.

 3월 1일 일주일 전에 후지사와 요리코 이름으로 301호실 예약이 들어왔다는 것을 프런트에서 알려줬을 때, 내 꿈은 더 이상 꿈이 아니었다. 일부러 프런트에 예약표를 확인하러 갔다. 입학 통지를 받았는데도 합격자 발표를 보러 학교에 가는 학생 같은 기분이었다. 한 달 예약표에는 며칠 몇 시 몇 호실 아사 님 외 1명, 며칠 몇 시 몇 호실 미야사키 님 외 1명, 이라는 식으로 기입되어 있다. 3월 1일 오후 11시 30분 301호실 후지사와 요리코 님, 이라고 적혔을 뿐 '외 1명' 이 없는 것이 나를 펄쩍 뛸 만큼 기쁘게 했다.

3월 1일은 눈이 내렸다. 도쿄는 상당히 많은 눈이 왔다고 했다.

아타미는 오전에 희끗희끗 눈발이 비치다가 저녁이 되면서 다시 뿌리기 시작한 정도였다. 하지만 나는 몹시 애를 태웠다. 혹시 눈 때문에 여자의 일정이 어그러지지는 않을지 걱정했다. 실제로 오후 들어 전화로 캔슬을 요청한 손님이 두 팀 있었다.

나는 먼지 하나 없을 만큼 깨끗이 청소해둔 301호실을 수없이 들락거렸다. 11시 반이 되었다. 발코니에 나가보니 택시 한 대가 구불구불한 급경사 언덕길을 빨간 미등을 깜빡이며 올라오는 것이 눈에 들어왔다.

그날은 이때를 대비해 다른 손님들에게도 과도할 만큼 서비스를 했기 때문에 그야말로 잽싸게 박쥐우산을 펼쳐 들고 현관 앞에 나가 있어도 수상하게 생각한 사람은 아무도 없었을 것이다.

벌써 아타미 시내 곳곳을 돌다 왔는지 지붕에 얇게 눈이 쌓인 택시가 조용히 자갈을 와작와작 밟으며 앞 정원으로 들어왔다. 나는 뛰어가서 차 문을 열었다.

먼저 내려선 사람은 언젠가의 그 평범한 사업가였다. 차가 기우뚱할 만큼 털썩 내려서더니 가방을 내게 맡기고 훌쩍 앞장섰다. 이어서 내려선 사람이 검은 아스트라칸 외투를 입은 그 여자였다.
여자는 아름다운 옆얼굴을 내보이며 눈 속에 내려섰다.
내가 우산을 받쳐주었다.
여자는 가볍게 인사를 건네고 현관 쪽으로 걸음을 옮겼다. 딱 그것 뿐이었다.

이야기는 여기서 끝나는 건 아니다.
그날 하루 내내 결국 그 여자는 내게 다정한 말은커녕 웃는 얼굴 한 번 보여주지 않았다. 여자는 전혀 빈틈을 내보이지 않았다. 이전처럼 남자에게서 떨어져 혼자 정원에 나올 기미도 없었다. 다음 날은 눈에서 풀려나 햇살 좋은 화창한 날이었는데도 여자는 거의 밖에 나오지 않았다. 그리고 대낮부터 301호실은 내내 열쇠가 채워져 있었다.
나는 너무도 괴로웠다. 하지만 나도 사내다. 그날 밤은 도통 잠이 오지 않았지만, 다음 날은 어디까지나 손님으로 대하며 냉정하게 정성껏 서비스해서 보내주었다.
301호실 열쇠가 또다시 눈에 띄지 않는다는 건 그들이 떠나고 두 시간쯤 지난 다음에야 알았다. 그 방에 완전히 흥미를 잃은 나는 뒷정리도 미적미적 미뤘던 것이다.
방의 서랍들을 뒤지며 열쇠를 찾는 동안, 가슴속에는 부질없이 오한 같은 희망이 내달렸다.
'혹시 지난번처럼 또…….'
이번에는 새로 만든 복사 열쇠도 있겠다, 하나쯤 없어져도 전혀 불편한 게 없다고 생각했다. 모든 게 원래대로 돌아갔을 뿐이다.

이틀이 지나고 사흘이 지났다.

301호실은 인기 있는 방이다. 손님이 연달아 찾아오고 떠나는 동안 열쇠는 이전 것과 똑같은 복사 열쇠로 충분했다.

사흘이 지나고 나흘이 지났다.

마침내 그 여자에게 편지를 썼다. 몇 번이나 고쳐 쓴 그 편지를 찢으며 아무것도 쓰지 말까 하고 생각했다. 하지만 결국 간단한 문장의 엽서를 보냈다.

'지난번에 저희 호텔을 찾아주셔서 감사합니다. 실례지만 숙박하신 방의 열쇠를 가져가지 않으셨는지요? 만일 가져가셨을 경우 조속히 반송해주시면 대단히 감사하겠습니다.'

***

"그래서 결국 답장이 왔어?"

친구가 그렇게 물어본 것은 그가 거기서 말을 끊고 잠시 입을 다물었기 때문이다.

"······아니, 안 왔어. 한 달을 기다렸는데 오지 않았어. 그 얼마 뒤였어."

잘생긴 보이는 말했다.

"내가 지금의 아내와 결혼한 것은."

(1952년)

한여름의 죽음
真夏の死

여름의 호화로운 한창때에 우리는 보다 깊숙이 죽음에 휘둘린다.
―보들레르, 『인공낙원』*

  A해변은 이즈반도의 남단에 가깝고 아직 속화俗化되지 않은, 마침 맞은 해수욕장이다. 해저에 울퉁불퉁한 기복이 있고 파도가 약간 거친 것 외에는, 물이 깨끗한 것도 멀리까지 물이 얕은 것도 해수욕에 적합하다. 이곳이 쇼난 지방의 바닷가처럼 번창하지 못한 것은 한마

---

* 보들레르가 1860년에 출간한 『인공낙원 Les Paradis artificiels』은 마약으로 인한 도취와 환각 경험을 담은 에세이다.

디로 교통이 불편하다는 점 때문이었다. 거기까지 가려면 이토*에서도 승합자동차로 두 시간이 걸린다.

여관은 영락장永樂莊 한 곳과 그 임대 별장뿐이고, 여름철 모래사장을 너저분하게 만드는 갈대발 두른 가게도 두세 군데가 있을 뿐이다. 하얗고 널찍한 모래사장은 아름답고, 그 중간에 소나무를 얹은 바위산이 정원석처럼 인공적인 모습으로 바다에 바짝 붙어 있다. 만조 때는 물결이 이 바위산의 중간쯤까지 밀려와 넘실넘실 적셨다.

해안 전망은 매우 아름다웠다. 서풍이 불면 해상의 안개는 날려가고 먼바다의 섬들이 또렷하게 보인다. 오시마섬은 가깝고 도시마섬은 멀다. 그 사이로 우토네지마라는 작은 삼각형의 섬이 보인다. 남쪽으로는 나나고의 자잘한 돌출 너머로 똑같은 만조산이 바다로 뻗어나간 뿌리의 한쪽 편에 사카이노미사키곶이 있고, 그 너머로 아득히 '야쓰의 용궁'이라고 불리는 곳과 쓰메키가사키곶이 첩첩이 이어져 밤이면 그 남단에 회전식 등대의 불빛이 보였다.

이쿠타 도모코는 영락장 객실 한 칸에서 낮잠을 자고 있었다. 그녀는 세 아이의 어머니였다. 하지만 연한 새먼핑크색 리넨의 약간 짧은 맞춤 원피스 아래로 무릎을 드러내고 자는 모습은 전혀 그렇게 보이지 않았다. 통통한 팔에도, 지친 기색 없는 잠든 얼굴에도, 약간 말려 올라간 입술에도 아직 어린 티가 흘렀다. 상당히 더운 날씨여서 이마와 콧방울 옆에는 땀이 비쳤다. 파리의 작은 앵앵거림 속에서, 이글거리는 종鐘의 내부 같은 공기 속에서, 그 새먼핑크색 리넨

---

* 이토伊東는 일본 시즈오카현 이즈반도 동쪽 해안의 온천으로 유명한 관광도시.

의 배 부분은 바람이 약해진 오후의 나른함을 따라 부드럽게 오르내리며 숨 쉬고 있었다.

여관 손님들은 대부분 바다로 나가고 없었다. 도모코의 방은 2층이었다. 창문 아래로는 하얗게 칠한 어린이용 그네가 있다. 사백 평 잔디밭 위에 흰색 페인트로 칠한 의자가 있다. 탁자가 있다. 장난감 고리던지기 받침대가 있다. 고리는 잔디 위에 아무렇게나 떨어져 있었다. 정원에는 아무도 없고, 이따금 헤매 들어온 벌의 날갯소리를 산울타리 너머 바다의 파도 소리가 지워버렸다. 산울타리 너머는 소나무 숲이었다. 그게 곧장 모래사장으로 이어지고 파도치는 바닷가로 연결되었다. 한 줄기 시냇물이 여관 바닥 밑을 관류해 바다로 쏟아지려고 고여 있는 웅덩이에서는 날마다 오후가 되면 풀어놓는 거위 열네다섯 마리가 부리로 모이를 쪼면서 사나운 소리로 꽥꽥 울어댔다.

도모코의 세 아이는 여섯 살 기요오를 필두로, 다섯 살 게이코, 세 살 가쓰오였다. 세 아이 모두 남편의 여동생 야스에를 따라 바닷가로 나갔다. 도모코가 잠시 낮잠을 자는 동안, 허물없이 지내는 시누이에게 부탁한 것이다.

야스에는 노처녀였다. 둘째 아이가 태어났을 때, 육아에 일손이 달리던 도모코는 남편과 상의해 야스에를 고향 소도시에서 도쿄 덴엔초후의 이쿠타 가에 맞아들였다. 야스에가 혼기를 넘긴 데는 딱히 이렇다 할 이유 같은 건 없었다. 얼굴 생김새도 홀릴 정도는 아니어도 그리 못생긴 편은 아니다. 막연하게 혼담을 거절하다 보니 어느새 시기를 놓친 것이다. 그녀는 오빠를 동경해 도쿄에서 살고 싶어

했는데 집안에서는 한시바삐 지역 유지와 결혼시키려 했다. 그러던 참에 올케의 권유는 마침 좋은 기회였다.

야스에는 눈치 빠른 데는 없어도 마음씨는 참으로 고왔다. 연하의 도모코를 언니, 언니 하고 부르면서 매사에 낯을 세워주는 걸 잊지 않았다. 고향 가나자와 사투리도 귀에 거슬릴 정도는 아니었다. 집안일이나 아이 보기를 도와주는 한편, 오빠에게 부탁해 양재를 배워서 요즘에는 자신이 입는 옷은 물론 도모코와 아이들의 옷까지 그녀가 만들어주었다. 긴자에 나가 진열창에서 새로운 옷본을 발견하면 곧장 수첩을 꺼내 그대로 그려오기 때문에 점원에게 혼이 나고 잔소리를 들은 적도 있었다.

야스에는 초록색 신형 수영복을 입고 바닷가에 나갔다. 이것만은 자신이 만든 게 아니라 백화점에서 산 것이었다. 추운 지방 출신다운 하얀 피부를 잘 간수해서 햇볕에 그을린 흔적은 거의 보이지 않았다. 물에서 나오면 냉큼 파라솔 밑으로 들어가는 것이다. 아이 셋이 물가에서 모래성을 쌓고 있어서 그녀도 장난삼아 물을 흠뻑 머금은 모래를 뽀얗게 빛나는 허벅지 위에 주르륵 부었다. 모래는 순식간에 말라서 조개류의 미세한 파편이 반짝이는 검고 신비한 무늬를 허벅지에 그려내고 고요해졌다. 그것이 지워지지 않을지 모른다는 공포감에 휩싸였는지 야스에는 서둘러 손으로 닦아냈다. 그러자 반투명한 작은 물벌레가 모래 속에서 튀어나와 잽싸게 도망쳤다.

야스에는 양손을 뒤로 짚고 다리는 쭉 뻗은 채 탁 트인 바다를 바라보았다. 소나기구름이 뭉클뭉클 피어나고 있었다. 그 성대한 고요함은 한이 없어서, 주위의 술렁임도 파도 소리의 울림도 빛나는 구름의 장엄한 침묵 속에 빨려드는 것 같았다.

여름은 한창 절정이었다. 맹렬한 태양빛에는 거의 분노 같은 게 있었다.

세 아이는 모래성을 쌓는 데 싫증이 났다. 모래 위의 흔적을 발로 지워버리고 뛰기 시작했다. 그것을 보고 야스에는 여태껏 빠져 있던 혼자만의 안일한 세계에서 깨어났다. 자리에서 벌떡 일어나 아이들을 쫓아갔다.

하지만 아이들은 위험한 일을 하지 않았다. 파도의 명동鳴動을 두려워했던 것이다. 파도가 무너지며 밀려오고 다시 밀려가는 곳에는 항상 얕고 완만한 소용돌이가 반대로 휘감고 돌았다. 기요오와 게이코는 손을 맞잡고 가슴쯤까지 오는 물에 서서 몸 주위로 들어왔다가 빠지는 물의 힘에 저항하고 발바닥 주위로 새어 나가는 모래의 힘에 저항하는 재미에 눈을 반짝이며 가만히 서 있었다.

"이거 봐, 누가 잡아당기는 거 같아."

그렇게 자그마한 오빠가 말했다.

야스에는 그 곁에까지 다가가 더 이상 깊은 곳에 들어가면 안 된다고 타일렀다. 물가에 혼자 남은 가쓰오를 가리키며 동생을 따돌리지 말고 어서 나와서 같이 놀자고 말했다. 기요오와 게이코는 말을 듣지 않았다. 다시 흐른 모래가 발바닥 부분을 남기고 빠져나가는 것을 물밑에서 느끼는 뭔가 비밀스러운 즐거움 때문에 손을 맞잡은 채 서로 마주 보며 웃었다.

야스에는 햇볕이 영 두려웠다. 자신의 어깨를 보고 수영복 위로 드러난 가슴을 보았다. 그 하얀 살빛에 고향의 눈이 생각났다. 수영복

가슴팍을 살짝 손끝으로 잡아보고 그 따스함에 미소를 지었다. 손톱이 약간 길어서 검은 모래가 낀 것을 보고 야스에는 오늘 돌아가면 손톱을 깎아야겠다고 생각했다.

기요오와 게이코의 모습이 없었다. 벌써 나가버렸나 생각했다.

육지 쪽을 돌아보니 가쓰오 혼자 서 있었다. 가쓰오는 이쪽을 가리키며 이상한 표정으로 얼굴을 일그러뜨리고 있었다.

야스에는 문득 심장이 두근두근 뛰었다. 발치의 물을 보았다. 물이 다시 밀려가고 2미터쯤 앞의 물거품 속에 작은 회백색 몸이 떠밀려 가는 게 보였다. 기요오의 자그마한 진남색 팬츠가 언뜻 눈에 들어왔다.

야스에의 심장은 한층 심하게 뛰었다. 말없이 추격자 같은 표정으로 그쪽으로 달려갔다. 그때 의외로 가까운 곳까지 부서지지 않은 채 다가온 파도가 앞을 가로막더니 그녀의 눈앞에서 무너졌다. 그리고 그 가슴을 정면으로 때렸다. 야스에는 파도 속으로 쓰러졌다. 심장마비를 일으켰던 것이다.

가쓰오가 울음을 터뜨렸기 때문에 근처에 있던 청년이 뛰어왔다. 뒤를 이어 몇몇 사람이 해안가의 물을 걷어차며 바다로 뛰어들었다. 발에 차여 튀어 오른 물이 그들의 검은 나체 주위에 찬란하게 흩어졌다.

야스에가 쓰러지는 것을 목격한 사람이 두세 명 있었다. 다시 일어서겠지 하고 그리 신경 쓰지 않았다. 하지만 이런 큰 사건에는 어떤 예감이 작동하는 법이라서 구조자가 뛰어들었을 때는 여전히 반신반의하면서도 그녀가 쓰러지는 자세가 어딘가 심상치 않다고 느꼈던 것이다.

야스에의 몸은 달궈진 모래사장으로 옮겨졌다. 그녀는 눈을 크게 뜨고 이를 악문 채, 여전히 눈앞을 가로막고 있는 무서운 뭔가를 응시하는 것 같았다. 한 사람이 손목을 잡고 맥을 짚었다. 맥은 끊겨 있었다. 가사 상태로 보였다. 야스에의 얼굴을 아는 사람이 있었다.

"아, 이 사람 영락장 손님이야."

영락장 총무를 데려오라고 사람을 보냈다. 마을의 한 소년이 이 영광스러운 임무에 흥분해서 누군가 딴 사람에게 역할을 빼앗기지 않도록 영락장을 향해 달궈진 모래 위를 비상한 속도로 내달렸다.

총무가 왔다. 흰 잠방이에 늘어진 흰색 러닝셔츠, 군데군데 실밥이 풀린 하라마키*를 두른 사십대 남자였다. 그는 응급처치는 우선 여관에 옮긴 다음에 해야 한다고 주장했다. 이의를 부르짖는 자가 있었다. 그사이에 젊은이 두 명이 야스에의 몸을 앞뒤에서 떠메고 걸음을 옮겼다. 지금까지 눕혀져 있던 자리에 사람 모양으로 젖은 모래 흔적이 남았다.

가쓰오가 울면서 뒤따라왔다. 한 사람이 알아보고 가쓰오를 등에 업었다.

도모코는 낮잠에서 깨어났다. 노련한 총무는 애써 가만가만 흔들어 깨웠다. 도모코는 고개만 들고 무슨 일이시냐고 물었다.

"실은 야스에 씨라는 분이……."

* 하라마키腹巻는 배가 냉해지는 것을 막기 위해 배에 두르는 것으로, 천이나 털실로 뜬 것이 많다.

"야스에 씨가, 왜요?"

"네에, 지금 여럿이 간호를 하고 있고요, 의사 선생님도 곧 오실 겁니다."

도모코는 펄쩍 뛰어 일어나 총무와 같이 한달음에 방을 나왔다. 정원 잔디밭 한 귀퉁이, 그네 옆 나무 그늘에 야스에를 눕혀놓고 그 위에 벌거벗다시피 한 남자가 올라탄 것이 보였다. 인공호흡을 하는 것이다. 한쪽에서는 지푸라기며 쪼갠 밀감상자 등을 가져와 두 명이 덤벼들어 한시바삐 불을 붙이려고 허둥거렸다. 불길은 금세 연기와 뒤섞이고 간밤에 내린 호우로 축축해진 판자에는 좀체 불이 붙지 않았다. 이따금 연기가 야스에의 얼굴 쪽으로 가려는 것을 다른 남자가 부채질을 해가며 밀어내고 있었다.

야스에는 인공호흡에 턱이 오르락내리락해서 마치 숨을 쉬는 것처럼 보였다. 위에 올라탄 남자의 검은 등에는 나무 사이로 비쳐든 햇빛 속에 땀이 기어가듯이 주르륵 흘렀다. 잔디에 던져진 야스에의 하얀 다리는 새파래져서 몹시 퉁퉁해 보였다. 상체에서 벌어지는 필사적인 분투와는 아무 관계도 없다는 듯 둔감하게 내던져져 있었다.

도모코는 잔디밭에 주저앉아 연거푸 이름을 불렀다.

"야스에 씨! 야스에 씨!"

울면서 앞뒤 없이 연달아 뭔가 질문을 거듭했다. 살아나겠느냐, 왜 이런 일이 일어났느냐, 남편에게 미안해서 어떡하나 등등의 말이었다. 그러다가 약간 날카로워진 눈을 들고 물었다.

"아이는요?"

가쓰오를 돌보고 있던 중년 어부가 아이를 안아 보여주었다.

"얘, 여기 엄마."

가쓰오는 당황한 듯 입을 삐죽 내밀었다. 도모코는 아이 얼굴을 얼핏 쳐다보고는, 부탁드립니다, 라고 말했다.

의사가 왔다. 인공호흡을 그가 대신 했다. 모닥불은 이제야 피워져서 도모코는 얼굴이 후끈거려 아무 생각도 할 수 없었다. 개미가 야스에의 얼굴을 타고 가는 것을 손끝으로 꾹 눌러 잡아서 내버렸다. 잠시 지나자 다시 다른 개미가 거칠게 흔들리는 머리카락에서 귀 쪽으로 타고 올라갔다. 도모코는 이것도 짓뭉갰다. 개미를 뭉개버리는 게 그녀의 일이 되었다.

인공호흡은 네 시간에 걸쳐 시도되었다. 이윽고 경직이 시작될 징조가 보였기 때문에 의사는 단념하고 손을 멈췄다. 시체는 시트를 씌워 2층으로 옮겨졌다. 방이 완전히 컴컴했기 때문에 손이 빈 사람이 떠멘 시체 옆을 지나 먼저 안으로 뛰어 들어가 전깃불을 켰다.

도모코는 지칠 대로 지쳐 허탈한 달콤함에 빠져들었다. 슬프지는 않았다. 문득 아이가 생각나서 이렇게 물었다.

"아이들은요?"

"오락실에서 겐고가 봐주고 있어요."

"세 명 다?"

"글쎄요……."

사람들이 서로 얼굴을 마주 보았다.

도모코는 사람들을 밀치고 1층으로 갔다. 유카타 차림의 어부 겐고가 해수욕 팬츠 위에 어른 셔츠를 입힌 가쓰오와 함께 장의자에 앉아 그림책을 보고 있었다. 가쓰오는 그림책은 보지 않고 멍해져 있었다.

도모코가 들어가자 오늘의 흉사를 알고 있는 여관 손님들이 부채질하던 손을 멈추고 일제히 이쪽을 보았다.

도모코가 가쓰오 옆에 덮치듯이 달려들어 거친 말투로 물었다.

"기요오와 게이코는?"

가쓰오는 겁이 난 눈빛으로 엄마 얼굴을 올려다보았다. 갑자기 훌쩍훌쩍 울면서 띄엄띄엄 이렇게 말했다.

"형도 누나도 허푸허푸."

도모코는 혼자서 맨발 그대로 바닷가를 향해 달렸다. 소나무 숲 나무 그늘의 모래는 솔잎이 자꾸만 발바닥을 찔러서 아팠다. 바위산 아래까지 물이 들어차서 일단 그 바위산을 오르지 않고서는 물가에 갈 수 없었다. 위에 올라가 내려다보니 모래사장이 하얗게 펼쳐져 훤히 내다보였다. 밤 바닷가에 노란색과 흰색의 가로무늬 파라솔이 달랑 한 개 남아 비스듬히 몸을 기울이고 있었다. 그건 도모코 가족의 파라솔이었다.

뒤쫓아 온 사람들이 모래사장에서 도모코를 따라잡았다. 그녀는 파도 앞으로 마구 뛰어들고 있었다. 누군가 붙잡자 귀찮다는 듯이 뿌리치며 말했다.

"모르겠어요? 아이 둘이 저 속에 있다니까요!"

달려온 사람들 중에는 겐고의 얘기를 듣지 못한 사람도 많았다. 그런 이들은 도모코가 광기에 빠졌다고 생각했다.

야스에를 간호하느라 허비된 네 시간 동안, 어느 누구도 도모코의 다른 두 아이가 없어진 사실을 알지 못했다는 건 도무지 믿을 수 없는 일이었다. 여관 사람들은 항상 그 세 아이가 함께 어울려 노는 모습을 봤던 것이다. 또한 아무리 황망했다지만 어미라는 자가 사랑하는 두 아이의 죽음을 직감하지 못했다는 것도 이상한 일이었다.

하지만 하나의 사건 주위에 순간적으로 군중심리의 소용돌이가 일어나 모두가 하나같이 단순한 사고밖에 못 하는 건 흔한 일이다. 그런 사고방식에서 벗어난다는 게 그리 간단한 일이 아닌 것이다. 이설을 주장한다는 건 더욱더 간단한 일이 아니다. 낮잠에서 깨어난 도모코 역시 남들에게서 주어진 사고방식을 그대로 아무 의심 없이 받아들였던 게 틀림없다.

그날 밤에 철야로 A해변에 몇 미터 간격으로 모닥불이 피워지고 30분 간격으로 젊은이들이 물에 잠수해 사체를 수색했다. 도모코는 날이 밝을 때까지 바닷가를 떠나지 않았다. 크게 흥분한 상태였던 데다 아마도 낮잠이 조금 지나쳤던지 아예 잠이 오지 않았다.

날이 밝았다. 그날 아침에는 경방단*의 회의에 따라 저인망底引網을 끄는 것도 멈췄다.

해는 바닷가 왼편 곶에서 떴다. 새벽바람이 도모코의 뺨을 때렸다. 그녀에게는 이 아침의 일출이 두려웠다. 해가 사건의 전모를 또렷이 비춰내 마침내 현실로 만들어버릴 것 같았기 때문이다.

"좀 쉬셔야 합니다." 나이 지긋한 한 사람이 말했다. "찾으면 깨워드릴 테니까 뒷일은 우리에게 맡기고 들어가서 좀 쉬세요."

---

* 경방단警防團은 당시에 공습이나 재해에 대비해 조직된 민간단체. 이후 소방단으로 개편됐다.

"네, 그렇게 하세요. 그렇게 하세요." 밤샘으로 눈이 충혈된 총무가 말했다. "이런 불행에 더해 부인까지 아프시기라도 하면 도쿄의 남편분은 어떻게 되겠습니까."

도모코는 남편을 보는 것이 두려웠다. 사건의 심판자를 만나는 듯한 마음이었다. 하지만 어차피 만나지 않으면 안 된다. 그게 시시각각 다가온다는 게 마치 또 하나의 불행한 사건이 다가오는 것만 같았다.

한참 만에야 도모코는 전보를 보낼 결심이 섰다. 여관에 돌아갈 변명거리가 생겼다. 왜냐면 그전까지는 기를 쓰는 심정으로 자신이 수많은 잠수부를 지휘해야 한다고 생각했었기 때문이다.

바닷가를 떠나려다가 도모코는 뒤를 돌아보았다. 바다는 고요했다. 육지와 가까운 해수면에 은백색으로 도약하는 반짝임이 있었다. 물고기가 첨벙 튄 것이다. 튀어 오른 물고기는 뭔가 격한 환희에 도취된 것처럼 보였다. 도모코는 자신의 불행이 부당하다는 마음이 들었다.

***

남편 이쿠타 마사루는 서른다섯 살이다. 외국어과를 졸업하고 전쟁 전부터 미국계 상사에서 근무했기 때문에 영어는 매우 능통하고 업무 능력도 뛰어나다. 말수가 적어서 그렇게 보이지는 않지만 대단한 수완가였다. 지금은 미국 자동차회사 일본대리점의 지배인이다.

회사 차량을 홍보를 겸해 직접 몰고 다니고, 수입은 월 15만 엔이었다. 게다가 기밀비 유용이 가능했기 때문에 도모코, 야스에, 아이 셋에 하녀를 더한 일가족은 부족함 없이 생활하고 있었다. 한 번에 세 명씩이나 입을 줄일 필요는 전혀 없었다.

도모코가 흉보凶報를 위해 전화를 쓰지 않고 전보에 의지한 것은 남편과 대화하기가 꺼려져서였다. 하지만 교외 주택가의 관습에 따라 우편국에 도착한 전보는 마침 출근하려던 마사루에게 전화로 전달되었다. 회사의 업무 연락이라고 생각하고 마사루는 가벼운 기분으로 거실 탁상전화를 귀에 댔다.

"A해변에서 지급전보입니다." 우편국 여직원의 목소리에 왠지 불안해져서 가슴이 술렁거리기 시작했다. "전보문을 읽어드리겠습니다, 괜찮으시지요? 야스에 사망, 기요오 게이코 행방불명, 도모코."

"다시 한번 읽어줄래요?"

두 번째도 여전히 '야스에는 사망했고 기요오와 게이코는 행방불명'이라는 내용으로 들렸기 때문에 마사루는 당황스러웠다. 전혀 마음에 짚이는 것도 없는데 누군가 갑작스럽게 눈앞에 해고장을 들이댔을 때 같은 분노를 느꼈다. 전화를 끊고 그의 가슴은 분노로 벌렁거렸다.

차를 운전해 회사에 나가야 할 시각이었다. 그는 즉시 회사에 전화를 걸어 결근을 알렸다. 처음에는 자가용 차를 몰고 A해변까지 갈 생각이었다. 하지만 크게 동요한 지금, 직접 그 멀고 위험한 드라이브를 제대로 해낼 자신이 없었다. 실제로 마사루는 최근에 차 사고를 낸 적도 있었다. 이토까지는 기차 편을 이용하고, 이토에서 택시를 타고 가야 할 일이었다.

이런 돌발사건이 한 인간의 마음속에 들어와 자리를 잡기까지는 기묘한 경과를 더듬게 된다. 사건의 성격이 어떤 것인지도 미처 파악하지 못한 채, 집에서 나오는 길에 마사루는 우선 상당한 액수의 현금을 준비했다. 사건이라는 것에는 우선 돈이 드는 법이다.

A해변까지 서둘러 가기 위해 도쿄 역으로 택시를 내달리게 한 마사루의 마음은 어떤 정서와도 관련이 없어서 오히려 사건현장으로 걸음을 서두르는 형사의 심정에 가까웠다. 상상보다 추리에 열중했고 자신과 이토록 중차대한 관계가 있는 사건에 대한 호기심에 전율했다.

우리는 그런 때, 평소에 멀리해왔던 불행의 앙갚음을 받는 것이다. 행복이란 평상시에 그토록 정성을 쏟아가며 사귀었는데도 이런 때는 아무 도움도 안 된다. 우리는 오랜만에 만나는 불행의 얼굴을 언제든 알아보지 못한다.

'전화를 해줬으면 좋았을 텐데, 나와 얘기하기가 겁이 난 모양이구나.' 마사루는 남편의 직감에 따라 정확히 판단했다. '하지만 어차피 내가 가서 내 눈으로 확인하는 게 선결문제야.'

그는 택시 창문으로 점점 도심으로 향하는 바깥 풍경을 내다보았다. 한여름 오전의 거리는 흰옷 차림의 사람들로 붐벼서 한층 눈부셨다. 가로수는 바로 밑에 진한 그림자를 떨구고, 호텔 현관의 화려한 홍백 차양은 무거운 금괴를 받쳐 든 것처럼 긴장한 채 강한 직사일광을 맞고 있었다. 공사 중인 도로의 파헤쳐진 흙더미는 바싹 마른 색깔이었다.

마사루 주변에는 완전히 평온한 세계가 있었고 그곳에서는 아무 일도 일어나지 않았다. 만일 원한다면 그 역시 아직 아무 일도 없다고 스스로 믿을 수 있었다. 마사루는 어린애 같은 묘한 불만을 느꼈다. 자기만 배제한 채 모르는 곳에서 돌발적으로 사건이 일어나고 혼자 뒤처진 게 불만이었던 것이다.

아타미에서 환승으로 이토까지 가려면 다들 알다시피 쇼난 전차 편이 있다. 평일 정오 가까운 시각이라서 좌석을 구하기는 어렵지 않았다.

마사루는 외국 상사 근무자의 습관에 따라 한여름에도 넥타이를 매고 양복 상의를 입었다. 땀 냄새는 남성용 향수 냄새에 지워졌다. 하지만 그 땀이 이따금 등줄기와 옆구리를 타고 흐르는 게 느껴졌다.

이만큼 많은 승객 중에 자신처럼 불행한 사람은 있을 리 없다는 생각은 마사루를 갑작스럽게 평소의 자신에서 한 단계 높은지 낮은지 모를 뭔가 다른 특별한 인격으로 뒤바꿔놓는 것 같았다. 그는 이제 특별취급을 당하는 인간이었다. 격이 다른 인간이었다. 이런 걸 마사루는 일찍이 의식해본 적이 없었다. 지방 부호의 둘째 아들로 태어나, 지금은 돌아가신 백부님 댁에서 지내며 중학교 때부터 도쿄의 교육을 받았다. 본가에서 보내준 넉넉한 용돈 덕분에 남의집살이라는 느낌은 한 번도 가져본 적이 없었다. 전쟁 중에도 정보국에서 근무했기 때문에 병역이 면제되었다. 도쿄 양갓집 아가씨를 아내로 얻고 분가하여 일가를 이루었고, 전후에는 생각지도 못한 좋은 지위를 얻었다. 다들 거기서 거기인 사람들 사이에서 가장 운이 좋고 가장 실력 있는 사람 중 하나라고 자신을 인정해왔지만, 격이 다른 인종이라는 우월감이나 열등감을 느낀 경험은 전혀 없었다.

등에 큼직한 반점을 가진 사람은 이따금 사람들 앞에서 이렇게 외치고 싶은 충동을 느낄 게 틀림없다.

"당신들은 전혀 모르지만 내 등에는 큼직한 포도색 반점이 있습니다!"

그와 마찬가지로 마사루도 수많은 승객을 향해 큰소리로 외치고 싶었다.

"당신들은 전혀 모르지만 나는 오늘 세 아이 중 두 아이와 여동생을 한꺼번에 잃었습니다!"

거기서 마사루는 갑작스럽게 마음이 약해졌다. 아이들만이라도 무사했으면 하고 기도했다. '기요오'라는 건 큰아이 이름이 아니라 '금일'*이라는 말이었던 게 아닐까. 그리고 '행방불명'이라는 건 야스에 죽음에 소스라치게 놀란 도모코가 단지 미아가 되었을 뿐인 두 아이를 그렇게 착각한 게 아닐까. 지금쯤 정정하는 전보가 아무도 없는 집에 와 있는 게 아닐까. 마사루는 그렇게 자신의 기분에만 얽매여 사건보다 자신의 반응이 더 중요한 것처럼 생각해서 그때 즉시 영락장에 전화해 상황을 확인하지 않은 것만 계속 후회했다.

이토 역 앞의 광장은 한여름 햇빛이 넘쳐났다. 택시 호출을 신청하는, 파출소 같은 작은 판잣집 사무실이 있었다. 그 내부에 햇빛이 가차 없이 쏟아져 벽에 붙여둔 몇 장의 출차표는 끝부분이 모두 볕에 그을려 도르르 말려 올라갔다.

---

* '금일수日(오늘)'의 일본어 발음 '교오'와 아들 이름 '기요오'가 비슷하다.

"A해변까지 얼마예요?" 마사루가 물었다.

"이천 엔입니다." 목에 수건을 감고 제모를 쓴 남자가 대답했다. 그뿐 아니라 친절인지 귀찮아서인지 손님을 향해 쓸데없는 말까지 했다. "급하지 않으면 버스 쪽이 돈이 덜 들어요. 버스는 이제 5분이면 출발합니다."

"급한 일이에요. 집안사람이 사망했다는 소식이 와서."

"저런, 방금 그 얘기를 들은 참이에요. A해변 익사자가 선생님 댁 사람입니까? 딱하게도 여자 한 명에 어린애 두 명이 한꺼번에 그런 일을 당하다니."

마사루는 햇빛의 강렬함에 현기증이 났다. 그러고는 입을 꾹 다문 채 택시가 A해변에 도착할 때까지 운전기사와 한마디도 말을 나누지 않았다.

이토에서 A해변까지 가는 자동차도로는 연도에 이렇다 할 아름다운 경치가 없었다. 처음에는 먼지 뿌연 산길만 오르락내리락하고 바다는 좀체 보이지 않았다. 길이 좁은 곳에서 승합차와 마주치면 반쯤 열린 차창을 쓸고 가는 나뭇가지며 잎사귀가 경망스러운 새의 날갯짓 같은 소리를 내고, 마사루의 다림질한 바지 무릎 위로 거친 모래먼지가 사정없이 날아들었다.

마사루는 이제 아내에게 자신이 가장 먼저 취해야 할 태도에 대해 고민했다. 자신이 가진 감정의 어느 하나도 맞아떨어지지 않는 이런 경우에 '자연스러운 태도' 같은 게 과연 있을지 의심스러웠다. 부자연스러운 태도야말로 오히려 자연스러운 것인지도 모른다.

차는 A해변에 가까워졌다. 넘쳐날 만큼 전쟁이를 가득 담은 어롱

魚籠을 걸머메고 늙은 어부가 차를 피해 먼지범벅이 된 풀 위에 비켜 서 있었다. 어부의 이마는 수많은 여름의 태양에 더러워질 대로 더러워지고 그 눈 한쪽은 백내장 때문에 허옇게 흐려졌다. 아마도 주마하마 동단의 전갱이 낚시터에서 온 모양이었다. 이 근방은 여름이면 전갱이, 벤자리, 오징어, 넙치가 잘 잡히고, 여름밀감, 표고버섯, 유산乳酸 오렌지 분말의 생산지로 알려져 있다.

택시는 영락장의 오래된 통나무 문을 들어섰다. 현관 앞까지 타고 들어가자 총무가 게다 소리를 울리며 뛰어나와 맞아주었다. 마사루는 반사적으로 지갑을 움켜쥐었다.

"이쿠타 마사루라고 합니다."

"네에, 삼가 조의를 표합니다."

총무가 깊숙이 머리를 숙였다. 마사루는 우선 운전기사에게 택시비를 치르고, 그다음에 총무에게 인사를 건네며 천 엔짜리 지폐를 그 손에 쥐여주었다.

도모코와 가쓰오는 야스에의 관이 놓인 곳의 옆방으로 와 있었다. 야스에의 유해는 이토에서 주문해 가져온 드라이아이스가 채워진 관에 담겨 마사루가 도착하는 대로 화장하는 절차만 남은 상태였다.

마사루는 총무를 앞세워 방의 장지문을 열었다. 도모코는 낮잠용 이부자리에서 돌아보더니 벌떡 일어났다. 자고 있지 않았던 것이다.

도모코는 머리칼이 헝클어지고 여관 유카타 앞자락이 흐트러져 있었다. 여자 수인囚人처럼 그 앞자락을 여미고 단정하게 앉았다. 그 동작은 놀랄 만큼 빨라서 미리부터 생각해둔 것 같았다. 그러고는 흘끔 훔쳐보듯이 남편을 보고는 갑자기 허리를 꺾으며 엎드리더니 울음을 터뜨렸다.
 마사루는 총무가 보는 앞에서 아내의 어깨를 안아주기가 싫었다. 규중 비사秘事를 내보이는 것보다 더 싫은 느낌이었다. 그는 상의를 벗어 들고 양복걸이를 찾았다.
 어느새 그걸 봤는지 아내가 일어나 중인방에 걸린 파란 페인트칠의 양복걸이를 가져와 남편의 손에서 땀 냄새 나는 양복을 받아 걸었다. 마사루는 엄마 울음소리에 눈을 뜨고도 일어나려 하지 않는 가쓰오 옆에 책상다리를 틀고 앉았다. 가쓰오를 무릎에 안아 올렸지만 인형처럼 허청허청했다. 그는 아이의 가벼움이 이 정도라는 것에 놀랐다. 거의 물건을 안은 듯 느껴졌던 것이다.
 아내는 마사루가 가장 듣고 싶었던 말을 했다. 방 한쪽 구석에서 울면서 말했던 것이다.
 "죄송해요."
 총무가 뒤에서 덩달아 울먹이면서 말했다.
 "제가 나설 자리는 아니지만 선생님, 부인을 나무라지 말아주십시오. 잠깐 낮잠 주무시는 동안에 일어난 일이지 부인께서 주의를 게을리했기 때문이 아닙니다."
 마사루는 이런 장면을 어디선가 한번 읽었거나 본 듯한 느낌이 들었다.
 "네, 알죠, 알아요."
 그렇게 말했다. 그리고 마치 일정한 규범에 따르듯이 아이를 안은 채 아내 곁으로 다가가 어깨를 다독였다. 그런 동작이 저절로 가능했다.

그러자 도모코는 한층 격하게 울음을 터뜨렸다.

다음 날, 두 아이의 사체가 발견되었다. 바닷가 전체를 에워싼 경방단원이 한 사람 한 사람 물에 잠수해 찾아본 끝에 만조산 뿌리 밑에 가라앉아 있는 것을 발견한 것이다. 사체는 작은 벌레에게 군데군데 뜯어 먹혔고 두세 마리의 벌레가 아이의 작은 콧구멍 속에 숨어 있었다.

***

이 사건은 분명 인습因襲을 뛰어넘은 일이었지만 그런 때만큼 사람이 인습에 따라 행동할 필요를 느끼는 때도 없다. 부부는 참으로 다정하게 서로를 위로했고, 값비싼 답례며 인사치레도 잊지 않았다.

어떤 죽음이든 죽음은 일종의 사무적인 수속이다. 그들은 무척 바빴다. 그런 가운데서 마사루는 일가의 가장으로서의 책임 때문에 거의 슬퍼할 틈을 갖지 못했다고 해도 과언이 아니다. 가쓰오에게는 어땠는가 하면, 이 신기한 축제 같은 하루하루에 어른들이 연극을 하는 것처럼 보였다.

어찌 됐든 일가는 그럭저럭 그 번잡한 수속을 모두 해치웠다. 조의금도 많이 들어왔다. 생활력 강한 가장이 살아 있는 경우가 가장이 사망해버린 경우보다 조의금이 더 많은 법이다.

마사루도 도모코도 분명 자신들은 '바짝 긴장했다'고 생각했다. 도모코는 이 미칠 듯한 슬픔과 팽팽한 긴장이 어떻게 양립할 수 있는지 알지 못했다. 맛도 모른 채 음울한 얼굴로 먹는 식사도 어떻든 입에 들어갔다.

도모코가 힘들었던 건 가나자와에서 상경한 시부모님을 마주하는 일이었는데, 그들의 상경은 가까스로 장례식 날에 맞춰 이루어졌다. 도모코는 내키지 않는 마음으로 "죄송합니다"를 되풀이했고, 그 반발로 친정부모에게는 감정적인 태도로 대들었다.

"누가 가장 딱할 거 같아? 아이를 둘이나 잃은 나잖아. 그런데도 다들 나에 대해서는 말 한마디 없이 나무라기만 해. 죄를 지은 것도 나고 책임질 사람도 나고, 그래서 내가 사과를 해야 하지. 다들 멍하니 있다가 아이를 바다에 빠뜨리고 온 아이 돌보미 여자애처럼 나를 쳐다보더라. 그건 오히려 야스에 씨잖아? 야스에 씨는 죽은 걸로 이득을 봤어. 나야말로 피해자라는 걸 왜 아무도 알아주지 않아? 어찌 됐든 나는 죽은 두 아이의 엄마란 말이야."

"그건 너 혼자만의 삐뚤어진 생각이야. 누가 그런 눈으로 너를 본다고 그러니. 너희 시어머님도 무엇보다 그저 네가 가장 가엾다고 하면서 우셨어."

"입으로만 하시는 말씀이지."

도모코는 이유도 없이 모든 게 불만스러웠다. 운도 없는 불행한 신세인 것 같고, 진가를 인정받지 못한 채 폄훼당하는 것만 같았다. 이토록 큰 슬픔을 겪은 사람에게는 어떤 비도非道한 권리도 주어져야 할 텐데 시어머니를 향해 사죄의 말을 하고 있는 자신도 마음에 들지 않았다. 그런 제멋대로의, 온몸이 욱신거리듯 애타는 심정과 억울함을 그녀는 친정어머니에게 들이대며 어리광을 부려본 것이었다.

도모코는 미처 깨닫지 못했지만 그녀는 인간의 감정의 빈약함에 절망했던 것이다. 한 사람이 죽었든 열 사람이 죽었든 똑같은 눈물을 흘리는 것 말고 다른 방법이 없다는 건 불합리하지 않은가. 눈물을 흘리는 것이, 흐느껴 우는 것이, 어떤 감정 표현의 기준이 된다는 것인가. 남의 눈에 비치는 그녀는 대체 누구인가. 그렇다고 자신의 내면으로 시선을 옮기면 비할 데 없는 이 슬픔의 실질이 너무도 애매모호한 것에 또 다른 절망감을 느끼는 것이었다.

도모코는 자신이 쓰러지지 않는 게 이상했다. 한창 무더위에 상복을 입고 한 시간 넘게 서 있어도 쓰러지지 않는 게 이상했다. 이따금 정신을 잃을 것 같을 때, 그녀를 위협하며 다시 일으켜 세운 것은 저 신선한, 언어를 뛰어넘는 죽음의 공포였다. "나, 생각보다 여간내기가 아닌가 봐." 도모코는 친정어머니를 돌아보며 금세 울음이 터질 듯한 얼굴로 그렇게 말했다.

도모코는 자신이 이미 야스에의 죽음을 조금도 슬퍼하지 않는다는 것을 깨달았다. 선한 성품의 도모코는 그걸 전혀 증오라고는 생각하지 않았다. 하지만 그것이 증오에 가까웠던 이유는 네 시간이 넘도록 야스에의 죽음에만 신경을 쓰는 바람에 정작 아이들의 죽음은 잊어버렸다는 데 있었다.

남편이 시부모님과 야스에 얘기를 하면서 결혼도 못 하고 떠난 가엾은 여동생의 죽음에 눈물을 떨구면 도모코는 남편에게까지 희미한 증오감을 느꼈다.

'당신은 아이와 여동생 중에 대체 어느 쪽을 더 소중히 생각했어?'
마음속으로 그렇게 내뱉었다.

도모코는 분명 바짝 긴장했었다. 장례식장을 밤새 지킨 뒤에는 잠시라도 눈을 붙여야 하는데 잠이 오지 않았다. 그런데도 두통 하나 없었다. 머리는 오히려 견고하게 맑고 상쾌했다.

조문객이 쉴 새 없이 도모코의 건강을 염려해주었기 때문에 한번은 너무 시끄러워서 버릇없이 쏘아붙이기도 했다. "내 건강 따위는 걱정하지 마세요. 이제는 사는 거나 죽는 거나 똑같으니까요."

자살도 광기도 지금 그녀의 심경과는 거리가 있었다. 가쓰오의 존재가 일단 도모코가 앞으로도 오래 살아야 할 가장 타당한 이유였다. 하지만 때때로, 상복 차림의 부인들이 번갈아가며 그림책을 읽어주는 가쓰오의 모습을 보면서, 그때 자살하지 않아서 다행이라는 말은 비겁으로 타락한 용기, 무기력으로 타락한 열정이 시킨 것처럼 생각되기도 했다. 그런 날 밤에는 남편의 품속에서 토끼처럼 순진무구한 눈빛으로, 스탠드 불빛에서 퍼지는 빛의 고리 주위를 보며 딱히 하소연하는 것도 아니고 그저 되풀이해서 중얼거리곤 했다.

"역시 내가 잘못했어. 내가 무책임했어. 야스에 씨에게 아이 셋을 맡기다니, 애초에 무리한 일이었는데."

그 목소리는 산을 향해 메아리를 확인하는 것처럼 공허했다.

마사루는 아내의 그 집요한 책임감이 무엇을 의미하는지 알고 있었다. 그녀가 기다리는 것은 모종의 형벌이었다. 그즈음 도모코는 탐욕스럽다고 해도 좋을 정도였다······.

두이레 법회를 하고 나니 부부에게 겨우 일상생활이 돌아왔다. 이번에야말로 심신을 달래기 위해 아이를 데리고 보양保養에 나서기를 추천하는 사람이 많았지만, 도모코에게는 바다도 산도 온천도 두려웠다. '불행은 혼자 오지 않는다'라는 미신에 사로잡혔던 것이다.

늦여름의 어느 날, 도모코는 가쓰오를 데리고 저녁나절의 긴자에 나갔다. 회사 일을 마친 남편을 만나 식사를 하기로 약속한 터였다.

그 무렵 가쓰오는 엄마에게 뭔가 해달라고 졸라서 뜻대로 되지 않은 게 없었다. 아빠도 엄마도 기분이 으스스해질 만큼 다정했다. 그 대신 유리 완구처럼 신중하게 다뤄서, 전차가 다니는 길을 건너거나 할 때는 아주 대단했다. 정지선에 차바퀴를 나란히 하고 서 있는 트럭이나 승용차들을 엄마는 마치 적이라도 만난 듯 무섭게 노려보며 가쓰오를 팔로 보호한 채 뛰어갔다.

가게 장식장에 진열된 팔다 남은 수영복은 도모코의 눈을 위협했다. 특히 야스에의 수영복과 똑같은 초록색 수영복을 입힌 마네킹이 보이면 시선을 떨군 채 그 앞을 얼른 지나쳤다. 지나온 뒤에 생각하니 그 마네킹은 동체만 있고 얼굴이 없었던 것 같았다. 혹은 얼굴이 있어서 야스에의 사체 얼굴 그대로 물에 젖은 헝클어진 머리칼 속에 눈을 꾹 감고 있었던 것 같기도 했다. 마네킹이라는 마네킹이 모조리 물에 퉁퉁 불어난 익사체를 본뜬 것처럼 보였다.

어서 여름이 가면 좋겠다고 도모코는 생각했다. 여름이라는 말 자체가 죽음과 미란慶爛의 연상을 동반했다. 번뜩이는 늦여름의 광채에는 미란의 열기가 있었다.

약속시간보다 일찍 도착했기 때문에 엄마와 아이는 백화점에 들렀다. 이제 삼사십 분이면 폐점 시각이었다. 가쓰오가 장난감 매장에 가고 싶다고 해서 도모코는 3층으로 올라갔지만, 어린이용 해수욕용품 코너 앞은 재빨리 지나갔다. 엄마들이 어린이용 수영팬츠 할인상품에 눈이 벌게져서 경쟁하듯이 집어가고 있었다. 어떤 엄마는 작은 진남색 수영팬츠를 서쪽 해가 비쳐드는 창 쪽으로 높이 쳐들었다. 햇빛이 지퍼에 닿아 아리게 눈을 찔렀다. 엄마들이 저토록 눈이 벌게져서 수의를 고르고 있구나, 라고 도모코는 생각했다.

나무토막 쌓기 장난감을 사주자 가쓰오는 옥상에 가고 싶어 했다. 옥상 정원은 시원했다. 강한 바닷바람에 차양이 펄럭거렸다.

철망을 통해 보이는 도시의 전망 저 너머로 가치도키바시 다리, 쓰키시마 잔교, 항구 내에 정박한 화물선 여러 척이 눈에 들어왔다.

가쓰오는 엄마 손을 놓고 원숭이 우리 앞에 가 있었다. 도모코가 다가가 가쓰오를 감싸며 뒤에 섰다. 바람 때문인지 원숭이는 심하게 냄새가 났다. 이마에 주름을 잡고 성실한 얼굴로 지그시 엄마와 아들을 바라보았다. 한 손으로 제 엉덩이를 소중한 듯 잡은 채 다른 나뭇가지로 옮겨갔을 때, 작고 노숙한 머리 옆으로 붉은 혈관이 비치는 꾀죄죄한 작은 귀가 보였다. ……이렇게 찬찬히 동물을 바라본 적이 없었다.

동물 우리 옆으로, 한복판에 물을 뿜지 않는 분수가 자리한 연못이 있었다. 벽돌로 가장자리를 두른 채송화 화단이 그 연못 주위를 에워싸고 있었다. 가쓰오와 비슷한 나이의 아이가 벽돌 난간을 따라 걸어갔다. 부모의 모습은 보이지 않았다.

'빠져라! 연못에 빠져버려!'

도모코는 열심히 그 남자아이의 아슬아슬한 걸음걸이를 쳐다보았다. 아이는 빠지지 않았다. 한 바퀴 돌더니 진지하게 지켜보는 눈빛을 알아차리고 도모코를 돌아보며 의기양양하게 웃었다. 도모코는 웃지 않았다. 아이가 자신을 비웃는다고 느꼈던 것이다.

그녀는 가쓰오의 손을 잡고 서둘러 옥상 정원에서 내려왔다.

식사 때, 지나치게 길어진 침묵을 깨고 도모코가 말했다.
"당신, 즐거워 보이네. 조금도 슬퍼하지 않는 것 같아."
마사루는 놀라서 주위의 손님들을 둘러보았다.
"모르겠어? 당신 기분을 풀어주려고 내가 이렇게 애쓰는 거?"
"굳이 기분 풀어주지 않아도 돼."
"그건 자기 생각만 하는 거지. 혹시 가쓰오에게 어두운 그늘이라도 생기면 어쩌려고?"
"어차피 나는 엄마 자격 같은 거 없는걸."
그걸로 그날 저녁식사는 엉망이 되었다.

마사루는 아내의 비탄에 대해 날이 갈수록 수동적이게 되었다. 남자에게는 회사 일이 있다. 업무에 집중하며 마음을 달랠 수 있었다. 그동안 도모코는 자신의 슬픔을 쑥쑥 키워갔다. 집에 돌아오면 그런 도모코의 한결같은 비탄에 동조해주지 않으면 안 되었다. 마사루의 귀가가 걸핏하면 늦어지는 건 그 때문이었다.

도모코는 예전 하녀를 불러 집 안에 남아 있던 기요오와 게이코의 옷가지며 장난감을 모두 내줘버렸다. 비슷한 나이의 아이가 있었기 때문이다.

어느 날 아침, 도모코는 조금 늦게야 잠이 깼다. 더블베드 한쪽에는 간밤에 술에 취해 늦게 돌아온 남편이 몸을 둥글게 말고 자고 있었다. 이부자리 속에는 음침한 술 냄새가 아직 고여 있었다. 남편이 잠결에 몸을 뒤척여서 바다 스프링이 삐걱거렸다. 아이가 이제 가쓰오 하나뿐이기 때문에 도모코는 바람직하지는 않지만 아이용 침대를 2층 부부 침실로 옮겨왔다. 부부 침대의 하얀 모기장과 가쓰오 쪽의 모기장, 두 겹을 통해 새근새근 숨 쉬는 가쓰오의 잠든 얼굴이 보였다. 이 아이는 입을 뾰로통하게 내밀고 자는 버릇이 있었다.

도모코는 모기장 밖으로 팔을 내밀어 커튼 끈을 당겼다. 마의 감촉과 단단한 매듭술이 아침의 뜨끈한 손바닥에 닿으니 상쾌했다. 커튼이 살짝 열렸다. 창문 앞 벽오동나무 잎사귀가 밑에서 빛을 받아 그림자가 겹쳐지면서 널찍한 잎들이 더욱더 보드라워 보였다. 시끄럽게 짹짹거리는 건 참새다. 그 참새들은, 매번 그렇지만 눈을 뜨고 짹짹거리자마자 분명 줄지어 지붕 홈통 속을 건너가는 것이다. 딱딱거리는 다급한 작은 발소리가 이 끝에서 저 끝으로 줄지어 건너간다. 그리고 다시 왕복한다. 도모코는 그 소리를 듣고 자기도 모르게 미소를 지었다.

은혜로운 아침이었다. 그렇게 느낄 이유가 없는데도 그렇게 느껴져버렸다. 베개에 머리를 맡긴 채 가만히 있었다. 행복감이 온몸에 퍼지는 것처럼 생각되었다.

그 순간 도모코는 소스라치게 놀랐다. 왜 이렇게 유쾌한 기분으로 잠에서 깼는지 알았던 것이다. 오늘 새벽녘에 처음으로 죽은 아이들이 꿈에 나타나지 않았다. 매일 밤 빠짐없이 꿈에 봤는데 어젯밤은 그림직한 꿈이 없었다. 뭔가 마음 편한 우스꽝스러운 꿈을 꾸었을 뿐이다.

그걸 깨닫자 이번에는 자신의 너무도 쉬운 망각과 박정함이 무서워져서, 엄마로서 가져서는 안 될 그런 망각과 박정함을 아이들의 영혼에 사죄하며 울었다. 눈을 뜬 마사루는 옆에서 울고 있는 아내를 발견했다. 그 우는 얼굴에는 가시 돋친 구석 대신 일종의 평화가 있었다.

"또 생각났구나." 그렇게 남편이 말했다.

아내는 설명하는 수고를 생략하고 거짓말을 했다.

"응."

그렇게 거짓말을 하고 보니 이제는 남편이 함께 울어주지 않는 게 불만스러웠다. 남편의 눈물을 보면 자신의 거짓말을 믿을 수 있다고 생각했던 것이다.

그리하여 도모코는 그 끔찍한 대사건을 겪을 만한 자격이 자신들 부부에게 과연 있었는지 점점 의심스러워졌다. 그것은 완전한 우연의 산물이었지만 그게 우연이라면 우연인 대로 자신들에게는 적합하지 않은 것처럼 생각되었다. 그렇게 생각함에 따라 사건의 기억을 그 형태 그대로 마음속에 간직하는 것은 힘에 부치는 일로 여겨졌다. 자신들도 세상 사람들과 마찬가지로 그것을 순순히 잊어가야 하는 게 아닐까.

하지만 도모코는 그런 약한 마음이 싹트면 다시 힘을 내서, 노인들이 "모두 다 하늘의 뜻이지"라고 위로하는 말에 거칠게 대들었던 때의 분노를 떠올리려고 노력했다. 왜 그렇게 대들었고 왜 그렇게 화가 났었는지를 되짚어보았다. 아마도 그때 도모코가 두려워했던 건 체념이었을 것이다. 우리에게는 죽은 자에 대해 해야 할 것이 아직 수없이 많이 남았다. 회한은 어리석은 짓이고, 이럴 수도 있었는데 저럴 수도 있었는데 하면서 언제까지고 고민하는 것은 소용없는 짓이지만, 그건 죽은 자에 대해 인간의 힘으로 할 수 있는 마지막 봉사이기도 했다. 우리는 조금이라도 오랫동안 죽음을 인간적인 사건, 인간적인 드라마의 범위 안에 붙잡아두기를 바라는 것이다.

도모코는 충분히 회한의 고뇌를 맛보았고 또한 슬픔이나 눈물의 빈약한 표현력에 절망도 느꼈지만 자신은 아직 전혀 포기하지 못했다고 생각해왔다. 그러는 동안에 체념과는 또 다른 지점에서 이상한, 뿌리 깊은 회의감이 생겨난 것이다. 그 사건에는 뭔가 가짜의 느낌이 있다. 몹시 미심쩍은 구석이 있다. 여태까지 한 가족이 지내온 평안한 생활에 대한 모독 같은 게 있다. 다양한 행복에 대한 악의 같은 게 있다. 그 사건에는 일반적인 죽음이나 살인과는 다르게 뭔가 근본적으로 비인간적인 점이 있는 것이다. 애초부터 사람의 힘으로는 어떻게도 해볼 도리 없이, 사건이 서서히 시작된 최초의 순간부터 최후의 순간에 이르기까지 단 한 번도 인간적인 사건의 양상을 띠지 않았던 것 아닌가…….

그녀는 자신의 눈물과 비탄이 모조리 헛수고에 지나지 않는다는 또 다른 두려움을 감지했다. 여름이 끝나가고 있었다. 그토록 여름이 지나가기를 바랐던 그녀가 이제는 그것에조차 어떤 공포감이 들었다. 여름이 가버리면 일 년 동안 인간은 다시 여름을 맛볼 수 없다. 그동안에는 여름이라는 것이 존재하지 않는다고 느껴질지도 모른다. 나아가 그 사건이 존재하지 않는다고 느껴질지도 모른다…….

마사루는 어떤가 하면, 자신이 이해하지 못하는 건 존재하지 않는다고 생각하는 성격이었다. 그가 평소와 조금 달랐던 것은 A해변에 도착하기까지 차 안에 있었을 때뿐이다. 그 후 그는 신문에 나온 자신들 일가의 기사를 보고 야스에의 나이를 세 살 틀리게 쓴 것 외에는 전체적으로 잘 정리되었다고 감탄했다. 그의 슬픔에는 거의 이유가 필요하지 않았다. 참으로 건강한 이 사내는 식욕을 느끼듯이 비탄을 느꼈다. 뭔가 먹으면 식욕이 채워지듯이 눈물을 흘리자 비탄은 채워졌다.

마사루의 허영심은 도모코의 그것보다 분명 더 윗길이어서 그는 자신이 남의 눈에 불행한, 슬퍼하는 아빠로 비치는 것을 선호했다. 그처럼 실력 있고 생활력 있는 남자가 이런 불행을 겪는다는 그림은 타인의 질투심을 감쇄해주는 효과가 있을 뿐 아니라 강자의 약점이라는 소설적인 매력을 만들어줄 터였다.

아내의 슬퍼하는 방식에서 어떤 종류의 특권적인 것이 느껴지면 그는 반발해서 술을 마시고 밤늦게야 집에 돌아왔지만, 어떤 술도 그리 맛있지 않아서 자신의 내면에 이토록 즉각적인 증인이 있다는 게 양심에 안도감을 부여해주었다. 취하지 않는 술을 마구잡이로 마시는 것에는 극기적인 쾌락이 있었던 것이다.

가쓰오를 위해 선물을 빠뜨리지 않는 것이 마사루의 요즘 습관이었다. 가쓰오는 호강을 누리게 되었지만, 한편으로 원하는 건 뭐든 손에 들어오자 뭘 달라고 해야 좋을지 몰라 멍한 눈빛을 하는 일이 잦아졌다. 결국에는 아무것도 갖고 싶은 게 없다, 라고 하는 것이었다. 그러면 아빠와 엄마는 자신들이 사려가 부족했다는 건 잊어버리고 가쓰오가 어디 아픈 게 아닌가 하고 걱정했다.

사십구재를 지냈다. 부부는 다마 묘원에 땅을 매입했다. 분가分家 묘역을 마련하고 첫 사망자가 그곳에 묻히게 될 터였다. 야스에는 두 아이를 돌보는 역할을 저승에 가서도 떠맡게 되었다. 같은 묘지에 안장하자는 결정이 고향 집과 마사루 사이에 이루어졌기 때문이다.

슬픔은 도모코의 염려와는 달리 날이 갈수록 새록새록 짙어졌다. 부부는 매입한 땅을 보러 가쓰오를 데리고 묘역에 나갔다. 이미 초가을이었다.

사실 3년 넘은 부부 사이에 진지한 사안이라는 건 하나도 없게 마련이지만, 비탄은 두 사람을 각기 다른 느낌으로 진지하게 만들어주었다. 특히 함께 외출할 때는 한층 더 그러했다. 제삼자의 시선에는 그것만이 부부의 공통점이자 유대감으로 비칠 터라서 마사루와 도모코는 그야말로 서로의 고지식한 면에 홀려 맺어진 부부처럼 보였을 것이다.

그날은 참으로 좋은 날씨로, 더위는 이미 하늘 높이 멀리 물러나 있었다.

기억은 우리의 의식에서 이따금 시간을 거꾸로 돌리거나 겹쳐지게도 한다. 도모코는 그런 신기한 작용을 그날 두 번 경험했다. 그건 그날의 공기와 햇빛이 너무도 맑고 깨끗해서 도모코의 마음속 무의식의 영역에까지 빛이 들이쳐 반투명으로 환해진 탓인지도 모른다.

그 사건이 일어나기 두 달 전쯤, 마사루는 다치지는 않았지만 차 사고를 일으킨 적이 있었다. 사고 후 도모코는 가쓰오를 데리고 외출할 때는 결코 남편 차에 타지 않았다. 오늘은 모두 같이 가는 길이라서 마사루도 전차를 타지 않으면 안 되었다.

다마 묘원행 작은 기차로 갈아타기 위해 M역에서 쇼선 전차에서 내렸을 때의 일이다. 마사루는 가쓰오를 안고 먼저 내렸고 도모코는 그 뒤를 따랐다. 하차하는 손님이 많아서 도모코가 내린 것은 문이 닫히기 직전이었다. 그녀는 자신의 바로 뒤에서 날카로운 호각 소리와 함께 닫히는 문을 보았다. 그 순간 비명을 지르며 그 닫히려는 문을 힘으로 열려고 했다. 기요오와 게이코를 차 안에 남겨두고 내렸다고 생각한 것이다.

무슨 일인가 하고 남편이 도모코의 팔을 잡았다. 그녀는 수많은 사람 속에서 형사에게 붙들린 여자처럼 뭔가 도전적인 태도로 남편을 노려보았다. 다음 순간에는 냉정함을 되찾아 그 착각을 자세히 설명했지만, 듣고 있던 남편은 어딘가 어색하게 느껴졌다. 아내가 일부러 과장한다는 느낌이 들었던 것이다.

추억을 제 손안에서, 혹은 하나의 몸짓, 눈앞의 하나의 행위 안에서 파악하려는 그러한 충동적인 열정을 마사루가 과장이라고 느낀 것은 정당했을까? 도모코는 살아가는 것의 안타까움을 매우 서투르게 하소연했던 것이다.

묘원까지 가는 고풍스럽고 작은 기관차가 어린 가쓰오를 기쁘게 했다. 그것은 나팔 모양 굴뚝이 달렸고, 기묘하게 키가 커서 굽 높은 게다를 신고 있는 것 같았다. 기관사가 팔꿈치를 짚은 목제 창틀은

숯으로 검게 그을려서 만든 것처럼 보였다. 기관차는 한참이나 웅얼거리고 한숨을 내쉬고 이를 갈아가면서 교외의 평범한 전원 속으로 길을 떠났다.

도모코는 처음 와본 다마 묘원의 환한 풍경에 놀랐다. 사자死者를 위해 이토록 광대한 토지가 있다. 이토록 아름다운 잔디와 푸르른 가로수와 널찍한 길이 있다. 그 모든 것 위에 펼쳐진 멋지고 전망이 탁 트인 파란 하늘이 있다. 사자의 마을은 산 사람들의 마을보다 훨씬 질서 있고 청결했다. 일가는 이런 것과는 무연하게 살아왔는데 이제는 이런 곳에 찾아올 자격이 생겼다는 게 조금도 꺼림칙하게 생각되지 않았다.

마사루도 도모코도 딱히 미신을 믿는 사람은 아니지만, 모조리 운수 사나운 일들로만 이루어진 상중喪中의 생활에서 뭔가 안심되는 느낌을 받았다. 이런 생활은 부동不動이고 평온해서 거의 지내기 편하기까지 했다. 이미 일가는 죽음에 익숙해져서, 타락에 익숙해진 사람이 그렇듯이 세상 무서울 게 없는 삶을 살고 있는 느낌이었다.

마사루가 사들인 부지는 저 안쪽이었기 때문에 세 사람은 정문에서 한참 걸어 들어가느라 땀이 좀 났다. 그들은 신기한 듯 T원사元師의 묘소를 들여다보았고, 또한 어느 벼락부자의 묘인지 몹시 악취미적인, 거울을 끼워 넣은 묘를 보고는 웃었다.

도모코는 희미하게 웅얼거리는 것 같은 가을 매미 소리를 듣고 나무 그늘의 풀숲 냄새에 섞여 풍겨오는 향불 냄새를 맡으며 감개무량한 듯이 말했다.

"좋은 곳이네. 이런 곳에 묘지가 있다면 기요오도 게이코도 뛰어놀 데가 많아서 심심하지 않겠어. 나도 참 이상하지, 이런 곳이라면 그 아이들의 건강에 좋겠다는 생각이 들지 뭐야."

가쓰오는 목이 말랐다. 길 한복판에 높은 갈색 탑이 있었다. 주위를 빙 둘러 원형 계단이 층층이 새겨졌고 물이 흘러내려 그 콘크리트 계단 일부를 검게 물들였다. 탑의 중심에 수도가 있는 것이다. 잠자리를 잡던 아이들이 저마다 장대를 탑에 기대놓고 물을 마시거나 수도꼭지에 손가락을 대고 친구들을 향해 물을 뿌려가면서 떠들고 있었다. 어쩌다 옆으로 빗나가 탑 바깥으로 튄 물이 한순간 연한 무지개를 그렸다.

가쓰오는 말도 없이 곧장 행동에 나서곤 하는 아이다. 그쪽으로 달려가 물을 마시고 싶었다. 엄마가 손을 놓고 걷고 있던 터라 가쓰오는 갑자기 뛰기 시작했다. 어디 가니, 라고 엄마가 날카로운 소리로 외쳤다. 물 마시러, 라고 아이는 뛰어가면서 말했다. 엄마는 즉시 쫓아갔다. 그 손이 가쓰오의 양팔을 뒤에서 단단히 붙잡았다. 아파, 라고 아이는 말했다. 말하면서 공포에 사로잡혔다. 등 뒤에서 무서운 게 조여드는 것 같았기 때문이다.

도모코는 길바닥의 굵은 자갈 위에 몸을 낮추고 아이를 돌려세웠다. 가쓰오는 저만치 초록빛 산울타리 앞에 멍하니 서 있는 아빠를 보았다.

"저런 물은 마시면 안 돼. 여기, 엄마가 챙겨 왔어."

엄마는 무릎에 안고 있던 사라사 주머니에서 고개를 내민 보온병 뚜껑을 열었다.

세 사람은 그들의 작은 소유지에 도착했다. 수많은 묘지가 등지고 있는 새 분양지의 한 모퉁이로, 야리야리한 어린 회양목이 띄엄띄엄, 하지만 찬찬히 보면 규칙적으로 심겨 있었다. 보리사*에 안치해둔 유골은 아직 옮기지 않았고, 그래서 솔도파**도 없었다. 밧줄을 둘러친 평탄한 네 평짜리 땅이 있을 뿐이었다.

"여기에 한 번에 세 명이나 들어가게 될 거라서."

마사루가 그렇게 말했다.

도모코에게 그 말은 추억의 비탄을 불러일으키지 않았다. 사실다움을 뛰어넘는 사실이 있을 수 있다는 건 이상한 일이다. 아이 혼자 바다에서 익사했다면 누구라도 있을 수 있는 일이라고, 사실일 거라고 생각하리라. 하지만 세 명이라고 하면 우스꽝스럽다. 그런데 다시 일만 명이라고 하면 얘기가 달라진다. 모든 과도한 것에는 우스꽝스러움이 있지만, 그렇더라도 큰 천재지변이나 전쟁은 우스꽝스럽지 않다. 한 사람의 죽음은 엄숙하고 백만 명의 죽음도 엄숙하다. 약간 지나친 것, 이게 고약한 것이다.

도모코의 마음은 실은 여태까지 이 비탄의 척도를 정하지 못해 헤매고 있었다. 그 때문에 야스에의 죽음을 제외한 채 생각하기도 하고, 기요오와 게이코를 쌍둥이의 죽음처럼 연결 지어 생각하기도 했다. 그러한 기계적인 노력이 다시 이 묘지 터를 마주한 그녀를 짓눌렀다. 자신의 비탄에 방탕자의 변덕 같은 게 있는 건 아닌지 걱정스

---

* 보리사菩提寺는 한 가문의 선조부터 대대로 위패를 모셔두는 절.
** 솔도파卒塔婆는 죽은 사람에게 공양하기 위해 범자나 경문 등을 적어 묘지에 세우는, 탑처럼 뾰족하고 긴 나무판.

럽기도 했다. 자기도 모르는 사이에 범하게 되는 어머니의 편애라는 것을 한 번도 알지 못했던 행복한 도모코는 이제야 기묘한 도덕적 반성의 포로가 되었다. 이전에 그녀는 엄마로서의 박애를 믿었지만 이제는 비탄의 박애를 믿으라고 해봤자 난처하기만 했다. 슬픔은 가장 이기적인 감정이기 때문이다. 그 결과 그녀는 다시금 기요오와 게이코를 슬픔의 복합체로 느끼려는 노력으로 되돌아갔지만, 그 노력은 점점 더 비탄의 실체를 추상적으로 만드는 것밖에는 아무 도움도 되지 않았다.

"세 명이라고! 말도 안 돼, 세 명이라니!" 도모코는 말했다.

그 숫자는 한 가족에게는 지나치게 크고 사회에게는 지나치게 작았다. 게다가 전사자나 순직자 같은 사회적 연결도 없는 고독한 개인적 죽음이다. 도모코의 여자다운 이기적인 마음은 언제까지고 그 수수께끼 같은 숫자에 당황하고 있었다. 마사루는 어떤가 하면, 다소나마 사회적인 이 남자는 어느새 이것을 사회의 시선으로 바라보는 게 더 편리하다고 깨달았다. 즉 사회에 의해 살해된 것이 아니어서 행복하다고 하는 견해다.

도모코가 추억 속에 새로 생긴 시간의 병렬 상태를 두 번째로 맛본 것은 돌아오는 역 앞에서였다. 기차가 도착하기까지 아직 20분쯤 시간이 있었다. 가쓰오가 역 앞에서 파는 너구리 장난감을 갖고 싶다고 했다. 얇은 솜을 팡팡하게 넣고 불로 그슬려 너구리 털 색깔을 내고, 귀와 눈과 꼬리를 붙여 위에 고리를 매단 장난감이었다.

"어머, 이런 옛날 장난감이 아직도 있구나."

"요즘 아이들에게도 아직 매력이 있는 모양이지?"

"정말 나 어릴 때부터 보던 장난감이야."

도모코는 조그만 노파의 손에서 그것을 사들여 가쓰오에게 쥐여주었다. 문득 주위의 다른 가게를 물색하는 자신을 깨달았다. 집에서 기다릴 기요오와 게이코에게 나이에 맞는 선물을 찾고 있었던 것이다.

"왜 그래?" 마사루가 물었다.

"내가 오늘 왜 이러지? 다른 애들 선물도 필요한데, 라고 생각했어."

도모코는 희고 통통한 팔을 들어 손바닥으로 눈에서 관자놀이 쪽으로 슬쩍 문지르는 몸짓을 했다. 그러자 콧구멍이 흐느낌의 징조를 드러내며 시큰해졌다.

"괜찮아, 사면 되지." 마사루는 뭔가를 부탁할 때의 말투로 다급하게 말했다. "선물을 불단에 올려주면 되잖아. 그렇지?"

"그래서는 소용없어. 아무것도 아니잖아. 아이 둘이 살아 있다는 생각으로 사지 않고서는 다 소용없어."

도모코는 손수건으로 코를 가렸다. 자신들은 살아 있고 그들은 죽었다. 그것이 도모코에게는 몹시 나쁜 짓인 듯한 마음이 들었다. 살아 있다는 것은 얼마나 잔혹한 일인가.

그녀는 다시 한번 역 앞 음식점의 붉은 깃발이며, 묘비 가게 앞에 높직이 쌓인 화강암의 순백으로 빛나는 단면이며, 그 그을린 2층의 창호지며 지붕 기와, 뉘엿뉘엿 저물어가는 하늘의 도자기처럼 징명한 파란빛을 보았다. 모든 것이 이토록 또렷하게 보인다고 도모코는 생각했다. 그 잔혹한 생의 실감에는 깊은, 정신이 아득해질 정도의 안도감이 있었다.

***

　가을이 깊어감에 따라 가족의 생활에는 날이 갈수록 안도와 평화의 그림자가 짙어졌다. 부부는 물론 슬퍼하기를 멈추지는 않았다. 하지만 마사루는 아내가 안정되면서 마음이 편해진 데다 가쓰오에 대한 애정 등으로 가능한 한 일찌감치 귀가했고, 가쓰오가 잠든 뒤에는 설령 서로에게 말하지 않으려 애써왔던 슬픈 화제가 나오더라도 그 슬픔에 대해 얘기를 주고받는 것을 위안으로 삼는 데까지 이르렀다.
　그런 끔찍한 사건을 이렇듯 서서히 일상생활 속에 녹여 넣는 것에는, 자신들이 범한 죄가 끝끝내 밝혀지지 않은 채 마무리되는 듯한, 수치심 섞인 또 다른 두려움도 있었다. 하지만 세 명의 사망자가 일가족에서 빠져나갔다는 이 끊임없는 느낌은 때로는 그 자체가 신기한 충실감을 품고 생활을 지탱해주는 것처럼 생각되기도 했다.
　가족 중 누구도 미쳐버리지 않았고 자살한 사람도 없었다. 병조차 걸리지 않고 넘어갔다. 그토록 비참한 일이 거의 어떤 영향도 끼치지 않은 채 아무 일 없이 넘어갔다는 건 거의 확실했다. 그러자 도모코는 따분해졌다. 뭔가를 기다리게 되었던 것이다.
　연극 구경이나 이런저런 오락거리는 한동안 부부의 금기에 속했지만, 따분해진 도모코는 나중에 그럴싸한 이유를 찾아냈다. 그런 위로는 그야말로 슬퍼하는 사람들을 위한 거라고 생각하게 된 것이다. 그 무렵 미국의 유명한 바이올린 연주자의 일본 공연이 있어서 부부는 티켓을 구해 들으러 갔다. 가쓰오는 집에 남겨둘 수밖에 없었지만, 이건 반쯤은 도모코가 남편의 자동차를 타고 음악회장에 가고 싶어서였다.

　도모코의 화장은 오래 걸렸다. 헝클어진 머리로 지냈던 나날들을 수정하는 화장이었기 때문이다. 거울 속의 완성된 얼굴은 도모코가 오래도록 잊고 있었던 일락逸樂을 다시 떠올리게 하기에 충분했다. 자신의 얼굴을 지그시 바라보는 이 망아의 기쁨을 무엇에 비유해야 할까. 거울을 보는 즐거움은 잊은 지 오래였지만, 어쩌면 비탄은 그 이기적인 고집으로 인간을 망아의 기쁨에서 멀리 떼어놓으려 했는지 모른다.

　도모코는 기모노를 고르고 허리띠를 골랐다. 마음에 들지 않아 몇 번이고 바꿨다. 남보라색 힛타 시보리* 외출복에 쓰즈레니시키 오비**를 묶었다. 여성의 차림새 중에서도 가장 호화스러운 옷이었다. 차의 운전석에서 기다리던 마사루는 문 앞에 나선 아내의 아름다움에 놀랐다.

　공회당 복도 곳곳에서 그 모습은 남의 눈에 띄었고 마사루는 적잖이 만족스러웠다. 하지만 도모코는 아무리 자신이 아름답게 보여도 그걸로 만족할 일은 없다는 마음이 들었다. 이전에는 이만큼 시선을 끌었다면 만족스러운 기분으로 집에 돌아가곤 했는데, 지금의 길게도 이어지는 불만족은 막상 이런 붐비는 곳에 나와보니 아직 내 슬픔이 치유되지 않았음을 깨달은 탓이라고 생각되었다. 하지만 그런 게 아니었다. 이건 아이들의 죽음 뒤에 그녀가 느낀 정체를 알 수 없

---

* 힛타 시보리匹田絞り는 홀치기염색의 일종으로, 전체적으로 사각형 무늬가 나온다.
** 쓰즈레니시키 오비綴れ錦帶는 꽃과 새, 인물 등을 수놓은 교토 니시진 특산품 비단으로 만든 허리띠다.

는 불만, 그토록 큰 불행에 적합한 대우를 받지 못했다고 생각했던 그 불만의 또 다른 표현이었다.

도모코는 아마도 음악의 정서적인 영향도 있었는지, 쓸쓸한 눈빛으로 복도를 걸어가며 지인들에게 인사를 했다. 그 눈빛은 상대가 건네는 위로에 아주 잘 어울렸다. 지인이 함께 온 청년 한 명을 소개했다. 청년은 그 불행한 사건을 알지 못했다. 그래서 위로의 말 대신 그저 흔한 대화를 했고, 바이올리니스트에 대한 두세 마디 온당한 비평 등을 이야기했다.

'저 사람은 좀 무례한 데가 있구나' 하고 이미 저만큼 멀어져간 그 젊은 머리칼의 반짝임을 사람들 너머로 바라보며 도모코는 생각했다. '다른 사람처럼 위로의 말을 해주지 않았어. 내 쓸쓸해 보이는 모습을 눈치채지 못했을 리 없는데.'

청년은 키가 컸다. 사람들 너머로 그 머리 부분이 한층 두드러졌고, 그가 고개를 돌리자 웃고 있는 눈매와 눈썹, 이마에 살짝 걸친 흐트러진 머리칼이 보였다. 대화 상대는 머리끝만 살짝 보였다. 여자였다.

도모코는 질투를 맛보았다. 자신이 청년에게서 듣고 싶었던 말은 뭔가 다른 특정한 말이었던 게 아닐까. 그렇게 생각하고 그녀의 도덕적인 영혼은 전율했다. 이런 기분은 도리에 어긋난다고 생각해야 하리라. 한 번도 남편에게 불만을 느낀 적이 없는 도모코다.

"목마르지 않아?"

지인과 헤어져 아내 곁으로 온 남편이 물었다.

"저기서 오렌지에이드를 팔던데."

건너편 매장 앞에서 사람들이 빨대를 꽂은 주황색 병에 든 액체를 마시고 있었다. 도모코는 근시안인 사람이 그러듯이 미간을 좁힌 의심스러워하는 눈빛으로 그쪽을 보았다. 갈증은 전혀 나지 않았다. 가쓰오에게 끓인 물을 챙겨주고 수돗물은 못 마시게 했던 묘지에서의 하루가 생각났다. 위험은 가쓰오에게만 있는 게 아니다. 그 주황색 액체 속에 아무도 알아차리지 못할 미량의 독이 섞여 있는 것처럼만 보였다.

음악회에 다녀온 뒤부터 도모코에게 약간 미친 듯한 향락 욕구가 눈뜨기 시작했다. 즐기지 않으면 안 된다고 생각하는 이 당위 의식에는 복수의 열정과도 같은 것이 있었다.
그렇다고 그녀가 부정으로 내달렸다는 것은 아니다. 어디를 가든 남편과 함께였고 또한 도모코도 그러기를 원했다.
오히려 그녀의 양심의 가책은 죽은 자들 주위를 아직도 서성거렸다. 유흥에서 돌아와 하녀가 일찌감치 재운 가쓰오의 잠든 얼굴을 보면 잃어버린 두 아이의 잠든 얼굴이 떠오르고, 이런 기분전환에 정신이 팔려버린 스스로를 나무라는 마음이 가득했다. 때로는 그녀의 향락 욕구가 그런 양심의 가책을 부단히 양성하는 방편인 것 같기도 했다.
남편은 회사 업무로 외국인을 요정이나 요릿집에 초대하곤 했다. 아이들이 죽기 전의 습관이 되살아나, 손님을 맞이할 때는 도모코도 기꺼이 참석하게 되었다. 그 응대는 참으로 세심해서 그녀 스스로 연극을 한다고 마음먹고 내보이는 화사한 쾌활함은 어떤 고민도 없었던 무렵보다 훨씬 더 생기가 넘쳐서 손님들의 마음을 사로잡았다.

"당신은 손님 접대를 정말 잘해." 마사루도 말하는 것이었다.

"아예 연극이라고 마음먹는 게 사교의 비결이야. 나까지 실제로 즐기던 무렵에는 오히려 부루퉁해 보였지?" 도모코는 말했다.

일요일 낮시간은 가쓰오를 위한 외출 일정으로 정했다. 가족은 동물원에도 가고 피크닉에도 나섰다. 원하는 대로 받아주면 응석받이가 되기 쉽지만, 부부는 둘 다 그런 위험에는 눈을 감아버리고, 아이의 미래에 걸어둔 모든 기대의 대가로 아이가 그만큼 장수할 것이 분명하다는 착각에 빠졌다. 교육자의 이성이라는 게 그들에게는 어리석어 보였다.

도모코가 지나치게 옷에 관심을 갖자 겁이 난 마사루는 아내가 뭔가 예능에라도 몰두해주기를 기대했지만 그녀에게는 그런 소질이 애초에 결여되어 있다고 할 수밖에 없었다. 다른 뭔가에 몰두해 슬픔을 잊는다는 상투적인 방법에는 자신을 속이는 비겁함이 있었다. 향락 욕구는 어떤가 하면, 거기에 몰두라는 건 결코 없다. 가장 먼저 느껴지는 건 공허함이다. 공허한 짓에 일부러 재촉해가며 채찍질을 하는 것이었다.

도모코는 막연하게 새로운 흥행물이나 영화를 보러 다녔고, 남편이 집에 없는 동안에는 예전 학교 친구 중 한가로운 부인들을 동행으로 선택했다. 어떤 부인은 소녀가극의 남자 역할 배우에 푹 빠져 있었다. 어이없다고 생각하면서도 도모코는 그런 친구들과 같이 식사를 했다.

그 부인은 끊임없이 남자 역할 배우에게 선물을 하면서 기뻐했다.

그리고 이 천진한 방탕을 무슨 큰 비밀처럼 도모코에게 들려주기를 좋아했다.

무대 뒤 대기실로 찾아가기도 했다. 남자 역할 배우는 흰 연미복을 입고 유젠 방석 위에 다리를 옆으로 모으고 앉아 있었다. 주위 벽마다 제2장 이후의 스페인풍 의상이 줄줄이 걸렸고 그 밑에 나란히 숭배자들이 와 있었다. 그녀들은 거의 한마디도 하지 않았다. 남자 역할 배우의 일거일동을 응시하며 숨죽이고 있는 것이다.

도모코가 소녀가극을 그리 좋아하지 않는 건 배우와 관중 대부분이 미혼이라는 점 때문인 것 같았다. 친구인 부인처럼 이례적인 경우도 있다. 하지만 적어도 배우 대부분이 미혼이라는 건 의심할 여지가 없었다.

그 하얀 연미복의 남자 역할 배우는 미혼이다. 그녀는 얻을 것도 없고 잃을 것도 없다. 손거울을 보며 가느다란 손끝으로 립스틱을 다시 바르고, 빌려 쓰는 남자 안으로 어떻게 몸을 던져 넣을지 고심하고 있다. 이곳의 관중이 남자를 상상하듯이 그녀 자신도 남자를 상상하고 있어서 거기에는 착각 이상의 것, 즉 상상력의 공감이 형성되고, 홍보문구는 그러한 심리 작용을 '꿈'이라는 말로 일괄하는 게 보통이었다.

이제 도모코는 인생에 대한 경험과 꿈의 복합 상태에서 답답함밖에 느껴지지 않았다. 보통 여자가 꿈을 버리듯 버렸던 게 아니다. 또 하나의 확고한 꿈이 미혼여성이 품은 꿈보다 그녀의 현실을 짓눌러 복종시키는 힘이 있었다. 오히려 도모코가 더욱더 '로맨틱'할 수 있을 터였다.

'어린아이를 내 이 몸으로 낳았어'라고 도모코는 생각했다. '그리고 그 아이를 잃고 말았다는 것보다 더 큰 깨지지 않는 꿈은 없을 거야. 이곳에 있는 이들은 단 한 사람도 그런 걸 알지 못해.'

문득 도모코는 그다음 아이를 갖고 싶어졌다. 그중에서도 특히 여자아이를 갖고 싶었다. 아직 회임의 기미는 전혀 없지만……. 게이코를 거울 앞에 앉혀놓고 깜찍한 화장을 해주는 것은 정말 재미있었다. 고양이가 천성적으로 가쓰오부시를 좋아하듯이 딸아이는 하얀 분가루며 립스틱을 좋아했었다. 게이코는 엄마를 흉내 내어 동그랗게 오므린 입에 빨간 립스틱을 바르고 혀를 내밀어 입술을 핥곤 했다. 하나도 맛없어, 라고 했다. 게이코는 스킨로션이라는 말도 배웠다. 유치원에서 카네이션꽃을 내밀며 "이건 뭘까요?"라고 물었을 때 "스킨로션입니다"라고 대답하기도 했다. 그리고 선생님이 칠판에 거문고를 그려놓고 "이건 뭘까요?"라고 질문하자 잠시 생각해보더니 "복도입니다"라고 대답했다. 뭐든 노래 제목을 대충 외워서 해병 출신인 젊은 삼촌에게서 배운 것을 도모코에게 보고하려고 "게이코는 〈애국 제등곡〉*도, 〈참치든 공격이든〉**도, 〈호텔의 빛〉***도 다 부를 수 있어"라고 의기양양하게 자랑하기도 했다……. 그러한 회상 중에 도모코는 새로 태어날 아이도 엄마의 회상 속을 살아가는 것뿐이 아닐까 하는 위구심이 들었다. 이미 도모코는 세 아이가 모두 살아 있

---

* 원래 제목 '애국 행진곡(고신쿄쿠)'을 발음이 비슷한 '애국 제등곡(조친쿄쿠提燈曲)'으로 잘못 안 것이다.
** '참치(마구로)든 공격이든'은 원래 '수비(마모루)든 공격이든'이다.
*** '호텔(호테루)의 빛'은 원래 '반딧불이(호타루)의 빛'이다. 스코틀랜드 민요 〈올드 랭 사인 Auld Lang Syne〉의 번안곡이다.

던 동안처럼 미래에 대해 천진한 방임의 태도를 유지할 자신이 없었다. 아이를 낳기에는 지금 그녀는 아직 자신이 살아가는 것에 지나치게 열심이었다. 적어도 이런 상태는 슬픔이 잊혀 없어질 때까지는 이어질 것이다. ……

친구인 부인이 그녀를 재촉했다. 주위는 술렁술렁 소란스러워졌다. 출연 시간이 된 것이다.

무대 뒤를 나와 객석으로 돌아가기까지 도모코와 친구의 출발이 약간 늦었다. 계단을 내려온 반라의 무용수들 틈에서 부대끼다가 두 사람은 서로 상대를 놓쳤다. 도모코는 분가루 냄새와 비단의 서걱거림 속에서 자신이 향락이라고 불러왔던 것의 형편없는 혼란과 어수선함을 발견했다. 무용수들은 짧은 오사카 사투리로 대화를 주고받으며 무대 쪽으로 우르르 몰려갔다. 한 무용수의 검은 비단 팬츠에서, 못에 걸려 쭉 찢어진 자리를 꿰맨 흔적이 눈에 들어왔다. 그 검소하고 성실한 바느질 자국은 도모코의 마음에 친숙하게 와닿았다. 문득 야스에가 생각났고, 그 양재 좋아하던 처녀가 가족의 생활에 부여해주었던 의미를 다시 떠올렸다. 그것은 일가의 각주脚註 같은 역할이었다. 젊은 부부와 어린아이로 이루어진 일가의 행복에 대해 어떤 말로 표현해야 할지 어렵기만 할 때, 스스로는 그런 줄도 모른 채 그 올드미스의 존재는 이 가족의 행복을 설명해주는 역할을 했다.

천을 덧대어 기운 검은 비단의 허리춤은 다른 수많은 검은 허리춤에 뒤섞여 꾸며진 무대 뒤편의 어슴푸레한 빛 너머로 사라졌다. 도모코는 막이 오르기 전에 자리에 앉으려고 서두르는 상기된 얼굴의 친구를 발견했다. 그녀는 멀리서 손가방으로 도모코를 부르고 있었다.

도모코는 그 덧대어 기운 팬츠 얘기를 그날 밤 집에 돌아와 곧바로 남편에게 들려주었다. 마사루는 다소 호색한 흥미를 느꼈지만 아내가 어떤 생각으로 그런 말을 하는지 알지 못했기 때문에 조용히 웃으면서 듣고 있었다. 뒤이어 갑작스럽게 양재를 배우고 싶다는 얘기를 꺼내는 바람에 그는 깜짝 놀랐다. 여자의 생각이 더듬어가는 엉뚱한 논리의 흐름을 이해하지 못한 것이 단지 그때뿐만은 아니었다.

도모코는 양재를 배우기 시작했다. 놀러 나가는 건 그다지 원하지 않게 되었다. 매우 가정적인 여자처럼 자신의 주변을 새삼 점검했다. 사실 그녀는 '생활을 직시할' 기분이 든 것이었다.

새삼 바라본 생활 주변은 오랫동안 방치된 흔적이 역력했다. 그녀는 긴 여행에서 돌아온 듯한 심경이었다. 온종일 물건을 정리정돈하고, 그런가 싶으면 온종일 빨래를 했다. 중년의 하녀는 갑작스레 자신이 할 일을 빼앗겨 당황하고 있었다.

신발장 안에서 기요오의 구두가 나온다. 게이코의 자그마한 하늘색 펠트 구두가 나온다. 그런 추억의 물건들은 불행한 엄마를 한참이나 생각에 잠기게 하고 후련한 눈물에 젖게 했지만, 그 유품들 모두 불길한 것으로 생각되어 도모코는 가쓰오에게 맞는 것도 일부러 남겨두지 않고 매우 숭고한 기분으로 자선사업에 열중하는 친구에게 연락해 모조리 고아원에 기부해버렸다.

도모코가 재봉틀을 밟을 때마다 가쓰오는 점점 더 옷 부자가 되었다. 양재 외에도 유행하는 모자 만들기에 매료되었지만 거기에 집중할 만한 마음의 여유는 없었다. 재봉틀을 밟고 있을 때 도모코는 슬픔을 잊었다. 그 기계 소리와 단조로운 운동이 감정의 불규칙한 기복과 축 늘어진 음률을 잘라냈던 것이다.

 자신의 감정을 기계에 가둬버리는 일종의 정신적 체조를 왜 여태까지 시도하지 않았는지 의아했다. 하긴 기계가 감정을 죽이는 이런 과정에 이전만큼 도모코의 마음이 저항하지 않는 시기에 이른 것도 사실이었다. 어느 날은 재봉틀 바늘에 손가락을 찔렸다. 아픔 뒤에 피가 머뭇머뭇 커지면서 빨간 방울을 맺었다. 도모코는 더럭 겁이 났다. 이 아픔이 죽음으로 이어질 것 같은 느낌이 들었다.

 그다음에는 감상적인 기분이 들면서, 설령 이런 뜻밖의 작은 재앙이 죽음을 초래하더라도 아이들을 뒤따라갈 수 있다는 천운天運을 기대하며 점점 더 열심히 재봉틀을 밟았다. 하지만 안전한 기계는 그 뒤로는 한 번도 손가락을 찌르지 않았고 더구나 그녀를 죽여줄 것 같지는 않았다.

 ……그러는 사이에도 도모코가 완전히 만족한 것은 아니었다. 그녀는 아직도 뭔가를 기다리고 있었다. 그리고 이 설명할 길 없는 기대감은 때로는 남편에게 향했다가 허탕을 쳤고 그것이 서로에게 온종일 말을 하지 않는 소극적인 부부싸움의 재료가 되기도 했다.

 겨울이 다가오고 있었다. 무덤은 이미 완성되었다. 수속도 일단 끝이 났다.

 겨울이라는 계절의 쓸쓸함은 항상 여름을 그리워하게 하기 때문에 부부의 생활에는 여름의 끔찍한 추억이 한층 더 선명한 그림자를 던졌다. 하지만 그 추억은 점점 이야기가 되어갔다. 겨울에 고타쓰나 난로 옆에서는 그런 식으로 모든 것이 이야기의 색깔을 띠는 것을 피하기 어렵다.

도모코에게는, 사실 자신의 그토록 큰 슬픔이 이야기의 일종이라는 건 말하자면 일종의 감정적 태만함이었다고 되돌아볼 수 있는 구석도 있었다. 그렇게 생각하면 모든 '있을 수 없는 일'이 확실해졌다. 그 사건의 이상한 우연도, 이야기가 되어버리면 확실해졌다.

하지만 그녀는 두 아이와 야스에가 살아 있던 무렵의 그 생활까지 이야기 속에 담아 넣을 용기는 없었다. 이제 와서 돌아보면 그야말로 이야기인 양 생각되는 행복을 환기하는 것만큼 지금의 그녀에게 현실적인 건 없었기 때문이다.

***

겨울이 한창일 때, 도모코에게 회임의 징조가 있었다. 그 무렵부터 비로소 망각이 당연한 권리처럼 부부의 마음속에 찾아왔다. 이번 임신만큼 남편도 도모코 자신도 신중을 기한 적은 없었다. 무사히 태어나는 게 신기한 일이고, 그르치는 게 오히려 당연한 일처럼 여겨졌기 때문이다.

모든 것은 순조롭게 풀려갔다. 새로운 상황은 오래된 기억과의 사이에 경계를 세웠다. 슬픔은 사실상 이미 치유되었고 그다음은 단 한 가지, 그 치유를 스스로 인정할 용기가 필요할 뿐이었는데, 도모코는 회임이라는 일종의 타력他力에 매달려 비로소 용기를 얻었다.

그 사건이 애초에 어떤 것이었는지, 부부는 철저히 판별해볼 여유도 없이 지나와버렸다. 혹은 판별할 필요도 없이 지나와버렸다. 그 이래로 도모코가 맛본 절망감은 단순한 것이 아니었다. 그토록 큰 불행을 겪었는데도 미쳐버리지 않은 데 대한 절망감, 아직 제정신을 유지하고 있다는 데 대한 절망감, 인간의 신경의 강인함에 대한 절망감, 그런 것들을 도모코는 속속들이 맛보았다. 인간을 광기에 빠뜨리고 죽음에 이르게 하려면 얼마나 더 큰 사건이 필요한 것일까? 아니면 광기는 특수한 천성에 속하고 인간은 본질적으로 결코 광기에 빠지지 않는 것일까?

우리를 광기에서 구하는 것은 무엇일까. 생명력인가? 에고이즘인가? 영악함인가? 인간의 감수성의 한계인가? 광기를 이해할 수 없다는 것이 우리를 광기에서 구해주는 유일한 힘인가? 아니면 역시 인간에게는 개인적인 불행밖에 주어지지 않고, 생에 대한 어떤 치열한 징벌도 애초에 개인적인 삶이 견뎌낼 수 있을 만큼만 주어지는 것인가? 모든 것은 시련에 지나지 않는 것인가? 하지만 단지 이해의 착오가 이 개인적 불행 속에서도 때때로 이해를 뛰어넘는 것을 공상하는 데 지나지 않는 것인가?

도모코의 마음속에도 그런 식의, 이해에 대한 초조함이 있었다. 그 같은 사건을 마주한 채, 마주해가면서, 이해한다는 것은 곤란하다. 이해는 대부분 나중에야 당시의 감정을 해석하고 나아가 연역하고 자신을 향해 설명하려 한다. 그러기에는 사건을 맞닥뜨렸을 때 자신의 감정의 반응에 도모코는 불만을 느끼지 않을 수 없었다. 그 불만은 분명 슬픔 그 자체보다 오래도록 마음속에 남아 앙금처럼 고여 있지만, 이제 다시 그것을 돌이키려 해도 가능한 일이 아니었다.

그녀는 자신의 감정적 정확성을 포기하지 않았다. 엄마였기 때문이다. 그와 동시에 자신의 감정의 부정不正을 의심하기를 포기하지 않았다.

그러한 경우 현실은 인간을 위로하기에는 부족하지만, 마침내 그녀의 육체 내부에 싹튼 현실은 오래도록 그 힘을 얕잡아본 사람을 향해 복수한다. 그것은 자라나고 움직였다. 내부의 현실에 의해 키워진 이 감정생활은 수태하는 일이 없는 남자로서는 오로지 사상을 품은 남자만이 아는 것이다.

뭔가 참된 망각은 아니지만 연못물 위에 낀 얇은 얼음장 같은 망각이 우선 도모코의 슬픔의 기억을 뒤덮었다. 그 얼음은 드문드문 깨졌다. 하지만 하룻밤 만에 다시 똑같은 얼음장이 수면을 뒤덮어 가려버렸다.

망각이 참된 힘을 발휘하는 것은 부부가 깨닫지 못하는 동안이었다. 그것은 스며들었다. 극히 작은 틈새를 찾아내 스며들었다. 눈에 보이지 않는 세균처럼 조직에 침범하여 끈기 있게, 하지만 착실하게 작업을 해나갔다. 꿈속에서 꿈에 저항하는 사람 같은 무의식의 몸짓을 도모코는 스스로도 깨닫지 못한 채 하곤 했다. 그런 때는 몹시 불안하다. 그녀는 망각에 저항하고 있었던 것이다.

망각이 자신 속에서 커나가는 힘이 한창 커나가는 태아의 힘이라는 도모코의 생각에는 약간 자신을 속인 오산이 있었다. 그건 또 다른 것이다. 망각은 회임에 의해 기세를 얻은 것에 지나지 않았다. 사건의 윤곽은 서서히 무너져가고 희미해지고 애매해지고 풍화하고 해체되었다.

분명 한 차례 여름 하늘 속에 하얗고 또렷한 윤곽을 가진 무시무시한 풍채의 대리석 조각상이 출현했었다. 그것은 구름처럼 모호한 것이 되어 팔이 떨어지고 목이 빠지고 손에 치켜든 장검이 떨어져나갔다. 기억 속의, 온몸의 털이 곤두설 것 같던 대리석의 표정은 서서히 온화하고 불명료한 것이 되었다.

우리 삶에는 각성시키는 힘만 작용하는 게 아니다. 삶은 때로는 사람을 잠들게 한다. 잘 사는 사람은 항상 깨어 있는 사람이 아니다. 때로는 결연히 잠드는 게 가능한 사람이다.

죽음이 동사하지 않고자 하는 사람에게 저항하기 힘든 잠을 부여하듯이, 삶도 똑같은 처방을 살고자 하는 사람에게 부여하는 일이 있다. 그런 때 살고자 하는 의지는 뜻밖에도 그 의지의 죽음에 의해 산다.

도모코에게 지금 덮쳐든 것은 그런 잠이었다. 버텨낼 수 없는 진지함, 고정하고자 하는 성실함, 그런 것 위를 삶은 거뜬히 가볍게 훌쩍 뛰어넘는다. 물론 도모코가 지키고자 했던 것은 성실이 아니었다. 지키고자 했던 것은 죽음이 강제한 한순간의 감동이 의식 속에 어떻게 완전하게 살아 있는가 하는 질문이었다. 이 질문은 아마도, 죽음도 우리 삶의 하나의 사건에 지나지 않는다는 잔혹한 전제를, 도모코가 알지 못하는 사이에 원했던 것이다. 어쩌면 그녀는 아이들의 죽음을 본 순간, 비탄이 덮치기 전에 이미 그들의 죽음을 배신했었는지도 모른다.

참으로 선하고 단순한 도모코의 마음은 원래부터 그러한 분석에는 적합하지 않았다. 그녀의 표정에는 이전보다 뭔가 어리석은 부분이 드러났다. 뭔가를 알고 뭔가를 의심하기 시작한 자가 짓는 어리석음의 표정이다. 아무것도 알지 못했던 무렵의 천진한 도모코는 오히려 씩씩하고 영리한 젊은 엄마로 보였을 것이다.

어느 날 라디오 방송에서 아이를 잃은 엄마를 다룬 드라마가 흘러나오자 그것을 듣던 도모코는 곧바로 스위치를 꺼버렸다. 하지만 추억의 압력을 처리하는 이 잽싼 능력에 그녀는 자기가 하고서도 흠칫 놀랐다. 슬픔에 침잠할 때의, 추락의 기쁨과도 같은 희열에 대해 이제 태어날 네 번째 아이의 엄마는 일종의 도덕적 혐오를 일으킨 것이었다. 몇 달 전의 그녀와는 얼마나 크게 달라졌는가.

태아를 위해서는 어두운 격정을 거부하지 않으면 안 된다. 마음의 균형을 유지하지 않으면 안 된다. 그러한 정신위생상의 금기는 계속 질질 끌며 결론이 나지 않는 망각보다 훨씬 더 도모코의 마음에 들었다. 우선 그녀는 자유를 느꼈다. 다양한 계율 속에서 자유를 느꼈다. 그게 무엇보다 큰 망각의 힘이었지만 도모코는 이토록 자신의 기분을 마음먹은 대로 다룰 수 있다는 것에 놀랐다.

추억에 빠져드는 습관도 어느새 없어지고, 명일命日의 독경이나 성묘 때 눈물이 흐르지 않아도 이상하다고 생각되지 않았다. 그녀는 자신이 관대해지고 무엇이든 용서할 수 있게 되었다고 생각했다. 이를테면 봄이 와서 가쓰오를 데리고 근처 공원까지 산책을 나가 모래놀이터에서 신이 난 많은 아이들을 봐도, 불행 직후에 다른 살아 있는 아이들을 보고 느꼈던 증오나 질투는 느껴보려고 해도 느껴지지 않았다. 그녀가 용서한 덕분에 아이들도 모두 구김살 없이 살아가고 있었다. 도모코는 사회적인 활력을 그런 식으로 감지했다.

망각은 마사루의 경우 아내보다 분명 빨리 찾아왔지만 그만큼 그가 박정하다는 뜻은 아니다. 오히려 그 슬픔에 감상적으로 푹 빠져든 것은 마사루였으며 남성은 통상적으로 그런 마음의 변천에 있어 여성보다 감상적인 법이다. 마사루는 감정의 지속을 견디지 못했고 자신의 슬픔이 그렇게 끈질기게는 자신을 쫓아오지 않는다는 것을 확인하자 갑작스럽게 고독을 느끼고 아내 모르게 가벼운 바람을 피웠다. 하지만 금세 싫증이 났다. 그리고 도모코가 회임했다. 그는 어머니에게 돌아가듯이 서둘러 도모코에게 돌아왔다.

 그 사건은 표류자가 배의 잔해와 이별하듯이 이 가족의 생활과 헤어졌다. 사건 당일에 신문 독자들이 사회면 한 귀퉁이에서 본 것과 똑같은 견해를, 시간이 그들에게도 가능하게 해주었다. 그들은 사건 당사자조차 아니었던 게 아닌가 하고 의아했다. 그저 단순히 가장 가까운 거리의 구경꾼이었던 게 아닐까. 당사자는 남김없이 죽었고, 그 죽음에 의해 사건과 영원히 함께하게 되었지만, 우리가 역사적 사건에 참여하기 위해서는 그 사건에 우리의 존재가 어느 정도 걸려 있어야 한다. 마사루 부부는 무엇을 걸었는가. 무엇보다 뭔가를 걸어볼 틈이 있었던가.

 사건은 저 멀리 곶의 등대 불빛처럼 밝혀져 있었다. A해변 남쪽에서 보이던 쓰메키가사키의 회전식 등대처럼 깜빡거리고 있었다. 무해하다기보다는 유익한 교훈이 되고 구체적 사실에서 관념적 비유로 변모했다. 그것은 이쿠타 가의 소유를 벗어나 일개 공유물이 되고, 등대 불빛이 파도 거친 바닷가, 밤새도록 하얀 어금니를 드러내고 쓸쓸한 바위를 깨무는 파도며 곶 주위의 숲을 비추듯이 일상생활의 복잡한 사회 주변을 비추었다. 거기에서 인간은 교훈을 읽어낼 터였다. 알기 쉬운, 오래전부터 일컬어온 단순한 교훈으로, 아이를 가질 정도의 부모는 당연히 명심해야 할 것이다. 즉 이런 것이다.

'해수욕장에 놀러 간다면 끊임없이 아이를 감시해야 한다. 설마 하고 방심하는 틈에 인간은 물에 빠지는 법이다.'

마사루 일가가 그런 통념을 위해서 두 아이와 올드미스 한 명을 희생양으로 바친 것은 아니다. 어쩌다 세 사람의 죽음이 그러한 통념의 뒷받침 외에는 아무 도움이 되지 않았던 것뿐이다. 영웅의 죽음도 그것과 마찬가지 효능밖에 없었던 예는 아주 많다.

도모코의 네 번째 아이는 딸이었다. 태어난 건 늦여름이다. 일가의 기쁨은 한이 없어서 가나자와에서 소식을 들은 마사루의 양친은 새로 태어난 손녀를 보러 상경했다. 그 참에 마사루는 다마 묘지에도 안내했다.

딸아이에게는 모모코라는 이름을 지어주었다. 엄마와 아이 모두 건강했다. 도모코는 육아에 이미 경험이 있었다. 가쓰오는 다시 누이가 생긴 것이 기뻐서 견딜 수 없었다.

***

다시 그다음 해 여름의 일이었다. 사건 2년 뒤, 모모코가 태어난 이듬해 여름이다. 도모코가 갑자기 A해변에 가고 싶다는 말을 꺼내서 마사루를 흠칫 놀라게 했다.

"웬일이야? 평생 다시는 A해변에 가지 않겠다고 했잖아."
"근데 어쩐지 가보고 싶어."
"이상한 사람이네. 나는 전혀 가고 싶지 않은데?"
"그래? 그럼 관둘게."
이삼 일, 도모코는 별말이 없었다. 그러다가 다시 말했다.
"역시 A해변에 가보고 싶어."
"그렇다면 당신 혼자 가봐."
"혼자는 못 가지."
"왜?"
"그야 어쩐지 무서워서."
"무서운 곳에 왜 가겠다는 거야?"
"다 함께 가보고 싶어. 그때도 당신이 있었다면 한결 마음이 놓였을걸. 당신과 함께였다면."
"괜히 갔다가 그 틈에 또 무슨 일이 날지 몰라. 게다가 휴가를 그리 오래 받을 수도 없어."
"하룻밤만 자고 오면 돼."
"불편한 곳인데……."
마사루는 왜 또 가고 싶은지 그 이유를 물었다. 도모코는 모르겠다고 할 뿐이었다. 마사루는 요즘 즐겨 읽는 탐정소설의 정석이 떠올랐다. 그리고 이렇게 생각했다.
'살인자는 묘하게도 자신이 살인을 저지른 장소를 위험을 무릅쓰고 보러 간다던데 도모코도 아이들이 죽은 바닷가를 다시 보고 싶다는 기묘한 충동에 휩싸인 건가.'

세 번째로 도모코가 똑같은 제언을, 대단한 열의를 품은 건 아니지만 똑같이 단조로운 어조로 되풀이했을 때, 마사루는 주말의 혼잡을 감안해 평일 하루 휴가를 얻어 가보기로 결심했다. 여관은 영락장 한 곳밖에 없다. 불행한 그 방에서 최대한 멀리 떨어진 방을 예약했다. 도모코는 여전히 남편의 운전을 탐탁해하지 않았다. 부부와 가쓰오, 모모코 네 명이 이토에서 택시를 불러 타고 갔다.

여름은 한창 절정이었다. 길가의 집 뒤편에 해바라기가 사자처럼 갈기를 풀어 헤치고 서 있었다. 자동차 먼지가 해바라기의 숨김없이 드러난 꽃 얼굴에 훅 끼쳤다. 하지만 해바라기는 태연자약했다.

차의 왼편 창문으로 바다가 보이자 가쓰오는 2년 만에 본 바다에 환성을 올렸다. 벌써 다섯 살이었다.

부부는 차 안에서 별다른 얘기를 하지 않았다. 차가 심하게 덜컹거려서 차분히 대화를 주고받기도 어려웠다. 모모코는 이따금 옹알옹알 뜻이 통하는 말을 했다. 가쓰오가 '바다'라는 단어를 가르쳐주자 반대편의 붉은 흙을 드러낸 벌거숭이산을 창 너머로 가리키며 '바다'라고 말했다. 마사루는 가쓰오가 아기에게 뭔가 불길한 말을 가르쳐준 듯한 느낌이 들었다.

영락장에 도착했다. 지지난해와 똑같은 총무가 나와서 맞이해주었다. 마사루는 팁을 건넸다. 그때 떨림이 멈추지 않는 손으로 이 사람에게 쥐여준 천 엔짜리 지폐가 생생하게 떠올랐다.

여관은 올해는 불경기로 한산했다. 방에 짐을 풀자 마사루는 온갖 것이 생각나서 기분이 몹시 좋지 않았다. 아이 앞에서 아내를 나무라는 소리를 했다.

"여행을 와도 왜 하필 이런 곳에 오지? 생각나는 건 안 좋은 일들 뿐이야. 어렵사리 잊어버린 게 다시 죄다 떠오르잖아. 모모코는 태어나서 첫 여행인데, 여기 말고 더 재미있는 데도 얼마든지 많아. 한창 일도 바쁜 때 휴가를 내서 이런 곳에 오는 바보가 어디 있어?"
 "그래도 일단 괜찮다고 했으면서."
 "당신이 자꾸 얘기하니까 그랬지."
 정원 잔디는 오후의 햇볕에 어른어른 타고 있었다. 모든 것이 재작년 그대로였다. 하얀 페인트를 칠한 그네에는 진남색이며 초록색이며 빨간색 수영복이 걸려 있었다. 장난감 고리던지기 받침대 주위에는 고리 두세 개가 굴러다니고 반쯤은 풀에 묻혀 있었다. 정원 한 귀퉁이에 야스에의 사체를 눕혔던 나무 그늘이 있었다. 나무 사이로 비쳐든 햇빛은 아무것도 없는 잔디 위에 얼룩덜룩한 반점을 그렸고 그것이 문득 눈의 착각으로 야스에의 초록색 수영복의 굴곡 위에 반점을 떨군 것처럼 보였다. 빛이 끊임없이 바람에 흔들리는 게 그런 환각을 불러일으킨 것이다. 마사루는 그곳에 야스에를 눕혔던 것을 알지 못했다. 환각을 본 것은 도모코 혼자였다. 본인은 모르는 사이에 마사루는 이미 일어났던 사건이 마치 존재하지 않는 것처럼, 그곳에 야스에를 눕혔던 것을 알지 못해서 영구히 그 한 귀퉁이를 아무 일도 없는 조용한 나무 그늘로 바라볼 게 틀림없었다. 하물며 아무것도 모르는 숙박객들은 더욱 그렇다. ……도모코는 그런 생각을 하지 않을 수 없었다.
 아내가 입을 다물자 마사루는 나무라는 데도 지쳤다. 가쓰오는 마루에서 정원으로 내려가 고리던지기의 고리를 집어 들었다. 그것을 던지지 않고 잔디 위에 굴렸다. 그러고는 굴러가는 고리의 행방을 쪼그리고 앉은 채 지그시 바라보았다. 고리는 그림자를 동반하고 잔디 풀의 요철 위를 서투르게 굴러갔다. 문득 깜짝 놀란 듯 픽 쓰러져 그림자 위에 겹쳐졌다. 가쓰오는 꼼짝도 않고 가만히 지켜보았다. 고리가 다시 일어설 듯한 기분이 든 것이다.

침묵 속을 차지한 부근의 매미 울음소리에 마사루는 목 언저리에 배어나는 땀을 느꼈다. 아빠의 의무가 생각나 자리에서 일어섰다. 자아, 가쓰오, 바다에 가보자, 라고 말했다.

도모코는 모모코를 품에 안고 뒤따라왔다. 네 사람은 정원 산울타리 문을 지나 소나무 숲속으로 나갔다. 바다가 눈에 들어오고, 해변 바위 둔치 위를 파도가 급한 걸음으로 달려왔다가 반짝이며 퍼져가는 게 보였다.

석가산을 돌아 모래사장으로 나갈 수 있는 간조 시각이었다. 마사루는 가쓰오의 손을 잡고 뜨거운 모래 위를 여관 게다를 신은 채 걸어갔다.

모래사장에 나온 사람은 많지 않았다. 바닷가 파라솔이 하나도 보이지 않았다. 석가산 아래를 빠져나오자 벌써 그곳은 해수욕장 한 귀퉁이였지만 모래사장을 둘러봐도 사람은 채 스무 명도 되지 않았다.

네 사람은 물 앞에서 멈춰 섰다.

먼바다에는 오늘도 엄청난 여름 구름이 있었다. 구름이 구름 위에 겹겹이 쌓였다. 저토록 무거운 빛으로 가득한 장엄한 질량이 공중에 떠 있다는 게 신기했다. 그 위쪽의 파란 하늘에는 빗자루로 쓸어낸

무늬처럼 가벼운 구름이 활달하게 뻗어나가 수평선 위에 웅크린 그 울적한 구름을 내려다보고 있었다. 아래쪽의 뭉게구름은 뭔가를 꾸욱 견디고 있었다. 빛과 그림자의 과잉을 형태로 뒤덮고, 이른바 어두운 부정형의 정욕을 밝은 음악의 건축적 의지로 다잡고 있는 것 같았다.

바다는 그 구름 바로 밑에서 이쪽을 향해 널리 존재하고 있었다. 바다는 육지보다 훨씬 보편적이어서 내해도 바다를 붙잡고 있다는 인상을 주지 않는다. 특히 이곳의 만 입구는 넓기 때문에 바다가 정면에서 모든 것을 범하고 있는 것처럼 보였다.

파도가 들고 일어선다. 무너지려고 한다. 무너진다. 그 굉음은 여름 햇볕의 맹렬한 정적과 똑같은 것이었다. 그것은 거의 소리가 아니었다. 귀를 찢는 침묵이라고나 표현해야 할 것이다. 그리고 네 사람의 발치에는 파도의 서정적인 변신, 파도와는 다른 것, 파도의 가벼운 자조라고나 해야 할 흔적의 잔물결이 밀려왔다가 밀려갔다.

마사루는 옆의 도모코를 보았다.

도모코는 지그시 바다를 보고 있었다. 머리칼을 바닷바람에 휘날리며 강한 태양 광선에도 주춤하는 기미가 없었다. 눈은 윤기를 머금어 씩씩해 보였다. 입은 고집스럽게 닫혔다. 그 품에 작은 밀짚모자를 쓴 한 살짜리 모모코를 안고 있었다.

마사루는 그런 아내의 옆얼굴을 몇 번이나 봤던 것 같다고 생각했다. 그 사건이 벌어진 이후로 아내는 이따금 방심한 듯한 이런 표정을 내보였다. 그것은 기다리는 표정이었다. 뭔가를 간절히 기다리는 표정이었다.

'당신 지금 대체 뭘 기다리고 있어?'

마사루는 그렇게 가볍게 물어보자고 생각했다. 하지만 그 말이 선뜻 입 밖으로 나오지 않았다. 그 순간, 묻지 않아도 아내가 무엇을 기다리는지 알 듯한 마음이 들었던 것이다.

마사루는 오싹해져서 잡고 있던 가쓰오의 손을 꾹 움켜쥐었다.

(1952년)

불꽃놀이
花火

옛 다이쇼大將에게는 대역이라는 게 있었다. 영화에는 스탠드인이라는 것도 있다. 생판 타인인데도 얼굴 생김새가 꼭 빼닮은 사람이라는 게 실제로 있는 것이다.

이제 슬슬 여름방학이 시작될 참이라서 C대학에 다니는 나는 그 기간에 뭔가 수입 좋은 아르바이트 자리를 찾고 있었다. 그래서 아르바이트라면 뭐든 한 번씩은 경험해본 고학생 A에게 문의해보았다. 여름방학 후반은 센다이의 고향에 돌아가기로 해서 전반 동안에 한몫 단단히 벌어들일 필요가 있었다.

어느 날, 나는 A와 함께 그가 대충 짚어준 곳 두세 군데를 알아보았다. 모두 잘되지 않거나 조건이 안 좋거나 해서 A는 그날 온종일 실패에 지친 나를 위로해주려고 그가 이따금 가는 술집에 데려갔다.

그 술집이라는 곳이 료고쿠의 고쿠기칸* 근처여서 주로 훈도시가 쓰기**며 잡일꾼들이 한잔하러 들르는 저렴하고 마음 편한 가게였다. A가 어떻게 이런 곳을 알았는가 하면, 여름철 스모대회 때 잡일을 해줄 학생아르바이트에 응모해 각반 작업복***을 입고 일하는 사이에 동료의 청에 이끌려 한잔하러 온 게 처음이었다고 한다.

막상 들어가보니 스모는 지방대회 순회 중이어서 손님층에 딱히 이렇다 할 특징은 없었다.

우리는 곧장 식탁 앞에 자리를 잡았다. 그러자 발 빠르게 돌아다니던 오통통한 여주인이 A가 주문한 소주와 안주를 가져왔다. A는 두세 마디 흔해빠진 농담을 건넸고, 그 끝에 친구에게 좋은 아르바이트 일자리가 없겠느냐고 물었다. 나는 겸연쩍어서 이런 데서 그 얘기는 안 했으면 하는 생각에 말없이 소주잔만 기울였다.

"어머, 이쪽도 대학생이었어?"

여주인이 조금 놀란 듯이 말했다.

우리는 와이셔츠에 교모 차림이었고 그 모자를 의자 위에 놓아두었던 것이다.

"동급생이죠. 이 친구, 학생으로 안 보입니까?"

---

* 도쿄 스미다구 남부의 한 구역인 료고쿠에는 스모 상설경기장 '고쿠기칸國技館'이 있고, 초여름에 스미다가와 강변에서 열리는 불꽃놀이가 유명하다.
** 훈도시가쓰기褌担ぎ는 스모에서 선배의 훈도시(샅바)를 둘러메고 다니며 수발을 하는 하급 스모꾼.
*** 옛날 바지의 하나인 닷쓰케바카마裁っ着け袴는 무릎 아래 부분을 각반을 두른 것처럼 좁게 한 것. 원래 무사의 여행용 바지였고 이후 행상인, 농민, 잡일꾼의 작업복으로 사용되었다.

A가 내 모자를 집어 식탁 위에 올려놓으며 말했다.

"그건 아니지만, 평소에 항상 멋지게 차려입고 다녀서 학생이라고는 생각을 못 했지. 그러고 보니 이렇게 둘이서 나란히 온 건 오늘이 처음이네?"

"엇, 자네 여기 처음 온 거 아니었어?"

"처음이지. 료고쿠에 온 것도 처음인데."

"아이, 시치미를 뚝 떼고, 얄미워."

나의 억울함은 좀체 풀리지 않았다. 여주인은 내가 몇 번이나 이곳에 왔었다고 끈질기게 주장하고, A는 나의 '이유 없는 거짓말'을 꾸짖어마지않았다.

그러고저러고 하는 사이에 입구의 줄 포렴이 흔들리더니 진남색 폴로셔츠에 흰 바지를 입은 남자가 나타났다. 게다를 여기저기 들이박듯이 요란하게 들어서더니 여주인에게 붙임성 좋게 인사했다.

"안녕하세요?"

우리는 보통 놀란 게 아니었다. 그자의 용모하며 겉으로 보이는 나이하며, 완전히 나를 꼭 빼닮았기 때문이었다. 그중에서도 여주인은 괴상한 탄성을 올렸다.

"아, 쌍둥이일 수도 있겠네, 이 오빠들."

스스로 그 범속한 상상이 재미있었는지 형제의 잔을 나누라면서 돈을 받지 않고 술까지 내주었다. 그래서 우리는 별반 원하지도 않았는데 그 남자를 소개받고 같이 술을 마시는 상황이 되었다.

여주인의 소개는 그리 재치 넘치는 것은 아니었다.

"이쪽은 나아 씨. 그리고 이쪽은, 가와이 씨라고 했지? C대학 학생

이야."

 여주인은 그 남자의 성씨까지는 모르는 것 같았는데, 남자도 자진해서 밝히려 하지 않았다. 하지만 쾌활하고 붙임성 있는 청년이어서 나도 A도 자리를 함께하는 것에 딱히 이의는 없었다. 아마도 이 근처에서 일하는 직인職人이거나 영업 담당일 텐데 우리 쪽이 대학생이라고 하니까 자신의 직업을 밝히기가 꺼려진 모양이라고 생각했다.

 "와아, 진짜 닮았네."

 처음에는 그런 경탄이 공통된 화제였다. 하지만 술잔이 오갈수록 나와 그자의 차이가 점점 드러났다. 이를테면 술을 마실 때 고개를 숙이고 잔 가장자리에 입을 대는 몸짓, 말투는 시원시원하지만 뭔가 대화 중에 문득 입을 다무는 버릇, 이론적인 얘기가 나오면 일절 회피하는 태도, 웃을 때도 눈만은 웃지 않는 느낌…… 차이점이 점차 뚜렷해지고 그런 것을 통해 나와는 다른 별개의 인격이 확고하게 눈앞에서 조립되어가자 나는 안도했다. 나와 똑같은 얼굴을 코앞에서 계속 바라보기가 내게는 적잖이 불안한 일이었던 것이다.

 그자는 스모 이야기에는 관심을 보였다. 그 화제를 꺼낸 건 물론 A였다.

 "스모에 대해 아주 잘 아는군요."

 남자가 말했다. A가 소탈하게 말을 받았다.

 "아르바이트로 각반 작업복 입고 잔심부름을 했거든요." 그러고는 낌새를 느끼고 내가 말리려 했지만 이미 때 늦어서 또다시 그 얘기를 꺼내버렸다. "가와이에게 어디 좋은 아르바이트 자리 좀 없을까요?"

 "아르바이트라……."

그는 술잔 너머로 흘끗 내 쪽을 보았다.

그 눈은 날카롭고 눈동자가 전혀 움직이지 않았다. 쾌활하고 붙임성이 좋은데도 전체적으로 어두운 인상을 풍기는 건 그 눈빛 때문인 것 같았다. 그런 식으로 쳐다봤을 때, 나는 마치 물건이 된 듯한 불쾌한 기분이 들었다.

"그렇다면 불꽃놀이는 어때요? 친구는 스모, 그쪽은 불꽃놀이, 서로 관련도 있고 재미있잖아요."

"불꽃놀이라니, 거기서 뭘 하는데요?"

들어보니 7월 18일 료고쿠 강변 불꽃놀이를 위해 야나기바시의 일류 요정에서 스모 잡일꾼을 써서 호평을 받았던 경험에 따라 당일에 한해 잡일꾼 대학생 아르바이트를 모집하고 있다, 요정 이름은 '기쿠테이'라고 하는데 야나기바시에서도 일이 등을 다투는 곳이다, 수입이 꽤 짭짤할 것이다, 라는 얘기였다.

"어떻습니까?" 남자는 열의가 있는지 무관심한 것인지 알 수 없는 단조로운 말투로 말을 이었다. "……아, 방금 생각났는데 수입도 짭짤하지만 행하*까지 두둑하게 챙길 방법이 있거든요. 가와이 씨, 현재 운수대신** 이와사키 사다타카, 알아요?"

"신문에서 사진으로는 본 적이 있죠."

나는 만화로 자주 다뤄지는 그 긴 얼굴과 뻐드렁니에 백발, 하지만 묘하게 근엄한 표정을 떠올렸다.

"얼굴이 길고……."

* 심부름이나 시중을 들어준 사람에게 품삯 이외에 더 집어주는 돈이나 물건을 말한다.
** 운수대신運輸大臣은 우리나라의 건설교통부 장관에 해당한다.

"네, 알아요."

"그 운수대신이 틀림없이 불꽃놀이를 구경하러 올 겁니다. 그러면 두어 번, 얼굴을 빤히 쳐다보세요. 말을 해서는 안 돼요. 그냥 잠깐 구멍이 뚫릴 만큼 그 사람 얼굴을 빤히 쳐다보기만 하면 됩니다. 그렇게만 하면 나중에 행하가 듬뿍 나올 테니까. 거짓말 아닙니다. 그냥 빤히 얼굴을 쳐다보기만 하면 그걸로 끝이에요."

"이상한 얘기인데요?"

"나하고 꼭 빼닮은 당신의 그 얼굴로."

나는 새삼 남자의 얼굴을 보았다. 어설픈 거울이라면 이렇게까지 여실히 내 얼굴을 그대로 비춰내지 못할 것이다. 나는 잘생긴 편은 아니다. 그렇다고 추남이라고 할 정도도 아니다. 특징이라면 얼굴 생김새가 약간 험상궂다는 것이다. 눈썹과 눈이 바짝 붙었고 콧날은 제법 멋진 편이지만 입이 큼직해서 어쩐지 싱거운 모양새다. 나는 내 입이 개하고 비슷하다 싶어서 영 마음에 안 들었다. 이마는 좁고, 얼굴은 가무잡잡한 것보다 좀 더 검은 편이다.

어떻게 대답해야 할지 몰라 멍하니 있었더니 그가 말했다.

"응할지 말지는 그쪽 마음이지만, 만일 응해서 두둑하게 행하를 받으면 틀림없이 받을 테지만, 그건 나하고 반으로 나누기로 하죠. 불꽃놀이 다음 날 저녁에 내가 여기서 기다릴 테니까."

이 얘기는 이미 다른 손님을 응대하는 중이던 여주인이나 가게 안의 다른 손님들 귀에는 들어가지 않았다.

A는 반대했지만 나는 호기심을 억누르지 못하고 그 제안에 응했

다. 그리고 남자가 말한 대로 곧바로 채용되었다. 강변 불꽃놀이 날에는 아침 일찍 나오라는 지시를 받았다.

7월 18일은 공교롭게도 아침부터 비가 내렸다가 그쳤다가 하는 날씨였다. 그전 며칠은 대부분 구름이 끼었는데도 비는 내리지 않는 날이 줄곧 이어진 터였다.

아침 일찍 나가자 전원에게 통행증이라는 것을 내주었다. 오후 3시부터 곳곳에서 교통통제가 실시되기 때문에 발로 뛰는 심부름을 할 때는 그 통행증을 제시하지 않으면 안 된다.

통행증에는 번호가 붙었고 다음과 같이 인쇄되어 있었다.

1953년 료고쿠 강변 불꽃놀이

일시: 1953년 7월 18일(토요일) / 우천 시 순연

오후 1시~9시 30분

관람석 입구: 국전國電 및 도전都電 아사쿠사바시 역 앞

(본 통행증을 경비원에게 제시해주십시오.)

주최: 료고쿠 불꽃놀이 조합

밑에는 '기쿠테이'라는 빨간 도장이 찍혀 있었다.

오전 중에 아사우라 짚신*에 '기쿠테이'라고 찍힌 핫피**를 입고 나

---

* 아사우라조리麻裏草履는 삼실로 납작하고 넓게 엮은 끈을 바닥에 덧대어 꿰맨 짚신. 민첩하게 움직이기에 적합하다.
** 핫피法被는 잔심부름꾼, 영업직 등이 입는 짧은 두루마기형 상의로, 등판이나 깃 등에 옥호나 성명을 넣는다.

는 날씨를 걱정해가며 객석에 탁자를 나르고 정원 의자석의 팻말을 박고 경찰서에 연락 심부름으로 뛰어갔다 오기도 하면서 바쁘게 움직였는데, 오후가 되자 잠시 비가 걷혔기 때문에 오늘 불꽃놀이 대회를 결행하기로 했다는 통지가 내려왔다.

나는 여태껏 한 번도 화류계라는 데는 들여다본 적도 없었다. 시골 출신 대학생의 호기심을 이만큼 불러일으키는 곳도 없을 것이다. 하룻밤의 불꽃놀이를 위해 들어가는 막대한 비용은 물론 그것을 뒷받침하는 손님들이 떨궈주는 돈 덕분이겠지만, 이런 큰 낭비가 대체 무슨 목적으로 이루어지는가 하는 얘기가 되면 아르바이트 학생으로서는 도무지 뭐가 뭔지 알 수 없었다. 게이샤들도 화려하게 차려입고 객석을 왔다 갔다 했지만 우리 쪽에는 눈길도 주지 않았다. 눈앞에서 딴 세상이 빙빙 돌아가고 있는데 그 회전에 우리 같은 작은 톱니바퀴의 움직임도 더해진다고 실감하기는 지극히 어려웠다.

요정 기쿠테이의 문 안에는 잡일꾼들이 앉는 걸상이 놓였고 물을 뿌려둔 돌바닥 좌우로 작업화 선반이 설치되었다. 평소의 공간만으로는 부족했기 때문이다. 불꽃놀이가 잘 보이는 관람석에는 급하게 흰색 천을 씌워 마련한 탁자가 가로세로로 빙 둘러 자리를 잡았고, 찬합 도시락과 선물과 불꽃놀이 차례표와 컵, 술잔, 젓가락 받침 위로 삐죽 고개를 쳐든 홍백의 축하용 나무젓가락 등이 각각의 손님을 기다리며 질서정연하게 차려졌다. 강을 마주한 정원에는 급조한 테이블과 의자가 세 줄로 늘어섰고 각각 손님의 회사명이 적힌 묵 글씨 종이가 내걸렸다. 나뭇가지에서 나뭇가지로 수없이 이어진 알록달록한 맥주회사 초롱불이 코드에 묶여 연달아 강바람에 흔들렸다.

강 위까지 튀어나간 관람석은 배 몇 척을 엮어 만든 좌석이었다.

배는 이미 스미다가와 강물 위 곳곳을 떠돌고 있었다. 시카케 불꽃*의 격자를 짠 배도 강 한복판에 여러 척 떠 있었다. 강변에는 의자며 작은 평상을 들고 나온 사람들이 몰렸고, 모든 빌딩의 창문이며 옥상은 사람들의 검은 머리가 북적거렸다. 교통정리에 나선 경찰, 여기저기에 진을 친 동네모임 천막, 별 볼일도 없이 돌아다니는 어수선한 사람들, 그 모든 것 위로 다시 비를 흩뿌리기 시작한 하늘을 찢으며 쉴 새 없이 눈에 보이지 않는 대낮 불꽃놀이의 굉음이 울렸다. 그렇게 우리 눈에는 보이지 않는 불꽃놀이를, 떠도는 화약 연기를 통해 냄새만 겨우 맡을 수 있었다. 이따금 연기는 강의 수면을 휘감아서 철교를 몽롱하게 보이게 했다. 그러면 거센 기적소리가 가르고 들어와 주위에 울려 퍼지며 전차가 철교 위를 지나갔다.

3시가 되자 고급 차들이 요정 앞길에 빼곡히 들어차기 시작했다. 현관에서의 응대는 쉴 틈이 없었다. 여주인은 현관 입구의 주홍 융단에 단정히 앉아 손님에게 인사를 하기도 하고 게이샤와 하녀에게 지시를 내리기도 했다. 아무튼 모두가 흥분해서 몹시 바쁘게 뛰어다니고 목청 높여 소리쳤다. 이따금 불꽃놀이의 굉음에 대화가 끊기곤 했다. 그런 때는 점점 더 본격적으로 비를 뿌리는 하늘을 올려다보며, 하필 왜 오늘, 이라고 하는 것도 흥분한 가운데 오가는 말이었다.

우리가 앉아 있는 문 앞의 작은 평상 위에는 천막이 쳐졌다. 손님

---

* 시카케 불꽃仕掛け花火은 일정한 장소에 화약을 설치해 그 자리에서 갖가지 모양을 만들어내는 불꽃. 반의어는 우치아게 불꽃打上げ花火으로, 화약을 통筒에 재어 하늘 높이 쏘아 올리는 것을 말한다.

이 도착하면 똑같은 핫피 차림의 장정들이 일제히 일어나 인사를 하면 되는 것이다. 냉큼 달려가 자동차 문을 여는 사람은 행하를 받을 수 있는 역할이라서 잡일꾼 중에 애초에 높은 직급인 듯한 작은 몸집에 고집깨나 센 얼굴의 노인이 도맡았다. 다른 잡일꾼들은 볼일이 있을 때까지 대기하고, 만에 하나 수상쩍은 자들이 들어오려고 하면 되돌려 보내기도 했다.

대학생 아르바이트는 몇 명뿐이었다. 그들 중 두 사람이 나누는 대화에 나는 귀를 쫑긋 세웠다.

"오늘, 대신 두 명이 온다던데?"

"그래?"

"운수대신과 농림대신이라더라."

"이름이 어떻게 되는 자들이야?"

"운수대신은 이와사키 뭐뭐라는 사람일걸? 농림대신은 우치야마 뭐뭐라고 했어."

"에이, 불꽃놀이가 안 보여서 재미없다."

"그러게, 이제 곧 어두워질 텐데."

강을 등지고 있는 이쪽 문 앞에서는 불꽃놀이를 구경하기가 가장 힘들 터였다.

"그 불꽃놀이 차례표 좀 보여줘. ……뭐야, '류우후 일월시우柳雨後日月時雨', '인선금홍로引先錦紅露'……. 무슨 말인지 하나도 모르겠네."

나는 옆에서 초롱 불빛에 비친 그 차례표를 흘끗 넘어다보았다.

'다투어 피어나는 명기名技의 춤'

'실버 커튼'

'옥추옥취룡玉追玉吹龍'

'치요다의 자랑스러운 빛'

'오색 영락五色瓔珞'

'일곱 겹 여덟 겹 퍼지는 꽃의 눈보라'

'승천은룡昇天銀龍 오종五種의 꽃'

매우 현란하고 추상적인 그런 제목이 이어졌다.

5시가 지나자 비가 억수로 쏟아졌다. 머리에 수건을 얹은 남녀가 뛰어갔다. 불꽃은 끊임없이 요란한 소리를 냈다. 지붕 위에 자잘하게 튀는 빗방울을 앞세우고 고급 자동차가 차례차례 문 앞에서 멈췄다.

드디어 날이 저물고, 나는 하늘에 펼쳐진 큼직한 불꽃의 파편이나마 이따금 천막 처마 너머로 볼 수 있었다.

그러자 차 문을 담당하던 노인이 들썽들썽하는 기색을 보였다. 손님이 끊긴 동안에는 혀를 끌끌 차며 말했다.

"제기랄, 나도 보고 싶다. 수당을 죄다 반납하더라도 2층 관람석에 올라가서 보고 싶어."

우리는 그 말에 웃음이 터졌지만, 그게 농담이 아니라 본심이었던 모양이다.

왜냐하면 비를 피하려고 배나 정원 의자석 손님들을 1층 객석으로 옮기도록 하면서 생겨난 혼란을 정리하기 위해 잡일꾼 네다섯 명을 보내달라고 달려왔을 때, 노인은 여태까지 혼자 도맡았던 역할을 내

팽개치고 가장 먼저 그 네다섯 명에 가담했기 때문이다. 어쨌든 정원 쪽 일을 맡으면 불꽃놀이는 구경할 수 있는 것이다.
 문 앞의 천막에 남은 사람은 서너 명뿐이었다.
 시시각각 정보가 들어왔다. 습기를 우려해 지금 시카케 불꽃놀이를 전부 먼저 점화하는 참이다, 라고 알려준 사람이 있었다. 차례표의 군데군데에 나뉘어 있던 시카케 불꽃놀이가 이렇게 저녁 이른 시간에 남김없이 끝나버리는 것이다.
 6시가 지났다. 손님의 발길이 띄엄띄엄 줄어들었다.
 낯익은 하녀가 다급한 기색으로 얼굴을 내밀었다.
 "이와사키 씨는 아직 안 오셨지요? 왜 이렇게 늦으실까."
 그렇게 말하자마자 대답도 듣지 않고 자취를 감췄다.
 7시를 막 넘어선 무렵이었다. 칠흑의 고급 차 한 대가 문 앞에 주차했다. 관청 자동차였다.
 나는 저절로 벌떡 일어나 우산을 펼쳐 들고 그 차 문을 열러 갔다. 현관 등 불빛이 은은하게 비추는 차 안에 한 신사가 웅크리듯이 앉아 있었다. 뭔가 들여다보던 서류를 안주머니에 챙겨 넣으려는데 잘 안 되어서 시간이 좀 걸렸다. 그 덕분에 나는 만화에서 봤던 이와사키 운수대신의 얼굴을 분명하게 알아볼 여유가 있었다.
 길쭉한 얼굴, 뻐드렁니와 백발은 사진 그대로였다. 하지만 지칠 대로 지쳤고 안색이 건강하지 않은 듯 푸르죽죽하다는 게 첫인상이었다. 대신이라고 하면 좀 더 혈색 좋은 사람일 거라고 생각했던 것이다.
 서류를 넣느라 지체되었기 때문에 빗물이 차 안으로 들이치지 않게 나는 한껏 열었던 문을 일단 다시 반쯤 닫아주려고 했다. 그 기척을 알았는지 대신이 무심코 고개를 들었다. 그가 몸을 일으켜 차에서 내리려고 한 것과 거의 동시였다.

창유리를 사이에 두고 대신의 눈과 내 눈이 마주친 것은 단 한순간이었다.

하지만 나는 그때만큼 인간의 얼굴이 '핏기를 잃다'라는 표현에 딱 맞는 변화를 일으키는 모습은 아직 본 적이 없다. 한순간에 공포가 그의 얼굴을 물들였다.

얼굴 근육과 신경이 순식간에 수축하는 게 내 눈에 생생하게 보였다. 그래서 대신이 공포에 질린 나머지 차에서 내리자마자 도리어 나한테 덤벼드는 게 아닐까 하는 위구심이 들었을 정도다.

하지만 이와사키 사다타카는 내 우산 속에 말없이 머리를 들이밀더니 이번에는 몹시 냉랭하게 팽팽히 긴장한 뺨을 내보이며 현관까지 나의 안내를 받았다.

여주인과 게이샤들의 환호가 대신을 맞이했다. 그는 한 번도 내 쪽을 돌아보지 않은 채 여자들에 둘러싸여 노송나무 광택을 내뿜는 복도 안으로 멀어져갔다.

……나는 멍하니 천막으로 돌아왔다.

"어때, 행하를 받았어?"

무례하게도 대학생 아르바이트 한 명이 대뜸 물었다. 그 질문 때문에 나는 행하를 한 푼도 받지 않았다는 것을 비로소 깨달았다. 그다음에 나를 덮친 감정은 시시한 금전적 불만이 아니었다. 대신의 얼굴에 정체를 알 수 없는 크나큰 공포의 기색이 비쳤던 것을 다시 떠올리자 이번에는 내가 한층 더 정체를 알 수 없는 공포에 사로잡혔던 것이다.

　……30분쯤 지나 하녀가 여주인의 호출이라면서 나를 데리러 왔다. 묘하게 가슴이 두근거렸다. 내가 연기하는 역할이 뭔가 엄청난 짓으로 생각되기 시작했다.
　하지만 그건 나 혼자만의 어떤 강박관념에 지나지 않았다. 여주인은 대학생 아르바이트가 아니고서는 마음 놓고 맡길 수 없는, 상당히 머리를 써야 하는 연락 심부름을 부탁하려고 나를 부른 것이어서, 쾌활한 말투로 동네모임 천막까지 한달음에 다녀오라고 용건을 알려주었다.
　여주인이 나를 부른 곳은 1층 관람석 복도였다. 관람석 안에는 주홍 융단이 빈틈없이 깔렸고, 그 붉은 색깔이 여주인의 지시를 듣고 있는 동안 내 눈을 찔렀다. 아름다운 게이샤가 쉴 새 없이 일어섰다 앉았다 하며 만드는 그림자가 그 위에서 흔들렸다. 얼핏 바라본 탁자 위는 몹시 어질러져 있었다. 근처에서 폭음이 울리고 실내에 연달아 섬광이 내달리자 손님들과 게이샤들이 내지르는 탄성이 왁자하게 물결쳤다.
　나는 용건을 들은 뒤에 현관 쪽으로 긴 복도를 돌아 나왔다.
　그때 떠들썩하게 계단을 내려오는 사람들이 있었다. 나는 얼른 벽쪽으로 물러섰다.
　게이샤 두세 명에 둘러싸여 내려오는 이와사키 운수대신이었다. 벌써 약간 술에 취한 것 같았지만, 얼굴에 술기운은 드러나지 않았다. 화려한 의상들에 에워싸인 그 볼품없는 검은 양복이 묘하게 고독한 인상을 주었다.

　그는 이번에는 분명하게 나를 보았다. 처음 봤을 때만큼 공포를 노골적으로 드러내지는 않았지만, 일단 의식한 암흑 같은 공포와 필사적으로 싸운 흔적이 보였다. 그리고 눈썹 하나 꿈틀하지 않고 눈 한 번 깜빡하지 않고 나를 쳐다보다가 한낱 잡일꾼에게 주목한 것을 게이샤들에게 들키기 전에 잽싸게 시선을 돌려 내 옆을 지나쳐 맞은편으로 건너갔다. 하지만 나에게는 이와사키의 그 흔들림 없는 표정이 오히려 한층 더해진 공포를 고스란히 드러낸 것처럼 느껴졌다.

　연락 심부름을 나간 길에는 빗발이 웬만큼 가늘어져 있었다. 불꽃놀이를 하기에는 참으로 고약한 날씨였다. 행인들은 비에 젖은 채 올해 불꽃놀이는 영 볼품이 없다느니 뭐니 숙덕거리며 지나갔다.
　여주인에게 심부름 보고를 전하고 나자 정원 쪽 뒷정리에 합류하라는 지시가 내려와서 나는 비에 젖은 문밖의 테이블을 치우기 시작했다. 맥주회사의 초롱은 빗물에 물감이 흘러내려 추레해져 있었다. 너무 보기 흉한 초롱은 찢어서 내려버리는 게 그나마 나았다.
　밑바닥에 빗물이 고인 빈 맥주병을 치워가면서, 아직도 쉴 새 없이 불꽃을 쏘아 올리는 강 쪽을 바라보았다. 바람의 영향으로 화약 연기가 이따금 요정 기쿠테이의 정원에서 강까지 일대를 뒤덮었다. 연기 속에서 지붕 달린 유람선의 모터 소리가 이쪽으로 다가오고, 그 처마에 한 줄로 달린 초롱불이 희미하게 나타났다. ……그러는 사이에 불꽃에서 떨어져 내린 하얗고 작은 종이 낙하산이 젖은 테이블 위에 스르륵 내려와 달라붙기도 했다.

지저분한 접시를 층층이 쌓아 나르는데, 배에서 내린 외국인 손님들이 잡일꾼이 받쳐 든 우산을 쓰고 들어오다가 우리와 마주 지나쳐갔다. 외국인 여성은 양손으로 풀빛 레인코트 깃을 세우면서 아직 미련이 남은 듯 방금 타고 온 배 쪽을 몇 번이고 돌아보았다.

비는 점차 안개비 정도로 잦아들었다. 맞은편의 강 언덕은 그래서 오히려 더 몽롱하게 보이고 우뚝 솟은 철교는 밋밋한 그림자가 되었다.

나는 하늘을 올려다보며 처음으로 마음껏 불꽃놀이를 구경할 수 있었다.

포성 같은 울림과 함께 불기둥이 돌연 강의 표면에서 솟구친다. 불기둥의 머리는 기세를 더해 하늘 끝을 향해 튀어 날아간다. 끝까지 올라가 펑 터져서 좌르륵 퍼진다. 무수한 은빛 별이 원형으로 펼쳐진 흔적을 쫓아 안쪽에서부터 보랏빛 주홍빛 초록빛의 동심원이 열리고, 안쪽 원이 먼저 사라진다. 바깥쪽 원까지 무너지자 다시 또 다른 주황빛 불꽃 한 송이가 낮은 곳에서 피어나고 엄청난 빛의 방울방울이 거기서 떨어져 내린다. 그리고 모든 것이 사라졌다.

연달아 다음 불꽃이 솟구친다. 여러 송이 꽃을 피우면서 지그재그로 올라가는 불꽃이 있었다. 그리고 다시 그다음에 폭발한 빛이 앞선 불꽃의 남은 연기를 입체적으로 비춰내기도 했다.

떠들썩한 탄성과 웃음소리가 들려서 나는 무심코 2층을 올려다보았다.

왁자한 소리의 원천은 보이지 않았다. 다만 난간에 몸을 기대고 아래를 내려다보는 사람의 얼굴이 있었다. 어두워서 자세한 표정은 보이지 않았다. 굉음을 울리며 불꽃이 다시 솟구쳤다. 푸르스름한 부자연스러운 빛이 그 백발 머리와 길쭉한 얼굴을 비춰냈다.

이와사키 사다타카는 공포로 창백해지고 몹시 고독한, 학대받은 듯한 표정으로 지그시 내 모습을 눈으로 좇고 있었다.

세 번, 내 눈이 그의 눈과 마주쳤다. 그 찰나, 나도 정확히 그와 똑같은 정체를 알 수 없는 공포에 꽁꽁 묶였다. 어쩌면 내 공포감이 그토록 적확하게 상대의 깊디깊은, 기댈 곳 없는 공포를 내게 직감하게 했던 것인지도 모른다.

……이윽고 운수대신은 내 시선을 지극히 자연스럽게 떨쳐내는 몸짓을 보였고, 그 백발 머리는 난간 너머로 숨었다.

30분쯤 지나 낯선 젊은 게이샤가 마루에서 손을 흔들며 정원에 있던 나를 불렀다. 가보니 재빨리 두툼한 종이봉투를 내밀었다.

"이와사키 씨가 주셨어."

그러고는 그대로 돌아가려고 했다.

"이와사키 씨는 이제 가셨습니까?"

"응, 방금 가셨어."

게이샤는 웃음기도 없이 그렇게 툭 내뱉었다. 불꽃무늬를 보랏빛으로 염색한 하얀 치리멘 기모노의 어깨가 복도 안쪽 사람들 속에 금세 섞여버렸다.

─물론 나는 다음 날 저녁, 그 남자를 만나러 료고쿠의 술집으로 갔다. 반으로 나눠도 과분할 만큼 거금의 행하였기 때문이다.

남자가 다가와 고맙다는 말도 없이 자신의 몫을 받아 챙기더니 내

잔에 술을 따라주며 말했다.

"어때요, 내가 말한 그대로였죠?"

"예, 깜짝 놀랐어요."

"그리 놀랄 일도 아니에요. 당신이 나를 꼭 빼닮았기 때문이지. 즉 당신을 나로 잘못 봤기 때문이에요."

"글쎄요." 나는 애써 환하게 이의를 제기했다. "……어쩌면 내가 당신이 아니라는 걸 알았고, 그래서 안도하고 행하를 준 거 아닐까요?"

내 얘기는 말도 안 되는 소리였지만, 그런 천진한 논리를 안주 삼아 우리는 밤늦도록 술잔을 기울였고 그대로 헤어졌다. 물론 나에게도 무시무시한 내막을 알고 싶은 위험한 호기심이 없지는 않았으나 남자의 눈빛이 그 질문을 가로막았던 것이다.

(1953년)

달걀
卵

　주키치, 자타로, 모스케, 사쓰오, 노고로*로 말할 것 같으면 특출하게 쾌활한 학생들이다. 다섯 명 모두 키도 크고 몸집도 크고 아주 걸걸한 목소리에 대단한 게으름뱅이들로, 학교라고는 출석한 적이 없다. 다섯 명 모두 조정부漕艇部 부원인데 합숙 때의 분위기가 평소 생활에까지 이어졌다. 20조** 다다미방이 있는 일반가정 하숙집을 구해, 그 방 하나에 각자 비용을 분담해 함께 지내는 것이다. 하숙집

* 주키치偸吉, 자타로邪太郎, 모스케妄介, 사쓰오殺雄, 노고로飮五郎는 각각 불교의 오계五戒, 훔치지 말라(불투도不偸盜), 사음하지 말라(불사음不邪婬), 거짓을 말하지 말라(불망어不妄語), 살생하지 말라(불살생不殺生), 술 마시지 말라(불음주不飮酒)를 연상하게 하는 이름이다.
** 다다미 1조는 0.45~0.5평으로, 20조는 대략 10평쯤 된다.

의 이 방은, 죽은 남편이 상피병*에 걸리는 바람에 몸이 자꾸만 커져서 보통의 방은 맞지 않을 것을 염려해 증축했다고 한다. 다섯 학생은 경쟁적으로 아침에는 늦잠을 자고 규율 바르게 이부자리는 밤낮 펴놓은 채로 뭉개며 지냈다.

주키치는 항상 졸린 얼굴에, 친구 물건을 슬쩍하는 버릇이 있다. 꾸벅꾸벅 졸고 있나 했더니만 어느새 친구의 책상 밑에 있던 밤만주 대짜 한 상자가 텅 비었더라, 하는 식이다. 언젠가는 친구 교복을 자기 것인 줄 알고 입고 나간 것까지는 좋았는데 호주머니에 넣어둔 돈이 이상하게 많은 것을 발견하고 이건 술에 취해 누군가의 지갑을 슬쩍해 온 거라고 착각해 파출소에 갖다줬다는 미담까지 있었다.

자타로는 여자라면 사족을 못 쓰는 자였다. 눈독을 들인 여자는 한 번도 놓친 적이 없으니 참으로 대단한 인물이다. 어느 날 밤, 한 여자를 쫓아갔더니 니주바시** 안으로 쏙 들어가버렸다. 안타깝게도 궁내청 문지기가 그가 안에 들어오는 것을 가로막았기 때문에 해자垓字에 뛰어들어 양팔을 내저으며 헤엄쳐 들어가 돌담을 훌쩍 뛰어넘고 보니 여자는 황거 안을 향해 걸어가는 참이었다. 자타로는 그래도 계속 뒤를 밟았다. 침실의 왕후가 침대에서 하얀 발을 내민 채 눈썹을 찌푸리고 계시는 모습이 보였다. 여자는 족집게를 꺼내 간단히 그 발에서 가시를 뽑아서 편하게 해드렸다. 족집게를 사려고 심부름을 다녀온 나인이었던 것이다. 나인이 자신의 숙사宿舍로 돌아갈 때,

* 상피병象皮病은 피부밑 조직에 림프액이 정체되어 조직이 부풀고 딱딱해져 코끼리 피부처럼 변하는 병.
** 니주바시二重橋는 도쿄 치요다의 황거皇居 안에 있는 다리의 통칭.

자타로는 수풀 속에 숨어 있다가 와락 부둥켜안았지만, 여자가 전지가위인가 싶을 정도도 큼직한 족집게를 꺼내 위협하는 바람에 용기 없는 자타로는 한달음에 줄행랑을 쳤다.

모스케는 항상 거짓말을 하고 신나하는 천진한 청년이다. 그의 거짓말이라는 게 아주 근사한 것이었다. 해님은 동쪽에서 뜨고 달님도 동쪽에서 뜬다, 내가 이 눈으로 봤으니 정말이다, 라고 태연히 말한다. 내가 오늘 나이 먹은 할아버지를 봤다, 내가 이 눈으로 봤으니 정말이다, 라는 식이다. 이제는 아무도 믿어주는 친구가 없지만 다들 일단 곧이듣는 척하는 얼굴로 빙글빙글 웃으며 듣고 있다. 어제도 모스케는, 플루타르코스 영웅전을 읽었는데 이런 재미있는 얘기가 있었다, 하고 말을 꺼냈다. 안토니오가 클레오파트라와 낚시를 하러 나갔다. 하지만 안토니오의 낚싯바늘에 물고기가 한 마리도 걸리지 않았다. 그러자 안토니오는 어부에게 비밀스럽게 명령해서 미리 물에 들어가 잡아둔 물고기를 낚싯바늘에 달게 했다. 그런데 이걸 너무 빨리 낚아 올리는 바람에 사기라는 것을 눈치챈 클레오파트라는 그 자리에서는 그야말로 진지하게 감탄을 해주고는 그다음 날, 명령을 받았던 잠수부에게 이번에는 소금에 절인 물고기를 안토니오의 낚싯바늘에 달도록 했다. 그걸 멋지게 낚아 올려서 한바탕 웃었다, 하는 재미있는 얘기였다. 하지만 학식 있는 네 명의 친구는 영웅전을 구석구석 되짚어봐도 그런 얘기는 없다는 걸 알고 있었기 때문에 서로 눈짓을 보내고 소맷자락을 잡아당기며 웃음을 참느라 무진 애를 쓰는 것이었다.

사쓰오는 난폭하기 짝이 없는 싸움꾼이다. 초등학교 때 이 난폭한

자가 티푸스에 걸려 병원에 입원해 겨우 미음만 받아먹어야 했던 적이 있었다. 그는 간호사가 잠시 수다를 떨러 나간 틈을 노려 침대에서 기어 나와 창가에 날아온 참새를 손으로 움켜잡아서는 제 몸의 고열로 참새구이를 만들어 한 열두 마리쯤을 먹더니만 병이 싹 나아버렸다. 중학교 때는 학교 숲에서 잡은 구렁이로 스키야키를 해서 입맛을 다셔가며 먹었고, 그걸로 정력이 강해져서 한밤중에 취침 중인 호통꾼 교장선생님의 대머리에 쥐 폭죽*을 붙이고 귀머거리인 양쪽 귀에 긴 폭죽을 매달아 한꺼번에 점화하는 장거壯擧에 나섰다. 교장선생님의 머리 주위를 빙빙 돌면서 불꽃이 슝슝 내달리고, 양쪽 귀에서 지름이 열 뼘이나 되는 국화꽃 불꽃이 솟구쳐 알록달록 색깔이 변해가는 장관은 지금도 얘깃거리가 될 정도다. 하지만 이 미온적인 요법 덕분에 교장선생님의 대머리에 덥수룩하게 검은 머리가 나고, 들리지 않던 귀가 순식간에 뚫렸기 때문에 사쓰오는 상장까지 받는 지경에 이르렀다.

　노고로로 말하자면 희대의 술꾼이다. 어린 시절 본가의 양조장 술통에 빠져 아차 하면 익사할 뻔한 참에, 술통 안의 술이 순식간에 쭉쭉 줄어들더니 몸을 일으키면 겨우 배 근처에 닿을 정도까지 줄어서 간단히 구해낼 수 있었다. 이 아이가 빠져 죽는 것보다 아예 마셔버리는 편을 선택했기 때문이다.

　자아, 이런 다섯 놈이 함께 살고 있으니 근처의 소란과 민폐는 여간 큰 게 아니었다. 그들에게는 무서운 것이 없고, 약자처럼 꿈이나

* 화약을 잰 종이끈으로 만든 폭죽. 불을 붙이면 쥐처럼 힘차게 바닥을 돌아다니면서 터진다.

꾸고 있을 틈이 없고, 현자처럼 생각이나 하고 있을 틈이 없었다. 다섯 놈이 하나같이 보트와 자기들의 몸뚱이만으로 이 세계가 만들어져 있고, 여자라든가 술이며 음식 등은 배달 전문의 다른 세계에서 수시로 들여오면 된다고 생각했다. 확신 없이는 세계는 존재하지 않는다. 그래서 이렇듯 확신이 강한 다섯 명의 청년이 파란 하늘을 올려다보며 일시에 입을 크게 벌리고 웃어대기 시작하면, 확신이 뒤흔들린 태양은 깜짝 놀라 추락하여 다섯 놈 중 누군가의 입속에 떨어져 그 혀를 태워버렸을 게 틀림없다.

그뿐만이 아니다. 이 다섯 학생은 명랑함과 쾌활함과 이웃에 끼치는 민폐의 무궁동*을 유지하기 위해 위생적인 배려 또한 게을리하지 않았다. 아침식사 때마다 생달걀을 먹는 게 그들의 일과였다.

개켜두는 법 없이 밤낮으로 펴놓는 이불을 발끝으로 걷어차면 방 한복판에 큼직한 밥상이 앉혀지고, 모두 함께 하숙집 아주머니가 차려준 아침밥의 찬을 마주한다. 다섯 놈 모두 밑도 끝도 없이 신이 나서 큼직한 양반다리 다섯 개로 원탁을 에워싼 모습은 마치 밥상 그 자체를 잡아먹으려고 하는 것 같았다.

아주머니가 한 명 한 명 밥을 다 담아줄 때까지 주키치는 젓가락 끝으로 등짝의 가려운 곳을 긁고, 자타로는 젓가락 끝을 된장국에 살짝 담갔다가 밥상 위에 발칙한 낙서를 하고, 천진한 모스케는 입 양쪽 끝에 젓가락을 늘어뜨려 어금니처럼 만들고, 사쓰오는 젓가락으로 탁자 위의 파리를 열 마리씩 때려잡고, 노고로는 밥 따위에는

---

* 무궁동無窮動은 처음부터 끝까지 빠르고 일정한 속도로 쉼 없이 이어지는 기악곡. 상동곡常動曲이라고도 한다.

전혀 관심이 없는 얼굴을 하고 있었다.

그들은 기묘한 습관을 갖고 있었다. 예의 바른 걸걸한 목소리로 일제히 잘 먹겠습니다, 라고 고함을 지르고는 저마다 앞에 놓인 달걀을 사발 가장자리에 일제히 내리쳐 깨고 그걸 단번에 들이마시는 것이다. 아주머니는 이 의식이 시작되기 전에 서둘러 아래층으로 달아나곤 했는데 그건 이 초로의 여성이 1899년제 낡아빠진 고막을 돌보지 않으면 안 되었기 때문이다.

이웃 주민들도 이제는 좀 익숙해졌지만 다섯 놈이 처음 이 하숙집으로 이사한 무렵에는 정오 가까운 시각마다 들려오는 무시무시한 고함과 그다음에 이어지는 기겁할 만한 파열음에 저절로 집 밖으로 뛰쳐나온 사람들까지 있을 정도였다. 매일 아침 달걀 의식의 야만적인 음향은 십 리 사방에 구석구석 퍼졌던 것이다.

주키치는 말도 없이 다짜고짜 달걀을 들이마셨다.

자타로는 입맛을 쩝쩝 다시며 감탄했다. "부드럽게 혀를 적시는 이 맛은 영락없이 여자야."

모스케는 매끈하게 거짓말을 하며 들이마셨다. "병아리라는 건 달걀에서 태어나지. 이건 정말이야."

사쓰오는 히쭉 웃으면서 섬뜩한 소리를 했다. "살아 있는 건 역시 맛있군."

노고로는 항상 주절거리는 한마디를 날렸다. "달걀술, 마시고 싶다."

그렇게 다섯 놈은 매우 만족스러운 표정으로 입 창고 문을 드르륵 좌우로 충분히 열어젖히고 닥치는 대로 덥석덥석 입속에 몰아넣으며 아침식사를 끝낸다. 그러고는 털투성이 정강이를 천장으로 쳐들고 각자 좋을 대로 벌렁 누웠고, 담배를 피우는 놈은 옆 친구의 이마를 재떨이 대용으로 쓰는 것이었다.

***

어느 날 저녁, 그들은 조정부 선배 집에서 식사 대접을 받게 되었다. 코끼리깨무침과 송사리회, 고양이튀김, 검은 금붕어와 붕어마름에 소금쟁이 두세 마리를 곁들인 풍아風雅하고 뜨끈뜨끈한 국이며 기린 목덜미 토막고기의 달짝지근한 찜까지 입에 다 넣지 못할 만큼 근사한 산해진미를 맛본 뒤 각자 열 그릇씩 밥을 먹고 평소보다 한층 더 기분이 좋아져서 어깨동무를 하고 고성방가를 하며 돌아왔다. 술은 물론 다섯 명의 온몸에 마치 올리브나무 잎사귀 끝까지 수액이 스며들듯이, 마치 적의 게릴라부대가 아군 사령부의 턱밑까지 침투하듯이, 구석구석 골고루 퍼져 있었다. 다른 네 명의 친구와 똑같은 만큼 취하기 위해 노고로에게는 특별한 주량이 필요했기 때문에 그날 밤 노고로는 청주 한 말 다섯 되 아홉 홉, 맥주 12개들이 두 개 반과 소주 한 되 아홉 홉 아홉 작,* 코냑 세 병과 위스키 다섯 병을 혼자서 마셔버렸다. 그러는 데 불과 다섯 시간도 걸리지 않았다. 그래서 노고로는 자신의 위胃에 작은 못을 박아 붉은 리본을 단 병따개를 항상 걸어두고 어떤 종류의 술이든 병째로 삼킨 뒤 위 속에서 마

---

* 말, 되, 홉, 작乍은 부피의 단위로, 액체나 곡식, 가루 등의 양을 잴 때 쓴다. 1말은 약 18L, 1되는 1.8L, 1홉은 180ml, 1작은 18ml.

개를 뽑아 줄줄 흘려 넣고, 흡사 뱀이 내용물을 삼킨 뒤 달걀 껍데기만 토해내듯이 나중에 빈 병만 토해낼 방법은 없을까 하고 진지하게 궁리하고 있었다.

노고로의 그런 형이상학적 사색을 깨뜨리며 다른 네 놈이 조정부 응원가를 소리 높여 부르기 시작했기 때문에 그 역시 큼직한 트림으로 박자를 맞추며 함께 불렀다.

　　재앙신 마가쓰히노카미* 아래
　　보트는 태어났다
　　생김새는 요부妖婦처럼
　　기름이 봉긋한 배로
　　물을 걷어차며 나아간다
　　달려라! 우리의 보트여

그러자 노고로가 "꺼억 꺼억" 하고 박자를 맞췄다. 모두 크게 웃으며 노래를 계속했다.

　　시기심은 마녀이니
　　결코 뒤지지 않아
　　미모도 속도도

* 마가쓰히노카미禍津日神는《고사기古事記》와《일본서기日本書紀》에서 일본을 창조한 신화 속 인물 이자나기가 황천에서 돌아와 부정한 몸을 씻어낼 때 그 더러움에서 태어났다고 하는 재앙을 몰고 오는 신.

육체도 기교도
어느 누가 어깨를 나란히 할까
달려라! 우리의 보트여
꺼억 꺼억

경쟁에 지친 날에는
조용한 강변에서
나뭇잎 사이 햇살을 받으며
후련하게 중얼거린다
'사내 따위 필요 없어'
   달려라! 우리의 보트여
   꺼억 꺼억 꺼억

  넷이서 웃고 떠들고 노래하며 어깨동무를 하고 내려오니 선배 집에서 조금 떨어진 구불구불한 언덕길이었다. 이미 한밤중이라서 양쪽의 높은 돌담에 군데군데 얼룩진 가로등 불빛이 비칠 뿐이었다. 달도 별도 없었다. 언덕 아래는 전찻길일 터였지만, 전차의 둔중한 울림도 없을뿐더러 자동차 클랙슨의 날카롭게 끊겼다 이어졌다 하는 소리도 없었다.
  막차는 벌써 두 시간 전에 떠난 터라 다섯 명은 털털거리는 택시의 기사를 위협해 턱없이 깎은 요금으로 집까지 돌아갈 심산이었다. 지나치게 위협하면 언젠가처럼 운전기사가 느닷없이 차를 파출소 앞에 대고 악을 쓰며 다섯 명을 고소하는 상황이 될 수도 있지만.

아무리 걸어도 전찻길은 눈에 띄지 않았다. 낯선 집들이 비탈길에 밀치락달치락 들어찬 어둡고 습한 골목길이 나오자 그들은 마침내 길을 잘못 들었다는 것을 깨달았다. 그 골목길은 도저히 다섯 명이 어깨를 맞대고 지나갈 수 없을 만큼 좁아서 세 명과 두 명으로 나눠서 가지 않으면 안 되었다.

"여기로 쭉 가면 어차피 그 길이 나와."

한 놈이 외쳤다. 그래서 모두가 다시 노래하고 고함을 지르며 골목길을 걸어갔다.

골목 양편에는 잠들어 조용해진 집들이 뒤죽박죽 서 있었다. 아직 불이 켜진 듯 보이던 작은 창문은 저만치의 가로등 불빛을 반사하는 것에 지나지 않았다. 마사지 가게며 산부인과 광고판이 서 있고, 어두워서 글자를 판별하기는 어렵지만 '초진자 환영'이라느니 '왕진 오후, 단 일요일 제외'라는 문구가 희미하게 보였다. 사쓰오는 항상 하던 대로 입간판만 보면 뽑아버리고 싶은 충동에 휩싸였지만, 어깨동무로 손이 자유롭지 않아서 관뒀다.

골목길 한쪽 편으로 이따금 이끼 낀 나지막한 돌담이 나타났다. 눅눅한 곰팡내가 풍기고 발밑의 땅바닥도 과도하게 미끈거렸다.

"방금 저기서 호각 소리가 들리지 않았나?"

한 놈이 말했다.

"아니."

다른 한 놈이 말했다.

하지만 호각 소리는 분명하게 들렸다. 한두 개가 아니라 수많은 호각 소리가 뒤섞여 서로 호응하듯이 다가왔다. 그들은 눈앞의 모퉁이에서 다급하게 뛰는 발소리가 들리자 멈춰 섰다.

앞을 가로막은 것은 경찰 여러 명이었다. 경찰들은 제모를 깊숙이 눌러쓰고 경찰봉은 들지 않고 손을 치켜든 채 대각선 앞쪽에서 튀어나왔다. 그러고는 말도 없이 한 걸음 한 걸음 학생들을 향해 다가왔다.

호방하고 대담하기 짝이 없는 그들도 일이 귀찮아졌다는 생각에 도망치기 위해 등 뒤를 슬쩍 돌아보았다. 그러자 뒤쪽에서도 모자를 깊숙이 눌러쓴 경찰들이 가까이 다가왔다. 그 수는 앞뒤로 점점 불어나는 것 같았다. 나중에 쫓아온 자들의 아직 숨이 찬 듯 헉헉거리는 소리가 저 안쪽에서 들려왔다.

"무슨 일이십니까? 우리는 지금 하숙집으로 돌아가는 길입니다." 주키치가 먼저 졸음에 겨운 목소리로 공손히 말했다.

"너희를 체포한다." 선두에 선 경찰이 묘하게 카랑카랑한 목소리로 말했다.

"우리는 어떤 나쁜 짓도 안 했는데요."

"너희를 체포한다." 경찰은 똑같은 말을 되풀이했다.

주키치는 친구들의 얼굴을 둘러보며 잽싸게 눈짓을 건넸다. 건장한 젊은이 다섯 명은 그것을 신호로 일제히 앞뒤의 경찰에게 덤벼들었다. 이 난투는 참으로 경탄할 만해서, 다섯 명이 하나같이 전력을 다해 활약해서 적을 붙잡아 내던지고 또 붙잡아 내던졌다. 하지만 그저 간간이 어둠 속에서 단단한 것이 부서지고 깨지는 소리가 들릴 뿐이었다. 그러다가 나중에는 딛고 선 땅바닥이 몹시 미끌미끌해져 발이 걸려 넘어진 그들은 수많은 상대에게 순식간에 수갑이 채워지고 말았다.

경찰들은 양쪽에서 한 명씩 팔을 잡고 연행했다. 길은 그 세 명이 겨우 지나갈 정도의 너비 그대로 점차 오르막길로 접어들었다. 선두의 주키치는 길모퉁이 가로등 불빛 속에서 자신의 팔을 잡고 있는 경찰의 옆얼굴을 무심코 돌아보았다. 그러자 등에 찬물을 끼얹은 듯한 느낌이 들어서 안 봤으면 좋았을걸 하는 후회가 들었다. 경찰은 하나같이 깊숙이 모자를 눌러 썼다. 하지만 그 모자 아래로 얼굴이 없었던 것이다.

경찰에 에워싸인 일행은 조용히 골목길을 올라갔다. 주키치는 다른 시끄러운 친구들이 얌전한 것은 자신과 마찬가지로 경찰에게 얼굴이 없는 걸 발견했기 때문이리라고 짐작했다. 하지만 아까부터 술에 몹시 취했던 게 언뜻 생각나서 이번에는 명확하게 자신의 눈의 착각을 정정하자고 마음먹었다.

그래서 이번에는 반대쪽인 왼편 경찰의 옆얼굴을 보았다. 그 옆얼굴은 눈도 코도 없이 또렷하게 흰색의 정확한 타원형을 그리고 있었다. 그 하얀 피부는 둥그스름한 뺨처럼 볼록한 감이 있었지만 아주 단단하고 표면에는 흐린 광택이 있었다.

'아하, 이놈들은 달걀이구나.'

주키치는 깨달았다. 순간적으로 자신의 돌대가리로 들이받아 저 얼굴 껍데기를 깨버릴까 하고 생각했다. 하지만 달걀 경찰은 능숙하게 얼굴을 옆으로 피해 주키치의 공격을 따돌렸다.

오르막길이 끝나자 절벽 위에 화려하고 웅장한 건물이 나타났다. 선배 집에 갔던 게 한두 번이 아니었는데 이 근처에 이런 건물이 있다는 건 다섯 명 모두 알지 못했다. 건물은 야구장 같은 형태에 하얕 지붕을 얹은 새것 같은 원형 건축물로, 야구장과 다른 점이라면 위를 덮은 지붕이 둥글다는 것이었다. 건축기사가 이 원만한 형태에 반항을 꾀하고 싶었던 것인지 한쪽에 망루 같은 뿔 모양이 지상에서 거의 45도 각도로 지주支柱도 없이 하늘을 향해 길게 뻗어 있었다.

묵직한 문이 밀어젖혀지고 그들은 안으로 인도되었다. 내부는 매우 넓은 원형극장 같은 구조였지만 어슴푸레하고 썰렁했다. 처음에는 아무것도 보이지 않고 단지 누군가 수많은 이들이 모여 있는 기척이 느껴지며 옷이 스치는 대신 상아패象牙牌가 마주치는 듯한 소리가 소란스럽게 들려왔다.

그들은 원형의 한가운데로 끌려갔다. 그러자 눈앞에 엄숙한 흰색 단상이 희미하게 보이고 그곳에 재판관 세 명이 앉아 있는 게 보였다. 검은 가운에 달린 금실이 번쩍거렸다. 재판장은 곰보 자국이 있는 불그레한 얼굴을 가진 한층 큼직한 달걀이었다. 차례대로 줄줄이 늘어앉은 재판소 서기도 사무원도 검사도 변호인도 모조리 달걀이었다. 점차 어둠에 익숙해진 다섯 청년은 장내를 가득 채운 수천 명의 방청인이 모두 달걀이라는 것을 알게 되었다.

검사 달걀이 갑작스럽게 입을 열었다. 그래봤자 입 같은 건 없었기 때문에 속에서 울리는 듯 들리는 쇳소리가 이렇게 말한 것이었다.

"피고 주키치, 피고 자타로, 피고 모스케, 피고 사쓰오, 피고 노고로, 무뢰한 이 다섯 학생에게 사형을 구형합니다. 피고들은 달걀의 신성을 모독하고 달걀에 대한 파괴적 행동을 마음껏 해가면서 달걀을 식용했을 뿐만 아니라 매일 아침 일제히 달걀을 깨뜨려 그 음향으로써 달걀을 식용하는 일의 보급 홍보에 주력해왔습니다. 달걀이 식용된 이래 그러한 오욕의 역사는 오래도록 이어져왔으나, 이토록 노골적이고 첨예한 표현으로써 달걀이 먹힌 일은 여태껏 본 적이 없습니다……."

변호인 달걀이 일어섰다. 이건 참으로 빈약하고 맛없어 보이는 달걀이었다.

"검사 측에서는 그렇게 말씀하셨으나, 달걀껍데기는 이들 다섯 피고의 피부보다 단단하기 때문에 약한 피부인 자가 단단한 달걀을 깨뜨리는 것은 약육강식이라기보다 오히려 반항적 행동이라고 보는 게 옳은 것으로 생각됩니다."

"단단함은 곧 취약함입니다!" 검사는 힘주어 말하더니 이어서 감상적 어투로 바뀌었다. "우리는 형식에 있어서 탁월하나 피고들은 사상에 있어서 탁월합니다. 사상은 많든 적든 폭력적 성향을 띠는 것입니다. ……"

"하지만 피고들은 잘 아시는 바와 같이 조정부 부원들입니다. 사회 통념상 그들이 사상을 지녔다고 생각하기는 어렵습니다. 완력이라고 말하는 게 옳을 것으로 생각됩니다."

"완력이야말로 최초의 사상입니다. 만일 완력이 최초로 달걀껍데기를 깨뜨리지 않았다면 누가 달걀을 식용으로 쓰겠다는 사상을 발명해낼 수 있었겠습니까. 그들의 완력은 그런 위험한 사상적 행동으로 간주할 수밖에 없습니다. 아니, 오히려 그들은 달걀을 식용한다는 사상에 빠져들어 완력을 휘두른 것입니다." —검사는 점점 더 흥분해서 껍데기가 그 내부에서부터 연한 빛을 띠고 불그레하게 달아올랐다. "본 검사는 피고 다섯 명에게 단호히 사형을 구형합니다. 주키치는 달걀말이형, 자타로는 달걀볶음형, 모스케는 삶은 달걀형, 사쓰오는 달걀프라이형, 노고로는 달걀술형에 처해주시기를 요구하는 바입니다."

이 구형을 듣고 방청석에서 기쁨의 술렁임이 일었다. 수많은 달걀이 서로 몸을 톡톡 부딪는 소리가 울리고 수많은 노른자가 껍데기 속에서 웃어대는 파동이 전해져왔다. 다섯 학생은 불만스러운 표정으로 입을 툭 내밀었지만, 노고로만은 얼마간 이 구형을 환영하는 분위기를 보였다.

"검사께서는 그같이 구형하셨습니다만." 빈약한 달걀 변호인이 반격에 나섰다. "어떠한 방법으로 인간을 달걀적으로 처형할 수 있을지, 그 구체적인 방법을 묻고 싶군요. 인간은 과연 달걀말이가 될 만한 달걀적 성분을 그 단백질에 함유하고 있을까요?"

"당연합니다." 검사가 당당히 주장했다. "날이면 날마다 우리를 한 개씩 먹었으니 인간을 구우면 달걀말이가 된다는 건 과학적 진리입니다."

"그러면 인간의 체내에서 분해된 달걀이 마찬가지로 달걀이 될 가능성을 인정할 수 있나요?"

"그렇습니다. 따라서 달걀적 처형이 화학적으로 가능합니다."

"만일 그렇다면 그 처형은 재구성된 달걀을 달걀 자신의 손으로 다시 학살하고, 그로써 인간용 달걀요리를 만드는 데 지나지 않는다는 모순을 범하는 것입니다. 오히려 사형 대신 다섯 피고 속에서 달걀을 소생시키도록 하는 것이 그들에게 먹혀버린 달걀의 유족들에게 기쁜 소식이 아닐까요?"

"터무니없는 논리입니다!"—달걀 검사는 크게 흥분해 얼굴을 기둥에 들이박아 아차 하면 껍데기가 깨져버릴 참이었다. "우리는 복수해야 합니다. 반드시 달걀말이여야 합니다. 달걀볶음이어야 합니다……."

이런 엉터리 독경 같은 논의에 어처구니가 없어진 다섯 학생은 그제야 장내를 냉정하게 둘러볼 여유가 생겼다. 사실 술기운도 깨어가고 있었다. 자타로는 방청인 중에 아름다운 여자가 있다면 추파를 던져볼까 하고 둘러봤지만 약간의 크고 작음이 있을 뿐 개성이라고는 전혀 없어서 실망하고 말았다. 달걀 여자들은 의상으로나마 개성을 표현하려고 기를 쓰는지, 옷차림이 잡다한 것이 놀라울 따름이었다. 어떤 달걀은 화려한 혼례복을 입고 보닛을 머리에 쓰고 있었다. 한편 모스케는 따분해서 발을 동동거렸는데 구두가 바닥에 부딪힐 때마다 금속성 소리가 울리는 것에 흠칫 놀랐다.

"여기 바닥이 쇠야." 그는 친구에게 살금살금 속닥거렸다. 하지만 친구들은 곧이듣지 않고 코웃음을 치며, 발을 굴러보려고도 하지 않았다. 모스케는 불끈해서 주위를 둘러보았다. 처음 이 건물 앞에 왔을 때 본 망루처럼 길게 뻗어나간 가느다란 부분이 급한 오르막의 복도로 원형 부분과 연결되었다는 것을 알았다. 이건 그야말로 원형 틀에 달린 손잡이다. 모스케는 영감을 얻어 거짓말을 할 때의 신난 어조로 친구의 귀에 대고 속삭였다.

"야야, 저거 봐! 이 건물은 틀림없이 프라이팬이야."

다른 네 친구는 그 말을 듣고 멍하니 망루 쪽을 올려다보았다. 하지만 프라이팬 안에서 보면 프라이팬은 프라이팬으로 보이지 않는 법이다. 모스케 녀석이 또다시 거짓말을 주절거리며 혼자 신이 났다고 네 사람은 생각했다.

희끄무레한 단상 위에서 재판장 달걀이 좌우로 몸을 기울였다. 양쪽 재판관의 의견을 참작하고 있는 모양이었다. 이윽고 재판장은 판결을 내리기 위해 일어섰다. 자리를 가득 메운 방청인이 일제히 긴장해서 장내는 한층 더 썰렁해졌다. 재판장은 똑같이 째지는 소리지만 그래도 장엄한 째지는 소리로 엄숙하게 입을 열었다.

"변호인의 의견은 달걀 윤리에서 벗어나 인도주의적 오류를 범하고 있다. 따라서 검사의 구형대로 다섯 명의 피고에게 사형 판결을 내리는 바이다. 형의 집행은 달걀 형사소송법 제82조에 따라 즉각 행하도록 한다."

방청인들은 환호 대신 귀가 먹먹해질 만큼 서로 껍데기를 맞부딪치며 탁탁거렸다. 경찰 열 명이 학생들 쪽으로 다가왔다. 모스케는 나지막하게 으르대는 목소리로, 뭘 어물거리고 있어, 감행하자, 하고 외쳤다. 다른 네 놈도 어쩔 수 없이 모스케의 거짓말을 믿어보기로 하고 수갑을 찬 채 일제히 망루 쪽을 향해 냅다 뛰었다. 복도가 쇠의 홈처럼 생겨서 의심할 여지 없이 프라이팬 손잡이였기 때문에, 다섯 명은 그 뻗어나간 끝까지 뛰어 올라가 동시에 손잡이 끝에 매달렸다. 다섯 명의 몸무게가 평균 30관 정도니까 도합 150관의 추가 손잡이 끝에 매달린 셈이다.* 그리하여 장내는 대혼란에 빠지고, 프라이팬은 멋지게 홀렁 뒤집혀 엄청난 소리를 냈으며, 수천 개의 달

---

* 1관貫은 약 3.75킬로그램으로, 30관은 112.5킬로그램, 150관은 562.5킬로그램이다.

갈이 한꺼번에 와르르 떨어졌다. 그 소리는 백 리 사방까지 울려 잠에서 깨어난 사람들이 모조리 새벽녘의 문밖으로 뛰쳐나왔다. 수천 개의 달걀이 서로 부딪치고 바닥에 내동댕이쳐져 산산이 깨지고 노른자와 흰자는 믹서에 넣고 돌린 것처럼 완전히 뒤섞여 저수지만 한 웅덩이가 되어버렸다. 그때 석유회사의 멋진 하늘색 유조차가 근처를 지나갔고 그게 마침맞게 빈 상태였기 때문에 다섯 학생은 방대한 달걀 연못에 대한 소유권을 단호히 자인하고 나서서, 허둥지둥 분주하게 유조차에 가득 싣더니 하숙집까지 옮겨달라고 했다.

그로부터 매일 아침, 주키치와 자타로와 모스케와 사쓰오와 노고로는 달걀말이만 먹어야 했다. 저마다 방석만 한 달걀말이를 닥닥 먹어치워도 이 재료가 언제 동날지 알 수 없었다. 이웃 사람들은 매일 아침 여전히 그 고함소리를 들어야 했지만, 그나마 파열음은 들리지 않아서 다행이었다. 이리하여 유쾌한 친구들은 매일 아침 하나씩 달걀을 깨는 즐거움은 잃었지만, 한꺼번에 그만큼이나 깨졌으니 그건 어쩔 수 없다고 체념하였다.

(1953년)

시 쓰는 소년
詩を書く少年

시는 너무도 쉽게 연달아서 줄줄 나왔다. '가쿠슈인'이라는 학교명이 인쇄된 30쪽짜리 잡기장은 금세 다 써버렸다. 어째서 시가 이렇게 하루에 두 편이고 세 편이고 써지는 걸까, 하고 소년은 의아했다. 일주일 동안 병으로 누워 있었을 때, 소년은 '주간 시집'이라는 것을 만들었다. 노트 표지를 타원형으로 오려내 첫 장의 'poésies'라는 글자가 보이게 했다. 그 밑에는 영어로 '12th.→18th. MAY 1940'이라고 적혀 있었다.

그의 시는 학교 선배들 사이에서 좋은 평을 얻었다. 그는 '거짓말이다'라고 생각했다. '내가 열다섯 살이라는 것 때문에 다들 한마디씩 칭찬해줄 뿐이야.'

소년은 하지만 자신이 천재라고 확신했다. 그래서 선배들에게 아주 건방진 소리를 하곤 했다. "나는 ……라고 생각합니다" 식의 소극적인 말투도 피하기로 마음먹었다. 어떤 일에나 "그건 ……입니다" 하고 단호하게 말하도록 해야 한다고 생각했다.

그는 수음手淫 과다 때문에 빈혈증에 걸렸다. 하지만 아직 자신의 추함은 신경 쓰이지 않았다. 시는 이런 생리적인 불쾌한 감각과는 다른 거야. 시는 온갖 것들과 별개야. 그는 미묘한 거짓말을 하고 있었다. 시를 통해 미묘하게 거짓말하는 방법을 배웠다. 언어만 아름다우면 돼. 그래서 날마다 사전을 샅샅이 읽어보았다.

소년은 황홀해지면 항상 눈앞에 비유적인 세계가 출현했다. 쐐기들은 벚나무 잎사귀를 레이스로 바꾸고, 내던져진 돌멩이는 환한 떡갈나무를 뛰어넘어 바다를 보러 갔다. 크레인은 흐린 바다의 꾸깃꾸깃한 시트를 들추고 다니며 그 밑의 익사자를 찾는다. 풍뎅이가 다가가는 복숭아 열매는 옅은 화장을 하고 있고, 질주하는 사람 주위에는 공기가 뒤엉켜 불상의 화염 광배光背처럼 달라붙어 있다. 저녁노을은 홍조이고 짙은 요오드팅크 색깔이다. 겨울의 나무들은 하늘을 향해 의족을 내뻗고 있다. 그리고 난로 곁 소녀의 나체는 타오르는 장미처럼 보이지만 창가로 다가가면 조화라는 게 드러나고, 추위에 소름이 돋은 살갗은 보푸라기가 일어난 비로드의 꽃 한 조각으로 변모하는 것이었다.

실제로 세계가 그런 식으로 변모할 때 그는 더없는 행복을 느꼈다. 시가 태어날 때는 반드시 자신이 그렇게 행복한 상태라는 것에 소년은 놀라지 않았다. 슬픔이나 저주나 절망 속에서, 고독의 한복판에서 시가 태어난다는 것을 머리로는 알고 있었지만 그러기 위해서는 자기 자신에게 좀 더 흥미를 품고 자신에게 뭔가 문제를 부과할 필요가 있었을 것이다. 하지만 자신이 천재라고 굳게 믿으면서도 이상하게 소년은 자신에게는 그다지 흥미를 품지 않았다. 외부세계 쪽이 훨씬 더 그를 매료시켰다. 아니, 그보다 그가 이유도 없이 행복한 순간에는 외부세계가 쉽사리 그가 원하는 그대로의 모습을 보여줬다는 게 적절한 표현일 것이다.

시라는 게 그가 때때로 누리는 행복을 보증해주기 위해 나오는 것인지, 아니면 시가 태어났기 때문에 그가 행복해질 수 있는지, 그런 쪽으로는 확실하게 알지 못했다. 다만 그 행복은 오래도록 갖고 싶었던 것을 누가 사줬다거나 부모를 따라 여행을 떠났다거나 하는 행복과는 명백히 달라서, 아마도 누구나 누리는 그런 행복이 아니라 단지 그만이 아는 행복이라는 점은 확실했다.

외부세계든 자신이든 아무튼 소년은 지그시 오래도록 응시하는 건 좋아하지 않았다. 주의를 끄는 어떤 대상이 즉시 어떤 영상影像으로 냉큼 바뀌는 게 아니고서는, 이를테면 우거진 어린나무 잎사귀들의 반짝임이 그 하얗게 빛나는 부분이 변모하여 5월 대낮에 한창 절정기의 밤 벚꽃처럼 보이는 게 아니고서는, 금세 싫증이 나서 바라보는 것도 멈춰버렸다. 확고한, 조금도 변모하지 않는 무뚝뚝한 물상에 대해서는 '저건 시가 되지 않아'라고 생각해 냉담한 태도를 취했다.

시험에 예상했던 대로 문제가 나와서 잽싸게 써낸 답안지를 제대로 확인도 하지 않은 채 교단에 제출하고 반 친구 누구보다 먼저 교실을 나올 수 있었을 때, 오전의 인적 없는 운동장을 교문 쪽으로 가로지르며 국기 게양대 깃대 끝에 금공이 반짝 빛나는 것을 본다. 그러면 무어라 말할 수 없는 행복감에 휩싸였다. 국기가 걸리지 않았으니 오늘은 축일은 아니다. 하지만 오늘은 내 마음속 축일이고 저 금공의 반짝임이 나를 축복해주는 것이라고 생각했다. 소년의 마음은 간단히 육체를 벗어나 시에 대해 생각했다. 그 순간의 황홀감. 충실한 고독. 평소와는 다른 경쾌함. 구석구석까지 명석한 도취. 외부 세계와 내면의 친화. ……

그는 그러한 상태가 자연스럽게 찾아오지 않을 때는 뭔가 주변의 물건을 이용해 억지로라도 똑같은 도취를 이끌어내려고 시도했다. 이를테면 호피무늬 대모갑 궐련케이스를 눈에 대고 방 안을 들여다보는 것. 어머니의 물분 병을 세게 흔들어 이윽고 그 분가루가 묵직한 난무 끝에 위의 맑은 물을 남기고 서서히 밑바닥으로 침전해가는 모습을 바라보는 것.

그는 또한 아무런 감동도 없이 '기도'라든가 '저주'라든가 '모멸' 같은 말을 쓰곤 했다.

소년은 문예부 소속이었다. 위원이 열쇠를 빌려주어서 원할 때는 언제든 부실에 가서 좋아하는 사전류를 혼자서 탐독할 수 있었다. 그는 세계문학 대사전의 낭만파 시인들 항목을 좋아했다. 그들의 초상은 결코 덥수룩한 수염 따위는 없이 모두가 젊고 아름다웠기 때문이다.

그는 시인의 박명薄命에 흥미를 품었다. 시인은 일찍 죽지 않으면 안 된다. 요절을 하더라도 열다섯 살인 그는 아직 앞날이 많이 남았기 때문에 그런 수학적 안심감에서 소년은 행복한 기분으로 요절에 대해 생각했다.

그는 오스카 와일드의 「키츠의 무덤」이라는 짧은 시를 좋아했다. '삶도 사랑도 한창때의 시절을 목숨에게 빼앗기고 여기 가장 젊은 순교자가 누워 있네.' ……여기 가장 젊은 순교자가 누워 있네. 실제로 불행한 재앙이 마치 은총처럼 이 시인들을 덮친 건 놀랄 만한 구석이 있었다. 그는 예정조화설을 믿었다. 시인의 전기傳記의 예정조화. 그것을 믿는 것과 자신의 천재를 믿는 것은 그에게 완전히 똑같은 일로 여겨졌다.

자신을 기리는 기나긴 조사弔辭, 사후의 명예에 대해 생각하는 건 유쾌했다. 다만 자신의 사해死骸를 상상하면 좀 창피스러웠다. '불꽃처럼 살자. 한순간에 한껏 밤하늘을 장식하고 냉큼 사라져버리자' 하고 열렬히 바랐다. 다양하게 생각해봤지만 그 이외의 삶이라고는 마음에 와닿는 게 없었다. 하지만 자살은 싫었다. 예정조화가 마침맞게 나를 죽여줄 거야.

시가 소년을 정신적 게으름뱅이로 만드는 경향이 시작되고 있었다. 좀 더 정신적으로 근면했더라면 훨씬 더 열심히 자살을 생각했을 것이다.

조회 때, 생활지도 선생님이 그의 이름을 불렀다. 생활지도실로 오라는 것이었다. 그곳에 불려 가는 건 교련실에 불려 가는 것보다 더 무거운 질책을 의미한다. "짐작되는 게 있지?" 하고 친구들이 그에게 겁을 주었다. 그는 얼굴이 새파래지고 손이 파르르 떨렸다.

생활지도 선생님은 불기 없는 화로의 재에 대고 부젓가락으로 뭔가 글씨를 쓰면서 소년을 기다리고 있었다. 안으로 들어가자 선생님은 다정한 목소리로 "앉아봐" 하고 말했다. 꾸지람을 들을 만한 일은 아무것도 없었다. 선생님은 교우회 잡지에 실린 그의 시를 읽었다고 말했다. 그러고는 시에 대해서 집안에 대해 이것저것 질문을 했다. 마지막에는 이렇게 물었다.

"실러와 괴테, 두 가지 타입이 있어. 실러는 알지?"

"프리드리히 실러 말씀입니까?"

"그렇지. 자네는 실러가 되려고 해서는 안 돼. 괴테가 되어야지."

소년은 생활지도실을 나와 교실로 돌아가는 동안 불만으로 부루퉁해진 얼굴로 터덜터덜 걸었다. 괴테도 실러도 아직 읽은 적이 없었다. 하지만 초상화는 알고 있었다.

'괴테는 싫어. 그는 할아버지잖아, 실러는 젊은데. 나는 실러가 더 좋아.'

5년이나 선배인 R이라는 문예부 위원장이 그를 신경 써주었다. 그도 R이 좋아졌다. 왜냐하면 R은 분명하게 스스로를 불우한 천재라고 생각했고, 나이 차와 관계없이 소년을 분명하게 천재로 인정해주었으며, 천재들끼리는 친구가 되어야 했기 때문이다.

R은 후작 가문의 서자였다. 그래서 릴라당*이 된 것처럼 자신의 당상堂上 가문을 자랑스러워하고, 옛 귀족문예의 전통에 대한 탐미적 애석哀惜의 마음을 작품에 담았다. R은 또한 시와 소품을 한 권으로 정리해 자비출판으로 책을 낸 적이 있어서 소년은 그게 부럽고 샘이 났다.

두 사람은 날마다 긴 편지를 주고받았다. 편지를 쓰는 일과는 즐거웠다. 소년에게는 거의 매일 아침 R의 살구색 서양 봉투에 든 편지가 도착했다. 아무리 두꺼워도 무게야 빤하지만 편지의 그 묘하게 큼직한 가벼움, 경쾌함으로 가득한 느낌이 소년을 즐겁게 했다. 두 사람의 편지 끝에는 대개는 최근작이나 그날 완성한 시, 미처 쓰지 못했을 때는 예전에 써둔 시가 적혀 있었다.

편지 내용은 그러나 두서없는 것이었다. 앞서 받은 편지의 시에 대한 비평에서 시작해 기나긴 수다로 옮겨가고, 음악에 대한 것이며 하루하루 가족의 삽화, 아름답다고 생각한 소녀의 인상이나 읽은 책에 대한 보고, 하나의 단어에서 한 편의 시 세계에 대한 계시를 받은 시적 체험, 간밤에 꾼 꿈의 상세한 서술 등이 이어졌다. 이러한 습관에 스무 살 청년과 열다섯 살 소년은 조금도 싫증을 내지 않았다.

하지만 R의 편지 이면에서 뭔가 자신의 편지에는 결코 없는 약간의 우울과 불안의 그늘을 소년은 알아보았다. 현실에 대한 위구심, 이윽고 직면하게 될 것들에 대한 불안이 R의 편지에 일종의 쓸쓸함과 괴로움을 안겨주고 있었다. 행복한 소년에게는 그것이 자신에게는 결코 드리워지지 않을, 전혀 관련이 없는 그늘인 것처럼 생각되

---

* 오귀스트 드 비예르 드 릴라당Auguste de Villiers de L'Isle-Adam(1838~1889). 프랑스의 시인, 단편소설가. 몰락한 귀족가문의 후예로, 평생 극심한 가난 속에 살았다. 자연주의에 반기를 들고 물질주의와 공리주의의 범용에 대한 혐오와 강한 개성으로 낭만주의적 이상주의에 관능을 결합한 작품을 써서 후세 작가들에게 큰 영향을 끼쳤다. 대표작으로 에드거 앨런 포Edgar Allan Poe의 영향을 받은 단편집 『잔혹한 이야기Contes cruels』, 애니메이션 〈공각기동대〉, 〈이노센스〉에 인용되면서 '안드로이드'라는 단어의 유래가 된 것으로 새삼 주목받은 「미래의 이브L'Ève future」 등이 있다. 일본에는 번역가 사이토 이소오齋藤磯雄(1912~1985)의 평생을 바친 번역작업에 의해 알려졌으며, 이는 미시마 유키오의 초기 작품에 지대한 영향을 끼쳤다.

었다.
 내가 어떤 추함에 눈뜨는 일이 있을까. 소년은 그런 건 생각해보지도 않았을뿐더러 예감조차 해보지 않았다. 이를테면 괴테가 이윽고 사로잡혔고 오래도록 견뎌야 했던 노년이라는 것. 그런 게 그에게 찾아올 리는 없었다. 아름답다고도 추하다고도 하는 청춘도 아직 그에게는 먼 것이었다. 자신 속에서 발견되는 추함은 모두 다 잊어버렸다.
 예술과 예술가가 뒤범벅된 환상, 세간의 순진한 소녀의 눈이 예술가라는 것에 던지는 그런 환상에 그 자신이 단단히 사로잡혀 있었다. 자신이라는 존재의 분석이나 연구에는 관심이 없었지만, 항상 스스로 자신을 꿈꾸었다. 그 자신이 소녀의 나체가 조화로 변모하는 식의 한없이 변환變幻하는 비유적 세계에 속해 있었다. 아름다운 것을 만들어내는 인간이 추하다는 일은 있을 리 없다, 라고 소년은 고집스럽게 생각했지만 그 이면에 있는 또 하나의 좀 더 중요한 명제는 끝내 머릿속에 떠올리지 못했다. 즉 아름다운 인간이 거기에 더해 아름다운 것을 만들어낼 필요가 있는가, 라는 명제다.
 필요? 그런 말을 듣는다면 소년은 웃었을 게 틀림없다. 왜냐하면 그의 시는 필요에 따라 태어나는 게 아니었다. 그건 그야말로 자연스럽게, 자신은 거부해도 시 쪽에서 그의 손을 움직여 종이 위에 글씨를 쓰게 하는 것이었다. 필요라고 하려면 뭔가 결핍이라는 전제가 있어야 한다. 그런 건 없었다. 아무리 생각해봐도 없었다. 우선 그는 시의 원천을 모두 천재라는 편리한 한 단어로 정리해버렸고, 한편 스스로 의식하지 못하는 깊은 결핍이라는 건 믿을 수도 없었다. 만일 믿더라도 그것을 결핍 따위의 단어로 표현하기보다는 천재라고 하는 편이 더 좋았기 때문이다.

그렇지만 소년에게 자작시에 대한 비판 능력이 전혀 없었다는 건 아니다. 이를테면 선배들이 격찬해준 4행시 하나는 경박하고 창피한 것으로 생각되었다. 그건 대략 '이토록 투명한 유리도 그 깨어진 단면은 파란 것을 보면, 너의 맑은 두 눈동자도 허다한 사랑을 저장할 수 있으리라' 하는 뜻이 담긴 시였다.

남들의 칭찬에 물론 소년은 흐뭇했지만, 오만함이 거기에 빠져드는 것에서 그를 구해주었다. 사실을 말하자면 R의 재능에 대해서조차 그는 별반 감탄하지 않았다. R은 문예부 선배들 중에서는 물론 두드러지는 재능이 있지만, 딱히 그 시들이 소년의 마음에 중요하게 다가온 건 아니었다. 소년의 마음에는 냉랭한 부분이 있었다. 만일 R이 그토록 온갖 말로 소년의 시적인 재능을 칭찬해주지 않았다면 그도 분명 R의 재능을 인정하지 않았을 것이다.

이따금 그 조용한 행복감을 맛보는 대신, 자신에게 소년다운 조잡한 감격성感激性은 없다는 것을 그는 잘 알고 있었다. 부속전附屬戰이라는 야구 시합이 봄가을 두 차례에 걸쳐 가쿠슈인 중등과와 부속 중학교 사이에 치러졌는데, 가쿠슈인 측이 패하면 시합 종료 후 엉엉 우는 선수들을 에워싸고 응원하던 후배들까지 함께 울었다. 그는 울지 않았다. 전혀 슬프지 않았던 것이다.

'야구 시합에 졌다고 슬플 게 뭐가 있어?'라고 생각했다. 엉엉 우는 그 얼굴들은 그의 마음과는 동떨어져 있었다. 분명 소년은 자신이 감동하기 쉬운 체질이라는 건 알았지만 그 감동이 하나같이 남들과는 다른 방향을 향했고 한편으로 남들이 슬퍼하는 일이 그의 마음에는 전혀 와닿지 않았다.

　소년이 쓰는 시에 점점 연애에 관한 소재가 많아졌다. 사랑을 해본 적은 없었다. 하지만 시가 자연물의 변모에만 의탁해 만들어지는 것에 싫증이 나서 마음의 시시각각 변모를 노래하는 쪽으로 관심이 옮겨갔던 것이다. 자신이 아직 경험하지 않은 일들을 노래하는 것에 대해 소년은 아무런 양심의 가책도 느끼지 않았다. 예술이란 원래 그런 거라고 애초부터 굳게 믿는 바가 있었다. 경험이 없는 것을 조금도 한탄하지 않았다. 사실 그가 아직 체험하지 못한 세계의 현실과 그의 내적 세계 사이에서 어떠한 대립도 긴장도 보이지 않았기 때문에 굳이 자신의 내적 세계의 우위를 믿을 필요도 없었고, 어떤 부조리한 확신에 따라 자신이 이 세상에서 아직껏 체험하지 않은 감정이라고는 하나도 없다는 생각까지 했다. 왜냐하면 그의 마음처럼 예민한 감수성에는 이 세상의 다양한 감정의 원형이, 어떤 경우에는 단순히 예감일 뿐이더라도, 인식되고 복습된 상태여서 그 밖의 체험은 모두 그 감정의 원소元素의 적당한 조합에 의해 성립한다고 여겨졌기 때문이다. 감정의 원소란? 그는 독단적으로 정의를 내렸다. '그게 바로 언어다.'

　언어의 참된 개성적 사용법을 그는 아직 손에 넣은 건 아니었다. 하지만 그가 사전 속에서 찾아낸 수많은 언어는 그것이 보편적인 언어일수록 더욱더 의미가 다양할뿐더러 내용도 여러 방면에 걸쳐 있어서, 그만큼 개성적인 개인의 독자적 사용법을 갖고 있다는 식으로 생각되었다. 이 독자적 사용법이 체험에 의해 비로소 창조되고 색깔이 입혀진다는 건 딱히 생각하지 않았지만.

 우리의 내적 세계와 언어의 첫 만남은 완전히 개성적인 것이 보편적인 것을 접하는 일이며, 또한 보편적인 것에 의해 연마되어 개성적인 것이 비로소 제자리를 얻는 일이기도 하다. 말로 표현하기 어려운 이 내적 경험은 열다섯 살 소년 속에도 충분히 누적되어 있었다. 왜냐하면 그가 하나의 새로운 언어에 부딪히며 느끼는 위화감은 동시에 그의 내면에 미지의 한 감정을 체험하게 했기 때문이다. 그것은 또한 그가 나이에 걸맞지 않은 평정을 외면적으로 유지하는 데도 도움이 되었다. 어떤 감정에 휩싸이면 그 감정이 마음에 불러일으킨 위화감에서 즉시 앞서 말한 위화감 중 적당한 것을 떠올리고 그 위화감을 불러일으킨 언어를 떠올려 그 언어로 눈앞의 감정에 정확한 이름을 붙여 처리해버리는 데 익숙해졌기 때문이다. 그런 식으로 소년은 '절망'이며 '저주', '사랑의 기쁨'이며 '실연의 탄식', '고뇌'와 '굴욕'까지 그 온갖 것을 알았던 것이다.

 그것에 상상력이라고 이름 붙이는 것은 쉬운 일이다. 하지만 소년은 그렇게 이름 붙이기를 망설였다. 상상력이라고 하려면 타인의 아픔을 상상해 자신까지 아파오는 듯한 감정이입이 있어야 한다. 소년의 냉담함은 타인의 아픔을 결코 느끼지 않았다. 자신은 조금도 아프지 않으면서 '저게 고통이라는 것이다. 나는 똑똑히 알고 있다'라고 중얼거릴 뿐이었다.

 5월의 어느 맑은 날 오후였다. 수업이 끝났다. 소년은 문예부 부실에 누군가 있으면 얘기를 나누다 가야겠다고 생각하고 그쪽으로 발길을 향했다. 그러다 도중에 R을 만났다.

"마침 잘됐네. 잠깐 얘기나 하자."

R이 말했다. 두 사람은 오래된 바라크 교실을 베니어판으로 막아 각부 부실로 나눠둔 건물 안으로 들어갔다. 문예부는 어두운 1층 한쪽 귀퉁이에 있었다. 운동부 부실 쪽에서는 시끄러운 말소리와 웃음소리에 교가가 들려오고, 음악부 부실에서는 간간이 피아노 음향이 들려왔다.

R은 지저분한 판자문 구멍에 열쇠를 꽂았다. 잠금이 풀려도 다시 몸으로 힘껏 밀쳐야 열리는 문이었다.

부실에는 아무도 없었다. 익숙한 먼지 냄새가 났다. R은 먼저 나서서 창문 고리를 내리고, 먼지 묻은 손을 창밖에 턴 뒤에 망가져가는 의자에 앉았다.

자리를 잡자 소년은 곧바로 이야기를 시작했다.

"내가 어젯밤에 색깔 있는 꿈을 꿨어요. 오늘 집에 가면 R씨에게 편지에 그 얘기를 쓰려고 했죠. (소년은 색깔 있는 꿈을 꾼 것을 시인의 특권이라고 생각하고 의기양양했다.) ……붉은 흙의 언덕 같은 곳이었어요. 아주 선명한 붉은 흙인데 저녁 해가 빨갛게 비쳐 더더욱 흙빛이 눈에 두드러졌습니다. 그런 참에 오른쪽에서 한 사람이 긴 사슬을 끌고 나타나더라고요. 사슬 끝에는 인간보다 네다섯 배나 큰 공작이 묶여 있었는데 날개를 접은 채 내 눈앞에서 천천히 끌려가는 거예요. 그 공작 색깔은 선명한 초록색이었죠. 온몸이 초록색인데 그게 또 반짝반짝 빛나서 무척 아름답더군요. 나는 공작이 저 멀리까지 끌려가 사라질 때까지 가만히 지켜보고 있었어요. ……굉장한 꿈이었어요. 내가 꾸는 색깔 있는 꿈은 매번 지나칠 만큼 선명해요. 프로이트의 꿈의 해석에 따른다면 초록색 공작은 어떤 의미일까요?"

"글쎄."

R이 어중간한 대답을 했다.

R은 뭔가 평소와 달랐다. 안색이 좋지 않은 것은 평소에도 그렇지만, 조용한 열기가 담긴 목소리로 이야기하고 소년의 말에 한결같이 열렬한 반응을 보여주던 평소의 태도는 찾아볼 수 없었다. 명백히 내키지 않는 태도로 소년이 혼자 하는 얘기를 듣고 있었다. 아니, 듣고 있지 않았다.

그의 교복의 세련된 높은 깃 주위에 드문드문 비듬이 떨어져 있었다. 어두운 광선에 벚꽃 모양의 금배지가 빛나고 남들보다 높은 큼직한 코가 과장되게 떠올랐다. 약간 큰 편일 뿐 모양새는 수려한데도 그 코가 그야말로 곤혹스러운 표정을 띠고 있었다. 고뇌가 그곳에서 결정체를 이룬 듯한 느낌을 소년은 받았다.

책상 위에는 먼지를 덮어쓴 낡은 교정쇄며 자, 심 빠진 빨간 색연필, 교우회 잡지 합본과 글을 쓰던 원고용지 등이 놓여 있었다. 소년은 이 문학적 난잡함을 사랑했다. R은 팔을 뻗어 느릿느릿 정리라도 하듯이 그 낡은 교정쇄에 손을 내밀었다. 그러자 그의 희고 섬세한 손가락 끝이 금세 회색 먼지로 물들었다. 소년은 피식 웃었다. 하지만 R은 웃지 않고 혀를 끌끌 차며 손을 탈탈 털고 나서 말했다.

"실은 오늘 너한테 할 얘기가 있어."

"뭔데요?"

"실은 내가……." R은 말을 머뭇거리다가 재빨리 털어놓았다. "몹시 고민하고 있어. 도저히 견딜 수 없는 일이 있어서."

"연애하는 거예요?"

소년은 냉정하게 물었다.

"응."

이어서 R은 자신의 현재 상황을 이야기했다. 그는 젊은 유부녀와 사랑을 했고 그걸 남편에게 들켜 헤어져야 했다는 것이다.

소년은 큼직한 눈을 둥그렇게 뜨고 찬찬히 R의 모습을 바라보았다. '여기 사랑으로 고민하는 사람이 있어. 나는 처음으로 연애라는 걸 바로 눈앞에서 보고 있어.' 어쨌든 그건 그리 아름다운 광경은 아니었다. 어느 쪽인가 하면 불쾌한 광경에 가까웠다. R은 평소의 생기를 잃고 풀이 죽었고, 한마디로 부루퉁한 상태였다. 물건을 잃어버리거나 전차를 놓친 사람이 곧잘 이런 얼굴을 하는 것을 본 적이 있다.

하지만 선배가 자신에게 사랑 얘기를 털어놓고 있다는 게 소년의 허영심을 자극했다. 달갑지 않을 건 없었다. 그는 한껏 진지하고 슬픈 공감의 표정을 지으려고 했다. 하지만 실제로 사랑을 하는 인간 모습의 그 범용함은 아무래도 견디기가 힘들었다.

소년의 마음속에 드디어 위로의 말이 떠올랐다.

"힘드시겠어요. 하지만 그 덕분에 분명 좋은 시를 쓸 수 있겠지요."

R은 힘없이 대답했다.

"지금 시가 문제가 아냐."

"그래도 시라는 건 그런 때 인간을 구해주는 거잖아요?"

소년은 자신의 시가 만들어지는 때의 행복한 상태를 언뜻 머릿속에 떠올렸다. 그 행복의 힘을 빌린다면 어떤 불행이든 오뇌든 넘어설 수 있다고 생각되었다.

"그렇게는 안 된다니까. 너는 아직 몰라."

그 한마디가 소년의 자존심에 상처를 입혔다. 소년은 차가운 마음이 되어 복수를 꾀했다.

"그래도 진짜 시인이라면, 천재라면, 시가 그런 때 구해주는 거 아닙니까?"

"괴테는 베르테르를 쓰고 스스로를 자살에서 구해냈지." R은 대답했다. "하지만 괴테는 시도 그 무엇도 나를 구해낼 수 없다, 자살하는 것 말고는 아무것도 없다, 라고 진심으로 느꼈기 때문에 그걸 쓸 수 있었어."

"그렇다면 왜 괴테는 자살하지 않았지요? 글을 쓰는 것과 자살하는 것이 똑같다면 어째서 자살 쪽을 택하지 않았어요? 자살하지 않았던 것은 괴테가 겁쟁이였기 때문인가요? 아니면 천재였기 때문인가요?"

"천재였기 때문이지."

"그렇다면……."

소년은 또 한 가지 재우쳐 물으려고 했지만, 스스로도 뭐가 뭔지 알 수 없어졌다. 괴테의 에고이즘이 결국 그를 자살에서 구해냈던 것이라는 관념이 명확하지는 않지만 어렴풋이 마음속에 떠올랐다. 소년은 그 관념으로 자기변호를 하고 싶다는 욕망을 강하게 느꼈다. '너는 아직 몰라'라는 R의 한마디가 소년의 마음에 깊은 상처를 입혔다. 그 나이 때는 나이에 대한 열등감이 무엇보다 강하다. 입 밖에 내지는 않았지만 소년에게는 R을 비웃어주기에 가장 적당한 멋진 이론이 생겨났다. '이 사람은 천재가 아니야. 왜냐면 연애 따위를 하고 있잖아.'

R의 사랑은 분명 실제 사랑이었다. 천재가 결코 해서는 안 되는 사랑이었다. R은 후지쓰보와 겐지의 사랑, 펠레아스와 멜리장드의 사랑, 트리스탄과 이졸데의 사랑, 클레브 공작부인과 느무르 공작의 사랑, 그 밖에 온갖 윤리에 어긋난 사랑을 예로 들며 자신의 고뇌를 치장했다.

소년은 이야기를 들으면서 그의 고백에 단 한 가지도 미지의 요소가 없다는 것에 놀랐다. 모두 다 글로 쓰였고 예감되었고 복습이었다. 글로 쓴 사랑 쪽이 훨씬 더 생생했다. 시로 노래한 사랑이 훨씬 더 아름다웠다. R이 그보다 더한 꿈을 꾸기 위해 현실로 나아간 것이 이해되지 않았다. 범용함에의 욕구가 왜 생겨나는지 알 수 없었던 것이다.

R은 얘기를 하다 보니 차츰 마음이 풀렸는지 이번에는 자기 연인의 아름다움에 대해 길게 늘어놓았다. 대단한 미인인 모양이지만 머릿속에 떠오르는 형상은 전혀 없었다. 다음에 사진을 보여주겠다, 라고 R이 말했다. 그러고는 조금 수줍어하며 효과적인 맺음말을 했다.

"그녀는 내 이마가 무척 아름답다고 말해주었어."

소년은 빗어 올린 머리칼 아래로 드러난 R의 이마를 보았다. 수려한 이마는 문밖에서 살짝 비쳐든 빛에 표면이 희미하게 빛나면서 두 개의 보이지 않는 큼직한 주먹을 맞붙인 듯한 형태를 또렷이 그려내고 있었다.

'엄청 앞짱구네'라고 소년은 생각했다. 조금도 아름답다는 느낌은 없었다. '나도 심한 앞짱구야. 이렇게 튀어나온 이마를 아름답다고 하는 건 틀렸어.'

그 순간 소년은 뭔가에 눈을 떴다. 연애라느니 인생이라느니 하는 인식 속에 반드시 끼어드는 우스꽝스러운 불순물, 그것 없이는 인생이나 연애의 한복판을 살아낼 수 없는 우스꽝스러운 불순물을 본 것이다. 즉 자신의 앞짱구 이마를 아름답다고 믿어버리는 것.

좀 더 관념적이기는 했지만 소년 또한 그 비슷한 믿음을 품고 인생을 살아가고 있는지도 모른다. 어쩌면 나도 살아가고 있는지도 모른다. 이 생각에는 오싹할 만한 것이 있었다.

"무슨 생각을 하고 있어?"

R이 평소의 다정한 말투로 물었다.

소년은 아랫입술을 깨물며 웃었다. 문밖은 조금씩 저물어가고 있었다. 야구부가 연습하며 내는 환성이 들려오고 방망이에 맞은 공이 하늘 높이 튀어 오르는 찰나의 건조하고 명쾌한 소리가 울렸다.

'나도 언젠가 시를 쓰지 않게 될지도 모른다'라고 소년은 태어나 처음으로 생각했다. 하지만 자신이 시인이 아니었다는 것을 깨닫기까지는 아직 한참 거리가 있었다.

(1954년)

바다와 저녁노을
海と夕焼

　분에이* 9년 늦여름의 일이다. 나중에 필요해질 터라서 덧붙여두자면, 서기로는 1272년이다.
　가마쿠라의 겐초지建長寺 뒤편 쇼조가타케산을 늙은 불목하니와 소년 하나가 올라가고 있었다. 이 불목하니는 한여름에도 낮에 청소를 끝내놓고 저녁노을이 아름다울 것 같은 날이면 해 떨어지기 전에 쇼조가타케산에 오르는 것을 좋아했다.
　소년은 항상 절에 놀러 오는 마을 아이들에게 벙어리에 귀머거리라고 자꾸만 따돌림을 당하는 게 딱해서 쇼조가타케산 정상까지 함

* 분에이文永는 일본의 연호로, 가마쿠라막부 시대 중기의 1264년~1275년에 해당한다.

께 데려가는 것이었다.

　불목하니의 이름은 앙리라고 했다. 키는 그리 크지 않지만 맑은 벽안碧眼을 갖고 있었다. 코는 높고 안와眼窩는 깊어 얼핏 보기에도 평범한 사람과 인상이 달랐다. 그래서 마을의 악동들은 뒤에서는 앙리라고 하지 않고 '덴구'*라고 부르곤 했다.

　평소에 쓰는 말은 전혀 이상하지 않았다. 눈치챌 만큼의 타국 억양도 없었다. 앙리는 이 절을 처음 세운 대각선사 란케이 도류**를 따라 이곳에 온 지 벌써 20여 년이 된 것이다.

　여름 해도 기울어 쇼도*** 주위는 햇빛이 산등성이에 가려져 그새 짙은 그늘이 졌다. 산문山門은 마치 그늘과 양지를 나누는 경계처럼 우뚝 솟아 있었다. 나무들로 무성한 경내 전체에 부쩍 그림자가 길어지는 시각이었다.

　하지만 앙리와 소년이 올라가는 쇼조가타케 서측은 아직 시들지 않은 햇빛을 받아 온 산이 매미 소리로 떠들썩했다. 풀이 우거진 산길을 따라 가을에 앞서 선명한 붉은 만주사화****가 몇 송이씩 피어 있었다.

　정상에 도착한 두 사람은 땀도 닦지 않고 가벼운 산바람이 살갗을

---

* 덴구天狗는 신통력이 있어 하늘을 자유로이 날며 깊은 산속에서 산다는 상상의 괴물. 붉은 얼굴에 크고 높은 코가 특징이다.
** 란케이 도류蘭溪道隆(1213~1278). 가마쿠라 시대 중기에 중국 남송에서 일본에 건너온 선승으로, 대각파大覺派의 시조로 알려져 있다. 1253년 가마쿠라의 겐초지가 건립되자 이 사찰의 첫 주지가 되었다.
*** 쇼도昭堂는 선종禪宗 사원에서 조사祖師의 상이나 위패를 안치해둔 곳.
**** 만주사화曼珠沙華는 '천계天界에 피는 꽃'이라는 뜻의 산스크리트어를 음차한 단어로, 피안화彼岸花, 석산화, 꽃무릇으로 불리기도 한다.

시원하게 씻어주는 대로 내맡겼다.

겐초지의 탑두塔頭 여러 개가 한눈에 내려다보였다. 서래원西來院, 동계원同契院, 묘고원妙高院, 보주원宝珠院, 천원원天源院, 용봉원龍峰院.* 산문 한 귀퉁이에 대각선사가 모국 송나라에서 묘목을 가져와 심었다는 참향나무는 늦여름 햇빛을 잎 전체로 받아들여서 여기서도 한눈에 알아볼 수 있었다.

또한 쇼조가타케 산허리에는 오쿠노인** 지붕이 발아래로 보이고, 종루는 다시 그 밑에 우뚝 솟아 있다. 선사의 좌선 굴 아래쪽에는 봄철이면 일대가 온통 꽃바다가 되는 벚나무 숲이 풍성한 잎 그늘을 드리웠다. 산기슭에서는 대각지大覺池 연못이 나무들 사이로 물빛을 희미하게 반사하며 그 존재를 드러내고 있었다.

하지만 앙리가 바라보는 것은 그런 경치가 아니었다.

가마쿠라의 산과 계곡의 기복 너머로 저 멀리 수평선에 일직선을 그리며 반짝이는 바다였다. 여름철에는 이나무라가사키 곶 근처의 바다로 해가 떨어지는 모습이 이곳에서 보였다.

수평선의 짙은 남색이 하늘과 맞닿은 곳에 나지막하게 뭉게구름이 서렸다. 그것은 움직이지 않았지만 실은 메꽃 꽃잎이 벌어지듯 아주 조용히 벌어져서 조금씩 조금씩 모양이 변해갔다. 그 위에는 약간 빛바랜 쾌청한 파란 하늘이 있고, 구름은 아직 노을에 물들기에는 이르지만 내부에서 퍼지는 빛으로 은은한 살구색 그늘을 새기고 있었다.

* 겐초지 경내에 자리한 각 건물의 명칭.
** 오쿠노인奧ノ院은 사찰에서 본당 안쪽에 자리한, 본존을 모신 건물이다.

하늘은 마치 여름과 가을이 서로 경쟁하는 듯한 풍경이었다. 왜냐하면 수평선 위 아득히 높은 하늘에는 가로로 길게 비늘구름이 펼쳐진 것이다.* 비늘구름은 가마쿠라의 수많은 계곡 위에 부드럽고 자잘한 구름무늬를 줄줄이 깔아놓고 있었다.

"오, 영락없이 양 떼 같구나."

앙리가 늙어 목쉰 소리로 말했다. 하지만 벙어리에 귀머거리인 소년은 옆의 바위에 앉아 불목하니의 얼굴을 멀거니 올려다보았다. 불목하니는 혼잣말을 하는 것이나 마찬가지였다.

소년에게는 아무것도 들리지 않고 소년의 마음은 어떤 것도 알지 못했다. 하지만 그 깨끗한 눈은 그야말로 총명하게 앙리의 말이 아니라 앙리가 말하려는 바를 맑은 벽안에서 자신의 눈으로 고스란히 비춰내는 것 같았다.

그래서 앙리는 마치 소년에게 말을 건네듯이 이야기하는 것이었다. 그 말은 평소 그가 능숙하게 구사하는 일본어가 아니었다. 고향인 중앙산지의 방언을 섞은 프랑스어로, 만일 다른 악동들이 이 말을 들었다면 모음이 많아서 매끈하게 구르는 듯한 그 모국어를 '뎅구'와는 어울리지 않는 말투라고 했을 것이다.

다시 한번 앙리는 한숨을 섞어 말했다.

"아, 영락없이 양 떼야. 세벤의 그 귀여운 새끼 양들은 어떻게 됐을까. 그 녀석들은 새끼를 낳고 손자가 생기고 증손자가 생기고 이윽고 죽었겠지."

* 뭉게구름(적운積雲)은 주로 여름철 낮은 하늘에, 비늘구름(권적운卷積雲)은 주로 높은 가을 하늘에 보인다.

그는 여름풀이 먼바다 경치를 가리지 않는 바위 한 곳에 자리를 잡았다.

매미가 온 산 가득 울고 있었다.

앙리는 소년 쪽으로 맑은 벽안을 향하고 말을 건넸다.

"너는 내가 무슨 말을 하는지 알지 못하지. 하지만 마을 사람들과는 달리 너는 내가 하는 말을 믿어줄 거야. 그러니 내가 이야기할게. 분명 너도 믿기 어려운 이야기일지 모르지만, 잘 들어다오. 너 말고는 아무도 내 이야기를 참말로 받아줄 사람이 없으니."

앙리는 더듬더듬 말을 이었다. 중간에 막히면 뭔가 눈에 익숙하지 않은 기이한 몸짓을 하며 그걸로 이야기를 불러내려는 것 같았다.

"……예전에 너만 한 나이 때, 아니, 너보다 훨씬 어린 나이 때부터 나는 세벤의 양치기였어. 세벤은 프랑스의 아름다운 중앙산지이자 필라산의 남쪽 지역, 툴루즈 백작의 영지야. 이렇게 말해도 너는 모르겠지. 이 나라 사람들은 내 모국의 이름조차 알지 못하니까.

때는 마침 제5십자군이 일단 성지를 탈환했으나 다시 빼앗겨버린 1212년의 일이었다. 프랑스인들은 슬픔에 잠겼고 여자들은 다시금 상복을 꺼내 입었다.

어느 날 해 질 무렵, 나는 풀어놓은 양 떼를 불러들여 언덕을 올라가려고 했다. 하늘은 이상하리만치 맑게 개어 있었다. 문득 내가 데리고 있던 개가 낮게 으르렁거리며 꼬리를 내리고 한사코 내 뒤로 숨으려 했다.

나는 언덕 위에서 그리스도가 하얗게 빛나는 옷을 입고 이쪽으로 내려오시는 것을 보았다. 그림에서 자주 보던 것과 똑같이 수염을 길렀고 매우 자애로운 미소를 띠고 계셨다. 나는 땅에 납작 엎드렸다. 주께서는 손을 내밀어 분명하게 내 머리를 짚으며 이렇게 말씀하셨다.

'앙리, 성지 예루살렘을 되찾을 자는 바로 너이니라. 튀르크 이교도에게서 너희 소년들이 예루살렘을 되찾으리라. 수많은 동지를 모아 마르세유로 가라. 지중해 물이 둘로 갈라져 너희를 성지로 인도하리라.'

……분명히 나는 거기까지 들었다. 그리고 실신했다. 개가 내 얼굴을 핥으며 깨워주었고, 정신이 든 나는 어스레한 석양 속에서 걱정스러운 듯 내 얼굴을 들여다보는 개를 눈앞에서 보았다. 내 온몸은 땀으로 흠뻑 젖어 있었다.

집에 돌아와 나는 아무에게도 그 이야기를 하지 않았다. 아무도 믿어주지 않을 거라고 생각했기 때문이다.

사오 일 지나 비가 내리는 날이었다. 나는 홀로 오두막에 있었다. 지난번과 똑같이 해 질 무렵에 문을 두드리는 자가 있었다. 나가보니 나이 든 여행자가 서 있었다. 그는 나에게 빵을 구걸했다. 나는 찬찬히 그 여행자를 살펴보았다. 코가 높고 흰 수염에 감싸인 얼굴은 근엄했고 그중에서도 눈이 깊고 무서울 만큼 맑았다. 비가 내리니 안으로 들어오시라고 권했지만 대답은 없었다. 그러고 보니 빗속을 걸어왔는데도 그가 입은 옷이 조금도 젖지 않은 것이 보였다.

나는 강한 두려움에 휩싸여 아무 말도 하지 못했다. 노인은 빵에 대해 감사 인사를 하고 떠났다. 떠나는 참에 그가 분명한 목소리로 내 귓가에 대고 이렇게 말하는 것을 나는 들었다.

'지난번의 계시를 잊었는가. 어찌하여 주저하는가. 그대는 신의 부름을 받은 자인데.'

나는 노인의 뒤를 쫓아가려고 했다.

하지만 주위는 완전히 컴컴해졌고 빗발은 거세고 노인의 모습은 이미 보이지 않았다. 양들이 서로 몸을 비비며 불안한 듯 우는 소리가 빗속에서 들려왔다.

……그날 밤 나는 잠들지 못했다.

다음 날, 양 떼를 몰고 나가서 나는 가장 친한 동갑내기 양치기에게 마침내 그 이야기를 했다. 신심 깊은 소년은 얘기를 듣자마자 파르르 떨면서 클로버꽃 위에 무릎을 꿇고 나에게 경배했다.

단 열흘 만에 내 주위에 인근의 양치기들이 모여들었다. 나는 결코 거만한 소년은 아니었는데도 모두가 자진해서 나의 제자가 되었다.

그러던 중에 우리 마을에서 그리 멀지 않은 곳에서 여덟 살의 예언자가 출현했다는 소문이 들려왔다. 어린 예언자는 설교를 하고 기적을 행한다고 했다. 눈먼 소녀의 눈을 쓰다듬어주자 개안했다는 소문도 있었다.

나는 제자들과 함께 그곳으로 갔다. 예언자는 다른 아이들과 섞여 신이 난 듯 소리 높여 웃으며 놀고 있었다. 나는 그 아이 앞에 나아가 무릎을 꿇었다. 그리고 계시의 처음부터 끝까지 이야기했다.

아이는 젖과 같은 피부에, 금빛 고수머리는 파랗게 정맥이 비치는 이마에 늘어져 있었다. 내가 무릎을 꿇자 아이는 웃음을 거두고 작은 입술 끝을 두어 번 파르르 떨었다. 하지만 나를 보고 있는 게 아니었다. 기복이 많은 목장의 지평선을 멍하니 응시하고 있었다.

그래서 나도 그쪽을 바라보았다. 그곳에 매우 키가 큰 감람나무가 서 있었다. 우듬지에 빛이 여과되어 나뭇가지며 잎이 내부에서부터 환하게 밝혀진 것처럼 보였다. 바람이 지나갔다. 아이는 엄숙한 모습으로 내 어깨에 손을 얹고 그쪽을 가리켰다. 그러자 내 눈에는 그 나무 우듬지에 수많은 천사가 모여 금빛 날개를 치는 것이 확실하게 보였다.

"동쪽으로 가라. 동쪽으로 한없이 가라. 그러려면 계시에 따라 마르세유로 가면 되느니라."

아이는 조금 전과는 전혀 딴판인 엄숙한 목소리로 말했다.

소문은 그렇게 퍼져나갔다. 프랑스 각지에서 똑같은 일이 차례차례 일어났다. 십자군 전사자의 자녀들이 어느 날 부친의 유품인 검을 들고 집을 떠나버렸다. 또 어느 곳에서는 방금까지 정원 분숫가에서 놀던 아이가 갑작스레 장난감을 내던지고 하녀에게서 약간의 빵을 얻어 떠나버렸다. 어머니가 붙잡고 꾸짖어도 마르세유로 가겠다면서 말을 듣지 않았다.

어느 마을 광장에서는 날이 밝기도 전에 침상에서 몰래 빠져나온 아이들이 한데 모여 성가를 부르며 어디로 가는지도 모르는 여행길에 올랐다. 어른들이 눈을 떠보니 마을에는 아직 어려서 걷지 못하는 아기를 빼고는 아이라는 아이가 모두 사라지고 없었다.

내가 마침내 수많은 동지를 이끌고 마르세유로 떠나는 여행을 준비하자 양친이 나를 데리러 와 울면서 나의 무모함을 꾸짖었다. 하지만 나의 수많은 제자가 그 신심 없는 양친을 내쫓아버렸다. 나와 함께 여행길에 오른 자들만 해도 백 명을 밑돌지 않았다. 당시 프랑스와 독일 각지에서 수천 명의 아이가 그 십자군에 가담했던 것이다.

여행은 용이하지 않았다. 반나절이 지나기도 전에 가장 어리고 약한 아이가 쓰러졌다. 우리는 시신을 매장하며 눈물을 흘렸고 작은 나무 십자가를 그곳에 세웠다.

다른 무리의 아이들 백여 명은 흑사병이 유행하는 지역에 모르고 들어갔다가 한 명도 남김없이 모조리 객사했다고 들었다. 우리 쪽 무리에서도 피로에 지친 나머지 정신착란을 일으켜 절벽에서 몸을 던져 죽은 소녀가 있었다.

이상하게도 죽어가는 아이들은 반드시 성지의 환영을 보았다. 그것은 아마도 황폐한 당시의 성지가 아니라 백합이 흐드러지게 피어나고 꿀이 넘치는 옥토 들판의 환영이었다. 어떻게 우리가 그것을 알았는가 하면, 죽어가는 자가 환영을 말해주기도 했고 혹은 말하지 않더라도 눈빛이 황홀해져서 마치 광대한 빛을 마주한 것처럼 보였기 때문이다.

그렇게 우리는 마르세유에 도착했다.

그곳에는 이미 수십 명의 소년소녀가 도착해 우리를 기다리고 있었다. 우리가 도착하면 바닷물이 좌우로 갈라진다고 믿었던 것이다. 도착한 우리는 이미 3분의 1로 인원이 줄어 있었다.

뺨을 반짝이며 맞이해준 아이들에 둘러싸여 나는 항구로 갔다. 항구에는 수많은 돛대가 줄지어 섰고 수부들은 신기하다는 듯 우리를 쳐다보았다. 바닷가 가파른 절벽 앞에서 우리는 기도했다. 저녁 해를 받은 바다는 눈부셨다. 나는 오래도록 기도했다. 바다는 그대로 물이 넘실거리고 파도는 아랑곳하지 않고 해안가로 밀려들었다.

하지만 우리는 포기하지 않았다. 주께서는 분명 모두가 한자리에 모이기를 기다리시는 것이리라.

아이들은 조금씩 도착했다. 모두가 지칠 대로 지쳤고 그중에는 병든 자도 있었다. 우리는 며칠이나 헛되이 기다렸다. 바다는 갈라지지 않았다.

그때 매우 신심 깊은 듯한 한 남자가 다가와 우리에게 희사喜捨를 청했다. 그리고 자신이 소유한 배로 우리를 예루살렘까지 데려가는 명예를 맡겠노라고 조심스럽게 말했다. 모인 이들 중 반쯤은 승선을 망설였지만 나를 포함해 반은 기꺼이 그의 배에 올랐다.

하지만 배는 성지로 향하지 않고 선수를 남쪽으로 돌려 이집트 알렉산드리아에 도착했다. 우리는 그곳 노예시장에 모조리 팔려버렸다.

……앙리는 잠시 침묵했다. 그때의 원통함을 되새기는 것 같았다.

하늘에는 이미 늦여름의 웅장하고 화려한 저녁노을이 시작되었다. 비늘구름은 완전히 진홍빛이 되었고 빨간색 노란색 긴 천을 옆으로 길게 펼쳐놓은 듯한 구름이 있었다. 바다 쪽에서는 하늘이 더욱 벌겋게 타오르는 화로 같았다. 주위의 초목까지 하늘의 화염을 받아 초록이 한층 선명해졌다.

이제 앙리의 이야기는 그 저녁노을을 향해 직접 말을 건네는 것 같았다. 그의 눈에는 휘황한 바다 불길 속에서 고향의 풍물이며 그리운 이들의 얼굴이 보이는 것이다. 또한 소년시절 자신의 모습도 보였다. 양치기 친구들의 모습도 보였다. 더운 여름날에 그들은 거친 천의 옷 한쪽을 벗어내려, 소년의 하얀 가슴에 장밋빛 유두가 내

보였다. 살해되거나 병사한 어린 십자군 전사들의 얼굴이 바다의 노을빛에 무리 지어 일어섰다. 투구는 쓰지 않았으나, 금발이며 황갈색 머리칼은 저녁 해를 받아 불길의 투구를 쓴 것처럼 보였다.

살아남은 소년들은 산지사방으로 흩어졌다. 기나긴 노예생활 동안 앙리는 아는 얼굴을 만난 적이 한 번도 없었다. 그토록 동경하던 예루살렘 땅에도 끝내 가본 적이 없었다.

앙리는 페르시아 상인의 노예가 되었다. 그리고 다시 인도로 팔려갔다. 그곳에서 칭기즈 칸의 손자 바투의 서양 정벌에 대한 소문을 들었다. 그는 고국의 위급을 염려하며 울었다.

당시 대각선사는 불교를 배우러 인도에 와 있었다. 소소한 기연機緣으로 앙리는 선사의 도움을 받아 자유의 몸이 되었다. 그 은혜를 갚고자 평생 선사를 모시기로 마음먹었다. 선사의 고국에 따라갔고, 스승이 일본에 건너간다는 말에 자기도 꼭 데려가달라고 부탁하여 함께 일본에 온 것이었다.

앙리의 마음에는 지금 평안이 있었다. 귀국이라는 헛된 바람은 진즉에 내버렸고 일본 땅에 뼈를 묻을 각오가 되어 있었다. 스승의 가르침을 가슴에 새겨, 헛되이 내세를 바라거나 아직 못 본 땅을 동경하는 일도 없었다. 하지만 저녁노을이 여름 하늘을 붉게 물들이고 바다의 수평선이 주홍으로 빛날 때는 저절로 발이 움직여 쇼조가타케산 정상으로 향하지 않고는 견딜 수 없었다.

저녁노을을 본다. 바다의 반사를 본다. 그러면 앙리는 생의 초반에 한 차례 분명하게 자신을 찾아왔던 불가사의를 되짚어보지 않을 수 없었다. 그 기적, 그 미지에의 갈망, 마르세유로 자신들을 몰아붙였던 그 이상한 힘, 그 기이함을 지금 다시 확인해보지 않을 수 없었다. 그리하여 마지막에 생각나는 것은 수많은 아이들에 둘러싸여 마르세유 부둣가에서 기도를 올렸을 때, 끝내 갈라지는 일 없이 저녁 해에 반짝이며 차분한 파도가 밀려오고 밀려가던 바다였다.

앙리는 자신이 언제 신앙을 잃었는지 생각해낼 수 없었다. 다만 지금도 생생하게 기억나는 것은 아무리 기도해도 갈라지지 않던 저녁노을을 받은 바다의 기이함이었다. 기적의 환영보다 한층 불가해한 그 사실. 아무런 의심도 없이 그리스도의 환영을 받아들였던 소년의 마음이 결코 갈라지지 않는 저녁노을의 바다에 직면했을 때의 그 기이함…….

앙리는 저 멀리 이나무라가사키곶 너머 바다의 수평선을 보았다. 신앙을 잃은 앙리는 이제 그 바다가 둘로 갈라진다는 것 따위는 믿지 않았다. 하지만 지금도 풀 수 없는 신비가 그때의 미처 생각지도 못한 좌절, 끝내 갈라지지 않았던 바다의 진홍빛 반짝임에 숨겨져 있었다.

아마도 앙리의 인생에서 바다가 만일 둘로 갈라질 것이라면 그건 그 한순간을 빼고는 없었다. 그런 한순간에조차 바다가 저녁노을에 불타오른 채 묵묵히 펼쳐져 있던 그 이상함…….

나이 든 불목하니는 더 이상 아무 말도 없이 우두커니 서 있었다. 저녁노을은 흐트러진 백발에 비쳐 맑은 벽안에 한 점 붉은빛을 아로새겼다.

늦여름 태양은 이나무라가사키곶 근처로 잠겨들었다. 바다는 마치 핏물을 흘리는 것 같았다.

앙리는 옛날을 추억했다. 고향 풍물이며 고향 사람들을 추억했다. 하지만 이제는 돌아가고 싶다는 바람은 없었다. 왜냐하면 그러한 것들, 세벤과 양 떼와 고국은 저녁노을의 바다 속으로 소멸해버렸기 때문이다. 저 바다가 둘로 갈라지지 않았을 때, 그것들은 송두리째 소멸했다.

하지만 앙리는 저녁노을이 시시각각 그 빛깔을 바꾸고 차츰차츰 타올라 재가 되는 모습에서 눈을 떼지 않았다.

쇼조가타케산의 초목은 드디어 어두운 그림자에 침식당해 도리어 잎맥이며 나무옹이의 윤곽이 또렷해졌다. 수많은 탑두 중 몇 개쯤은 이미 저녁 어스름에 잠겨들었다.

앙리의 발치에도 어둠이 슬금슬금 다가들고 어느새 머리 위 하늘은 색깔을 잃고 회색이 감도는 남색으로 옮겨갔다. 먼바다 위의 반짝임은 아직 남아 있지만 그건 저녁 어스름의 하늘에 가늘게 쥐어짜낸 한 줄기 금빛과 주홍빛이 비치는 것에 지나지 않았다.

그때 우두커니 선 앙리의 발밑에서 범종의 깊은 울림이 일었다. 산중턱 종루에서 첫 번째 타종을 한 것이다.

종소리는 느린 파동을 일으키며, 기슭 쪽에서 거슬러 오르는 저녁 어스름을 사방으로 밀어내며 퍼져가는 것 같았다. 그 묵직한 소리의 흔들림은 시간을 알리기보다 오히려 시간을 순식간에 녹여내 영원으로 실어 갔다.

앙리는 눈을 감고 그 소리를 들었다. 눈을 떴을 때는 이미 온몸이 저녁 어스름에 잠기고 먼바다의 수평선은 회백색으로 희미해져 있었다. 저녁노을은 완전히 끝이 났다.

절로 돌아가기 위해 앙리가 소년을 채근하려고 돌아보니, 두 팔로 껴안은 무릎에 머리를 얹고 소년은 잠들어 있었다.

(1955년)

신문지
新聞紙

  도시코의 젊은 남편은 항상 바쁘다. 오늘 밤에도 10시까지 같이 있다가 아내만 남겨둔 채 자기 차를 몰고 그다음 모임에 가버렸다. 남편은 영화배우다. 도시코는 자신이 함께 갈 수 없는 남편의 밤 약속을 모두 다 참아주지 않으면 안 되었다.

  도시코는 택시를 타고 혼자 우시고메 하라이카타마치*의 집으로 돌아가는 것에 이미 익숙해졌다. 집에서는 두 살 된 아기가 기다리고 있었다. 그래도 도시코는 오늘 밤은 조금만 더 밖에서 놀고 싶었다.

  한밤중에 집의 서양식 거실에 혼자 들어가는 게 싫었다. 그토록 닭

---

* 우시고메 하라이카타마치牛込払方町는 신주쿠 북동부 지역으로, 에도 시대부터 다이묘 저택이 있는 재무 공직자의 거주지였으며 메이지 시대 이후에도 고급 주택가로 알려져 있다.

아냈는데도 그곳에는 아직 핏자국이 남아 있는 것만 같았다.

그 어처구니없는 혼란의 뒤처리가 마침내 끝난 게 바로 어제였다. 오늘 밤은 오랜만에 기분전환을 하는 저녁 자리였고 그래서 남편이 마지막까지 함께해줄 거라고 생각했다. 하지만 남편은 프로듀서의 마작 모임에 불려 갔다. 어쩌면 오늘 밤에는 돌아오지 않을지도 모른다.

학생 시절에 도시코는 몸집이 작고 예민하며 아주 예쁜 소녀였기 때문에 테리어라는 별명으로 통했다. 매사에 부질없이 근심 걱정이 많아서 전혀 살이 찌지 않았다. 아버지가 영화회사 중역이어서 영화배우와 연애사가 생겼고 행복한 결혼을 했다.

노는 것을 좋아하는 만큼 남을 동정하는 것도 좋아했다. 그 섬세한 영혼은 가녀린 몸매며 얼굴 생김새에서 은화隱畵*처럼 언뜻언뜻 엿보였다.

그날 저녁에도 나이트클럽에서 자리를 함께한 친구 부부에게 남편이 그 일을 재미있다는 듯이 큰 소리로 떠벌이는 바람에 적잖이 기분이 상했다.

도시코는 상상력의 화신이라고 해도 좋을 정도인 데 비해 미국식 양복 차림의 젊은 미남 남편에게는 상상력이라는 게 조금도 없었다. 마냥 인간의 상상력에 호소하는 직업이라서 자기 스스로 그걸 가질 필요는 없는 모양이었다.

"굉장한 일이 있었어. 정말 어처구니없이 당한 얘기야." 그는 밴드

---

* 빛에 비춰야 보이는 숨은 그림. 지폐 등에 사용된다.

음악에 대항하듯이 몸짓을 붙여가며 큰 소리로 떠들었다. "두 달 전쯤에 우리 젖먹이 아기의 보모가 바뀌었어. 그런데 새로 들어온 이 여자 보모가 유난히 배가 불룩하고 얼마나 잘 먹는지 쌀독이 금세 비어버릴 정도야. 얘기를 들어보니 위 팽창증이라네?

그런데 그저께 밤늦은 시간에 도시코와 내가 거실에 있는데 옆의 아기방에서 무시무시한 신음이 들리더라고. 우리가 당장 달려갔지. 보모가 배를 부여안고 끙끙거리고 그 옆에서 아기가 깜짝 놀란 듯 앙앙 울고 있는 거야. 대체 무슨 일이냐고 내가 물었어.

그랬더니 보모가 끊길 듯한 목소리로 그제야 털어놓더라고.

'아기를 낳을 거 같아요.'

그 말에 소스라치게 놀랐지. 여태까지 배가 불룩한 게 위 팽창증 때문이라고만 생각했던 우리가 정말 태평했었지 뭐야.

급히 하녀를 깨워 셋이서 겨우겨우 거실로 데리고 나왔어. 환한 곳에서 보고는 내가 또 한 번 화들짝 놀랐어. 보모의 흰 옷자락이 피로 빨갛게 물들었더라니까.

내가 나서서 카펫을 치우고 가까스로 바닥에 헌 담요를 편 뒤에 거기에 눕혔어. 보모는 진땀을 흘리는 데다 이마에는 정맥이 튀어나왔더라고.

산부인과 의사를 불렀을 때는 아이가 이미 태어난 뒤였어. 거실이 그야말로 유혈 참사였다니까."

"어휴, 별 지독한 여자가 다 있군."

친구가 옆에서 한마디 거들었다.

"아예 처음부터 계획적이었어. 영락없이 개 같지 뭐야. 우리 집에 아기가 있으니까 기저귀며 뭐며 많다는 것도, 내가 인기로 먹고사는 사람이라 집안 관리가 느슨하다는 것도 죄다 계산하고 찾아온 거야. 보모 회장도 찾아와 여자를 나무랐는데 아주 부루퉁하니, 죄송합니다 말 한마디가 없더라고. 어제 드디어 입원시켰는데 얘기를 들어보니 아무래도 어딘가 불량한 인간의 아이라는 모양이야."

"그래서 태어난 아이는 어떻게 됐어?"

"건강한 사내아이였어. 제 엄마가 우리 집에서 어지간히도 먹어댔으니 무게가 꽤 나가는 번듯한 아기였지. ……그 바람에 어제는 온종일 나도 도시코도 반쯤 신경쇠약 상태였어."

"그나마 사산이 아니라서 다행이네."

"뭐, 그 여자 처지에서 보면 사산이 더 나았을 수도 있어."

도시코는 남편이 바로 그저께 자신의 집에서 일어난 사건을 남의 일처럼 떠들어대는 그 말투에 놀라지 않을 수 없었다. 잠시 눈을 꾹 감는다. 그러자 출산의 그 끔찍한 광경은 떠오르지 않았다. 모자이크 무늬의 거실 바닥에서 피투성이 신문지에 감싸여 나뒹굴던 영아만 눈에 선하게 떠올랐다. 남편은 그건 쳐다보지도 않았던 것이다.

의사는 그런 특이한 상황에서 아버지도 없이 아이를 낳은 엄마에 대한 경멸로 일부러 영아를 소홀히 다룬 게 틀림없었다. 그는 턱으로 슬쩍 신문지 쪽을 가리키며 조수에게 그걸로 영아를 싸서 바닥에 내려놓게 했던 것이다. 도시코의 선량한 마음은 심하게 상처를 받았다. 그녀는 꺼림칙한 마음이 들었던 것도 잊어버렸다. 당장 새 플란넬 천을 꺼내와 그걸로 영아를 감싸 가만히 안락의자 위에 올려놓았다. ……

***

 도시코는 남편이 귀찮게 생각할까 봐 그 뒤로 한시도 마음속을 떠나지 않은 그 정경의 기억을 굳이 남편에게 말하지는 않았다. 오늘 저녁 모임에서 도시코는 어쩐지 불안한 마음이 가득한 채 내내 미소만 짓고 있었다.

 신문지에 감싸여 바닥에 나뒹굴던 갓난아기. ……정육점 포장지 같던 피투성이 신문지. ……신문지 배내옷. ……그 비할 데 없는 비참함.

 그녀의 마음속에 보모에 대한 미움은 거의 없었다. 그보다는 아기의 비참함이, 어째서 풍족하게 자란 그녀에게 마치 자신의 비참함처럼 통절하게 느껴진 것일까.

 '신문지에 감싸인 갓난아기…….' 그녀는 생각했다. '그 아기의 모습을 목격한 사람은 거의 나 혼자뿐이었어. 아기 엄마는 봤을 리 없고 아기 자신도 알 리가 없어. 나 혼자만 언제까지고 기억 속에 그 비참한 탄생의 정경을 지니고 있어야 해. 만일 그 갓난아기가 자라서 자신이 태어났을 때의 상황을 다른 누군가에게서 듣는다면 어떻게 생각할지! ……하지만 괜찮아. 나만 그 비밀을 입 밖에 내지 않으면 그뿐이니까. 게다가 나는 좋은 일을 해줬어. 플란넬 천에 다시 잘 감싸서 안락의자에 눕혀줬으니까.'

 도시코는 말수가 적은 편이다.

 나이트클럽 앞에서 남편은 택시 운전기사에게 '우시고메'라고 행선지를 알리고 도시코를 태워준 뒤 밖에서 차 문을 닫았다. 웃고 있는 남편의 건강한 고른 치아가 유리 너머로 보였다. 우리 삶에는 아무런 불안도 없다는 그 실감이 택시 좌석에 몸을 기댄 도시코를 몹시 피곤하게 만들었다. 고개를 돌려 남편을 보았다. 그는 뒤돌아보는 일도 없이 자신의 내시* 차량 쪽으로 걸음을 서둘러 그 화려한 트위드 재킷 등짝이 길거리의 북적거리는 사람들 속에 섞여 사라졌다. 그는 북적거리는 사람들 속에 가만히 서 있는 건 싫어하는 것이다.

택시가 출발했다. 어슴푸레한 입구 앞에 수많은 관람객이 우글거리는 극장은 방금 문을 닫은 참이라서 벌써 간판 전구장식도 꺼졌다. 도시코는 극장 앞 벚나무 몇 그루가 나뭇가지에 매달린 활짝 핀 조화를, 그 흰 종이를 어둠 속에서 오히려 또렷하게 드러낸 것을 바라보았다.

'……그래도 그 갓난아기는' 다시 조금 전의 생각을 끈덕지게 추적했다. '……자신의 출생의 비밀을 전혀 모른 채 자라나더라도 번듯한 사람이 되지 못할 게 틀림없어. 더러운 신문지 배내옷은 그 갓난아기의 평생의 상징이 될 거야. ……이토록 그 갓난아기가 마음에 걸리는 건 어쩌면 우리 아이의 미래를 염려하는 불안감 때문인지도 모르겠네. ……앞으로 20년쯤 지나서 우리 아이는 행복하고 훌륭하게 잘 자란다. 그때 어떤 무서운 인연으로 스무 살이 된 그 불행한 아이가 우리 아들을 해치기라도 한다면…….'

그런 생각이 들자 4월 초의 구름 낀 따듯한 날씨인데도 도시코는 목 언저리가 써늘해졌다. '……그때는 내가 대신 나서야지. 20년 뒤

---

* 아메리칸 모터스 사의 자동차. 당시에는 고급 자가용 차량이었다.

……마흔세 살이 된 내가. ……그 아이에게 분명하게 말해줄 거야. 신문지 배내옷과 내가 다시 감싸준 플란넬 배내옷 이야기를…….'

택시는 공원과 황거 해자 사이의 어둡고 널찍한 도로를 달려갔다. 오른편 창문 저 너머로 빌딩가에 드문드문 켜진 불빛이 보였다. '……20년 뒤, 가엾게도 그 비참한 아이는 몹시 끔찍한 처지가 되어 있겠지. 희망도 없고 돈도 없이 젊은 몸을 마구 굴리며 쥐처럼 살고 있겠지. 그런 식으로 태어난 아이는 그렇게 될 수밖에 없잖아. 그래서 제 아버지를 저주하고 제 엄마를 증오하고 항상 외톨이로 살 거야.'

그런 우울한 상상이 어딘가에서 그녀의 마음에 들었던 게 틀림없다. 그러지 않고서야 도시코가 그토록 세세하게 '그'의 미래를 머릿속에 그려낼 수 있었을 리 없다.

택시는 한조몬을 지나 영국대사관 앞으로 접어들었다. 그러자 이 근처의 유명한 벚나무 가로수가 도시코의 눈앞에 가득 펼쳐졌다.

그녀에게 순간적으로 변덕이 일었다. 여기서 혼자 밤 벚꽃 구경을 하자고 마음먹은 것이다. 택시에서 내려 천천히 꽃구경을 한 뒤에 자주 지나다니는 택시를 다시 잡아타면 된다. 겁이 많은 도시코로서는 대단한 모험이었지만, 온갖 불안한 몽상이 폭발해 이대로 얌전히 집에 돌아가는 걸 자꾸만 가로막았다.

아담한 몸매의 사랑스러운 젊은 부인은 택시에서 내려 혼자 찻길을 건너갔다. 찻길을 건널 때 평소에는 동행을 붙잡고 조심조심 건넜는데, 갑작스레 묘한 해방감에 휩싸인 도시코는 해자 끝의 공원 쪽을 향해 한밤을 질주하는 차량 사이를 누비며 단숨에 건너갔다.

그 좁고 길쭉한 작은 공원은 지도리가후치 공원이었다.

공원 안이 온통 벚나무 숲이어서 만개한 꽃이 가지에서 가지로 이어져 바람 없는 흐린 밤하늘 아래 촘촘하게 들어찬 그대로 응고해버린 것 같았다. 간격을 두고 줄줄이 내걸린 초롱불은 꺼져 있었다. 그 대신 빨강, 노랑, 초록색의 알전구가 나무 밑 여기저기에 흐릿하게 켜졌다.

밤 10시를 한참 지난 시각이라서 꽃구경하는 사람들은 많지 않았다. 발치에는 종이쓰레기가 널려 있어서, 입을 꾹 다문 사람들이 오갈 때마다 종이 밟히는 소리며 빈 병이 굴러가는 소리가 이따금 들렸다.

'……신문지 ……피범벅이 된 신문지 ……비참한 탄생 ……그런 자신의 처지를 혹시라도 알게 된다면 그 사람의 일생은 엉망진창이 될 게 틀림없어. 그만큼 크나큰 한 인간의 비밀을 아무 관계도 없는 내가 앞으로 평생 꼼짝없이 품고 있어야 하다니…….'

도시코는 그런 공상으로 평소에 겁을 내던 것조차 잊어버렸다. 마주치는 행인도 대부분 조용한 남녀 커플이라서 그녀에게 공연한 시비를 걸지 않았다. 어떤 커플은 꽃구경 대신 해자 주변의 돌 벤치에 앉아 조용히 해자 쪽을 내다보았다.

해자는 컴컴하고 물 표면도 그림자에 감싸였다. 해자 건너편 황거의 숲은 검게 버티고 서 있는데 구름 낀 밤하늘과의 경계도 암담해서 아무런 구별도 없었다.

도시코는 꽃 아래 어두운 길을 천천히 걸었다. 머리 위의 꽃이 묵직하게 다가오는 느낌이었다.

몇 개인가 늘어선 돌 벤치의 외따로 떨어진 한 곳에 허연 것이 보였다. 꽃잎이 떨어져 모여든 것도 아니고, 돌의 흠집 색깔도 아니었다. 그녀는 그쪽으로 걸어갔다.

검은 그림자가 외떨어진 돌 벤치에 누워 있었다.

술에 취해 잠든 게 아니라는 건 빈틈없이 깔아둔 신문지로 알 수 있었다. 허옇게 보인 것이 신문지였구나, 하고 도시코는 생각했다.

돌 위에 헌 신문지를 겹겹이 깔고 거기에 모로 누운 몸을 웅크린 채 갈색 점퍼를 입은 남자가 자고 있었다. 이곳이 올봄에 그가 정한 잠자리인 것이리라.

도시코는 저도 모르게 그 벤치 앞에 멈춰 섰다. 신문지에 감싸여 자는 남자가 그 즉시 비참한 배내옷에 감싸여 바닥에 나뒹굴던 갓난아기를 떠올리게 한 것은 어쩌면 당연한 일이었다.

빗질하지 않은 남자의 지저분한 머리칼이 군데군데 뒤엉킨 것을 도시코는 내려다보았다. 점퍼의 어깨가 잠든 숨결을 따라 어둠 속에서 오르락내리락하고 있었다.

도시코는 아까부터 해왔던 자신의 공상, 선한 동정심이 키워온 슬픈 공상이 갑자기 실제 모습으로 나타난 것처럼 느껴졌다. 어둠 속에 떠오른 남자의 이마는 젊은 나이임에도 굵은 주름이 새겨졌고, 기나긴 빈고貧苦의 흔적이 또렷이 보였다. 카키색 바지를 둘둘 걷어올린 채 잠드들었는데 그 끝에는 맨발에 구멍 난 운동화를 신었다.

도시코는 갑자기 그 얼굴이 보고 싶어졌다. 얼굴 쪽으로 돌아가 팔뚝 안에 묻힌 잠든 얼굴을 홀린 듯 들여다보았다. 남자는 뜻밖에도 젊고 수려한 눈썹에 아름다운 콧날을 하고 있었다. 살짝 벌어진 입가에는 어린 티가 남아 있었다.

도시코가 너무 바짝 다가서는 바람에 남자가 깔개로 쓰던 신문지가 요란한 소리를 냈다. 남자는 잠에서 깨어나 급히 눈을 번뜩이더니 큼직한 손이 느닷없이 도시코의 손목을 움켜잡았다.

도시코는 왜 그런지 조금도 두렵지 않았다. 그 섬세한 손목을 내맡긴 채 그 순간, 퍼뜩 생각했다.

'어머, 벌써 20년이 지났나 봐.'

황거의 숲은 컴컴하게 가라앉아 있었다.

(1955년)

모란
牡丹

　생각지도 못한 친구가 생각지도 못한 곳에 가자고 나를 찾아왔다. 모란원을 구경하자는 것이었다. 친구 구사다는 직업도 거처도 알려져 있지 않고 무슨 정치운동에 관여한다는 소문이 떠돌았지만 그것도 확실치 않았다. 작은 몸집에 눈빛이 날카롭고 해학이 넘치고 뭐든 다 아는 자였다.
　오후 2시 넘어 우리는 집을 나와 전차를 두 번 갈아타고, 지금까지 한 번도 이용해본 적이 없는 교외 전차의 승객이 되었다. 5월 초의 쾌청한 국경일이었다.
　교외 작은 역 앞에는 가나가와현의 한 항구도시로 가는 대형 버스가 대기하고 있었다. 버스가 달리는 길은 도쿄 도심의 도로보다 훨씬 더 멋들어진 새 콘크리트 도로였다.

"군용도로야. 이번에 새로 생겼어."

뭐든 다 아는 친구가 지극히 간결하게 설명해주었다. 길가 연못가에서는 소풍 나온 아이들이 올챙이를 건져 올리느라 바로 옆을 지나가는 버스에는 눈길조차 주지 않은 채 셔츠가 삐져나온 작은 바지 엉덩이를 나란히 하고 있었다.

어느 정류소에서 버스에서 내렸다. 모란원 가는 길 안내판이 큼지막하게 내걸려 있었다. 길은 논밭 사이로 구불구불 이어졌고, 느지막한 시각이었기 때문에 귀로에 든 사람들을 떼로 마주쳐서 우리는 이따금 길을 비켜주지 않으면 안 되었다.

가지 모종판. 둥근 파꽃. 도로의 다른 한쪽은 늪지가 되어 햇빛을 받아 환해진 녹조 사이를 올챙이가 지나다니는 게 또렷이 보이고, 눈에 보이지 않는 해묵은 개구리는 사방에서 울어댔다. 그 한 귀퉁이가 여름 무를 씻는 곳으로 나뉘어 있었다. 허벅지까지 오는 고무장화를 신은 농부 두 명이 열심히 무를 씻어 한쪽 판자 위에 엇갈려 쌓고 있었다.

"갓 씻어낸 저 하얀빛이 묘하게 에로틱하군."

내가 말했다.

"그런가."

무턱대고 걸음을 서두르는 구사다는 건성으로 대답했다. 둘이 시내 거리의 잡답 속을 걷다가 걸음이 빠른 그를 깜빡 놓쳐버린 적이 한두 번이 아니다.

좁은 길이 오르막에 접어들자, 울창한 나무숲에 자리한 입구의 문에는 '가쓰라가오카 모란원'이라고 적혀 있었다. 우리는 입장료를 내고 안으로 들어갔다. 갑작스럽게 시야가 탁 트이고 수많은 구경꾼이 삼삼오오 지나가는 환한 모란 꽃밭이 눈앞에 펼쳐졌다.

오솔길이 꽃밭을 여러 구역으로 나누었고, 각 구역마다 아네모네, 철쭉, 아이리스 등으로 가장자리를 둘렀다. 모란에는 하나하나 화려한 이름의 팻말이 옆에 꽂혀 있었다.

린봉麟鳳
금각金閣
부상사扶桑司
화대신花大臣
취안醉顔
가스미가세키霞ヶ関
장락長樂
환성락還城樂
금휘錦輝
월세계月世界

린봉은 적자색 벨벳 같은 대륜大輪*이다. 장락은 연분홍색이 중심으로 갈수록 심홍색으로 진해진다. 그중에서도 특히 호화로운 것은 하얀 대륜의 월세계로, 카메라를 든 손님들이 그 앞에 무릎을 꿇었

* 꽃의 지름이 18센티미터 이상인 것을 대륜, 9센티미터 이상인 것을 중륜, 그 이하는 소륜으로 구분한다.

모란 367

고 뒤쪽에서는 화가가 스케치 연필을 부지런히 굴렸다.

하지만 모란은 대부분 한창때를 지나서, 이미 시든 꽃은 연지색 꽃잎이 불을 맞은 듯 쪼글쪼글 주름지고 노란 심지는 오그라들어 마른 잎사귀에만 뚜렷한 잎맥의 조각적 단려端麗함이 남아 있었다. 꽃은 다 떨어지고 잎사귀만 남은 것도 있었다. 나지막한 나무에서 연둣빛 싱싱한 줄기가 돋아나 그 위에 큼직한 흰색 꽃이 묵직하게 휘어진 것도 있지만, 개중에는 부목을 댄, 30여 센티미터 높이밖에 안 되는 것도 있었다.

"저 정도 크기까지는 키웠으면 좋겠는데 말이야."

올드미스인 듯한 두 여자 손님이 큰 소리로 주고받는 대화가 귀에 울렸다.

"역시 이만큼 넓은 장소가 있어야 돼."

"우리 집 꽃밭에 있는 것들은 이것저것 차차 뽑아내야겠어."

구사다가 내 어깨를 툭 치며 슬쩍 눈짓을 건넸다.

나는 그가 가리킨 쪽을 돌아보았다.

추레한 옷차림의 한 노인이 우리 곁을 느릿느릿 지나갔다. 누덕누덕 기운 줄무늬 와이셔츠에 밑단을 단단히 여민 군복 바지를 입고 색 바랜 붉은 사냥모자를 쓰고 있었다. 발에는 인부용 작업화를 신었다.

탄탄한 몸집에 뺨을 뒤덮은 수염에는 드문드문 흰 터럭이 반짝이고 우묵한 눈에는 번뜩임이 감돌았다. 노인은 주변의 구경꾼들에게는 전혀 관심을 보이지 않았다. 한 그루 한 그루, 모란 앞에 멈춰 서거나 때로는 웅크리고 앉아 잡아먹을 듯이 꽃을 들여다보았다.

마침 노인이 응시하는 꽃은 초일출初日出이라는 붉은 모란이었다. 활짝 피어서 이제 곧 시들 기미를 보이는 꽃이다. 그림자는 꽃잎 안 팎으로 복잡하게 접혀들었고 바람에 날리며 그 그림자가 서로 밀치락달치락 뒤얽혀 흔들렸다.

"저 사람이 누군데?"

나는 구사다의 귓가에 대고 낮은 소리로 물었다. 구사다가 너무도 진지한 표정으로 그 노인을 지켜보았기 때문이다.

"이 모란원 주인이야. 가와마타라는 사람. 2년쯤 전에 이곳을 사들였어."

친구는 낮고 다급한 목소리로 대답했다. 그러고는 모란원 가장자리 나지막한 언덕 위에 쳐둔 천막을 올려다보며 문득 환해진 목소리로 "오호" 하고 말했다.

"저기 맥주 매점이 있네. 이제 모란꽃도 질린다. 맥주나 마시러 갈까?"

제멋대로 구는 그에게 약간 화가 나서 나는 아직 모란꽃을 반도 못 봤으니 먼저 가 있으라고 말했다.

성마른 안내인은 맥주를 마시러 가고, 혼자 남은 나는 차분하게 다른 모란꽃들을 감상할 수 있었다.

설월화라는 이름의 모란은 하얀 치리멘 꽃잎 속에 대개 금빛 심지를 보듬고 있었다. 제각각 그 모란만의 개성이 있었다. 멀리 내다보니 곳곳에 서 있거나 쪼그리고 앉은 구경꾼들의 모습이 방해가 되기는 했지만, 검은 땅 위에 하나하나 묵직한 그림자를 드리운 모란은 만개한 풀꽃 화원과 달리 한 그루 한 그루 흙의 공간에 에워싸인 게 고독해 보여서 전체적인 인상은 침울한 느낌이었다. 보기 좋게 활짝 피어난 꽃도, 나무는 키가 작은데 꽃은 큼지막해서 바로 어제까지 빗물에 흠뻑 젖은 땅에서 직접 피어난 듯한, 어쩐지 으스스한 생생함이 있었다.

나는 오솔길을 돌아 들어갔다.

그러자 그 너머도 여전히 꽃밭이 이어져서 맥주 매점이 자리 잡은 언덕을 빙 돌아 건너편 산기슭까지 눈에 보이는 한 온통 모란꽃이었다.

갈증이 느껴져서 나는 마음을 바꿔 언덕 돌계단을 오르기 시작했다. 천막 밖으로 화려한 비치파라솔이 보이고, 그 아래 탁자에 맥주병과 컵을 놓고 구사다가 손을 흔들며 나를 불렀다.

우리는 맥주 두 병을 눈 깜짝할 사이에 비웠다. 구사다가 입가의 거품을 털이 부숭한 팔뚝으로 닦으며 이렇게 말했다.

"이곳의 모란이 몇 그루나 되는지 알아?"

"글쎄 상당한 숫자겠지?"

나는 저녁 어스름이 반쯤 침범한 모란원의 전경을 내려다보며 말했다. 아직 가족끼리 온 손님들이 많이 남아 있었다. 카메라렌즈가 기울어가는 해를 받아 그중 한 사람의 가슴팍에서 반짝 빛났다.

"580그루야."

"자세히도 아는구나."

구사다의 박식함에 익숙한 나는 별반 놀라지도 않고 맞장구쳤다.

그때 모란원 한복판을 조금 전의 노인이 느릿느릿 가로질러 갔다. 그는 또 하나의 모란 앞에 멈춰 서서 뒷짐을 지고 지그시 꽃의 얼굴을 응시하고 있었다.

"580그루라고 할까, 580명이라고 할까."

불쑥 구사다가 말했다.

나는 깜짝 놀라서 얼굴을 들고 구사다를 보았다. 무엇이든 잘 아는 친구는 말을 이어갔다.

"저 가와마타라는 노인, 예전의 그 유명한 가와마타 대좌야. 너도 알지? 난징학살의 주모자로 지목되었던 자.

저자는 끝까지 숨어다니면서 전범 재판을 피했어. 이제 좀 괜찮아지니까 모습을 드러내고 이 모란원을 사들인 거지.

전범의 죄상을 보면 그가 책임져야 할 학살이 수만 명에 달해. 하지만 실제로 가와마타 대좌가 은근히 즐기면서 직접 공들여 죽인 사람은 580명뿐이었지.

게다가, 이봐, 그게 모두 여자였어. 가와마타 대좌는 여자를 죽이는 게 아니고서는 개인적인 흥미를 갖지 못했어.

이곳의 주인이 된 뒤로 가와마타는 모란꽃 나무를 엄밀하게 580그루로 한정했어. 자신이 직접 꽃을 키워서 실제로 모란원은 이만큼 성공을 거뒀지. 하지만 이런 기묘한 도락을 어떻게 봐야 할까. 내가 이래저래 생각해봤어. 그리고 드디어 이렇다 할 만한 결론에 이르렀어.

저자는 자신의 악을 은밀한 방법으로 기념하고 싶었겠지. 아마도 저자는 악을 범한 인간의 가장 절실한 욕구, 바로 안전한 방법으로 자신의 지우기 힘든 악을 현창顯彰하는 데 성공한 거야."

(1955년)

다리밟기
橋づくし

애초를 따져보면 분별이 없었던가

저 애처로운 고하루는 방년 열아홉, 시지미바시蜆橋

우리의 짧은 인생, 지금 이승은 가을날

―「텐노아미지마」*, 옛 자취를 더듬는 다리밟기**

* 「텐노아미지마天の網島」는 에도 시대의 가부키 각본가 치카마쓰 몬자에몬近松門左衛門 (1653~1725)의 수많은 작품 중 하나. 오사카의 아미지마 절에서 실제로 일어난 정사情死 사건을 소재로 했다. 유곽 여인 고하루와 사랑에 빠진 지혜에는 아내 오상이 남편을 나무라기는커녕 오히려 자신의 옷을 전당포에 맡겨 마련한 돈으로 고하루의 몸값을 치르게 해주자 아내에 대한 의리로 고민하지만, 결국 고하루와 함께 정사한다는 이야기다. 둘이서 죽기 위해 절까지 가는 길, 다리를 하나씩 건널 때마다 이승을 하직하는 소회를 노래하였다.
** 음력 보름날 밤에 묵언默言으로 일곱 개의 다리를 무사히 다 건너면 소원이 이루어진다는 속설에 따른 풍습.

음력 8월 보름날, 밤 11시 반에 연회석이 파하자 고유미와 가나코는 긴자 이타진미치의 와케카쓰라야*에 돌아와 서둘러 유카타로 갈아입었다. 사실은 목욕탕에 가고 싶었지만 오늘 밤은 그럴 시간이 없었다.

고유미는 마흔두 살, 150센티미터 안팎의 통통한 몸을 동여매듯이 흰색 바탕에 검은 추초秋草 무늬 지지미** 유카타를 입었다. 가나코는 스물두 살로, 춤에 소질이 뛰어난데도 손님 운이 없어서 봄가을 정기 춤판에도 좋은 역할이 돌아오지 않았다. 이쪽은 흰색 바탕에 남색 소용돌이무늬를 염색한 지지미 유카타를 입었다.

"마사코 씨는 오늘 밤에 어떤 무늬의 유카타를 입고 나올까요?"

"당연히 싸리무늬겠지. 얼른 아이를 갖고 싶다던데."

"어머, 벌써 거기까지 간 거예요?"

"가긴 뭘? 앞으로 그럴 거라는 얘기야. 짝사랑만으로 애가 생긴다면 그야말로 마리아 님이지."

고유미가 말했다. 화류계에서는 일반적으로 여름에 싸리, 겨울에는 원산遠山 무늬*** 의상을 입으면 임신에 성공한다는 미신이 있다.

드디어 나가려는 참에 다시금 고유미는 배가 고파왔다. 매번 그렇지만 공복은 마치 사고처럼 느닷없이 하늘에서 뚝 떨어지는 것 같다. 그전까지는 별반 배고픈 줄도 모른다. 또한 편리하게도 연회석에

---

* 이타진미치板甚道는 현재의 도쿄 주오구 긴자 8번지에 실재했던 지명이다. 와케카쓰라야分桂家는 게이샤를 고용해 식사 및 홍보 등을 대행하고 고객의 주문에 따라 요정, 개인 저택 등에 보내주는 관리업체를 말한다.
** 바탕에 잔주름이 생기도록 짠 옷감.
*** 삼각형의 먼 산 모양을 짜 넣은 무늬.

다리밟기 373

나가 있는 동안에는 아무리 따분한 자리여도 배가 고파 쩔쩔매는 일은 없다. 연회석 전과 후에만, 그전까지 배가 고픈지 아닌지도 잊고 있다가 느닷없이 발작이 난 것처럼 허기가 지는 것이다. 고유미는 그런 일에 대비해 적당한 때를 노려 잔뜩 먹어두는 게 안 된다. 이를테면 저녁나절에 머리를 하러 가면 동향同鄕의 기녀가 차례를 기다리는 동안 '오카한'*의 불고기덮밥 같은 걸 주문해 맛있게 먹는 것을 보곤 했다. 하지만 그런 모습을 봐도 고유미는 아무 느낌도 없었다. 맛있겠다는 생각도 들지 않았다. 그렇건만 겨우 한 시간쯤 뒤에는 갑작스럽게 공복감이 덮치면서 금세 작고 튼튼한 이뿌리에서 침이 온천처럼 퐁퐁 솟았다.

  고유미와 가나코는 와케카쓰라야에 홍보료와 식비를 다달이 내고 있었다. 고유미의 식비는 유난히 많이 나왔다. 워낙 많이 먹는 데다 입이 사치스럽기 때문이었지만, 생각해보니 연회석 전과 후에 급작스럽게 배가 고파지는 기벽이 생긴 뒤부터는 식비가 점점 줄어서 이제는 오히려 가나코보다 적게 냈다. 기벽이 시작된 게 언제쯤부터였을까. 불려 간 집의 부엌에서 연회석에 나가기 전에 발등에 불이 붙은 것처럼 "뭐든 먹을 거 좀 있어요?"라고 청하게 된 게 언제쯤부터였을까. 요즘에는 처음 불려 간 집의 부엌에서 저녁을 먹고 마지막에 불려 간 집의 부엌에서 연회석이 파한 뒤에 야식을 먹는 게 습관이 되었다. 그래서 배가 그 습관에 박자가 맞춰졌는지 와케카쓰라야에 납부하는 식비도 줄어든 것이다.

* 오카한岡半은 1950년 도쿄 긴자 나미키도오리에 스키야키집으로 창업한 고기요리 전문점.

이미 모두 잠들어 고요해진 긴자 거리를 고유미와 가나코가 유카타 차림으로 신바시 다리 근처의 요정 요네이를 향해 걸어갈 때, 가나코는 창문마다 미늘창이 내려진 은행 너머 하늘을 가리키며 말했다.

"날이 맑아서 다행이죠? 정말로 토끼가 있을 것 같은 달이에요."

하지만 고유미는 자신의 배고픈 사정만 생각하고 있었다. 오늘 밤 연회석은 처음이 요네이, 마지막은 후미노야였다. 후미노야에서 야식을 먹고 왔더라면 좋았을 텐데 시간이 없어서 곧장 옷을 갈아입으러 돌아갔고, 다시금 가게 된 곳이 요네이여서 아까 저녁식사를 했던 부엌에 하룻밤 사이에 또 한 번 야식을 청해야 한다. 그걸 생각하니 마음이 무거웠다.

……하지만 요네이의 작은 문을 들어섰을 때, 고유미의 번민은 금세 사라졌다. 예상했던 대로 싸리무늬 치리멘 유카타를 입고 부엌문 앞에서 기다리던 요네이 요정의 따님 마사코가 고유미를 보자마자 눈치 빠르게 말해준 것이다.

"어머, 일찍 왔네. 아직 서두를 거 없어요. 들어와서 야식이라도 먹고 가요."

널찍한 부엌은 아직 설거지를 하느라 부산했다. 전등불 아래 엄청난 양의 접시며 밥공기가 눈부시게 빛났다. 마사코는 부엌문 기둥에 한 손을 짚고 있었기 때문에 그 몸에 불빛이 가려지고 얼굴에 그늘이 졌다. 그녀의 말을 듣던 고유미의 얼굴에도 불빛이 닿지 않아서, 순간적으로 안도한 표정을 들키지 않은 것을 다행이라고 생각했다.

고유미가 야식을 먹는 동안, 마사코는 가나코를 자신의 방으로 데려갔다. 집에 오는 수많은 게이샤 중에서도 마사코는 가나코와 가장 마음이 잘 맞았다. 동갑이라는 점도 있다. 초등학교 동문이라는 것도 있다. 둘 다 기량이 엇비슷하다는 것도 있다. 그리고 그런 여러 가지 이유를 뛰어넘어 어쩐지 좋았던 것이다.

게다가 가나코는 얌전하고 바람에도 못 견딜 것처럼 약해 보이는데도 쌓을 만한 경험은 나름대로 쌓아 때문에 무심코 하는 말 한마디가 마사코에게 큰 도움이 되곤 해서 믿음직스러웠다. 그에 비해 지기 싫어하는 성품의 마사코는 연애에 대해 겁이 많고 어린애 같았다. 마사코의 어린애처럼 순진한 면은 화젯거리가 될 정도여서 어머니는 딸이 싸리무늬 유카타를 주문해도 대수롭지 않게 여기고 전혀 개의치 않는 것이었다.

마사코는 와세다대학 예술과에 다니고 있다. 전부터 좋아하던 영화배우 R이 한 차례 요네이에 온 뒤부터 열을 올려 방 안에 그의 사진을 잔뜩 꾸며두었다. 그때 연회석에서 R과 함께 찍은 사진을 하얀 바탕의 본차이나 화병에 넣어 구워달라고 해서 거기에 꽃을 꽂아 책상 위를 장식했다.

"오늘 배역 발표가 있었어."

자리에 앉자마자 가나코는 가느스름한 입을 삐죽거리며 말했다.

"그래?"

마사코는 딱하다 싶어서 짐짓 모르는 척했다.

"나는 또 단역 하나로 끝이야. 언제까지고 우르르 나가는 역할이라니, 진짜 절망이야. 서양식 레뷰 쇼였다면 만년 라인댄스나 추는 들러리잖아, 나는."

"내년에는 꼭 좋은 배역이 나올 거야."

"이러다가 나이 먹고 고유미 씨처럼 될 게 뻔하지."

"바보, 아직 20년이나 나중 얘기잖아."

그런 대화를 나누면서도 오늘 밤에 빌 소원을 서로에게 밝혀서는 안 된다. 하지만 마사코도 가나코도 서로의 소원이 무엇인지 이미 알고 있었다. 마사코는 R과 부부가 되기를, 그리고 가나코는 참한 남편을 원하는 것이다. 그리고 둘 다 뻔히 알고 있는 대로 고유미는 돈을 많이 벌게 해달라는 게 소원이다.

세 사람의 소원은 누가 보든 각각 사리에 맞는 것이었다. 공명정대한 소망이라고 해야 할 터였다. 만일 달이 소원을 들어주지 않는다면 그건 달의 잘못이다. 세 사람의 소원은 간명하고 솔직하게 얼굴에 드러나 있고 실로 인간적인 소망이라서, 달빛 아래 길을 걸어가는 세 사람을 보면 달은 하기 싫더라도 그걸 알아채고 소원을 들어주자는 마음이 들 게 틀림없었다.

마사코가 말했다.

"오늘 밤에는 한 명 더 있어."

"어머, 누군데?"

"한 달 전쯤에 도호쿠에서 온 우리 집 하녀야. 미나라고 해. 나는 괜찮다고 했는데 어머님이 꼭 하녀 한 명이 따라가지 않으면 걱정된다고 하신다니까."

"어떤 아이야?"

"이따가 직접 봐. 진짜 발육이 좋은 아이니까."

그때 갈대 장지문을 열고 당사자인 미나가 멀뚱히 선 채로 얼굴을 내밀었다.

"문을 열 때는 앉아서 열어야 한다고 내가 말했지?"

마사코가 한심하다는 목소리를 냈다.

"네."

대답은 굵고 거친 소리, 이쪽의 감정이 전혀 반영되지 않은 듯한 목소리였다. 그 모습을 보고 가나코는 저도 모르게 웃음을 억눌러야 했다. 기묘하게 되는 대로 꿰맞춘 유카타 천의 원피스를 입고, 마구 휘저은 듯한 파마머리에, 소매 밖으로 나온 그 팔뚝은 또 얼마나 굵은지. 얼굴도 까무잡잡한 데다 팔뚝도 까무잡잡하다. 그 얼굴이 한껏 두툼하게 생겨서 불룩하게 튀어나온 볼에 짓눌려 눈은 마치 실 같았다. 입을 어떤 식으로 다물어도 삐뚤빼뚤한 치아 중 하나는 튀어나와버린다. 그 얼굴에서 어떤 감정을 찾아내기란 어려운 일이었다.

"좀 요란한 경호원이네."

가나코는 마사코의 귓가에 대고 속닥거렸다.

마사코는 애써 엄숙한 표정을 짓고 있었다.

"알겠니? 아까도 말했지만 다시 한번 알려줄게. 집에서 나가면 다리 일곱 개를 다 건널 때까지 절대로 입을 열어서는 안 돼. 소원이 아무 소용 없게 되니까. ……그리고 누군가 아는 사람이 말을 걸어와도 안 되는데, 그건 넌 걱정할 필요 없겠지? ……같은 길을 두 번 지나가서도 안 되지만 그건 고유미 씨가 선두에 설 테니까 그 뒤만 따라가면 틀림없어."

마사코는 대학에서 프루스트 소설에 대한 리포트를 냈었는데도,

이런 일에는 학교에서 받은 근대교육 따위, 완전히 어딘가로 사라져 버렸다. "네"라고 미나는 대답했지만 정말로 알아들었는지 어떤지는 확실치 않았다.

"어차피 너도 따라가기로 했으니까 뭔가 소원을 빌어봐. 생각해둔 건 있니?"

"네."

미나는 느물느물한 웃음을 지었다.

"어머, 여간내기가 아니네."

옆에서 가나코가 말했다.

그러는 참에 하카타 허리띠를 손바닥으로 탁탁 치면서 고유미가 얼굴을 내밀었다.

"자아, 이제 마음 놓고 나갈 수 있어."

"고유미 씨, 좋은 다리로 골라놓았죠?"

"응, 미요시바시三吉橋에서부터 시작해야지. 거기를 건너면 한 번에 두 개를 건너는 셈이야. 그만큼 수월해져. 어때, 내가 머리를 잘 썼지?"

다리밟기가 시작되면 말을 할 수 없기 때문에 세 사람은 일제히 재잘재잘 미리 떠들어두었다. 미리 재잘거리는 게 부엌문 앞까지 그대로 이어졌다. 부엌문 앞 시멘트 바닥에 마사코의 게다가 나란히 놓여 있었다. 이세요시*의 검은 옻칠 게다였다. 거기에 내민 마사코의 발끝이 빨갛게 매니큐어가 칠해져 어둠 속에서도 은은한 광택을

---

* 이세요시伊勢由는 1878년 니혼바시에서 창업해 1933년 도쿄 긴자로 이전한 전통의상 가게.

그대는 것을 고유미는 그제야 알아보았다.
"어머, 이 아가씨, 멋쟁이네. 검은 옻칠 게다에 봉숭아물이라니, 달님도 반하겠다."
"봉숭아물이라니! 고유미 씨, 진짜 옛날 사람이네요."
"나도 알아. 마네킹이라나 뭐라나, 그거잖아."
마사코와 가나코는 서로 얼굴을 마주 보며 푸훗 웃음을 터뜨렸다.

***

고유미가 선두에 서서 모두 네 명이 달 아래 쇼와 도로로 나섰다. 택시회사 주차장에, 오늘 하루 일을 마친 수많은 호출 택시의 검은 차체에 달빛이 흘렀다. 그 차체 아래에서 벌레 소리가 들려왔다.
쇼와 도로에는 아직 자동차가 많이 오갔다. 하지만 동네가 이미 고요히 잠들었기 때문에 오토바이의 요란한 울림 등이 거리 소음과 섞이지 않고 각각 떨어져서, 고독하다고 할 소란스러움처럼 들려왔다.
달 아래 구름이 몇 조각 떠 있고, 그것이 지평선을 감싼 구름의 퇴적과 맞닿아 있었다. 달은 환하고 또렷하다. 차의 왕래가 잠시 끊기면 네 사람의 게다 소리가 달의 단단하고 푸르스름한 겉면에 직접 튕겨 울리는 것 같았다.
고유미는 앞장서서 걸으면서 자기 앞에 다른 행인들 없이 넓은 인도만 있는 것이 만족스러웠다. 어느 누구에게도 기대지 않고 살아왔다는 게 고유미의 자랑인 것이다. 그리고 배가 잔뜩 부른 것도 만족스러웠다. 이렇게 걷고 있으니 여기에 더해 무슨 돈을 더 많이 벌었으면 하는지 알 수 없었다. 고유미는 자신의 소원이 눈앞 포장도로의 달그림자 속에 부드럽고 무의미하게 녹아드는 듯한 기분이 들었다. 유리조각이 포장도로의 돌 틈에서 반짝였다. 달빛 속에서는 유리조각도 저렇게 빛나는 것처럼 평소의 소원도 저 유리 같은 게 아닌가 싶었다.

고유미가 끌고 가는 그림자를 밟으며 마사코와 가나코는 새끼손가락을 걸고 걸었다. 밤공기는 시원하고 사방에서 불어오는 미풍이 출발의 흥분으로 땀이 밴 젖가슴을 조용히 식혀서 바짝 조이는 것을 둘이서 느끼고 있었다. 서로의 새끼손가락으로 서로의 소원이 전해져왔다. 말을 할 수 없으니 한층 더 선명하게 전해지는 것이다.

마사코는 R의 달콤한 목소리며 길쭉한 눈이며 긴 귀밑머리를 마음속에 그려보았다. 흔해빠진 다른 팬들과는 달리, 신바시 일류 요정의 딸이 이렇게 정성을 들이는데 이루어지지 않을 리 없다고 생각했다. R이 무슨 말인가 했을 때 자신의 귀에 끼친 그 숨결이 전혀 술 냄새를 풍기는 일 없이 향기로웠던 게 기억났다. 여름풀의 훈김처럼 젊고 왕성한 숨결이었다고 기억하고 있다. 혼자 있을 때 그걸 떠올리면 무릎에서 허벅지 살갗에까지 잔물결이 일렁이는 듯한 느낌이었다. 지금도 이 세상 어딘가에 R의 몸이 존재한다는 게 자신이 재현한 기억만큼 확실하기도 하고 불확실하기도 해서 그 불안함이 마음을 늘 들볶았다.

가나코는 뚱뚱하고 부자인 중년 남자나 초로의 남자를 꿈꾸었다. 뚱뚱하지 않으면 부자 같지 않다. 그 사람의 비호庇護가 일편단심으로 아낌없이 쏟아질 테니 그저 눈 딱 감고 받아들이기만 하면 된다고 생각했다. 가나코는 눈을 딱 감는 것에는 익숙해져 있었다. 다만 지금까지는 정작 눈을 떠보면 그 상대가 이미 사라지고 없었다.

……두 사람은 약속이라도 한 듯이 뒤를 돌아보았다. 미나가 말없이 바짝 따라붙었다. 양손으로 볼을 감싸고 원피스 자락을 걷어차며 빨간 코끈의 게다를 칠칠맞게 끌면서 따라왔다. 그 눈은 엉뚱한 방향을 바라보며 전혀 진지함이 없었다. 마사코도 가나코도 미나의 그런 모습이 자신들의 소원에 대한 모욕처럼 느껴졌다.

네 사람은 히가시긴자 1번가와 2번가의 경계쯤에서 쇼와 도로를 오른쪽으로 꺾어들었다. 빌딩가에 가로등 불빛만 규칙적으로 물을 뿜는 것처럼 쏟아졌다. 달빛은 그 좁은 길에서는 빌딩 그림자에 덮여버렸다.

잠시 뒤 네 사람이 건너야 할 첫 번째 다리, 미요시바시가 저 앞에 높직하게 보였다. 세 갈래로 갈라지는 강줄기에 걸린, 드물게 보는 세 갈래 다리다. 맞은편 강 언덕 모퉁이에는 주오구의 음침한 구청 빌딩이 웅크리고 앉았고 그 시계탑의 환한 문자판이 엉뚱한 시각을 선명하게 가리키고 있었다. 다리 난간은 나지막하고, 그 세 갈래의 한가운데 삼각형을 이룬 세 군데 모퉁이마다 각각 고상한 은방울꽃 모양 장식등이 세워져 있다. 은방울꽃 장식등 하나하나에 등이 네 개씩 달렸지만 모두 다 켜진 건 아니었다. 켜지지 않은 등의 둥그런 간유리 덮개가 달빛을 받아 뿌옇게 보였다. 그리고 등 주위에 수많은 날벌레가 소리도 없이 떼로 몰려 있었다.

강물은 달빛으로 인해 어지럽게 흐트러졌다.
선두에 선 고유미를 따라 그들은 우선 이쪽 강기슭의 다리 앞에서 두 손을 합장하고 기원을 올렸다.
근처 작은 빌딩의 창문에서 희부연 등이 꺼지고, 혼자 잔업을 마치고 돌아가는 길인 듯한 남자가 건물을 나서는 참에 자물쇠를 채우려다가 이 기이한 광경을 보고 흠칫 멈춰 섰다.
여자들은 슬슬 다리를 건너기 시작했다. 게다 소리를 울리며 걷는 똑같은 포장도로일 뿐인데도 막상 첫 번째 다리를 건너고 나자 문득 발걸음이 무거워져서 노송나무 연결무대* 위를 걷는 듯한 기분이었다. 세 갈래 다리의 한복판까지는 아주 잠깐 사이였다. 아주 잠깐인데도 거기까지 걸어간 것만으로도 뭔가 큰일을 해낸 양 안도하는 마음이 들었다.
고유미는 은방울꽃 장식등 밑에서 뒤를 돌아보며 합장했고 다른 세 사람도 그대로 따라 했다.
고유미의 계산으로는 세 갈래의 두 변을 건너면 다리 두 개를 건너는 셈이 되지만, 건너기 전과 후에는 기원을 올려야 하니 미요시바시에서는 네 번이나 합장하지 않으면 안 된다.
마사코는 우연히 곁을 지나던 택시에서 깜짝 놀란 사람이 창유리에 얼굴을 바짝 대고 이쪽을 쳐다보는 것을 눈치챘지만, 고유미는 그런 건 전혀 개의치 않았다.
구청 앞에 도착해 그쪽으로 등을 돌리고 네 번째로 합장했을 때,

* 가부키에서 발소리가 잘 울리도록 노송나무 판을 덧댄 무대.

다리밟기 383

가나코도 마사코도 첫 번째와 두 번째 다리를 무사히 건넜다는 안도감과 동시에 지금까지 그리 깊이 생각하지 않았던 소원이 점점 더 세상 그 무엇과도 바꿀 수 없을 만큼 소중한 것으로 여겨졌다.

마사코는 R의 곁에 함께하지 못한다면 아예 죽어버리자고 마음먹었을 정도다. 다리 두 개를 건넌 것만으로 소원의 간절함이 몇 배로 강해진 것이다. 가나코는 참한 서방이 생기지 않는다면 더 이상 살아봤자 소용없다고 생각하기에 이르렀다. 두 손바닥을 맞대고 있을 때 절박함으로 가슴이 벅차올라서 마사코는 순식간에 눈두덩이 뜨거워졌다.

문득 옆을 돌아보았다. 미나가 착실히 눈을 감고 합장하고 있었다. 자신의 소원에 비하면 어차피 변변치 않은 소원일 거라고 생각하니, 미나의 마음속에 자리한 아무것도 없는 무감각한 텅 빈 공간이 경멸할 만한 것 같기도 하고 또한 부러운 것 같기도 했다.

강변을 따라 남쪽으로 내려가 네 사람은 쓰키지에서 사쿠라바시로 가는 도쿄도 전차 길로 들어섰다. 물론 막차는 진즉에 끊겼고, 낮에는 아직 초가을 햇볕에 이글거리던 선로가 하얗고 서늘해 보이는 두 줄기로 길게 뻗어나갔다.

그곳에 나서기 전부터 가나코는 왠지 아랫배가 싸르르 아파왔다. 뭘 잘못 먹었는지 배탈이 난 게 틀림없다. 처음에는 살짝 배가 꾸르륵거리는 듯한 아픔의 징조가 보였지만 두세 걸음 가는 사이에 잊어버렸는데 그다음에는 잊어버렸다는 안심감이 의식을 타고 올라와 그 무리한 생각에 균열이 생기면서 잊었다고 생각할 때마다 다시 아품이 일어나는 것이었다.

세 번째 다리는 쓰키지바시築地橋다. 여기 와서 깨달은 것이지만, 도심의 이 살풍경한 다리도 그 옆에는 충직하게 버드나무가 서 있었다. 평소에 차로 지나다닐 때는 알지도 못했던 이 고독한 버드나무가 콘크리트 틈새의 조그마한 땅에서 자라나 충직하게 강바람을 받으며 그 잎을 휘날렸다. 한밤중이 되자 주위의 소란스러운 건물들은 죽고 버드나무만 살아 있었다.

쓰키지바시를 건너기 전에 고유미는 우선 버드나무 아래 그늘에서 사쿠라바시 쪽을 향해 합장했다. 선두 역할을 맡고 마음을 단단히 먹었는지 고유미는 여느 때와 달리 그 통통한 등줄기를 꼿꼿이 세우고 있었다. 사실 고유미는 자신의 소원 따위는 이미 몰각한 채 무탈하게 일곱 개의 다리를 건너는 것이 자신의 코앞에 닥친 중요한 임무라고 생각했다. 마치 어떻게든 다 건너는 것 자체가 자신의 소원인 것 같았다. 어딘가 기묘한 심경이었지만, 갑작스럽게 덮쳐드는 그 공복감과 마찬가지로 자신은 항상 이런 식으로 인생을 건너왔다는 마음이 달 아래를 걸어가는 사이에 신비한 확신으로 굳어져 그 등줄기는 점점 더 꼿꼿해지고 얼굴은 똑바로 정면을 가르며 걷고 있었다.

쓰키지바시는 정취라고는 없는 다리였다. 다릿목의 네 군데 돌기둥도 운치 없는 모양새였다. 하지만 이곳을 건널 때 처음으로 바다 냄새 비슷한 게 풍기고 바닷바람 비슷한 바람이 불어오고, 남쪽 강 아래로 보이는 생명보험회사의 빨간 네온 불빛도 점점 더 가까워지는 바다의 예고 표시처럼 저만치에 내다보였다.

이 다리를 건너 다시 합장했을 때, 가나코는 아픔이 마침내 절박해져서 배를 치받는 것을 느꼈다. 전찻길을 건너 S흥행의 낡아빠진 노란색 빌딩과 강 사이의 길을 지나갈 때, 가나코의 걸음이 점점 뒤처졌다. 나란히 걷던 마사코도 이변을 알아채고 같이 보조를 맞춰줬지만 안타깝게도 입을 열어 안부를 물을 수는 없었다. 가나코가 양손으로 아랫배를 짚으며 눈썹을 찌푸렸기 때문에 마사코는 그제야 무슨 일인지 알았다.

하지만 일종의 도취 상태에 빠진 선두의 고유미는 아무것도 모른 채 분연히 똑같은 걸음걸이로 나아갔기 때문에 뒤따르던 세 사람과는 거리가 크게 벌어졌다.

가나코는 참한 서방이 바로 눈앞에 있어서 손만 내밀면 잡히려는 참에 그 손이 어떻게 해도 가닿지 않는 느낌이었다. 얼굴빛은 실제로 핏기를 잃었고 이마에서는 진땀이 났다. 사람의 마음은 신통한 것이라서, 아랫배의 아픔이 더해가자 가나코는 방금까지 그토록 열심히 빌었고 그에 따라 현실성도 짙어져가던 그 소원이 어쩐지 갑작스럽게 현실성을 잃고 그야말로 처음부터 비현실적인, 꿈같고 어린애 같은 소망이었다는 생각이 들기 시작했다. 그리고 힘겹게 걸음을 떼면서 가차 없이 바작바작 덮쳐드는 아픔을 견디다 보니, 이런 실없는 소원을 버리기만 하면 아픈 게 당장 나을 것 같았다.

마침내 네 번째 다리가 코앞에 다가왔을 때, 가나코는 손을 내밀어 마사코의 어깨를 톡 치고는 그 손끝으로 춤사위처럼 자신의 배를 가리키며, 더 이상은 못 참겠다는 듯이 귀밑머리가 땀에 젖어 달라붙은 얼굴을 가로저었다. 그리고 그 즉시 몸을 돌려 전찻길 쪽으로 뛰어갔다.

　마사코는 뒤따라가려고 했지만, 여기서 돌아가면 자신의 소원이 허탕이 된다는 생각에 게다의 발끝을 버텨 멈춘 채 그저 돌아보기만 했다.

　네 번째 다리 앞에서 비로소 눈치챈 고유미가 이쪽을 돌아보았다.

　달빛 아래 남색 소용돌이무늬가 찍힌 하얀 유카타 차림의 여자가 앞뒤 살필 것도 없이 뛰어가고 그 게다 소리가 주위 빌딩에 메아리쳐 흩어지는가 싶더니 택시 한 대가 마침맞게 모퉁이쯤에서 조용히 정차하는 게 보였다.

　네 번째 다리는 이리후네바시入船橋다. 아까 쓰키지바시를 건널 때와는 반대 방향으로 건너가는 것이다.

　다릿목에서 겨우 셋이 모였다. 나란히 서서 머리를 숙여 절을 했다. 마사코는 가나코를 딱하게 생각했지만, 그런 딱한 마음이 평소처럼 순수하게 생겨나지는 않았다. 낙오자는 이제 자신과는 다른 길을 갈 수밖에 없다는 냉혹한 감회가 떠오를 뿐이었다. 소원 빌기는 오직 자기 한 사람만의 문제라서 이런 경우가 생기더라도 남의 몫까지 짊어질 수는 없다. 등산할 때 무거운 짐을 덜어주는 것과는 달리 애초에 남을 도와줄 수 없는 일인 것이다.

　다리 앞 낮은 돌기둥에 초록색인지 검은색인지 밤눈으로 봐서는 알 수 없는 가로로 긴 철판에 적힌 이리후네바시라는 흰색 글씨가 읽혔다. 다리가 환하게 떠오른 듯이 보이는 것은 강 건너편 칼텍스 주유소가 변함없이 환한 등불을 넓은 콘크리트 가득 쏟아내기 때문일 것이다.

 강물 속으로 다리 그림자가 서린 곳에 작은 등불도 보였다. 잔교 위에 낡고 복닥복닥한 창고를 지어 화분을 늘어놓고 '지붕 놀잇배, 주낙배, 낚싯배, 그물 고기잡이배' 등의 간판을 내걸고 장사하는 사람이 아직 깨어 있어 불을 켜둔 모양이다.

 그 부근부터 빽빽하던 빌딩건물이 점차 낮아지면서 밤하늘이 넓게 펼쳐지는 게 느껴졌다. 문득 깨닫고 보니 그토록 선명하던 달이 구름 뒤에 숨어 반투명이 되었다. 전체적으로 구름의 부피가 커져 있었다.

 세 사람은 무사히 이리후네바시를 건넜다.

 강은 이리후네바시를 지나면 거의 직각으로 오른쪽을 향해 꺾어진다. 다섯 번째 다리까지는 꽤 거리가 있었다. 아카쓰키바시曉橋까지는 넓고 휑뎅그렁한 강변길을 따라 걸어가지 않으면 안 된다.

 오른편은 대부분 요정이 자리 잡고 있다. 왼편은 강가에 공사용 암석이며 자갈, 모래 등이 여기저기 쌓였고, 그 컴컴한 퇴적이 장소에 따라서는 길을 반쯤이나 침범하고 있었다. 이윽고 왼편으로 강 건너 성루카병원의 장대한 건물이 보이기 시작했다.

 그 건물은 반투명한 달빛을 받아 웅장해 보였다. 꼭대기의 거대한 금 십자가가 환하게 빛나고 그것을 떠받들듯이 붉은 항공표식 등이 점점이 옥상과 하늘을 구분하며 깜빡였다. 병원 뒤편의 교회당은 전등불이 꺼졌지만 고딕풍 스테인드글라스 창문의 윤곽이 높직이 명료하게 보였다. 병원 창문들은 곳곳에 아직 어두운 불빛을 드리우고 있었다.

세 사람은 침묵 속에 걸음을 옮겼다. 그저 조급해하며 걷는 동안에는 마사코도 별반 생각에 빠지지 않았다. 그들의 발걸음은 점차로 땀이 날 만큼 빨라졌다. 처음에는 생각 탓인가 했는데 아직 달이 뜬 자리를 알아볼 수 있었던 하늘이 점점 수상쩍어지더니 마사코의 관자놀이에 첫 빗방울이 떨어졌기 때문이다. 하지만 다행히 빗발은 더 이상 굵어질 기미는 없었다.

다섯 번째인 아카쓰키바시의 섬뜩할 만큼 새하얀 기둥이 저만치에 보였다. 기발한 모양으로 콘크리트를 쌓아 만든 기둥에 흰색 도료를 칠한 것이다. 그 다리 앞에서 합장할 때, 마사코는 다리 위에 덮개 없이 건너지른 쇠파이프 바닥의 튀어나온 부분에 발이 걸려 하마터면 넘어질 뻔했다. 다리를 건너면 성루카병원의 승하차장 앞이다.

이 다리는 길지 않았다. 게다가 세 명 모두 걸음이 빨라져 있었다. 얼른 건너버린 참에 고유미에게 불운이 닥쳤다.

왜냐하면 건너편에서 칠칠맞게 유카타 가슴팍을 헤벌린 채 세숫대야를 안고 머리를 풀어 내린 여자가 총총걸음으로 세 사람에게 다가온 것이다. 마사코는 언뜻 보자마자 풀어 내린 검은 머리 가운데 유난히 하얗게 도드라진 얼굴에 오싹 소름이 돋았다.

"이봐요, 고유미 씨, 고유미 씨 아니야? 아휴, 오랜만이네. 나를 모르는 척하다니 너무하잖아. 맞지, 고유미 씨?"

다리 위에 멈춰 선 여자는 이상하다는 듯 고개를 옆으로 길게 빼며 고유미의 앞을 가로막았다. 고유미는 눈을 내리깐 채 대꾸하지 않았다.

여자는 목소리가 날카로운데도 바람이 틈새로 새는 것처럼 힘을 주는 지점이 일정치 않았다. 똑같은 억양으로 연거푸 고유미를 불러 댔지만 마치 이곳에 없는 누군가를 부르는 것 같았다.

"오다와라초 목욕탕에 다녀오는 길이야. 그나저나 정말 오랜만이네. 이상한 데서 만났지 뭐야, 고유미 씨."

여자가 어깨에 손을 얹자 고유미는 마침내 눈을 들었다. 그때 깨달은 게 있었다. 아무리 대답도 하지 않고 얼버무리려 해도 일단 누군가 아는 사람이 말을 걸었다면 소원은 이미 깨진 것이다.

마사코는 여자의 얼굴을 보며 잠시 망설이다가 고유미를 뒤에 남긴 채 성큼성큼 걸어갔다. 그 여자는 마사코도 낯이 익었다. 전후에 잠시 신바시에서 일하다가 정신이 이상해져 기적妓籍에서 떨려난, 분명 '고엔'이라는 이름의 노기老妓였다. 연회석에 나오던 시절부터 이상하게 어려 보이는 화장을 하는 바람에 다들 꺼렸지만, 그 뒤로 이 근처 먼 친척 집에서 요양하면서 많이 좋아졌다는 얘기를 들은 적이 있다.

고엔이 예전에 친하게 지냈던 고유미를 기억하는 건 당연하지만, 마사코의 얼굴을 잊어버린 건 그나마 행운이었다.

여섯 번째 다리는 바로 앞에 있었다. 초록색으로 칠한 철판을 깔아 놓은 것뿐인 조그만 사카이하시堺橋다. 마사코는 다리 앞에서의 합장도 대충 끝낸 채 거의 뛰다시피 사카이하시를 건너고는 크게 안도했다. 문득 돌아보니 이미 고유미의 모습은 보이지 않고 바로 뒤에 미나의 뚱한 얼굴만 바짝 따라와 있었다.

앞장서던 사람들이 없어지니 마사코는 일곱 번째인 마지막 다리를 알지 못했다. 하지만 이 길로 곧장 가면 이제 곧 아카쓰키바시와 나란히 걸린 다리가 나온다는 건 알고 있었다. 그 다리만 건너면 드디어 소원이 이루어진다.

이따금 빗방울이 떨어져서 다시 마사코의 뺨을 때렸다. 길은 오다와라초 변두리의 도매상 창고가 늘어선 곳에서부터 공사장 가건물이 강 풍경을 가로막았다. 그래서 몹시 컴컴했다. 저 멀리 가로등 불빛이 선명하게 보였기 때문에 그곳까지의 어둠이 한층 더 깊게 느껴졌다.

여차할 때는 강한 승부욕을 보이는 마사코는 한밤중의 길거리를 지나가는 것이 소원 빌기라는 목적도 있어서 그다지 무섭지는 않았다. 하지만 뒤를 바짝 따라오는 미나의 게다 소리가 갈수록 마음에 묵직하게 덮쳐들었다. 그 소리는 아무렇게나 내딛는 것처럼 들리지만 마사코의 짧게 새겨지는 걸음에 비해 그야말로 천하태평한 발소리로, 조롱하듯이 자신을 쫓아오는 것 같았다.

가나코가 낙오했을 때쯤에는 미나의 존재 따위, 마사코의 마음속에 거의 경멸에 가까운 감정을 불러일으켰을 뿐이다. 하지만 그 뒤부터 어쩐지 자꾸만 신경이 쓰이더니 둘만 남은 지금은 이 시골뜨기 여자애가 대체 어떤 소원을 마음속에 감추고 있는지, 괘념치 말자고 생각하면서도 자꾸만 궁금해서 견딜 수 없었다. 뭔지 짐작도 못 할 소원을 품은 옹골찬 여자애가 뒤에 바짝 따라붙는 게 점점 더 오싹해졌다. 오싹하다기보다 불안감이 점점 더 심해져서 공포에 가까울 만큼 커졌다.

마사코는 남의 소원이라는 게 이토록 오싹한 것인 줄은 미처 알지 못했다. 이를테면 시커먼 덩어리가 쫓아오는 것 같아서 가나코와 고유미의 뻔히 보이는 투명한 소원과는 달랐다.

……그렇게 생각하니 마사코는 필사적으로 자신의 소원을 북돋아 소중히 지키고 싶어졌다. R의 얼굴을 떠올렸다. 그 목소리를 떠올렸다. 젊디젊은 숨결을 떠올렸다. 하지만 그 즉시 이미지는 사방으로 흩어질 뿐 이전처럼 잘 정리된 상像으로 맺히지 않았다.

조금이라도 빨리 일곱 번째 다리를 건너지 않으면 안 된다. 그때까지 아무 생각도 하지 말고 오로지 걸음을 서둘러야 한다.

그사이에 저 멀리 보이는 가로등 불빛이 다릿목의 등불인가 싶더니, 넓은 도로와 교차하는 곳이 보이면서 이제는 부쩍 가까워진 느낌이 들었다.

다리 바로 앞 작은 공원의 모래놀이터에 점점이 검은 빗방울이 찍히는 것을, 아까부터 멀리 보이던 가로등 불빛이 곧게 내리비추고 있었다. 역시나 다리였다.

샤미센 상자 같은 모양의 콘크리트 기둥에 비젠바시備前橋라고 적혔고, 그 기둥 꼭대기에 시원찮은 등불이 달려 있었다. 둘러보니 강 건너 왼편은 쓰키지 혼간지本願寺로, 푸른 원지붕이 밤하늘에 우뚝 솟아 있었다. 똑같은 길을 가지 않으려면 이 마지막 다리를 건너 쓰키치로 나가 도쿄극장에서 연무장 앞을 지나 집으로 가면 된다.

마사코는 그제야 마음이 놓여 다리 앞에서 두 손을 맞대고 지금까지 급하게 서두른 것을 벌충하듯이 간절하고 정성스럽게 기원을 올렸다. 하지만 곁눈으로 살펴보니 미나가 여전히 무턱대고 흉내를 내며 두툼한 손을 얌전히 합장하고 있어서 공연히 부아가 났다. 기원은 어느새 엉뚱한 방향으로 어긋나 마사코의 마음속에서는 쉴 새 없이 이런 말들이 부글부글 끓었다.

'데려오지 말 걸 그랬어. 진짜 짜증 나. 데려올 일이 아니었어.'

……그때 마사코는 자신을 부르는 웬 남자 목소리에 온몸이 얼어붙는 것 같았다. 순찰 중인 경관이 서 있었다. 젊은 경관으로, 잔뜩 긴장한 표정에 목소리가 날카로웠다.

"뭐 하는 겁니까, 이렇게 밤늦은 시간에 이런 곳에서?"

마사코는 지금 말을 하면 소원 성취가 실패로 끝나버리기 때문에 대답할 수 없었다. 하지만 경관이 연거푸 강경하게 던지는 질문과 날카로운 음성을 통해 마사코는 퍼뜩 깨달았다. 한밤중에 다리 앞에서 절하는 젊은 여자를 투신자살하려 한다고 오해한 것이다.

그래도 마사코는 대꾸할 수 없었다. 이런 경우, 미나가 마사코를 대신해 대답해야 한다는 걸 알려주지 않으면 안 된다. 눈치 없는 것도 정도가 있지. 마사코는 미나의 원피스 자락을 잡아당기며 몇 번이나 신호를 보냈다.

아무리 눈치가 없어도 미나가 그걸 못 알아들었을 리는 없다. 그런데도 고집스럽게 입을 꾹 다물고 있는 것을 보고 마사코는 처음에 했던 지시를 지키려는 건지 아니면 자신의 소원을 지키려는 건지, 어쨌든 미나가 입을 열지 않기로 굳게 결심했다는 것을 깨닫고 그만 멍해졌다.

"대답해요, 대답을!"

경관의 말소리가 거칠어졌다.

어찌 됐건 서둘러 다리를 건넌 다음에 해명하자고 마음먹은 마사코는 경관의 손을 뿌리치고 냅다 뛰었다. 초록색 난간으로 둘러싸인 비젠바시는 난간도 포물선을 그리며 가볍게 경사진 홍예다리다. 뛰기 시작하면서 마사코가 깨달은 것은 미나도 동시에 다리 위로 뛰어온다는 것이었다.

다리 중간쯤에서 마사코는 뒤쫓아온 경관에게 팔을 붙잡혔다.

"어딜 도망치려고!"

"도망치다니, 말도 안 돼. 그렇게 세게 잡으면 아프잖아요!"

마사코는 저도 모르게 소리쳤다. 그리고 자신의 기원이 어그러진 것을 깨닫고 다리 너머를 통한의 눈빛으로 바라보았다. 그새 아무 탈 없이 건너간 미나가 열네 번째의 마지막 기원을 정성껏 올리는 모습이 눈에 들어왔다.

***

집에 돌아온 마사코가 울면서 하소연했기 때문에 어머니는 이유도 모른 채 우선 미나부터 꾸짖었다.

"넌 대체 무슨 소원을 빌었어?"

그렇게 물어봐도 미나는 빙글빙글 웃기만 할 뿐 대답하지 않았다.

이삼 일 지나 좋은 일이 있어서 한결 기분이 나아진 마사코가 다시 재우쳐 캐물으며 미나를 놀려먹었다.

"뭘 빌었어? 말해봐, 이제 괜찮잖아."

여전히 미나는 도무지 속을 알 수 없는 옅은 웃음을 지을 뿐이었다.

"아휴, 얄미워. 너, 진짜 싫어."

마사코는 웃으면서 매니큐어 칠한 뾰족한 손톱 끝으로 미나의 둥근 어깨를 쿡쿡 찔렀다. 그 손톱이 탄탄하고 묵직한 살에 튕기며 짜증스러운 감촉이 남아서 그 손가락을 어디에 두어야 할지 모를 느낌이었다.

(1956년)

귀현
貴顯

(상)

나의 학생시절은 귀현貴顯이라는 게 아직 이 세상에 있던 시대였다. 지금 그러한 것이 없어지고 나서도 아무런 애석함이 느껴지지 않는 건 내가 귀현 출신이 아니기 때문이리라. 귀현이었던 이들 사이에서는 아직껏 애석해하는 마음이 짙을 게 틀림없다.

나는 여기에 옛 시절의 그러한 한 사람의 초상화를 그려보려고 하는데, 내 필치에서 엿보일 터인 그리움은 결코 귀현 그 자체에 대한 것이 아니라 망우亡友에의 추억인 것으로 이해해주었으면 한다.

내가 그려내는 초상화는 초기 은판사진*의 액자처럼 나선이나 금

---

* 연마한 은판에 요소 증기를 쐬어 요화은의 막을 생성하고 이를 감광판으로써 상을 만드는 사진술. 근대 사진술의 원조로 일컬어지는 프랑스의 다게르Louis Jacques Mandé Daguerre가 발명하여

은 아라베스크 무늬로 장식된 타원형이었으면 하고, 또한 그 흉상은 옆을 바라보는 얼굴인 것이 좋겠다. 왜냐하면 그의 옆얼굴은 일본인으로서는 보기 드물게 수려해서 코는 정확히 로마의 코, 입 가장자리 곡선은 그리스 조각의 입술을 닮았기 때문이다. 거의 핏기가 없을 만큼 하얀 피부의 그 얼굴에서는 담홍색 입술이 특히 두드러졌다.

또한 이를 그려내는 내 필치는 아마도 월터 페이터*의 단편에 나오는 '에머럴드 어스워트'라든가 '세바스찬 반 스토크'라든가 '로젠몰드의 칼 공작' 등의 필치와 비슷할 것이다. 그러한 필치는 딱히 내가 지향한 것이 아니라 대상의 성질이 요구한 것이다.

어떤 식으로 이 초상화를 그리기 시작하면 좋을까. 페이터가 주인공의 용모를 그려낼 때 미묘한 실사와 투명한 추상성이 뒤섞인 태도, 아무래도 그런 것이 필요하다. 페이터는 인물의 얼굴을 묘사할 때, 네덜란드파 초상화가처럼 동시에 그 정신생활도 생생하게 그려내 보였다. 아마도 그에게는 어떤 뛰어나게 아름다운 풍모를 미세하게 묘사하는 것이 곧 그 정신생활을 그려내는 것과 동일했을 터이기에 페이터의 소설은 곳곳에서 그런 이중 촬영을 보여주는 것이다. 그의 자연 묘사의 추상성은 동시에 옅은 황금빛으로 저물어가는 풍

'다게레오 타입'으로 불린다.
* 월터 페이터Walter Horatio Pater(1839~1894). 영국 빅토리아 시대의 문인이자 위대한 비평가로 꼽힌다. 예술을 위한 예술의 대변자로서 허무주의적 심미주의를 역설하였고, 짧은 이야기 형식의 철학적·미학적 초상화 모음집 『상상적 초상Imaginary Portraits』에서는 가상의 인물을 통해 사상·예술·감각적 삶을 탐구했다. 그 밖에 『향락주의자 마리우스Marius the Epicurean』『감상 비평집 Studies in the History of the Renaissance』『플라톤과 플라토니즘Platon and Platonism』 등의 저서가 있다.

경의 피곤한 관능미를 여실히 보여주고, 그의 작품 전체의 지나치게 투명한 듯한 추상성은 동시에 관능에 직접 맞닿아 있어서 물상의 명료한 윤곽은 마지막까지 분명하게 밝혀지지 않은 채 끝난다.

나는 그런 식으로 가키가와 하루히데를 그려볼 수밖에 없다고 생각한다. 게다가 소년시절부터 죽음에 이르기까지 하루히데의 관심은 회화繪畵를 떠나지 않았다.

하루히데는 후에 다와라야 소타쓰*에 대한 뛰어난 비평가가 되었지만, 그를 끊임없이 회화로 이끌었던 게 무엇이었을지 나는 생각했다. 정지靜止가 우선 그를 사로잡았다. 화면의 완결성이 뒤이어 그를 사로잡았다. 그의 부친이 수집가였기 때문에 하루히데가 자란 환경은 동서양의 각종 명화에 파묻혀 있었다.

회화를 마주하면 우리는 화가의 영위營爲가 응집해 쏟아지고 떼로 몰려와 우리의 바로 몇 걸음 앞에서 돌연 정지하여 완결되는 듯한 느낌에 사로잡히는 일이 있다. 그것은 대오를 짜서 행진해오는 군대가 명령에 따라 우리 앞에서 돌연 정지할 때의 느낌과 비슷하다.

하루히데는 소년시절부터 도취적인 삶이나 외부세계의 사물에 대해 어떤 소원한 느낌을 품고 있었던 듯싶다. 천성적으로 열광에서 멀리 벗어나 있어서, 그의 유명한 백부처럼 맹수사냥을 나가고 그때

---

* 다와라야 소타쓰俵屋宗達는 에도 시대 초기의 화가로, 그 생애는 불명확한 점이 많으나 중국 수묵화의 기법을 바탕으로 독창적인 장식 화풍을 개발했다. 〈풍신뇌신도風神雷神圖〉〈연지수금도蓮池水禽圖〉〈겐지모노가타리 세키야 및 미오쓰쿠시도源氏物語関屋及び澪標圖〉가 국보로 지정되는 등 후대 화단에 큰 영향을 끼쳤다.

마다 가십거리를 흩뿌리는 식의 화려한 치기는 결여되었다. 나는 그를 어린 소년일 때부터 알았지만(그리고 나는 그보다도 더 나이가 어렸지만) 그토록 치기와는 거리가 먼 소년은 본 적이 없다.

하지만 열광과는 거리를 두고 냉소나 풍자를 내뱉는 기질의 사람이었다는 건 아니다. 그에게는 태어나면서부터 지닌 선하고 온화한 무관심이 있었다.

그의 회화에 대한 관심은 아마도 그 무관심에서 시작되었을 것이다. 하루히데는 자신에게 어떤 것도 강요하지 않는 예술로서 회화를 사랑했다. 화가는 회화의 그러한 정의에 대해 어쩌면 분노할지도 모르지만 그에게는 그러했으니 어쩔 수 없다.

후에 나는 캘리포니아 패서디나의 미술관에서 토머스 게인스버러의 그 유명한 〈블루 보이〉를 본 적이 있다.* 그때는 이미 하루히데가 세상을 떠난 뒤였지만 나는 거기에서 하루히데의 소년시절의 자취를 보았다.

대단한 미소년, 하지만 생기와 발랄함이 없는 도도하고 잘생긴 하얀 이마와 지친 듯한 눈빛과 작고 붉은 입술이 그 얼굴을 특징짓고 있다. 그 지친 듯한 눈빛이야말로 하루히데의 것이었다.

음악이나 연극이나 소설 등의 사람을 찌르고 휘감고 휩쓸어버리는 식의 예술과 달리 하루히데에게 미술, 특히 회화는 감상의 대상으로서 거의 완벽한 특징을 갖춘 것처럼 생각되었다. 왜냐하면 조용한 예술 감상가의 수동적 태도를 결코 위협하는 일이 없고 나아가

---

* 토머스 게인스버러Thomas Gainsborough(1727~1788). 18세기 영국 낭만주의 미술의 대표적 화가 중 한 사람이다. 본문에서 말하는 작품은 〈푸른 옷을 입은 소년The Blue Boy〉.

예의 바르게 똑같이 수동적인 태도로 응답하는 예술은 회화 외에는 없었기 때문이다. 그것은 하나의 틀 속, 하나의 평면 속에 그 얇고 상처 입기 쉬운 소재를 드러내고 있다. 아름다움은 반드시 그 평면 속에서 시작해 거기서 끝나고, 결코 홍수의 위험이 없는 얕은 호수처럼 다만 거기에 넘실거리고 있을 뿐이다.

음악은 물론이고 문학조차 소리를 상기시킨다. 하지만 회화만은 완전한 정적을 지킬 수 있다. 후에 하루히데의 요절을 생각할 때마다 그가 짧은 인생 동안 뭔가 시간을 점령하고 시간을 메우는 듯한 특질을 가진 예술을 삶에 대한 위협이라고 느꼈던 게 이해되었다. 그에게는 시간이 삶이었고, 회화는 그 짧은 삶을 잠시나마 정지하고 연장하는 의지처가 되었다. 한편 어떤 짧은 음악도 그것은 시간을 좀먹고 삶을 도취에 의해 줄여서 평상보다 빨리 끝나게 하는 것으로 여겨졌다.

하루히데는 분명 도취되는 것을 기피했다. 하지만 얼마나 많은 사람이 살아가는 건 도취되는 것이라고 생각하는가. 하루히데는 삶과 도취를 거의 반대 개념으로 생각했고, 천성적으로 삶을 한정된 길이의 줄자처럼 생각했고, 더구나 결코 서두르거나 초조해하지 않고 동일한 속도로 그것을 되풀이해가는 것에 익숙해져 있었다. 어쩌면 그가 음악을 사랑하지 않았던 것도 그 자신의 삶이 음악과 똑같은 구조를 가졌다고 느꼈기 때문인지도 모른다. 즉 음악 자체는 결코 도취하지 않는다는 것을 일찍부터 알았기 때문인지도 모른다.

아마도 일반 평범한 소년에게는 열광이라는 게 전혀 없는 조용한 감상가의 행복이라는 것이 믿어지지 않겠지만, 그는 그 지친 눈빛

덕분에 태어나면서부터 감상가의 자격을 갖추고 있었다. 평정平靜한 아름다움뿐만 아니라 대담한 아름다움 또한 알아보았고, 화가의 광기나 불행을 부드러운 무관심의 시선으로 감쌌다. 이상한 귀족적 특질에 따라, 평범한 청년들이 보이는 그런 광기나 불행에 관한 공감이 자신에게는 결여되었다는 점에 대해 부끄러워하는 일은 전혀 없는 듯했다.

그 전쟁의 시대에 수많은 청년이 전쟁을 자신의 열정의 증거로 삼았을 때, 하루히데는 타고난 습성에 따라 가볍게 코웃음을 날리며 온유한 패배주의를 주장했다. 군모나 양검洋劍, 단검 따위를 동경한 적은 한 번도 없었고, 마치 냉혹한 어린애가 불구자를 경멸하듯이 군인이라는 존재를 경멸했다.

처음 서로를 알았을 때부터 나는 그 강함이 놀라웠다. 행위의 세계를 경멸하는 청년은 뭔가 철학적 긍지 없이는 버티지 못하게 마련인데, 하루히데는 아무런 철학도 없이 다만 그 지친 듯한 우미優美한 본능이 명하는 대로 끝내 행위의 세계에 매료된 적이 없었던 것이다.

그래서 이 행위에의 혐오는 좀 더 깊고도 먼 곳에서 유래한 것처럼도 생각되었다. 그의 집안은 장군가의 한 분가이고 선조는 틀림없는 무가였으므로 선조 대대로 내려온 핏속에 그에게 전쟁과 군인과 행위에 대한 혐오를 키워줄 만한 게 있었던 게 아닌가 싶은 것이다.

……어느 여름날, 아마 피서를 위한 휴가가 시작되려던 무렵에 하루히데의 저택에 찾아갔던 것을 나는 기억하고 있다.

구 시내의 오래된 동네 한 구역에 있었고, 전차 정류소에서 이삼

분 들어가 꺾어지는 길이 그대로 거대한 철문 앞으로 이어졌다.

저택 앞 정원은 그 근처 초등학교 하나가 들어갈 만한 정도로 넓었다. 눈에 보이는 한 온통 굵은 자갈이 깔렸고 그 한복판에 소나무들이 무성하게 자란 섬이 있어서 거기가 차를 돌리는 곳이었다. 대문을 들어서면 오른편으로는 길쭉한 단층 주택이 이어지고 낡은 차고가 그 단층 주택 가장자리에 있었다.

한가운데 깊숙한 자리에 우뚝 솟은 것은 청동 돔을 얹은 양관洋館으로, 좌우에 날개 같은 누각을 세웠고 왼편으로는 정원을 가려주는 선박 판자 담이 길게 이어졌다. 양관 중앙은 3층이고 그 창문에 붉은 서쪽 해가 비치고 있었다. 어떤 소음도 없이 모든 것이 온통 요란한 매미 소리에 감싸였다.

하지만 이 광대한 저택에는 하루히데의 눈빛을 닮은 피폐의 그림자가 새겨져 있었다. 그것은 단지 건물이 오래되었다는 데서 나오는 인상이 아니었다. 거기에서는 뭔가 대갓집을 지탱하고 있던 정력의 심한 쇠퇴가 느껴져서, 큰 물결이 빠져나간 뒤 같은 인상이 외벽의 대리석 색깔에도 드러나 있었다.

뜻하지 않게 그의 미술적 취향이 내 머릿속에 떠올랐다. 그는 못케이*를 사랑하고 폴 세잔도 사랑했지만, 정말로 좋아하는 것을 말하라고 재우쳐 묻는다면 결국 서양에서는 와토**의 〈키테라섬으로의 출

---

* 못케이牧谿는 13세기 후반의 승려이자 화가. 당대 중국에서는 그리 평가받지 못했으나 선종 계열의 호쾌한 수묵화로 일본 수묵화에 지대한 영향을 끼치면서 현대에 이르기까지 높은 평가를 받고 있다.
** 장 앙투안 와토Jean-Antoine Watteau(1684~1721). 프랑스의 로코코 화가로, 사후에 빅토르 위고Victor Hugo, 테오필 고티에, 마르셀 프루스트Marcel Proust 등을 중심으로 재평가되었다. 특히 보들

항〉, 동양에서는 소타쓰의 〈무악도舞樂圖〉, 그 두 가지를 꼽을 게 틀림없다. 그런 선택은 딱히 청춘의 현란한 취향을 보여주는 것도 아니고, 그가 너무 고독한 예술보다는 권력의 그늘에서 비호를 받은 행복한 예술 쪽을 사랑했다는 증거가 될지도 모른다. 어쨌든 이건 상당히 대담한 선택이어서 보통 청년이라면 내심 생각은 하더라도 쉽게 입 밖에 내지 못할 취향이었다.

결코 황폐하다고 할 정도는 아니었지만 전쟁 중이라 수리를 제대로 하지 못해 더 낡아 보이는 그런 집에서 살고 있던 하루히데는 군후君候의 비호 아래 생겨난 고미술을 사랑하면서 옛 군후의 힘을 그리워하고 잃어버린 권세의 환영幻影을 반기는 경향을 적잖이 지니고 있었는지도 모른다.

그의 부친이 몹시 허약해서 젊은 시절부터 다양한 공직을 물리치고 미술수집가, 예술애호가로서 두세 권의 저서를 낸 것도 나는 알고 있었다. 하루히데의 사후에 처음으로 그 부친의 얼굴을 봤지만, 그전에 내가 상상했던 것과 한 치도 어긋나지 않는 모습이었다.

……어쨌든 나는 굵은 자갈이 깔린 회전로를 지나 차량을 댈 수 있는 어둡고 큼직한 현관 앞에 섰다. 그 청동 문에는 부조가 있고, 한 쌍의 작은 타원형 창문 주위에도 가문의 문장인 접시꽃 무늬가 가장자리를 두르고 있었다. 초인종을 눌렀다. 한참을 기다려야 했다. 마

레르는 시 「등대들Les Phare」에서 그를 인류의 '등대'로 표현했고, 공쿠르 형제는 『와토의 철학La philosophie de Watteau』에서 루벤스Peter Paul Rubens에 비유하는 등, 예술가들의 주목으로 점차 대중에 널리 알려졌다.

침내 문의 걸쇠가 풀리는 소리가 들렸다.

실내는 무척 어두웠다. 안내하러 나온 사람은 안경을 쓴 바짝 여윈 중년 남자였다. 하오리 하카마에 흰 지카타비* 차림으로, 입도 뻥긋 하지 않았다.

현관 중앙에는 붉은 양탄자를 깔아둔 넓은 계단이 있었다. 그 계단 아래쪽 왼편의 널찍한 복도 벽에 태피스트리가 걸렸고 고풍스러운 목제 의자와 테이블이 나란히 자리한 곳이 잠시 대기하는 공간인 구조였다. 집사는 소년인 나를 그곳으로 정중히 안내해준 뒤에 입을 열었다.

"잠시 기다리십시오."

나는 의자 하나에 앉아 기다렸다. 현관 옆 스테인드글라스 창에 핏빛이 흘렀다. 집사가 물러간 뒤에는 집 안 어디에서도 소리 하나 없어서 이곳에 정말로 사람이 살고 있는지 의심스러웠다. 그리고 무더운 저녁나절인데도 대기하는 공간은 써늘하게 가라앉아 있었다.

잠시 지나자 대계단의 양탄자를 밟는 가벼운 발소리가 내려오더니 하루히데가 계단 중간에서 손잡이에 가슴을 짚고 나를 내려다보며 "어이"라고 말했다. 나보다 세 살 많을 뿐인데도 친구를 향한 그 호칭에 젊은이다운 발랄함은 없었다.

지금까지 그의 유머를 사랑하는 일면이며 그 역시 피할 수 없었던 허영심의 일면 등을 짐짓 피해왔지만, 가키가와 저택에 여러 번 드나들면서 하루히데가 매번 다른 방으로 나를 안내하는 것이 의아했다.

---

* 지카타비地下足袋는 버선 모양의 신발로, 밑창에 고무를 댄 작업화.

나중에 알게 되었는데 내가 방문할 때마다 다양하고 호화스러운 방을 구경시켜주는 게 그에게는 큰 즐거움이었던 것이다.

그 첫 방문 날에도 나를 처음에 있던 복도 바깥에서 넓고 한산한 객실로 데려갔다. 그 방은 깨끗이 닦여 있었지만 역시 사람이 사는 곳이라는 느낌은 없었다. 남향 정원의 잔디는 수목 그늘에 완전히 잠겼고, 앞뜰의 화초로 기른 속새만 서쪽 해의 여광을 받아 어두운 녹음이 두드러졌던 것을 나는 기억한다. 이 속새 풀숲의 그야말로 식물 같지 않은 무기질적인 초록빛은, 정원 전체의 나무들이며 그늘 밑 잡초며 잔디의 푸름 속에서 그곳만 으스스할 만큼 생생하게 보였다. 바람이 불어도 살랑거리지 않는 식물. 필요 이상으로 꼿꼿한 그 풀숲…….

"좌식은 힘들지? 역시 의자에 앉는 게…….."

하루히데는 앞장서서 일본식 방과 양관 사이를 잇는 삼목나무 문을 열었다. 창이 작아서 양관의 방은 어슴푸레했고 수많은 가구며 장식장에 걸려서 자칫하면 넘어질 것 같았다.

"기다려봐, 전기를 켤 테니까."

나는 큼직한 화병이 놓인 원탁 한편에서 기다렸다.

실내에 불이 켜졌다. 하지만 그건 보통 등이 아니었다. 머리를 짓누를 정도로 거대한 샹들리에가 천장 한가운데 매달려 방 위쪽을 거의 절반이나 차지하고 있었다. 그것이 찬연히 켜진 것이다. 유리의 굴곡과 반영 등이 복잡하게 빛을 방사해 방의 모습이 일변했다.

벽에 줄줄이 걸린 그림을 가리키며 하루히데는 말했다.

"이 방에는 메이지 시대 유화만 걸려 있어."

그건 구로다 기요테루*며 오카다 사부로스케** 등 차분한 색감의 사실적인, 살롱 드 파리 화풍 컬렉션이었다.

……그런 그림에 둘러싸여 하루히데와 나 사이에 시작된 이야기는 유감스럽게도 고원高遠한 미술 담론이 아니었다. 우리는 학교 교사들의 우스꽝스러운 버릇을 이것저것 들먹거리고, 하루히데는 타고난 코맹맹이 소리로 기막히게 교사 한 명 한 명의 말투를 흉내 냈다. 하지만 그것은 학생다운 명랑한 흉내와는 약간 달라서, 그야말로 높은 곳에서 내려다본, 그런 만큼 지독히 유머러스하고 냉담한 희화戱畵였다.

(중)

하루히데에게 자기표현 욕망이 전혀 없었던 것은 아니다. 그는 몇 편의 소설을 썼고, 수많은 유채 풍경화와 정물화를 그렸다. 하지만 거기에는 아무런 재능도 보이지 않았고, 그저 기품 있는 범용함이라고나 해야 할 것들만 가득했다.

그는 정원에 출몰하는 뱀에 흥미를 품고 뱀을 주제로 한 소설을

---

* 구로다 기요테루黒田清輝(1866~1924). 서양화가이자 정치가로, 도쿄 외국어학교를 거쳐 1884년 법률 공부를 위해 프랑스에 건너갔으나, 파리에서 화가 전향을 결심하고 라파엘 콜랭 Raphaël Collin에게 사사하여 프랑스 전람회에 입상. 1893년 귀국 후 도쿄미술학교 교수, 귀족원 의원 등을 역임했다. 1895년작 누드화 〈아침 화장朝粧〉은 일반 공개된 최초의 누드화로, 당대에 큰 논쟁을 불러일으켰다.
** 오카다 사부로스케岡田三郎助(1869~1939). 서양화가이자 판화가로, 일본적 감각을 반영한 다수의 수작을 남겼다. 도쿄미술학교 교수로 활동했으며 제1회 문화훈장을 수장했다.

쓴 적도 있었다. 나른하게 졸리는 듯한 필치는 그 작은 동물의 광채에서 한참 벗어난 것이었지만 꼼꼼히 즐겨가며 썼다는 건 잘 알 수 있었다.
 자신에게 인간적 감정이 부족하다는 것을 조금도 고민하는 일이 없었던 그는 당연히 자신의 재능 부족에도 일절 고민하는 일이 없는 사람이었다. 학교의 잡지 합평회 등에서 자신의 작품에 가차 없이 악평이 쏟아졌을 때의 태연자약한 모습은 일종의 구경거리였다고 해도 무방하다. 마지막에는 어느 누구도 하루히데를 상처입힐 수 없다는 것을 알고 다들 입을 다물어버렸다.
 아름다움 속을 그는 실로 유유히 산책했다. 이를테면 바다의 향연 같은 저녁노을의 변해가는 모습을 싫증 내는 일 없이 상세히 바라보았지만 거기에 그가 감동했다고 한다면 맞지 않을 것이다. 어딘가 자연을 상스러운 것으로 생각하고 신뢰하지 않는 투였고, 그뿐 아니라 조금쯤은 자연을 경멸하는 경향까지 있었다. 저녁노을을 볼 때는 그 결점을 찾고, 물들어가는 구름의 불균형한 형태는 구성의 흠결로 간주하고 ……그의 눈빛은 그 색채의 과도한 사용 방식까지도 부드럽게 타박하는 것 같았다.
 억센 자연, 험준한 산맥, 태풍, 날뛰는 바다, 그러한 것에도 하루히데는 아무런 관심을 기울이지 않았다. 그는 번개나 천둥이나 지진을 결코 두려워하지 않았는데, 그런 것에 대해 명백히 취향의 저급함을 발견한 것처럼 보였다.
 초여름 해가 저물어갈 무렵, 정원의 무성한 나무 밑 풀밭 사이로 허옇게 기어 나와 꿈틀거리는 뱀의 비늘은 그런 그에게도 어떤 설명하기 어려운 기쁜 마음을 불러일으켰다. 그리하여 뱀을 사랑하는 사내의 범용한 이야기를 썼다. 하지만 그 자신이 사랑했던 적이 있는지 어떤지는 아무래도 미심쩍었다. 모색과 일정하지 않은 짐작으로 사랑을 묘사했는데, 게다가 그 묘사 방식이 그야말로 내키지 않는다는 투여서, 감정의 균형을 깨는 그런 경험을 그가 애초부터 피했다는 게 그대로 드러났다.

  달이 어떻게 정원 끝에서 하얗게 떠올랐는지, 바람이 어떻게 미묘하게 나무 밑 풀들을 타고 기어갔는지, 그런 것을 묘사할 때는 하루히데의 붓이 약간 열기를 띠었다. 자연의 배열을 바로잡고 불균형을 치유하려고 하는 회화적 욕구가 작용해서, 그가 결코 있는 그대로 인정하려고 하지 않는 바깥 세계가, 그 지나치게 균형 잡힌 구도의 이면에서 도리어 노골적으로 엿보였다.

  그는 불결한 것도 용서치 않았지만, 청년다운 편협한 결벽에도 가담하지 않았다.

  그리고 매사에 지나치게 중용을 취하는 그런 생활 태도의 비밀이 그가 징병검사에서 불합격 판정을 받으면서 비로소 우리에게도 확실해졌다. 하루히데에게는, 아마도 불치병일 거라고 하는 심장판막증 지병이 있었던 것이다. 그래서 그 무렵부터 시원찮은 안색의 원인도, 끊임없이 과로를 염려하는 이유도 알게 되었다. 친구들은 하루히데의 수수께끼가 모조리 풀렸다고까지 생각했다. 그의 귀족적 특질로 여겨졌던 것이 모두 심장 때문이었다고 생각하게 된 것이다.

  하지만 나는 그렇게 생각할 수 없었다. 인간은 질병을 자신의 특질에 교묘히 합치시켜 적절히 몸에 맞게 입어낼 수 있다. 특히 오랜 질병이라면 더욱 그렇다. 하루히데의 조화에 대한 민감한 의식은 일찍부터 이 질병 또한 조화 속에 집어넣어 애초에 갖고 있던 성격의 일부로 만들었던 것인지도 모른다. 그 질병이 요구하는 과로를 피한다는 것이 도취나 열정을 피하려고 하는 그의 성향을 오히려 강하게 비호해준 것인지도 모른다. 왜냐하면 나는 후년에 좀 더 혈색 좋고 성향도 전혀 다른 심장판막증 환자들을 보았기 때문이다.

하루히데는 곧잘 꿈 이야기를 하곤 했다. 그건 모두를 따분하게 만들었지만 그는 아랑곳하지 않았다. 그 꿈은 때때로 색채를 띠어서 저녁 해에 잠긴 들판을 스쳐가는 거대한 새 그림자가 보이는데도 새의 모습은 보이지 않았다, 한밤중에 자동차 차고 안에서 무시무시한 소리가 나더니 평소 그곳에 있던 차가 아니라 영구차가 급하게 달려 나갔다, 정원의 잔디가 순식간에 자줏빛으로 변하고 그 자줏빛이 점점 마루까지 침식해서 거기서 놀고 있던 영아를 자줏빛으로 만들었다…… 하나같이 불안이 가득한 꿈이었는데도 하루히데는 그야말로 재미있다는 듯 가볍게 웃어가며 유머러스한 어조로 누누이 말하는 것이었다. 그는 꿈에 관한 한 부조화도 파괴도 허용했지만 그건 그가 그러한 꿈에조차 무관심했던 탓인지도 모른다.

하루히데는 고양이를 사랑해서, 친척인 쓰가루 성주의 오래된 영지를 방문했을 때 그곳 사투리로 고양이를 '차페'라고 부르는 것을 발견하고 재미있어하면서 이따금 그 이야기를 했다. 언젠가 한번은 고양이가 의자를 타고 그의 책상으로 폴짝 뛰어올라 독서하는 그의 턱에 머리를 비벼댔단다. 비할 데 없는 그 부드러움으로 생존의 공포에 역전승을 거두는 이 작은 동물, 그 게으름, 그 귀족적인 방자함,

그 교태를 하루히데가 사랑한 것은 당연한 일이었다.

그는 고양이의 매끄러운 머리가 자신의 턱을 문지를 때, 옅은 노란 빛으로 아른거리는 나른한 관능의 세계를 접한 듯한 느낌이 들었다. 그의 인간적 관심을 조금도 요구하지 않는 듯한 잠깐 한순간의 몽롱한 관능적 세계.

청춘의 불투명을 조금도 두려워하지 않고 태연자약하게 살아온 하루히데에게도 어떤 감각적 발견을 통해 자신의 존재를 저 밑바닥까지 깊이 규제하는 것에 눈뜨는 날이 다가오고 있었다. 고양이의 매끄러운 털의 감촉은 그가 지금까지 추구해온 것이 무엇이었는지를 돌연 계시해준 것처럼 생각되었다. 그것은 대상에 대한 무관심 위에서 성립된 사랑으로, 어떠한 인간적 의무도 강제하는 일 없는, 자신을 조금도 양보하지 않아도 되는 관능의 형식이었다. 하지만 그런 것이 인간을 상대로 가능할까 하고 그는 의심했다.

지금까지 사랑해온 수많은 회화에 그가 지불해온 것이 지적 관심이라기보다 오히려 그러한 관능적 관심이었다는 것을 하루히데도 서서히 깨닫기 시작했다. 조화나 균형의 감각은 그것과 조금도 모순되는 것이 아니었다.

실제로 지금까지의 그의 정신생활 소묘에서도 알 수 있듯이, 그가 따분해 보이고 때로는 범용하게 보였던 것도 다양한 도취를 피하려 하고 지적인 도취까지 피하면서 그러한 도취에 의해 진행되는 지적 탐구를 소홀히 했다는 뜻이다. 따라서 그가 지적인 것을 두려워했다는 건 틀림이 없다. 이제는 온갖 도취를 모면할 수 있는 지름길은 자신의 관능의 형식을 갈고 닦아 그것을 독자적인 것으로 만드는 방법밖에 없다는 걸 하루히데는 눈치챘던 것이다.

　어떻게 관능을 정련精練해야 할까? 그것은 주로 시인들에 의해 시도된 수행 방식으로, 하루히데에게 적합한 시련은 아니었다. 이를테면 한 송이 장미를 마주하고, 조금도 지적인 이해에 호소하지 않고 개념에 기대지 않으며, 관능이 명하는 대로 그 장미를 다양한 관점에서 바라보고 바꿔보는 것. 그 도톰하게 겹쳐진 꽃잎을 손끝으로 떼어내지도 않고 무거운 꽃잎의 겹겹이 겹쳐진 천연의 구조를 정확히 분간하면서 즉각 장미 깊숙이 감싸여 있는 비밀에 생각이 미치는 것. ……하지만 그러한 시인의 자기 단련은 창조를 위해 관능을 연마하는 방법이고 하루히데의 것과는 달랐다. 하루히데의 독자적인 점은 전혀 창조와는 연결되지 않을 듯한, 절대로 쓸모없는 의식 속 극도에까지 관능을 이용하려 했던 것으로, 그같이 해서 자기 자신에 눈뜨는 동시에 어중간한 소설이나 그림의 제작을 중단하고 단호히 창조에서는 손을 떼버렸던 것이다.

　여름의 저물녘, 높은 느티나무 우듬지를 지나가는 바람을 따라 작은 새들이 둥지로 돌아오는 지저귐이 들려올 때, 하루히데는 그러한 자연의 변덕스러운 아름다움을 일단 반드시 자신의 냉랭한 관능에 여과하여 받아들이려고 해보았다. 그는 차가운 화포나 도화지는 자신의 마음속에 있어서 그곳에 정착되는 것밖에 사랑할 수 없었다. 외부세계가 아직 체온을 유지하며 그의 부름에 응하는 상태라는 건 그를 불안하게 했다. 오로지 단순하게 그의 감각의 반영인 듯한 외부의 사물만을 인정해야 한다. 인간은 이것을 배제하지 않으면 안 된다.

관능으로써 도취를 대치하는 것, 이것은 실로 살아가는 것에서 도취를 모조리 물리치려고 한 그의 삶의 방식이 당연히 찾아낼 만한 귀결이었다. 도취를 피하기 위해 관능을 연마하는 것, 그는 그러한 역설을 몸으로 살아내고, 자신을 하나의 순수한 관능적 존재, 그것도 절대 불감의 관능적 존재로 만들어내고자 했다. 비평가도 아니고 제작자도 아닌, 이론상 가장 순수한 미술 감상가가 이리하여 그의 내면에 생겨났다.

하나의 그림이 그곳에 이미 존재하는 것은 무엇보다 견고한 기정 질서가 그곳에 존재한다는 것이었다. 기정의 사회질서나 법률이나 도덕도 이것에 비하면 아무것도 아니었다. 그리고 그의 지적 무관심을 보장하기에 어떤 하나의 그림이 갖고 있는 기정 질서만큼 강력한 것은 없었다. 지금이라면 나는 그것을 다음과 같이 거칠게 요약할 수 있다. 그런 생각 방식에는 전시戰時 청년의 편협한 미적 생활과 그의 핏속에 흐르는 선조의 권력 정치의 잔영 등이 참으로 적절한 방식으로 뒤섞여 있었는지도 모른다, 라고. ……하지만 나는 우선은 초상화가의 직분을 지키지 않으면 안 된다.

예술의 관능적 이해라는 것은 예술의 가장 유치한 향수享受 방식이면서 또한 가장 고도의 향수 방식이지 않으면 안 되었다. 재킷과 바지에 조끼까지 한 벌로 잘 차려입고 회중시계의 금줄을 살짝살짝 내보이는 신사가 나부裸婦의 조각을 보고 추잡한 정욕이 솟구치는 장면에서 하루히데가 원했던 고도의 관능적 향수에 이르기까지는 무수한 단계, 무수한 뉘앙스가 있었을 것이다. 하루히데가 꿈꾼 경계는 예술가의 생활—의지와 계산의 생활—이 아니라 극히 드물게 성취될 뿐인 예술적 생활 영역이었다. 그곳에서 관능은 스스로 작동하지 않고 지그시 긴 소파에 몸을 누인 채로 존재하며 모든 미세한 예술적인 것이 그를 에워싸고 그의 감각에 아첨하고 또한 달래주는 것이었다. 그의 주위 세계는 정지되고 완결되어 이미 어떠한 동요의 징조도 나타날 염려가 없었다. 세계는 이미 끝나 있었다. 그도 그럴 것이 끝나지 않은 것, 생성의 도상에 있는 것은 완전히 문밖으로 쫓겨났기 때문이다.

밀실에 갇힌 그러한 관능은 도야陶冶되어 은은한 색채의 농담이며 풍경이나 정물이나 인물의 우아한 형태, 금박지의 모래섬 묘사나 저물어가는 하늘이 미처 끊어내지 못한 노을의 미묘한 색조, 춤추고 또 노래하는 사람들의 이마에 드리운 불안의 그림자며 대담한 구도로 걸린 교각에 건너지른 검은 돌보, 화면의 한 귀퉁이에서 짖고 있는 작은 개며 저녁 어스름 속에 비틀거리는 부전나비, 화면을 기하학적으로 구획한 견고한 고가구, 두루마리 그림의 한없이 가늘게 이어지는 시냇물이며 옆으로 길게 누운 구름 ……그러한 모든 것에서 하루히데는 관능적인 매혹을, 우리가 이성異性의 육체에서 느끼는 것과 다를 바 없는 매혹을 느끼게 되었다. 그것은 이미 끝나버린 세계를 관능으로 감싸는 것과 다름없었다.

도취는 지나간다. 질풍처럼 지나간다. 하루히데는 그래서 도취를 뒤돌아보지 않았다. 그의 얼어붙은 관능은 흡사 얼어붙은 꽃과도 같아서 시드는 일 없이 잠시 잠깐의 기쁨을 영원한 것으로 만든 것이다. 교묘하게도 옛날 금박 벽화 화가들이 권력자들의 시야를 찬란한 병풍이나 장지문으로 에워싸서 퇴색되기 쉬운 현상에서 그 눈길을 차단해버린 것처럼, 하루히데는 자신의 관념의 힘으로 자기 주위에 알록달록 선명한 병풍을 둘러쳐 자연을 차단해버렸다. 그 세계 안에서 더 이상 인간의 오성悟性은 작동할 여지가 없고 또한 작동할 필요도 없었다.

……그리고 그 병풍 바깥에서는 굉음이 소용돌이치고 폭탄이 쉼 없이 쏟아지고 사람들은 필사적으로 사방팔방으로 도망치며 전쟁은 종국終局에 다가가고 있었다.

(하)

전쟁이 끝났다. 그리고 얼마 뒤에 하루히데는 결혼을 했다.

그 소식은 우리를 깜짝 놀라게 했다. 어느 누구도 하루히데가 여인의 몸을 사랑하는 장면 따위는 상상할 수 없었던 것이다.

그러고 한참 나는 하루히데를 만나지 못했다. 그가 소타쓰에 관한 책을 냈다는 얘기를 들었고, 또한 그 광대한 저택은 재산세 납부를 위해 매각했고 그의 가족은 작은 집으로 이사했다는 얘기도 들었다. 얼마 지나지 않아 부부 사이에 딸아이가 태어났다는 소식이 들려왔다. 그 무렵 하루히데는 길거리에서 우연히 마주쳐도 더 이상 자기 집에 오라는 말을 꺼내지 않았다.

전후의 혼란이 우리의 만남을 분해해버려서 전시의 교유는 아득한 옛날 일처럼 생각되었다. 전쟁 통에 죽었더라면 좋았을 텐데, 우리는 이제부터 살아가지 않으면 안 되었기 때문이다.

하루히데는 어떤 식으로 살았던 것일까.

딸아이가 태어난 그다음 해 여름, 아직 초여름이었지만 하루히데는 어쩐지 몸이 찌뿌둥하고 자꾸만 피곤해서 의사를 찾아갔다. 의사는 단순한 과로일 거라고 말했고, 그 무렵에 줄곧 이어지던 미열이나 식은땀은 엑스레이 검사에도 나왔듯이 결코 폐결핵이 아니고 신경성일 뿐이라고 진단했다. 그 진단에 하루히데는 안심했지만, 여전히 이상한 피로와 미열, 식은땀은 사라지지 않았다.

그래서 그는 그러한 증상을 변덕스러운 초여름 기후의 부조화 탓으로 돌렸다. 그런 생각은 예전의 그의 습관과는 명백히 배치되는 것이고, 자연의 영향을 순순히 시인하는 건 그의 주의主義에 반하는 것이었을 텐데도…….

그 전쟁 중에, 물론 막대한 재산에 의해 지켜진 것이지만 그는 자연을 경멸하며 지낼 수 있었고 외부세계의 영향에서 초연할 수 있었다. 외부세계는 그의 몸에 손끝 하나 대지 못했다. 대체 어떤 초목, 어떤 잘 익은 과일이 그의 단려한 흰 피부를 물들일 수 있었겠는가.

그는 자신의 미열이나 식은땀의 원인으로 여겨지는 주위의 자연을 다시 찬찬히 바라보았다. 5월에는 맑았다가 비가 쏟아졌다가 하는 변덕스러운 날들이 이어졌다. 그 연둣빛 잎사귀의 강렬한 냄새, 아직 곳곳에 남아 있는 폐허에 쏟아지는 요란한 비 ……그런 것들을 바라보면서 그토록 거부해온 자연 속에 자신의 육체와 연결되는 것이 잠재해 있는가, 하고 하루히데는 생각했다. 이제야 새삼스럽게 자연이 자신에게 복수를 꾀하는 건 아닐까. 자신의 육체가 자연의 일부라는 식의 생각을 그전까지의 하루히데는 인정할 수 없었다. 그건 가장 불쾌하고도 모독적인 사고였다.

　한바탕 내리던 비가 그치고 구름 틈새로 비쳐든 한 줄기 빛이 폐허의 난로며 벽돌이며 빗물에 씻긴 희고 반들반들한 돌바닥 등을 비춰주는 것을 보면 그래도 하루히데는 한결 마음이 놓여 예전에는 알지 못했던 은총 같은 것까지 느꼈다. 이런 명징한 햇빛이 계속 비춰주면 된다, 그러면 모든 것이 잘 풀리고 불행은 매장되어 사라져버릴 거라는 마음이 들었다. 또한 사실 그런 때에는 몸의 고통도 누그러들어 자신이 다시 건강을 향해 흔들림 없는 한 걸음을 내디딘 것처럼 느껴졌다.

　하지만 그러는 사이에 하루히데는 자연의 무상한 변화와 자신의 병적인 증상의 완고한 불변 사이에 뭔가 인과관계를 찾기가 힘들어졌다. 이 증상은 그가 갈고 닦아온 관능처럼 완고해 보였고 애초에 자연과는 관계가 없는 것처럼 생각되었다. '내가 상상의 병을 앓는 사람일 리 없어'라고 그는 생각했다. 그런 자신의 확신이 의사의 진단보다 불확실할 리는 없었다.

　그래서 하루히데는 자가진단으로 어떤 의학서에도 없는 병명을 스스로 마련했다. '물리학자가 라듐을 너무 오랜 기간 접한 탓에 그 독에 먹히듯이 분명 나도 예술품의 독을 쐰 것이 틀림없어'라고 생각했다. 그렇다, 그는 전혀 창조에 관여하지 않고 오로지 순수한 관능으로 예술을 향수해 때문에 예술의 미적인 독소만 그에게 작용해 그런 미열이나 식은땀을 불러일으킨 것이 틀림없다. 부인의 자상한 진언도 있어서 하루히데는 전쟁 이전부터 귀현 사이에 명망이 있던 지압사를 불렀다. 지압사는 몇 차례 치료하면 완쾌될 거라고 장담했지만, 어떤 쾌차의 조짐도 보이지 않았다.

그의 사고방식은 이미 그런 식으로 흔들리고 있었다. 그토록 무해하고 또한 그의 손에 의해 이빨이 뽑혀버렸던 행복한 예술품은, 설령 상상이라고는 해도 보이지 않는 독소를 발산하는 것, 뭔가 저주스러운 것, 위험한 것으로 생각되기 시작한 것이다. 와토의 저 한아함, 소타쓰의 저 색채와 형태의 비할 데 없는 절도, 그런 것에서조차 하루히데는 어느새 모종의 독기를 찾아내게 되었다. 나아가 미술품의 색채 그 자체에서, 자연으로부터 추출해온 어떤 종류의 독초 약물처럼 자연 속에 섞여 있을 때는 그다지 해를 끼치지 않지만 일단 약물이 되면 살육을 위해서만 사용될 듯한 요소를 찾아냈다.

예술상의 질서가 자연 질서의 일부를 과장할 뿐이라는 것, 그것도 자연 속에서는 다른 것과 상쇄되어 조화를 유지하는 하나의 강렬한 요소의, 균형을 상실한 표현이라는 것 ……그런 생각은 예전에는 결코 하루히데의 뇌리에 떠오르는 일이 없던 것이었다. 그는 예전에는 뛰어난 회화를 소우주로서 생각하기를 즐겼지만, 이제는 그것이 우주 질서의 파편이나 운석 같은 것, 질서의 눈 밖에 나버린 것, 오히려 질서의 붕괴를 암시하는 것이라는 식으로 생각하게 되었다. 그는 거기에서 도취보다도 훨씬 더 나쁜 것을 찾아냈던 것이다.

그러던 중에 여름이 오고, 극심한 더위가 하루히데의 활력을 완전히 앗아갔다. 그는 창문 너머로 불타버린 도시 저편에 서린 적란운을 바라보았지만, 그 눈은 이미 그 구름의 지나치게 강한 빛을 견뎌낼 수 없었다. 염천을 바라보면 눈이 어지럽고, 햇빛 쨍쨍한 급경사 길을 마주하면 오르기도 전부터 심상치 않은 가슴 두근거림에 시달렸다. 게다가 하루히데는 역 주변에 들어찬 암시장의 날카로운 호객 소리며 그 독한 활력이 무서웠다. 그 앞을 총총걸음으로 지나갈 때면 자신의 병은 이 적응할 수 없는 야비한 새 시대가 몰고 온 것이 아닌가 하는 생각까지 들었다. 어느 날, 손발 끝이 아프더니 작고 붉은 부스럼이 생겼다. 그는 그것이 번지는 것을 염려해 오래도록 환부를 들여다보며 우울한 생각에 빠졌다. 하지만 부스럼은 이삼 일 만에 사라져버렸다. 한여름인데도 그 무렵 하루히데의 얼굴빛은 대리석보다 창백했다. 햇볕에 그을린 야비한 젊은이들은 죽은 사람처럼 하얗고 단려한 그의 옆얼굴에 노골적인 경멸을 드러내며 흘끔흘끔 돌아보는 것이었다.

하루히데가 입원한 것은 8월 중반을 넘어선 무렵이었다. 그해 늦더위는 한층 더 혹독했다.

그는 패혈증에, 그것도 오래되고 완만한 패혈증에 걸려 있었다. 혈액검사에 의해 녹색연쇄상구균이 발견되었다. 그 균이 목구멍으로 들어가 판막증에 걸린 심장에 달라붙어 패혈증을 일으킨 것이다. 이 기나긴 병명, 급성세균성심내막염이라는 병명은 페니실린이 발명되기 이전에는 반드시 죽음의 계기가 되는 희귀병으로서 모두가 두려워해온 것이었다. 의사는 노골적으로 시기를 놓쳤다며 걱정했지만, 입원한 그날부터 3주간에 걸쳐 페니실린 연속주사가 시도되었다.

특별히 안정하라는 지시를 받고 그는 별동의 오래된 병실 한 칸에 온종일 누워 있었다. 몹시 무더운 날씨여서 병실에 세워둔 얼음기둥은 금세 허물어졌다.

병실은 병원 본관에서 낡아빠진 긴 복도를 지나 한참 떨어진 곳에 있었다. 그 복도는 예전 그의 저택 복도보다도 길었다. 누군가 슬리퍼를 신고 아무리 발소리를 죽여 살금살금 지나가도 썩기 시작한 낡은 나무판자는 조심성 없이 쾌활하게 부르짖었다. 병실은 잡초가 무성한 중정을 마주하고 있었고, 그 정원에서 꾀죄죄한 팔손이나무가 큼직한 잎을 펼친 채 노란 털이 촘촘한 줄기를 살짝살짝 내보였다. 두세 그루, 가늘고 잎이 풍성한 잡목도 있었다. 하지만 무엇보다 엄청난 잡초가 땅을 뒤덮고 희고 작은 야비한 꽃을 피워내며 나무판자 틈새를 뚫고 복도 한구석에까지 나 있었다. 또한 맞은편 병동의 틀어진 창문 아래쪽에는 온종일 햇볕이 닿지 않는 처마 밑에 불쾌한 이끼가 버글버글 자라났다.

하루히데는 이따금 베개에서 머리를 들어 자신에게 주어진 그 아무것도 없는 정원을 바라보았다. 매미는 새벽부터 저녁까지 허접한 수목의 잎 그늘에서 울어댔다. 너무도 끊임없이 울어댔기 때문에 잡초의 훈김과 한 덩어리가 되어 정원 자체가 온종일 맴맴 울리는 것 같았다. 그래도 아침 한때 작은 새가 지저귀고 한낮에는 어디에서랄 것도 없이 비둘기 몇 마리가 먹이를 찾아 내려오곤 했다. 잡초 사이에 햇빛의 띠가 선명해지고 한낮의 볕이 정원 공간을 짓누르는 것처럼 느껴질 때, 옆에 아내가 없으면 하루히데는 돌연 불안에 휩싸여 간호사를 부르는 호출용 벨을 그녀가 달려올 때까지 다급하게 눌러대곤 했다.

그러면서도 그는 곧 다가올 쾌유를 믿었다. 이미 정해진 그 결말에 이르기까지 잠시만 인간다운 감정으로 살아가자는 지향점이 생겨났다. 우아하고 무관심하고 선량한 마음, 그것을 자신의 본연의 마음이라고 믿었기 때문에 이따금 초조함을 보이면서도 그는 아내에게도, 이따금 아내의 품에 안겨 나타나는 딸에게도, 간호사에게도, 대부분 유순하고 조용하게 행동했다. 어쩌다 농담도 하고, 큰 눈을 굴리며 악의 없는 우스갯소리로 놀려먹기도 했다. 한동안 그는 훌륭한 환자였다. 조바심을 내지도 괴로워하지도 않고, 실로 담백한 기분으로 요양의 나날을 보내는 것처럼 보였다.

　질병은 세균의 탓에 지나지 않았다. 그의 상상 속 질병은 이 세균이 증명된 덕분에 웃어넘길 만한 공상으로서 잊어버릴 수 있었다. 이건 예술과는 관계없는 병이고 또한 미술의 소재가 될 가시적인 자연과도 아무 상관이 없는 병이었다.

　가시적인 자연은? 그건 지금 너절한 창틀을 액자로 삼아 그의 베갯머리에 펼쳐지는 아무것도 없는 정원에 지나지 않았다. 그게 전부였다. 응시하지 않는 동안에도 정원의 공허한 환영은 너무도 뇌리에 생생했기 때문에 그는 그 환영에서 벗어나기 위해 이 정원을 그림으로 그릴까 하고 생각했다. 그림붓을 드는 것조차 허용되지 않는 병세였는데도 그렇게 오랜만에 잊고 있던 제작 의욕이 생겨났다. 마음 속에서 몇 번이나 구도를 다시 짜곤 했는지 모른다. 배제해야 할 것은 배제하고, 지나치게 대칭적인 구축물은 약간 그 형태를 뒤틀고, 남겨야 할 공간의 넓이를 음미하고 ……하루히데는 오랜만에 화가의 마음이 되었다. 하지만 구상을 빚어볼수록 영 풀리지 않았고, 정원은 그의 일상에 뻔뻔하게 자리를 차지한 채 결코 그 존재를 예술품에 넘겨주려 하지 않았다. 그가 이토록 조야한 화재畵材를 마주한 적도 없었지만 동시에 화재가 이토록 오싹하게 그의 일상에 스며들어 그림으로 그려지기 전에 벌써 그 자신의 생생한 물감으로 그의 생활을 물들여버린 적도 없었다.

　잡초의 훈김만 가득하고 아무것도 없는 황폐한 정원은 이미 어떤 붓에도 꿈쩍하지 않는 것이 되었다. 그 존재의 확실함은 하루히데를 멸시하며 진즉에 그에게 패배를 안겼다. 맥 빠진 심정으로 그는 이미 팔아치운 저택의 아름다운 3층 작은 방의 창을 머릿속에 떠올렸다. 하늘만 오려낸 그 창은 액자의 틀이었고 그 창에서 바라보는 저녁노을은 그대로 그림이었다. 자연을 경멸하고 예술품만을 사랑해왔던 그가 이제는 회상 속의 그 저녁노을을 얼마나 '그대로 그림'이자 '그대로 미술품'이라고 인정했는지 모른다.

　……이윽고 하루히데는 일과가 된 주사를 놓으려고 회진 의사들이 다가오는 쾌활한 발걸음의 삐걱거림을 복도의 아득히 먼 곳에서부터 듣는 것이었다.

　'나의 인간다운 마음이 예술에의 사랑을 매장해버렸다'라고 생각하기도 했다. 하지만 그건 그리 견디기 어려운 것은 아니었다. 쾌유는 약속되어 있다. 지금 잠시 나의 세련된 관능이 폐쇄되고 무방비한 병든 몸뚱이로 직접 외부세계를 접하고 있기 때문에 이런 일이 생긴 것에 지나지 않는다.

　……그렇게 여름이 지나가고 있었다. 세상에 태어난 이후로 가장 견디기 힘들었던 여름이.

　3주간의 주사가 끝났을 때, 밤이면 벌써 선선해지고 창문 아래에서 벌레 울음소리가 들렸다. 하루히데의 몸은 나날이 회복되어갔다.

이제 한두 주만 이대로 정양하면 모든 게 그 이전으로 되돌아갈 것 같았다. 실제로 미열도 식은땀도 멎고 식욕도 나고 가슴이 답답하던 것도 없어졌다. 자리에서 일어나는 것도 가능해서 그는 퇴원할 날을 손꼽아 기다렸다.

하지만 그건 외면상의 호전에 지나지 않았다. 어느 날 밤, 말할 수 없는 고통에 잠에서 깨어났고 등이 온통 땀으로 젖었는데 눈을 뜨자마자 그 땀이 바닷물 빠지듯 써늘한 불쾌감을 남기고 말라버렸다. 그다음 날은 온종일 가슴이 답답하고 오후에는 미열이라기에는 너무 높은 열이 났다. 주사를 시작하기 전과 똑같은 증상, 아니, 그보다 더 심한 증상이 돌아온 것이다.

의사는 약의 분량이 적었던 탓으로 돌리고, 다시 일주일 동안 상태를 지켜본 뒤에 두 번째로 좀 더 분량을 늘린 연속 주사에 들어가자고 하루히데에게 말했다. 하루히데는 무표정하게 그 통고를 들었다. 그의 아름다운 하얀 콧날은 오랜 와병 때문에 이전보다 날카롭고 높아진 것처럼 보였다.

……나의 초상화는 사실은 여기서부터 시작된다.

그 약간 파인 뺨, 날카로움과 하얀빛이 더해진 콧날 ……하루히데는 두 번째 연속 주사 소식을 들은 그날부터 그토록 정련해왔던 개성을 내던져버렸다. 그 정묘한 관능도, 무관심한 마음도, 온화한 미소도, 높은 수준에 올랐던 유머도, 가볍게 코웃음을 치던 버릇도 내던져버렸다.

하지만 참된 초상화는 여기서부터 시작된다. 이제는 하얀 베개에 내맡겨진 그 아름다운 옆얼굴만이 마치 고대 비극배우의 가면처럼 단 하나 남겨진 그의 개성의 유품, 그의 개성의 은신처가 되어버렸다. 이제 그의 존재를 진실로 증명하는 것은 지친 눈빛을 한 그 조용한 대리석 얼굴밖에 없었다. 초상화가의 직분은 바로 거기서부터 시작되는 것이다.

다음 날 아침, 오랜만에 대기실에서 머물렀던 부인은, 일찌감치 눈을 뜨고 지그시 천장을 올려다보는 하루히데를 발견했다. 어제 그 천장에 나방 알이 줄줄이 붙은 것을 보고 그가 질색했기 때문에 부인이 즉시 치우라고 했었는데 또다시 새로운 벌레 알을 발견했나 하고 생각했다.

"벌써 일어났어요?"

부인이 물었다. 하루히데는 대답하지 않았다. 한참 후에야 이렇게 말했다.

"방금 A에 대해, 그리고 S에 대해, K에 대해 생각했어."

그건 모두 친하게 지내던 벗들의 이름이었다.

"A씨는 사나흘 전에 병문안을 오셨었지요."

"그자는 그렇고 그런 놈이야."

"네?"

부인은 되물었다. 지금까지 하루히데의 그런 말투는 들어본 적이 없었기 때문이다.

"위선자야. 나는 그자가 싫어. 그런 놈이 병문안을 오는 거, 원치 않았어."

"그래도 건강이 많이 좋아졌다고 무척 기뻐하셨는데요."
"그자는 출세주의자고, 내가 병들어 꼼짝 못 하는 게 재미있는 거야."
"아니, 그럴 리가요."
젊은 부인은 같은 귀현 출신으로, 이런 사고에 익숙하지 않았다. 하지만 사람들이 곧잘 하루히데의 여동생이라고 착각할 만큼 꼭 닮은 하얀 피부에 조화로운 얼굴 생김새의 그녀가 그런 일에 익숙해지는 데는 그리 많은 시간이 걸리지 않았다. 왜냐하면 하루히데는 그 뒤로 끊임없이 남을 비방하고 미워하고 질투하고 부러워하고 마지막에는 저주하면서 아내를 거칠게 대하게 되었기 때문이다.
죽음을 앞둔 환자가 무의식적으로 죽음의 예감에 휩싸여 자신을 사랑해주던 사람들이 이별하기 쉽게 해주려고 유난히 밉살스럽게 군다, 라는 말에는 분명 모종의 진실이 담겼다. 병고나 초조함 때문만이 아니라 환자의 거듭되는 떼쓰기에는 생에 대한 집착 이외의 또 다른 동기가 숨겨져 있는 것 같다.
하루히데는 갑작스럽게 그 짧은 생애의 아름답고 담백한 성격을 내던지고 그야말로 '인간다운' 인간이 되었다. 인간적인 것을 향한 그의 우아한 무관심은 사라져버렸다. 그리고 온종일 수없이 격렬한 애착과 격렬한 증오를 되풀이하는 생활이 새로운 습관이 되었다.
찾아오는 사람도 드문 그 고즈넉한 초가을의 병상 주위에 갑작스럽게 인간적인 환영이 떼지어 몰려든 것 같았다. 같은 반 친구였고 똑같이 미술평론에 뜻을 두었으며 전후에 순식간에 놀랄 만한 명성을 얻은 A에 대해 하루히데가 얼마나 노골적으로 질시를 드러냈는지 모른다. 그래도 그가 A를 친구들 중에서 가장 사랑했다는 건 감정 문제에 아직 경험이 없는 젊은 부인도 잘 알 수 있었다. 하루히데는 아내를 옆에 앉히고 A가 스스로를 팔기 위해 써먹은 수많은 책략, 은혜를 이용한 교묘한 수법, 세상의 갈채를 얻기 위해 무심결에 해온 다양한 줄타기, 학문적 실수, 그중에서도 그의 미적 감각의 범용함에 대해 왈가왈부하기에 여념이 없었다. 하지만 그 말은 전에 없이 강한 열기를 내뿜어서, 인간의 해명하기 어려운 야망의 심리에 대해 갑작스럽게 그에게 욕심스러운 탐구 의욕이 일어난 것 같았다. 사는 것에 대한 하루히데의 관심은 분명 왕성해졌다. 그는 남들이 좀 잘하고 못하는 차이는 있어도 어쨌든 수많은 장애를 극복하며 살아가려고 하는 그 삶의 기술에 부쩍 흥미를 품었다. 경제적인 조건도 음미의 대상이 되었다. 그리고 적어도 부유한 자보다 원래 가난한 자들이 향상하고 출세하고 명성을 떨치기 위한 정력을 더 많이 타고났다는 것을 그야말로 얄밉다는 투로 말했다.

  한편 그토록 눈물과는 거리가 멀었던 하루히데가 그즈음에는 이따금 찾아오는 어린 딸, 아직 철도 들지 않은 외둥이 딸을 보며 울고, 때로는 칭얼거리며 아내를 병실에 붙들어두고 한밤중에 큰소리로 부르짖어 아내를 깨워서는 그 연약한, 아직 소녀 같은 가슴에 얼굴을 기대고 "죽고 싶지 않아! 죽고 싶지 않아!" 하고 소리 내어 울기도 했다. 하지만 눈물은 하루히데의 너무도 잘생긴 차가운 얼굴과는 어울리지 않았다.

  가을이 깊어갈수록 하루히데의 쇠약은 점점 더 심해졌다. 그래도 그의 눈은 생생해서 쉴 새 없이 증오나 원망의 소재거리를 찾아냈고, 이제는 간간이 내다볼 수도 없게 된 베개 너머 황폐한 중정의 모습을 아내에게 얘기해달라고 졸라서 그토록 짙은 훈김을 내뿜던 여름의 씩씩한 잡초가 누렇게 시들어가는 것을 기뻐하기도 했다.

그의 증오는 아무 효험도 없는 치료를 계속하는 의사들에게도 향했다. 물론 몸에 밴 예절에 따라 그들을 면전에서 비난하는 일은 없었지만, 그들의 발소리가 복도를 미처 다 건너가기도 전에 아내에게 의사 한 명에게서 입 냄새가 났다고 책잡기도 했다. 모종의 금기가 가로막아 하루히데는 치료의 잘잘못에 대해서는 어떤 언급도 하지 않았다. 다만 의사들의 말투가 무례하다느니 불결하게 느껴지는 생김새라느니 간호과장의 거만함이 밉살스럽다느니, 그런 것들에 대해 누누이 비방을 늘어놓았다.

그는 또한 가을 달이 차고 기우는 것을 두고 그야말로 감정적으로, 달이 자신의 창가를 찾아오는 날이 적다는 것을 발견하고 아내를 들볶았다. 베갯머리 책상에 놓인 연노랑 물약 병의 위치는 그의 까다로운 지시에 따라 1푼 1리*도 바꿀 수 없었는데, 그것은 그의 계산에 따르면 보름달이 뜨는 날 밤에 달빛이 베갯머리에 비쳐들어 그 연한 물약 색깔을 투과해 미묘한 유리 요철로 구분된 눈금을 드러나게 해주었기 때문이다. 하지만 그 보름날 밤에도 달은 창문 저 멀리를 비추며 그의 시야 밖에서 저물어갔다.

마침내 하루히데는 그토록 사랑하고 또한 그 자신을 비호해준다고 느꼈던 예술품까지도 미워하기에 이르렀다. 아직 병이 회복되리

* 1푼은 1치의 10분의 1로 3밀리미터, 1리는 1푼의 10분의 1로 0.3밀리미터.

라는 희망에 차 있던 무렵에는 그의 병상 옆에 번갈아 챙겨준 화집이 병자의 눈을 기쁘게 하고 마음을 위로해주었지만, 그즈음 화집은 모조리 베갯머리에서 물리쳐졌다.

아름다움이 이제는 너무 버거웠다. 아름다움은 이제 뭐랄까, 너무 묵직한 이불처럼 환자의 가슴에는 지나치게 버거웠다.

그는 행복하지 않았다고는 할 수 없는 과거에 대해 이런저런 생각을 했지만 어디에나 완전한 미술품, 완전한 병풍이 가로막아서 회상의 솔직한 발로發露를 방해한다는 것을 깨달았다. 타인이 만든 예술품이 그의 인생을 요약해버리고 있었다. 아, 설령 내 힘이 미치지 않더라도 타인이 창조한 색채나 형태에서 최상의 것을 발견하고 그것이 다른 흔해빠진 색채나 형태보다 아름답다고 해서 거기에 내 인생을 맡긴 것은 잘못이었구나, 하고 하루히데는 절절히 생각했다. 보다 나은 색채, 보다 나은 형태, 그런 것을 미리 선정하고 그것으로 내 인생을 망라해버려서는 안 되었다. 보다 나은 것은 언제나 어슴푸레함 속에, 언제나 확실치 않은 미지의 안개 속에 숨어 있어야 했다.

그는 이제 새삼 예전에 학교 잡지 합평회에서 너무도 기탄없는 비평으로 그의 작품을 압살해버린 너무도 솔직했던 친구들을 원망했다. 그리고 그것을 무관심하게 받아들인 자신의 모습 또한 돌이킬 수 없는 후회로서 다시 떠올렸다. 두려워하지 말고 좀 더 창조했어야 했다. 창조의 기쁨이라는 불확실하고 조잡한 기쁨에 좀 더 몸을 내던졌어야 했다. ……

***

 12월 상순의 어느 추운 아침, 하루히데의 부보訃報를 접했다. 나는 그 소식을 전해준 친구와 약속을 잡아 처음으로 하루히데의 신혼집을 방문했다. 그 집은 찾기 힘들게 이리저리 돌아가는 길 안쪽에 있었고, 포장되지 않은 골목길에 서리가 녹아가고 있었다.
 찾아간 집은 괴괴했다. 얼핏 둘러보니 방 두세 칸뿐인 집이었다. 작은 현관문을 밀었다. 그러자 바로 앞이 응접실 겸 거실이었다. 화로를 둘러싸고 심각한 표정의 사람들 십여 명이 한데 모여 앉아 있었다.
 상복 차림의 젊은 부인이 우리를 작은방으로 안내했다. 그녀의 눈이 붉게 부어 있었기 때문에 우리는 그 눈을 똑바로 마주 보는 것을 삼갔다.
 작은방에도 사람들이 무릎을 맞댄 채 말없이 앉아 있었다. 세 평짜리 방 한가운데 하루히데의 유해가 눕혀져 있었다.
 부인이 얼굴의 흰 천을 걷었다. 나는 그 아름다움에 놀랐다. 인간의 살색을 벗어낸 하얀빛이 그리스풍 옆얼굴을 감쌌고 그 콧날의 반듯함은 비할 데가 없었다. 입가의 곡선은 조각이라고밖에는 생각되지 않았다. 그러나 죽은 얼굴에 떠오른 표현할 길 없는 청명함은 나를 안심시켰다. 실제로 내면의 발현으로서의 청명함이 아니라 얼굴의 올바른 형태 자체가 내뿜는 청명함은 이렇듯 죽음 후까지도 남는 것이다.
 베갯머리에는 하오리 하카마를 갖춰 입은 초로의 인물이 앉아 있었다. 오히려 이 사람의 얼굴이 죽은 사람보다 더 생기가 없고 청명함이 결여된 것 같았다. 몹시 여위었고 머리는 온통 하얗다. 눈은 금세라도 감길 것처럼 지쳤고 코는 하릴없이 길었다. 그리고 굳게 다문 입가가 이따금 파르르 떨렸다.

나는 바지 위에 놓인 그의 손을 보았다. 이토록 하얗고 이토록 청결한 그대로 쇠해버린 무력한 손은 어느 누구도 웬만해서는 볼 수 없으리라. 하지만 형태는 그야말로 아름다워서 섬세한 손가락 하나하나가 파란 정맥이 두드러진 손등에서 길게 뻗어 있었다. 그 손가락은 조금의 바람에도 흔들거릴 것처럼 보였다.

젊은 부인이 우리를 그 사람에게 소개해주었다.

그는 하루히데의 아버지, 가키가와 후작이었다.

(1957년)

온나가타*
女方

1

마스야마는 사노가와 만기쿠의 예藝에 경도되어 있었다. 국문과 학생이 작가실**에서 일하게 된 것도 따지고 보면 만기쿠의 무대에 매료되었기 때문이다.

고등학교 시절부터 마스야마는 가부키에 사로잡혔다. 당시 사노가와야***는 젊은 온나가타로, 〈가가미지시〉****의 호접胡蝶의 정령이나

---

* 일본 전통극 가부키는 여성 배우 없이 모든 역할을 남성이 맡아 연기하는데, 그중 여자 역할을 전담하는 남자 배우를 온나가타라고 한다.
** 가부키 극장에서 극작가의 대기실. 극작 외에 연출 사무, 무대감독 등도 담당한다.
*** '야屋'는 직업으로서의 가부키 배우 이름 뒤에 붙이는 옥호.
**** 〈가가미지시鏡獅子〉는 가부키 상연 종목 중 하나. 에도성의 정월 초하루, 남자 하인들이 평소 출입이 금지되던 안채에 신위를 모신 가마인 신여神輿를 끌고 와 노래하며 가장 여흥을 즐긴다. 시녀 야요이는 주위의 강권에 못 이겨 춤을 추는데 소도구로 쓰인 사자 가면에 혼이 깃

기껏해야 〈겐다 칸도〉*의 시녀 치도리 같은 역할로 나왔다. 그 무렵에는 오로지 온순하고 단정한 연기였기 때문에 아무도 오늘날처럼 대성할 거라고는 생각하지 못했다.

하지만 당시부터 마스야마는 이 냉염冷艶한 배우가 무대에서 내뿜는 차가운 불꽃 같은 것을 알아보았다. 일반 관객은 물론이고 신문의 가부키극 평론가들도 그 점을 분명하게 지적해준 사람은 없었다. 아주 젊은 시절부터 이 사람의 무대에 하늘하늘 어른거리던, 깊은 눈雪 속에서 비쳐 보이는 불꽃의 싹 같은 것을 지적한 사람은 없었다. 그런데 이제는 모두가 그걸 자신이 발견한 것처럼 떠들어대고 있다.

사노가와 만기쿠는 요즘 세상에 보기 드문 온나가타 전담 배우다. 즉 재주껏 다치야쿠**를 겸해서 하지는 못하는 사람이다. 화사하지만 음습하고, 다양한 연기의 선이 지극히 섬세하다. 힘도 권세도 인내도 담력도 지용智勇도 강한 저항도 여성적 표현이라는 하나의 관문을 통하지 않고서는 결코 표현하지 않는 사람이다. 인간의 모든 감정을 여성적 표현으로 여과해낼 줄 아는 재능이다. 그게 바로 진짜 온나가타라고 할 수 있을 텐데 현대에는 이런 배우를 보기가 참으로 힘들다. 그건 어떤 특수한 섬세하고도 교묘한 악기의 음색이지 평범한

들어 그녀를 억지로 데려가고, 사자의 정령이 나타나 두 마리 호접과 함께 모란꽃밭에서 흥겨운 놀이판을 벌인다는 내용이다.

* 〈겐다 칸도源太勘當〉는 가면 음악극 조루리 중 하나인 〈히라가나 성쇠기平仮名盛衰記〉의 2장. 가마쿠라 시대 초기의 무장 가지와라 겐타가게스에가 우지가와宇治川 선봉 싸움에서 방심하여 실수한 탓에 부친이 할복 지시를 내렸으나 이를 피하고자 모친이 나서서 형식상 의절하고 연인이던 시녀 치도리와 함께 집에서 쫓아내 목숨을 구해주는 장이다.

** 다치야쿠立役는, 온나가타와는 반대로 가부키에서 남자 역할만 전담하는 배우.

악기에 약음기弱音器를 씌워 얻을 수 있는 게 아니다. 그저 마구잡이로 여자 흉내를 내는 것만으로는 도달할 수 없는 것이다.

이를테면 〈긴카쿠지〉*의 여주인공 유키히메는 사노가와야가 특히 좋은 평을 받은 배역으로, 마스야마는 한 달 흥행에 열흘이나 보러 간 기억이 있지만 몇 번을 거듭해서 봐도 그의 도취는 식지 않았다. 그 가부키극 자체에 사노가와 만기쿠를 상징하는 모든 것이 담겨 있고 온갖 요소가 뒤얽혀 있었다.

'본디 긴카쿠金閣라고 하면, 로쿠온인鹿苑院의 쇼코쿠 요시미쓰 공의 산정山亭, 삼중 누각, 정원에는 여덟 곳의 치경致景을 하여 야박夜泊의 바위, 암하岩下의 물, 폭포의 물줄기에, 봄이 깊어 버드나무 벚나무를 섞어 심었으니 이제는 도읍지의 비단 풍경이 되었구나.'

그러한 조루리의 첫 대목도, 무대의 휘황찬란함, 벚꽃과 폭포와 금빛 찬연한 누각과의 대비도, 무대에 끊임없이 불안을 던지는 깊은 폭포 물소리의 큰북 효과도, 기학적嗜虐的이고 호색한 반란 장수 마쓰나가 다이젠의 창백한 얼굴 모습도, 아침 해에 비추면 부동의 존체尊體가 현현하고 저녁 해에 드리우면 용의 형상이 나타나는 보검

* 〈긴카쿠지金閣寺〉는 가부키 극 중 하나. 아시카가 쇼군에 반역을 꾀한 다이젠이 쇼군의 모친을 긴카쿠지에 유폐하고, 전부터 마음에 둔 화사의 딸 유키히메를 인질로 잡는다. 노부나가 측의 지장智將 도키치는 구출을 위해 다이젠의 사관을 자청하며 잠입하고, 다이젠은 유키히메에게 긴카쿠지 천장에 용을 그릴지 수청을 들지 정하라고 위협한다. 자신의 집안 대대로 내려온 보검을 다이젠이 빼어드는 것을 본 유키히메는 부친을 죽인 원수임을 깨닫고 힘껏 저항하지만, 결국 남편과 함께 처형당할 위기에 처한다. 벚나무에 꽁꽁 묶인 유키히메는 눈물로 쥐를 그린 조부 셋슈의 기적이 재현되기를 빌며 발끝으로 꽃잎을 모아 쥐를 그렸고, 그 쥐가 살아 움직여 밧줄을 갉아낸다. 마침내 도키치는 다이젠에게서 보검을 빼앗아 유키히메에게 돌려주고, 누각에서 쇼군의 모친을 구출한다. 분노로 미쳐 날뛰는 다이젠에게 도키치는 전장에서 다시 만나자고 약속하고 떠난다는 내용이다.

寶劍 구리카라마루*의 영험도, 폭포와 벚꽃에 비치는 저녁 해의 선명함도, 어지러이 흩날리는 낙화도 ······그 모든 것이 유키히메라는 고귀하고 아름다운 한 여성을 위해 존재하는 것이다. 유키히메의 의상은 별스러운 게 아니었다. 평범한 아카히메**의 붉은 비단옷이다. 하지만 화사畫師 셋슈의 손녀 유키히메雪姬에게는 그 이름에 빗댄 눈의 환영이 어른거린다. 셋슈가 그린 〈추동산수도秋冬山水圖〉의 세상에는 온통 하얀 설경이 펼쳐진다. 그러한 눈의 환영이 그녀의 붉은 비단옷을 한층 눈부시게 만드는 것이다.

마스야마는 그중에서도 특히, 벚나무에 꽁꽁 묶인 유키히메가 조부 셋슈의 전설을 생각해내 떨어진 벚꽃 잎을 발끝으로 모아 쥐를 그리고 그 쥐가 살아 움직여 꽁꽁 묶은 밧줄을 갉아내기에 이르는 '발부리 쥐' 대목을 사랑했다. 물론 사노가와 만기쿠가 여기에서 인형극의 인형 같은 몸짓을 내보이는 일은 없었다. 꽁꽁 묶은 밧줄은 만기쿠의 자태를 평소보다 한층 더 아름답게 해주었다. 왜냐하면 이 온나가타의 섬세하고도 교묘한 몸동작, 손끝의 움직임, 손가락의 젖힘, 그러한 인공적 자태의 아라베스크는 일상적인 동작에서는 애처롭게 보이지만 밧줄에 꽁꽁 묶이자 도리어 신비한 활력을 얻어, 부자유한 움직임을 강제하는 문자도*** 같은 무리한 자태가 한순간 한

---

* 구리카라마루俱利伽羅丸는, 불교 부동명왕의 몸이 변한 용이 칼날을 휘감은 형상으로 나타난다는 신성한 보검.

** 아카히메赤姬는 가부키의 여주인공이 붉은 비단 후리소데를 입은 데서 나온 말로, 붉은색을 통해 사랑의 열정을 표현한다. 특히 유키히메는 유명 가부키의 3대 아카히메 중 하나로 꼽힌다.

*** 문자도文字圖는, 특정 글자의 의미와 관계 있는 고사나 설화의 상징을 한자 획 속에 그려 넣어 서체를 구성한 그림문자를 말한다. 효제문자도孝悌文字圖, 꽃글자花文字라고도 한다.

순간 아름다운 위기를 그려내고, 게다가 그 위기의 연결이 어디까지
나 나긋나긋 유연한, 꺾이지 않는 생명력으로 물결치는 것 같았기
때문이다.

  사노가와야의 무대에는 분명 귀기鬼氣가 감도는 순간이 있었다.
그 아름다운 눈은 특히 예리해서 하나미치*에서 본무대를 내다보거
나 본무대에서 하나미치를 내다보거나 혹은 〈도조지〉**에서 종鐘을
흘끗 올려다볼 때의 시선은, 눈짓 하나로 전 관객에게 단숨에 정경
이 뒤바뀌는 듯한 환각을 일으키곤 한다. 〈이모세야마〉***의 대궐에

* 하나미치花道는 가부키 극장에서 관람석을 가로질러 본무대까지 이어지는, 배우들이 드나드
는 통로.
** 〈도조지道成寺〉는 가부키 상연 종목 중 하나. 오래전 도조지 사찰의 종과 관련한 전설로, 수
려한 용모의 수도승 안친에게 한눈에 반해버린 여인 교히메는 사랑을 고백하는데, 승려 신분
에 난처해진 안친은 다시 오겠노라는 약속을 하고 서둘러 떠나버린다. 거짓 약속임을 깨달은
교히메는 분노하여 강에 뛰어들어 뱀으로 변해 그를 쫓아간다. 안친은 마침 도조지에 이르러
종 안에 숨지만 교히메는 그 종을 칭칭 감아 안친을 불태워 죽이고 자신도 강에 뛰어들어 자
결한다. 이후 도조지 주지의 꿈에 안친이 나타나 둘의 공양을 부탁하고, 주지가 법화경을 독경
해준 공덕으로 무사히 성불한다. 세월이 지나 도조지에 새 종을 봉양하는 날, 수도승들의 춤과
시골마을의 아름다운 아가씨 하나코의 춤이 이어지는데, 이윽고 종을 쓰옥 올려다보던 하나
코는 만류하는 수도승들을 뿌리치고 종 꼭대기에 올라가 뱀 비늘 옷을 드러낸다는 이야기.
*** 〈이모세야마妹背山〉는 아스카 시대 정변에 휩쓸린 여인들을 다룬 시대극. 반역자 소가노 이
루카를 제거하고자 후지와라노 가마타리와 아들 단카이(모토메)가 잠입하는데, 4장은 그를
보고 사랑에 빠진 오미와의 이야기다. 시골 처녀 오미와는 옆집으로 이사한 모토메를 보고 한
눈에 반하지만, 그는 귀한 신분의 여인을 따라간다. 분개한 오미와가 둘의 뒤를 쫓아가 도착
한 곳은 역적 소가노의 호화찬란한 대궐로, 여인은 소가노의 여동생 다치바나히메였다. 모토
메가 실은 복수를 위해 잠입한 줄 알지 못하는 관녀들은 이 인연을 맺어주고자 그를 안채로
맞아들인다. 옷깃에 붙여둔 실을 따라온 오미와는 으리으리한 대궐에 당황하고, 연적임을 눈
치챈 관녀들이 모토메를 만나게 해준다면서 대궐의 관습을 내세우고 노래를 해보라며 괴롭힐
뿐이다. 풀이 죽어 돌아가려는 오미와의 귀에 모토메와 다치바나히메의 연분을 축하하는 소
리가 들려오고, 오미와는 질투에 휩싸여 그쪽으로 뛰어든다. 그때 소가노를 토벌하고자 '질투
의 형상'을 한 여인의 피를 찾던 가마타리의 충신 후카시치가 모토메를 위한 일이라고 설득하
자 오미와는 내세에 인연이 맺어지기를 기원하며 그의 칼에 죽어간다는 내용이다.

서 만기쿠가 연기한 오미와는 연인의 사랑을 다치바나히메에게 빼앗기고 관녀들에게 실컷 놀림을 당한 끝에 질투와 분노로 미칠 듯한 상태가 되어 하나미치로 나선다. 그러자 무대 안쪽에서 "삼국三國 최고의 사위를 얻으셨습니다. 짝짝짝, 감축드리옵니다" 하는 관녀들의 축하 소리가 들려온다. 무대 오른편에 설치한 자리에서는 극을 해설해주는 조루리풍의 변사가 "오미와는 필시 돌아보리니"라고 힘주어 말한다. 그러자 "저 말을 듣고서야 어찌"라면서 오미와가 돌아본다. 마침내 오미와의 인격이 확 변하면서 이른바 '질투의 형상'을 드러내는 대목이다.

이 대목을 볼 때마다 마스야마는 일종의 전율을 느꼈다. 환하게 밝혀진 무대와 휘황찬란한 금빛 대궐의 무대장치, 아름다운 의상, 이것을 지켜보는 수천 관객 위를 한순간 귀기의 그림자가 스친다. 그것은 명백히 만기쿠의 몸이 뿜어내는 힘이지만 동시에 만기쿠의 몸을 뛰어넘는 힘이기도 하다. 그의 나긋나긋함, 얌전함, 우아함, 섬세함, 그 밖의 온갖 여성적인 힘을 갖춘 무대 자태에서 그러한 때 마스야마는 어두운 샘물 같은 게 용솟음치는 것을 느꼈다. 그것이 무엇인지는 모른다. 무대 배우의 최종적인 매력인 저 불가사의한 악, 사람을 어지럽혀 한순간의 아름다움 속에 빠뜨리는 저 우미한 악, 그것이 그 샘물의 정체라고 마스야마는 생각했다. 하지만 그렇게 이름을 붙여도 그것만으로는 아무것도 해명되지 않는다.

오미와는 머리를 풀어 헤친다. 그녀가 되돌아가는 본무대에는 그녀를 죽이려는 후카시치의 칼이 기다리고 있다.

"안에서는 풍족한 음악, 가락조차 가을의 애잔함이로구나."

오미와가 자신의 파국을 향해 나아가는 그 발걸음에는 마찬가지로 전율이 있었다. 죽음과 파멸을 향해 옷자락을 흐트러뜨리며 뛰어가는 하얀 맨발은 지금 자신을 밀어붙이는 격정이 무대의 어느 순간 어느 지점에서 끝나는지를 정확히 알고 있고, 질투의 고통 속에 기꺼이 기뻐하며 그곳을 향해 달려가는 듯하다. 그곳에서는 고뇌와 환희가 호사스러운 니시진오리*의, 어두운 금실 겉면과 밝은색 실이 쏠린 뒷면처럼 표리를 이루고 있는 것이다.

2

마스야마가 작가실 사람이 된 것이 가부키의, 그중에서도 특히 만기쿠의 매혹에 따른 것임은 물론이지만, 동시에 무대 뒤편을 알지 못하고서는 이 매혹의 포박에서 풀려날 수 없다는 생각 때문이었다. 얻어들은 얘기를 통해 무대 뒤편의 환멸에 대해서도 알고 있어서 한편으로는 그곳에 몸을 던져 직접 실제 환멸을 맛보고 싶다고 생각했기 때문이기도 했다.

하지만 환멸은 좀체 찾아오지 않았다. 만기쿠, 이 명배우가 그걸 가로막고 있었다. 이를테면 「아야메구사」**의 가르침을 일심으로 지

---

* 니시진오리西陣織는 교토 니시진에서 생산되는 최고급 비단.
** 「아야메구사あやめ草」는 겐로쿠 시대에 교토와 오사카에서 활약한 대표적 온나가타 배우 요시자와 아야메芳澤あやめ(1673~1729)가 가부키 무대와 일상생활에서 가져야 할 마음가짐에 대해 말한 것을 29조에 걸쳐 기록한 예담藝談이다. 작위적이지 않은 자연스러운 여성미를 표출하기 위해서는 평소 생활이나 행동부터 여성스럽게 지내야 한다고 강조했다.

켜서 '온나가타는 대기실에서도 온나가타라는 마음을 가져야 한다. 도시락 등도 남들에게 보이지 않는 쪽을 향해 준비해야 한다'라는 1조의 가르침대로, 시간이 없어 손님 앞에서 도시락을 먹어야 할 때는 "잠시 실례합니다" 하고 양해를 구하고 경대 옆 한쪽에서 고개를 숙인 채 실로 완벽하게, 뒷모습에서조차 눈치채지 못할 만큼 재빠르고 얌전하게 식사를 마쳤다.

무대 위의 만기쿠에게 매료된 것은, 마스야마가 남자라서 어디까지나 여성미에 끌렸다는 건 틀림없다. 하지만 그 매혹이 대기실에서의 모습을 똑똑히 지켜본 뒤에도 무너지지 않는 게 신기했다. 말할 것도 없이 만기쿠는 의상을 벗으면 맨몸이 된다. 섬세한 몸매이기는 해도 틀림없는 남자 몸이다. 그 몸으로 경대를 마주하고 어깨까지 흰 분칠을 하면서 손님에게 여성스럽게 건네는 인사는 어쩐지 소름 끼친다고 할 수도 있다. 가부키에 친숙한 마스야마조차 처음 대기실을 들여다봤을 때는 그런 느낌을 품었는데, 하물며 온나가타가 어쩐지 섬뜩해서 가부키라면 질색을 하는 일부 사람들이 이런 장면을 본다면 무슨 말을 할지 모른다.

하지만 마스야마는 의상을 벗은 만기쿠의 맨몸이나 땀받이 가제 속옷 한 장 차림일 때를 봐도 환멸보다는 일종의 안심감을 느꼈다. 그건 그것 자체로 그로테스크한지도 모른다. 하지만 마스야마가 느낀 매혹의 정체, 이른바 매혹의 실질은 그곳에는 없었고 따라서 그걸로 그가 느낀 매혹이 붕괴할 위험은 없었다. 만기쿠는 무대 의상을 벗어도 그 맨몸 아래 여전히 몇 겹의 요염한 옷을 입은 것이 훤히 비쳐 보였다. 그 맨몸은 가짜 모습이다. 그 내부에는 그토록 염야한 무대에서의 모습과 조응하는 것이 분명 숨겨져 있을 터였다.

　마스야마는, 큰 역할의 연기를 마치고 대기실로 돌아왔을 때의 사노가와야가 좋았다. 방금 연기하고 온 역할의 감정적 열기가 아직 만기쿠의 온몸에 남아 있다. 그것은 저녁노을 같기도 하고 새벽달 같기도 했다. 고전극의 장대한 감정, 우리의 일상생활과는 아무런 관계도 없는 감정, 권좌 다툼의 세계라든가 나나코마치*의 세계, 오슈 공략**의 세계, 젠타이헤이키***의 세계, 히가시야마****의 세계, 고요군키*****의 세계 같은, 일단은 역사에 준하는 것처럼 보이면서도 실상은 어떤 시대인지도 알 수 없는, 니시키에******풍으로 채색되고 과장되고 정형화한 그로테스크한 비극적 세계의 감정 ……보통사람과는 거리가 먼 비탄, 초인적인 열정, 온몸을 불태우는 연모, 지독한 환희, 거의 인간이 견뎌낼 수 없을 정도의 비극적 상황에 내몰린 자의 짧은 부르짖음 ……그러한 것이 방금까지 만기쿠의 몸에 깃들어 있

* 나나코마치七小町는 헤이안 시대의 여류 가인 오노노코마치小野小町를 제재로 한 일곱 편의 노가쿠 작품.
** 오슈 공략奧洲攻은 1189년 미나모토노 요리토모源賴朝가 현재의 도호쿠 중부 및 남부에 해당하는 오슈 지역을 무력으로 통합한 사건을 가리킨다. 무쓰노쿠니陸奧国와 데와쿠니出羽国을 통합하며 가마쿠라 막부의 전국적 지배 기반이 완성되었다.
*** 『젠타이헤이키前太平記』는 통속 역사서로, 헤이안 중기에서 후기에 걸친 사변이나 전투를 왕가 세이와 겐지清和源氏 7대의 인물들과의 관계를 중심으로 기술했다.
**** 히가시야마는 교토 동쪽의 산으로, 아시카가 요시마사 시대에 쇼군 가문 내부의 암투, 충신과 간신의 대립을 그린 가부키극 〈히가시야마사쿠라소시東山桜荘子〉의 주 무대다. 요시마사가 긴카쿠지를 지어 은둔한 데서 귀족적, 은둔적 정서를 불러일으키는 '히가시야마 문화'로서 그 밖에도 다수 시대극의 배경이 되었다.
***** 고요군키甲陽軍記는 가부키의 한 계통으로, 에도 초기의 군서軍書『고요군칸甲陽軍鑑』에서 소재를 따서 주로 다케다 신겐과 우에스기 겐신의 가와나카지마 전투를 중심으로 양가의 대립 등을 다룬 작품 군이다.
****** 니시키에錦絵는 에도 시대에 유행한, 다채로운 색으로 찍어낸 목판화 양식. 비단처럼 미려한 그림이라는 의미를 담고 있다.

었던 것이다. 어떻게 만기쿠의 가느다란 몸이 그런 것을 견뎌냈는지 신기할 정도다. 어떻게 이 섬세한 그릇에서 그런 것들이 넘쳐버리지 않았는지 참으로 신기했다.

어쨌든 만기쿠는 방금까지 그런 장대한 감정을 살아냈던 것이다. 무대에서의 감정은 어떤 관객의 감정도 능가하는 것이었기 때문에 무대 위의 만기쿠의 모습은 그야말로 빛을 발했다. 무대에 선 모든 인물이 그렇다고 할 수 있을지도 모른다. 하지만 현대 배우 중에 만기쿠처럼 일상과는 동떨어진 무대 위의 그러한 감정을 실제로 진솔하게 살아내는 사람은 보이지 않았다.

'온나가타는 색色이 근본이다. 본디부터 아름다움을 타고난 온나가타라도 행실이 바르지 않고서는 색이 감소한다. 또한 마음으로만 얌전하려 해도 억지스러워진다. 그런고로 평소에 여자로서 생활하지 않고서는 뛰어난 온나가타라고 하기 어렵다. 무대에 나가 이 대목은 여자로서 중요한 곳이라고 생각하는 마음이 들수록 남자같이 되어버리는 법이다. 평소 일상이 중요하다고 거듭거듭 말씀하셨느니라.' (「아야메구사」)

평소 일상이 중요하다. ……그렇다, 만기쿠는 일상도 여자 말투와 여자 몸짓으로 일관하고 있었다. 무대에서의 온나가타 역할의 열기가 똑같은 허구의 연장선상인 일상의 여자다움 속으로 서서히 녹아들어가는 경계선 같은 때, 그때에 만일 만기쿠가 일상에서 남자였다면 그 경계선은 단절되고 꿈과 현실은 한 장의 살풍경한 문을 사이에 두고 갈라져버렸을 것이다. 허구의 일상이 허구의 무대를 뒷받침하고 있다. 그게 바로 온나가타라는 것이라고 마스야마는 생각했다.

온나가타야말로 꿈과 현실의 불륜관계에서 태어난 자식인 것이다.

3

　나이 든 명배우들이 잇따라 세상을 떠나자 대기실에서 만기쿠의 권세는 강대해졌다. 온나가타 제자들은 몸종처럼 그를 모시고 있어서, 무대에서 만기쿠가 하는 귀한 아가씨나 부인 역할을 따르는 시녀들의 서열은 대기실의 그것과 다름이 없었다.
　사노가와야 문장紋章이 찍힌 포렴을 가르고 대기실에 들어서는 자는 신기한 느낌에 휩싸인다. 이 우아한 성곽 안에 남자는 없는 것이다. 같은 극단 사람이라고 해도 마스야마 역시 그곳에 들어갈 때는 이성이었다. 뭔가 볼일이 있어 어깨로 포렴을 가르고 그곳에 한 걸음 들이밀자마자 자신이 남자라는 것을 새삼 묘하게 생생히 느끼곤 했다.
　마스야마는 회사 업무로 레뷰 걸들의 숨 막힐 만큼 여자 냄새 물큰한 대기실을 방문한 적이 있다. 맨살을 고스란히 드러낸 아가씨들이 동물원의 짐승처럼 제각각의 자태로 무관심하게 이쪽을 흘끗 쳐다보았다. 하지만 그곳에 들어간 마스야마와 아가씨들 사이에는 만기쿠의 대기실에서와 같은 묘한 위화감은 없었다. 굳이 이쪽이 남자임을 새삼스럽게 떠올릴 만한 게 없었던 것이다.
　만기쿠 일문 사람들이 마스야마에게 격별한 후의를 보여준 것은 아니었다. 오히려 뒤에서는 어설피 대학교육을 받아 건방지다느니 너무 나선다느니 숙덕거리는 것을 그도 알고 있었다. 때로는 자신의 현학衒學이 미움을 산다는 것도 알고 있었다. 이쪽 업계에서는 기술이 동반되지 않는 학문 따위, 서 푼어치의 가치도 없는 것이다.

만기쿠가 남에게 뭔가를 부탁할 때, 그것도 기분이 좋을 때의 일이지만, 경대 앞에서 몸을 비스듬히 기울이고 고개를 돌려 빙긋이 웃으며 살짝 고개를 숙일 때의 무어라 표현할 길 없이 색기를 띤 눈매에 마스야마는 이 사람을 위해서라면 견마지로를 다하겠다는 마음까지 먹게 되는 순간이 있었다. 그럴 때 만기쿠 스스로도 자신의 권위를 망각하는 일 없이 일정한 거리를 두는 걸 잊지 않으면서도 명백히 자신의 색기를 의식하고 있었다. 이게 여자라면 몸매에 더해 색기의 촉촉한 눈매까지 따라오겠지만, 온나가타의 색기라는 건 어느 순간 은연중에 슬쩍 던지는 눈짓 하나만 따로 떨어져 '여자'를 언뜻언뜻 보여주는 것이다.

"그러면 사쿠라기초(만기쿠는 춤이며 노래 스승을 옛날식으로, 그이가 사는 동네 이름으로 불렀다)에는 그쪽이 가서 말씀드려줄래요? 아무래도 내가 직접 여쭙기는 어려워서."

만기쿠가 그렇게 말한 것은, 첫 무대 〈하치진슈고노혼조〉*가 끝나고 중막中幕 〈이바라키〉에는 나갈 차례가 없어서 히나기누 역의 의상을 벗고 가발도 벗고 유카타를 걸친 채 잠시 거울 앞에 앉아 있을

---

* 가부키 〈하치진슈고노혼조八陣守護城〉에서, 도쿠가와의 책략으로 도요토미 가는 몰락하는데 어린 주군을 지키며 홀로 충성하던 사토 기요마사는 적이 권한 독주를 마시고도 몸의 고통을 견디며 배를 타고 유유히 성으로 돌아간다. 그의 아들 가즈에노스케와 혼인을 약속한 새 신부 히나기누는 적의 집안 출신인 터라 절연을 당하지만 지조를 지키고자 자결한다.

때였다.
 잠깐 보자는 호출을 받고 마스야마는 〈하치진슈고노혼조〉의 막이 닫히기를 대기실에서 기다렸다. 거울이 단숨에 심홍색으로 불타올랐다. 대기실 입구 가득히 의상 스치는 소리를 내며 돌아온 만기쿠에게 제자들과 의상 담당까지 세 명이 달려들어 벗겨야 할 옷을 벗겨 정리한 뒤에 나갈 사람은 나가버리자, 옆방 화로 곁에 앉은 제자 외에는 아무도 없어서 갑작스럽게 대기실은 적막해졌다. 복도의 라우드 스피커에서는 도구를 정리하는 무대의 망치 소리가 들려왔다. 새로 입문한 배우들의 얼굴을 홍보하던 11월 하순의 일로, 분장실에는 이미 스팀 난방이 들어왔다. 병원 창문 같은 살풍경한 창유리는 수증기에 흐려졌고 경대 한쪽에는 칠보 꽃병에 하얀 국화가 넘치도록 꽂혀 있었다. 만기쿠方菊는 자신의 이름을 따온 흰 국화꽃을 좋아하는 것이다.
 "사쿠라기초에는……"이라고 할 때 만기쿠는 거울을 마주하고 두툼한 자주색 치리멘 방석에 앉아 그 거울 속을 들여다보며 말했다. 벽 가까이 앉은 마스야마 쪽에서는 만기쿠의 뒷목과 히나기누 화장을 아직 지우지 않은 거울 속 얼굴이 보였다. 하지만 그 눈은 마스야마를 보는 대신 자신의 얼굴을 정시하고 있었다. 무대의 여열이 살얼음을 뚫고 비치는 아침 햇살처럼 여전히 그 하얀 분가루를 바른 뺨에 서렸다. 그는 히나기누를 보고 있는 것이다.
 정확하게 자신이 방금 연기하고 온 히나기누, 모리 산자에몬 요시나리의 딸이자 젊은 사도 가즈에노스케의 새신부이며, 남편의 충의忠義로 인해 부부의 연이 끊기자 '그 곁에 눕지도 못한 박한 인연'에도 지조를 지키고자 자결한 히나기누의 얼굴을, 그 거울 속에서 보고 있었다. 히나기누는 무대 위에서 어찌할 수 없는 절망 끝에 죽었다. 거울 속의 히나기누는 그 유혼幽魂이었다. 그는 그 유혼마저 당장이라도 그의 몸에서 사라져갈 것을 알고 있다. 그의 눈은 히나기누를 좇는다. 하지만 그의 격정의 열기가 사그라지는 것과 함께 히나기누의 얼굴은 멀어져간다. 그는 작별을 고한다. 마지막 공연까지는 아직 7일이나 남았다. 내일 또다시 히나기누의 얼굴은 만기쿠의 얼굴에, 그 나긋나긋한 몸 위에 되돌아올 것이다. ……

앞서도 말했듯이 마스야마는 그렇게 멍해진 상태의 만기쿠를 바라보는 게 좋았다. 그래서 거의 실눈이 되어 웃고 있었다. ―만기쿠가 갑작스럽게 마스야마 쪽으로 몸을 돌리더니 여태까지 마스야마가 주시했다는 걸 뻔히 알면서도 남의 시선을 받는 데 익숙한 배우답게 담담히 일에 관한 얘기를 이어갔다.

"그 대목의 샤미센 간주가 그래서는 아무래도 부족하지요. 그 간주에 맞춰 서둘러 이동하지 못할 거야 없지만, 그건 좀 그렇잖아요, 너무 정취가 없어서."

만기쿠는 다음 달에 내놓을 신작 가부키 무용극의 기요모토* 작곡 얘기를 한 것이다.

"마스야마 씨, 그쪽 생각에는 어때요?"

"예, 저도 그렇게 생각합니다. '세토노카라하시,** 해는 뉘엿뉘엿 쉬

---

* 기요모토淸元는 샤미센 음악의 하나로, 주로 가부키나 가부키 무용의 반주 음악으로 쓰인다.
** 세토노카라하시瀨戸唐橋는 교토, 나라, 오사카로 통하는 군사상 요충지에 놓인 다리로, 예로부터 수많은 전란이 벌어졌던 곳이다.

이 저물지 않는구나'의 다음 간주 말씀이시지요?"

"그렇죠. 쉬이 저물지~ 않는구나~" 하고 직접 노래한 뒤에 만기쿠는 문제의 대목을 섬세한 손끝으로 박자를 맞춰가며 입 샤미센 소리로 설명해주었다.

"제가 말씀드리겠습니다. 사쿠라기초에서도 아마 알아들으실 겁니다."

"그럼 그렇게 부탁해도 될까요? 매번 번거로운 일만 부탁해서 참으로 미안하지만."

마스야마는 용무 얘기가 끝나면 항상 즉시 자리를 뜨기로 해왔다.

"아, 나도 목욕하러 가려던 참이라서."

만기쿠도 그렇게 말하며 일어섰다. 좁은 대기실 입구에서 마스야마는 뒤로 물러서 만기쿠에게 길을 열어주었다. 만기쿠는 가볍게 인사한 뒤에 제자를 데리고 먼저 복도로 나가더니 마스야마 쪽을 돌아보고 빙긋 웃으며 다시 한번 인사를 건넸다. 눈가에 찍은 연지가 요염해 보였다. 마스야마가 자신을 좋아한다는 것을 만기쿠는 잘 알고 있다고 마스야마는 느꼈다.

4

마스야마가 속한 극단은 11월, 12월, 정월까지 같은 극장에 눌러앉기로 해서 정월 상연 목록이 일찍부터 거론되었다. 그중에 어느 신극 극작가의 신작을 채택하기로 했는데, 이 작가가 젊은 나이에 어울리지 않게 상당한 견식이 있어서 다양한 조건을 내거는 바람에 마스야마는 작가와 배우 사이뿐만 아니라 극장 관계자인 중역과도 복잡한 절충을 거쳐 소통하느라 몹시 바빴다. 마스야마가 나름 인텔리라고 그런 역할에도 동원되었던 것이다.

극작가가 내건 조건 중 하나로 그가 신뢰하는 한 젊고 유능한 신극 연출가에게 연출을 맡겨달라는 조항이 있었고, 중역도 그 조건을 받아들였다. 만기쿠는 동의했지만 그리 내키지 않는 기색이었다. 그리고 그 불안을 이렇게 털어놓았다.

"나야 잘 알지는 못하지만, 그런 젊은 분이 가부키를 별로 모르시면서 무모한 말씀을 하시면⋯⋯."

만기쿠는 좀 더 원숙한, 말하자면 좀 더 타협적인 나이대의 연출가를 원했다. 신작은 헤이안조의 옛날이야기 〈도리카헤바야 모노가타리〉*를 바탕으로, 각본을 현대어로 새로 쓴 것이었다. 중역은 이 신작에 대해서는 극단 총무에게 맡기지 않고 젊은 마스야마에게 일임하겠다고 발표했다. 마스야마는 제 일이라고 생각하니 크게 긴장되는 한편, 각본이 마음에 들었던 터라서 일에 보람을 느꼈다.

각본이 완성되고 배역이 정해지자 곧바로 극장 사장실에 딸린 응접실에서 12월 중순의 어느 날 오전, 회의가 열렸다. 제작담당 중역, 극작가, 연출가, 무대장치가, 배우들, 그리고 마스야마 등이 참석했다.

---

* 〈도리카헤바야 모노가타리とりかへばや物語〉는 헤이안 시대 후기의 고전소설로, '도리카헤바야'는 '바꾸고 싶구나'라는 뜻이다. 타고난 성격이 판이한 탓에 아들과 딸의 성별을 바꿔 키운다는 특이한 설정, 인간관계의 중층적 묘사 등이 인상적이어서 현대에 이르기까지 다양한 버전으로 각색되었다. 1999년에 야마우치 나오미의 만화 〈더 체인지!〉로 출간되기도 했다.

스팀 난방은 따뜻하고 창문으로 비쳐드는 햇볕은 넉넉했다. 마스야마는 회의 때 가장 행복감을 느꼈다. 마치 여행에 대해 상의하려고 지도를 펼쳐놓고 얘기를 주고받는 것 같다. 어디에서는 버스를 타고 어디에서는 걸어갈까, 그 주변에는 좋은 물가가 있는가, 점심 도시락은 어디서 먹을까, 경치는 어디가 가장 좋을까, 돌아올 때는 기차를 이용할까 아니면 시간이 걸리더라도 배를 타는 게 좋지 않을까 등등.

연출가 가와사키는 약속시간보다 늦게 나타났다. 마스야마는 그가 연출한 무대는 본 적이 없지만, 평판은 익히 들어서 알고 있었다. 발탁된 지 일 년 만에 입센 작품과 미국 현대극 두 편을 무대에 올렸고 그중 두 번째 작품의 연출로 모 신문사 연극상을 수상했다.

가와사키 외에는 이미 전원이 나와 있었다. 성격 급하기로 유명한 무대장치가는 벌써 참석자들의 주문 사항을 기록하려고 큼직한 노트를 펼쳐놓고 연필 꽁지로 빈 페이지를 연신 톡톡 치고 있었다.

이윽고 중역이 소문으로 떠도는 얘기를 꺼냈다.

"재능은 뛰어나다지만 아직 젊은 사람이라서 말이죠, 배우들께서 잘 도와주셔야겠어요."

그때 노크 소리가 들리고, 급사가 "오셨습니다" 하고 알렸다.

가와사키는 눈이 부신 듯한 표정으로 들어오더니 갑작스럽게, 서툰 글씨 같은 인사를 했다. 175센티미터쯤 될까 싶은 키 큰 남자였다. 윤곽이 뚜렷하고 남자다운, 하지만 매우 신경질적인 풍모였다. 겨울인데도 꾸깃꾸깃한 홑겹 레인코트 차림이었고 그걸 벗자 벽돌색 코듀로이 재킷이 눈에 띄었다. 뻣뻣한 장발이 코끝까지 늘어진 것을 이따금 쓱 쓸어올린다. ……마스야마는 그 첫인상에 적잖이 실망했다. 남들보다 출중한 사람이라면 자기 업계의 정형에서 벗어나려고 할 텐데 이 사람은 흔해빠진 신극 청년의 모습 그대로였다.

가와사키는 권해준 대로 상석에 자리를 잡았지만, 내내 절친한 친구라는 극작가만 보고 있었다. 한 명 한 명 배우를 소개받고 인사를 나누면서도 시선은 한사코 극작가 쪽으로 향했다. 그런 심정이라면 마스야마도 짐작되는 게 있었다. 젊은 배우들이 많은 신극 업계에서 놀던 사람은, 맨얼굴로 줄줄이 나서면 만만치 않은 관록을 보여주는 연배가 대부분인 가부키 배우에게 아무래도 선뜻 다가가기 어려운 것이다.

실제로 회의에 참석한 간부급 배우들 사이에 무언의 은근한 태도로 가와사키를 얕잡아보는 분위기가 감돌았다. 마스야마는 슬쩍 만기쿠의 얼굴을 살펴보았다. 만기쿠는 자긍심을 감춘 채 조신하게 앉아 있을 뿐, 업신여기는 기색은 조금도 없었다. 그것을 보고 마스야마는 경애의 마음이 더욱 깊어졌다.

전원이 모였기 때문에 극작가가 대본의 줄거리를 얘기했다. 그중에서 만기쿠는 아역 시절 외에는 아마도 난생처음으로 남자 역할, 즉 다치야쿠를 연기하게 될 터였다.

태정관 대신에게 아들과 딸, 두 자녀가 있는데 성격이 정반대였던 탓에 남녀 모습을 바꿔서 키웠다. 이윽고 오빠(실은 여동생)는 시종직을 거쳐 우대장右大將이 되고 여동생(실은 오빠)은 후궁의 거처인 센요덴宣耀殿의 여관女官이 되었는데, 나중에 실상이 드러나면서 원래의 남녀로 복귀해 오빠는 우대신의 넷째 딸과, 여동생은 태정관

차관과 각각 결혼해 잘 살았다, 라는 줄거리다.

만기쿠는 그 여동생(실은 오빠) 역할이었다. 다치야쿠를 한다고 해도 실제로는 짧은 대결을 펼치는 한 장면뿐이고, 그 밖에는 계속 센요텐 여관의 모습이기 때문에 항상 하던 온나가타 연기로 가면 된다. 그때까지 관객이 실은 아들이라는 걸 눈치채게 할 만한 연기는 하지 말고 완전히 여자로 가달라, 라는 게 작가와 연출가의 일치된 의견이었다.

이 대본의 묘미는 가부키의 온나가타라는 존재를 스스로 풍자하듯이 만들어졌다는 것으로, 여관이 실은 남자였다는 건 만기쿠가 실은 남자라는 것과 다름이 없었다. 그뿐만이 아니다. 온나가타 전담인 만기쿠가 이 역할을 연기하기 위해서는 남자이면서 온나가타인 그가 일상생활의 몸짓을 이중으로 겸해 무대 위에서 펼쳐나가야 한다. 본래 다치야쿠가 연기하는 말괄량이 여자애 모습 같은 단순한 것이 아니다. 그리고 만기쿠는 이 역할에 큰 관심을 갖고 있었다.

"만기쿠 씨의 역할은 완전히 여자로 해주시면 됩니다. 종막까지 여성스럽게 하셔도 전혀 상관없습니다."

처음으로 가와사키가 그렇게 입을 열었다. 목소리는 쩌렁쩌렁해서 시원하게 울렸다.

"그렇습니까. 그렇게 하게 해주시면 저는 편합니다만."

"아니, 편한 게 아니죠, 절대로."

가와사키가 단정적으로 말했다. 그런 식으로 힘주어 말할 때, 그의 뺨은 불이 켜진 것처럼 빨개졌다.

좌중이 약간 썰렁해졌고 마스야마는 저도 모르게 만기쿠 쪽을 보왔다. 만기쿠는 손등으로 입을 가리고 담담하게 웃고 있었다. 그걸로 다들 기분이 풀렸다.
"그러면 대본 읽기에 들어가겠습니다."
극작가는 싸구려 유리컵처럼 두툼한 안경 너머에서 불룩한 쌍꺼풀눈을 탁자의 대본으로 떨구었다.

                              5

 이삼 일 뒤, 각각의 배우마다 비는 시간을 잡아 부분별 연습이 시작되었다. 모든 배우가 함께하는 연습은 이번 달 공연이 끝나고 단 며칠 동안만 가능하기 때문에 그 전에 다져둘 부분을 미리 다져두지 않고서는 날짜를 맞출 수 없었다.
 막상 연습이 시작되자, 역시 가와사키는 잘못 끼어든 서양인 같다는 것을 다들 알아채고 말았다. 그는 가부키의 '가'도 알지 못했다. 마스야마가 옆에서 가부키 전문용어를 하나하나 설명해주지 않으면 안 되었다. 그런 일로 가와사키는 마스야마에게 전적으로 의지하게 되었다. 첫 연습 후 가와사키가 가장 먼저 술자리를 청한 게 마스야마였다.
 마냥 가와사키만 편들어줄 수 없는 입장이라는 건 잘 알지만 그가 어떤 상황인지는 이해가 되었다. 요즘 사람답게 그는 이론적으로 정확했다. 마음가짐도 올바르고 매사에 솔직한 청년이어서 그 됨됨이가 극작가들에게 사랑받는 이유를 짐작할 만했다. 가부키 세계에서는 보기 힘든 그 청년다움에 마스야마의 마음까지 시원해지는 기분이었다. 자신이 할 일은 가와사키의 그런 장점을 어떻게든 가부키에 이점이 되도록 이끌어가는 것이었다.

12월 공연이 끝나고 그다음 날부터 드디어 모든 배우가 참석하는 총연습에 들어갔다. 크리스마스 이틀 뒤였다. 연말 거리의 어수선한 분위기는 극장이며 배우들의 대기실에서도 느껴졌다.

20평쯤 되는 연습실 창가에 허름한 책상 하나를 꺼내놓았다. 가와사키와 이른바 무대감독으로서 작가실 선배 한 명이 창문을 등지고 거기에 앉았다. 마스야마는 가와사키 뒤쪽에 물러서 있었다. 배우들은 벽 쪽에 붙어 앉았다가 출연 순서가 되면 한가운데로 나가고, 대사를 깜빡했을 때는 무대감독이 일러주었다.

가와사키와 배우들 사이에는 연거푸 불꽃이 튀었다.

"거기, '가와치*로 떠나고 싶구나'라는 대사 부분은 일어나서 무대 오른편 기둥 옆까지 걸어가면서 해주세요."

"여기는 얼른 일어서기가 힘든 대목인데?"

"아니, 어떻게든 일어나셔야지요."

쓴웃음을 지으면서 가와사키의 얼굴은 자긍심에 상처를 입고 금세 창백해졌다.

"자꾸 일어나라고 하는데, 그게 안 된다니까. 여기는 단전에 힘을 딱 넣고 소리를 내지르는 대목이라서."

그런 얘기까지 나오면 가와사키는 답답하다는 표정을 드러내며

---

* 가와치河內는 옛 지명으로, 현재 오사카부의 동쪽 지역이다.

입을 꾹 다물어버렸다.

하지만 만기쿠 때는 달랐다. 가와사키가 앉으라면 앉고 서라면 섰다. 물 흐르듯이 가와사키의 지시에 따라주었다. 아무리 마음에 든 역할이라지만 평소 연습 때와는 상당히 다르다는 것을 마스야마는 느꼈다.

만기쿠가 제1장 장면이 끝나고 다시 벽 쪽으로 갔을 때였다. 마스야마가 잠깐 볼일로 연습실을 나갔다 돌아오는 길에 무심코 그쪽을 바라보니 다음과 같은 정경이 눈에 들어왔다.

가와사키는 책상을 뛰어넘을 기세로 연습 모습을 응시하고 있다. 흘러내린 앞머리를 쓸어 올리려고도 하지 않는다. 팔짱을 낀 코듀로이 재킷의 어깨가 분노로 씩씩거렸다.

그의 오른편에는 하얀 벽과 창문이 있었다. 연말 세일을 알리는 애드벌룬이 삭풍이 불어치는 맑은 겨울 하늘에 걸렸고, 백묵으로 휘갈겨 그린 듯 단단한 겨울 구름이 떠 있었다. 낡은 빌딩 옥상에 설치된 작은 숲과 이나리 신사의 조그만 붉은 기둥문 등이 보였다.

다시 그 오른편 벽 쪽에 만기쿠가 단정히 앉아 있었다. 대본을 무릎 위에 놓고, 한 치의 흐트러짐도 없이, 초록빛 감도는 회색 옷의 반듯한 목깃을 내보이고 있다. 하지만 이쪽에서 보이는 것은 만기쿠의 정면 얼굴이 아니라 거의 옆얼굴이었다. 눈이 그야말로 평온하고, 그 부드러운 시선이 가와사키 쪽을 향한 채 움직이지 않았다.

……마스야마는 가벼운 전율을 느끼고, 연습실에 들어서려던 발을 멈칫 멈췄다.

6

그 뒤에 만기쿠의 대기실로 호출을 받고 눈에 익은 포렴을 걷고 들어설 때, 마스야마의 마음속에는 평소와 다른 감정이 걸려 있었다. 만기쿠는 자주색 방석에 앉아 상냥하게 그를 맞아주고 대기실 선물로 들어온 유명제과점 과자를 권했다.

"오늘 연습은 어땠지요?"

"예?"

마스야마는 그 질문에 놀랐다. 만기쿠는 결코 그런 질문을 하는 사람이 아니었다.

"어땠나요?"

"지금 하시는 대로 하면 잘될 것 같습니다만……."

"그런가요? 가와사키 씨가 너무 힘들어 보여서 딱하더군요. ××씨도 △△씨도 조금 덤비는 말투로 자꾸 따지셔서 내가 다 조마조마했어요. ……그거, 다 보셨지요? 나는 내가 이렇게 하고 싶다고 생각하는 대목도 가와사키 씨가 지시하시는 대로 잘 따르면서 나만이라도 일하시기 수월하게 해드릴 생각이에요. 그런 걸 내가 다른 분들에게 말씀드릴 수도 없고, 평소에 까다롭던 내가 얌전하게 따르다 보면 다른 분들도 곧 알아주시겠지요. 그렇게라도 가와사키 씨를 거들어 드려야지요, 저리도 열심히 뛰어주시는데."

마스야마는 어떠한 감정의 흔들림도 없이 만기쿠의 그 말을 듣고 있었다. 만기쿠는 어쩌면 자신이 사랑에 빠진 것을 깨닫지 못했는지도 모른다. 그는 너무도 장대한 감정에 익숙해져 있었다. 그리고 마스야마는 어떤가 하면, 지금 만기쿠 안에 맺혀 있는 마음은 아무래도 만기쿠와 어울리지 않는다고 생각했다. 마스야마가 만기쿠에게 기대했던 것은 좀 더 투명하고 좀 더 인공적인, 미적인 감응 방식이 아니었던가.

만기쿠는 여느 때와 달리 다리를 옆으로 모으고 비스듬히 앉아 있었다. 나긋나긋한 모습에 일종의 나른함이 섞였다. 거울 속에는 칠보 화병에 꽂힌 붉은 한국寒菊의 자잘하게 밀집한 꽃들과 파르스름하게 면도날로 깎아 올린 만기쿠의 목덜미가 비쳤다.

무대 연습 전날 가와사키의 초조감은 옆에서 보기에도 딱할 정도였다. 연습이 끝나자마자 이때만 기다렸다는 듯이 마스야마에게 술자리를 청했다. 마스야마는 따로 볼일이 있어서 두 시간쯤 뒤에 가와사키가 기다리는 술집으로 갔다.

섣달그믐을 하루 앞두고 술집은 사람들로 북적거렸다. 스탠드에서 혼자 잔을 기울이는 가와사키의 얼굴은 창백했다. 술을 마실수록 더 창백해지는 체질이었다. 들어서는 참에 그 창백한 얼굴을 본 마스야마는 이 청년에게 걸린 자신의 정신적 부담이 부당하게 무겁다는 생각이 들었다. 우리와는 다른 세계에서 사는 인간이 아닌가. 아무리 예의상이라고 해도 그의 혼란이며 고뇌를 이렇게까지 받아줄 이유는 없다.

역시나 그는 허물없는 사이랍시고 마주앉은 마스야마에게 박쥐라느니 이중 스파이라느니 해가며 투정을 부렸다. 마스야마는 웃으며 받아넘겼다. 그와 대여섯 살 차이지만, 마스야마에게는 이미 '산전수전 다 겪은' 세계에서 산다는 자부심이 있었기 때문이다.

하지만 마스야마는 고생해본 적 없는, 혹은 아직 고생을 덜 한 사람에 대해 일종의 선망을 품고 있었다. 자신이 가부키 무대 뒤편에서 일하면서 웬만한 비방은 태연히 넘겨버리게 된 것은, 물론 비굴할 것까지야 없지만, 한편으로는 자신을 내던질 정도의 순수한 혈기와는 거리가 먼 인간이라는 뜻이기도 했다.

"이제 진짜 지겨워. 첫 공연의 막이 열리면 어디로 숨고 싶을 정도야. 이런 심정으로 무대 연습에 임해야 하다니, 진짜 견딜 수가 없다. 이번 일은 내가 그동안 했던 일 중에 가장 끔찍해. 진짜 지긋지긋해. 어휴, 앞으로 또 다른 세계 쪽 일에 뛰어드나 봐라."

"하지만 그건 처음부터 충분히 예상했던 일이잖아요. 신극하고는 다르니까요."

마스야마는 그렇게 냉담하게 나갔다. 그러자 가와사키가 뜻밖의 말을 꺼냈다.

"특히나 그 만기쿠 씨, 도저히 못 봐주겠어. 진짜 짜증 나. 다시는 그 사람 나오는 극은 연출하고 싶지 않아."

가와사키는 보이지 않는 적을 보듯이 담배 연기가 떠도는 술집의 낮은 천장을 노려보았다.

"그런가요? 내 생각에는 연기 잘하시는 것 같던데."

"잘하기는 뭘 잘해? 그 사람의 뭐가 좋다고? 나는 연습 중에 투덜거리며 말을 안 듣거나 아주 위압적이거나 사보타주를 하는 배우한테는 별로 화가 안 나지만, 그 만기쿠 씨는 대체 뭐야? 그 사람이 나를 가장 냉소적으로 보고 있어. 뱃속부터 비타협적이고 나를 아예 물정 모르는 어린애인 줄 안다니까. 그야 그 사람은 하나에서 열까지 내가 하라는 대로 움직여주지. 내 말대로 하는 건 그 사람뿐이야. 근데 그게 더 화가 나는 거야. '좋아, 네가 정 그렇다면 그대로 해주마, 근데 공연 무대는 네가 다 책임져라' 하고 무언중에 계속 선언하는 식이잖아. 그보다 더한 사보타주도 없어. 내가 보기에는 그 사람이 가장 음흉해."

마스야마는 어이없는 심정으로 듣고 있었지만, 그에게 이 자리에서 실상을 밝히는 건 아무래도 조심스러웠다. 실상까지 갈 것도 없이, 만기쿠가 가와사키에게 품은 호감을 알리는 것조차 조심스러웠다. 생활 감정이 전혀 다른 세계에 갑작스럽게 뛰어들어 어떤 식으로 반응해야 할지 모르는 상태인 가와사키는 그런 얘기를 해봤자 또다시 만기쿠의 책략이라고 받아들일지도 모른다. 그의 눈은 너무 맑아서 남다르게 이론은 뛰어나지만 연극 뒤편의 어두운 미적 영혼은 들여다보지 못했다.

7

새해가 밝아오고 그럭저럭 첫 공연의 막이 열렸다.

만기쿠는 사랑을 하고 있었다. 그 사랑은 우선 눈치 빠른 제자들 사이에서 속닥거려졌다.

그의 대기실에 자주 드나드는 마스야마도 일찌감치 눈치챘지만, 곧 나비가 되려는 것이 고치 속에 틀어박혀 있듯이 만기쿠는 자신의 사랑 속에 틀어박혀 있었다. 그가 혼자서 쓰는 대기실은 말하자면 그 사랑의 고치였다. 평소에도 조용한 사람이지만, 정월인데도 만기쿠의 대기실은 한층 더 쥐 죽은 듯 고요해진 것 같았다.

복도를 지나는 길에 활짝 열린 만기쿠의 대기실을 마스야마는 포렴 너머로 얼핏 들여다보곤 했다. 출연 신호를 기다리는 중이라서 이미 무대 의상을 차려입은 만기쿠가 거울 앞에 앉아 있는 뒷모습을 보기도 했다. 고대의 자줏빛 의상 소맷자락과 흰 분가루를 칠한 반반한 어깨가 반쯤 드러났고 칠흑으로 빛나는 가발의 일부 등이 언뜻 보였다.

그런 때에 만기쿠는 고독한 방에서 일심으로 뭔가를 자아내는 여자처럼 보였다. 그녀는 자신의 사랑을 잣고 있었다. 언제까지나 그렇게 방심한 듯 잣고 있는 것이다.

마스야마는 직감적으로 알 수 있었는데 이 온나가타의 사랑의 거푸집이란 무대뿐인 것이다. 무대는 온종일 그 곁에 존재하고 그곳에서는 언제나 사랑이 부르짖고 한탄하고 피를 흘린다. 그의 귀에는 언제나 연모의 극치를 노래하는 음악이 들리고, 그의 섬교纖巧한 몸짓은 쉴 새 없이 무대 위에서 사랑을 위해 쓰였다. 머리끝에서 발끝까지 사랑 아닌 것은 없었다. 그 하얀 버선코도, 소매 끝에 얼핏얼핏 내보이는 화려한 속옷 색깔도, 백조 같은 그 긴 목덜미도 모두 사랑을 위해 봉사하고 있었다.

마스야마는 만기쿠가 자신의 사랑을 키워가기 위해 무대 위의 저 수많은 장대한 감정으로부터 기꺼이 암시를 받으리라는 것을 의심치 않았다. 세상의 평범한 배우라면 일상생활의 감정을 양식으로 삼아 무대를 풍성하게 만들어가겠지만, 만기쿠는 그렇지 않았다. 만기쿠가 사랑을 한다! 그 즉시 유키히메나 오미와나 히나기누의 사랑이 그의 몸에 쏟아져 내리는 것이다.

그런 생각을 하면 역시나 마스야마도 예삿일이 아니라는 걱정이 들었다. 마스야마가 고등학교 시절부터 오로지 동경해왔던 저 비극적 감정, 무대 위의 만기쿠가 관능을 얼음 불꽃에 틀어넣어 항상 몸 하나로 성취해냈던 저 장대한 감정······그것을 지금 만기쿠는 직접 그의 일상생활 속에서 키워가고 있다. 거기까지는 좋다, 하지만 그 대상은 재능은 제법 있는지 모르지만 특히 가부키에 관해서는 '가' 자도 모르는 젊고 평범한 풍채의 연출가에 지나지 않는다. 만기쿠가 사랑하기에 족한 그의 자격은 단지 이 세계의 이방인이라는 것뿐이고, 더구나 머지않아 떠나버리고 두 번 다시 오지 않을 한 젊은 여행자에 지나지 않았다.

8

〈도리카헤바야 모노가타리〉 공연에 대한 평판은 나쁘지 않았다. 첫 공연 날이 되면 어딘가로 숨겠다던 가와사키는 매일같이 극장에 나와 이런저런 지적을 하면서 무대 지하를 통해 쉴 새 없이 앞뒤를 오락가락하고, 하나미치의 시치산노슷폰* 장치를 신기한 듯 만져보

---

* 시치산노슷폰七三のスッポン은 관람석을 길게 가로지르는 배우들의 긴 통로 하나미치에서 무대와 7대 3으로 가까운 지점에 사각 구멍을 뚫어 배우를 올려보내거나 내려보내는 장치. 주로 영적인 등장인물이 서서히 올라오거나 쑥 사라지는 효과를 낸다.

기도 했다. 어린애 같은 면이 있는 사람이구나, 하고 마스야마는 생각했다.

　신문 평에 만기쿠에 대한 칭찬이 실린 날, 마스야마는 일부러 그 기사를 가와사키에게 보여줬지만 그는 오기 부리는 소년처럼 입을 삐죽거리며 몇 마디 내뱉었을 뿐이다.

　"다들 연기야 잘하지. 하지만 연출은 없었어."

　마스야마는 물론 가와사키의 그런 험담과 비난을 만기쿠에게 전하지 않았고, 가와사키도 만기쿠와 얼굴을 마주하면 점잖게 대했다. 하지만 만기쿠가 너무도 타인의 감정에 맹목적이라서 자신의 호감이 그대로 가와사키에게 통할 거라고 딱 믿어버리는 게 마스야마는 답답했다. 상대의 마음을 통 모른다는 점에서는 가와사키도 그에 못지않았다. 그 한 가지만은 가와사키와 만기쿠, 둘 다 비슷한 면이 있는 자들이었다.

　정월 초이레 날의 일이었다. 마스야마는 만기쿠의 대기실에 불려 갔다. 작은 가가미모치*가 만기쿠가 신앙하는 부적과 함께 경대 옆에 장식되어 있었다. 내일이면 이 작은 떡도 제자들이 먹어치울 것이다.

　만기쿠는 기분이 좋을 때면 항상 그렇듯 이것저것 과자를 권했다.

　"아까 가와사키 씨가 나오셨던데."

　"네, 저도 앞에서 마주쳤습니다."

　"아직 계실까요?"

　"〈도리카헤바야〉 공연 끝날 때까지는 계시겠지요."

* 가가미모치鏡餠는 정초에 차려놓는 둥글납작한 흰 떡. 큰 것과 작은 것 두 개를 포개 얹는다.

"그다음에 뭔가 바쁜 일이 있다고 하시던가요?"
"아뇨, 별로."
"그러면 잠깐 마스야마 씨에게 부탁할 게 있는데······."
마스야마는 최대한 사무적인 표정으로 들을 준비를 했다.
"무슨 일이신지요."
"저기, 오늘 밤에요, 오늘 밤에 공연이 다 끝나면······." 만기쿠의 뺨에 발그레한 빛이 떠올랐다. 그 목소리는 평소보다 투명하고 평소보다 높았다. "······공연이 다 끝나면 같이 식사라도 했으면 하는데, 마스야마 씨가 그분 시간이 어떠신지 물어봐줄 수 있을까? 단둘이서 이래저래 얘기하고 싶은데."
"네."
"미안해요, 이런 일을 부탁해서."
"아뇨······ 괜찮습니다."
그때 만기쿠의 눈이 움직임을 멈추고 은근히 마스야마의 안색을 살피는 게 보였다. 마스야마가 동요하기를 기대하며 재미있어하는 것처럼 느껴졌다.
"그럼 그렇게 전해드리겠습니다."
마스야마는 곧바로 자리에서 일어섰다.
앞 복도의 맞은편에서 다가오는 가와사키를 곧바로 마주친 것은, 막간의 혼잡 속에서 일종의 기이한 우연처럼 생각되었다. 가와사키는 화려한 복도에는 어울리지 않는 차림새였다. 항상 자부심 넘치는 이 청년의 태도는 단지 연극을 즐기러 찾아온 선남선녀들 속에 섞이자 적잖이 우스꽝스럽게 보였다.

마스야마는 그를 복도 한쪽으로 데려가 만기쿠의 의향을 전했다.

"새삼스럽게 무슨 볼일이 있다고? 식사라니, 별일이네. 오늘 밤은 한가해서 시간은 괜찮아."

"뭔가 공연에 관한 얘기겠죠."

"쳇, 공연 얘기? 이제 지겨워."

그 순간 마스야마는 무대에서 항상 보던 하가타키*처럼 천박한 감정이 저절로 일어나 마치 자신이 무대 배우인 듯 내뱉은 것을 미처 깨닫지 못했다.

"가와사키 씨, 식사에 초대해줬으니 마침 좋은 기회잖아요. 체면 차릴 거 없이 하고 싶었던 말을 다 털어놓으세요."

"그래도……."

"그럴 용기는 없는 건가요?"

그 한마디가 청년의 자긍심에 상처를 입혔다.

"좋아, 그래야겠네. 언젠가 분명하게 맞부딪칠 각오는 했어. 초대에 응하겠다고 전해줘."

만기쿠는 마지막 여흥 무대에 나가느라 폐장까지 짬이 나지 않았다. 공연이 끝나면 배우들은 화장도 대충 지우고 바람처럼 돌아가곤 한다. 그런 부산한 움직임에서 조금 벗어나 만기쿠는 남자용 긴 외투에 수수한 목도리를 두르고 가와사키를 기다리고 있었다. 이윽고 가와사키가 나와서 코트 주머니에 양손을 넣은 채 부루퉁하게 인사

* 하가타키端敵는 가부키 배역 중 하나로, 이야기에 양념 역할을 하는 악역이다.

를 했다.
"눈이 내려요!"
항상 곁에서 시중을 드는 제자가 무슨 큰일이라도 보고하듯이 뛰어나와 허리를 숙이며 말했다.
"많이 내리니?"
만기쿠는 외투 소매로 뺨을 가리며 말했다.
"아뇨, 조금 희끗희끗한 정도예요."
"차 타는 데까지 우산이 있어야겠네."
"네."
마스야마는 대기실 문 앞에서 배웅했고, 문지기가 공손히 만기쿠와 가와사키의 신발을 구두코를 맞춰 내놓았다. 제자가 벌써 우산을 펼치고 희끔희끔 눈가루가 날리는 문밖에서 받쳐 들고 서 있었다.
눈은 어두운 콘크리트 담을 등지고 보일락 말락 하는 정도로 내려서, 눈가루 두어 개가 대기실 입구 현관 위로 떨어졌다.
"그럼 이만." 만기쿠가 마스야마에게 인사를 건넸다. 미소 짓는 입매가 목도리 그늘 속에서 보였다.
"괜찮아, 우산은 내가 쓰고 갈게. 그보다 운전기사에게 얼른 얘기 해줄래?"
만기쿠는 제자에게 그렇게 이르고, 직접 손에 든 우산을 가와사키 위로 받쳐주었다. 가와사키의 코트와 만기쿠의 외투, 두 개의 뒷모습이 나란히 섰을 때, 우산 위로 눈가루 몇 개가 통통 튀듯이 날렸다.
배웅하던 마스야마는 자신의 마음속에도 시커먼 젖은 우산이 소리 내며 펼쳐지는 것을 느꼈다. 소년시절부터 만기쿠의 무대를 그려왔고 가부키 극단 사람이 된 뒤에도 무너진 적이 없었던 환영이 그 순간, 떨어뜨린 섬세한 수정처럼 깨져 사방으로 흩어지는 게 느껴졌다. 그는 '드디어 여기까지 와서 환멸을 알았으니 이제 가부키는 그만둬도 되겠다'라고 생각했다.

하지만 환멸과 동시에 다시금 질투에 휩싸인 자신을 깨달았다. 그 감정이 자신을 어디로 데려갈지, 마스야마는 두려웠다.

(1957년)

백만 엔 전병
百万円煎餅

"이모님하고 약속한 게 9시였지?"

겐조가 물었다.

"응, 9시. 이모님이 1층 장난감 매장 쪽에서 기다리겠다고 했는데 거기는 제대로 얘기하기도 힘들어서 3층 음악다방으로 알려드렸어."

기요코가 말했다.

"그거 재치 있게 잘했네."

그리하여 젊은 부부는 뒷길로 건들건들 신세카이 빌딩 근처까지 나가 옥상 오층탑의 네온 불빛을 올려다보았다.

장마철의 흐리고 후덥지근한 저녁이었다. 구름이 낮게 드리워 네온 조명이 주변 하늘에 농밀하게 번졌다.

반짝거리는 알록달록 연한 빛으로만 조립한 그 섬세한 오층탑은 실로 아름다웠다. 이따금 부분 부분의 반짝임이 전체로 퍼졌다가 한순간에 암전되고, 어둠 속에 남은 알록달록한 빛의 잔상이 없어질락 말락 하는 사이에 다시 반짝 불이 들어올 때의 아름다움은 각별했다. 아사쿠사 6구 일대 어디서든 볼 수 있는 그 오층탑은 매립해버린 효탄이케* 대신 밤이면 6구의 상징이 되었다.

아무도 손에 넣지 못할 월등한 삶에 대한 꿈이 그곳에 순결하게 저장된 듯한 느낌이 들어서 두 사람은 주차장 울타리에 등을 기대고 잠시 멍하니 위를 올려다보았다.

러닝셔츠 한 장 차림의 겐조는 허름한 바지에 발에는 게다를 꿰고 있었다. 허여멀건 피부지만 어깨에서 가슴까지의 근육이 늠름하고 그 빛나게 융기한 살집의 오목한 곳에 윤기 있는 겨드랑이털이 잔뜩 삐져나왔다. 민소매를 입은 기요코의 겨드랑이는 겐조가 항상 잔소리를 하기 때문에 면도날로 깨끗이 밀었다. 하지만 면도를 하면 다시 나려고 할 때마다 겨드랑이가 아파서 이따금 신경질적으로 밀어야 했고, 그래서 겨드랑이 흰 살갖이 살짝 붉은 기를 띠었다.

기요코는 작고 동그란 얼굴에 귀여운 눈과 코를 흩어놓고 그걸 하나하나 실로 가장자리를 둘러준 듯한 느낌의 얼굴이다. 이 얼굴에는 어딘가 결코 웃지 않는 고지식한 작은 동물의 얼굴을 떠올리게 하는 데가 있어서, 사람들은 그 모습을 선뜻 신뢰할 수는 있지만 거기서

---

* 효탄이케瓢箪池는 도쿄 아사쿠사에 있었던 조롱박 모양의 연못. 예로부터 아사쿠사의 상징으로 통했으나 전쟁으로 소실된 센소지浅草寺의 재건 비용을 마련하기 위해 연못 토지를 매각, 1951년에 매립되면서 사라졌다.

뭔가 감상을 끌어내기는 어려웠다.

그녀는 큼직한 도화색桃花色 비닐 핸드백을 손에 들었고 팔에는 겐조의 연청색 스포츠셔츠를 착착 접어 걸치고 있었다. 겐조는 맨손으로 걷는 걸 좋아한다.

기요코의 수수한 화장이며 머리스타일을 봐도 그들의 검소한 생활을 알 수 있다. 기요코의 작은 눈은 맑아서 남편 이외의 남자에게는 단 한순간도 향하는 일이 없었다.

두 사람은 어슴푸레한 주차장 앞 도로를 가로질러 신세카이 백화점 1층 매장으로 들어갔다. 그러자 그 광대한 매장에는 멋지고 값싸고 번쩍거리는 상품이 곳곳에 극채색 산더미를 이루었고 점원의 얼굴은 그 산더미 틈새로 아주 살짝만 내보였다. 장내는 서늘한 형광등 불빛이 넘쳤다. 안티모니*의 도쿄타워 모형을 줄줄이 세워둔 뒤쪽에는 도쿄 풍경을 채색한 벽걸이 거울이 이어져서 걸음을 옮길수록 각각의 거울 속에 맞은편의 산더미 같은 넥타이며 여름 셔츠가 물결치며 일그러졌다.

"이렇게 온통 거울뿐인 방에서는 못 살 거야, 창피해서."

"딱히 창피할 것도 없잖아."

겐조는 내던지는 투로 말했지만 반드시 아내의 말에 민감하게 답하고 적당히 무시하는 일은 없었다. 두 사람은 어느샌가 장난감 매장 앞에 와 있었다.

"이모님도 겐조 씨가 장난감 좋아하는 걸 아나 봐. 그러니 여기서

---

* 납에 안티몬과 주석을 섞은 합금. 섬세한 무늬나 조각의 장식품 등을 제조하는 데 쓰인다. 전후에 도쿄 지역에서 안티모니 경공업은 외화획득에 크게 기여하는 수출 산업으로 손꼽혔다.

만나자고 했지."

"후훗."

겐조는 우주 로켓이며 기차며 자동차 장난감을 좋아했다. 사지도 않으면서 판매원의 설명을 죄다 듣고 일일이 작동해보는 통에 기요코는 내심 창피했다. 그래서 짐짓 훼방을 놓으려고 겐조의 팔을 잡고 매장 선반에서 한참 떨어져서 걸었다.

"장난감 고르는 거 보면 당신은 역시 아들을 원한다니까."

"그렇지도 않아. 딸이라면 그것도 좋지. 근데 빨리 갖고 싶다."

"앞으로 일이 년만 참으면 될 거야."

"그래, 계획은 꼭 지켜야지."

부부는 전부터 한마음으로 적립 중인 저금통장을 몇 개로 나눠 거기에 X계획, Y계획, Z계획 등의 이름을 붙였다. 아이는 반드시 계획에 따라 낳아야 해서 X계획의 저축액을 달성할 때까지는 아무리 갖고 싶어도 참지 않으면 안 된다. 두 사람은 여러 면에서 할부의 불리함을 실감했기 때문에 전기세탁기나 텔레비전이나 전기냉장고는 A계획, B계획, C계획이 달성되었을 때 전액 현금으로 구입하기로 했고, 그중 A와 B는 이미 성취했다. D계획은 소액 예산이지만 당장 필요하지 않은 양복장이기 때문에 항상 뒤로 밀려나 좀체 목표액을 달성하지 못했다. 그때까지 겐조와 기요코의 양복은 붙박이장 안에 걸어두면 된다. 둘 다 의류에는 전혀 관심이 없어서 겨울 추위를 막아주는 옷만 있으면 충분했다.

큰 쇼핑은 지극히 신중하게 했다. 우선 카탈로그를 받아다 각 사의 제품을 비교하고 사용자의 의견을 빠짐없이 듣고, 마침내 구입할 단계가 되면 오카치마치 도매상가에 가서 샀다.

하지만 아이라고 하면 얘기가 달라진다. 생활 계획을 완벽하게 세우고 충분한 것에 더해 더욱더 충분한 저축으로, 태어난 아이가 성인이 될 때까지는 아니더라도 아이를 위해 부모가 주위에 창피하지 않을 만큼 환경을 조성할 준비가 필요했다. 갓난아이의 분윳값이 결코 허투루 볼 수 없게 많이 든다는 것을 겐조는 이미 아이를 둔 친구를 통해 똑똑히 알고 있었다.

그러한 이상적인 계획을 마음속에 품고 있었기 때문에 부부는 마냥 닥치는 대로 살아가는 가난한 사람들의 생활 태도를 경멸했다. 아이는 이상적인 육아 환경에서 계획 출산을 해야 하고, 아이를 낳은 다음에는 한층 더 즐거운 삶이라는 꿈이 기다린다. 하지만 두 사람의 꿈은 지나치게 먼 것을 좇지 않는다는 점에서도 견실했다. 그리고 항상 바로 눈앞의 희망을 찾았다.

현대 일본에는 희망이 없다느니 뭐니 하는 젊은이들의 사고방식만큼 겐조를 화나게 하는 것도 없었다. 겐조는 뭔가를 그리 깊이 생각하지 않는 성격이지만, 인간이 자연을 존중하고 자연에 충실하고 게다가 노력하며 사는 한, 길은 반드시 저절로 열린다는 종교적 신념 같은 게 있었다. 우선 자연을 숭배해야 하고, 부부의 화목함은 그 기본이며, 한 쌍의 남녀가 서로를 신뢰하며 살아가는 것이야말로 세계의 절망을 저지하는 가장 큰 힘이어야 한다.

다행스럽게도 겐조는 기요코를 사랑했기 때문에, 미래에 희망을 걸고 살아간다는 것은 자연이 부여한 조건대로 살아가는 것과 다름없었다. 다른 여자에게 은근슬쩍 유혹이 들어온 적도 있었지만 그런 불장난 같은 짓에서는 아무래도 '부자연'의 냄새가 났다. 그보다는 기요코와 함께 채소며 생선이 요즘 너무 비싸다는 얘기를 주고받는 게 더 나았다.

어느새 두 사람은 이야기를 하며 매장을 한 바퀴 돌아버렸기 때문에 다시금 장난감 매장 앞에서 멈춰 섰다.

겐조의 눈앞에 하늘을 나는 원반의 발착기지 모형이 있어서 그의 시선은 이 장난감에 못 박혀버렸다. 양철로 만든 기지의 앞면에는 창문을 통해 들여다보이는 복잡한 내부기계가 있고 사령탑 안에서는 깜빡이는 등화가 빙빙 돌아갔지만, 남색 플라스틱 원반은 전통적인 대나무잠자리의 양력 원리에 따라 공중을 나는 것이었다. 이 기지는 우주 한복판에 떠 있는지 바다에 닿은 부분의 양철에는 온통 별이 뜬 하늘과 구름이 그려져 있었다. 별 중에는 어려서부터 봤던 토성의 고리도 보였다.

반짝반짝 빛나는 별의 여름로 꾸며진 하늘 바다는 멋있었다. 색칠한 양철 앞면은 그야말로 차갑게 보여서 그곳의 별 하늘에 몸을 눕히면 후텁지근한 밤의 열기는 순식간에 사라질 것 같았다. 기요코가 눈치를 채고 말려볼 겨를도 없이 겐조는 기지 귀퉁이의 용수철에 손끝을 대고 힘껏 튕겼다.

감색 원반은 빙글빙글 돌면서 매장 위를 힘차게 날았다.

점원이 저도 모르게 팔을 뻗으며 소리를 질렀다.

원반은 천천히 선회하면서 내려와 맞은편 과자 매장에 떨어졌다. 떨어진 자리가 마침 '백만 엔 전병' 위였다.

"이건 당첨이네!"

원반의 행방을 따라 눈을 빙그르르 돌리던 겐조가 달려와 천진하게 외쳤다.

"뭐가 당첨이라는 거야?"

기요코는 창피해서 서둘러 장난감 매장 점원에게 등을 돌리고 겐조를 따라가면서 물었다.

"이거 봐, 여기에 착륙했잖아. 분명 좋은 일이 생길 거야."

원반이 앉은 직사각형 기와 전병은 한껏 큼직한 지폐 모양으로, 실제 지폐를 본뜬 구이 틀로 백만 엔이라고 찍어낸 것이었다. 그리고 지폐를 본뜬 인쇄지에 쇼토쿠 태자 대신 대머리 점주의 얼굴을 넣어 각각 셀로판지로 감싼 기와 전병 세 개를 포장했다.

세 개에 50엔은 너무 비싸다고 기요코가 반대했지만 겐조는 행운을 내세우며 결국 전병을 샀다. 받자마자 셀로판 포장을 찢어 하나는 기요코에게 건네고 하나는 자신이 덥석 베어 물었다. 그리고 남은 하나는 기요코의 핸드백에 밀어 넣었다.

약간 쌉싸래한 달콤함이 겐조의 튼튼한 이가 베어 문 전병의 한 귀퉁이에서 입 안으로 흘러들었다. 기요코도 망설임 없이 손바닥보다 큰 백만 엔 지폐 귀퉁이를 입에 넣고 생쥐가 갉아먹듯이 살짝 베어 먹었다.

겐조는 조금 전에 날렸던 원반을 장난감 매장 앞을 지나가면서 돌려줬지만 점원은 얼굴을 홱 돌린 채 부루퉁하게 손을 내밀었다.

기요코는 활처럼 봉긋한 젖가슴에 키는 작지만 균형 잡힌 몸매였다. 그러면서도 겐조와 함께 걸을 때는 그의 그늘에 은근히 숨는 듯한 정감이 있었다. 차도를 건널 때면 그는 아내의 두 팔을 잡고 좌우로 차의 왕래를 살피면서 자신의 손이 확인한 아내의 오동통한 살집을 자랑스럽게 여기며 건너편으로 데려가곤 했다.

뭐든 스스로 할 줄 알면서도 매사에 남편에게 의지해주는 아내의 유연한 활력 같은 느낌이 겐조는 좋았다. 기요코는 신문이라고는 읽어본 적이 없는데도 신기하게 주변의 모든 것에 정확한 지식을 갖고 있었다. 기요코는 빗을 손에 들거나 달력을 넘기거나 유카타를 개고 있어도 그곳에는 생활의 타성 같은 건 전혀 느껴지지 않고 항상 생생한 몸과 마음으로 빗이며 달력이며 유카타라는 '물건'과 친숙하게 지내는 것처럼 보였다. 그러한 물건의 세계에 기요코는 목욕물에 몸을 담그듯 편안하게 잠겨 있었다.

"4층 실내유원지에 가서 시간을 때우자."

겐조가 마침 멈춘 엘리베이터를 탔을 때, 그녀는 말없이 따라왔지만 4층에서 내려서는 그의 바지 벨트를 잡아당기며 말했다.

"여보, 쓸데없는 돈은 쓰지 말자. 이런 데는 하나하나는 싼 것 같아도 결국 생각지도 못한 돈을 쓰게 하는 곳이야."

"그런 소리 마. 오늘 밤은 어쩐지 유쾌하잖아. 로드쇼* 정도라면 별로 많이 들지도 않아."

"로드쇼는 볼 필요 없어. 조금만 기다리면 똑같은 걸 훨씬 더 싸게 볼 수 있는데."

살림에 대한 기요코의 진지함이 사랑스러웠다. 뾰로통하게 내민

---

* 일반 영화관에서 상영하기 전에 특정 극장에서 독점 개봉하는 일.

입술에 백만 엔 전병의 갈색 가루가 살짝 묻어 있었다.

"그만하라니까. 칠칠맞기는. 전병을 입가에 묻히고."

기요코는 곧장 옆의 거울 기둥으로 다가가 새끼손가락 끝으로 입가에 묻은 가루를 털어냈다. 손에 든 전병은 아직 3분의 2쯤 남아 있었다.

그곳은 때마침 '해저 2만 리'라는 행사장 입구로, 거칠거칠한 인공 바위들이 천장까지 닿았고 해저 암반에 멈춰 선 잠수함의 둥근 창이 매표소였다. 어른 40엔, 어린이 20엔이라고 적혀 있었다.

"40엔이라니, 너무 비싸." 거울에서 고개를 돌리며 기요코가 말했다. "이런 데서 가짜 물고기 구경해봤자 하나도 배부르지 않지만, 40엔이면 보리멸이든 도미든 제일 좋은 생선으로 백 그램이나 사 먹을 수 있어."

"어제 보니 흑돔 한 토막도 40엔이던데? 에이, 괜찮아. 백만 엔짜리 지폐를 오도독오도독 베어 먹으면서 궁상맞은 얘기는 하지 말자."

잠깐의 입씨름 끝에 결국 겐조가 표를 샀다.

"싫다, 이 전병. 이런 걸 먹으니까 괜히 헛바람만 들었잖아."

"그래도 맛이 없진 않아. 배도 고팠는데 딱 좋았지."

"아까 밥 먹었으면서 벌써 그러네."

행사장 안에 들어가자 역 플랫폼 같은 곳에 이인승 광차鑛車 모양의 탈것 대여섯 대가 띄엄띄엄 선로 위에 서 있었다. 그 밖에도 손님이 서너 팀 있었지만 부부는 망설임 없이 선두 차에 올랐다. 둘이 나란히 앉자 비좁아서 자연스럽게 겐조는 팔을 돌려 아내의 등을 껴안지 않으면 안 되었다.

　차장 차림의 남자 직원이 무뚝뚝하게 호루라기를 불었다. 땀이 식은 겐조의 늠름한 팔뚝이 기요코의 드러난 등이며 어깨에 달라붙었다. 맨살과 맨살이 곤충의 돌돌 접힌 날개처럼 묘하게 착 붙어 하나가 되었다. 광차는 둔한 진동을 시작했다. 전혀 무서워하지 않는 표정으로 기요코는 말했다.

　"어머, 무서워."

　선로 위의 차는 한 대씩 간격을 두고 캄캄한 가짜 바위 터널 속으로 미끄러져 들어갔다. 터널에 들어가자마자 급커브가 있어서 동굴 벽에 차의 굉음이 메아리쳐 귀청이 찢어질 것 같았다.

　"꺄악."

　기요코가 목을 움츠렸다. 머리 위로 파란 인광燐光을 내뿜는 거대한 상어가 아슬아슬하게 스쳐간 것이다.

　기요코가 붙잡고 매달렸기 때문에 순간적으로 젊은 남편은 입을 맞췄다. 상어가 지나간 다음에는 다시 컴컴한 어둠 속에 급커브를 돌아가는 굉음만 남았지만 겐조의 입술은 보기 좋게 기요코의 입술을 겨냥해 맞히는 데 성공했다. 마치 암흑 한가운데서 작살이 정확히 꿰어낸 작은 물고기 같았다. 물고기는 통통 튀었고, 그리고 조용해졌다.

　어둠이 기요코에게 묘한 부끄러움을 안겼다. 광차의 거센 흔들림과 굉음이 없었다면 무엇이 그녀의 부끄러움을 견디게 해주었을까. 남편의 팔에 안겨 터널 안쪽 깊숙이 미끄러져 들어갈 때, 기요코는 자신의 몸이 어둠 속에 고스란히 비치는 것 같아 얼굴을 붉혔다. 아무것도 보이지 않고 아무것도 볼 수 없는 이 어둠의 농밀함에는 도리어 그녀의 몸을 감싼 것들을 쓸모없게 만들어버릴 듯한 힘이 있었다. 기요코는 어린 시절 부모 몰래 놀았던 오래된 옷방의 어둠을 떠올렸던 것이다.

문득 그 어둠에서 빨간 꽃이 피어나며 톡 터지듯 눈앞에 시뻘건 광선이 번쩍 튀어나와서 기요코는 다시금 꺄악 비명을 질렀다. 그것은 바다 밑에 웅크리고 있던 거대한 아귀가 벌컥 벌린 큼지막한 입이었다. 그 주위에는 산호며 진초록 해조가 짙은 색깔을 겨루듯이 서 있었다.

겐조는 바짝 달라붙은 기요코의 뺨에 자신의 뺨을 맞대고 어깨를 감싼 팔의 손끝으로는 재미있다는 듯 머리칼을 만지작거렸다. 그 손끝의 움직임은 광차의 속도에 비해 자못 여유만만해서, 기요코는 남편이 이 구경거리뿐만 아니라 그걸 무서워하는 그녀도 느긋하게 즐기고 있다는 것을 알았다.

"빨리 끝났으면 좋겠네. 나는 무서워서 진짜 싫어."

기요코가 말했지만 애초에 그 목소리는 굉음에 지워져 들리지도 않았다.

다시 광차는 어둠 속을 달렸다. 무서워하면서도 기요코의 마음속에는 용기가 있었다. 이렇게 겐조의 품에 안겨 있는 한, 어떤 공포도 부끄러움도 견딜 수 있다는 자신감이었다. 둘 다 희망을 잃은 적이 없기 때문에, 지금 행복하다고 느끼는 상태는 대체로 이와 비슷한 긴장감으로 채워져 있었다.

갑자기 오싹한 갈색 대형 문어가 눈앞에 나타났다. 또다시 기요코는 비명을 질렀고 겐조는 그 목덜미에 잽싸게 입을 맞췄다. 문어는 동굴 속 가득히 거대한 다리를 펼치고 양쪽 눈에서는 날카로운 전광電光을 내뿜었다.

다음 모퉁이에는 바다 밑 해조 숲에 익사체가 우두커니 서 있었다.

이윽고 터널 저 너머로 빛이 비쳐들면서 광차는 천천히 속도를 줄였고, 시끄러운 반향反響에서 느닷없이 풀려나 터널을 빠져나오자 그곳은 벌써 환한 아까 그 플랫폼이었다. 차장 제복을 입은 남자 직원이 광차 앞 난간에 손을 짚어 관성慣性을 멈췄다.

"이걸로 끝이에요?"

겐조가 차장에게 물었다.

"그렇습니다."

기요코는 몸을 돌려 플랫폼에 내려서자마자 겐조의 귓가에 대고 속닥거렸다.

"이걸로 40엔이라니, 웃기고 있네."

출구를 나서는 참에 두 사람은 손에 든 백만 엔 전병의 크기를 비교해보았다. 기요코는 3분의 2를 남겼고 겐조는 반이 남아 있었다.

"뭐야, 여기 들어오기 전하고 똑같네. 그러니까 전병을 먹을 틈도 없을 만큼 스릴이 있었단 얘기야."

"그렇게 생각하면 뭐, 미련은 없네."

하지만 그때 겐조의 눈은 또다시 다른 입구의 색채 풍성한 간판으로 향했다. '매직랜드'라는 글자를 빙 둘러 장식전구가 달렸고, 난쟁이 무리의 휘둥그레진 눈이 빨강 초록의 전등이 되어 깜빡거리고 그들의 도미노 의상에는 금가루며 은가루가 반짝였다. 곧장 거기에 들어가자는 말은 차마 꺼내지 못하고 겐조는 전병을 베어 먹으며 그쪽 벽에 몸을 기대고 슬슬 운을 뗐다.

"아까 신세카이에 들어올 때, 주차장 사이를 지나왔었지? 그쪽 흙길에 불빛이 적당히 비쳐서 우리 앞에 그림자가 또렷하게 생겼어. 그때 내가 좀 이상한 걸 생각했어. 당신 그림자와 내 그림자 사이가 50센티미터쯤 떨어져 있었거든. 그 중간에 불쑥 조그만 아이 그림자가 나타나서 우리가 그 아이의 손을 잡고 걸어간다면 어떨까 생각했지. 그랬더니 정말로 아이 그림자가 우리 그림자에서 스윽 갈라져 둘 사이에 불쑥 나타난 듯한 느낌이 들더라고."

"아이, 엉뚱하긴."

"문득 정신을 차렸더니 한참 뒤쪽을 지나간 사람의 그림자였어. 고용 운전기사들이 캐치볼을 하고 있었는데 그중 한 명이 공을 잡으러 뛰어갔던 거야."

"그랬구나. ……언젠가는 우리도 아이 데리고 산책하러 다닐 수 있어."

"응, 이런 곳에도 데려와야지." 겐조가 간판을 가리키며 말했다. "그러려면 미리 견학을 해야겠네."

매표소 앞에서 돈을 꺼내는 겐조를 보고 이번에는 기요코도 아무 말 하지 않았다.

시간이 안 좋았는지 매직랜드는 한산했다. 두 사람이 칸막이를 지나 들어선 길의 양쪽은 반짝이는 조명의 인공 꽃으로 꾸며졌고 오르골 음악이 흘러나왔다.

"언젠가 집을 지으면 현관까지 가는 길을 이런 식으로 꾸미자."

"악취미네."

자기 소유의 집에 들어가는 기분은 어떨까. 건축 자금은 아직 두 사람의 계획 어디에도 얼굴을 내밀지 못했지만 언젠가는 등장할 것이다. 미래에는, 지금은 그저 꿈으로만 여겨지는 어떤 것이라도 그때는 아주 자연스러운 표정으로 나타날 것이다……. 평소에는 견실하기 이를 데 없는 부부가 기요코의 말대로 백만 엔 전병을 먹은 덕분인지 오늘 밤만은 한참 나중 일까지도 저절로 꿈꿀 수 있었다.

인공 꽃에는 큼직한 인공 나비가 앉아 꿀을 빨고 있었다. 나비는 접이식 서류가방만큼이나 큼직해서, 빨간 반투명 날개에는 노란색과 검은색 반점이 찍혔고 볼록 튀어나온 눈은 반짝이는 꼬마전구였다. 아래쪽에서 비춘 광선 때문에 플라스틱 꽃이며 풀숲에는 안개가 서린 저녁 해 같은 은은한 빛이 감돌았다. 안개처럼 보인 것은 바닥에서 피어오르는 먼지인지도 모른다.

화살표가 가리키는 대로 둘이 맨 처음 들어간 곳은 '기울어진 방'이었다. 바닥을 비롯해 모든 가구와 조명이 비스듬히 기울어져서 몸을 반듯하게 세우고 걸으면 방 그 자체에 악의가 있는 듯한 위화감이 느껴졌다.

"이런 집에서는 살고 싶지 않다."

노란 페인트칠의 목제 튤립꽃을 올려둔 탁자에 손을 짚고 버티면서 겐조가 말했다. 그 말투에는 뭔가 왕의 말씀 같은 여운이 있었다. 스스로는 깨닫지 못했지만, 그의 강한 단언에는 결코 타인의 용훼容喙를 허락하지 않겠다는 희망과 행복의 특권적 성격이 드러나 있었다. 그가 품은 희망에 타인의 희망에 대한 능욕이 포함되고, 그가 생각하는 행복이 타인은 손끝 하나도 대지 못하게 하는 성격을 지녔음은 틀림이 없었다.

그래도 이렇듯 고집스럽게 비스듬한 책상에 손을 짚고 서 있는 젊은 남편의 러닝셔츠 차림의 모습은 기요코를 미소 짓게 했다. 그건 얼핏 보기에 가정적인 풍경이었다. 일요일이면 손수 목공작업으로 방 한 칸을 짓는데 치수를 잘못 재는 실수로 창문이고 책상이고 비스듬히 기울어버린 방 안에서 스스로에게 화를 내며 멍하니 서 있는 젊은 아빠 같은 모습이다.

"이렇게 하면 못 살 것도 없겠는데?"

기요코가 기계인형처럼 두 팔을 펼치고 몸을 정확히 방의 경사에 맞춰 기울인 채 겐조에게로 다가갔다. 그러자 기요코의 얼굴은 겐조의 넓은 어깨 왼편에서 꽃병에 꽂힌 꽃처럼 비스듬해졌다.

겐조는 젊은이답게 눈썹을 찌푸리고 피식 웃으며 아내의 비스듬한 뺨에 입을 맞췄고 그러고는 백만 엔 전병을 거칠게 베어 물었다. ......

출렁이는 계단이며 요동치는 복도, 양쪽에서 도깨비가 얼굴을 쑥 내미는 둥근 나무다리 같은 수많은 이변을 헤치고 그곳을 나왔을 때 두 사람은 장내의 무더위에 지쳐 짜증이 났다. 전병 한 개를 다 먹은 겐조는 기요코가 채 먹지 못하고 남긴 것을 입에 넣으며 어딘가 시원한 밤바람을 쐴 만한 곳을 찾아보았다.

줄줄이 선 목마 너머에 발코니로 가는 출구가 있었다.

"지금 몇 시야?"

기요코가 물었다.

"9시 15분 전. 저기로 나가서 9시까지 더위 좀 식히고 가자."

"아, 목말라. 전병이 퍽퍽해서."

들고 있던 겐조의 연청색 셔츠로 땀이 맺힌 하얀 목젖 언저리를 부채질하며 기요코가 말했다.

"이제 곧 시원한 거 마실 수 있잖아."

넓은 발코니의 밤바람은 시원했다. 겐조는 크게 기지개를 켜고 아내와 함께 난간에 몸을 기댔다. 두 사람의 젊은 팔뚝은 밤이슬에 눅눅해진 검은 철 난간에 싱싱하게 달라붙었다.

"상쾌하네. 아까 여기 들어올 때보다 더 시원해졌어."

"바보, 여긴 높은 데니까 그렇지."

저만치 발아래로 고요히 잠든 실외유원지의 어둑어둑한 기계들이 보였다. 회전목마는 살짝 기울어진 채 빈 좌석에 밤이슬을 맞고 있었다. 공중 관람차의 검은 철골 구조 틈새로는 허공에 떠서 어쩐지 바람에 흔들리는 듯한 의자 여러 개가 눈에 띄었다.

그것과 대조적인 곳은 사람들로 붐비는 왼편의 요리점이었다. 조감도를 들여다보듯이 그 요리점의 널찍한 벽 안쪽 구석구석까지 또렷이 보였다. 마치 연극무대 같은 몇 동의 별채, 통로 복도, 정원의 샘물, 석등롱, 손님방 내부, 어떤 방에서는 빨간 에이프런을 두른 점원들이 접시며 밥공기를 정리하고 어떤 방에서는 게이샤가 일어나서 춤을 춘다. 그 하나하나가 빠짐없이 보이는 것이다. 그리고 모든 방마다 처마에 줄줄이 내걸린 붉은 초롱이 아름다웠다. 검은 바탕에 흰색 글자들도 아름답다.

바람이 적당히 불어서 소리는 전혀 들리지 않고, 이토록 널찍한 전망이 여름밤의 후텁지근하게 고인 대기 밑바닥에 정치精緻하게 졸아든 것처럼 신비로운 아름다움으로 내려다보였다.

기요코가 다시 그 로맨틱한 화제를 꺼냈다.

"저런 요리점은 비싸겠지?"

"당연히 비싸지. 멍청한 놈들이나 가는 데야."

"모로큐*라느니 하는 세련된 이름을 붙여서 기껏해야 오이를 엄청 비싸게 팔겠지. 얼마쯤 받을까?"

"글쎄, 이백 엔은 나올걸?"

겐조는 기요코에게서 스포츠셔츠를 받아 걸쳤다. 기요코는 손을 내밀어 그 단추를 하나하나 채워주며 말을 이어갔다.

"어이가 없다, 열 배를 더 받잖아. 요즘 오이는 최상품도 세 개에 20엔이면 사는데."

"오, 가격이 많이 떨어졌네?"

"일주일 전쯤부터 떨어졌어."

9시 5분 전이 되자 두 사람은 그곳을 벗어나 3층 음악다방으로 내려가는 계단을 찾아보았다. 백만 엔 전병은 이미 두 개가 사라졌다. 남은 한 개는 제법 큼직한 기요코의 핸드백에도 다 들어가지 않아 잠금고리 옆으로 살짝 삐져나왔다.

성질 급한 이모님은 약속시간 전에 벌써 도착해서 기다리고 있었

---

* '모로미'와 '큐리'를 합친 말이다. 오이(일본어로는 '큐리')를 '모로미' 된장에 버무린 요리.

다. 무대의 요란한 재즈 연주가 잘 보이는 곳은 자리가 없었지만, 무대가 사각이 되는 임대 화분의 야자수 옆 공간은 비었다. 그곳 박스석에 유카타 차림으로 혼자 앉아 있는 이모님은 아무리 봐도 이 카페에는 어울리지 않았다.

이모님은 서민 동네 아줌마답게 화장기 없이 말끔한 얼굴에 몸집이 작은 초로의 여자로, 손을 까불어가며 수다스럽게 얘기하곤 했다. 젊은 사람들과 허물없이 어울린다는 게 자랑거리였다.

"어차피 얻어먹는 거, 난 먼저 비싼 걸로 주문했어."

이모님이 그렇게 말하는 사이에 높다란 유리잔 위까지 과일조각이 장식된 파르페가 나왔다.

"쳇, 얄미워. 우리는 소다수 두 잔 주세요."

이모님은 긴 손톱의 새끼손가락을 바짝 세우고 스푼을 깊숙이 넣어 아래쪽의 크림을 능숙하게 떠내면서 항상 그렇듯이 빠른 말투로 혼자 떠들어댔다.

"여기는 시끌시끌해서 우리 말소리가 안 들릴 테니까 딱 좋다. 전화로 잠깐 얘기했던 대로 오늘 밤은 나카노 쪽이야. 그것도 아마추어가 자택에서. 어이가 없어서, 원. 사모님 동창 모임이래. 요즘에는 야마노테 사모님들도 여간내기가 아니라니까. 그러고도 낮에는 새침하게 얌전떨면서 돌아다니겠지. ……그건 그렇고 너희 소문을 듣고 꼭 불러달라고 콕 집어서 지명했어. 이런 건 나이 먹은 추레한 사람은 싫다나? 하긴 그럴 만도 하지. ……그래서 나도 아주 비싸게 불러봤어. 그랬더니만 그래도 좋다, 마음에 들면 팁도 주겠다지 뭐야. 어차피 그쪽 사모님들은 시세 같은 건 알지도 못하거든. ……그나저

나 너희들, 마음먹고 잘해줘. 내가 말하지 않아도 잘 알겠지만, 오늘 밤 마음에 들게 해주면 고급 단골손님이 많아질 거야. 뭐, 너희처럼 호흡이 척척 맞는 애들도 별로 없으니까 그런 점은 안심이지만, 어쨌든 내 체면은 깎지 말아줘. ……그건 그렇고, 그쪽 총무 담당 부인이 나카노 역 앞 찻집에서 기다리겠대. 그다음은 다 알지? 우리한테 주소 들키지 않게 거기서 택시 타고 일부러 빙빙 돌면서 엉뚱한 길로 지나갈 거고, 설마 눈에 안대까지 씌우지는 않겠지만 문패를 볼 수 없게 서둘러 쪽문으로 데려가는 방식이야. 불쾌하겠지만 그쪽 분들도 입장이 있으니까 어쩔 수 없어. 그렇잖아, 좀 참아줘, 그런 점은. ……나? 나는 그쪽에 도착하면 항상 하던 대로 현관 앞에서 지키고 있어야지. 누가 나타나든 따돌리는 것쯤은 식은 죽 먹기야. ……이제 슬슬 가볼까? 어쨌든 똑똑하게 잘해줘, 자꾸 잔소리하는 것 같지만."

***

심야에 겐조와 기요코는 이모님과 헤어져 아사쿠사로 돌아왔다. 6구를 빠져나오자 그림 간판의 짙은 색깔이 흐린 밤하늘 아래 거무스름하게 가라앉아 있었다. 여느 때와 달리 몹시 피곤했기 때문에 겐조의 게다 소리는 포장도로에 질질 끌리는 것처럼 들렸다.

두 사람은 문득 신세카이 백화점 빌딩 옥상을 동시에 우러러보았다. 오층탑 네온 불빛은 이미 꺼져 있었다.

"어휴, 지겨운 손님이었어. 그런 아니꼬운 손님은 처음이야."

기요코는 고개를 숙인 채 걸음을 옮길 뿐 대답하지 않았다.

"아주 잘난 척은 다 하고, 짜증 나는 할망구들."

"그래도 어쩔 수 없지, 뭐. ……팁도 잔뜩 받았고."

"그 여편네들, 남편한테 뜯어낸 돈으로 실컷 놀아대더라. 돈이 생겨도 그런 여자는 되지 마."

"참 나, 말도 안 돼."

기요코는 어둠 속에서 하얀 웃음을 보였다.

"지겨운 인간들."

겐조는 침을 뱉었다. 침은 힘차게 하얀 호를 그리며 떨어졌다.

"전부 얼마였어?"

"이게 다야."

기요코는 핸드백에 손을 넣어 봉투도 없이 쑤셔 넣어둔 지폐를 꺼냈다.

"와아, 오천 엔? 이렇게 많이 받은 건 처음이네. 이모님이 도합 삼천 엔은 떼어갔고……. 제기랄, 이걸 쫙쫙 찢어버리면 속이 시원하겠는데."

기요코는 당황해서 남편의 손에서 다시 지폐를 챙겨갔다. 핸드백 속에 큰 자리를 차지한 마지막 백만 엔 전병 한 개가 손에 잡혀서 다정하게 달래는 투로 말했다.

"그 대신 이거라도 부숴버려."

겐조는 셀로판지에 감싸인 백만 엔 전병을 받아들었다. 종이는 꾹꾹 뭉쳐 길바닥에 내버렸다. 한밤중 길거리에 셀로판지 뭉쳐지는 소리가 요란하게 울렸다.

  손바닥보다 큼직한 백만 엔 전병을 두 손으로 부숴버리려고 자세를 잡았다. 전병의 달콤한 겉면이 손에 달라붙었다. 사놓고 한참 지난 터라 완전히 눅눅해진 전병은 부수려고 할수록 부들부들 휘어지고, 휠수록 강인한 저항이 더해져서 겐조는 어떻게 해도 그걸 부술 수 없었다.

(1960년)

우국

憂国

1

1936년 2월 28일(즉 2·26사건* 발발 3일째 날), 근위보병 1연대 근무 다케야마 신지 중위는 사건 발생 이후 친우가 반란군에 가담한 것에 대해 오뇌를 거듭하였고, 황군 상격相擊 사태가 일어날 것이 분명한 정세에 통분하여 요쓰야구 아오바초 6의 자택 8조 방에서 군도로써 할복자살하였으며 레이코 부인 또한 부군을 따라 자인自刃하였다. 중위의 유서는 단 한 문장, '황군의 만세를 빈다'라는 것이었고,

* 1936년 2월 26일에 발생한 군인 쿠데타 미수 사건. 정치권력을 장악하려는 중견 군 관료 통제파에 반발한 황도파皇道派의 제1사단 소속 청년 장교들이 1,483명의 하사관과 병사를 이끌고 봉기하여 정부 요인을 습격하고 나가타초와 가스미가세키 일대를 점거했으나 결국 청년 장교 일부는 자결하고 나머지는 투항하며 수습되었다.

부인의 유서에는 양친에 앞서가는 불효를 사죄하며 '군인의 아내로서 맞이할 날이 왔습니다' 등의 내용이 적혀 있었다. 열부열녀의 최후, 참으로 하늘도 울릴 기개가 있었다. 참고로 중위는 향년 30세, 부인은 23세, 화촉을 밝힌 지 반년이 채 되지 않았다.

2

다케야마 중위의 결혼식에 참석했던 자는 물론이고 신랑신부의 기념사진만 본 사람들도 그 두 사람의 미모에 새삼 탄성을 올리곤 했다. 군복 차림의 중위는 왼손에 군도를 짚고 오른손에는 벗은 군모를 들고 늠름하게 아내를 비호하며 서 있었다. 참으로 다부진 얼굴로, 짙은 눈썹도 부릅뜬 눈도 청년의 순수함과 당당함을 보여주었다. 하얀 혼례복을 입은 신부의 아름다움은 형용할 도리가 없었다. 온순한 눈썹 아래 동그란 눈에도 갸름한 예쁜 코에도 도톰한 입술에도 요염함과 고귀함이 함께 어우러졌다. 혼례복 소맷자락 밑으로 살짝 드러난, 부채를 든 손가락이 섬세하고도 가지런한 것이 메꽃 봉오리 같았다.

두 사람이 자결한 뒤, 사람들은 곧잘 이 사진을 꺼내 들여다보며 이렇듯 나무랄 데 없이 아름다운 남녀의 인연에는 불길한 뭔가가 깃들기 십상이라고 탄식했다. 사건 후에 들여다보니 그리 봐서 그런지 금병풍 앞의 신랑신부는 그 어느 것에도 뒤지지 않는 맑은 눈동자로 곧 다가올 죽음을 꿰뚫어보는 것만 같았다.

두 사람은 중매자 오제키 중장의 주선으로 요쓰야 아오바초에 신혼집을 마련했다. 신혼집이라고 해도 작은 마당이 딸린 방 세 칸의 낡은 셋집으로, 1층의 6조도 4조 반도 햇볕이 잘 들지 않아서 2층의 8조 침실을 객실로 겸하며 하녀도 두지 않고 레이코 혼자 살림을 꾸려왔다.

신혼여행은 비상시라 하여 사양했다. 두 사람이 첫날밤을 보낸 곳은 이 집이었다. 잠자리에 들기 전, 신지는 군도를 무릎 앞에 놓고 군인다운 훈계를 내렸다. 군인의 아내란 언제 어느 때든 남편의 죽음을 각오하지 않으면 안 된다. 그것이 내일이 될지도 모른다. 모레가 될지도 모른다. 언제 닥치더라도 당황하지 않을 각오가 되었냐고 물었던 것이다. 레이코는 자리에서 일어나 서랍장을 열고 가장 소중한 혼수품으로 어머니가 건네준 품에 지닐 수 있는 단검을 남편과 마찬가지로 말없이 자신의 무릎 앞에 내려놓았다. 그로써 완전한 묵계가 성립되었고 중위는 두 번 다시 아내의 각오를 확인하려 들지 않았다.

결혼하고 몇 달이 지나자 레이코의 아름다움은 한층 더 세련되어 비 갠 하늘의 달처럼 환하게 드러났다.

둘 다 실로 건강하고 젊은 육체를 가졌기에 그 정교情交는 격렬했다. 밤에는 물론이고 훈련을 마치고 돌아오면 먼지투성이 군복을 벗을 새도 아까워하며 집에 들어서자마자 신부를 그 자리에 밀어 눕힌 적이 한두 번이 아니었다. 레이코도 이에 잘 응했다. 첫날밤 이후 한 달이 지날까 말까 하는 때에 레이코는 기쁨을 아는 몸이 되었고 중위도 그런 아내를 흐뭇해했다.

레이코의 몸은 하얗고 당당했다. 불룩한 젖가슴은 그야말로 힘찬 거부의 정결함을 나타내면서도 일단 받아들인 뒤에는 둥지와도 같은 따스함이 넘실거렸다. 그들은 잠자리에서도 무서우리 만큼, 엄숙하리만큼 성실했다. 차츰 격렬해져가는 광태狂態의 한가운데서도 성실했다.

낮 동안 중위는 훈련 중에 잠깐씩 쉴 때마다 아내를 떠올렸고, 레이코는 온종일 남편의 면모를 좇았다. 하지만 혼자일 때도 결혼식 사진을 바라보면 행복을 확인할 수 있었다. 레이코는 불과 몇 달 전까지만 해도 아무 관련이 없었던 사내가 자신만의 세계의 태양이 된 것이 이제는 더 이상 이상하게 느껴지지 않았다.

그러한 것은 모두 도덕적이었고 또한 교육칙어敎育勅語의 '부부 화합'이라는 가르침에 꼭 들어맞았다. 레이코는 단 한 번도 말대꾸하지 않았고 중위도 아내를 나무랄 만한 이유를 전혀 찾지 못했다. 1층 신단에는 고타이진구皇太神宮 신사의 부적과 함께 천왕 왕후의 사진을 올려놓고, 아침마다 출근 전에 중위는 아내와 함께 그 앞에서 깊이 머리를 숙였다. 공양하는 물은 매일 아침 새로 길어왔고 신목神木 잎은 항상 반들반들 싱싱했다. 이 세상은 모조리 엄숙한 신위神威의 보호를 받았고, 게다가 구석구석까지 전율할 듯한 쾌락으로 넘쳐났다.

3

사이토 내대신內大臣의 저택이 바로 근처였는데도, 2월 26일 새벽

두 사람은 총성조차 듣지 못했다. 다만 10분 동안의 참극이 끝나고 눈 내린 새벽 어스름 속에 울려 퍼진 소집 나팔 소리가 중위의 잠을 깨웠다. 중위는 자리를 박차고 일어나 말없이 군복을 입고 아내가 내미는 군도를 차고 아직 채 밝지 않은 새벽 눈길로 뛰쳐나갔다. 그리고 28일 저녁까지 돌아오지 않았다.

레이코는 곧 라디오 뉴스로 이 돌발사건의 전모를 알았다. 그로부터 이틀 동안 홀로 남은 그녀는 참으로 조용하게, 내내 문을 닫아걸고 지냈다.

레이코는 눈 내린 아침에 아무 말 없이 뛰쳐나간 중위의 얼굴에서 이미 죽음의 결의를 읽었던 것이다. 남편이 이대로 살아 돌아오지 않을 경우 그 뒤를 따를 각오가 되어 있었다. 그녀는 가만가만 신변 물건들을 정리했다. 외출복 몇 벌은 학창시절 친구에게 주는 유품으로 각각 포장지 위에 받을 사람의 이름을 적어두었다. 내일을 생각해서는 안 된다고 평소에 남편이 늘 말했기 때문에 레이코는 일기도 쓰지 않았다. 그래서 최근 몇 달 동안의 행복의 기록을 찬찬히 되짚어 읽어본 뒤 불에 던져 넣는 즐거움은 누리지 못했다. 라디오 옆에는 작은 도자기 강아지와 토끼, 다람쥐와 곰과 여우가 있었다. 거기에 작은 항아리며 물병도 있었다. 그게 레이코의 유일한 수집품이었다. 하지만 그런 걸 유품으로 남겨봤자 쓸데없다. 게다가 일부러 관에 넣어달라고 할 만한 것도 아니었다. 그러자 그 작은 도자기 동물들에게 오갈 데 없는, 의지할 곳 없는 표정이 넘실거리기 시작했다.

레이코는 그중 하나, 다람쥐를 집어 들여다보며 자신의 이런 어린애 같은 애착 저 너머에서 남편이 몸소 실천하는 태양 같은 대의를 존경의 마음으로 우러러보았다. 자신은 기꺼이 그 빛나는 태양의 수레바퀴에 휩쓸려 죽어갈 신세였지만 지금 이 짧은 동안에는 홀로 천진한 애착에도 젖어들 수 있다. 하지만 그녀가 진심으로 이런 도자기 동물들을 사랑한 건 이미 지난 일이었다. 이제는 사랑했던 추억을 사랑하는 것에 지나지 않았기 때문에 마음속은 더 치열한 것, 더 미칠 듯한 행복으로 채워져 있었다. ……게다가 레이코는 생각할 때마다 가슴이 뛰는 밤낮의 육체의 희열을 쾌락 따위의 이름으로 부른 적이 한 번도 없었다. 아름다운 손가락은 2월 추위에 더해 도자기 다람쥐의 얼어붙을 듯한 감촉을 견디고 있었지만, 그러는 동안에도 중위의 억센 팔이 다가오던 순간을 생각하면 단정하게 입고 있는 비단옷 앞자락의 반복되는 똑같은 무늬 아래로 레이코는 눈을 녹일 듯 뜨거운 과육이 젖어드는 것을 느꼈다.

뇌리에 떠오르는 죽음은 조금도 두렵지 않았고, 남편이 지금 품고 있을 느낌이며 생각, 비탄과 고뇌와 상념, 그 모든 것이 홀로 집을 지키는 레이코에게 그의 몸과 완전히 똑같이 자신을 쾌적한 죽음으로 데려가리라고 굳게 믿었다. 그 사상의 어떤 한 조각에라도 그녀의 몸은 금세 녹아 들어갈 수 있다고 생각했다.

레이코는 그렇게 시시각각 라디오 뉴스에 귀를 기울여, 남편의 몇몇 친우의 이름이 궐기한 자들 속에 들어 있다는 것을 알았다. 그건 죽음의 뉴스였다. 그리고 사태가 하루하루 심상치 않은 형국으로 변해가면서 칙령이 언제 떨어질지 모른다는 것, 처음에는 유신을 위한 궐기로 여겨졌으나 점점 반란의 오명이 씌워져간다는 것을 상세히 알게 되었다. 연대에서는 아무런 연락도 없었다. 아직도 눈이 남아 있는 시내에서 언제 전투가 벌어질지 모를 상황이었다.

28일 해 질 무렵, 현관문을 거칠게 두드리는 소리를 레이코는 두려운 마음으로 들었다. 한달음에 달려가 떨리는 손으로 잠금을 풀었다. 간유리 너머 그림자는 아무 말도 없었지만 남편이 틀림없다는 걸 알았다. 그 미닫이문 고리가 그토록 답답하게 느껴진 적은 없었다. 고리가 자꾸만 손끝을 거슬러서 얼른 열리지 않았다.

문이 다 열리기도 전에 카키색 외투로 몸을 감싼 중위가 눈 섞인 진흙으로 묵직해진 장화를 신은 채 현관에 들어섰다. 중위는 미닫이문을 닫는 것과 동시에 직접 다시 고리를 잠갔다. 그것이 어떤 의미인지 레이코는 알지 못했다.

"잘 다녀오셨어요?"

레이코는 깊이 머리 숙여 인사했지만 중위는 대답하지 않았다. 군도를 풀어놓고 외투를 벗으려 해서 레이코는 등 뒤로 돌아가 거들어 주었다. 받아 든 외투는 차갑고 눅눅해서, 햇볕을 쬐면 풀풀 나는 말똥냄새 같은 것 없이 레이코의 팔에 묵직하게 걸쳐졌다. 옷을 외투걸이에 걸고 군도를 품에 안은 채 그녀는 장화를 벗은 남편을 따라 거실로 올라갔다. 1층의 6조 방이었다.

환한 불빛 아래서 보는 남편의 얼굴은 덥수룩한 수염에 뒤덮였고 마치 딴사람처럼 초췌해져 있었다. 뺨은 움푹 패어 윤기와 탄력을 잃었다. 기분이 좋을 때는 돌아오자마자 곧장 평상복으로 갈아입고 저녁식사를 재촉했는데 오늘은 군복 차림 그대로 탁자 앞에 양반다리를 틀고 앉아 고개를 떨구고 있었다. 레이코는 저녁을 차릴지 묻지 않았다.

잠시 뒤 중위는 이렇게 말했다.

"나는 알지도 못했어. 그 친구들, 나한테는 동참하라고 권하지 않았어. 아마 내가 신혼이라서 배려해준 거겠지. 가노도, 혼마도, 야마구치도."

레이코는 남편의 친우들이자 이따금 집에 놀러 오던 건장한 청년 장교들의 얼굴을 떠올렸다.

"당장 내일이라도 칙령이 떨어질 거야. 그 친구들은 반란군이라는 오명을 뒤집어쓰게 되겠지. 나는 부하들을 지휘해서 그들을 토벌해야 해. ……나는 못 해. 그런 짓은 할 수 없어."

그리고 다시 말을 이어갔다.

"지금 경비교대 명령을 받고 오늘 하룻밤 귀가를 허락받았어. 내일 아침에는 분명 그 친구들을 토벌하러 나가게 될 거야. 나는 도저히 그런 일은 할 수 없어, 레이코."

레이코는 단정하게 앉은 채 시선을 떨구었다. 미리 알고는 있었지만, 남편은 벌써 단 한 가지, 죽음에 대한 얘기를 한 것이다. 중위의 마음은 이미 정해졌다. 말 한마디 한마디가 죽음을 뒷받침하며 그 어둡고 견고한 논증을 위해 언어는 흔들림 없는 힘을 드러냈다. 중위는 고민하는 것처럼 말하지만 거기에는 이미 망설임이라고는 없었다.

하지만 그 사이사이 침묵의 시간에는 눈이 녹아 흐르는 계곡물 같은 청렬清洌함이 있었다. 중위는 이틀에 걸친 기나긴 오뇌 끝에 제 집에서 아름다운 아내의 얼굴을 마주하고서야 비로소 마음의 평안을 느꼈다. 굳이 말하지 않아도 아내가 언외의 각오를 짐작했다는 것을 알았기 때문이다.

"할 말이 있어." 중위는 거듭된 불면에도 맑고 다부진 눈을 크게 뜨고 처음으로 아내의 눈을 정면으로 바라보았다. "나는 오늘 밤 할복하기로 했어."

레이코의 눈빛에는 전혀 멈칫거리는 기색이 없었다.

그 동그란 눈은 강한 방울 소리 같은 생기를 드러냈다. 그리고 이렇게 말했다.

"각오하고 있었어요. 나도 당신과 함께하고 싶어요."

중위는 그 눈의 힘에 압도당하는 기분이었다. 말이 마치 농담처럼 술술 나오다니, 어떻게 이런 중대한 허락을 그리도 가볍게 표현할 수 있는지 어리둥절할 정도였다.

"그래, 함께하자. 다만 당신이 나의 할복을 지켜봐줬으면 해. 알겠지?"

말을 해놓고 나니 두 사람의 마음에는 갑작스럽게 해방된 듯한 기쁨이 샘솟았다.

레이코는 남편의 그 크나큰 신뢰에 가슴이 뭉클했다. 중위로서는 무슨 일이 있어도 죽음에 실패해서는 안 되었다. 그러기 위해서는 지켜봐줄 사람이 있어야 한다. 거기에 아내를 선택했다는 것이 첫 번째 신뢰였다. 함께 죽기를 약속했으면서도 아내를 먼저 죽게 하지 않고 아내의 죽음을 이미 스스로는 확인할 수 없는 미래에 두었다는 것이 두 번째의 더욱더 큰 신뢰였다. 만일 중위가 의심 많은 남편이었다면 흔한 동반자살처럼 아내를 먼저 죽이는 것을 선택했으리라.

중위는 레이코의 '함께하고 싶다'는 말을, 신혼 첫날밤부터 자신이 레이코를 이끌어 마침내 이 상황에서 그런 말을 막힘없이 발설하게 한 교육의 큰 성과라고 느꼈다. 그것은 중위의 자부심에 위안이 되었다. 그는 아내가 단지 자신을 사랑해서 자발적으로 한 말이라고 생각할 만큼 해이한 자만에 빠진 남편은 아니었다.

 기쁨이 너무도 자연스럽게 서로의 가슴에서 솟아났기 때문에 마주 보는 얼굴에 저절로 미소가 떠올랐다. 레이코는 신혼의 밤이 다시 찾아온 듯한 마음이 들었다.

 눈앞에 고통도 죽음도 없이 자유롭고 널찍한 들판이 펼쳐진 것 같았다.

 "목욕물을 데워뒀어요. 씻을래요?"

 "응, 그래."

 "식사는?"

 실로 평이하게 흘러나온 가정적인 말이어서 중위는 하마터면 착각에 빠질 뻔했다.

 "식사는 필요 없겠지. 술을 좀 데워주겠어?"

 "네."

 레이코는 자리에서 일어나 남편이 목욕 후에 입을 솜 넣은 잠옷을 꺼내려고 서랍장을 열고서, 남편에게 살짝 시선을 던졌다. 중위가 다가와 서랍장 안을 들여다보았다. 차곡차곡 정리된 포장지 위에 하나하나 유품을 받을 사람의 이름을 적어둔 게 눈에 들어왔다. 아내의 그런 굳은 각오를 목도한 중위는 슬픔은 조금도 없이 마음속이 달콤한 정서로 채워졌다. 앳된 아내가 어린애처럼 좋아하며 사들인 물건을 구경했을 때처럼 너무도 사랑스러워서 중위는 뒤에서 아내를 껴안고 그 목덜미에 입을 맞췄다.

레이코는 중위의 수염 때문에 목덜미에 간지러움을 느꼈다. 이 느낌은 단지 현세적인 것 이상으로 그녀에게는 현실 그 자체였지만, 그게 이제 곧 사라져버린다는 느낌이 더할 수 없이 신선했다. 돌연 한순간 한순간이 생생하게 힘을 얻고 온몸 구석구석까지 새롭게 눈을 떴다. 레이코는 버선발 끝까지 찌르르 힘이 들어간 채 등 뒤로 남편의 애무를 받았다.

"목욕하고 술 마신 뒤에…… 어때, 2층에 잠자리를 준비해주겠어?"

중위는 아내의 귓가에 대고 속삭였다. 레이코는 말없이 고개를 끄덕였다.

중위는 군복을 훌훌 벗어던지고 욕실로 들어갔다. 저만치에서 물이 튀는 소리를 들으며 레이코는 거실 화롯불을 살피고 술을 데울 준비에 나섰다.

솜 두른 잠옷과 허리띠, 속옷가지를 들고 욕실 앞에 가서 물이 뜨끈한지 물었다. 피어오르는 수증기 속에서 중위는 양반다리를 틀고 앉아 수염을 밀고 있었다. 물에 젖은 늠름한 등 근육이 팔의 움직임을 따라 기민하게 움직이는 게 흐릿하게 보였다.

거기에 어떤 특별한 시간이라는 것은 없었다. 레이코는 분주하게 돌아다니며 즉석 안주를 만들었다. 손도 떨리지 않았고 모든 게 평소보다 척척 잘되었다. 그래도 이따금 가슴속에 이상한 두근거림이 내달렸다. 먼 곳에서 내리치는 번개처럼 번쩍 강하게 내달렸다가 사라졌다. 그 밖에는 모든 것이 평소와 다름없었다.

욕실의 중위는 수염을 밀면서, 일단 데워진 자신의 몸이, 어쩔 도리 없는 고뇌의 피로는 완전히 씻겨나가고 이제 죽음을 앞두고 있는데도 즐거운 기대로 가득 채워진 것을 느꼈다. 아내가 일하며 돌아다니는 소리가 은은히 들려왔다. 그러자 이틀 동안 잊고 있었던 건강한 욕망이 고개를 쳐들었다.

둘이서 죽음을 결의했을 때의 그 기쁨에 조금의 불순함도 없다는 점에 중위는 자신이 있었다. 그때 두 사람은, 물론 그런 식으로 분명하게 의식한 건 아니지만, 다시금 남들이 알지 못하는 둘만의 정당한 쾌락이 대의와 신위로, 한 치의 빈틈도 없는 완전한 도덕으로 지켜졌다는 것을 느꼈다. 서로 눈을 마주 보고 서로의 눈동자 속에서 정당한 죽음을 발견했을 때, 다시금 그들은 어느 누구도 깨뜨릴 수 없는 철벽에 둘러싸이고 타인이 손끝 하나 건드릴 수 없는 아름다움과 정의의 갑옷이 입혀졌다는 것을 느꼈다. 그래서 중위는 자신의 육체적 욕망과 우국지정 사이에서 어떠한 모순도 자가당착도 찾지 못했을 뿐만 아니라 오히려 둘을 동일한 것으로 생각하기까지 했다.

침침하고 금이 간, 수증기에 자꾸 흐려지는 벽거울에 중위는 얼굴을 바짝 대고 정성껏 수염을 밀었다. 이것이 그대로 데스마스크가 된다. 보기 흉하게 삐죽삐죽 수염을 남겨서는 안 된다. 면도를 마친 얼굴은 다시금 젊은 빛이 나서 침침하던 거울이 환해질 정도였다. 이 맑고 건강한 얼굴을 죽음과 연결하는 것에는 이를테면 일종의 멋스러움이 있었다.

이것이 그대로 데스마스크가 된다! 이미 그 얼굴은 정확하게는 반쯤 중위의 소유에서 벗어나 죽은 군인의 기념비 위 얼굴이 되었다.

그는 시험 삼아 눈을 감아보았다. 모든 것은 어둠에 감싸이고 그는 더 이상 뭔가를 보는 인간이 아니었다.

목욕을 마치고 나온 중위는 반들반들한 뺨에 푸르스름한 면도 자국을 반짝이며 불이 잘 지펴진 화로 옆에 양반다리를 틀었다. 분주하게 일하는 사이 레이코가 재빠른 손으로 얼굴 화장을 매만진 것을 중위는 알았다. 볼은 화사하고 입술에는 촉촉함이 더해져 슬픔은 흔적도 없었다. 앳된 아내의 이런 치열한 성품의 증거를 보고 그는 마땅히 선택할 만한 아내를 참으로 잘 선택했다고 실감했다.

중위는 술잔을 비우고 그것을 곧장 레이코에게 건넸다. 한 번도 술을 마신 적이 없는 레이코가 순순히 잔을 받아 조심조심 입에 댔다.

"내 곁으로 와."

중위는 말했다. 레이코가 남편 옆으로 다가와 비스듬히 품에 안겼다. 그의 가슴속은 격렬히 물결치며 슬픔의 정서와 희열이 독한 술처럼 뒤섞였다. 중위는 아내의 얼굴을 내려다보았다. 이 세상에서 마지막으로 보는 사람의 얼굴, 마지막으로 보는 여인의 얼굴이다. 나그네가 두 번 다시 오지 않을 땅의 아름다운 풍광에 쏟아내는 작별의 눈빛으로 중위는 찬찬히 아내의 얼굴을 점검했다. 아무리 봐도 싫증나지 않는 아름다운 얼굴은 잘 정돈되었으나 냉랭함이 없고, 입술은 부드러운 힘으로 살짝 다물렸다. 중위는 자기도 모르게 그 입술에 입을 맞췄다. 그리고 문득 보니 얼굴에는 흐느낌으로 추하게 일그러진 데가 전혀 없는데도 감긴 눈의 긴 속눈썹 아래로 눈물이 방울방울 넘쳐 반짝이며 눈가로 떨어지고 있었다.

이윽고 2층 침실로 가자고 채근하자 레이코는 욕실에 다녀오겠노라고 말했다. 중위는 먼저 2층에 올라가 가스스토브로 따듯해진 침실의 이부자리 위에 큰대자로 누웠다. 이렇게 아내가 오기를 기다리는 시간까지, 그 어느 것도 평소와 다를 게 전혀 없었다.

그는 머리 뒤에 두 손을 깍지 끼고 스탠드 불빛이 닿지 않는 어슴푸레한 천장을 올려다보았다. 그가 지금 기다리는 것이 죽음인지 아니면 미칠 듯한 희열의 감각인지, 어쩌면 그게 겹쳐져 마치 육체의 욕망이 죽음을 향하고 있는 것처럼도 느껴졌다. 어느 쪽이든 중위는 이렇게까지 혼신의 자유를 맛본 적은 없었다.

창밖에서 차 소리가 들렸다. 길가에 남은 눈을 밟는 타이어의 삐거덕거림이 들렸다. 근처 담장에 클랙슨이 메아리쳤다. ……그런 소리들을 듣고 있으려니 여전히 바쁘게 오가는 사회의 바다 한가운데 오직 이곳만 외딴섬처럼 우뚝 솟아 있는 듯 느껴졌다. 내가 걱정하는 이 나라는 이 집 주위에 큼직큼직 잡다하게 펼쳐져 있다. 나는 그것을 위해 몸을 바치려는 것이다. 하지만 내 몸을 던져서까지 간언하고자 하는 이 거대한 나라는 과연 나의 죽음을 한 번이라도 돌아봐 줄까. 하지만 그걸로 좋다. 이곳은 주목받지 못한 전쟁터, 어느 누구에게도 공을 과시할 수 없는 전쟁터이자 영혼의 최전선이다.

레이코가 계단을 올라오는 발소리가 들렸다. 낡은 집의 경사진 계단은 유난히 삐걱거렸다. 이건 반가운 소리여서 중위는 수없이 침상에서 기다리는 동안 그 감미로운 삐걱거림을 들어왔다. 두 번 다시 이 소리를 들을 일도 없다고 생각하며 귀를 바짝 기울여 귀중한 시간의 한순간 한순간을 그 부드러운 발바닥이 내는 삐걱거림으로 빈틈없이 채우려 했다. 그렇게 시간은 찬연히 빛나는 보석과도 같은 것이 되었다.

레이코는 유카타에 나고야 오비*를 매고 있었다. 그 허리띠의 진홍색이 어슴푸레함 속에 거뭇하게 보여서 중위가 손을 대자, 레이코가 거들어주면서 하늘하늘 바닥에 떨어졌다. 아직 입고 있는 유카타 위로 아내를 껴안으려다 손가락이 야쓰구치**의 따듯한 겨드랑이 살갗에 낀 순간, 중위는 그 손끝의 감촉에 온몸이 타오르는 기분이었다.

두 사람은 스토브 불빛 앞에서 언제인지도 모르게 자연스럽게 알몸이 되었다.

입 밖에 내어 말하지는 않았지만, 몸도 마음도 설레는 가슴도 이게 마지막 정사라는 생각으로 소용돌이쳤다. 마치 '마지막 정사'라는 글자가 보이지 않는 먹물로 두 사람의 온몸에 빈틈없이 새겨진 것 같았다.

중위는 젊은 아내를 격렬하게 껴안고 입을 맞췄다. 두 사람의 혀는 상대의 보드라운 입속 구석구석까지 서로를 확인하며 아직 어디에서도 그 징조를 드러내지 않은 죽음의 고통이 모든 감각을 달궈진 쇠붙이처럼 벌겋게 벼려주는 것을 느꼈다. 아직 감지하지 못한 죽음의 고통, 그 먼 죽음의 고통이 그들의 쾌락을 정련해준 것이다.

"당신 몸을 보는 것도 이게 마지막이야. 찬찬히 보게 해줘."

중위는 말했다. 그리고 스탠드 갓을 기울여 자리에 누운 레이코의

---

* 나고야 오비名古屋帶는 기모노에 매는 여성용 허리띠로, 등 뒤의 불룩하게 매는 부분은 넓고 나머지는 폭이 절반이며 가볍게 매기 쉽다. 나고야에서 고안된 데서 붙은 이름.
** 기모노는 소매의 겨드랑이 부분을 꿰매지 않고 남겨두는데, 이 부분을 야쓰구치八ッ口라고 한다.

몸에 불빛이 비치도록 조절했다.
 레이코는 눈을 감고 누워 있었다. 낮은 불빛이 그 희고 엄숙한 살집의 굴곡을 잘 보여주었다. 중위는 약간은 이기적인 마음으로 이 아름다운 몸이 무너지는 모습을 보지 않아도 되는 행복을 기뻐했다.
 중위는 잊지 못할 풍경을 찬찬히 마음에 새겼다. 한 손으로 머리칼을 만지작거리고 다른 한 손으로는 조용히 아름다운 얼굴을 쓰다듬으며 눈길 닿는 곳 하나하나에 입을 맞췄다. 머리 선이 아름답게 두 개의 호를 그린 차분하고 차가운 이마, 흐릿한 눈썹 아래 긴 속눈썹의 보호를 받으며 감겨 있는 눈, 오똑한 코와 적당히 도톰한 단정한 입술 사이로 살짝 내보이는 이의 반짝임, 보드라운 뺨과 날렵한 작은 턱 ……그런 모든 것이 실로 환한 데스마스크를 떠올리게 해서 중위는 곧 레이코 스스로 칼로 찌를 터인 하얀 목젖 언저리를 몇 번이고 세게 빨아 빨갛게 만들어버렸다. 입술로 돌아와 자신의 입술로 살짝 누르며 작은 배가 흔들리듯 그 위에서 노닐었다. 눈을 감자 온 세상이 요람처럼 되었다.
 중위의 눈에 보이는 그대로 입술이 충실히 훑어나갔다. 높직이 숨쉬며 오르내리는 젖가슴은 산벚나무 꽃봉오리 같은 유두가 중위의 입속에서 더욱더 단단해졌다. 가슴 양옆으로 부드럽게 흘러내리는 팔의 아름다움, 그것이 품은 도톰함이 그대로 손목 쪽을 향해 가늘어지는 정교한 모습, 그리고 그 끝에는 지난 결혼식 날 부채를 쥐었던 섬세한 손가락이 있었다. 손가락 하나하나는 중위의 입술 앞에서 수줍은 듯 각각의 손가락 그늘에 숨었다. ……가슴에서 배에 이르는 천성天性의 자연스러운 굴곡은 부드러우면서도 팽팽한 탄력으로 휘어 거기서부터 허리로 펼쳐지는 풍요로운 곡선의 징조를 만들어내며 그 자체로 조금도 흐트러짐 없는 육체의 올바른 규율 같은 것을 드러냈다. 불빛에서 조금 멀리 있던 그 배와 허리의 흰빛과 풍요로움은 큼직한 사발에 가득 채워진 젖과도 같고, 한층 정결한 오목한 배꼽은 방금 빗물 한 방울이 강하게 파고 들어간 신선한 흔적 같았다. 그림자가 점차 짙게 드리워진 부분에서 음모는 상냥하고 민감하게 우거졌고 향기 짙은 꽃이 타는 듯한 냄새는 이제 진정되지 않는 몸의 하염없는 꿈틀거림과 함께 그 부근에서부터 조금씩 강해졌다.

마침내 레이코는 또렷하지 않은 목소리로 말했다.

"보여줘요…… 나한테도 기념으로, 잘 보이게."

이렇듯 강력하고 정당한 요구는 여태껏 한 번도 아내의 입에서 나온 적이 없었다. 그것이 그야말로 마지막까지 수줍게 숨겨뒀다가 터져 나온 말처럼 들렸기 때문에 중위는 순순히 아내 옆에 누워 몸을 맡겼다. 요동치던 하얀 육체가 부드럽게 일어나더니 남편에게 지금까지 당한 대로 되돌려주겠다는 사랑스러운 소망으로 불타올라, 지그시 그녀를 올려다보는 중위의 눈을 하얀 두 손가락으로 흐르듯이 쓰다듬어 꼭 감게 했다.

레이코는 눈꺼풀이 후끈할 만큼 흥분한 것에 뺨을 붉히면서 애틋함에 겨워 중위의 짧게 깎은 머리를 끌어안았다. 젖가슴에 짧은 머리칼이 아프게 닿고, 남편의 높은 콧날이 차갑게 파고들어 그 숨결이 뜨겁게 끼쳤다. 그녀는 머리를 떼어놓고 그 남자다운 얼굴을 바라보았다. 씩씩한 눈썹, 감긴 눈, 준수한 콧날, 굳게 다문 아름다운 입술……푸르스름한 면도 자국이 남은 뺨은 불빛을 받아 반들거렸다. 레이코는 그 하나하나에, 그리고 이어서 굵은 목덜미에, 억세게 벌어진 어깨에, 방패 두 개를 맞댄 듯한 늠름한 가슴과 그 주황빛 젖꼭지에 입을 맞췄다. 두툼한 가슴팍 양옆에 진한 그림자를 드리운 겨드랑이에서는 무성한 털이 달콤하고 암울한 냄새를 어지러이 풍기고, 그 냄새의 달콤함에는 어딘가 청년의 죽음에 대한 실감이 서려 있었다. 중위의 살갗은 보리밭처럼 빛나고, 근육은 온통 뚜렷한 윤곽을 노골적으로 드러내며 복근의 결을 따라 밋밋한 아랫배로 좁혀져갔다. 레이코는 남편의 이 젊고 탄탄한 배, 무성한 털에 뒤덮인 겸허한 배를 바라보는 사이에 이곳이 곧 참혹하게 찢겨나갈 것을 생각하며 너무도 안타까운 나머지 그곳에 엎드려 울며 입맞춤을 퍼부었다.

누워 있던 중위는 자신의 배에 쏟아지는 아내의 눈물을 느끼고 어떤 극렬한 할복의 고통에도 견뎌내리라고 용기를 다졌다.

그러한 경위를 거쳐 두 사람이 얼마나 지극한 희열을 맛보았는지는 더 말할 것도 없으리라. 중위는 사내답게 몸을 일으켜 슬픔과 눈물로 축 늘어진 아내를 억센 팔로 끌어안았다. 두 사람은 엇갈린 서로의 뺨을 미친 듯이 비벼댔다. 레이코는 몸을 떨고 있었다. 땀에 젖은 가슴과 가슴이 단단히 맞붙어 두 번 다시 떨어지지 않을 것처럼, 젊고 아름다운 육체의 구석구석까지 하나가 되었다. 레이코는 부르짖었다. 저 높은 곳에서 나락으로 떨어지고, 나락에서 날개를 얻어 다시금 눈이 아찔해지는 높이까지 날아올랐다. 중위는 장거리를 내달린 연대 기수처럼 헉헉거렸다. ……그리고 한바탕 정사가 끝나자마자 다시 격렬한 정이 흘러넘쳐 두 사람은 또 한 번 서로를 끌어안고 지친 기색도 없이 단숨에 절정을 향해 치달았다.

4

 시간이 흘러 중위가 몸을 물린 것은 싫증이 나서가 아니었다. 첫째로는 할복에 필요한 강한 힘이 감쇄되는 것을 우려했기 때문이다. 또 하나는 지나치게 탐해서 마지막 감미로운 추억이 손상되는 것을 우려했기 때문이다.
 중위가 분명하게 몸을 물리자 항상 그랬듯이 레이코도 얌전히 그 뜻에 따랐다. 두 사람은 알몸인 채로 서로 손깍지를 끼고 반듯하게 누워 지그시 어두운 천장을 응시했다. 땀이 한꺼번에 걷혔지만 스토브 열기 덕분에 조금도 춥지 않았다. 이 동네의 밤은 고요하고 자동차 소리조차 끊겼다. 요쓰야 역 부근의 쇼센 전차와 시 전차의 굉음도 황궁의 해자 안쪽으로 메아리칠 뿐 아카사카 리큐마에의 널찍한 차도를 마주한 공원 숲에 가로막혀 이곳까지는 들려오지 않았다. 이 도쿄 일각에서 지금도 둘로 갈라진 황군이 서로 대치 중이라는 긴박감은 거짓말인 것만 같았다.
 두 사람은 내면에서 타오르고 있는 열기를 느끼며 방금 맛본 최상의 쾌락을 머릿속에 떠올렸다. 그 한순간 한순간, 끝없는 입맞춤의 느낌, 살갗의 감촉, 눈이 핑그르르 도는 듯한 쾌감의 한 장면 한 장면을 생각했다. 하지만 어두운 천장에서는 벌써 죽음의 얼굴이 이쪽을 엿보고 있었다. 그 기쁨은 최종적인 것이었고 두 번 다시 이 몸에 돌아오지 않는다. 하지만 생각하건대 앞으로 아무리 오래 살더라도 그토록 큰 환희에 도달할 일은 두 번 다시 없으리라는 게 거의 확실했다. 그런 생각은 두 사람이 똑같았다.

마주 잡은 손끝의 감촉, 이것도 이윽고 상실되리라. 지금 바라보는 어두운 천장의 나이테 무늬조차 이윽고 상실되리라. 죽음이 바작바작 다가오는 게 느껴졌다. 시간을 놓쳐서는 안 된다. 용기를 내어 이쪽에서 그 죽음을 향해 덤벼들어야 하는 것이다.

"자, 준비하자."

중위가 말했다. 그것은 분명 결연한 말투였지만, 레이코는 남편의 이토록 따듯하고 다정한 목소리는 들어본 적이 없었다.

자리를 털고 일어서자 분주한 일거리가 기다리고 있었다.

중위는 지금까지 한 번도 이불을 내리고 올리는 일을 거든 적이 없었지만 이번에는 선뜻 나서서 붙박이장을 열고 손수 이불을 들어다 넣었다.

가스스토브 불을 끄고 스탠드를 치워놓고 나니, 중위가 집에 없는 동안 레이코가 깨끗이 정리하고 청소해둔 덕분에, 한쪽 구석에 밀어놓은 자단목 탁자만 빼면 8조 방은 중요한 손님을 맞이하기 전의 거실 풍경과 다를 바 없었다.

"여기서 술도 참 많이 마셨어. 가노, 혼마, 야마구치하고."

"네, 많이들 드셨지요."

"그 친구들과도 머지않아 저승에서 만나겠지. 당신을 데려온 걸 보면 녀석들, 어지간히 놀려댈 거야."

아래층으로 내려갈 때, 중위는 방금 환하게 불을 켜둔 그 청정한 방을 돌아보았다. 그곳에서 함께 술을 마시고 떠들고 천진하게 자랑을 늘어놓던 청년 장교들의 얼굴이 떠올랐다. 그때는 이 방에서 자신이 할복하게 되리라고는 꿈에도 생각하지 못했다.

  1층 방 두 칸에서 부부는 물이 흐르듯 담담하게 각자의 준비로 분주했다. 중위는 화장실에 들렀다가 몸을 씻으러 욕실로 갔다. 그사이에 레이코는 남편의 솜 잠옷을 개켜놓고 군복 상하의와 새로 자른 여섯 자 흰 무명천을 욕실 앞에 챙겨두었다. 유서를 쓰기 위한 반지半紙는 탁자 위에 가지런히 놓고, 벼루 뚜껑을 열어 먹을 갈았다. 유서에 쓸 글귀는 이미 생각해두었다.

  레이코의 손끝이 먹의 차가운 금박을 짚었고 벼루의 바다는 먹구름이 퍼지듯 금세 색이 검어졌다. 그녀는 이런 반복적인 동작, 이 손가락의 압력과 희미한 소리의 왕래가 오로지 죽음을 위한 것이라는 생각을 멈췄다. 죽음이 마침내 눈앞에 모습을 드러내기 전까지 그것은 단지 시간을 담백하게 새겨나가는 일상다반사에 지나지 않았다. 하지만 차츰차츰 매끄러워지는 먹의 감촉과 쌓여가는 묵향에는 말로 표현할 길 없는 어둠이 있었다.

  맨살 위에 단정히 군복을 차려입고 중위가 욕실에서 나왔다. 그리고 말없이 탁자 앞에 정좌하더니 붓을 들어 종이를 마주하고 잠시 마음을 가라앉혔다.

  레이코는 소복 한 벌을 들고 욕실로 들어가 몸을 정결히 한 뒤에 옅은 화장을 했다. 소복을 입은 모습으로 거실로 나왔을 때는 등불 아래 반지에 검은 글씨로 짧게 적힌 유서를 볼 수 있었다.

  '황군 만세 육군 보병 중위 다케야마 신지'

레이코가 그 맞은편에 앉아 유서를 쓰는 동안에 중위는 말없이 진지한 표정으로 붓을 든 아내의 하얀 손가락의 단정한 움직임을 바라보았다.

중위는 군도를 차고 레이코는 소복 허리띠에 단검을 꽂았다. 유서를 들고 신단 앞에서 나란히 묵도한 다음에 1층 전깃불을 모두 껐다. 2층으로 올라가는 계단 중간에서 뒤를 돌아본 중위는 어둠 속에서 눈을 내리깐 채 따라 올라오는 아내의 소복 자태의 아름다움에 눈이 휘둥그레졌다.

유서는 2층 도코노마에 나란히 올려놓았다. 족자는 떼어야 할 테지만, 중매해준 오제키 중장의 서예 작품인 데다 '지성至誠'이라는 두 글자였기 때문에 그대로 걸어두기로 했다. 설령 핏물이 튀어 더럽혀지더라도 오제키 중장은 양해해줄 터였다.

중위는 도코노마의 기둥을 등지고 정좌한 뒤에 군도를 무릎 앞에 가로놓았다.

레이코는 다다미 한 장 건너 자리에 앉았다. 모든 것이 하얘서 입술에 찍은 연한 붉은빛이 한층 고와 보였다.

두 사람은 다다미 한 장 너머로 지그시 서로의 눈을 마주 보았다. 중위의 무릎 앞에는 군도가 있었다. 그것을 보자 레이코는 첫날밤의 일이 생각나 슬픔을 견딜 수 없었다. 중위가 나지막한 목소리로 말했다.

"가이샤쿠*가 없으니 깊이 찌를 생각이야. 보기 험한 일도 있을지

---

* 가이샤쿠介錯는 할복하는 자의 목을 쳐주는 일, 혹은 그 역할을 맡은 사람.

모르지만 무서워해서는 안 돼. 어차피 죽음이란 옆에서 보면 무서운 것이지. 그걸 보고 뜻이 꺾여서는 안 돼, 알겠지?"

"네."

레이코는 깊숙이 고개를 끄덕였다.

그 뽀얗고 나긋한 풍정을 보자 죽음을 앞둔 중위는 신비한 도취감을 느꼈다. 지금부터 자신이 하려는 일은 이제껏 아내에게 내보인 적 없는 군인으로서의 공적인 행위였다. 전쟁터의 결전과 똑같은 각오가 필요한, 전쟁터의 죽음과 동등하고 동질인 죽음이다. 자신은 지금 전쟁터에서의 모습을 아내에게 내보이는 것이다.

그것은 중위를 짧은 한순간의 신비한 환상으로 데려갔다. 전쟁터의 고독한 죽음과 눈앞의 아름다운 아내, 그 두 가지 차원에 발을 걸치고, 불가능할 터인 두 가지의 공존을 구현하면서 지금 자신이 죽으려 한다는 이 감각에는 말로 표현할 수 없는 감미로움이 있었다. 이것이 바로 지고의 행복이 아니겠는가 하고 생각했다. 아내의 아름다운 눈이 자신의 죽음을 시시각각 지켜봐준다는 것은 향기 그윽한 미풍을 맞으며 죽음을 맞이하는 것과 같은 일이다. 그곳에서는 뭔가가 너그럽게 허용된다. 뭔지는 모르지만 남들이 알지 못하는 경지, 다른 누구에게도 허락되지 않는 경지가 너그럽게 허용된다. 중위는 눈앞의 새 신부처럼 아름다운 소복의 아내 모습에서 자신이 사랑하고 몸 바쳐온 황실과 국가와 군기軍旗, 그 모든 것이 화려하게 펼쳐진 환영을 보는 것만 같았다. 그것들은 눈앞에 있는 아내와 마찬가지로 어디서나, 아무리 먼 곳에서라도, 끊임없이 맑은 눈빛으로 자신을 응시해줄 존재였다.

레이코 또한 죽음을 결행하려는 남편의 모습을, 이 세상에 이토록 아름다운 존재는 없을 거라고 생각하며 지그시 응시했다. 군복이 잘 어울리는 중위는 그 늠름한 눈썹, 그 굳게 다문 입술과 함께 지금 죽음을 앞두고 아마도 사내로서 최상의 아름다움을 드러내고 있었다.

"자, 간다."

마침내 중위가 말했다. 레이코는 방바닥에 깊이 허리 숙여 절을 올렸다. 도저히 얼굴을 들 수 없었다. 눈물로 화장을 망치고 싶지 않다고 생각하면서도 눈물을 멈출 수 없었다.

가까스로 얼굴을 들었을 때, 눈물 너머로 어른어른 보이는 것은 이미 뽑은 군도의 칼날을 대여섯 치 남겨두고 도신刀身에 흰 천을 감고 있는 남편의 모습이었다.

천을 다 감은 군도를 무릎 앞에 내려놓고 중위는 양반다리를 틀고 군복 목깃의 호크를 풀었다. 그 눈은 이미 아내를 보고 있지 않았다. 납작한 황동 단추를 하나하나 천천히 풀었다. 가무잡잡한 가슴팍이 드러나고 이어서 배가 드러났다. 벨트의 버클을 당기고 바지 단추를 풀었다. 순백의 여섯 자 훈도시가 살짝 드러나자 중위는 배를 편히 풀어주고 두 손으로 훈도시를 밀어 내린 뒤 오른손으로 군도의 백포白布 손잡이를 잡았다. 그대로 시선을 숙여 자신의 배를 내려다보며 왼손으로 아랫배를 문질러 부드럽게 풀었다.

중위는 칼이 잘 드는지 걱정이 되어 바지 왼쪽을 걷어 허벅지를 드러내고 그곳에 가볍게 칼날을 미끄러뜨렸다. 순식간에 상처에서 피가 배어 나와 가느다란 몇 줄기의 피가 환한 불빛을 받으며 가랑이 쪽으로 흘렀다.

처음으로 남편의 피를 본 레이코는 더럭 겁이 나서 심장이 빠르게 뛰었다. 남편의 얼굴을 보았다. 그는 태연히 그 피를 응시하고 있었다. 일시적인 안심이라고 생각하면서도 레이코는 짧은 순간 안도감을 느꼈다.

그 순간 중위가 매와도 같은 눈빛으로 아내를 매섭게 노려보았다. 칼을 앞에 겨누고 허리를 바짝 세워 상반신이 칼날 끝을 덮치게 한 뒤에 온몸에 힘을 넣는 것을 군복의 성난 어깨로 알 수 있었다. 중위는 단숨에 왼쪽 옆구리를 깊숙이 찌르기로 한 것이다. 날카로운 기합 소리가 침묵의 방 안을 꿰뚫었다.

중위는 스스로 힘을 줬으면서 마치 남에게 굵은 쇠몽둥이로 옆구리를 세게 얻어맞은 것 같은 느낌이 들었다. 한순간 머리가 핑그르르 돌아서 무슨 일이 일어났는지 알지 못했다. 대여섯 치를 드러냈던 칼끝이 이미 살 속에 완전히 파묻혀 주먹으로 움켜쥔 흰 천이 배에 직접 닿아 있었다.

퍼뜩 정신을 차렸다. 칼날이 확실하게 복막을 관통했다고 중위는 생각했다. 숨쉬기가 힘들고 심장이 심하게 뛰고, 자신의 내부라고는 생각되지 않는 먼 심부深部에서 땅이 갈라지고 뜨거운 용암이 흘러나오듯 끔찍한 통증이 솟구치는 것을 알았다. 그 극렬한 통증이 무시무시한 속도로 순식간에 덮쳐들었다. 중위는 자기도 모르게 신음을 낼 뻔했지만 아랫입술을 깨물며 참아냈다.

이게 할복이란 것인가 하고 중위는 생각했다. 그것은 하늘이 머리 위로 무너지고 세계가 휘청거리는 듯 뒤죽박죽 엉망이 된 감각이었다. 칼날을 꽂기 전에는 그토록 공고해 보였던 자신의 의지와 용기가 이제 가느다란 철사 한 도막처럼 변해서 오로지 그것에만 매달려야 한다는 불안감이 엄습했다. 손이 미끈거렸다. 내려다보니 흰 천도 주먹도 완전히 피범벅이 되어 있었다. 훈도시도 이미 시뻘겋게 물들었다. 이런 치열한 고통 속에서도 여전히 보일 것이 보이고, 있을 것이 있다는 게 신기했다.

레이코는 중위가 왼편 옆구리에 칼을 찔러 넣은 순간, 그 얼굴에서 순식간에 막이 내려지듯이 핏기가 가시는 것을 보고 당장 곁으로 달려가려는 자신과 싸우고 있었다. 어떻게 되든 바라보지 않으면 안 된다. 지켜보지 않으면 안 된다. 그것이 남편이 레이코에게 부여해준 책무였다. 다다미 한 장 거리에서 아랫입술을 악물고 고통을 견디는 남편의 얼굴이 선명하게 보였다. 그 고통은 한 치의 빈틈도 없이 정확하게 눈앞에 나타났다. 레이코는 거기서 구해낼 방도가 없었다.

남편의 이마에서 흘러나온 땀방울이 빛났다. 중위는 눈을 감았다가 다시 시험이라도 하듯이 눈을 떴다. 그 눈이 평소의 광채를 잃고 작은 동물의 눈처럼 천진하게 멍해진 듯이 보였다.

고통은 레이코의 눈앞에서, 온몸이 찢겨나가는 듯한 레이코의 비탄과는 상관없이, 여름 태양처럼 빛나고 있었다. 그 고통의 키가 점점 더 커져갔다. 솟아오르듯 커져갔다. 남편이 이미 다른 세계의 사람이 되었고, 그 전 존재가 고통으로 환원되어 손을 내밀어도 닿지 않을 고통의 감옥의 수인이 된 것을 레이코는 느꼈다. 게다가 레이코는 아프지 않았다. 비탄은 아프지 않다. 그렇게 생각하니 자신과 남편 사이에 누군가 무정한 높은 유리벽을 세워버린 것만 같았다.

결혼 이후 남편이 존재한다는 것은 자신이 존재하는 것이었고 남편의 숨결 하나하나도 역시 자신의 숨결이었는데, 지금 남편은 고통 속에서 생생하게 존재하건만 레이코는 비탄의 뒤편에서 어느 것 하나 자신의 존재에 대한 확증을 잡지 못하고 있었다.

중위는 그대로 오른손으로 칼끝을 반대편 옆구리까지 당기려 했지만 칼끝이 장에 엉켜 자꾸만 미끌미끌 밀려났기 때문에 두 손으로 칼끝을 뱃속 깊이 누른 채 당겨야 한다는 것을 알았다. 그렇게 반대편 옆구리로 당겼다. 마음먹은 대로 베어지지 않았다. 중위는 오른손에 혼신의 힘을 넣어 칼을 당겼다. 서너 치가 잘렸다.

고통은 뱃속 깊은 곳에서 서서히 번져 배 전체에 울려 퍼지는 것 같았다. 난타당하는 종처럼 그의 호흡 하나하나, 그의 맥박 하나하나마다 고통이 천 개의 종을 한꺼번에 울려대듯이 그의 존재를 뒤흔들었다. 중위는 더 이상 신음을 억누를 수 없었다. 하지만 퍼뜩 내려다보니 칼날이 이미 배꼽 밑까지 갈라놓은 것을 보고 만족과 용기를 느꼈다.

피는 점점 기세를 올려 상처 부위에서 맥박치듯이 솟구쳤다. 앞의 다다미는 핏물로 붉게 젖었고 카키색 바지의 주름진 곳에 고인 피가 바닥으로 흘러내렸다. 그리고 마침내 레이코의 소복 무릎에까지 피 한 방울이 작은 새처럼 훌쩍 튀어 날아왔다.

중위가 가까스로 오른쪽 옆구리까지 갈랐을 때, 이미 칼날은 약간 얕아져 지방과 혈액으로 미끈거리는 도신을 드러냈지만, 돌연 구토가 덮쳐 중위는 목쉰 비명을 부르짖었다. 구토가 극렬한 고통을 더욱 휘젓자 아직 굳게 닫혀 있던 복부가 갑자기 물결치면서 상처가 크게 벌어져 한껏 토사물을 쏟아내듯이 창자가 튀어나왔다. 창자는 주인의 고통은 알지 못한다는 듯이 건강한, 혐오스러울 만큼 기운찬 모습으로 희희낙락 미끄러져 나와 사타구니 쪽에 가득 찼다. 중위는 허리를 숙인 채 어깻숨을 몰아쉬며 가늘게 눈을 뜨고 입에서는 길게 침을 흘리고 있었다. 어깨에서 견장의 금빛이 빛났다.

피는 사방으로 튀고 중위는 자신의 피 웅덩이에 무릎까지 잠겨 그곳에 한 손을 짚고 허리를 꺾고 있었다. 비릿한 피 냄새가 방 안에 진동하고, 몸을 숙여 구토를 거듭하는 움직임이 생생하게 어깨에 드러났다. 창자에 떠밀려 나왔는지 칼은 이미 칼끝까지 드러낸 채 중위의 오른손에 쥐여 있었다.

그때 중위가 온 힘을 다해 몸을 뒤로 젖힌 모습은 비할 데 없이 장렬했다고 할 수 있으리라. 너무도 급격하게 젖혔기 때문에 뒤통수가 도코노마 기둥을 찧는 소리가 명료하게 들렸을 정도였다. 레이코는 그때까지 고개를 숙이고 오로지 자신의 무릎 근처로 다가오는 핏물만 응시하고 있었지만 그 소리에 놀라 얼굴을 들었다.

중위의 얼굴은 살아 있는 사람의 얼굴이 아니었다. 눈은 퀭하고 피부는 건조하고, 그토록 아름다웠던 볼이며 입술은 굳어버린 흙빛이 되었다. 오로지 무거운 듯 칼을 들고 있는 오른손만 꼭두각시 인형처럼 허청허청 흔들리며 자신의 목에 칼날을 대려 하고 있었다. 그렇게 레이코는 남편의 마지막 순간을, 가장 고통스럽고 공허한 노력을 똑똑히 지켜보았다. 혈액과 지방으로 번들거리던 칼끝이 몇 번이고 목을 노린다. 또다시 어긋난다. 이미 힘이 부족한 것이다. 어긋난 칼끝은 목깃을 스치고 그곳에 달린 배지를 스쳤다. 호크를 풀었는데도 뻣뻣한 군복 목깃이 한사코 오므려져 칼날로부터 목구멍을 지켜냈다.

보다 못해 레이코는 마침내 남편에게 다가가려고 했지만 몸이 일으켜지지 않았다. 무릎걸음으로 핏속을 기어가자 소복 옷자락이 시뻘겋게 젖었다. 남편의 등 뒤로 돌아가 단지 목깃을 벌려주는 도움을 건넸을 뿐이다. 허청거리던 칼끝이 드디어 맨살의 목젖에 닿았다. 레이코는 그 순간 자신이 남편을 떠밀어버린 건가 했지만, 그렇지 않았다. 그것은 중위가 스스로 의도한 마지막 힘이었다. 그는 불현듯 칼날을 향해 몸을 던졌고, 칼날은 그 목덜미를 꿰뚫어 엄청난 피의 용솟음과 함께 전등 불빛 아래 냉정한 퍼런 칼날을 삐죽하게 세운 채 잠잠해졌다.

5

레이코는 핏물에 미끈거리는 버선발로 천천히 계단을 내려왔다. 이미 2층은 고요해졌다.

아래층 전등을 켜고, 불 켜둔 솥은 없는지 둘러보고 가스 밸브도 잠그고 불씨가 남은 화로의 재에 물을 끼얹었다. 작은방으로 들어가 거울의 가리개 천을 올렸다. 소복의 아래쪽에 핏물이 화려하고도 대담한 무늬를 그려낸 것처럼 보였다. 거울 앞에 앉자 남편의 피에 젖은 허벅지 부근이 몹시 차가워서 레이코는 파르르 몸을 떨었다. 그러고는 한참 화장에 시간을 썼다. 볼은 약간 진하게 연지를 칠하고 입술도 짙은 색으로 발랐다. 이건 이미 남편을 위한 화장이 아니었다. 뒤에 남겨지는 세상을 위한 것으로, 그녀의 화장 솜에는 장대한 뜻이 담겨 있었다. 이윽고 자리에서 일어섰을 때, 거울 앞 다다미 바닥이 피에 젖어 있었다. 레이코는 개의치 않았다.

그리고 화장실에 다녀와 마지막으로 현관 참에 내려섰다. 어젯밤에 남편이 이 문을 잠가버린 건 죽음을 위한 준비였던 것이다. 그녀는 잠시 단순한 고민에 빠졌다. 문을 열어두어야 할까 잠가두어야 할까. 만일 열쇠를 채워둔다면 이웃에서 며칠씩이나 두 사람의 죽음을 알지 못하는 일이 생길 수 있다. 레이코는 자신들의 사체가 부패한 채로 발견되는 건 원하지 않았다. 역시 열어두는 게 좋겠다. ……그녀는 잠금 고리를 풀고 간유리 문을 살짝 밀어 열었다. ……순식간에 찬바람이 들이쳤다. 한밤중 길거리에는 인적도 없고, 맞은편 저택의 나무들 사이로 얼어붙은 별들이 반짝반짝하게 보였다.

현관문을 그대로 열어둔 채 계단을 올라갔다. 여기저기 집 안을 돌아다녀서 버선은 더 이상 미끈거리지 않았다. 계단 중간쯤부터 벌써 이취異臭가 코를 찔렀다.

중위는 피바다 속에 엎드려 있었다. 목에 꽂힌 칼끝이 아까보다 더 튀어나온 듯한 느낌이 들었다.

레이코는 피 웅덩이 속을 태연히 지나갔다. 그리고 중위의 사체 옆에 앉아 바닥에 엎드린 그 옆얼굴을 가만히 바라보았다. 중위는 뭔가에 홀린 사람처럼 눈을 크게 뜨고 있었다. 그 머리를 옷소매로 껴안아 들고 소맷자락으로 입에 묻은 피를 닦아준 뒤에 작별의 입맞춤을 했다.

그러고는 일어나서 붙박이장에서 새로 산 흰색 모포와 허리끈을 꺼내왔다. 옷자락이 흐트러지지 않게 허리에 그 모포를 둘둘 감고 허리끈으로 단단히 동여맸다.

레이코는 중위의 사체에서 한 자쯤 떨어진 자리에 앉았다. 단검을 허리춤에서 뽑아 그 명징한 칼날을 지그시 응시하다가 혀에 대보았다. 잘 벼려진 강철은 약간 달콤한 맛이 났다.

레이코는 주저하지 않았다. 조금 전, 죽어가는 남편과 자신을 그토록 멀리 갈라놓았던 고통이 이번에는 내 것이 된다고 생각하니 오로지 남편이 이미 영유한 세상에 동참한다는 기쁨이 있을 뿐이었다. 고통스러워하는 남편의 얼굴에는 처음 보는 뭔가 불가해한 것이 있었다. 이번에는 내가 그 수수께끼를 풀 것이다. 남편이 믿었던 대의의 참된 쓴맛과 단맛을 이제야말로 나도 경험하리라. 지금까지는 남편을 통해 겨우겨우 맛보았던 것을 이번에는 분명하게 내 혀로 맛보리라.

레이코는 목에 칼날을 댔다. 한 번 찔렀다. 얕았다. 머리가 몹시 뜨겁고 손이 마구 흔들렸다. 칼날을 옆으로 세게 당겼다. 입속에 뜨끈한 것이 솟구치고 눈앞은 뿜어져 나오는 피의 환영으로 새빨개졌다. 그녀는 힘을 얻어 칼끝을 목 뒤까지 강하게 밀어 넣었다.

(1961년)

달
月

1

"다들 너무 시끄러워. 죄다 고구마야, 놈들은. 우리 셋이서 교회에 술이나 마시러 가자. 조용하게."

하이미날이 말했다.

"그래, 조용, 조용, 조용히 가자."

키코가 말했다.

"양초를 사야겠네."

피터가 말했다.

모던 재즈바를 나온 세 사람은 12시 넘어 심야영업을 하는 담뱃가게에서 한 개 20엔짜리 양초 열 개를 샀다. 캔 맥주와 코카콜라는 이미 하이미날이 사서 큼직한 종이봉투에 담아 들었고, 키코의 청바지

뒷주머니에는 트랜지스터라디오가 있었다.

세 사람 모두 너무도 슬픈 나머지 깔깔깔 웃었다. 피터는 오늘 아침, 촌충이 양복을 입은 모습을 꿈속에서 보았다. 분명 위胃가 안 좋은 것이다.

하이미날은 어떤가 하면, 항상 반쯤은 꿈속에 있었기 때문에 말투가 어둠 속을 더듬더듬 걷는 걸음처럼 느렸다. 그의 본명은 아무도 알지 못했다. 수면제 하이미날을 한꺼번에 여섯 알이나 맥주와 함께 입에 털어 넣은 적이 있어서 다들 하이미날이라고 불렀다.

키코는 주말마다 트위스트로 밤을 지새운다. 주중에는 학질에 걸렸다 나은 사람처럼 매일 밤 멍해져 있다. 이 가녀린 아가씨의 어디에서 열 시간씩이나 계속 트위스트를 추는 힘이 솟아나는지 신기하다.

이 세 사람은 친구라고 하면 친구고, 아니라고 하면 아니었다. 키코는 하이미날과도 피터와도 딱 한 번씩 잔 적이 있었다. 하지만 그건 낯간지러운 의식 같은 것이어서 다음 날에는 다 잊어버렸다.

하이미날은 스물두 살이고, 키코는 열아홉 살, 피터는 열여덟 살이었다. 그리고 세 사람 다 자신들이 끔찍하게 늙었다고 생각하고 있었다.

그들은 낮 다음에는 밤이 온다든가 모든 배롱나무꽃은 붉다든가 하는 이론을 매우 싫어했다. 그건 고구마들이 정립한 이론이고, 고구마들이나 신봉하는 이론이었다.

수면제가 끼치는 작용, "저놈, 맛이 갔네"라고 남들이 한소리할 만한 그 감각 속에서는 이 단단한 세계도 녹아든다.

사이좋은 친구가 된다. 무엇과 무엇이 친해지는 것인지는 모른다. 아마도 인간과 인간이 그러는 건 아닐 것이다. ……

"네 핸드백, 비닐이지?"

"무슨 소리야, 요즘 아프리카에는 비닐 악어가 잔뜩 있다는데."

누군가가 말했다. 그렇다. 비닐 악어는 분명 잔뜩 있다. 그들이 살아가는 상태는 합성수지의, 차갑고 야만적인, 무관심한 생존의 상태였다. 그런데도 사람들은 그들을 무서워하는 것이다.

"니머 좀 있어?"

"있지, 물론."

키코가 대답했다. 키코는 부잣집 딸로, 항상 용돈을 잔뜩 받는다.

"나, 아까 빌한테 또 돈 뜯겼어."

"뀌줘봤자 어차피 15엔에서 20엔이지? 빌이 최고로 많이 빌려간 게 백 엔이잖아. 별 쩨쩨한 둥검이가 다 있다니까."

빌은 그들이 자주 가는 재즈바의 단골 흑인으로, 캠프 소속 군무원이라는데 항상 돈에 쪼들려 쩔쩔맸다. 빌은 머리가 얄팍하다. 짧게 깎아 올린 그 곱슬머리가 얄팍한 게 아니라 머릿속이 얄팍한 것이다. 일본에 전근 명령을 받았을 때, 잘못해서 서독행 비행기를 타는 바람에 프랑크푸르트까지 가버렸다. 그 비행기 삯을 여태까지 월급에서 까고 있어서 항상 주머니가 빈털터리라 남들에게 돈을 꾸러 다녔다.

하지만 빌이나 그 밖의 둥검이들은(까다롭게 인텔리인 척하는 둥횐이에 비해) 재즈바 측에도 손님들에게도 빠뜨릴 수 없는 존재였다. 밤새 바에 울려 퍼지는 레코드의 모던 재즈를 위해서는 반드시 흑인들의 밤 같은 피부며 야행성동물의 눈빛이며 뒤집힌 자줏빛 입술이며 복숭앗빛 손바닥이며 메슥거릴 듯한 체취가 필요한 것이다. 흑인들만이 생생한 광채가 있는 밤을 만들어낼 수 있다. 흑인들만이 밤이면 공포와 축축한 건초 냄새와 진짜배기 광기와 참된 추함을 아로새길 수 있는 것이다.

하이미날도 키코도 피터도 모두 그 재즈바에서 서로 알게 되었다. 그 바에서 엘라 피츠제럴드의 음반 〈멜로 무드*〉를 들었을 때부터 그들의 정처 없는 여행이 시작된 셈이었다.

그들은 이따금 십여 명이 떼를 지어 텔레비전 프로듀서 친구의 빈집을 습격해 창문을 강제로 열고 그 8조 방에서 혼숙을 하곤 했다. 밤 1시에 일을 마치고 눈만 말똥말똥한 채 마작 친구를 데리고 집에 돌아온 프로듀서는 불을 켜자마자 자신의 방에 사람들이 빽빽이 드러누워 자는 것을 보고 깜짝 놀랐다. 최소한 마작을 할 만한 공간은 만들자 싶어서 그는 여기저기 잠든 자들을 발로 걷어찼지만 아무도 눈을 뜨지 않았다. 모두 사이좋게 하이미날을 먹었던 것이다.

그런 식으로 그들은 여행을 계속했다. 도회지라는 이 장려瘴癘** 기운 가득한 타향 땅, 에드거 앨런 포의 이른바 '가스등으로 밝혀진 광막한 야만의 땅****'을 그들은 경석輕石으로 비비고 수세미로 문질러 색

* 원제는 Songs in a mellow mood.
** 한의학에서 쓰는 용어로, 익숙하지 않은 덥고 습한 지역에서 생기는 유행성 열병이나 학질.
*** 보들레르가 애드거 앨런 포의 문학적 성향과 기질에 대해 "미국을 '거대한 감옥'으로 인식

을 뺀 청바지를 입고 떠돌아다녔다. 꿈꾸는 듯한 눈빛을 하고, 게다가 꿈은 전혀 꾸지 않으면서. 쫄쫄 굶고, 게다가 배가 잔뜩 불러서.

—피터는 그런 여행이 한창인 가운데 자신의 소년기를 고수했다. 결코 어른이 되고 싶은 마음이 없었고 자신을 열일곱 살 소년이라고 생각하기를 좋아했다. 고희연을 맞이한 소년! 늙어 추레해진, 관棺에 이미 한 발을 들이민 소년.

한낮 시내의 잡답과 불결함에 질릴 대로 질려서, 그는 은행이며 백화점이 셔터를 내리고 어두운 콘크리트 덩어리만 가로막고 서 있는 한밤의 거리를 사랑했다.

경비실의 희미한 불빛만 보이는 그 낡은 빌딩에는 쥐가 몇 마리나 있을까. 쥐들의 삶. 아무튼 또 하나의 삶이 있다는 건 확실하다. 불안과 공포와 쉴 새 없는 둔주遁走와 온몸이 찌릿할 만큼 맛있는, 어쩌다 얻어걸리는 먹잇감으로 채색된 생활이.

피터는 인간이든 인생이든 이제 속속들이 다 알아버렸다고 느꼈다. 이 세상에 놀랄 만한 일은 아무것도 없다. 그런데도 왜 마음의 안정安靜은 없는 걸까. 그건 아무리 나이 많은 쥐새끼라도 마음에 안정이 없는 것과 똑같다. 날마다 세면기 한가득 감정의 피를 토하고, 그런데도 죽지 않는 것에는 더 이상 놀라지도 않고 일단은 태연한 척하는데, 그러고는 땀에 젖은 속옷을 갈아입으려고 여벌로 여러 장 갖고 다닌다. 그러면서 파티에도 가고 밤새도록 트위스트도 추지만, 혼자가 되면 돌연 멱살을 잡힌 양 컴컴한 우울에 사로잡히는 것이

했으며 '가스등으로 밝혀진 광막한 야만의 땅'으로 보았다"고 언급한 바 있다.

다. 이 세상에 놀랄 만한 일 따위 아무것도 없다면서도!

납작하고 그야말로 평평한 도시. 그 속을 기어 다니는 수많은 납작한 인간의 집단. 언제나 그 끝에서 아침 해가 뜬다. ……피터는 고통스러워서 자신에게 힐문한다. 어째서 나는 큐빅 같은, 별사탕 같은 모양새를 하고 있는가. 아아, 죽고 싶다. 죽고 싶다. 막대한 유산과 싸 갈긴 분뇨에 범벅이 되어 죽고 싶다. 젊은 영웅 같은 죽음 따위 딱 질색이고 나한테는 어울리지도 않는다. 시간이 너무도 남아돌았기 때문에 손톱발톱을 공들여 깎고 공들여 갈아서 투명한 매니큐어를 발랐다. 그의 손은 새하얗고 아름다웠다. gaudeant bene nati!(행복하게 태어난 자들은 기뻐하라!). 이건 그 재즈바에서 만난 현학적인 신사가 알려준 라틴어 격언이지만, 이토록 범속하고 끔찍한 격언이 있을까. ……어쨌든 그는 희고 아름다운 손을 갖고 있다. 여자였다면 '하얀 손의 이졸데'라고 불렸을 것이다. 하지만 그 흰 살갗에는 새벽하늘처럼 푸르스름한, 사내다운 정맥이 울룩불룩 물결쳤다. 그런 자신의 손을 응시하고 있으면 피터는 이따금 관능적인 기분이 들었다.

―다섯 개의 양초를 움켜쥔 그 손을 번쩍 들며 피터는 차 앞으로 달려 나가 택시를 세웠다. 생활에 찌든 얼굴의 운전기사가 무표정하게 자동문을 열었다.

키코는 두 남자 사이에 앉았다.

"우리, 오늘 그 교회에 몇 번째로 등불을 켜러 가는 거지?"

2

 그 교회는 아오야마 전찻길을 마주하고 있어서, 조만간 보나마나 살풍경하기 짝이 없는 빌딩을 지으려고 철거에 들어갈 터였다. 오쓰키 건설은 교회 정원 한 귀퉁이에 창고를 세우고 그곳에 관리인 가족을 거주하게 했지만 밤이 깊어지면 그들도 잠이 들었다.
 건설회사가 그런 건전한 관리인을 둔 것은 큰 오산이었다. 그들은 폐허가 된 이 건물이 예부터 내려온 반세속적이고 불건전한 경향을 계속 유지하려고 한다는 것을 알지 못했다. 한 번이라도 심야 미사를 집전했던 건물은 폐허가 된 뒤에도 그 악습을 잊지 않으려 하는 법이다.
 고딕양식의 모조품 같은 그 교회는 아직 견고한 외관을 유지하고 있고, 포인티드 아치* 창문들도 전찻길 쪽은 유리가 남은 데다 부벽扶壁에 달라붙은 담쟁이덩굴은 파릇파릇 무성해서 차창을 통해 얼핏 바라보면 주인 없는 가람伽藍으로는 보이지 않았다.
 언제부턴가 젊은이들이 이곳을 발견해 심야의 소굴로 삼았다. 만일 한밤중에 근처를 지나가는 사람이 있었다면 폐허의 창문에 언뜻언뜻 등불이 일렁이는 것을 보고 등줄기가 오싹했을 게 틀림없다.
 여기서 첫 심야 트위스트 파티를 개최한 것은 하이미날이었다. 이곳을 발견한 건 피터였지만 그는 오히려 자신들만의 작은 비밀의 성으로 삼을 생각이었다. 얘기를 들은 하이미날은 그 생각에 찬성하지

---

* 위쪽 끝이 뾰족한 아치로, 고딕양식 건축의 주요한 특징 중 하나다.

않아서 순식간에 서른 명이 넘는 트위스트 친구들에게 보여줬다. 그는 항상 숫자로 처리해버린다. 그에게는 민중이나 사회, 적어도 자신의 생각대로 움직일 집단이 필요했다. 그는 스스로 먹기 시작한 하이미날을 벌써 이삼백 명에게 권했노라고 자랑하곤 했다.

그러면서도 하이미날 자신은 결코 트위스트를 추지 않았다. 벽에 몸을 기대고 팔짱을 낀 채 한밤중에도 결코 벗지 않는 선글라스 안에 웃고 있는 눈을 숨기고 춤추는 사람들을 빤히 바라보았다. 그에게는 집단과 그 목적 없는 움직임이 필요했다. 그는 절망 속에서 잠들어 있지만 사람들은 절망 속에서 춤추고 있다. 똑같은 절망이라도 춤을 추는 건 기계⋯⋯그리고 하이미날에게는 동력이었다.

"고베 쪽에⋯⋯." 키코가 차 안에서 얘기를 시작했다. 키코는 일본 지도에 대해 변변히 아는 게 없어서 고베와 나가사키가 같은 현에 있다고 생각했다. "장미원을 가진 부인이 있대. 그 사람이 글쎄 장미를 먹고 산다는 거야. 손님이 오면 자기가 먼저 꽃잎 두세 장을 덥석 먹는 걸 보여주고 '역시 처음 드시는 분께는 드레싱을 뿌려드리는 게 더 부드럽게 넘어가겠지요'라면서 드레싱을 줄줄 뿌려 샐러드로 만들어 권한대. 장미 샐러드라니, 완전 멋지지 않아?"

"쐐기까지 같이 먹어버리는 게 비트족*이야."

피터가 말했다.

"자기, 쐐기를 먹을 수 있어?"

---

* 1950년대 미국에서 산업사회를 부정하고 기존 질서와 도덕을 거부하며 문학의 아카데미즘을 반대한 문학 예술가 세대.

"비트원숭이라면 그렇겠지. 그 녀석이라면 뭐든 다 먹을 수 있거든."

세 사람은 그 재즈바의 단골 소년을 머릿속에 떠올리며 웃었다. 그는 거무칙칙한 옷차림에 작은 몸집의 소년으로, 검은 셔츠와 검은 바지에 선글라스를 꼈다. 바의 베란다에 뛰어오르고 기둥에 기어 올라가 친구들이 던져주는 땅콩을 입으로 받아먹는 특기가 있어서 다들 '비트원숭이'라고 불렀다. 비트원숭이는 말을 전혀 하지 않았다. 이따금 하얀 이를 드러내며 소리 없이 웃을 뿐이었다.

―택시가 교회 앞에 도착했다. 택시비는 키코가 냈다.

세 사람은 인적 드문 인도로 몰래 교회 현관까지 다가갔다. 차도에는 낮시간보다 더 많은 차량이 오가고 있었다.

교회 현관에 들어서자, 두세 단의 돌계단은 이끼가 꼈고 돌 틈새에는 잡초가 자라나 있었다. 몸이 가벼운 피터가 앞장서서 현관문을 뒤덮은 못 박힌 판자를 흔들었다. 판자 아래쪽은 이미 못이 뽑혀 덜렁거렸다.

그가 신호를 보내고 잽싸게 몸을 숙여 안으로 들어가더니 판자문을 발로 걷어 올려 두 사람이 건너오기 수월하게 해주었다.

교회 대기실의 하얀 벽이 세 사람을 에워쌌다. 달이 뜬 밤에는 넓은 창문으로 빛이 충분히 들어오지만 오늘 밤은 벽만 부옇게 보여서 사방에서 그 험악한 흰빛이 조여드는 것 같았다. 키코가 빈 코카콜라 병에 발이 걸려 주저앉았다.

"역시 지하실이 좋아."

하이미날이 느릿느릿 말했다. 지하실로 내려가려면 좁은 뒤쪽 계단도 있지만 일단 정원으로 나가는 게 편하다.

세 사람은 잡초와 깨진 벽돌로 뒤덮인 정원으로 나왔다. 본관과 직각으로 익루翼樓*를 이룬 대예배당이 정원을 마주하고 우뚝 서 있다. 포인티드 아치의 창문들은 넘볼 엄두도 내지 못할 만큼 높직이 이어졌고 그 유리는 모조리 깨져 있었다.

대예배당이 전찻길의 인도와 직접 마주하고 있어서 그들은 꺼리며 들어가지 않았지만, 뒷마당에서 그 퇴락해버린 웅장한 모습을 한밤의 하늘 아래 바라보는 건 좋아했다.

하늘은 장마철을 앞두고 짙은 구름으로 가로막혔다. 대예배당은 그 구름을 수많은 비상 부벽飛翔扶壁**으로 아슬아슬하게 밀어 올리고 있는 것처럼 보였다.

"저거 봐, 저거!"

하이미날이 까마득한 예배당 내부를 가리키며 부르짖었다.

그 어둡고 광대한 공간에 하얀 날개가 나풀대며 언뜻 스쳐 가는 게 보였던 것이다.

한밤중 교회의 텅 빈 예배당을 천사들이 이리저리 날아다니는 모양이었다. 날개는 차례차례 나타나 천장에 나부끼기도 하고 깨진 창유리 끝의 뾰족한 곳에 머물다 사라지기도 했다.

---

* 본채와 직각이 되는 방향으로 세운 누각.
** 플라잉 버트레스flying buttress. 건물이 무너지지 않게 외벽에 덧댄 부벽 중에서 벽체와 완전히 분리 독립된 벽을 말한다. 주로 고딕양식 건축에서 사용되며, 아치 모양의 지지대로 외벽의 압력을 지탱하는 형태다.

그건 틀림없이 그들이 발견한 신비이며, 그들의 따분하기 이를 데 없는 밋밋한 세계를 이따금 번뜩이게 하는 가짜 관념의 빛줄기였다. 엘라 피츠제럴드의 노래를 들으며 느꼈던 전율이 이것과 같은 종류라고 한다면, 하이미날이 수면제의 힘을 빌려 이 세계에 부여하려고 시도한 한 찰나의 아름다움도 같은 종류의 것이었다.

하지만 그게 어떻게 신성神聖일 것인가. 신성이란 단단한 물질이라서 그들이 떠도는 세계에는 속하지 않는, 뭔가 좀 더 튼튼한 이를 가진 이가 꼭꼭 씹어 이해하려고 단단히 별러야 하는 것이다. 그 천사들의 날개는 희박하고 투명하고, 전혀 신성이 아니라 ……한마디로 그들 세계의 것이었다.

그리고 세 사람 모두 처음부터 잘 알고 있었다. 그건 심야의 전찻길을 달려가는 무수한 차량 불빛이 맞은편의 깨지지 않은 창유리에 굴절하여 반사되면서 잠시 여기저기에 흩뿌리는 빛에 지나지 않는다고.

─지하실로 내려가는 계단 앞에서 비로소 피터는 양초에 불을 켰다. 그전까지는 관리인 창고의 시야 안이라서 촛불 빛을 수상쩍게 여길 우려가 있었기 때문이다. 발밑의 계단은 한 단 한 단 그림자를 큼직하게 띄우고, 다시 그 그림자는 한 단 한 단 어둠 속으로 물러났다. 그들은 세계를 순식간에 불안정한 것으로 만드는 촛불 빛을 좋아했다.

"나도 줘야지. 약아빠졌어, 나한테도 달라니까."

키코가 피터의 손에서 빛 하나를 빼앗았다. 그 순간 뜨거운 촛농이 그녀의 손에 주르륵 떨어져 살갗에 단단한 촛농 비늘을 만들었다.

그들은 올 때마다 이 지하실에 새로운 기대감을 품었다. 그건 '근사한 것'의 소굴이자 자기들만의 전용 '미지未知'였다. 다름 아닌 그들 자신이 이 장소의 신비를 관리하고 있었던 것이다.

3

키코에게는 그렇게 세 명이 함께하는 것에서 생겨난 꿈이 있었는데, 바로 두 남자가 키코를 사이에 두고 일촉즉발의 관계로 불꽃 튀는 싸움을 하는 것이었다. 수탉 두 마리와 암탉 한 마리라면 상황은 분명 그런 식으로 전개되었을 것이다. 하지만 그들은 닭이 아니고, 서부극의 등장인물도 아니었다. 그런 건 애초에 불가능했고 키코도 그건 잘 알고 있었다.

하지만 어째서 불가능한 것인가. 선글라스에 가려진 하이미날의 눈은 항상 흐리멍덩하고, 피터의 눈도 쉴 새 없이 데굴거리며 일정하지 않다. 이 두 사람은 결코 서로 응시하는 일조차 없었다. 인간이 그토록 분명하게 타인을 응시하는 것은 적의가 됐든 우정이 됐든 타인의 존재와 타인의 세계를 용인하는 일인 것이다. 그건 말하자면 쓰레기들의 방식을 흉내 내는 일이었다.

키코는 이따금 최소한 둘 중 한 사람만이라도 찬장 구석에서 오래도록 찾던 물건을 발견했을 때처럼 반짝이는 눈빛으로 한순간 새삼스럽게 키코를 바라봐주기를 원했다. 하지만 그 정도의 일조차 한 번도 일어나지 않았다.

키코는 이 교회에 올 때마다, 특히 지하실로 내려가는 계단 앞에 설 때마다, 이 지하의 어둠 속에 오늘 밤에야말로 남녀 사이의 진지한 피투성이 싸움이 중세의 고블랭 태피스트리 그림처럼 펼쳐질 거라고 꿈꾸는 것이었다.

―피터는 계단을 다 내려서자 촛불을 들고 어둠 속을 나아갔다. 이렇게 어두운 곳에서도 하이미날은 선글라스를 벗지 않았다.
바닥의 콘크리트 파편이 그들의 구두 밑에서 버석거리는 소리를 냈다. 피터의 촛불은 거친 콘크리트 대들보가 몇 개나 건너지른 낮은 천장을 비춰냈다. 그 참에 어둠 한복판에서 크고 넉넉한 팔걸이 의자 하나가 또렷이 떠올랐다. 그 팔걸이 양쪽 끝에는 촛농이 한두 치 두께로 쌓여 있었다. 피터가 초 하나를 그 한쪽 편에 세우고, 키코가 하나를 다른 한쪽 끝에 세웠다. 사람이 앉지 않은 의자는 한 쌍의 촛불 빛을 거느리고 위태로운 위엄을 띠었다.
"누가 앉을 거야?"
키코가 물었다. 피터가 장난을 치면서 선글라스를 쓰더니 기운이 빠져 그곳에 무너지는 것처럼 털썩 앉았다. 그 모습은 실제로 창백한 유령처럼 보였다.
하이미날은 종이봉투를 껴안은 채 어둠 속에 우두커니 서 있었다. 두세 걸음 물러서다가 먼지투성이 책상에 부딪혔다. 이것도 의자와 마찬가지로 파티 때 누군가 가져온 것으로, 낡아빠진 사무용 책상은 이 장엄한 어둠 속에서 생생하고도 무시무시한 물상이 되었다.
"지난번에 우리 언니가 한밤중에 롯폰기에서 서랍장을 주웠대. 언니가 신혼이잖아. 형부와 둘이서 손을 잡고 걸어가는데 보도 한가운데 서랍장이 있더라는 거야. 검은 징 장식이 잔뜩 박힌 고풍스러운 서랍장이었대. 근처 가게는 모두 문을 닫았고 인적도 전혀 없는 곳에 왜 그런 물건이 덜렁 놓여 있었을까. ……둘이서 잽싸게 그걸 아파트로 가져가 지금도 쓰고 있대."

"가구라는 건 원래 그런 거야." 어둠 속에서 하이미날의 흐늘흐늘 풀어지는 듯한 목소리가 울렸다. "왜 그런지 모르지만 돌연 그런 어둠 속에서 나타나지. 인간의 생활이란 으스스한 거야. 의자며 책상이며 서랍장은 그걸 똑똑히 알고 있어. 그래서 어둠 속에서 스윽 나타나. 큼직한 검은 고양이처럼."

"나는 죽었다. 나는 죽었다." 피터가 몸을 떨면서 축 늘어져 앉은 채 노인의 목소리로 말했다. "내 유산이 20억 엔인데 그걸 모두 트위스트 파티에 써주게. 이 교회도 매입해버리도록 해. 내 주검의 입에서는 백합이 피어나고 백합에서는 헬리콥터가 튀어나와. 헬리콥터는 광고지를 뿌리고……."

"나는 그 광고지를 주웠지. 흙이 잔뜩 묻어서 글씨도 제대로 안 보였어."

어둠 속에서 하이미날이 말했다.

"그 광고지에는 이렇게 적혀 있었어. 인간세탁기 할부판매, 완전 탈수기 일체형, 이라고 말이지."

그들은 은밀하게는 하고 싶었지만 분위기가 음울해지는 건 질색이었다. 키코가 트랜지스터라디오를 켜자 심야 방송의 재즈가 흘러

나왔고, 피터와 하이미날은 분담해서 남은 여덟 개의 양초를 콘크리트 초벌 벽에서 튀어나온 굵은 철사를 구부려 하나하나 꽂고 그때마다 촛불을 켰다. 지하실은 호화스러운 식장처럼 바뀌었다. 목소리와 음악이 하나하나 가라앉은 메아리로 따라오는 것을 그들은 사랑했다. 그것은 이 어둠의 주위에서 뭔가가 그들을 지켜주고 옹호해주는 증거처럼 생각되었다. 메아리는 평범한 말도 비범하게 들리게 하고 따분한 농담에도 신비감을 부여했다. 피터는 다시 의자에 깊숙이 몸을 묻고 촛불에 반들거리는 매니큐어 바른 손톱을 들여다보았다.

열 개의 양초 불빛은 뿌옇게 번져서 제각기 금빛 동그라미를 펼치고 불의 깜빡임으로 주위의 어둠을 끊임없이 흔들었다.

"향 피우는 걸 깜빡했어."

키코가 소리쳤다.

"그렇지, 향!"

피터도 의자에서 벌떡 일어나 초 하나를 움켜잡았다.

폴짝폴짝 뛰어가는 두 사람의 뒤를 따라 하이미날은 느릿느릿 방 한쪽 구석으로 갔다. 그곳에 가로세로 두 자쯤 되는 작은 배기구가 있고, 거기에 끼워진 쇠창살 속에 희미하게 외부의 불빛이 떨어졌다. 앞쪽 쇠창살에는 퇴적된 낙엽이 삐죽이 튀어나왔는데 반쯤 부엽토가 되었다. 창살 하나에 검은 머리가 비스듬하게 단단히 끼어 있었다. 그것은 작은 고양이의 머리였다. 상처를 입고 배기구로 도망쳐 들어와 지하실로 들어오려고 몸부림치다가 결국 쇠창살에 머리를 반만 내민 채 죽어버린 모양이었다.

작은 고양이는 유리알 같은 눈을 크게 뜨고 입을 야무지게 오므린 채 한 쌍의 작은 귀를 뾰족 세웠지만 머리 부분의 털은 벗겨져가고 있었다. 그런데 자세히 보니 벗겨진 게 아니라 불에 타서 오그라든 것이었다.

키코가 피터에게서 공손히 양초를 받아들고 고양이 머리에 불을 가까이 댔다. 기울어진 불꽃에 촛농이 튀면서 손가락을 튕기는 듯한 작은 소리를 냈다. 순식간에 고양이 머리에 연기가 감돌고 주위에 칙칙하고 짙은 냄새가 퍼졌다. 그건 그야말로 '그들의' 냄새였다.

"졸아드는 듯한 소리가 나."

키코가 흥분한 목소리로 말했다. 그때 그녀의 예민해진 귀가, 작게 켜져 있는 라디오의 재즈 음악이 리처드 앤서니의 '야야 트위스트'*로 바뀐 것을 알아들었다.

"야야 트위스트 나온다. 춤추자! 피터, 춤추자!"

피터는 양초를 하이미날에게 건넸고, 키코는 서둘러 라디오 음량을 높이려고 뛰어갔다. 그들은 콘크리트 맨바닥에서 허리를 크게 흔들며 춤추기 시작했다. 진자처럼 좌우로 흔들리는 허리와 두 팔은 점점 기세를 더해 진폭을 넓혀갔다. 피터는 허리를 비틀고 키코는 뒤로 젖히며, 춤의 흔들거리는 그림자는 벽 곳곳에 겹쳐져서 그들의 춤이 온통 방을 휘저어 뒤흔드는 것 같았다.

두 사람이 회오리바람을 일으키며 벽의 수많은 촛불 옆을 지나칠 때, 불꽃은 일제히 납작 엎드려 서로 다른 방향으로 흐트러져 타올랐다.

---

* 'Ya Ya Twist.

하이미날은 조용히 두툼한 손바닥으로 자신의 촛불을 지키고 있었다. 그의 짙은 녹색 선글라스에는 수많은 촛불 빛의 흔들림이 작고 정교하게 비쳤다. 낮은 목소리로 그는 "그만해"라고 말했다. 다시 한번 말했지만, 춤추는 두 사람에게는 들리지 않았다.
 하이미날은 으르렁거리는 듯한 소리로 부르짖었다.
 "그만하라고! 오늘 밤은 춤추러 온 게 아니야."

4

 하이미날의 지시에 따라 세 사람의 술자리가 시작되었다. 하이미날이 책상에 올려둔 종이봉투에서 맥주 캔과 코카콜라를 꺼내 바닥에 놓았다. 그와 키코는 맥주를 마시고 피터는 코카콜라를 마셨다.
 그들은 신속하게 취했고 피터까지 콜라 한 캔에 취해버렸다. 취하자고 생각하면 그 즉시 취할 수 있었다. 아무것도 없는 공간에 불쑥 발을 내딛는 것이 낙하산부대 대원에게 무슨 대수로운 일이겠는가. 좋든 싫든 그들은 그런 식으로 살아온 것이다.
 "이런 게임을 하자. 네가 나를 뭔가 물건으로 지정해. 그러면 나는 즉각 네가 이름을 댄 그 물건이 되는 거야. 그다음에는 내가 다시 물건 이름을 대고."
 하이미날이 술에 취해 더욱더 느릿느릿해진 어조로 말했다. 피터는 타고난 즉결 과단으로 매니큐어를 칠한 손가락을 그에게로 향하며 이렇게 말했다.

"냉장고!"
"좋아, 햄!"
하이미날은 키코를 가리켰다.
"피터는…… 믹서."
—하이미날이 털썩 양반다리를 틀고 앉아 자신의 가슴 앞에서 문을 활짝 여는 몸짓을 했다. 냉장고 문이 열리고 순식간에 냉기가 새어 나오고 하이미날의 가슴팍에 꽁꽁 언 알전구 불이 켜지면서 텅 빈 갈비뼈 선반을 펼쳤다. 키코는 농염한 햄이 되었다. 그녀는 나체보다 더 벌거벗은 듯한 복숭앗빛 고기가 되어 유연하게 하이미날의 무릎에서 가슴팍으로 기어올라 달라붙었다.
"탁!"
하이미날이 두 팔의 문을 닫았다.
피터는 고심하며 다양한 과일과 채소를 자신의 머릿속에 넣고 온몸을 흔들며 몇 번이나 스핀을 하면서 아름답고 환상적인 색채의 주스를 만들려 하고 있었다.
"달걀도 넣는 게 좋겠지? 영양분이 되니까."
그는 자신의 머리 위에서 솜씨 좋게, 보이지 않는 달걀을 깨뜨렸다. 하나. 또 하나.
—그렇게 세 사람은 서로 어깨를 쳐가며 웃었다. 하지만 너무도 두드러진 벽의 메아리가 그 웃음을 도중에 멈추게 했다.
"이번에는 뭐가 될까. ……키코는 ……안약."
"하이미날은 손톱깎이로 해."
"피터는, 흠, 그래, 효자손이 좋겠네."

셋이 서로 뒤엉키면서 키코는 다른 두 사람의 눈을 노려 손끝으로 찌르고 하이미날은 다른 두 사람의 손톱과 발톱을 노리며 낑낑거렸다. 피터는 슬슬 피하면서 두 사람의 등을 긁고 다녔다. 그리고 다시 세 사람은 웃어젖혔다.

그런 변모 게임 끝에 그들은 무엇 때문에 이런 식으로 놀고 있는지 알 수 없게 되었다. 그들이 변모할 때마다 지구는 잠시 정지해서 이 세상 어떤 번거로운 규칙도 면제해줄 것처럼 생각되었다. 지금 이 시간에 잠들어 있는 고구마들은 자신이 고구마인 줄은 꿈에도 알지 못한 채 쿨쿨 자고 있을 게 틀림없다. 하이미날들은 수면제 덕분에 항상 반쯤은 깨어 있어서 인간의 번거로움을 모조리 등에 짊어지고, 그리하여 지독히 노인네가 되어가는 것이다.

거기서 하이미날은 막연히 머릿속으로 무지개 같은 이론을 더듬어갔다.

'지금 고구마들은 잠들어 있다. 전 세계의 그 녀석들을 숫자로 치면 엄청날 것이다. 그리고 대략 이 시각에 잠들어 있는 건 모두 고구마라고 해도 무방하다. ……그렇다. 녀석들의 꿈속으로 들어가주자. 녀석들이 꿈꾸는 어이없는, 저속하고 달콤하고 음란한 청춘의 이미지로 둔갑해주는 거야. 이건 냉장고로 변하는 것보다 훨씬 변모할 보람이 있다. 고구마들의 서글픈 향수鄕愁 속에서 나는 스물두 살의 젊은이가 되고 키코는 열아홉 살 소녀, 피터는 열여덟 살 소년으로 감쪽같이 둔갑해주자. 가장 역겨운 메타모르포제*야! 이건 최고로

---

* Metamorphose. 독일어로 변모, 변신, 변태를 뜻한다.

추악하지! 최고의 비트라고!'

피터와 키코는 휘황한 양초 불빛 속에 하이미날이 풀어놓은 언어가 악의와 오싹한 역겨움으로 칠해져 사방으로 날아다니는 것을 응시하고 있었다.

세 사람은 결국 해보기로 했다. 왜냐면 그것밖에 할 일이라고는 아무것도 없었으니까.

피터는 아직 열여덟 살짜리 고구마 소년의 역할 따위 연기해본 적이 한 번도 없었다. 그런 건 상상 밖이고, 그런 인간이 어떤 기분으로 매일 아침 이를 닦고 어떤 기분으로 밥을 먹는지 생각해본 적도 없었다. 하지만 게임은 게임이다. 그는 어떻게든 열여덟 살짜리 여드름 투성이(피터는 여드름이 하나도 없다)의 순진하고 청결한, 두근거림과 수줍음으로 금세 얼굴이 붉어지는 소박하고 말수 적은 소년을 연기하지 않으면 안 되었다.

"키코 씨······."

피터는 머뭇머뭇 불러보았다. 그러자 등짝에 오싹 소름이 돋았다.

키코가 요란하게 웃음을 터뜨렸기 때문에 하이미날이 낮은 소리로 꾸짖었다.

"아니, 웃으면 안 된다니까! 좀 더 진지하게."

피터는 이 소녀를 사랑한다고 마음속으로 주문을 걸었다. 하지만 예전에 안아본 적이 있는 납작한 가슴을 머릿속에 떠올리자 이 사념은 금세 시들어버렸다. 눈앞의 얼굴을 그대로 사랑하는 건 안 될까. 하지만 놀기에도 지쳐 홀쭉해진 볼에 허연 분가루를 처덕처덕 바르고 눈 위아래로 진한 아이라인을 넣은 소녀의 얼굴은 양초 불빛에 마치 익사자처럼 보였다.

피터는 마음속으로 주문을 걸었다. 뭐가 어떻든 사랑해버리면 되는 것이다. 어리석은 확신으로 이 여자가 세계 최고 미인이라고 믿고, 이 여자가 없는 세계는 공허하다고 믿고, 이 여자와 결혼해 행복한 가정을 만드는 게 내 꿈이라고 믿고……. 아, 그런 걸 믿을 바에는 나를 믹서라고 믿는 게 훨씬 더 편하다.

"그쯤에서 스키도 해봐."

하이미날이 말했다.

키코는 눈을 감고 입을 살짝 벌린 채 과장되게 가슴을 들먹거리고 있었다. 피터는 그녀가 바닥에 뻗고 있는 손을 가만히 잡았다. 여자의 손은 콘크리트 가루가 범벅이 되어 까슬까슬했다.

하이미날은 우뚝 선 채 양초 불빛에 음영이 짙게 드리운 얼굴을 숙여 최면술사 같은 어조로 말했다.

"스키도 못 해? 순진하네. 열아홉 아가씨와 열여덟 꼬맹이가 던모즈재 주반에 스키, 얼마나 사랑스러울까, 맞잡은 손은 파르르 떨리고 말이지."

정말로 키코의 손이 가늘게 떨리는 것에 피터는 놀랐다. 양초의 찌르는 듯한 불빛에 그는 눈을 질끈 감았다. 그러자 트랜지스터라디오에서 흘러나오는 낮은 모던 재즈의 드럼 솔로만 들려왔다. 그는 하이미날이 두려웠다. 하이미날의 음울한 압력 때문에 두 번 다시 원래 모습으로 돌아가지 못하는 뭔가로 변신해버릴 것만 같았다.

좀 더 명랑한 음악을 듣고 싶었다. 온 세상이 엉망진창, 절망의 불꽃이 사방에서 폭발할 듯한 명랑한 음악. ……하지만 눈을 감은 피터 앞에는 어두운 심연이 열리고 이제야 코카콜라의 트림이 나오려고 했다. 키코의 입술이 어딘가 먼 곳에서 일어난 화재의 불꽃처럼 어둠 속에 떠 있었다. 자신과는 관계없는 먼 곳의 불의 재앙. ……이토록 컴컴했던 적이 있을까. 매일 아침 이를 닦는 열여덟 살 소년이 이런 어둠을 보는 일이 있을까. 그 녀석이 보는 어둠은 아마도 구두약처럼 둔감하고……

돌연 피터는 공포에 휩싸여 벌떡 일어섰다. 뒤쪽 계단을 뛰어올라 훤히 알고 있는 어둠 속을 빠져나와 1층의 좁은 복도를 내달리고 다시 첨탑으로 이어진 나선계단을 뛰어 올라갔다.

하이미날과 키코는 얼굴을 마주 보다 갑작스럽게 불안에 휩싸여 피터의 뒤를 쫓아갔다. 촛불은 하이미날이 받쳐 들었지만, 뛰는 걸음에 따라 불꽃이 뒤쪽으로 펄럭이며 자칫하면 꺼질 것 같았다.

첨탑 꼭대기에 오르려니 나선계단이 중간에서 끊겼고 거기서부터는 아슬아슬하게 건너지른 사다리로 올라가야 한다. 피터는 순식간에 그 사다리를 올라갔다.

하이미날과 키코는 사다리 아래서 멈춰 섰다. 나선계단이 끝난 곳에는 어두운 공동空洞이 입을 벌리고 있고, 사다리는 그 공동의 가장자리에서 첨탑 내벽에 걸려 있어서 피터의 움직임을 남긴 채 잘게 흔들렸다. 높은 첨탑 창문의 남빛을 가린 피터의 검게 웅크린 그림자가 보였다.

"피터, 뭐 하는 거야? 내려와. 거기서 뭐가 보인다고."

한참 대답이 없더니 이윽고 날카로운 목소리가 첨탑 내벽 여기저기에 부딪히며 쏟아졌다.

"달님이 보여."

하지만 장마 구름이 여전히 낮게 드리워서 밤은 깊고 비가 올 듯한 날씨인 것을 두 사람은 알고 있었다.

"거짓말하고 있네."

하이미날이 촛불을 들이대며 말했다.

"피터는 원래부터 거짓말쟁이라니까."

키코가 말했다. 그리고 혀를 차며 바싹 마른 입술의 주름이 촛불 그림자에 또렷이 새겨질 만큼 입을 동그랗게 오므리고 다시 한번 거칠게 말했다.

"쟤, 너무 싫어. 거짓말도 어지간히 해야지."

(1962년)

포도빵
葡萄パン

1

잭은 유이가하마 호텔 근처에서 8월의 어느 날 밤 11시 반에, 하얗게 이를 갈며 몰려오는 파도를 등지고 넓게 절단된 모래 언덕길을 혼자서 올라가기 시작했다.

그는 도쿄에서 이곳까지 히치하이크로 가까스로 찾아온 것이었다. 그 때문에 에노시마 전철 이나무라가사키 역에서 피터와 하이미날과 키코와 만나기로 한 약속시간에 한참 늦어버렸고, 게다가 트럭은 엉뚱한 곳에 내려줬다. 하지만 이쪽에서도 모임 장소까지 가는 길은 열려 있었다. 다만 한참 돌아가는 길이라서 여정이 길어진 것뿐이다.

피터 일행은 진즉에 그를 포기하고 모임 장소로 직행했을 터였다.

잭은 스물두 살, 투명한 결정체였다. 나 자신을 투명인간으로 만들어버리자, 라고 항상 생각하고 있었다.

영어를 잘해서 아르바이트로 SF 번역을 하고, 자살미수 경험이 있으며, 여위었고, 아름다운 상아象牙 얼굴을 하고 있다. 아무리 두들겨 패도 반응을 보일 것 같지 않은 얼굴이라서 아무도 두들겨 패지 않았다.

"그 친구를 향해 쌩하니 뛰어가 부딪쳤는데 말이지, 나도 모르는 사이에 그 친구 몸을 뚫고 나와버린 느낌이었어, 진짜로."

모던 재즈바에 와 있던 한 사람이 그렇게 잭을 평했다.

―양쪽에서는 절단된 절벽이 거대하게 덮쳐들고 하늘에 뜬 별은 많지 않아서, 올라갈수록 등 뒤 파도의 굉음과 유료도로에서 들리던 차의 울림이 멀어지자 온통 농밀한 어둠만 가득했다. 고무 샌들의 드러난 발등으로 모래가 흘러들었다.

어둠이 어딘가에서 하나로 연결되고 있어, 라고 잭은 생각했다. 큼직한 어둠 주머니의 입구가 연결되어 작은 어둠 주머니를 삼킨다. 있는지 없는지 모를 작은 틈새가 별이고, 그 밖에 빛이 드는 틈새는 하나도 없었다.

그가 몸을 담근 채 걸어가는 어둠은 점점 그에게 침투해 들어오는 것 같았다. 자기 혼자만의 발소리가 자신과는 지독히 소원한 느낌. 공기를 살짝 물결치게 할 뿐인 그의 존재. 그 존재는 극미할 정도까지 쪼그라들어 그가 굳이 어둠을 헤치고 나갈 것도 없이 어둠의 미립자 틈새를 누비며 가는 것까지도 가능했다.

다양한 것에서 자유로워지고 완전하게 투명했기 때문에 잭에게는 거치적거리는 근육도 지방도 없이 고동치는 심장과 하얀 설탕과자

같은 '천사'라는 관념만 있었다. ······

이건 아마도 모두 수면제의 영향이었다. 아파트를 나오기 전에 잭은 맥주 한 잔에 수면제 다섯 알을 섞어 마셨다.

그러는 사이에 언덕길 끝까지 올라서자 망막한 대지가 펼쳐지고 저 멀리 차 두 대가 단단한 모래땅 위에 내버려진 헌 구두처럼 웅크리고 있는 게 보였다.

잭은 뛰기 시작했다. 뛰기 시작했어, 내가 뛰기 시작했어, 라고 그는 어이없어하며 자신을 쫓아갔다. 넓은 길은 높직한 평지 너머로도 이어졌지만 그 부근쯤부터 오른편으로 깊은 계곡이 파였고 한층 더 농밀한 어둠이 가라앉은 그 계곡 밑바닥에서 돌연 매끄러운 불꽃이 타오르는 것을 잭은 보았다. 마치 제방의 구멍 하나에서 홍수가 시작되듯이, 그 한 점에서 어둠은 소리를 내며 와해되는 것 같았다.

잭은 마른 풀숲을 밟으며 길이라고도 할 수 없는 모래 비탈면을 타고 계곡 밑을 향해 뛰어 내려갔다. 설탕통 속으로 미끄러져 떨어지는 개미 같은 느낌이었다.

계곡 밑 사람들의 술렁거림이 가까워졌지만, 계곡 안은 더욱 굴절되어 있고 아까 본 커다란 불꽃은 다시 보이지 않아서 목소리만 가까울 뿐 사람의 자취는 드러나지 않았다. 발밑에는 돌이 많았다. 돌이 꿈속에서처럼 갑자기 크게 팽창해 걸음을 방해하다가 다시 모래에 뒤섞여 평평해지기도 했다.

절벽 한 귀퉁이까지 갔을 때, 잭은 건너편 비탈로 춤추듯 올라가는 한 무리의 거대한 그림자를 보았다. 그 참에 모닥불이 보였다. 하지만 그 불기운은 갑자기 약해져서, 주변의 돌과 모래로 울퉁불퉁한

지면을 오락가락하는 사람들은 짜 맞춘 듯 발밑만 환하고 얼굴은 여전히 어둠에 감싸인 채 떠 있었다.
 그중에서 웃고 있는 키코의 날카로운 목소리만 알아들었다.
 "관둬, 나는요, 가족 출신이야, 8인 가족 출신. 나비야 꽃이야 이 [虱]야 벼룩이야 해가며 곱게 자란 귀한 댁 따님이라고."
 —그때 잭은 검은, 어둠보다 검은 덩어리에 걸려 비틀거리다 자기도 모르게 그것에 손을 짚어버려서 사과했다. 손바닥이 땀에 젖어 있었는데도 이상하게 차갑고 매우 결이 고운, 마치 얼어붙은 검은 점토 같은 어깨살을 건드린 것이다.
 "Never mind!"
 흑인 해리는 말했다. 그리고 무릎 사이에 끼운 콩가 드럼을 손바닥으로 최초의 한 타를 치고, 순식간에 탁한 울림이 주위의 산 표면에 차례차례 메아리치는 다음 타를 쳤다.

2

 모던 재즈바에 모이는 자들은 올여름의 추억으로 어딘가 해변에서 남들이 별로 하지 않을 만한 **티파**를 하자고 생각했던 것이다. 그곳에서는 모래밭에서 트위스트를 추고 통돼지구이를 제공하지 않으면 안 되었다. 그리고 어디서 유래한 것인지는 모르지만, 야만적인 춤의 의식 같은 게 필요했다. 다들 잔뜩 흥분해서 서로 분담해 장소를 찾아본 끝에 이곳의 무인 계곡을 선택했다. 읍내까지 돼지를 사러 나갔던 자들은 예산이 부족했던 탓에 반 마리만 떠메고 돌아왔다.

저 저속한 해수욕장, 저 따분한 고구마들의 세면장에서 그리 멀지 않은 곳에서 이런 미개한 땅을 찾아내다니, 어느 누가 믿을까. 어쨌든 그들은 닳아빠진 청바지가 새틴의 광채를 내는 듯한 장소를 꿈꾸었던 것이다.

장소, 그것은 선택되고 씻기고 성화聖化되지 않으면 안 된다. 그들은 네온사인을, 때 타고 찢어진 영화 광고를, 자동차 배기가스를, 헤드라이트를 그들의 들판의 빛, 밭의 냄새, 이끼, 가축, 자연의 꽃으로 여겨 때문에 이번에는 온갖 기교를 짜 넣은 융단 같은 모래땅이며 인공을 최대한 담은 장식품 같은 '절대적으로 별이 총총한 하늘'을 갖고 싶었던 것이다.

이 세계의 우열愚劣을 치유하려면 우선 뭐랄까, 우열의 세척이 필요한 것이다. 고구마들이 우열이라고 생각하는 것에 대해 열성을 다하는 성화가 필요한 것이다. 그자들의 신조, 그자들의 장사꾼다운 열의까지 모두 흉내 내서.

그러한 것들이 말하자면 **티파**의 대략적인 취지였다. 그들 삼사십 명은 한밤중에 모였다. 즉 그들의 시각, 그들의 집무시간, 그들의 소중한 한낮에.

모닥불이 갑자기 사위면서 연기가 나거나 갑자기 화르르 타오르는 게 돼지기름 때문이라는 것을 잭은 알았다. 돼지는 이미 굵은 쇠꼬챙이에 꿰어져 구워지고 있고 누군가 이따금 값싼 적포도주를 고기 위에 부었다. 얼굴은 알아볼 수 없고 손만 불길의 빛 속에 불쑥 나타나 그렇게 하는 것이다.

흑인 해리의 콩가 드럼 소리가 이어지고, 몇 명은 모래 위에서 트위스트를 추었다. 자갈투성이 모래땅이라서 발바닥을 단단히 딛고 무릎과 허리만 비틀면서 느릿느릿 춤추고 있었다.

한쪽 절벽 옆에는 맥주며 주스가 상자째로 쌓여 있었다. 그 빈 병이 돌멩이 사이에 굴러다녀서 밤의 빛이 희미하게 병의 표면에 모여들었다.

이미 어둠에 익숙해졌을 텐데도 잭의 눈은 그곳에 모여 있는 사람들의 얼굴을 분간할 수 없었다. 낮게 기어가는 모닥불 불길이 도리어 방해가 되는 것이다. 어둠 속 곳곳에서 번쩍였다가 사라지는 라이터며 성냥불도 시야 끝에 꽂혀서 식별을 방해했다.

목소리 역시 식별에 도움이 되지 않았다. 큰 소리로 웃거나 떠들어도 순식간에 주위의 어둠에 압도되어 암흑이 스며든 소리가 되기 때문이다. 그리고 그 어둠을 해리의 콩가 드럼과 복숭앗빛 구강이 정면으로 보일 듯 내지르는 날카롭고 높은 고함소리가 끊임없이 갈라놓았다.

하지만 키코만은 예외여서, 잭은 곧바로 그 목소리에 의지해 가느다란 등불 심지 같은 팔을 붙잡았다.

"어, 왔구나. 혼자 왔어?"

키코가 말했다.

"응."

"다들 이나무라가사키 역에서 널 기다렸어. 근데 마음이 바뀌어서 그냥 먼저 와버렸지. 용케도 헤매지 않고 잘 찾아왔네?"

그렇게 말하고 키코는 어둠 속에서 입술을 툭 내밀었다. 뺨에서 입술까지의 그 움직임과 언뜻 빛나는 흰자위가 보였기 때문에 잭은 항상 하는 인사로 키코의 입술에 자신의 입술을 가볍게 댔다가 뗴었다. 마치 대나무 껍질에 스키한 것 같았다.

"다들 어디 있어?"

"하이미낟도 피터도 저쪽에 있어. 고기도 있고. 고기는 **자여**가 안 와서 엄청 화가 났나 봐. 웬만하면 건드리지 않는 게 좋을 거야."

잭의 이름은 어쩐지 다들 자주 불러서 익숙해졌지만, '고기'라는 이름은 어떤 의미인지 모른다. '호기豪氣*'에서 따온 건가.

키코가 잭의 손을 끌고 트위스트를 추는 자들 사이를 누비며 절벽을 따라 솟은 바위 언저리에 앉아 있는 일행 앞으로 데려갔다.

"잭이 왔어."

하이미낟은 느릿느릿 졸음에 겨운 듯 팔을 들어 답했다. 이런 어둠 속에서도 선글라스를 쓰고 있었다.

피터는 일부러 라이터 불을 켜고 자신의 얼굴 앞에서 좌우로 흔들어 보였다. 눈 위쪽 가장자리를 따라 파란 선을 그렸고, 눈가로 날카롭게 삐져 올라간 곳에 바른 은가루가 불빛에 반짝였다.

"뭐야, 그 얼굴은?"

"피터가 나중에 쇼를 보여준대."

옆에서 키코가 설명했다.

고기는 반라로 부루퉁하게 곁의 나무에 몸을 기대고 있었다. 하지

---

* 일본어로는 '고기'로 발음된다.

만 잭이라는 것을 알자 어둠 속에서 꾸물꾸물 나오더니 풀덤불 사이 모래땅에 양반다리를 틀고 맥주 냄새를 풍기며 말했다.

"왔냐?"

잭은 고기를 별로 좋아하지 않았지만, 고기 쪽에서는 끊임없이 친애의 정을 드러냈고 언젠가 여자를 데리고 그의 아파트에 놀러 온 적도 있었다.

고기는 보디빌딩을 하고 있어서 몸이 자랑이었다. 답답할 만큼 근육이 많은 자로, 조금만 팔다리를 놀려도 번개 같은 움직임이 민감하게 근육의 연쇄를 타고 흘렀다. 세계는 무의미하고 인간은 우열하다는 점에 대해서는 고기도 모두와 똑같은 의견일 텐데도, 그는 쓸데없이 근육을 키워 그걸 병풍 삼아 무의미의 바람을 막으려다가 어느새 근육 그 자체의 성질인 맹목적인 힘의 어둠 속에서 곯아떨어지는 것이었다.

잭에게 있어 난처한 것은 고기 같은 육체적 존재의 불투명한 특질이었다. 그것은 눈앞을 가로막고 서면 투명한 세계의 전망을 차단하고 그 땀내 나는 강한 체취의 몸으로 잭이 항상 애써 유지하려고 노력하는 투명한 결정結晶을 탁하게 만드는 것이었다. 그의 끊임없는 힘의 과시가 얼마나 성가셨는지 모른다. 그의 들큼하고 짙은 겨드랑이 냄새, 그의 온몸의 털, 그의 불필요하게 큰 목소리, 그런 것들은 어둠 속에서까지 더러운 속옷처럼 존재가 분명했다.

그런 혐오감이 잭의 마음을 이상한 쪽으로 전도시켜서 하지 않아도 될 말을 하게 했다.

"마침 이런 밤이었지, 내가 자살을 시도했던 때가. 재작년 이맘때였으니까 오늘쯤이 제삿날이었을 수도 있는데, 진짜."
하이미날의 옅은 웃음 섞인 목소리가 대꾸했다.
"잭을 화장했다면 치이익 하고 얼음덩어리처럼 녹아버렸겠지."
어쨌든 잭은 이미 나았던 것이다. 자신이 자살하면 동시에 저 너저분한 고구마들의 세계도 멸할 거라고 생각했던 건 틀림없다. 그가 의식을 잃고 병원에 실려 가고 이윽고 의식을 되찾아 주위를 둘러보았을 때, 고구마들의 세계는 여전히 생생하게 그를 에워싸고 있었다. ……저자들이 불치라면 이쪽이 낫는 수밖에 없다.

이윽고 피터가 자리에서 일어나 잭을 모닥불 쪽으로 데려가며 말했다.
"고기의 **자여**를 알고 있어?"
"모르는데."
"고기가 엄청 예쁜 **자여**라고 하더라. 진짠지 어떤지는 모르겠다만. 만일 고기가 완전히 걷어차인 게 아니라면 **자여**는 아침이 되기 전에 이곳에 나타날 거야."
"이미 와 있는지도 모르지. 이렇게 어두워서야 얼굴도 못 알아보잖아. 아침 햇빛에 알아보는 효과를 노리고 어디선가 펑펑 놀고 있을 걸. 여간내기가 아냐."
희미한 바람이 일렁여 기름 냄새 자욱한 연기가 정통으로 날아 때문에 두 사람은 급히 고개를 돌렸다.

3

 잭은 맥주를 찾아 걸음을 옮겼다. 그 잠깐의 거리에 여러 개의 돌멩이와 보스턴백, 그리고 물컹한 덩어리에 발이 걸렸다. 짐짝처럼 단단히 한 덩어리가 되어 입술을 맞대고 있는 한 커플은 잭의 고무 샌들에 툭 걷어차였는데도 꿈쩍도 하지 않았다.
 고기의 **자여**는 어디 있을까. 웅성웅성 떠드는 새로운 얼굴의 무리 속에 있는 것 같기도 하고, 어두운 풀숲 그늘, 연기가 휘감은 잡목 그늘, 혹은 절벽 사면의 건드리면 무너질 밤의 모래 그늘에 숨어 있는 것 같기도 했다. 하지만 '엄청 예쁜' 얼굴이라면 그 얼굴이 존재하는 곳에만 어둠을 파내고 옅은 빛이 감돌아도 좋을 터였다. 이 어두운 계곡, 바닷바람으로 가득 채워진 별이 총총한 하늘, 그 어디에라도 아름다운 얼굴은 빛을 내뿜으며 나타나도 좋을 터였다.
 "자아, 의식 시작합니다. 춤이 끝나면 통돼지구이를 나눠드려요. 좋지요, 다들? 모닥불 좀 더 신나게 태워주세요."
 그렇게 고함친 것은 항상 그렇듯 수면제에 혀가 꼬부라진 하이미날이었다. 모닥불 가까이 들이댄 그 선글라스에 불꽃이 세밀화처럼 비쳤다.
 콩가 드럼 소리가 멈춘 것은 해리가 촛불로 콩가 가죽을 그슬리고 있기 때문이었다. 그때 계곡의 사람들은 침묵했다. 몇 개인가의 담뱃불이 주위의 어둠 속에 반딧불처럼 숨 쉬었다.
 잭이 겨우 맥주병을 찾아내 곁에서 하얀 이를 내보이는 낯선 남자에게 부탁하자 그 강한 앞니로 마개를 정확하게 따주었다. 남자의 입가에서 셔츠 가슴팍으로 하얀 거품이 흘렀고, 남자는 다시 하얀 치열을 드러내며 자랑스러운 듯 웃었다.

다시 울리기 시작한 콩가 드럼의 리듬이 빨라졌다. 피터가 해수욕 팬츠 한 장 차림으로 뛰기 시작했을 때, 모닥불 불길의 키가 커져서 그의 몸 여기저기에 물감으로 그린 무늬며 발라놓은 은가루가 어지럽게 빛났다.

잭에게는 피터의 도취가 이해되지 않았다. 그는 왜 춤추는 건가? 불만이라서? 행복해서? 아니면 죽는 것보다는 그나마 나아서?

피터는 대체 무엇을 믿는 건가, 하고 투명한 잭은 생각했다. 그의 몸이 모닥불을 받으며 춤춘다. 언젠가 피터가 축축하게 젖은 두툼한 솜이불처럼 매일 밤 자신을 덮쳐누르는 고뇌에 대해 한 이야기는 거짓이었던가? 고독이 바다처럼 부르짖고, 휘황한 전등불이 가득한 밤의 도시에 짓눌리는데 그러고도 어떻게 춤을 추는 건가?

잭은 그 지점에서 모든 것이 정지할 거라고 믿었다. 적어도 잭은 정지했다. 그리고 조금씩 투명해졌다.

하지만 춤은 인간의 내면에서 어떤 손이 집어내는 불연속적인 기호다. 피터는 그것을 주위의 어둠을 향해 흩뿌렸다. 알록달록한 카드를 흩뿌리듯이. ……잭은 자기도 모르는 사이에 자신의 발로 박자를 맞췄다.

피터의 아이섀도로 그려진 눈이, 그 흰자위 부분이, 몸을 젖혔을 때 불꽃에 빛났다. 어둠 속에 커다란 눈물 한 방울처럼. ……곧이어 표범 모피를 허리에 두른 남자가 한 손에 정글 칼을 들고, 또 한 손에는 와들와들 떠는 살아 있는 흰 닭을 대롱거리며 나타났다. 고기였다.
 고기의 땀이 번진 가슴팍 근육이 모닥불 빛 속에 번들번들 드러났다. 잭은 그곳에서 주위의 어둠보다 진한, 오렌지색 살집의 빛나는 어둠만을 보았다.
 "저거 봐, 한다, 한다!"
 주위의 젊은이들이 말했다. 고기는 무엇을 증명하려는 건가. 그의 굵은 팔뚝이 바위 위에 닭을 찍어눌렀다. 닭은 버둥거리며 하얀 깃털을 흩날렸고, 그것은 꿈같은 속도로 불길의 기류에 휘감겨 높이 날았다. 하얀 깃털이 날아오른다! 육체가 몸부림치며 괴로워할 때의 저토록 가벼운 감정의 비상을 잭은 잘 알고 있었다.
 그래서 잭은 보지 않고 넘어갈 수 있었다. 내리쳐지는 정글 칼의 완강한 울림 끝에 이미 바위 위에는 울부짖는 소리도 들리지 않고 피도 보이지 않은 채 닭이 뒤틀린 모습으로 몸과 머리가 따로 분리되어 있었다.
 피터가 미친 듯이 그 목을 집어 들고 모래 위를 뛰어다녔다. 이제야말로 잭은 피터의 도취를 이해할 수 있었다. 피터가 다시 일어섰을 때, 소년처럼 납작한 그 가슴팍에 한 줄기 핏방울이 또렷하게 보였다.
 못된 장난 속의 죽음, 이런 익살스러운 죽음이라는 결말은 닭의 머리로도 잘 이해되지 않았을 게 틀림없다. 고지식하게 뜨인 그 눈은 질문으로 가득 차 있었을 게 틀림없다. ……하지만 잭은 보지 않았다. 농담 속의 성화. 붉은 볏을 얹은 닭의 머리가 얻은 일시적인 영광은 잭의 조금도 잔혹함이 없는 차가운 마음에 어렴풋한 심홍색 반영을 던져주었다.
'하지만 나는 아무것도 느끼지 않아. 아무것도 느끼지 않는다고.'
피터는 흰 닭의 목을 잡은 채 벌떡 일어나 모닥불 주위를 빙글빙글 돌며 춤추었고, 그 동그라미가 미친 듯이 커지더니, 마침내 구경꾼 중 여자만 골라 그 얼굴에 닭의 머리를 들이밀며 도는 것이었다.
비명이 사슬처럼 줄줄이 터졌다. 여자들의 비명은 어째서 모두 똑같을까, 하고 잭은 생각했다. 그중 한층 아름답고 맑은, 거의 비극적인 부르짖음이 별이 뜬 하늘로 솟구쳤다가 사라졌다. 잭은 그 목소리를 들은 기억이 없었다. 그러자 그 비명이 바로 고기의 '엄청 예쁜' 여자가 지른 소리처럼 생각되었다.

4

―잭은 사람들과 잘 어울리는 인간이었다.
그래서 아침까지 모래와 풀숲 위에서 꾸벅꾸벅 졸며 모기에 실컷 뜯겼고 한낮에는 모두와 어울려 수영을 하러 갔다. 저녁에야 녹초가 되어 도쿄 아파트에 돌아오자마자 세상모르고 잠이 들었다.
눈이 뜨였을 때, 아파트의 좁은 방은 무서울 만큼 고요했다. 왜 이렇게 아침이 어두운 걸까. 그렇게 생각하고 시계를 보았다. 아직 당일 밤 11시였다.
창을 열어둔 채 잠들었는데도 약간의 바람도 들어오지 않아 잠에서 깨어난 몸은 걸레처럼 땀에 절어 있었다. 선풍기를 켜고 책장에서 『말도로르의 노래』*를 꺼내 침상에 배를 깔고 엎드려 읽었다.

그가 가장 좋아하는 말도로르와 상어의 결혼이 나오는 장을 다시 읽었다.

'……엄청난 속도로 파도를 가르고 오는 저 바다 괴물의 군세軍勢는 무엇일까.'

그것은 여섯 마리의 상어인 것이다.

'……하지만 저기에, 수평선에, 저토록 물이 소란스러운 것은 무엇일까.'

그것은 한 마리의 거대한 암컷 상어, 이윽고 말도로르의 신부가 될 상어인 것이다.

베개 앞에 놓인 자명종 시계가 선풍기의 신음에도 지지 않고 둔중한 소리를 내며 시간을 새기고 있었다. 이건 잭의 삶의 우스꽝스러운 장식품으로, 그는 결코 그걸 자명종 목적으로 사용한 적이 없다. 낮인지 밤인지도 알지 못한 채 졸졸 흘러가는 한 줄기 시냇물 같은 그의 의식, 그 속에서 수정처럼 투명한 자신을 유지하는 것은 그의 매일 밤의 오래된 습관으로, 자명종 시계는 이런 습관을 쉴 새 없이 희극화해주는 그의 친구, 그의 산초 판사였다. 그 싸구려 기계가 내는 소리는 훌륭한 위로였고, 그의 모든 지속持續을 풍자로 만들어버리는 것이었다.

시계, 자신이 요리한 달걀프라이, 한참 전에 기한이 끊긴 정기권 ……그리고 상어, 반드시 상어다, 라고 잭은 힘주어 생각했다.

---

* 『말도로르의 노래 Les Chants de Maldoror』는 프랑스 시인 로트레아몽 Comte de Lautréamont이 1868~1869년에 발표한 장문의 산문시.

어젯밤의 무의미하고 또 무의미한 **티파**가 머릿속에 되살아났다.

닭의 머리, 검게 그을린 돼지 ······하지만 가장 비참했던 건 새벽이었다. 모두가 아름다운, 천 년에 한 번 있을까 말까 한 장려한 새벽을 기대했다. 하지만 찾아온 것은 끔찍한, 끔찍한, 보기에도 꼴사나운 최악의 새벽이었다.

최초의 여명이 계곡 서쪽을 부옇게 밝혔을 때, 그들은 자신들의 '미개척지'를 장식하고 있던 나무가 시시한, 시들어빠진, 어디에나 흔한 잡목덤불에 지나지 않다는 것을 알았다. 그나마 그건 아직 괜찮았다. 빛이 서서히 서쪽 사면을 타고 내려와 표백분 같은 하얀 광선이 계곡을 가득 채웠을 때, 맥주며 주스며 콜라 빈 병의 잔해, 무너져 그을음을 내는 모닥불, 사방에 내던져진 옥수수 심지의 너저분하게 뜯어먹은 흔적, 무질서하게 어질러진 팩 종류들, 바위 그늘이며 풀숲이며 모래 위에서 서로 끌어안고 잠든 자들의 헤벌어진 입, 그 입가의 성긴 수염이며 그 입술의 얼룩덜룩한 립스틱, 어질러진 신문지(아아, 심야의 길거리에서 그토록 시적으로 보이던 신문지가 여기서는 얼마나 끔찍했던가) ······그런 것들이 역력하게 비쳤다. 그건 고구마들의 피크닉 살육 현장이었다.

밤사이에 사라진 자들도 있어서 새벽녘에 고기의 모습은 눈에 띄지 않았다.

"고기가 없어. **자여**가 결국 안 와서 도망쳤겠지. 그 친구 의외로 허세가 심하니까."

피터가 말했다.

'언제일까, 불길한 날이라고 해야겠지만, 나는 미와 순결에 감싸여 성장했다. 사람들은 입을 모아 거룩한 소년의 지성과 선량함을 찬탄하는 것이었다. 영혼이 왕좌를 차지한 그 청아한 얼굴 모습을 보면 저 자신을 부끄러워하며 얼굴을 붉히는 양심도 적지 않았다. 또한 존경의 마음 없이 그에게 다가가려고 하는 자도 없었다. 왜냐하면 그의 두 눈에서는 천사의 시선이 보였기 때문이다.'

잭의 천사에 대한 관념은 그런 말도로르의 시 구절에서 배양된 것인지도 모른다. 재깍재깍, 베갯머리의 자명종 시계가 견딜 수 없다는 듯 통속적인 웃음소리를 내고 있었다. 천사 통구이라는 관념이 어렴풋이 떠올랐다. 그는 배가 고팠던 것인가.

난파선이 가라앉은 바다, 세계의 부와 사랑과 온갖 의미를 가득 실은 채 난파한 배를 그들은 어딘가의 바다에서 발견할 터였다. 저 멀리 하늘에 걸린 기울어진 유리 저울. 모래사장을 걸어가는 세 마리 개의 온순한 날숨. ……잭은 자살 시도 직전, 자신의 손바닥 안에 주사위처럼 이 지구를 흔들고 있다고 생각했었다. 주사위가 둥근 모양이어서는 안 될 이유가 있을까. 온갖 점수를 줄줄이 내놓고, 결정은 둥둥 떠돌아서 도박이 영구히 성취되지 않을 듯한 한 개의 둥근 주사위. ……

잭은 배가 고팠다. 그게 모든 것의 원인이었다. 그는 자리에서 일어나 찬장 안을 보러 갔다. 냉장고는 없었다.

먹을 게 아무것도 없다.

'헤엄치는 남자와 그에게 구조된 암컷 상어는 서로 마주한다. 그들은 몇 분 동안 눈과 눈을 마주치고…….'

잭은 돌연 배고픔 때문에 죽을 것 같다고 느꼈다. 전병 캔을 흔들어보았다. 바닥에서 희미하게 가루 소리가 날 뿐이었다. 여름밀감은 찬장 안쪽에서 푸른곰팡이로 움푹하니 썩어 있었다. 그때 찬장 가장자리를 작고 붉은 개미가 줄지어 지나가는 게 보였다. 그는 개미를 하나하나 확실하게 낱낱이 짓눌러 죽이면서, 혀 밑에 고이는 침을 삼키면서, 마침내 찬장 안쪽에서 사놓고 깜빡 잊었던 반 근짜리 포도빵을 찾아냈다.

개미 몇 마리가 빵의 건포도 틈새를 파먹고 있었다. 잭은 개미를 대충 손으로 털어내고, 다시 침상에 배를 깔고 엎드려 스탠드 불빛 아래서 꼼꼼하게 빵의 겉면을 살펴보았다. 그리고 다시금 개미 두 마리를 포도빵에서 집어냈다.

덥석 입에 물자 씁쓸한 듯 시큼한 듯한 맛이 났다. 맛을 따질 수는 없었기 때문에 기나긴 밤 동안의 양식을 유지하기 위해 가장자리부터 조금씩 조금씩 떼어먹었다. 빵의 안쪽은 신비한 부드러움을 갖고 있었다.

'둘은 서로를 눈에서 놓치지 않으려고 빙글빙글 원을 그리며 헤엄쳐 돌면서 각자 마음속으로 은밀히 생각했다.

나는 지금까지 잘못 알고 있었어. 나보다 훨씬 더 사악한 것이 이곳에 있어.

거기서 둘의 생각이 완전히 일치했고, 암컷 상어는 지느러미로 물을 가르면서, 말도로르는 팔로 물을 저으면서, 서로에게 찬탄의 마음을 품고 물속을 미끄러져 다가갔다……'

……………….

―누군가 문을 두드리는 소리를 잭은 들었다.

아까부터 복도에 어지러운 발소리며 벽에 몸을 부딪는 소리가 났지만, 밤늦게 귀가하는 사람이 많은 공동주택이라서 그리 신경 쓰지 않았었다.

잭은 포도빵을 베어 먹으며 문을 열려고 일어섰다. 그러자 병풍이 쓰러지듯 한 쌍의 남녀가 집 안으로 무너져 들어왔다. 방은 크게 흔들리고 스탠드가 쓰러졌다.

잭은 손을 뒤로 돌려 문을 닫으며, 딱히 놀랍지도 않은 이 심야의 손님을 내려다보았다. 남자는 고기로, 말려 올라간 알로하셔츠 아래 늠름한 등줄기가 드러나 있었다.

"구두쯤은 벗으시지."

잭이 말했다. 그러자 두 사람은 서로에게 손을 내밀어 상대의 구두를 거칠게 벗겨주더니 그걸 문 쪽으로 내던지고 몸을 출렁이며 웃었다. 좁은 실내에 두 사람이 토해내는 술 냄새가 순식간에 퍼졌다.

잭은 여자의, 눈을 감고 웃음을 머금은 창백한 얼굴을 찬찬히 쳐다보았다. 처음 보는 여자였지만 매우 아름다웠다.

눈을 감고 있어도 누군가 자신을 바라본다는 걸 알고 있는 그 얼굴은 몹시 취한 와중에도 짐짓 얌전한 척 새침을 떨고, 예쁘장한 모양의 작은 코는 거칠게 숨을 쉬면서도 도자기처럼 조용해 보였다. 머리칼은 이마를 반쯤 가리며 아름답게 물결쳤다. 감은 눈의 약간 도도록한 데가 눈동자의 민감한 움직임을 숨기고, 길고 가지런한 속눈썹을 깊숙이 닫아걸고 있었다. 입술 모양이 실로 정교하고 입가의 오목한 부분은 방금 거기에 새겨 넣은 것처럼 청초해 보였다. 그러면서도 스물네다섯 살의 여자만이 가진 성숙한 위엄 같은 것을 얼굴

전체에 드러내고 있었다.

'엄청 예쁜 **자여**'라고 한 게 이 여자였구나, 라고 잭은 포도빵을 먹으면서 생각했다. 고기는 잃어버린 체면을 되찾기 위해 온종일 이 여자를 찾아다녔고 이렇게 이곳까지 데려온 게 틀림없었다.

"이불은 없어. 방석이라면 두세 장 있지만."

고기는 대답하지 않고 눈 끝으로 웃어 보였다. 이놈은 오늘 밤 아무 말도 하지 않기로 결심한 게 틀림없다.

잭은 방석 세 장을 발끝으로 끌어다 고기의 등 쪽으로 걷어차고, 다시 자신의 침상으로 돌아와 배를 깔고 엎드려 포도빵을 먹으면서 책을 읽었다.

여자의 거절하는 목소리가 점점 높아져서 잭은 책을 내려놓고 한쪽 팔꿈치를 짚은 채 그쪽을 바라보았다.

고기는 이미 벌거숭이가 되어 근육이 땀으로 번들번들한 채 꿈틀거렸다. 여자는 브래지어와 팬티만 남은 모습인데도 여전히 잠꼬대인 척하며 거부하고 있었다. 여자의 몸은 치자색 미끈한 살집의 퇴적이었다.

그러다가 여자가 조용해져서 잭은 다시 그쪽에 등을 돌리고 포도빵을 베어 먹으며 책을 읽었다.

시작되어야 할 소리도 헐떡임도 잭의 등 뒤에서는 들려오지 않았다. 그게 꽤 오랫동안이었기 때문에 그는 짜증이 났다. 다시 한번 어깨너머로 슬쩍 건너다보니 여자도 벌거숭이가 되어 있었다. 두 사람은 뒤엉킨 채, 뭔가 발차가 늦어 투덜거리는 기차 같은 숨소리를 내고 있었다. 고기의 늠름한 등짝에서 땀이 뚝뚝 흘러 방바닥에 떨어졌다.

마침내 고기가 이쪽으로 얼굴을 돌렸다. 그 얼굴에 힘없이 애매한 안개 같은 웃음이 떠 있었다.

"도저히 안 되네. 잭, 잠깐만 도와줘."

잭은 포도빵을 베어 먹으며 자리에서 일어섰다.

그 순간 잭은 근육덩어리 친구의 반쯤 무력해진 징표를 보았다. 그는 게으른 심판처럼 느릿느릿 두 사람의 침상 주위를 돌았다.

"어떻게 하라고?"

"다리를 힘껏 당겨줘. 그러면 어떻게든 될 테니까."

잭은 차에 깔린 사체의 단편斷片을 끌어당기듯이 여자의 한쪽 발목을 잡고 들어올렸다. 그 하얗고 매끈한 다리 안쪽에서 잭은 언뜻 머나먼 오두막의 등불 같은 것을 보았다. 발에는 별반 땀이 나지 않았지만, 잡은 손이 미끄러져 다시 오른손으로 바꿔 잡았다. 그러자 잭은 두 사람에게 등을 돌리고 선 채 맥주회사 달력 하나만 덜렁 걸린 벽을 마주하는 모양새가 되었다.

그는 왼손으로 포도빵을 먹으면서 벽에 걸린 달력을 차근차근 읽었다.

    8월 5일 일요일
      6일 월요일
      7일 화요일 도요의 축일*

---

* 도요土用는 오행사상을 바탕으로 한 개념으로 24절기 중 계절이 바뀌는 입춘, 입하, 입추, 입동 직전의 약 18일이다. 그 기간에 돌아오는 소의 날인 축일丑日, 특히 입추 전 도요 기간의 축일에는 장어를 먹는 풍습이 있다.

8일 수요일 입추

9일 목요일

10일 금요일

11일 토요일

12일 일요일

13일 월요일

14일 화요일

15일 수요일 종전기념일

16일 목요일

17일 금요일

18일 토요일

19일 일요일

  기운을 얻었는지 고기의 숨소리와 여자의 숨소리가 치닫고 오를수록 잭이 오른손으로 들어 올린 다리는 잔물결을 타고 가늘게 흔들리고 시시각각 무게가 더해갔지만, 결코 잭의 손아귀에서 달아나려는 기척은 없었다. 그의 포도빵은 여전히 씁쓸하고 시큼하고 먹을수록 입에 달라붙었다. 그러는 사이에 잭은 자신의 오른손에 매달린 게 여자의 한쪽 다리라는 게 믿을 수 없어져서 다시 한번 스탠드의 먼 불빛에 확인해보았다. 발톱의 빨간 매니큐어는 약간 벗겨졌고 새끼발톱은 유독 살에 반쯤 파묻힌 이상하고 어중간한 모양이었다. 하이힐 때문에 생긴 티눈이 잭의 중지를 건드렸다.

  이윽고 고기가 일어서는 기척이 나는가 싶더니 잭의 어깨를 툭 치며 말했다.

"이제 됐어."

잭은 다리를 바닥에 놓아버렸다.

고기는 눈 깜짝할 새에 바지를 입고 알로하셔츠를 한 손에 들고 문 쪽으로 가면서 말했다.

"고마워. 나는 갈게. 뒤처리를 부탁해."

잭은 문이 닫히는 소리를 들었다. 누워 있는 여자를 내려다보며 포도빵의 마지막 한 조각을 입에 넣고 길고 메마른 저작을 계속했다. 발끝으로 여자의 허벅지 안쪽을 슬쩍 건드렸지만 여자는 죽은 척하며 꿈쩍도 하지 않았다. 잭은 벌어진 여자의 다리 사이에 양반다리를 틀었다. 파열한 수도관처럼 여기저기서 무의미가 엄청난 기세로 흐르고 있었다. 그는 뒤처리를 해달라는 부탁을 받았다. 놈은 언제나 오만하고 우스꽝스러운 위탁을 한다. ……그는 얼굴을 가까이 댔다. 과장된 예법. 아무리 죽은 척해도 여자의 배는 건강하게 숨 쉬고, 그의 자명종 시계는 무시무시하게 야비한 소리를 내며 시간을 새겼다.

'팔뚝과 지느러미는 사랑스러운 듯 얽히고, 사랑하는 것의 육체 주위에 조합되고, 한편으로 그들의 목과 가슴은 순식간에 해초의 비릿한 냄새를 발하는 청록색 덩어리로 전락하고…….'

(1963년)

빗속의 분수
雨のなかの噴水

　소년은 무거운 모래주머니 같은, 울음을 그치지 않는 이 소녀를 끌고 빗속을 걸어가는 것에 지쳐버렸다.
　그는 방금 마루빌딩의 찻집에서 헤어지자는 말을 하고 나온 참이었다.
　인생 최초의 이별 선언!
　오래전부터 꿈꿔온 일이었는데 그게 드디어 현실이 되었다.
　오로지 그것만을 위해 소년은 소녀를 사랑하고 혹은 사랑하는 척 하고, 오로지 그것만을 위해 함께 자고…… 그렇게 만반의 준비를 다하며 아주 오래전부터 꼭 한 번 자신의 입으로 충분한 자격을 갖고 왕의 포고처럼 발설할 수 있기를 바라왔던 말…….

"헤어지자."

바로 그 말을 할 수 있었다.

그 한마디만으로 자신의 힘으로 푸른 하늘도 금이 가게 해버릴 말. 도저히 현실에서 일어날 수 없는 일이라고 반쯤은 포기하면서, 그래도 '언젠가는'이라는 꿈을 열렬히 이어왔던 말. 활에서 놓여난 화살처럼 일직선으로 과녁을 향해 날아가는, 온 세상에서 가장 영웅적이고 가장 빛나는 말. 인간 중의 인간, 남자 중의 남자만 입에 올리는 게 허용되는 비밀의 부적 같은 말. 바로 그 말이다.

"헤어지자!"

하지만 아키오는 그걸 어쩐지 목에 가래가 엉긴 천식 환자처럼 그르렁거리는 소리와 함께(그 전에 빨대로 소다수를 단숨에 들이켜 목을 축인 보람도 없이) 몹시 불명료하게 말해버린 것이 계속 마음에 걸렸다.

그때 아키오는 그 말이 제대로 들리지 않았을까 봐 그게 가장 걱정스러웠다. 상대가 되물어서 다시 한번 말해야 한다면 차라리 죽어버리는 게 낫다. 몇 년째 황금알을 낳으려고 벼르고 벼르던 거위가 마침내 그것을 낳았을 때, 그리고 그 황금알이 상대의 눈에 닿기도 전에 찌그러졌을 때, 그 즉시 다시 한번 똑같은 알을 낳는다는 게 과연 가능하겠는가.

하지만 다행히도 그 말은 상대에게 전해졌다. 그게 분명하게 전해져서 되묻는 일 없이 넘어간 것은 대단한 행운이라고 할 수밖에 없었다. 드디어 아키오는 오랫동안 산꼭대기에서 저 멀리 쳐다보기만 했던 난관을 자신의 발로 넘어선 것이다.

그게 들렸다는 확증은 한순간에 다가왔다. 자동판매기에서 추잉껌이 튀어나오듯이.

주위의 다른 손님들의 이야기 소리며 접시 소리, 계산기의 땡 소리 등이 비가 와서 닫아둔 창문 때문에 한층 더 뒤섞여 이리저리 튀면서 실내에 고였다. 그게 창유리 안쪽의 후텁지근한 물방울에 미묘하게 울리며 머리가 멍해질 듯한 소음이 되었다. 그 소음을 뚫고 아키오의 불명료한 말이 마사코의 귀에 가닿자마자 그녀는 그 여위고 시들한 얼굴에서 마치 주위를 밀쳐내고 부숴버릴 듯 크게 뜨인, 지나치게 큰 눈이 한층 더 커졌다. 그것은 눈이라기보다 일종의 파탄, 수습할 수 없는 파탄이었다. 그리고 거기서 단박에 눈물이 쏟아졌던 것이다.

마사코는 흐느낌의 조짐을 보인 것도 아니다. 울음소리를 낸 것도 아니다. 단지 대단한 수압으로 무표정하게 눈물을 뚝뚝 흘렸다.

물론 아키오는 그 정도의 수압, 그 정도의 수량이라면 금세 그칠 거라고 만만하게 봤다. 그것을 지그시 바라보는 제 마음속의 박하 같은 시원함에 황홀해져 있었다. 그것은 그야말로 그가 계획하고 만들어낸 현실 속에 불러들인 것이고, 약간 기계적이라는 흠은 있으나 훌륭한 성과였다.

이걸 보고 싶어서 마사코를 품에 안았지, 라고 소년은 자신에게 새삼 되뇌었다. 나는 언제나 욕망에서 자유롭거든. ······

그리고 지금 이곳에 있는 여자의 우는 얼굴은 현실이다! 이게 바로 실제로 아키오에 의해 '버림받은 여자'인 것이다.

─하지만 마사코의 눈물이 너무 길게 이어지고 전혀 잦아들 기미를 보이지 않자 소년은 점점 주위에 신경이 쓰였다.

마사코는 흰 레인코트를 입고 의자에 반듯한 자세로 앉아 있었다. 코트 깃 사이로 빨간 스카치 체크무늬의 블라우스 목깃이 내보였다. 두 손을 탁자 가장자리에 대고 그 두 손에 몹시 힘을 주는 자세 그대로 굳어버린 것처럼 보였다.

정면을 응시한 채 눈물이 흐르는 대로 마냥 내버려두었다. 손수건을 꺼내 닦지도 않았다. 그리고 그 가느다란 목구멍쯤에서 호흡이 가빠져 새 구두에서 나는 듯한 소리를 규칙적으로 내고, 학생다운 외고집으로 립스틱을 바르지 않은 그 입술은 불만스럽게 말려 올라간 채 파르르 떨렸다.

어른들이 재미있다는 듯 이쪽을 쳐다보았다. 아키오는 드디어 어른 자리에 올라섰다는 마음이었는데 그걸 여지없이 뒤흔드는 시선이었다.

마사코의 눈물이 얼마나 풍부한지, 정말 놀랄 수밖에 없었다. 한순간도 같은 수압 같은 수량을 깨는 일이 없는 것이다. 아키오는 그만 지쳐서 시선을 내려 의자에 기대놓은 우산 끝을 보았다. 고풍스러운 타일모자이크 바닥에 우산 끝에서 흐른 거뭇한 빗방울이 작은 물웅덩이를 만들었다. 아키오는 그것조차 마사코의 눈물 같은 느낌이 들었다.

그는 불쑥 계산서를 집어 들고 자리에서 일어섰다.

6월의 비가 벌써 사흘째 내리고 있었다. 마루빌딩을 나와 우산을 펼치자 소녀는 말없이 따라왔다. 우산이 없는 마사코를 아키오는 자신의 우산 아래 넣어줄 수밖에 없었다. 그는 거기서 냉랭한 마음인데도 체면치레에 신경을 쓰는 어른의 습성을 발견하고, 그게 이제는 몸에 밴 것처럼 느껴졌다. 헤어지자고 통고한 뒤에는 한 우산을 쓰더라도 단지 사람들의 시선 때문이라고 생각한다. 단호하게 마음먹는다. ……어떤 은미隱微한 모양새가 됐건 단호하게 마음먹는다는 것은 아키오의 성격에 잘 맞았다.

넓은 인도를 따라 궁성 쪽으로 걸어가는 동안 소년이 생각한 것은 어디서 이 울음주머니를 떼어낼지 뿐이었다.

'비 오는 날도 분수는 나올까.'

무심코 그렇게 생각했다. 왜 나는 분수 같은 게 생각났을까. 그리고 두세 걸음 걷는 사이에 그는 자신이 분수를 떠올린 게 물리적인 농담이라는 걸 깨달았다.

비좁은 우산 아래에서 차갑고 거칠게 스치는 소녀의 젖은 레인코트의 파충류 같은 느낌을 참아가면서 아키오의 마음은 일부러 쾌활하게, 그 농담의 행방을 따라잡고 있었다.

'그래, 빗속의 분수. 그것과 마사코의 눈물을 대결하도록 하자. 아무리 마사코라도 그것에는 져버릴걸. 우선 그건 환류식이니까 눈물이 나오는 족족 없어지는 마사코가 대적할 수 있을 리 없어. 아무리 그래도 환류식 분수와는 상대도 안 되지. 이 아이도 분명 포기하고 울음을 뚝 그칠 거야. 이 짐덩어리도 어떻게든 처리가 되겠지. 문제는 빗속에서도 평소처럼 분수가 나오느냐는 것뿐이야.'

아키오는 말없이 걸었다. 마사코는 계속 울면서 한 우산 속에 고집스럽게 따라왔다. 그래서 마사코를 떼어내기는 어려웠지만 자신이 생각한 곳으로 데려가는 건 간단했다.

아키오는 비와 눈물로 온몸이 축축해져버린 느낌이었다. 마사코는 흰 부츠를 신어서 괜찮겠지만 슬립온을 신은 아키오는 양말이 젖은 미역이 된 것 같았다.

직장인들의 퇴근시간까지는 아직 한참 남아서 인도는 한산했다. 두 사람은 횡단보도를 건너 와다쿠라바시 쪽으로 걸어갔다. 고풍스러운 원목 난간과 파꽃 모양 법수法首를 가진 다리 앞에 서자 왼편으로는 비 내리는 해자에 떠 있는 백조가 보이고 오른편으로는 해자 건너 P호텔 식당의 하얀 테이블보와 줄지어 놓인 빨간 의자가 빗물에 흐려진 유리 너머로 희미하게 보였다. 다리를 건넜다. 높은 돌담 사이를 지나 왼편으로 꺾어들면 분수공원이 나온다.

마사코는 여전히 한마디 말도 없이 계속 울고 있었다.

공원으로 들어선 참에 큼직한 정자가 있고 갈대발을 씌운 지붕 아래 벤치가 얼마간 비를 가려주었기 때문에 아키오는 우산을 든 채 그곳에 앉았다. 하지만 마사코는 여전히 울면서 약간 비켜 앉아 그의 코앞에 하얀 레인코트의 어깨와 젖은 머리칼만 내보였다. 그 머리칼에 바른 향유香油에 튕겨 빗물이 미세한 흰 물방울을 흩뿌리는 것처럼 보였다. 울고 있는 마사코가 눈을 뜬 채로 일종의 인사불성이 된 사람처럼 느껴져서 아키오는 문득 그 머리칼을 잡아채 정신을 차리게 해주고 싶다는 마음이 들었다.

언제까지고 마사코는 조용히 울고 있었다. 아키오가 말을 건네주기만을 기다린다는 게 확실한 만큼, 그는 부아가 나서 어떤 말도 나오지 않았다. 생각해보니 헤어지자는 말을 입 밖에 낸 뒤로 그는 아직 한마디도 하지 않았다.

저만치에서 분수가 힘차게 물을 뿜어 올리는데 마사코는 그쪽을 쳐다보려고도 하지 않았다.

이곳에서는 크고 작은 분수 세 개가 세로로 겹쳐 보이고 물소리는 비에 지워져 멀리 물러났지만, 사방팔방으로 갈라지는 물길은 비말이 퍼지는 게 먼눈에는 드러나지 않기 때문에 도리어 유리관 곡선처럼 명료하게 보였다.

눈에 보이는 한, 사람 자취라고는 없었다. 분수 바로 앞 잔디밭의 초록빛과 단풍철쭉 울타리가 빗물에 씻겨 선명했다.

하지만 공원 너머에는 트럭의 빗물 젖은 포장이며 버스의 빨간색 흰색 노란색 지붕이 쉴 새 없이 지나갔고, 사거리 신호등의 빨간불은 뚜렷하게 보이는데 아래쪽 파란불로 바뀌면 마침 분수의 물안개와 겹쳐서 보이지 않았다.

소년은 계속 앉아서 지그시 입을 다물고 있는 것에 표현할 길 없는 분노가 덮쳐들었다. 조금 전의 유쾌한 농담도 사라져버렸다.

자신이 무엇을 향해 화가 났는지 잘 알 수 없었다. 아까는 천마天馬가 하늘을 나는 것처럼 자유로운 기분이었는데 지금은 뭔지 뜻대로 되지 않아 한숨을 쉬고 있다. 계속 울고 있는 마사코를 어떻게도 처리하지 못하는 것만이 문제가 아니었다.

'그건 마음만 먹으면 분수 연못에 밀쳐버리고 후다닥 도망치면 그걸로 끝이야.'

여전히 소년은 의기양양하게 그런 생각을 했다. 다만 자신을 둘러싼 저 비, 저 눈물, 저 벽처럼 흐린 하늘에서 절대적인 불여의不如意를 느꼈다. 그것은 열 겹 스무 겹으로 그를 찍어누르고 그의 자유를 젖은 걸레 같은 것으로 바꿔놓고 있었다.

분노한 소년은 그냥 무턱대고 심술이 났다. 반드시 마사코를 비에 흠씬 젖게 하고 그 눈을 분수 풍경으로 가득 채워버리지 않고서는 속이 풀리지 않는다.

그는 벌떡 일어나 뒤돌아볼 것도 없이 뛰기 시작했다. 분수 주위의 산책로보다 몇 단 높은 바깥쪽 자갈길을 빙 돌아 세 개의 분수가 바로 옆에 보이는 위치까지 달려가서야 멈춰 섰다.

소녀도 빗속을 뛰어왔다. 우뚝 선 소년의 몸에 부딪힐 듯 겨우 멈추더니 그가 들고 있는 우산 자루를 붙잡았다. 눈물과 비에 젖은 얼굴이 허옇게 보였다. 그녀는 숨을 헉헉거리며 말했다.

"어디 가?"

아키오는 대답 따위는 하지 않으려고 했는데 마치 여자 쪽에서 이런 말이 나오기를 기다리기라도 한 것처럼 술술 말이 나와버렸다.

"분수 구경하려고. 저거 봐, 아무리 울어봤자 분수에는 못 당하니까."

거기서 두 사람은 우산을 뒤로 젖히고, 서로를 바라보지 않아도 되는 것에 안도하며, 한복판이 본존처럼 거대하고 좌우는 보살상처럼 아담한 세 개의 분수를 한참이나 바라보았다.

분수와 연못은 계속 출렁출렁 흔들렸기 때문에 물 위에 떨어지는 빗방울과 거의 구분할 수 없었다. 여기에서 이따금 귀에 들려오는 소리는 오히려 먼 곳의 불규칙한 자동차 신음뿐이고, 주위는 온통 분수 물소리가 치밀하게 공기 속에 짜여 들어가 일부러 귀를 기울일 때를 빼고는 완전한 침묵 속에 갇힌 것 같았다.

물은 우선 거대한 검은 화강암 판 위에서 점점이 짧게 튀어 오르고 그만큼의 물이 검은 가장자리를 타고 스치면서 떨어졌다.

거기에 곡선을 그리며 멀리까지 방사형으로 뻗어나가는 물기둥 여섯 개의 호위를 받으며 화강암 판 한복판에서는 큼직한 분수 물기둥이 솟구쳤다.

자세히 보니 그 물줄기는 항상 일정한 높이에 달한 다음에 끝나는 게 아니었다. 바람이 거의 없어서 물은 흐트러짐 없이 회색 하늘을 향해 수직으로 높직이 솟구치지만, 물이 도달하는 정점은 항상 똑같은 높이는 아니다. 때로는 찢어진 물줄기가 생각지도 못한 높이까지 솟구쳤다가 가까스로 물방울이 되어 떨어져 내리는 것이다.

꼭대기 부분의 물은 흐린 하늘이 비쳐 그림자를 머금었다. 호분* 섞은 회색으로, 물이라기보다 가루처럼 보여서 주위가 온통 물 가루 연기로 휘감겨 있었다. 그리고 물줄기 주위에는 하얀 함박눈 같은 비말이 가득 춤추고 있어서 비 섞인 눈처럼도 보였다.

아키오는 하지만 세 개의 대형 분수 물줄기보다 그 주위의, 곡선을 그리며 방사형으로 뿜어져 올라가는 물의 모습에 마음을 빼앗겼다.

특히 한가운데 분수의 큰 물줄기는 사방팔방에 물의 하얀 갈기를 곤추세우며 검은 화강암 가장자리를 훌쩍 뛰어넘어 연못 수면에 힘

---

* 호분胡粉은 조개껍데기를 태워 만든 백색 안료.

차게 몸을 내던졌다. 그 물의, 사방으로 향하는 한결같은 질주를 보고 있으면 마음이 그쪽으로 잡혀가는 것 같다. 지금 이곳에 있는 마음이 어느샌가 물에 홀리고 그 질주에 함께 실려 저 건너편으로 내던져지는 것이다.

 그건 분수 기둥을 보고 있어도 마찬가지였다.

 얼핏 보면 큰 기둥은 물이 만들어낸 조소彫塑처럼 제대로 몸단장을 하고 정지해 있는 것 같다. 하지만 시선을 집중하면 그 기둥 속에 끊임없이 아래에서 위로 치닫고 올라가는 투명한 운동의 영靈이 보인다. 그것은 하나의 막대모양 공간을 아래에서 위까지 엄청난 속도로 차례차례 채워가고 매 순간 방금 빠진 것을 보충해가며 끊임없이 동일한 충실을 유지한다. 결국 하늘 높은 곳에서 좌절하리라는 걸 알면서도 이토록 쉴 새 없이 그 좌절을 떠받치는 지속적인 힘이라니, 아주 멋있었다.

 소녀에게 보여줄 생각으로 데려온 이 분수에 오히려 소년이 완전히 빠져들어 정말로 멋있다고 생각하는 사이에 그의 시선은 더욱더 높이 올라가 일대에 가득 비를 뿌리는 하늘로 향했다.

 비는 그의 속눈썹에 걸렸다.

 짙은 구름으로 가로막힌 하늘은 머리 위로 바짝 가깝고 빗방울은 풍성하게 빈틈없이 흩뿌렸다. 눈에 보이는 한, 모든 곳이 비였다. 그의 얼굴에 내리는 비는 저 멀리 붉은 벽돌 빌딩이나 호텔 옥상에 내리는 비와 정확히 똑같은 것이고, 그의 아직 수염 없는 반들반들한 얼굴도, 어딘가 빌딩의 인적 없는 옥상의 꺼끌꺼끌한 콘크리트 바닥도, 똑같은 비 앞에 놓인 무저항의 표면에 지나지 않았다. 비에 관한 한 그의 뺨도, 때 묻은 콘크리트 바닥도, 동등했다.

아키오의 머릿속에서 금세 눈앞의 분수 상像은 씻겨 사라졌다. 빗속의 분수는 뭔가 시시하고 쓸데없는 짓을 거듭하는 것으로밖에는 생각되지 않았다.

그러는 사이에 아까의 농담도 그리고 그 뒤의 분노도 잊고, 소년은 자신의 마음이 급속히 텅 비어가는 것을 느꼈다.

그 텅 빈 마음에 헛되이 비가 내렸다.

소년은 멍하니 걸음을 옮겼다.

"어디 가?"

이번에는 우산 손잡이에 매달린 채, 하얀 부츠의 발걸음을 옮기며 소녀가 물었다.

"어디를 가든 그야 내 맘이지. 아까 분명하게 말했잖아."

"뭐라고 했는데?"

그렇게 묻는 소녀의 얼굴을 소년은 흠칫하며 바라보았다. 하지만 흠뻑 젖은 그 얼굴은 빗물에 눈물 자국이 쓸려나가서, 불그레하고 촉촉한 눈에 눈물 흔적은 있어도 목소리도 더 이상 떨리지 않았다.

"뭐라고 했느냐고? 아까 내가 확실하게 말했잖아, 헤어지자고."

그때 소년은 빗속에 흔들리는 소녀의 옆얼굴 뒤편에서 잔디밭 곳곳에 조그맣게, 뭔가에 집착하듯 피어 있는 붉은 진달래꽃을 보았다.

"어머, 그런 말을 했어? 난 못 들었어."

소녀는 태연한 목소리로 말했다.

소년은 충격으로 쓰러질 뻔했지만, 가까스로 두세 걸음 걷는 사이에 겨우 항의할 말이 생각나 더듬거리면서 이렇게 물었다.

"아니…… 그러면, 너, 왜 울었어? 이상하잖아."

소녀는 잠시 대꾸하지 않았다. 비에 젖은 그 작은 손은 아직도 우산 손잡이를 단단히 붙잡고 있었다.

"어쩐지 눈물이 났어. 이유 같은 건 없어."

화가 나서 뭔가 소리치려던 소년의 목소리는 갑작스레 큼직한 재채기가 되었다. 이러다가는 감기에 걸리겠다고 그는 생각했다.

(1963년)

작가 해설 1[*]

문고판 형식으로 자선 단편집을 낼 만큼 나는 단편이라는 문학 장르에 대해 이미 소원해져버린 것을 느낀다. 그렇다고 단편소설의 쇠망기라고 불리는 현대의 저널리즘 추세에 따라 마치 제사공장製糸工場의 조업 단축[**]처럼 단편 제작을 조절하기 시작한 건 아니다. 자연스럽게 단편 제작에서 마음이 멀어져간 것이다. 그리고 소년시절에 시와 단편소설에 전념하며 그곳에 담았던 나의 애환은 해가 지나면

---

[*] 「꽃이 한창인 숲」「중세에 한 살인상습자가 남긴 철학적 일기의 발췌」「원숭이」「달걀」「시 쓰는 소년」「바다와 저녁노을」「신문지」「모란」「다리밟기」「온나가타」「백만 엔 전병」「우국」「달」이 수록된 첫 번째 자선 단편집에 부친 해설이다.
[**] 생산과잉에 의한 가격 하락을 막기 위해 기업이 조업시간 단축이나 생산설비의 일시 운영 중지를 통해 생산 수량을 줄이는 것.

서 전자는 희곡으로, 후자는 장편소설로 흘러간 것으로 생각된다. 어쨌든 좀 더 구조적이고 좀 더 다변多辯적이고 좀 더 인내를 요구하는 작업으로 나 자신을 밀고 나간 증거이고, 좀 더 큰 작업의 자극과 긴장이 내게 필요해졌다는 점도 보여준다.

이건 내가 생각하는 방식이 아포리즘 스타일에서 체계적인 사고 스타일로 서서히 이행한 것과 관계가 있다고 여겨진다. 하나의 생각을 작품 속에 서술하는 데 있어서 천천히 천천히 공들여 납득시키는 것을 선호하기 시작하면서 촌철의 말투를 피하게 되었다. 사상의 원숙이라고 하면 듣기는 좋겠으나, 성급하지만 신속 경첩輕捷하던 연상 작용이 나이와 함께 시들어간 것과 조응하고 있다. 말하자면 경기병輕騎兵에서 중기병重騎兵으로 장비를 새롭게 바꾼 것이다.

이 책에 수록한 것은 따라서 나의 경기병 시절 작품들이다. 하긴 일률적으로 이렇게 말하기는 했으나 그 자체가 순수하게 경기병적인 작품이 있는가 하면 중기병으로의 이행을 묵직하게 안에 숨겨두고 오로지 그 조련調練을 위해 썼던 작품도 있다. 전자의 대표작을 「원숭회」라고 한다면, 후자의 대표작은 극히 약년若年 무렵(1943), 즉 열여덟 살 때 쓴 「중세에 한 살인상습자가 남긴 철학적 일기의 발췌」일 것이다. 이 짧은 산문시풍의 작품에 드러난 살인 철학, 살인자(예술가)와 항해자(행동가)의 대비 등의 주제에는 후년의 수많은 장편소설의 주제가 될 맹아萌芽가 모두 다 포함되어 있다고 해도 과언이 아니다. 게다가 거기에는 1943년이라는, 한창 전시를 살면서 급격히 기울어진 일본의 붕괴를 예감한 한 소년의 암담하고도 눈부시게 아름다운 정신세계의 우의적 비유가 촘촘히 담겨 있다.

그에 비하면 또 한 편의 전시 작품인 「꽃이 한창인 숲」을 나는 더 이상 좋아하지 않는다. 1941년에 쓴 이 릴케풍의 소설은 지금에 와서는 어쩐지 낭만파의 악영향과 애늙은이처럼 잘난 척하는 점만 자꾸 눈에 띈다. 열여섯 살 소년은 독창성에 손을 뻗으려고 하다가 어떻게 해도 닿지 않으니 어쩔 수 없이 그런 척하는 듯한 면이 있다. 덧붙여 말하자면, 이 단편집의 제목은 필히 '꽃이 한창인 숲'으로 했으면 좋겠다는 출판사 측의 의향에 따라 어쩔 수 없이 이것으로 정했다.

전후 작품에서는 나 스스로도 완성도가 높다고 흡족하게 생각한 것만을 선정했다.

「원숭회」(1950)는 단편을 쓰는 기술이 드디어 성숙하기 시작한 시기에 패럴렐리즘 기법을 활용해 그려낸 한 폭의 수채화인데, 원숭회에 대한 묘사 자체는 나도 참가했던 팰리스 승마클럽의 원숭 스케치였고, 그러한 실제로는 아무런 극적인 것도 없었던 경험의 미세한 스케치에 뭔가 이야기를 짜 넣는다는 방식은 현재에 이르기까지 나의 단편소설 창작의 상투적 수단이라고 할 만한 것이 되고 있다.

「달걀」(1953)은, 예전에 단 한 명의 비평가에게도 독자에게도 인정받은 적이 없는 작품이지만, 에드거 앨런 포의 파르스*를 모방한 이 진품珍品은 나의 편애 대상이다. 학생운동을 재판하는 권력에 대한 풍자라고 읽는 것은 각자 자유겠지만, 내가 노린 것은 풍자를 뛰어넘는 난센스이고, 나의 펜은 웬만해서는 이런 '순수한 바보스러움'

* 파르스farce는 소극笑劇, 익살극.

의 높이에까지 도달한 적이 없다.

「다리밟기」「온나가타」「백만 엔 전병」「신문지」「모란」「달」은 모두 눈여겨본 풍경이며 사물이 작자의 감흥을 자극해 한 편의 이야기를 조립하게 했다는 것 이상은 없지만, 그중에서도 「다리밟기」는 기교적으로 가장 능숙하고, 어쩐지 우습고 재미있는 객관성을, 냉담하고도 고아高雅한 객관성을 문체 속에 집어넣을 수 있었던 작품이라고 생각한다.

「다리밟기」에서 다룬 게이샤의 세계에 존재하는 스노비즘과 인정과 냉혹한 일면, 「온나가타」에서 다룬 배우의 세계에 존재하는 장대함과 비속함과 자기본위, 「달」에서 다룬 비트족의 세계의 소외와 인공적 흥분과 서정적인 고독 ……그러한 것들은 옛 일본 전통의 희극 작가가 '세계 결정'* 의식에 따라 '세계'를 설정했던 것과는 달리, 어쩌다 재미있어서 그쪽 세계를 들여다보는 사이에 그 독특한 색조, 언어 동작, 생활 예법 등이 수조 속의 기이한 열대어처럼 문조文藻의 해초 사이를 어른거리게 되었고, 그것들이 자연스럽게 각각의 세계의 이야기를 이끌어내는 식이었기 때문에 그러한 오랜 시간과 스폰터네이티**가 세 편의 작품에 어떤 농후함과 리치한 맛을 부여했을 것이다. 물론 그런 것들은 나의 '놀이'에서 태어난 것이다. 나 자신을 일부러 일개 고풍스러운 소설가의 견지에 자리매김하고, 다양한 세계를 유익遊익하며 느긋하게 관찰하고 연마를 더한 문체로 단편을

---

* 세계 결정世界定め은 에도 가부키의 연중행사 중 하나로, 신인 소개 첫날에 상연할 종목의 세계를 결정하는 기획회의. 매년 9월 12일에 행했다.
** 스폰터네이티spontaneity는 영어로 '즉흥적', '자발적', '자연스러움'을 뜻한다.

쓴다는, 내 머릿속에 있는 소설가의 이른바 댄디즘에서 태어난 것이다. 단편소설은 이런 댄디즘의 소산이어야 한다는 생각은 지금도 내게서 없어지지 않았다.

하지만 내가 반드시 이런 고답파의 태도로 다양한 단편을 써온 것은 아니다.

단편집 중에서 「시 쓰는 소년」 「바다와 저녁노을」 「우국」 세 편은 얼핏 보기에 단순한 이야기의 체재 아래에 나로서는 가장 절실한 문제를 숨겨둔 것이었고, 물론 독자 입장에서 어떤 문제성 따위는 참작할 것 없이 이야기만 즐기겠다면 그걸로 괜찮지만(실제로 어느 긴자 바의 마담은 「우국」을 완전히 춘화로서 읽고 하룻밤 잠을 못 잤다고 고백했다), 이 세 편은 내가 꼭 쓰지 않으면 안 되었던 작품이다. 「시 쓰는 소년」에서는 소년시절의 나와 언어(관념)의 관계를 이야기했고, 문학의 출발점, 자의적이지만 숙명적인 성립에 대해 말했다. 여기에는 한 명의 비평가적 시선을 가진 차가운 성격의 소년이 등장하는데 이 소년의 자신감은 스스로도 알지 못하는 곳에서 생겨났고, 게다가 거기에는 그 스스로는 아직 뚜껑을 연 적이 없는 지옥이 얼핏 엿보이는 것이다. 그를 덮친 '시'의 행복은 결국 그가 시인이 아니었다는 결론을 초래했을 뿐이지만, 이런 차질이 소년을 갑작스럽게 '두 번 다시 행복이 찾아오지 않는 영역'으로 떠민다.

「바다와 저녁노을」은 기적의 도래를 믿었으나 그것이 찾아오지 않는 기이함, 아니, 기적 자체보다 더욱더 이상한 불가사의라는 주제를 응축해서 보여주려 했던 작품이다. 이 주제는 아마도 내 평생을 관통하는 주제가 될 것이다. 사람들은 물론 즉각 '어째서 신풍神風은 불지 않았는가'라는 태평양전쟁의 가장 끔찍한 시적 절망을 상기할 것이다. 어째서 신의 도움이 오지 않았는가, 라는 질문은 신을 믿는 자에게는 종국적이자 결정적이다. 「바다와 저녁노을」은, 하지만 나의 전쟁 체험을 그대로 우화화寓話化한 것이 아니다. 오히려 나 자신의 문제성을 가장 명백하게 해준 것이 전쟁 체험이었고, '어째서 그때 바다가 둘로 갈라지지 않았는가' 하고 기적을 대망待望하는 것이 나에게는 불가피한 일이며 동시에 불가능한 일이라는 것을 실은 「시 쓰는 소년」의 나이대쯤부터 분명하게 자각한 터였다.

「우국」은 이야기 자체는 단순히 '2·26사건'의 외전外傳이지만, 이 작품에 묘사된 사랑과 죽음의 광경, 에로스와 대의의 완전한 융합과 상승 작용은 내가 이 인생에서 기대하는 유일의 지복이라고 해도 무방하다. 하지만 슬프게도 이 같은 지복은 필경 서책의 종이 위에서밖에는 실현될 수 없을 것이고, 그렇다면 나는 소설가로서 「우국」 한 편을 써낼 수 있었던 것으로 만족해야 할지도 모른다. 예전에 나는 '만일 몹시 바쁜 사람이 미시마의 소설 중에서 한 편만, 미시마의 장점과 단점 모두를 응축한 엑기스 같은 소설을 한 편만 읽기를 원한다면 「우국」을 읽어주시면 된다'라고 썼던 적이 있는데 그 마음에는 지금도 변함이 없다.

그런데 앞서 말한 「달걀」도 그 일례지만, 나에게는 완전히 지적인 운용에만 의지하는 콩트 형식에 대한 기호嗜好도 있다. 여기에서는 작품 자체에 주제다운 주제도 없이 일정한 효과를 향해 팽팽히 당겨진 활처럼 구석구석까지 긴장한 형태가 유지되고, 그것이 독자의 뇌리에 날려가 적중한다면 뭐 그걸로 좋다, 라는 식의 작품이다. 그것은 또한 체스 선수가 맛볼 만한 지적인 긴장의 한 판 게임, 아무런 의미도 없는 한 판 게임이 구성된다면 그걸로 족한 것이다. 「신문지」 「모란」 「백만 엔 전병」 같은 콩트는 그러한 의도로 쓰인, 콩트 중에서 비교적 완성도가 높은 작품을 고른 것이다.

―미시마 유키오, 1968년 9월

작가 해설 2[*]

　자신의 작품을 해설한다는 것은 상당히 따분한 작업이지만, 이런 일을 하게 하는 유일한 열정은 사실대로 말하자면 독자를 위한 것이라기보다는 나 자신을 위한 것이다. 즉 제삼자의 손에 들어가 엉뚱한 억측을 낳게 하느니 예전의 내 작품을 내 손으로 살펴보자는 것이다.
　「담배」(1946년)는 전후에 쓴 단편소설 중에서 가장 오래된 것이다. 전쟁 직후 미증유의 혼란기에 이런 유장하고 정적인 소설을 쓴 것은 반시대적 열정이라기보다 단순히 내가 그때까지 갖고 있던 기교를 재확인하기 위해서였다. 솔직히 나의 펜도 사상도 전쟁 직후의

[*] 「담배」「하나코」「서커스」「날개」「리큐의 소나무」「크로스워드 퍼즐」「한여름의 죽음」「불꽃놀이」「귀현」「포도빵」「빗속의 분수」가 수록된 두 번째 자선 단편집에 부친 해설이다.

그 시대를 즉각 분석하고 묘파해낼 정도로는 숙성되어 있지 않았다.

얘기가 달라지지만, 예전 작품을 다시 읽어보고 놀란 것은 소년시절과 유년시절의 추억, 그 추억의 감각적인 진실, 수많은 소소한 에피소드의 기억 등이 적어도 이십대 종반 가까이까지는 실로 잘 보존되었다는 점이다. 그러한 것을 일절 상실하게 만든 건 첫째로는 나이, 그리고 또 하나는 사회생활의 번망繁忙일 것이다. 세세한 과거의 감각적 기억을 완롱玩弄하려면 육체적 불건강이 필요하고(프루스트를 보라!), 건강체는 그 같은 기억에 적합하지 않을 것이다. 내가 유소년기의 보드랍고 달콤한 추억을 상실한 시기는 그야말로 내 육체가 완전한 건강으로 향한 시기와 맞아떨어진다. 거기에 「담배」 한 편의, 담배 냄새며 럭비부 부실의 '멜랑콜릭한' 냄새만 해도 병약한 소년에게나 감각의 신선함을 가져다주지, 그야말로 그 냄새 속에서 십여 년씩 지내다 보면 그저 일상적인 감각이 되는 것이다.

가와바타 야스나리 씨가 이 단편을 원고로 읽어보고 잡지 《인간》에 소개해준 것이 내가 문사文士가 된 계기였지만, 그 당시에 내 안의 무엇을 인정해주신 것인지 이제는 미루어 짐작해볼 도리도 없다. 「담배」 속에 이미 한 명의 확고한 소설가가 있었는지 어떤지, 지금의 나로서는 확실하게 인정할 수가 없는 것이다. 그리고 이 단편과 가장 가까운 유연類緣을 찾아보자면 그건 아마도 호리 다쓰오*의 「불타

---

* 호리 다쓰오堀辰雄(1904~1953)는 사소설 일색이던 일본 소설계에 서양식 소설의 '로망'이라는 문학 형식을 확립한 작가로 알려져 있다. 프랑스 문학의 심리주의를 적극 도입하고, 일본의 고전이나 왕조 여류문학을 새롭게 부활시켜 서로 융합하는 것으로 독자적 문학세계를 창조했다. 폐결핵으로 가루이자와에 요양하면서 그곳을 무대로 한 작품을 많이 남겼다. 전시의 불안한 시대에도 시류에 쉽사리 영향하지 않는 작품은 이후 세대로부터 지지를 받았다. 결핵이 악화하여

는 뺨」일 것이다.

「하루코」(1947년)는 마찬가지로 《인간》에 발표했지만, 이쪽은 훨씬 더 소설로서 완성된 느낌이다. 바로 요즘 대유행하는 레즈비어니즘 소설의, 아마도 전후 선구작일 것이다. 《인간》의 '별책 소설특집'을 위해 청탁을 받고 나는 원고지 200여 매를 써서 의기양양하게 기무라 도쿠조* 편집장에게 들고 갔는데, 소설의 절묘한 정독자인 기무라 씨는 몇 군데 장황한 부분을 짚어주었고 그 자리에서 나는 그의 말대로 죽죽 삭제해 약 160매로 줄였다. 원래 원고에 비해 훨씬 긴장도가 높아진 것에 나 스스로도 놀랄 정도여서 기무라 씨는 당시 나에게는 하느님 같은 기술적 지도자였다.

「하루코」는 거의 관념적 조작 없이 철저히 관능주의로 일관한 작품이다. 그것 자체가 당시로서는 이례적이어서 경의敬意가 결여되었다는 취급을 받는 근원이 되었다. 「하루코」에서 내가 노린 것은 문학상의 퇴폐 취향을 건전한 리얼리즘으로 처리하는 것이었는데, 이건 오늘에 이르기까지 대체로 나의 소설 작법의 기본이 되고 있다.

「서커스」(1948년)는 《진로》라는 작은 잡지에 발표했다. 대학을 졸업하고 대장성**에 들어가려고 하던 때였다. 그 무렵에는 높은 수준의 평론, 난해한 소설을 만재한 새로운 잡지가 숱하게 나왔다. 다만

전후에는 거의 작품을 발표하지 못한 채 48세에 세상을 떠났다.
* 기무라 도쿠조木村德三(1911~2005). 도쿄대학 프랑스문학과 졸업. 1937년부터 문예지 편집 일을 시작하여 1945년 가와바타 야스나리 등이 경영하는 '가마쿠라 분코'의 문예지 《인간》 편집장으로 취임, 전후 문학사의 중요한 증언자가 되었다. 특히 당시 신인이던 미시마 유키오에게 수많은 유익한 조언을 제공해 문학적 성장에 크게 기여한 것으로 알려져 있다.
** 대장성大蔵省은 우리나라의 '재정경제부'에 해당한다.

모두 잘 팔렸던 건 아니어서 차례차례 망하고 다시 생겨나곤 했지만, 어떤 잡지나 고도의 관념주의가 지배하고 있었고 따라서 그 창작품도 다양한 점에서 상업적 제약으로부터 자유로웠다. 이른바 중간소설이 생겨난 것은 그보다 훨씬 나중의 일이다. 이런 현상을 작가 입장에서 말하자면, 곳곳에 순문학 연습용 초지草紙가 있었던 셈이라서 상업주의와의 타협 따위는 전혀 생각할 필요가 없었다. 「서커스」는 그 틈에 생겨난, 마음 내키는 대로 써본 소품이다.

하지만 점차 옛 저널리즘이 부활하면서 문예춘추사도《문학계》나 《별책 문예춘추》를 통해 이미 기량이 잘 갖춰진 신인작가들을 통합하는 기세를 보였고, 한편으로 전후의 거친 관념주의 저널리즘은 쇠망해갔다.

「날개」(1951년), 「리큐離宮의 소나무」(1951년), 「크로스워드 퍼즐」(1952년)은 단편소설의 기교적 완성에 주력하던 시기에 그런 멋진 무대에 발표한 작품들이다. 「날개」에는 '고티에풍의 이야기'라는 부제가 붙어 있지만, 리얼리즘과는 확실하게 결별한 고티에의 단편소설을 모방하면서 실은 전시와 전후의 시대를 살아내지 않으면 안 되었던 청년의 비통한 체험을 우화적으로 이야기한 것이다. 나는 이런 소재의 단편으로 오히려 노골적인 고백을 했노라고 생각했는데 당시에 이 고백을 알아챈 사람은 없었다. '고백 따위를 할 것 같아?' 하는 고약한 얼굴을 내세운 벌일 것이다. 그와 달리 「리큐의 소나무」나 「크로스워드 퍼즐」은 단편소설의 풍미라고 생각했던 것을 수리적으로 빚어내려고 한 기술적 실험이며, 나는 정취보다 언제나 방법론에 관심이 가는 성격이었다.

「한여름의 죽음」(1952년)은 이번 단편집 중에서 가장 긴 원고지 200매의 중편소설*로, 첫 번째 세계여행에서 돌아와 찬찬히 펜을 얼러가며 썼던 작품이다. 이즈 지역의 이마이하마 해안에서 실제로 일어났던 사건을 전해 듣고 그걸 바탕으로 짜본 소설이지만, 물론 주안점은 마지막 한 행에 있었다.

방법론으로서는 그 한 점을 정점으로 하는 원뿔을 일부러 거꾸로 세운 듯한, 일반적인 소설과는 반대의 구성을 생각했다. 즉 일반적 의미에서의 파국이 첫머리에 나오고, 게다가 그 파국에는 아무런 필연성도 없다. 그 필연성으로서의 숙명이 암시되는 것은 마지막 한 행이며, 이게 그리스극이라면 마지막 한 행부터 시작해 첫머리의 파국을 결말로 했어야 할 것이다. 그걸 일부러 거꾸로 세워본 것이다.

즉 일반적인 소설이라면 결말에 와야 할 비극이 처음에 극한의 형태로 제시되고, 살아남은 여주인공 도모코가 이 완전히 불합리한 비극에서 어떠한 충격을 받고, 서서히 시간의 흐름이라는 은혜에 따라 어떻게 치유되고 또한 모두 치유된 뒤의 끔찍한 공허에서 어떻게 다시금 숙명의 도래를 요청하는가, 하는 것이 이 작품의 주제이다. 어떤 가혹하고 끔찍한 숙명을 긴 시간을 들여 마침내 일상생활의 세세한 그물코 안에 녹여내는 데 성공했을 때, 인간은 다시금 숙명에 굶주리기 시작한다. 이 프로세스를 어떻게 독자에게 가능한 한 따분함을 주지 않고 그려낼 수 있는가, 하는 점을 걸고 내 실력을 시험해본 것이다. 소설 첫머리에 가장 자극적인 장면을 제시해버리면 그다음

---

* novelette.

에 독자는 아무 자극도 받지 않게 될 우려가 있었기 때문이다.
「불꽃」(1953년)은 극히 간단한 공포소설의 기교를 사용해 '붕어빵처럼 닮은 타인'이라는, 근대 소설가가 가장 피할 듯한 케케묵은 우연적 설정을 일부러 도입하고 그 속에서 화려한 불꽃놀이의 이면에서 창백해지는 권력자의 얼굴이라는, 한순간의 정치적 크로키를 그려내려고 한 단편이다.
그와 달리 「귀현」(1957년)에는 분명한 모델이 있고, 작중에서도 명시했듯이 소년시절의 추억의 모델을 가능한 한 추상화해서 월터 페이터의 '상상적 초상' 기법을 충실히 모방해 그려낸 단편이다. 나는 월터 페이터 유파에 더해, 가능한 한 차갑고 고아한, 얼음 같은 관능성을 표출하고자 주의를 기울여, 그 기법이 주인공의 귀족적 성격을 자연히 작품 자체의 성격으로 만들어주기를 바랐다.
「귀현」은 「온나가타」라는 단편과 한 쌍을 이루는 작품이고, 그다음의 「포도빵」(1963년)은 「달」이라는 단편과 한 쌍을 이룬다.
당시 도쿄에서는 트위스트가 유행하기 시작해 비트 바 몇 군데가 문을 열었다. 그중 한곳에 드나드는 사이에 바에서 알게 된 소년 소녀들의 이야기를 듣고 특수한 어법에 익숙해지고 은어를 배우고 ……점차 그들의 생활 근저에 깔린 우수를 접하면서 두 편의 단편이 만들어졌다. 이 두 작품 이후, 나는 그들에 대해 글을 쓴 적은 없다. 아마도 그들의 생활은 단편소설의 소재로밖에는 적합하지 않은 것이리라. 유행은 지나가고 그들도 나이를 먹고, 나아가 엉망진창의 신세대로 세대가 바뀌어서 그들도 그들의 청춘도, 한 시기의 신주쿠 변두리도, 그리고 작자인 나 자신도 과거를 향해 묻혀버리게 되었다.

심야의 유행. 천박하지만 그런 탓에 더욱더 퍼세틱한* 유행. ……지금도 나는 격의 없이 나와 어울려준 그들 한 사람 한 사람을 그립게 다시 떠올리곤 한다.

「포도빵」 속 가마쿠라 계곡 파티도 실제로 있었던 일의 스케치다.

「빗속의 분수」(1963년)의 소년소녀는 그들과는 달리, 지극히 평범한 소년소녀다. 나에게는 이런 귀엽게 보이는 콩트에 대한 기호가 있고, 그 귀여움에는 잔혹함과 속악함과 시詩가 뒤섞일 필요가 있었다. 그리고 언제나 이런 소재의 작품에 대한 나의 이상理想은 빌리에 드 릴라당의 저 심술궂은 「비르지니와 폴」**이다.

—미시마 유키오, 1970년 6월

---

* 퍼세틱pathetic은 영어로 '비장한', '불쌍한', '한심한'을 뜻한다.
** 릴라당의 단편집 『잔혹한 이야기』에 수록된 28편 중 한 편. 돈이 개입된 젊은 연인들의 교류를 통해 부르주아의 도덕성을 풍자적으로 그려냈다.

옮긴이의 말

끝내 살아남은 단편소설의 정수精髓

　미시마 유키오의 작품은 일본 문학계에서도 특히 명문장으로 유명하다. 해박하고도 정확한 어휘, 호화찬란한 수사修辭와 섬세하고 미려한 문체는 지금도 후배 문인들의 귀감이 되고 있다. 고대 그리스문화에의 동경을 바탕으로 인공적으로 구축한 탐미주의, 전통예술에 대한 뿌리 깊은 이해, 육체와 정신의 합일을 향한 철학적 탐구로 전후 문학을 대표하는 작가로 손꼽힌다. 일찌감치 노벨문학상 후보에 오르는 등, 일본을 뛰어넘어 세계문학사에서도 독보적인 위치를 차지하고 있다. 동시에 만년의 정치적 성향과 충격적인 죽음으로 인해 그의 삶의 양상은 항상 복잡한 평가 속에 놓여 있다.

　1941년 「꽃이 한창인 숲」으로 문단에 이름을 올리고, 1970년 45세로 사망하기 직전에 장편소설 『천인오쇠』를 탈고하기까지 30년의 작가 생활이었다. 그가 특히 애용하던 만년필로 그 짧은 기간 동안에 집필한 작품은 장편소설 34편, 단편소설 144편, 그 밖에 희곡, 가부키 대본, 수필, 자서전, 기행문, 평론까지, 다양한 분야에 걸쳐 방대한 양에 달했다. 이번 단편집은 144편의 작품 중에서 엄선하여 데뷔작부터 1963년작 「**빗속의 분수**」까지 주요 작품 24편을 한자리에 수록했다는 점에서 큰 의미가 있다. 우리나라에 처음 번역 소개되는 작품이 대부분이라서 이 문제적 작가의 문학적 성과를 가늠해볼 수 있는 한 권의 책이 될 것이다.

 미시마 유키오는 우연히도 쇼와 시대가 시작된 1925년에 태어났다. 쇼와 연도가 곧 그의 나이가 된다. 도쿄 요쓰야구(현재 신주쿠구)에서 농림성 고위 관료 히라오카 아즈사와 시즈에 부부의 장남으로 태어났다. 조부는 가라후토(현재 사할린 지역) 장관과 후쿠시마현 지사를 역임했고, 외가 쪽은 유학자 가문으로, 한학자였던 외조부는 도쿄 가이세이중학교 교장을 지냈다. 조부와 부친이 도쿄대학 법학부 출신이고, 후에 미시마 유키오까지 3대가 일본 최고 학부를 나온 관료 가문의 이력을 갖게 되었다.

 미시마의 어린 시절은 젊은 부모보다 조모의 영향력이 막강했다. 조모는 도쿠가와 무가 집안의 어머니와 대심원 판사인 아버지 사이에서 태어나 12세부터 17세까지 귀족 가에서 예의범절을 배운 것을 큰 자랑으로 여겼다. 미시마가 1949년에 발표한 자전적 장편소설 『가면의 고백』에는, 뇌물수수 의혹사건(후에 무죄 판결을 받았다)으로 가라후토 장관직에서 물러난 조부가 무리한 사업 욕심으로 빚을

지면서 가세가 점점 기울어가고, '허세만 가득한 철문과 넓은 정원이 있는' 2층짜리 셋집에서 조부모, 부모와 함께 사는 모습이 그려져 있다. 부모는 2층에서 지냈는데, 조모는 2층에서 아기를 키우는 건 위험하다는 구실로 첫 손자가 49일째 되던 날, 1층 자신의 방으로 데려왔다. 지병인 좌골 신경통으로 누워 있는 시간이 많아서 가족 간에 히스테릭한 처신을 하는 일이 잦았고, 귀족적 예의범절에 엄격한 분이었다. '늘 닫혀 있고 질병과 노년의 냄새로 숨 막히는 조모의 병실에서, 병상에 나란히 이부자리를 펴고 나는 키워졌다'라고 묘사한 대로 조모는 아이를 익애하며 자신의 뜻대로 양육했다. 젊은 며느리가 수유할 때는 회중시계로 시간을 잴 정도였다.

아이는 막대나 깃발을 휘두르는 것도, 자동차나 총 같은 장난감도, 밖에서 거친 놀이를 하는 것도 금지되었다. 놀이 상대로는 얌전한 연상의 여자애를 택해 여자 말투를 쓰게 했다. 몸이 허약했던 미시마는 다섯 살 되던 해에 '붉은 커피 같은 것'을 토하고 거의 죽음 직전까지 갔다. 이른바 '자가중독'*이라는 병으로 '한 달에 한 번, 때로는 가볍게 때로는 무겁게' 수없이 위기가 닥쳤다. 조모는 병약한 손자를 위해 식사며 간식을 제한하고, 상류층의 취미를 포함한 과보호 교육을 했다.

한편으로 자신의 취향에 따라 전통 가부키극을 볼 때도 손자를 데리고 다녔고, 당대의 작가 다니자키 준이치로와 이즈미 교카 등의 책을 읽어주었다. 미시마가 어릴 때부터 독서를 좋아하고 소설가 및

* 소아의 주기성 구토증. 자율신경이 불안정한 어린아이가 과로할 때 주로 일어난다고 여겨진다.

극작가로서 소양이 키워진 것은 역시 조모의 영향이었다. 평민 집안이었음에도 그녀는 본가의 인맥을 동원해 손자를 귀족 자제들이 다니는 가쿠슈인 초등과에 입학시켰다. 이 무렵부터 미시마는 어린 관찰안으로 계절을 노래하는 시와 하이쿠, 단카를 수없이 써 내려갔다. (십대 때 쓴 시 노트 16권, 총 657편의 시가 사후에 한꺼번에 발굴되었다.)

조모와의 동거는 가쿠슈인 중등과에 올라갈 때까지 이어지다가 그녀가 죽기 1년 전인 1938년에 부모가 분가하면서 그제야 남동생과 여동생을 포함한 가족과 함께 살 수 있었다. 후에 미시마가 '견개 狷介한 고집불통, 어떤 미친 듯 시적인 영혼의 소유자'로 묘사한 조모에 대한 애증 어린 추억은 「꽃이 한창인 숲」에서 그 흔적이 엿보인다. 유년기에 각인된 가부키에 대한 관심과 전문적인 지식은 「**온나가타**」에서, 가쿠슈인 시절의 모습은 자신이 '시인이 아니었다'는 것을 발견하고 그 절망을 적어 내려간 「**시 쓰는 소년**」에서 찾아볼 수 있다.

가쿠슈인 중고등과 시절 내내 문예부를 중심으로 문학 활동을 하면서 동급생이며 선배들과의 교류가 깊어졌고 고등과 1년 때는 문예부 위원장이 되었다. 당시 국어교사 시미즈 후미오는 구마모토 출신의 국문학자로, 제자 미시마가 써낸 「**꽃이 한창인 숲**」을 읽고 감탄하여 자신이 동인으로 활동하던 국문학 잡지 《문예문화》에 이 작품을 추천했다. 동인 회의는 16세 소년 '천재'의 출현을 기뻐하며 즉각 연재를 결정했다. 《문예문화》는 고전문학, 특히 헤이안조 문학을 연구해 전통의 새로운 가치를 발굴하고자 했던 '일본 낭만파' 잡지였다. 무력한 아버지의 모습에서 '세월 지난 아스카 시대의 불상'을 발견하고, 조모의 낡은 당궤에서 찾아낸 '성서'와 까마득히 먼 선조에게 바쳐진 책자를 통해 '동경'을 이야기한 소년의 작품에 감탄할 만했던 것이다.

이 단편의 첫 회 연재 후기에서《문예문화》동인이던 국학 연구자 하스다 젠메이는 '작자는 아직 한참 어린 소년이다. 어떠한 인물인가 하는 점은 당분간 감춰두고 싶다. 그게 가장 좋다고 믿기 때문이다. 만일 굳이 알고 싶은 사람이 있다면 우리 자신의 어린 시절이라는 정도로만 대답해두고자 한다. 일본에도 이런 연소자年少者가 탄생하고 있다는 것은 참으로 말할 수 없는 기쁨이고, 일본 문학에 자신감을 갖지 못하는 사람들에게 이 사실은 믿을 수 없는 놀라움이기도 할 것이다. 이 나이 어린 작가는 그러나 유구한 일본 역사가 낳은 것이다. 우리보다 나이는 한참 어리지만, 이미 성숙한 자의 탄생이다'라고 격찬했다. (국학 연구자이자 교사, 군인이었던 하스다 젠메이는 4년 뒤인 1945년에 일본이 전쟁에 패하자 순순히 항복에 응한 상관을 사살하고 자결했다. 이 사건은 미시마에게 큰 충격을 안겼고, 만년에 극단적 자결을 택하게 된 하나의 요인이었을 것으로 추정되고 있다.)

미시마는 가쿠슈인 고등과를 수석으로 졸업하고, 대학은 문학부에 진학을 희망했으나 부친의 설득에 따라 도쿄대학 법학부에 입학했다. 2차 대전의 전황이 급박해지자 대학 수업은 중단, 비행기 제작소의 근로동원에 차출되었고, 이어서 입영통지서가 날아왔다. 하지만 신체검사에서 폐결핵 3기 증상이라는 의사의 진단에 따라 '당일 귀경' 처분을 받았다. 당시 해당 부대는 필리핀에 파병되어 거의 전멸한 것으로 알려졌다. 이 폐결핵 진단은 도쿄의 병원에서 정밀검사 끝에 오진으로 밝혀졌다. 전사를 각오했으나 의사의 문진에 증상을 부풀려 답했다는 자각과 자신의 신체적 허약함, 심리적 소심함 때문에 '행동으로부터 거부당했다'는 의식이 평생의 콤플렉스가 되어 이후 항상 죽음을 의식하고, 전후에 자신의 삶이 '여생餘生'이라는 감각을 품게 했다. 그 무렵, 전시에 단 하나 남은 문예지《문예》의 편집장을 통해 가와바타 야스나리를 소개받아 첫 단편집『꽃이 한창인 숲』을 헌정했다.

  1945년 종전 직후 스승에게 보낸 편지에는 '우리 문학사의 전통 호지護持라는 사명이야말로 우리에게 주어진 사명이라는 것을 확신한다'라고 썼고, 지인에게는 '나 자신 안에서만이라도 최대의 아름다운 질서를 구축하고 싶다. 전후의 문학, 예술의 부흥과 그 질서 부여에도 부족하나마 전력을 다해 공헌하고자 한다'고 적어 보냈다. 자신의 노트에는 '전후 어록'으로서 '일본적 비합리의 온존溫存만이 백년 후 세계문화에 공헌할 것이다'라고 기록했다. 하지만 미 군정하에서 당시 상황은, 전쟁에 관여한 전범이 처형되고 요직에 있던 각계 인사들이 공직에서 추방되었을 뿐 아니라 문화계에서는 미시마가 속했던 일본 낭만파도 좌익 문학계로부터 전쟁에 협력한 '전쟁문학자'로 규탄받는 분위기였다.

  1963년에 당시를 회고하며 쓴『나의 편력시대』를 보면 '천재인 줄만 알았던 소년은 불과 스무 살 나이에 이미 시대에 뒤떨어져버린 자신을 발견했고, 어느 누구에게도 제 몫으로 취급받지 못하는 힘없는 일개 대학생'에 지나지 않는다는 것을 자각하고 초조감에 쫓겼다. 이제는 문학을 포기하고 착실히 공부해서 관리가 되는 수밖에 없다고 생각하던 미시마에게 손을 내밀어준 사람이 가와바타 야스나리였다. '신인 발견의 명인'으로 통하던 그는 「담배」를 읽어본 뒤에 잡지《인간》에 추천해주었다. 덕분에 미시마는 전후 문단에 나설 수 있는 발판을 얻었고, 이후 가와바타 야스나리와는 평생에 걸쳐 '은인'으로 존경하는 관계를 맺었다.

전후에 집안 형편이 점점 기울자, 대학 생활은 자신의 원고료로 충당하고 오히려 동생에게 용돈까지 주었다는 게 2005년에 발견된 「회계 일기」(21세 5월부터 22세 11월까지 기재)에서 밝혀졌다. 가난으로 인한 매문賣文 대신, 자신만의 문학을 하면서도 생활을 유지할 수 있는지 모색하기 위한 것이었다. 다행히 22세이던 1947년, 도쿄대 법학부 졸업을 앞두고 고등문관시험에 합격하여 12월부터 대장성에 등청했다. 그 무렵의 문학적 고뇌에 대해서는 『나의 편력시대』에 다음과 같이 술회했다.

'나의 문학청년 친구들에게는 일제히 죽음과 질병이 덮쳐들고 있었다. 자살자, 발광자가 수명에 이르고 병사자도 줄을 이었으며 급속한 빈곤에 떨어져버린 자도 한둘이 아니었다. 나의 짧은 문학적 청춘은 무시무시할 정도의 속도로 빛바래가고 있었다. 또한 그것은 전쟁재판의 판결이 시작되던 시대였다. (…) 닥치는 대로 단편소설을 써 내면서 나는 사실은 살아 있어도 별수 없다는 마음이었다. 지독한 무력감이 나를 사로잡았다. (…) 나의 젊음에 대체 의미가 있는 것인가, 아니, 대체 나는 정말로 젊은 것인가, 하는 식의 의문에 시달렸다.'

그런 무력감 속에서 써낸 단편이 「**하루코**」, 「**서커스**」였다.

다만 관청 근무와 집필 활동의 이중생활에 의한 과로와 수면부족으로 출근 도중 시부야역 플랫폼에서 선로에 굴러떨어진 일이 있었다. 이 일을 계기로 그동안 문학인의 길을 맹렬히 반대해왔던 부친이 드디어 그 뜻을 굽혀주었다. '일본 최고의 작가가 되어야 한다'는 조건으로 허락을 받아 8개월여 만에 대장성을 사직하고 집필에 전념하게 되었다. 혼신의 힘을 다한 자전적 장편소설 『가면의 고백』이 출간된 것은 1949년, 평단의 찬사와 함께 큰 화제를 모으며 그해의 베스트셀러에 오른 게 그의 나이 24세 때였다. 이 책으로 문단에서 입지를 굳히고, 한숨 돌릴 새도 없이 정력적으로 취재 여행을 하며 연재소설을 써내고 단행본으로 장편소설을 출간했다. 그 와중에 단편 「**원숭회**」「**날개**」「**리큐의 소나무**」「**크로스워드 퍼즐**」 등을 각 문예지에 속속 발표하고, 첫 평론집을 간행하는 등 왕성한 활동을 펼쳤다.

자신의 내면에 남아 있는 쓸데없는 감수성을 혐오하며 '육체적 존재감을 가진 지성'을 추구하던 미시마는 '평생에 한 번이라도 좋으니 파르테논을 보고 싶다'는 바람을 품고 있었다. 마침 아사히신문의 제안에 따라 특별통신원 자격으로 1951년 연말부터 다음 해 5월까지 6개월 일정의 첫 세계일주 여행에 나섰다. 하와이를 거쳐 북미, 남미, 유럽을 돌아보는 가운데 특히 매료된 것은 그리스 아테네, 그리고 로마의 바티칸 미술관에 있는 '안티노우스 입상立像'이었다. 여행기 『아폴론의 잔』에서 고대 그리스의 '육체와 지성의 균형'을 향한 인간의 의지, 환한 고전주의에서 고독의 치유를 경험하면서 '아름다운 작품을 짓는 것과 나 스스로 아름다운 것이 되는, 동일의 윤리기

준'을 발견했다고 밝혔다. 이 여행 후에 발표한 첫 단편이 이즈의 이마이하마 바닷가에서 실제로 일어난 익사 사건을 소재로 써낸 「**한여름의 죽음**」이었다. 부조리한 비극에서 주인공이 어떤 충격을 받았고 시간의 흐름에 따라 어떻게 치유되었는가, 완전히 회복된 뒤의 끔찍한 공허감에서 어떻게 다시금 숙명의 도래를 요청하는가, 라는 주제를 통해 인간과 숙명의 관계를 그려낸 명작이다.

1953년에는 독특한 블랙 유머를 담은 「**달걀**」을 잡지《군상》에, 강변 불꽃놀이 행사에서 겪은 기이한 경험담 「**불꽃놀이**」를 《개조》에 발표했다. 전후의 폐허에서 서서히 발전해가는 사회상이 드러나기 시작한 작품이다. 1954년에는 이세만의 작은 섬에 사는 건강하고도 소박한 젊은이와 소녀의 순애를 묘사한 장편 『파도 소리』가 다시 베스트셀러에 오르면서 제1회 신초사 문학상을 수상했다. 29세, 이십대를 마무리하는 시점에 처음으로 탄 문학상이었다. 1955년에는 이 소설의 영역본이 미국에서 출간되고 그곳에서도 베스트셀러에 오르면서 미시마의 이름이 해외에 널리 알려지는 계기가 되었다. 나아가 「**한여름의 죽음**」이 이후 미국, 영국, 프랑스, 독일, 이탈리아, 포르투갈 등지에서 번역 소개되었고, 영역본 단편집에는 그 밖에 「**백만 엔 전병**」「**다리밟기**」「**우국**」「**온나가타**」「**신문지**」 등이 함께 수록되었다. 가쿠슈인 학생 시절의 자전적 소설 「**시 쓰는 소년**」을《문학계》에 발표한 것도 29세였던 1954년이었다.

1955년에는 「**바다와 저녁노을**」을 발표했다. 신앙에 따라 온갖 신산 고초를 겪은 끝에 먼 타국 땅에 흘러와 노년을 맞이한 프랑스인 불목하니가 곰곰 되짚어보는, 신기한 허망함을 묘사한 걸작이다. 작가가 소년시절에 품었던 '신풍 대망'의 심리와 그 '기적의 도래'에 대한 좌절감을 겹쳐본 작품이라는 설명이 오히려 작품 감상에 방해가 된다고 할까. 어떻든 그의 '평생을 관통하는 주제'이자 '절실한 문제를 감춰둔' 이 작품에 대한 반응이나 논평은 없었다고 한다. 삼십대에 접어든 미시마는 당시에 만일 이 주제가 이해되었더라면 그 이후 자신의 삶은 달라졌을지도 모른다고 밝힌 바 있다. 작가 스스로 다섯 손가락 안에 꼽을 정도로 애착을 가진 단편이었다. 자본주의의 한 단면을 섬세하게 묘사한 「신문지」와 난징 대학살의 그림자가 어른거리는 「모란」을 같은 시기에 집필했다.

한창 전성기를 누리던 30세 나이에 우연히 《주간 요미우리》에 실린 보디빌딩 기사를 보고 이른바 '육체 개조'에 뛰어들기로 결정했다. 연습 첫날에 《내외 타임스》와 《월간 파이트》 같은 스포츠지의 취재까지 들어와 서툰 훈련 과정이 만천하에 알려졌다. 이윽고 미시마는 보디빌딩으로 키운 마초적인 근육을 자랑하며 사진집의 피사체가 되었고, 주위의 비웃음을 사면서도 죽을 때까지 단련을 멈추지 않았다. 허약 체질이라는 콤플렉스를 극복하고 위장병이 치유되자 복싱, 검도, 거합도, 공수도까지 훈련 영역을 넓혔다. 검도는 후에 5단까지 올랐다. 고대 그리스를 동경하며 '아름다운 작품을 짓는 것과 나 스스로 아름다운 것이 되는, 동일의 윤리기준'을 어느 정도 채우게 되었다.

'육체 개조'뿐만 아니라 문학에서도 단련이 이루어졌다. 『가면의 고백』 때부터 도입해왔던 '모리 오가이적인 경질硬質의 문체'를 새삼 연마하는 '자기 개조'를 목표로 써낸 『금각사』에 평단의 높은 평가

가 쏟아지고 제8회 요미우리 문학상을 수상하는 등 그야말로 문단의 총아로 떠올랐다. 「**다리밟기**」「**귀현**」「**온나가타**」「**백만 엔 전병**」은 그의 전성기에 가장 노련한 문체로 쓰인 작품들이다. 할복의 과정을 생생하게 담은 「**우국**」을 집필하고 영화 제작에까지 나선 자신감은 '육체와 문체의 개조'가 성공적이었다는 자평에서 비롯된 것인지도 모른다. 자기 개조를 통해 행동적인 인물이며 스포츠맨을 묘사하는 것도 가능해졌고, 이는 만년의 자위대 체험 입대와 대학생 민병조직 다테노카이盾の会 결성으로도 이어졌다.

난해하기 짝이 없는 「**달**」과 「**포도빵**」 연작, 소년과 소녀의 심리적 아이러니를 분수의 물에 대한 섬세한 묘사와 함께 그려낸 1963년의 단편 「**빗속의 분수**」는 그 전까지와는 또 다른 새로운 실험성이 돋보인다. 하지만 육상자위대에 체험 입대를 거듭하고, 다테노카이의 과격한 젊은 회원들과 행동을 함께하는 등 그의 정치적인 경향은 한층 더 강성으로 기울어갔다.

1970년 11월 25일, '풍요의 바다' 시리즈의 제4권 『천인오쇠』 최종회 원고를 탈고하여 담당 편집자에게 보낸 뒤, 미시마는 다테노카이 대원 네 명과 함께 자위대 이치가야 주둔지에 뛰어들었다. 총감을 감금하고 발코니에서 자위대원에게 쿠데타를 촉구하는 연설을 한 뒤, 할복 자결했다. 45세였다. 이날 소식을 듣고 현장에 달려온 가와바타 야스나리는 멍하니 초췌해진 얼굴로 보도진에 둘러싸여 '이렇게 아깝게 죽다니요'라고 말했다고 한다.

2025년은 미시마 탄생 100주년이 되는 해다. 백세 시대를 구가하는 지금에 이르러서는 더욱더 그가 죽음이 아니라 삶을 향해 나아갔더라면, 하고 상상해보게 된다. 목숨을 건 신념이라는 것의 허망함에 대해서도 새삼 되짚어보게 된다. 어떤 미사여구로도, 어떤 미학적 분석으로도 그의 마지막 모습은 오로지 괴기할 뿐이다. 단지 문학만이 여전히 살아남아 여린 빛을 발하고 있다.

미시마 유키오 연보*

1925   1월 14일 도쿄시 요쓰야구에서 농림성 수산국장 히라오카 아즈사의 장남으로 태어났다. 본명은 히라오카 기미타케平岡公威. 첫 손자를 익애한 조모는 생후 50일경부터 부모를 제치고 1층 자신의 방에 데려가 키웠다.

1928(3세)   여동생 미쓰코 탄생. 조모는 날씨 좋은 날이 아니면 외출을 허가해주지 않고 놀이 상대도 연상의 여자애로 한정했다. 부친의 품에 안겨 신주쿠에서 증기기관차를 지근거리에서 구경했다.

* 이 책에 수록된 단편은 굵게 표시해 강조했다.

1930(5세)   남동생 지유키 탄생. 미시마 유키오는 주기적으로 구토 증세를 보이는 '자가중독증'을 심하게 앓아 위독한 상태에 빠졌다. 가족들은 관에 넣을 장난감까지 준비했으나 다행히 목숨을 건졌다.

1931(6세)   귀족 자제를 교육하는 가쿠슈인 초등과 입학. 이즈음부터 그림책, 세계동화 등을 애독했다. 12월, 초등과 기관지 《고자쿠라小ざくら》에 하이쿠와 단가가 처음으로 실렸다.

1937(12세) 가쿠슈인 중등과 진학. 문예부원으로 활동했다. 그동안 같이 지내던 조모 곁을 떠나 부모, 동생들과 함께 생활하게 되었다. 고등과 3학년 선배 호조 도시타미와 문학 교류가 시작되었다.

1938(13세) 가쿠슈인의 《보인회 잡지輔仁會雜誌》에 첫 소설 「좌선이야기座禪物語」 「승아酢模」 발표. 10월경 조모를 따라 처음으로 전통극 가부키와 노를 관람했다.

1940(15세) 문예부 위원으로 선출. 월간 하이쿠 잡지 《치자나무山梔》에 하이쿠와 시가를 활발하게 투고 발표했다. 아즈마 후미히코(23세에 요절), 도쿠가와 요시야스(도쿠가와 남작의 아들로, 후에 미술 연구자가 됨) 등, 친우들과 문학편지 교환이 시작되었다.

1941(16세) 7월에 「꽃이 한창인 숲花ざかりの森」을 썼다. 이 작품에 감탄한 국어교사 시미즈 후미오의 적극 추천으로 전국 단위의 동인 월간지

미시마 유키오 연보 599

《문예문화文藝文化》에 9월부터 12월까지 연재되었다. 당시 시미즈 후미오가 붙여준 필명 '미시마 유키오'를 처음으로 사용했다.

1942(17세)　가쿠슈인 고등과 문과(독일어) 진학, 5월에 문예부 위원장에 선임되었다. 7월에 아즈마, 도쿠가와 등과 동인지《아카에赤繪》를 창간하고「옷토와 마야崿菟と瑪耶」 발표. 이 동인지는 다음 해 아즈마의 요절로 2호를 끝으로 폐간되었다.

1944(19세)　가쿠슈인 고등과 수석 졸업, 도쿄대학 법학부 입학. 첫 단편집『꽃이 한창인 숲花ざかりの森』간행, 후배 문학청년들 사이에 '조숙한 천재 미시마'라는 소문이 퍼졌다.《문예문화》에「**중세에 한 살인 상습자가 남긴 철학적 일기의 발췌**中世に於ける一殺人常習者の遺せる哲学的日記の抜萃」발표.

1945(20세)　징병 신체검사는 제2을종이었으나 징집 장소에서 군의관의 오진으로 결핵 진단을 받고 당일 귀경 조치가 떨어졌다. 허약한 신체, '행동으로부터 거부당했다'라는 의식이 평생 콤플렉스가 되어 항상 죽음의 관념을 의식하고 자신의 삶을 '여생餘生'으로 여겼다.《문예文藝》에「에스가이의 사냥絢爛の猟」을 발표하여 첫 원고료를 받았다. 중편소설「중세中世」 발표. 10월에 여동생 미쓰코가 17세의 나이에 장티푸스로 사망하여 큰 슬픔에 빠졌다.

1946(21세)　작가 가와바타 야스나리의 추천으로「담배煙草」를《인간人間》에

발표하면서 문단에 이름을 올렸다. 12월에 당대의 인기 작가 다자이 오사무를 만나 대화했다.

1947(22세) 도쿄대학 법학부 졸업. 고등문관 시험에 합격하여 대장성 근무를 시작했다. 「하루코春子」 발표. 단편집 『곶에서의 이야기岬にての物語』 간행.

1948(23세) 관직과 작가활동 병행으로 인한 과로로 출근 중 시부야역 플랫폼에서 선로로 추락. 9월에 대장성을 퇴직하고 본격적으로 창작활동에 뛰어들었다. 단편 「서커스サーカス」 발표. 첫 장편소설 『도적盜賊』과 단편집 『밤 준비夜の仕度』 출간.

1949(24세) 희곡 「화택火宅」이 배우좌 창작극연구회에 의해 첫 상연. 장편소설 『가면의 고백仮面の告白』 출간. 12월에 친우 도쿠가와 요시야스가 28세의 나이로 사망했다.

1950(25세) 단편 「원숭회遠乘会」 발표. 《부인공론婦人公論》에 1월부터 10월까지 장편 『순백의 밤純白の夜』을 연재했다. 6월에는 장편소설 『사랑의 갈증愛の渴き』 출간.

1951(26세) 단편 「날개翼」 「리큐의 소나무離宮の松」 발표.

1952(27세) 그리스 조각 같은 미청년과 노작가가 등장하는 「금색禁色」 출간.

동성애를 소재로 한 이 작품은 문단에서 찬반이 갈리며 큰 화제를 불렀다. 자신 속 여분의 '감수성'을 혐오하고 '육체적 존재감을 가진 지성'을 추구하며 넓은 세계를 보고자 아사히신문사 통신원 자격으로 약 반년 동안 첫 세계일주 여행에 나섰다. 하와이, 북미, 남미, 유럽을 순회하고, 특히 그리스 아테네, 로마의 바티칸 미술관 등을 관람했다. 단편「크로스워드 퍼즐クロスワード・パズル」「한여름의 죽음真夏の死」 발표.

1953(28세) 단편집『한여름의 죽음』이 간행되었다. 후에 영어, 프랑스어로 번역되는 등 해외에서 많은 관심을 받았다. 신초사에서 '미시마 유키오 작품집' 출간을 시작했다. 단편「불꽃놀이花火」「달걀卵」 발표.

1954(29세) 장편『파도 소리潮騒』출간, 이 작품으로 제1회 신초 문학상을 수상했다. 단편「시 쓰는 소년詩を書く少年」 발표

1955(30세) 9월, 평생 계속한 보디빌딩을 시작했다. 희곡「흰개미의 집白蟻の巣」이 극단 청년좌에 의해 초연, 이 작품으로 기시다 연극상 수상. 취재 여행으로 교토의 긴가쿠지(금각사), 난젠지 등을 돌아보았다.『라디게의 죽음ラディゲの死』출간. 단편「바다와 저녁노을海と夕焼」「신문지新聞紙」「모란牡丹」 발표.

1956(31세) 1월부터 10월까지《신초新潮》에『금각사金閣寺』연재.『파도 소리』의 첫 영어 번역판이 미국 크노프사에서 간행. 노가쿠 각본을

근대극으로 번안한 희곡집 『근대 노가쿠슈近代能楽集』 간행. 단편 「다리밟기橋づくし」 발표.

1957(32세)　1월 『금각사』로 제8회 요미우리 문학상 수상. 7월부터 크노프사의 초청으로 미국에 건너가 작가 노먼 메일러를 만났다. 전 4막의 희곡 『로쿠메이칸鹿鳴館』 간행. 단편 「귀현貴顕」 「온나가타女方」 발표.

1958(33세)　1월에 스페인 마드리드와 이탈리아 로마를 여행하고 귀국. 6월에 가와바타 야스나리의 중매로 화가 스기야마 야스시의 장녀 요코와 결혼했다. 신혼여행으로 하코네, 아타미, 교토, 오사카, 벳푸, 하카타 등을 돌았다. 희곡 『장미와 해적薔薇と海賊』으로 주간 요미우리 신극상 수상. 본격적으로 검도를 시작했다.

1959(34세)　도쿄 오타구 우시고메에 빅토리아풍 신혼집을 지어 이사했다. 장녀 노리코 출생. 장편소설 『교코의 집鏡子の家』을 출간했으나 '미시마의 첫 실패작'이라는 혹평을 받았다.

1960(35세)　영화사 다이에이와 배우 전속계약을 맺고, 처음으로 〈가랏카제야로からっ風野郎〉에 주연으로 출연했다. 11월에 부인과 함께 미국으로 건너가 로스앤젤레스 디즈니랜드 여행. 영화배우 그레타 가르보를 만났다. 12월에 파리에서 장 콕토와 첫 대면, 이어서 런던에서 번역가 아서 웨일리, 시인 스티븐 스펜더를 만났다. 단편 「백

만 엔 전병百万円煎餠」 발표.

1961(36세) 1월에 로마, 홍콩을 거쳐 귀국. 도지사 선거를 소재로 한 소설「연회가 끝나고宴のあと」가 프라이버시 침해 소송을 당했다(1965년 원고 측 사망으로 유족과 화해 성립). 프라이버시와 '표현의 자유'의 문제를 처음으로 법정에서 다투게 된 사례로 꼽힌다. 5월에 가와바타 야스나리의 의뢰로 영문 노벨문학상 추천문을 작성했다. 미국 잡지《홀리데이Holiday》의 초청으로 샌프란시스코에서 일본 심포지엄에 참석하여 '일본의 청년'이라는 제목으로 강연. ABC 텔레비전의 인터뷰에 응했다. 12월에 파리의 잡지《엑스프레스 L'Express》에 소설『금각사』가 소개되었다. 단편「**우국**憂国」 발표.

1962(37세) 장남 이치로 출생. 희곡「열흘 국화十日の菊」로 제13회 요미우리 문학상 수상. SF적인 소재의『아름다운 별美しい星』간행. 단편「**달月**」 발표.

1963(38세) 미시마를 모델로 사진가 호소에 에이코의 사진집『장미형薔薇刑』 출간. 6월에 가와바타 야스나리, 다니자키 준이치로, 이토 세이, 도날드 킨 등과 함께 중앙공론사의《일본의 문학日本の文学》편집위원이 되었다. 장편소설『오후의 예항午後の曳航』, 단편집『검剣』 간행. 단편「**포도빵**葡萄パン」「**빗속의 분수**雨のなかの噴水」 발표.

1964(39세) 장편소설『비단과 명찰絹と明察』로 제6회 마이니치 예술상 수상.

604

10월에 도쿄올림픽 신문 특파원기자로 연일 취재 활동을 했다.

1965(40세) 자신의 소설을 각색해 감독과 주연을 맡아 단편영화〈우국〉제작, 이듬해 프랑스 투르 국제단편영화제 극영화부문 2위에 올랐다. 부인과 함께 약 2개월 동안 미국과 유럽 및 동남아시아 각지를 취재 여행. 10월에 노벨문학상 최종후보에 올랐다. '풍요의 바다' 시리즈의 제1권 『봄눈春の雪』 발표.

1966(41세) 희곡 『사드 후작부인サド侯爵夫人』으로 제20회 예술제상 연극부문 수상. 아쿠타가와상 심사위원이 되었다(55회부터 1970년의 63회까지). 9월에 미국 잡지 《라이프Life》에 '미시마 특집'이 실렸다. 단편 「영령의 목소리英霊の聲」 발표.

1967(42세) 가와바타 야스나리, 이시카와 준, 아베 고보와 함께 중국의 문화대혁명에 대한 항의 성명을 발표하였다. 4월 19일부터 5월 27일까지 우파 대학생 모임 '와세다대학 국방부'의 대표 등과 자위대 체험 입대. 남성 주간지 《평범 펀치平凡パンチ》의 '일본 전국의 미스터 댄디는 누구인가?'라는 설문조사에서 1위에 올랐다. 무사의 마음가짐을 밝힌 에도 시대의 책에 대한 평론집 『하가쿠레 입문葉隱入門』 간행. 부인과 함께 인도, 태국, 라오스에 취재 여행. 인도에서 간디 수상을 만나고, 라오스에서는 루앙프라방 왕궁에서 국왕을 알현했다. 두 번째로 노벨문학상 후보에 올랐다.

1968(43세) '조국방위대' 학생들을 인솔하여 자위대 체험 입대(1970년까지 총 5회). 11월 국립극장 옥상에서 극우 민병조직 '다테노카이'를 정식 결성했다. 10월에 가와바타 야스나리 노벨문학상 수상. 가와바타는 인터뷰에서 "미시마 유키오가 너무 젊은 덕분에" 자신이 수상하게 되었다고 말했다.

1969(44세) 좌파 학생세력인 도쿄대 '전공투' 주최 토론회 참석. 영화〈암살자 人斬り〉에서 주연급 다나카 신베에(막부 말기의 4대 암살자 중 한 사람)를 연기했다. 11월에 국립극장 옥상에서 '방패회' 결성 1주년 기념 퍼레이드를 했다.

1970(45세) 제1회 세계검도선수권대회 참가. 8월에 이즈 시모다로 마지막 가족여행. 11월 25일 '풍요의 바다' 시리즈 제4권 『천인오쇠天人五衰』의 마지막 연재분을 신초사에 보내고, 다테노카이 대원 네 명과 함께 육상자위대 이치가야 주둔지에 침입, 발코니에서 평화헌법 폐지와 자위대 궐기를 촉구하는 연설을 마친 후 낮 12시 15분 자결했다.

세계문학 단편선을 펴내며

세상의 모든 이야기는 단편으로 시작되었다. 성서와 그리스 신화를 비롯해 인류의 많은 신화와 설화는 단편의 형식으로 사물의 기원, 제도와 금기의 탄생, 운명이라는 이름의 삶의 보편적 형식을 설명했다.

〈세계문학 단편선〉은 모든 산문의 형식 중 가장 응축적이고 예술성이 높은 단편소설에 포커스를 맞추어 세계문학을 바라보는 새로운 관점을 제시하고자 한다. 단편소설을 언급할 때 빼놓을 수 없는 작가들의 작품들은 물론이고, 한두 편의 장편소설로만 우리에게 알려진 세계적 작가들이 남긴 주옥같은 단편들을 통해 대가의 진면모를 총체적으로 바라볼 수 있게 할 것이다. 또한 우리에게 문학의 변방으로 여겨져 왔던 나라들의 대표적 단편 작가들도 활발히 소개할 것이며 이미 순문학과의 경계가 불분명해진 장르문학의 형성과 발전에 크게 기여한 작가들의 작품 역시 새롭게 조명해 나갈 것이다.

에드거 앨런 포는 문학작품은 독자가 앉은자리에서 다 읽을 수 있을 정도로 짧아야 한다고 했다. 바쁜 일상의 삶을 사는 현대인들에게 〈세계문학 단편선〉은 삶과 사회, 나아가 세계를 바라볼 수 있게 하는 더할 나위 없이 좋은 친구가 될 것이라 확신한다.

21세기인 현재에 이르기까지 단편소설은 그리스 신화가 그러했듯이 삶의 불변하는 조건들을 응축된 예술적 형식으로 꾸준히 생산해 왔다. 그리고 새로운 문학적 기법과 실험적 시도를 통해 단편소설은 현재도 계속 진화, 확장되고 있다. 작가의 치열한 예술적 열정이 가장 뜨겁게 반영된 다양한 개성으로 빛나는 정교한 단편들을 통해 문학의 진정한 존재 이유를 독자들이 느낄 수 있기를 소망하며 이번 〈세계문학 단편선〉을 펴낸다.

현대문학 편집부

세계문학 단편선

01
단편소설이라는 장르에 새로운 바람을 불어넣은
20세기 문학계 최고의 스타
어니스트 헤밍웨이
킬리만자로의 눈 외 31편
하창수 옮김 | 548면

02
문학의 존재 이유, 그리고 문학의 숭고함을 역설하는
20세기 세계문학의 거인
윌리엄 포크너
에밀리에게 바치는 한 송이 장미 외 11편
하창수 옮김 | 460면

03
독일 문화가 제시할 수 있는 최고의 경지를 보여 준
세계문학의 대표자
토마스 만
베네치아에서의 죽음 외 11편
박종대 옮김 | 432면

04
탐정소설을 문학으로 승화시킨
하드보일드 학파의 창시자
대실 해밋
중국 여인들의 죽음 외 8편
변용란 옮김 | 620면

05
'광란의 20년대'를 배경으로 한
포복절도할 브로드웨이 단편들
데이먼 러니언
세라 브라운 양 이야기 외 24편
권영주 옮김 | 440면

06
SF의 창시자이자 SF 최고의 작가로 첫손에 꼽히는
낙관적 과학 정신의 대변자
허버트 조지 웰스
눈먼 자들의 나라 외 32편
최용준 옮김 | 656면

07
에드거 앨런 포를 계승한
20세기 공포문학의 제왕
하워드 필립스 러브크래프트
크툴루의 부름 외 12편
김지현 옮김 | 380면

08
현대 단편소설의 문법을 완성시킨
단편소설의 대명사
오 헨리
휘멘의 지침서 외 55편
고정아 옮김 | 652면

09
근대 단편소설의 창시자이자
세계 단편소설 역사에 우뚝 솟은 거대한 봉우리
기 드 모파상
비곗덩어리 외 62편
최정수 옮김 | 808면

10
앨프리드 히치콕의 영원한 뮤즈,
20세기 서스펜스의 여제
대프니 듀 모리에
지금 쳐다보지 마 외 8편
이상원 옮김 | 380면

11
터키 현대 단편소설사에 전환점을 찍은
스스로가 새로운 문학의 뿌리가 된 선구자
사이트 파이크 아바스야느크
세상을 사고 싶은 남자 외 38편
이난아 옮김 | 424면

12
영원불멸의 역설가, 그로테스크의 천재
20세기 문학사의 가장 독창적이고 예언적인 목소리
플래너리 오코너
오르는 것은 모두 한데 모인다 외 30편
고정아 옮김 | 756면

13
현대 공포소설의 방법론을 확립한
20세기 최초의 공포소설가
몬터규 로즈 제임스
호각을 불면 내가 찾아가겠네, 그대여 외 32편
조호근 옮김 | 676면

14
영국 단편소설의 전통을 세운
최고의 이야기꾼, 언어의 창조자
로버트 루이스 스티븐슨
지킬 박사와 하이드 씨의 기이한 사례 외 7편
이종인 옮김 | 504면

15
현대 단편소설의 계보를 잇는 이야기의 대가
인간 생활의 가장 기민한 관찰자
윌리엄 트레버
그 시절의 연인들 외 22편
이선혜 옮김 | 616면

16
인간의 무의식을 날카롭게 통찰한
미국 문학사상 가장 대중적인 작가
잭 런던
들길을 가는 사내에게 건배 외 24편
고정아 옮김 | 552면

17
문명의 아이러니를 신화적 상상력으로 풍자한
고독한 상징주의자
허먼 멜빌
선원, 빌리 버드 외 6편
김훈 옮김 | 476면

18
지구의 한 작은 점에서 영원한 우주를 꿈꾼
환상문학계의 음유시인
레이 브래드버리
태양의 황금 사과 외 31편
조호근 옮김 | 556면

19
우울한 대공황 시절 '월터 미티 신드롬'을 일으킨
20세기 미국 최고의 유머 작가
제임스 서버
윈십 부부의 결별 외 35편
오세원 옮김 | 384면

20
차별과 억압에 블루스로 저항하며
흑인 문학의 새로운 전통을 수립한 민중의 작가
랭스턴 휴스
내가 연주하는 블루스 외 40편
오세원 옮김 | 440면

21
개인적인 체험을 바탕으로
인류 구원과 공생을 역설하는 세계적 작가
오에 겐자부로
사육 외 22편
박승애 옮김 | 776면

22
탐정소설을 오락물에서 문학의 자리로 끌어올린
하드보일드 문체의 마스터
레이먼드 챈들러
밀고자 외 8편
승영조 옮김 | 600면

23
부조리와 위선으로 가득 찬 인간에 대한 풍자와 위트로
반전을 선사하는 단편의 거장
사키
스레드니 바슈타르 외 70편
김석희 옮김 | 608면

24
'20세기'라는 장르의 거장,
실존의 역설과 변이에 대한 최고의 기록자
그레이엄 그린
정원 아래서 외 52편
서창렬 옮김 | 964면

25
병리학적인 현대 문명의 예언자,
문체와 형식의 우아한 선지자
제임스 그레이엄 밸러드
시간의 목소리 외 24편
조호근 옮김 | 724면

26
원시적 상상력으로 힘차게 박동 치는 삶을
독창적인 언어로 창조해 낸 천재 이야기꾼
조지프 러디어드 키플링
왕이 되려 한 남자 외 24편
이종인 옮김 | 704면

27
미국 재즈 시대의 유능한 이야기꾼,
영원한 젊음의 표상
프랜시스 스콧 피츠제럴드 1
벤저민 버튼에게 일어난 기이한 현상 외 13편
하창수 옮김 | 640면

28
20세기 초 미국 '잃어버린 세대'의 대변자,
사랑과 상실, 인생의 허무를 노래한 낭만적 이상주의자
프랜시스 스콧 피츠제럴드 2
바빌론에 다시 갔다 외 15편
하창수 옮김 | 576면

29
풍자와 유머, 인간미 넘치는 서정으로
야생적인 자연 풍광과 정감 어린 인물을 그린 인상주의자
알퐁스 도데
아를의 여인 외 24편
임희근 옮김 | 356면

30
아름답게 직조된 이야기에 시대의 어둠과
개인의 불행을 담아낸 미국 단편소설의 여왕
캐서린 앤 포터
오랜 죽음의 운명 외 19편
김지현 옮김 | 864면

31
무한한 의식의 세계를 언어로 형상화한
모더니즘 문학의 선구
헨리 제임스
나사의 회전 외 7편
이종인 옮김 | 660면

32
백인 남성이 지배하는 시대에 펜으로 맞선
탈식민주의와 페미니즘 문학의 선구자
진 리스
한잠 자고 나면 괜찮을 거예요, 부인 외 50편
정소영 옮김 | 600면

33
상류사회의 허식을 우아하게 비트는
영국 유머의 표상
펠럼 그렌빌 우드하우스
편집자는 후회한다 외 38편
김승욱 옮김 | 1,172면

34
미국 남부 사회의 풍경에 유머와 신화적 상상력을 더해
비극적 서사로 승화시킨 탁월한 이야기꾼
유도라 웰티
내가 우체국에서 사는 이유 외 31편
정소영 옮김 | 844면

35
경이로운 상상의 세계를 발명한
라틴아메리카 환상문학의 심장
아돌포 비오이 카사레스
눈의 위증 외 13편
송병선 옮김 | 492면

36
일상의 공포를 엔터테인먼트 영역으로 확장시킨
20세기 호러 문학의 위대한 선구자
리처드 매시슨
2만 피트 상공의 악몽 외 32편
최필원 옮김 | 644면

37
끝나지 않은 불안의 꿈을 극도의 예민함으로 현실에 투영한,
시대를 앞선 실존주의 문학의 선구자
프란츠 카프카
변신 외 77편
박병덕 옮김 | 844면

38
광활한 우주의 끝, 고독과 슬픔의 별에서도
인류의 잠재력과 선한 의지를 믿었던 위대한 낙관주의자
시어도어 스터전
황금 나선 외 12편
박중서 옮김 | 792면

39
독보적인 스토리텔링으로 빅토리아 시대를
사로잡은 영국적 미스터리의 시초
윌키 콜린스
꿈속의 여인 외 9편
박산호 옮김 | 564면

40
현존하는 거의 모든 SF 장르의 도서관
우주의 불가해 속 인간 존재를 탐험했던 미래의 철학자
스타니스와프 렘
미래학 학회 외 14편
이지원·정보라 옮김 | 660면

41
아름다움에 매혹되고 극단에 이끌린 전후 일본의
가장 문제적 작가이자 탐미주의 문학의 거장
미시마 유키오
우국·한여름의 죽음 외 22편
양윤옥 옮김 | 612면

※ 〈현대문학 세계문학 단편선〉은 계속 출간됩니다.

옮긴이 양윤옥

일본문학 전문 번역가. 2005년 히라노 게이치로의 『일식』으로 일본 고단샤에서 수여하는 노마문예번역상을 수상했다. 히가시노 게이고의 『나미야 잡화점의 기적』『교통경찰의 밤』『악의』, 무라카미 하루키의 『직업으로서의 소설가』『1Q84』, 히라노 게이치로의 『본심』『한 남자』, 스미노 요루의 『너의 췌장을 먹고 싶어』, 오카자키 다쿠마의 『커피점 탈레랑의 사건 수첩』시리즈, 렌조 미키히코의 『7인 1역』『열린 어둠』『백광』, 온다 리쿠의 『몽위』 등 다수의 작품을 우리말로 옮겼다.

미시마 유키오

초판 1쇄 펴낸날 2025년 11월 15일
초판 2쇄 펴낸날 2025년 11월 24일

지은이 미시마 유키오
옮긴이 양윤옥
펴낸이 김영정

펴낸곳 (주)**현대문학**
등록번호 제1-452호
주소 06532 서울시 서초구 신반포로 321(잠원동, 미래엔)
전화 02-2017-0280
팩스 02-516-5433
홈페이지 www.hdmh.co.kr

ⓒ 2025, 현대문학

ISBN 979-11-6790-331-0 04830
세트   978-89-7275-672-9

* 책값은 뒤표지에 있습니다.
* 파본은 구입처에서 교환해 드립니다.